记忆之歌

流逝的记忆

杜良怀 姚荣国 肖伯男 等 编著

每粒石子都来自岁月之河／有的皴裂／有的光滑／有的被浇注进马路，有的被砌进大厦／还有的已碎成大漠之上的／粒粒黄沙／他们都深深地怀念那／当年曾挤在一起的／那块山崖

武汉大学出版社

图书在版编目(CIP)数据

流逝的记忆/杜良怀等编著. —武汉:武汉大学出版社,2014.9
(记忆之歌)
ISBN 978-7-307-13438-6

Ⅰ.流… Ⅱ.杜… Ⅲ.散文集—中国—当代 Ⅳ.I267

中国版本图书馆 CIP 数据核字(2014)第 114112 号

责任编辑:张福臣　　责任校对:鄢春梅　　版式设计:马　佳

出版发行:**武汉大学出版社**　　(430072　武昌　珞珈山)
　　　　　(电子邮件:cbs22@whu.edu.cn　网址:www.wdp.com.cn)
印刷:武汉市金皇印务有限公司
开本:880×1230　1/32　印张:17.25　字数:472 千字
版次:2014 年 9 月第 1 版　　2014 年 9 月第 1 次印刷
ISBN 978-7-307-13438-6　　定价:35.00 元

版权所有,不得翻印;凡购买我社的图书,如有缺页、倒页、脱页等质量问题,请与当地图书销售部门联系调换。

编 委 会

主　任　张福臣

编　委　(以姓氏笔画为序)

邓　贤　叶　辛　白　描　刘小萌

刘晓航　陆天明　张承志　张福臣

肖复兴　岳建一　胡发云　姜汉芸

晓　剑　郭小东　高红十　董宏猷

谢春池

总　序

叶　辛

40多年前,中国的大地上发生了一场波澜壮阔的知识青年上山下乡运动。"波澜壮阔"四个字,不是我特意选用的形容词,而是当年的习惯说法,广播里这么说,报纸的通栏大标题里这么写。知识青年上山下乡,当年还是毛泽东主席的伟大战略部署,是培养和造就千百万无产阶级革命事业接班人的百年大计,千年大计,万年大计。

这一说法,也不是我今天的特意强调,而是天天在我们耳边一再重复宣传的话,以至于老知青们今天聚在一起,讲起当年的话语,忆起当年的情形,唱起当年的歌,仍然会气氛热烈,情绪激烈,有说不完的话。

说"波澜壮阔",还因为就是在"知识青年到农村去,接受贫下中农的再教育,很有必要"的指示和召唤之下,1600多万大中城市毕业的知识青年,上山下乡,奔赴农村,奔赴边疆,奔赴草原、渔村、山乡、海岛,在大山深处,在戈壁荒原,在兵团、北大荒和西双版纳,开始了这一代人艰辛、平凡而又非凡的人生。

讲完这一段话,我还要作一番解释。首先,我们习惯上讲,中国上山下乡的知识青年,有1700万,我为什么用了1600万这个数字。其实,1700万这个数字,是国务院知青办的权威统计,应该没有错。但是这个统计,是从1955年有知青下乡这件事开始算起的。研究中国知青史的中外专家都知道,从1955年到1966年"文革"初始,十多年的时间里,全国有100多万知青下乡,全国人民所熟知的一些知青先行者，都在这个阶段涌现出来，宣传开去。而发展到"文革"期间，特别是1968年12月21日夜间，毛主席的最新最高指示发表，知识青年上山下乡，掀起了一个前所未有的高潮。那个年头，毛主席的话，一句顶一万句；毛主席的指示，理解的要执行，不理解的也要执行，且落实毛主席的最新指示，要"不过夜"。于是乎全国城乡迅疾地行动起来，在随后的10年时间里，有1600万知青上山下乡。而在此之前，知识青年下乡去，习惯的说法是下乡上山。我最初到贵州山乡插队落户时，发给我们每个知青点集体户的那本小小的刊物，刊名也是《下乡上山》。在大规模的知青下乡形成波澜壮阔之势时，才逐渐规范成"上山下乡"的统一说法。

我还要说明的是，1700万知青上山下乡的数字，是国务院知青办根据大中城市上山下乡的实际数字统计的，比较准确。但是这个数字仍然是有争议的。

为什么呢？

因为国务院知青办统计的是大中城市上山下乡知青的数字，没有统计千百万回乡知青的数字。回乡知青，也被叫作本乡本土的知青，他们在县城中学读书，或者在县城下面的区、城镇、公社的中学读书，如果没有文化大革命，他们读到初中毕业，照样可以考高中；他们读到高中毕业，照样可以报考全国各地所有的大学，就像今天的情形一样，不会因为他们毕业于区级中学、县级中学不允许他们报考北大、清华、复旦、交大、武大、南大。只要成绩好，名牌大学照样录取他们。但是在上山下乡"一片红"的大形势之下，大中城市的毕业生都要汇入上山下乡的洪流，本乡本土的毕业生理所当然地也要回到自己的乡村里去。他们的回归对政府和国家来说，比较简单，就是回到自己出生的村寨上去，回到父母身边去，那里本来就是他们的家。学校和政府不需要为他们支付安置费，也不需要为他们安排交通，只要对他们说，大学停办了，你们毕业以后回到乡村，也像你们的父母一样参加农业劳动，自食其力。千千万万本乡本土的知青就这样回到了他们生于斯、长于斯的乡村里。他们的名字叫"回乡知青"，也是名副其实的知青。

而大中城市的上山下乡知青，和他们就不一样了。他们要离开从小生活的城市，迁出城市户口，注销粮油关系，而学校、政府、国家还要负责把他们送到农村这一"广阔天地"中去。离开城市去往乡村，要坐火车，要坐长途公共汽车，要坐轮船，像北京、上海、天津、广州、武汉、长沙的知青，有的往北去到"反修前哨"的黑龙江、内蒙古、新疆，有的往南到海南、西双版纳，路途相当遥远，所有知青的交通费用，都由国家和政府负担。而每一个插队到村庄、寨子里去的知青，还要为他们拨付安置费，下乡第一年的粮食和生活补贴。所有这一切必须要核对准确，做出计划和安排，国务院知青办统计离开大中城市上山下乡知青的人数，还是有其依据的。

其实我郑重其事写下的这一切，每一个回乡知青当年都是十分明白的。在我插队落户的公社里，我就经常遇到县中、区中毕业的回乡知青，他们和远方来的贵阳知青、上海知青的关系也都很好。

但是现在他们有想法了，他们说：我们也是知青呀！回乡知青怎么就不能算知青呢？不少人觉得他们的想法有道理。于是乎，关于中国知青总人数的说法，又有了新的版本，有的说是2000万，有的说是2400万，也有说3000万的。

看看，对于我们这些过来人来说，一个十分简单的统计数字，就要结合当年的时代背景、具体政策，费好多笔墨才能讲明白。而知识青年上山下乡运动中，还有多多少少类似的情形啊，诸如兵团知青、国营农场知青、插队知青、病退、顶替、老三届、工农兵大学生，等等等等，对于这些显而易见的字眼，今天的年轻一代，已经看不甚明白了。我就经常会碰到今天的中学生向我提出的种种问题：凭啥你们上山下乡一代人要称"老三届"？比你们早读书的人还多着呢，他们不是比你们更老吗？嗳，你们怎么那样笨，让你们下乡，你们完全可以不去啊，还非要争着去，那是你们活该……

有的问题我还能解答，有的问题我除了苦笑，一时间都无从答起。

从这个意义上来说，武汉大学出版社推出反映知青生活的"黄土地之歌"、"红土地之歌"和"黑土地之歌"系列作品这一大型项目，实在是一件大好事。既利于经历过那一时代的知青们回顾以往，理清脉络；又利于今天的年轻一代，懂得和理解他们的上一代人经历了一段什么样的岁月；还给历史留下了一份真切的记忆。

对于知青来说，无论你当年下放在哪个地方，无论你在乡间待过多长时间，无论你如今是取得了很大业绩还是默默无闻，从那一时期起，我们就有了一个共同的称呼：知青。这是时代给我们留下的抹不去的印记。

历史的巨轮带着我们来到了 2012 年，转眼间，距离那段已逝的岁月已 40 多年了。40 多年啊，遗憾也好，感慨也罢，青春无悔也好，不堪回首也罢，我们已经无能为力了。

我们所拥有的只是我们人生的过程，40 多年里的某年、某月、某一天，或将永久地铭记在我们的心中。

风雨如磐见真情，

岁月蹉跎志犹存。

正如出版者所言：1700 万知青平凡而又非凡的人生，虽谈不上"感天动地"，但也是共和国同时代人的成长史。事是史之体，人是史之魂。1700 万知青的成长史也是新中国历史的一部分，不可遗忘，不可断裂，亟求正确定位，给生者或者死者以安慰，给昨天、今天和明天一个交待。

是为序。

目 录

序　当年曾挤在一起的那块山崖　　　　　　　　杜良怀（1）
序　难忘，并非因为美好　　　　　　　　　　　　愚　乐（1）

第一辑　烟雨征程（1966—1968届知青的记忆）　　　　（1）

苍天作证　　　　　　　　　　　　　　钟丽珠/广州（3）
我的花儿般的姐妹呵　　　　　　　　　秋　丽/广州（10）
五七梦　　　　　　　　　　　　　　　王在平/武汉（16）
1968年，我为什么要带头下乡　　　　　柳英发/武汉（24）
我家在农村——有位佳人　在水一方　　朱德元/武汉（29）
小方　　　　　　　　　　　　　　　　真　水/广西（41）
难忘石板村　　　　　　　　　　　　　刘春芹/武汉（46）
笔架山下　　　　　　　　　　　　　　李武元/武汉（55）
麦青、麦黄、那时斜阳　　　　　　　　戚伏生/武汉（62）
长铺子抗暴　　　　　　　　　　　　　龙国武/邵阳（84）
那年！那月！那条河　　　　　　　　　陈文年/武汉（92）
天高皇帝远的乡村　　　　　　　　　　高志远/武汉（100）
凋落的野菊花——"小芳"的故事　　　 莫安德/武汉（109）
拽车庙　　　　　　　　　　　　　　　冯　森/武汉（115）
黄梅纪事　　　　　　　　　　　　　　覃　兄/武汉（135）
乡情三题　　　　　　　　　　　　　　张纯模/重庆（151）
随风逝去的岁月　　　　　　　　　　　姚荣国/武汉（162）

倒流千里	孔宪明/武汉	(176)
雪花飘飞的村庄模糊又清晰	姜惠珍/烟台	(184)
青涩的岁月	李金山/武汉	(197)
路碑——一年零八个月的浪漫与终结	杜良怀/武汉	(211)
烟趣	童青山/武汉	(224)
知青岁月散记	姜荫之/沈阳	(227)
广阔天地里的两年牢	王永宏/武汉	(238)
独读	零家良/武汉	(243)
我为农民创建有线广播站	吴汉华/武汉	(247)
当年只道是寻常	胡赞美/武汉	(254)
一元九角二分钱的故事	黄介成/武汉	(262)
毒鸡风波	李肇文/武汉	(267)
仓屋塝，情未央——漫忆我的知青生涯	张立涛/武汉	(277)
"黄牛造业"	黄秀子/武汉	(286)
竹溪岁月忆短长	陈　曙/武汉	(292)
锅巴粥	范国强/武汉	(302)
我的知青生涯	张　军/武汉	(306)
夕拾的岁月	唐作立/武汉	(316)
千里放排历险记	原　峰/武汉	(327)
一样路程两样情	陶火清/武汉	(332)
那些年的那些事	周海男/武汉	(341)
汉南血防故事	甄少民/武汉	(351)
爱的记忆	蔡福顺/武汉	(357)
知青岁月的点滴记忆	屈光辉/武汉	(363)
"偷菜"的故事	罗谦恢/武汉	(370)
我接受再教育的最初两堂课	向旺明/武汉	(374)
放簰	姚建国/武汉	(380)
过年	王焰涛/武汉	(385)

第二辑　马蹄声碎（1969—1973 届知青的记忆）　　　　　　（389）

穿越厄运之门——历史夹缝中的知青岁月　　彭汉良/武汉（391）
放花无语对斜晖——由尘封日记引发的回忆　　肖伯男/武汉（406）
我的蹉跎岁月　　　　　　　　　　　　　　　杨家鸣/遵义（418）
始终不愿记起，却总无法忘记　　　　　　　　彭红霞/武汉（430）
我们曾经那样年轻——小记我短暂的知青岁月　金莉莉/郑州（444）
山里的日子　　　　　　　　　　　　　　　　陈　泽/武汉（454）

第三辑　魂系天山（支边知青的记忆）　　　　　　　　　　（463）

天主的女儿　　　　　　　　　　　　　　　　马　伟/武汉（465）
永远无法解开的谜团　　　　　　　　　　　　崔啟建/武汉（478）
进疆的第一个冬天　　　　　　　　　　　　　孙奇忠/武汉（487）

第四辑　水调声长（1966 年前下乡知青的记忆）　　　　　（493）

梦的记忆　　　　　　　　　　　　　　　　　杨飞霞/邵阳（495）
走向春天　　　　　　　　　　　　　　　　　欧阳光/邵阳（509）

后　记　　　　　　　　　　　　　　　　　　　　　　　（522）

序
当年曾挤在一起的那块山崖

杜良怀

"每粒石子都来自岁月之河,
有的皴裂,有的光滑;
有的被浇注进马路;
有的被砌进大厦。
还有的
已碎成大漠之上的——
粒粒黄沙。
他们
深深地怀念着
当年曾挤在一起的,
那块山崖。"

这是我的校友、老知青王焰涛的一首短诗,而这本《流逝的记忆》,正是一粒粒石子对当年曾挤在一起的那块山崖的怀念。

《流逝的记忆》是老知青写"知青生活"的文集,它力图通过一个个无法消除的真实记忆解答一个疑惑:为什么在长达半个世纪的岁月流逝中以各种方式表现出的"知青情结"却能一直延续而不消失？

中国发生的巨大变化使"知青"和与之关联的"知青生活"成为了极其独特的历史概念，以至于让我们的后代不能理解，甚至无法想象，但那却是个真实存在过的年代，真实存在过的一代人和他们真实经历过的生活。而将一个个真实的记忆留给自己，留给后代，留给历史则是这一代人的集体责任。

于是有了这本《流逝的记忆》。

书中《毒鸡风波》的作者李肇文认为："对知识青年上山下乡运动如何评价，许多专家学者见仁见智，随着更多的史料不断披露，对这场运动的起因、过程、实质会有更热烈的讨论，但理论研究和评价与我们这些当年的知青的心理感受却是不同的两个侧面，那段成长的苦涩记忆，对于每一个知青都会有与历史学家们不同的酸楚和考量。"这恰好点明了这本书组稿和编辑的主旨。

《流逝的记忆》不担负也担负不了评价这场运动的重任，因此没有收录评论性文章，书中的作品全部是亲身经历过的、真实的生活和真实感受的记录，或全景，或片段，甚至只是一个小故事，它们多元化、多层面、多视角地构成了一个真实的"生活"，读者从中可以看到不同的认识和感悟，并得出自己的结论。

歌德在《浮士德》中说过："理论是灰色的，而生命之树常青。"作为一个老知青和这本书的发起、编辑者之一，我读完了收进本书和因各种原因未能收入书中的全部作品，最大的感受是作品所表现出的内涵并不能简单地用现有的某一种理论去归纳，更不能仅用某一种观点或看法去评判那个年代和那个年代中出现的知识青年上山下乡运动。简单地说，任何"一个声音"都会失之偏颇。

虽同称为知青，同处于中国农村的大环境中，却因时因地因人的不同，所经历的生活和遭遇有着很大的差异，每个作者以自己的亲身经历去感悟、反思当年那段无法忘却的生活，有不同的认识毫不奇怪，不可思议的是，这些"不同的声音"包含了似乎互不相容却又不可分割的矛盾评价：可以说那是个荒诞冷酷的年代，但同样也可以说那是个理想飞扬的年代；可以说那场运动是劳民伤财的人口大迁徙，但同样可以说那是规模最大的一次城乡文化交流；可以说上山下乡耽误了一代人，但同样可以说在艰苦的环境中磨砺出了一代人。

书中的作品就是这么告诉我们的。

王在平和柳英发是武汉同一所名校中的同届同学，下乡前同为该校"文革"学生组织的主要领导者，为本书所写的文章里又都讲述了他们自愿下乡的相同缘由，就是要亲身实践当时提倡的学生既要学文，也要学工、学农、学军的"五七道路"。"五七道路"源出于毛泽东的"五七指示"，且和毛泽东"知识分子要与工农群众相结合"的固有思想一脉相承。他们一同下乡，在农村整整务农了8年，一个"顶职"，一个"病转"才得以回城。在文章中两人的认识可谓截然不同，前者认为是场荒诞的"梦"，后者无怨无悔，感叹"壮志未酬"。

书中《始终不愿记起，却总无法忘记》的作者彭红霞是低我6届的校友，这届初中毕业生有40%可以继续留城读高中，她适合进高中却被强制下乡，她开始适应农村生活时又被强行派往水利工地，高强度的体力活压垮了身体，一场重病几乎摧毁了她和她的父母，她写道，上山下乡"就像是在健康的肌体上被强制性地注射了一种毒素，引起了身体的红肿、发炎以至于溃疡。现在，这个伤口结痂了，留给自己的是一个刻在心口永久的伤疤和一段刻骨铭心的记忆"。

同样是我的校友，李金山却有完全不同的见解，他下乡时仅16岁，先随同学插队，后迫于父母的压力转回老家务农，在两个不同地区的农村里，他都努力去和农民相结合，而且结合得很好，连当地驻军的"徐团长"也成了他的"良师益友"。这是一个"在广阔天地里茁壮成长"的实例，他在《青涩的岁月》中说："这段青涩的岁月，刻骨铭心，是我人生的宝贵财富，奠定了我事业成功的基石。"

概括而言，欧阳光《走向春天》、冯森《拽车庙》、彭汉良《穿越厄运之门》、杨飞霞《梦的记忆》、杨家鸣《我的蹉跎岁月》等是悲惨和灾难的写照，王永宏《广阔天地里的两年牢》更是对黑暗的悲愤控诉。

而陶火清《一样路程两样情》、孙奇忠《进疆的第一个冬天》、金莉莉《我们曾经那样年轻——小记我短暂的知青岁月》、李武元《笔架山下》、张军《我的知青生涯》等展现出接触、了解和体验中国农村、农民、农业劳动的必要及与农民之间产生的真挚情感，这些作者认为知青生活锻炼了他们。不可否认，因出身问题，很多知青当年遭受到歧视性对待，甚至压迫，《山里的日子》的作者陈泽，父亲因所谓历史问题被隔离审查了7年，母亲因"申冤"在"文革"中被扣上"为特务丈夫翻案"的罪名，她"和弟妹就被划入可以教育好的子女的行列"，母亲下放到乡镇中学任教，她在那儿读书，下乡，她写道："在穷苦的农村、在辛苦的劳动中度过了自己最宝贵的青春年华，但回想起来我毫无怨言，繁重的劳动和艰苦的生活使我们磨练出勤劳、坚强、乐观、豁达的品格，这些品格成为我们人生中最宝贵的精神财富。"她说："无论如何，山里的那些人、那些事，永远都会存放在我的心头。无论那些人在天上还是在人间，我都要衷心地向他们道一声：谢谢！"

即使是同一个作者，在以不同的角度描写知青生活时，流露出的情感倾向也是复杂的。马伟的《天主的女儿》写了一个和一群惨烈的殉道者，不仅为自己，为家庭，同时在为这个国家、民族殉难。纯粹因为出版篇幅所限，他的另一篇作品《小拐，那个远在天边的地方》没有编入书中，在他的这篇作品中他深情地说至今眷恋的还是那片远在天边的土地，心中隐隐作痛的，还是那些黯淡无光而又回味无穷的岁月。他把鼓舞过每个支边青年的《边疆处处赛江南》称为军垦战歌，他写道："这支歌属于那个时代，属于从那个时代走过来的我们这一代人。虽然现在有些人说我们当初太傻，但是我却至今不悔，不仅不悔，还暗自庆幸曾经有过这样一段难忘的岁月，让我学会了珍惜，学会了满足，也学会了常怀感激之情。"

秋丽，知青生涯中遍体鳞伤，她的《我的花儿般的姐妹呵》写了20个女知青为保护兵团猪场里的猪而被洪水吞没的死亡悲剧，最近她写给《小方》作者真水的信中认为："决定了知青整体命运的最终结局是悲剧,且那悲剧的结果确实影响了一代人一辈子。但我认为即便如此,评价知青生活,即使揭示真相,也不应因此忽略了一代人,无论你是什么出身,无论你经历过什么,却能为信仰、理想而奋不顾身的高尚情操,这样的情操因在今天往后再也看不到而弥足珍贵。"

　　本书中更多的作品则完全不能用简单的概念化的主题词来概括。如丽珠的《苍天作证》,我感觉到的最大特色是把当年知青的苦难生活、特有的自然景物和社会背景揉碎,粘成一个个片断式的镜像,以升华和凝固她记忆中最强烈的感受。"绝望——太像希望",惨痛中的凄美使人震撼!

　　在写实中又极富文学色彩的还有戚伏生的《麦青、麦黄、那时斜阳》、朱德元的《我家在农村》、覃兄的《黄梅纪事》、张纯模的《乡情三题》等,这些作品风格各异却有共同的特点,笔下的人物、事件都被浓郁的时代氛围烘托,那个年代中城市和乡村,尤其是城市里的世俗民风现今大多消失得了无痕迹,但在他们的文章中得以重现。像那幅《清明上河图》一样,这些作品留给后人的价值远超对某一具体事物的评价。

　　一切存在的事物都有它存在的理由,对于知识青年上山下乡运动,没有能被还健在的老知青一致认可的结论性评价,起码现在如此。而有一点是无疑的,关于知青运动的是非得失,肯定还是否定,赞美还是诅咒,对老知青来说都无关紧要,重要的是它曾经发生并影响了我们一生,或者说,在我们一生中留下无法抹去的烙印。

　　知青运动是前面提到的当年"五七道路"在青年学生中最大规模的实践。如今,当年的一代知青正在老去。多少年后"现存的最后一个知青去世"也可能成为一条新闻出现在媒体上。最后一颗沙粒没有了,当年曾挤在一起的那块山崖也已经风化得无影无踪,那时，在知青绝迹后的中国，会不会重现类似的"五七道路"呢？我们不能预料。

如今，我们只是记录下被称为知青的这代人的真实记忆。

2014年2月

序
难忘,并非因为美好

愚 乐

1

我 1968 年底下乡,1975 年中返城,在农村待了八个年头。

我不是被迫下乡的。如果我愿意,我或许可以争取到政策照顾,留在城里。因为我腿有残疾。但是,我没有去争取。我不仅没去争取照顾,还狂热鼓吹"上山下乡运动",并积极投身其中。

我发挥了"榜样的力量",影响了许多人。

我在"与工农相结合的道路"上执著地,或者说痴迷地坚守了多年,期间,还几度推却了返城的机会。

但最后,我还是回城了,带着从心灵到身体的累累伤痕回来了。

2

作为一名"资深知青",农村生活的七八年令我难忘。难忘,并非因为它美好,而是因它是我青春的终结。

我告别农村的时候已经 28 岁了。我告别了农村,也告别了我的青春岁月。在那些岁月里，我曾壮怀激烈，充满献身热情。在"四个伟大"的光辉照耀下，我失去了，或者说，放弃了自我，完全不去考虑，我该做什么，我能做什么，我想做什么。那种热血沸腾的豪情，那种义无反顾的气概，那种百折不挠的意志，即使是迷狂的，看起来也是美丽动人的。它为我的青春涂抹了一道亮丽色彩，既感动了别人，也感动了自己。

3

然而，迷狂终归会过去，理性终归会复苏。这是万幸，是老天爷对我的眷顾。

摇滚歌手崔健唱道：

> 那天是你用一块红布/蒙住我双眼也蒙住了天/你问我看见了什么/我说我看见了幸福/这个感觉真让我舒服/它让我忘掉我没地儿住……（《一块红布》）

当我从迷乱的梦境中走出，解下"蒙住我双眼也蒙住了天"的红布时，我看到的是什么？

是蒙眼"幸福"的虚假；

是革命辞藻泡沫下的一地鸡毛、一片狼藉；

是满眼残梦的废墟！

另外，就是歌中所唱的："……我没地儿住……"

我，以及我们知青（据说有近 1700 万人），在最宝贵的青春岁月里被抛离正常的人生轨道，蹉跎数年后成了"失落的一代"（参看[法]潘鸣啸著《失落的一代》）！我们不得不回到开始脱轨的那一点，让一切从头再来：上学，找工作，成家，育儿……

但是，不管我们费多大力气，想去把"被耽误的时间"夺回来，耽误的还是耽误了，失落的也还是失落了！

从头再来的一切，在时间轴和空间轴上都已经"没地儿住"

了……

知青"上山下乡",这场史无前例的城镇人口大迁徙,褪去它宏大话语的神圣外衣后,它给成千上万知青和他们家庭乃至整个社会带来了灾难!

4

当然,灾难中也能显现人性之美,就像黑夜里也会有黑夜遮不住的光一样——

亲情、友情、爱仍会在知青与农民,知青与知青间流淌;

勇敢、顽强的意志会在严酷的环境中大放异彩;

求知、探索与创造的动力不会因条件差而枯竭;

热爱生活、热爱美会让单调沉闷的日子里仍有歌声、笑声和舞姿……

但是,黑夜里的光再亮,它也没有将黑夜变成白昼。只是因为它在黑夜,所以更让人温暖、更让人珍惜、更让人难以忘怀,以至于常常情不自禁地重温它,赞美它,讴歌它。

这样的赞美和讴歌不应当是献给黑夜的,而且,也不应与诌媚黑夜,魅惑人心的鬼蜮音符混淆纠缠,弄得黑白不分,美丑难辨。

5

知青,这个唯中华人民共和国独有的人群,其成员如今多已年过花甲,甚至年近古稀了。"知青"的称呼也只是历史留给这个人群的符号了,它的字面意义已与这个群体的现状无关。但是"知青"、"知青运动"的话题依然总能撩拨老年知青们的心。这一点,这次如梦轩①在编撰《流逝的记忆》过程中来稿踊跃的情况就能证明。不仅使大是大非没理论明白,就是个人的喜怒哀乐,爱恨情仇也被郁结多年。揣着一本糊涂账,掂着一段未了情,就这样走到人生尽头,难

---

① 如梦轩:武汉市以老三届知青为主体的民间活动沙龙。

免让人心有不甘。正因为如此，这些年来还是有知青生活的纪实读物面世。我就曾读到过几本同校毕业的知青自发组稿编印的回忆录（非正式出版物）。

蒙如梦轩主杜良怀先生信赖，我有幸提前拜读了《流逝的记忆》编撰期间收到的部分来稿。将这些来稿与以前的有些读本比较，我感到最大的不同就是"无怨无悔"的雄壮旋律减弱了，田园牧歌式的浪漫抒情也淡化了。相反，神圣光环下的荒诞、冷酷与悲惨被更多地揭示出来。

例如，孔宪明先生的《倒流千里》，单是这极具中国特色的"倒流"二字就揭示了多少令人屈辱的荒唐：被敲锣打鼓送（接）到"广阔天地"去"大有作为"的"无产阶级革命事业接班人"，竟变成了城市的弃儿，再回城，就叫"倒流"了！回城探亲，即使怀揣三级基层政权层层批准的"介绍信"，仍会被城里的"革命群众"视为"倒流人员"，遭到粗暴盘查与驱赶！这样的"待遇"，对于自作多情地陶醉在"接班人"光环中的知青真是残酷的讽刺！

来自烟台的知青姜惠珍女士的稿件《雪花飘飞的村庄模糊又清晰》披露了自己当年写的日记。从这些日记中，我们看到一个"被"自愿下乡的少女内心的痛苦与挣扎：在白天，在人前（甚至在家人面前），她一开口就是领袖教导加豪言壮语，但在夜晚，在人后，她却被思家之苦折磨得以泪洗面。这种表里不一是不能简单归罪于少女人格分裂的，读来令人唏嘘不已！

真水女士的《小方》在和讯博客"海纳百川"上一贴出来就打动了很多老年知青的心。作者以淡淡的语调讲述了一个看似只略带忧伤的故事，却揭开了一个巨大的悲剧：在大搞"阶级斗争"和"无产阶级专政下继续革命"的"文革"大背景下，不知有多少所谓"出身不好"的优秀男女青年，无声无息地沉没在"上山下乡"的滚滚洪流中！远离现代文明的穷乡僻壤，或许是权贵子弟们镀金的"熔炉"，但对受政治歧视而遭变相流放的青年才俊来说，那儿就是埋葬他们天资才华的坟墓！而且，这一悲剧还具有隐蔽性——摧残尚未绽放的花蕾，有多少人能意识到是在摧残一片春天？在 1700 万的巨大数字背后，是多少个小方的毁灭？谁能说得清其中有多少个未来的大师、巨匠被扼杀于无形之中了？！

比较有意思的是喜欢为"知青运动"辩护几句的杜良怀先生却为一群叛逆知青立了一块《路碑》。他笔下那群知青伙伴在"文革"期间与我一样，也属于"誓死捍卫毛主席革命路线"的造反派红卫兵，但"被"自愿下到农村后，却玩世、颓废，并大量阅读"封、资、修文艺作品"，成了所谓"第二类知青"。正是这"第二类知青"的出现，预示了迷狂者的觉醒。

……

应当说，这些来稿的作者并非都对知青运动持同样评价，但他们都追求叙事的真实性，因而大多能带给人回眸往事的感动。

对历史的大是大非越明白，就越能从个人经历中发掘出令人震撼也令人深思的历史细节来。这一点，是一定的。

2014 年 2 月 22 日初稿
2014 年 2 月 25 日修改

第一辑　烟雨征程

（1966—1968 届知青的记忆）

苍天作证

钟丽珠

作者简介：

钟丽珠，1966 年广州执信女子中学初三学生。1968 年至 1976 年为广东省海南岛佔县西流农场知青。

1977 级大学生，1986 年研究生毕业，1987 年赴美留学，现居美国。

我当知青那会儿，海南岛的天是最美的。蓝，真蓝。蓝得清爽，蓝得温存，蓝得水灵灵的。我觉着，这海南岛的天，胸襟特别博大，坦坦荡荡的，没有丁点儿杂念。间或描出几缕纤云，衬了个淡装少女，素雅，清纯。时有乌云叫阵，也来得轰轰烈烈，譬如血性男儿，迸发出久蓄的情欲，呼风唤雨，翻卷奔腾，挽了蓝天共舞。绝不羞羞答答，躲躲闪闪，甚是张狂。登高放眼，苍穹之下，山，团着山；岭，搂着岭；风嘶吼，林唏嘘，浩渺无涯。自视甚高的人类能给这大自然落下点儿创痛的，就那些个低矮的茅草屋，卑谦地匍匐在山脚下，战战兢兢地供奉着虔诚的膜拜。

我17岁上岛，25岁回城，朝朝暮暮，与之相守七年半。我厌倦过劳作，厌倦过等待，厌倦过生，厌倦过死，甚至厌倦过爱；而从不曾让我厌倦的，就是这海南岛的天颜。

夏季的日出，在我的记忆里竟寻不出来。早上四点起床，摸着黑在三百来株橡胶树之间狂奔；日上三竿之前再狂奔一轮，把割得的三百多杯胶乳一杯杯拾起来。割胶工人是无暇顾及日出的。

割胶是个细活。一株橡胶树长了十年二十年，就算成熟了。细点儿的如海碗，粗点儿的像水桶。树身平滑挺直，主干分明，少旁逸斜出。表皮湿润松软，纹理细致，呈浅灰色，多有块状白斑。淡青色的导管层娇娇嫩嫩的，嵌在表皮跟木质部之间，厚不过半厘米。割胶时，刀尖咬在导管层里，割掉两三毫米，留下两三毫米。一把三角钢刀，天天打磨，铮亮飞快，在树干上斜斜地拉出半圈口子。拉浅了，停留在表皮层，切不断导管，胶乳出不来；拉深了，到了木质部，导管层全没了，橡胶树失了生命线，活不长。手电筒绑在头上，昏昏黄黄一束光斜照下来，晃出树身上的一条白线，那是凝固了的胶乳。掀去胶线，贴着树，弓了腰，小心翼翼，弯弯地挑出一刀，然后，唰唰唰一连串快刀推进。绕树转半圈，削出几十片寸把长、一厘米宽、一毫米厚的树皮来。未及收刀，乳白色的胶水就从导管层渗出，大珠小珠，浓如练奶，颗颗珠圆玉润，顷刻汇成一弯细细白溪。

一个割胶工，一天削它数千刀，还得刀刀精准。削出的那一瓣瓣薄薄的树皮青青黄黄的，形同新月，玲珑剔透，落下来时，轻盈洒脱，颇具韵味。记得执信女中的回字形学生宿舍的大院正当中曾有一株数人合抱的白玉兰，那树年过半百，树冠遮天，华盖如云。每年春夏之交，玉兰花开了一树，有成群花农来采花，但总也采不完，院子里浓香不退。那花瓣像也是这样一片片飘落的。树下红砖砌出的小路上学子过往，或慢悠悠，或急匆匆，偶有多情者，也会拾起一瓣花香。

据说海南岛的橡胶树最初是日伪时期种的。这鬼子也够混账的，上哪儿就把哪儿当自个儿的家，操持起家务来。霸了咱大东北，就修了那许多铁路，此后近半个世纪东北都是咱大中华铁路网最密集的一片，还成了头号工业重镇，让我羞得慌。到了海南，他们也敢在别人家里种树，眼光倒远，不怕等上十年二十年。

按规矩，一株树隔天挨一刀，也让那橡胶树有机会养伤。半面树皮能支撑五六年，完了就割另半面，让原先那面歇歇。人却不许歇，一人分管六七百株树，今天快刀伺候这三百，明天伺候那三百。所以，割胶工人没什么周日周末之说，待等苦寒肆虐胶刀入鞘时，方可喘息。

"文革"的后劲儿越洋南下上了岛，农场变兵团了。学大寨的口号让摇笔杆子的马前卒滥觞一回，成了"人有多大胆，树有多高产"，跟老天爷"春种夏长秋收冬藏"那一套挑上了。人都不歇了，树还歇什么?! 先从隔天一刀改成一天一刀，翻倍儿割。末了又改成一天两刀，玩命地割。树叶儿蔫了，枯了，飘零了，刀不停；胶水少了，稀了，没了，领导有绝招：涂上激素，接着割。那药水猩红猩红，抹在树身上，怪怕人的。胶乳的干胶含量马不停蹄跑下坡，从百分之三十变成了百分之十。

那年秋冬之交特别地阴冷，蒙蒙淫雨，呜呜咽咽下个不停。大半个月里，我身上也老是湿嗒嗒地没几根干纱。割完胶，还得哆哆嗦嗦抖上大半个钟头才能开始收胶水。熬不住时，常常和同班的割胶工一起，在林子里拣些枯枝生堆火。树枝含橡胶，容易着，烧了一阵，把火熄了，就着些许残温，瘫在湿地上，做过多少短而又短的梦。

与树奋斗，其乐无穷。不出一年，那活了二三十岁正当年华的橡胶林就一败涂地了。

条溃疡，蛇状的黑斑爬在创面上，焦黑的毒液啃噬着树身，霉菌像是在空气中急行军，蔓延得特别快。

全体上阵，到林子里救急，砍去生病的创面。表皮，导管，木质部；剥皮，剐肉，剔骨头。胶液中的白色退尽，清冽冽的，像泪。

我提了把弯刀，望着与我年岁相仿的橡胶树，惶惶然，空落落，半天下不了手。

见我对着树发愣，队里的割胶辅导员亚厚朝我走来。亚厚是割胶能手，负责培训割胶工，他手把手教会了我割胶。亚厚是土生土长的当地人。海南岛人含马来人种血统，颧骨高点儿，鼻翼宽点儿，肤色深点儿，眼仁儿黑炭似的乌亮乌亮。亚厚摸摸我跟前的病树，憋出半句话来："树不会说……"

我突然觉得亚厚摸树时的神情忧郁得像个母亲，傍着那蓝天白云病树，黑黝黝的他，自己也成了树，一株心力交瘁的树，一株母亲树，希冀伸开枝叶像母鸡护小鸡一样去护卫自己的儿孙，命运却锁住了它的脚步。

与人奋斗，其苦无穷。这是亚厚代树说的。

第二年冬天，农场又闹"大会战"。这回不当催命鬼向橡胶树要胶乳，改给橡胶树施肥。村里资本主义尾巴早割得齐了脊椎骨，鸡鸭猪羊全绝迹了，连阿猫阿狗都不养，村里就那么三十来只归集体所有的黄牛，还不是圈养的，哪来的肥料？开头还捣鼓点儿垃圾草木灰，到后来什么也没了，但施肥的事还得做，往大里做。上头要数字，数字比天大。

每株树旁都给挖一个长三尺宽两尺深两尺的坑，再把周遭的落叶扒拉到坑里。往文雅里说，好比黛玉葬花，原汁原味儿，绝无添加剂。次年胶林开割，林子里平添了无数陷阱，绊倒许多人，恨得个个咬牙切齿。

我们天天折腾到夜里八九点，场部还不依，非来个通宵大战不可。老实巴交的队干部拧不过好大喜功的官僚，真逼着干了一夜。那时我当副班长，班里的人大半钻树丛睡去了，就我们几个骨干熬着。天放亮，打道回村，人人长睡不醒。坑没多挖，功德却算圆满了。打那以后，对那些欺下媚上祸国殃民的御用文人及其主子，我绝对地恨之入骨，从无赦免之心，至今不肯行恕道。

寡妇琼花不必跟我们瞎混，只管给队里放养那群黄牛。琼花也是当地人，我到农场没些日子，见一伙人挤在她家门口看热闹，说是当爹的撇下一堆孩子,最小的阿八才四岁。我心头一颤,想起我父亲去世时小弟弟也才只四岁。我回屋搜出藏在箱底的十元钱,塞进阿八手里。眼圈肿肿的琼花追出房门,我摆摆手跑了。此后,我与琼花之间再没提起钱的事。琼花从此疼上我了,疼得赛过亲闺女。大会战时我天天摸黑回村,提着水桶就上琼花家的小厨房。若是上半夜,琼花定守候着;若是下半夜,琼花就给我留着门。一大锅水热腾腾地煨在灶上,两层草编软锅盖罩着。揭了第一层,露出只大碗,碗里总有吃的。偶尔有剥好了的粽子,有时是野菜团子,更多时是两张烙得香喷喷软乎乎的木薯饼。我叼张饼在嘴上,边嚼边洗澡。完了再揣上另一张,狼吞虎咽后心满意足地回屋去。累得连早上梳头都抬不起手来,"谢谢"两字也就懒得天天重复了。村里有谣言,说是琼花盘算着娶了我做她的大儿媳妇。不过她从不曾给我露过半点口风,我也就这么没心没肺地让人疼着。

尽管累得要死,每日清晨,我总早早离开村子,扛上锄头独自往胶林深处去,把催人起床出工的钟声吆喝声抛在身后。那个时辰,林子是我的,太阳也是我的。就在那些个辛苦劳作的日子里,我迷上了冬季的日出。灰白的橡胶林,向阳面上,切出鲜红的一段,像着了火。太阳冻得红惨惨的,结结实实地蹲在山脊上,像一只腌制得很到家的咸蛋黄,丰润得很。伸手摘了揣进怀里,该能有多少滋味,多少躁动。埋进粥里再浮出来时,准能捎带出几粒鲜红的油星儿。

上岛不多时日,我就开始闹肚子。老人家要咱"深挖洞广积粮",年年倒仓。烂芝麻陈谷子分到我们这些吃商品粮的农村户口时,早就存足十好几年了。村里食堂的大锅盖一掀,霉气冲天,与"饭香"二字,向来无缘。到了夏天,连绿菜叶儿也见不着。间天一场暴雨,打得烂泥上了菜心,好端端的青菜就烂了。整个夏季,顿顿萝卜干就霉米饭,吃得我满嘴燎泡。

最让我遭罪的,莫过于吃肉了。南方农事惯用水牛,黄牛只当菜牛。队里每月杀头黄牛,清水煮了,分装在接胶乳用的小杯子里,一人一份。可怜我这副农场里的清汤寡水驯养出的消化系统受不起这份

"大补",一沾荤腥就撂担子,灵光极了。我夜夜踩着星光月光跑厕所。苦了大半个月,肚子刚见好,又来了那一月一次的"水煮牛"。我年轻,嘴馋,没完没了地跟自家肚子过不去。一场拉锯战,打了七年半,快赶上八年抗战了。

然而,那长年与我独处三更的海岛月夜倒是绝美的,尤其是月明星稀的秋夜。橡胶树落叶早,秋风唤几声就下地了,唧唧复唧唧,窸窸复窸窸,遍地秋叶伴着秋虫在脚下浅吟低唱。我曾沿着场里的土路与初恋穿过橡胶林。路不宽,仅容运送胶水的汽车单行。山雨把泥路嚼咬得满目疮痍,汽车在上面颠颠簸簸地碾出两道沟。我与他各自走在一条车辙里。他来看我,我送他回去。送到了,他又送我回来;回来了,我再送他回去……

月上中天,硕大一盏天灯。天空染出海一样的深蓝,光裸的树梢不安分地摇曳着,把个明晃晃的月光摇成一泓湿漉漉颤悠悠的秋水,泼在林子里,淡如薄霜。那一夜,五六里山路,就这么来来回回地送着,送着。倦了星星,老了月亮,鱼肚白泛出了东方。只是那两道车辙,仍是两条永远不能交汇的平行线,懵懵懂懂地在我眼前走丢了。那年我二十岁。

孑然一身,便在屋檐下守望黄昏。灰色的庞然大物朝茅屋压下来,挤走了天边明明灭灭的金黄,剥蚀了远山隐隐约约的黛青,只剩得茅草屋的轮廓歪歪扭扭地切割着天幕。不知不觉地,茅屋揉碎成影子,幽魂般地没入了茫茫夜色。连狗吠也不敢打搅这肃杀的静默。就这样,一个接一个地,开始了孤独,惶惑的长夜。绵绵旧忆在漩涡中盘桓挣扎,不肯沉寂而去。

军人的女儿,自幼耳濡目染,不以怀乡恋家为荣;"醉卧沙场君莫笑,古来征战几人回",才是我心目中做人的痛快。

我一次次无情面地追问过自己:凭什么我就不能像当地人那样在海南岛终此一生?日月为伴,山川为友,两条泥腿包裹在古朴的天然里,不也是一种活法?难道只为了我曾有过别样的生活别样的梦?只为那被血色风雨剥夺了的选择的自由?

好长好长的七年半。心灵枯瘦了，凋谢了，打了结的记忆像是爬上了青苔的石阶。只有那石破天惊的台风，时时会来冲刷去这沉得我扛也扛不住的阴霾。

骄阳之下午起几朵旋风，呼啦啦把尘土，垃圾抬上半天。蚕豆大的硬雨忽地砸在晒场上，噼里啪啦，一阵脆响，摔破成万道金光。烧焦了的地表遂喷出刺鼻的土腥味。不大一会儿，屋里就下雨了。接漏是笨法子，操根棍子，往漏雨处捅捅，挪挪屋顶茅草的位置，屋里的雨就停了。再往外看时，风横，雨横，连防风林的木麻黄也齐刷刷全部放了横。一排排韧性极强的木麻黄被狂风吹得树梢几乎贴着了地面。它们呼啸哀鸣，噪声尖锐刺耳，如困兽犹斗，伏而不折，又是满弓的箭，引而不发，千支万支。

这间茅屋是专门给我们执信女中的一伙知青盖的。四周挖有排水沟。挖沟时泥留在沟里，冲上几桶水，丢捆稻草进泥浆里，再把带泥的稻草捞出来挂在树条子扎成的方格上。风干了，那泥糊稻草墙上百孔千疮。那年头不兴私人空间，能凑合，但不是台风的对手，经常被横风横雨鞭打得遍体鳞伤。

雨扫过屋檐，扫过我的衣襟，扫过我的脸我的唇。咸咸的腥腥的雨是海的信息，带来北上的热风南下的冷雨。我多想追逐北去的风，拥着南来的雨，山路两百里，又见大海，又见有了场部的通行证就能登上的"红卫轮"。三天两夜，回眸是岸，有粉笔和黑板擦的岸，凤凰树白兰花红砖砌出的校园的岸，能装进书包的岸……我想，想得牵肠挂肚，想得揪心揪肺，想得夜不成寐……这是一种怎样的绝望啊，魂牵梦系，无法撒手，无法撒手得太像……太像希望。

我的海南岛终究离我去了。她那古老的地名永远这么年轻：莺歌海，榆林港，鹿回头……

似歌？似梦？似诗？一如我葬在那儿了，再也挽不回来的青春。

我的花儿般的姐妹呵

秋 丽

作者简介：

秋丽，曾做过知青，工人，律师。

喜爱阅读，音乐影视，运动，旅游。

有过四张名片：律师，高级经济师，注册税务师，企业法律顾问。

最喜欢的名言是："走自己的路，让人们说去吧。""自由不死。"

踏入暮年，多少人多少事逐渐淡忘，唯独曾被称之为峥嵘岁月的知青生活，如同烙印般烙在心中。知青生活填满喜怒哀乐，是一曲我们那代人独享的青春乐章，主旋律明快，豪放，激越，苍凉，用热血谱就。我的知青生活起始于1968年的初冬，随着一场浩大的人口迁移运动，未满18岁的我，来到海南岛生产建设兵团屯垦戍边。六年的知青生活，难忘的，不仅是年复一年繁重的体力劳动,更不仅是敲打锅碗瓢勺的苦中作乐,最刻骨铭心的,是"老三届"们与生俱来的近乎于圣徒般的献身精神。我们那代人生在新中国,长在红旗下,虔诚地信奉无私奉献,恪守着"国家第一、个人渺小"的理念,将守护信仰实践诺言奉为人生的价值,哪怕花样的年华,花朵般的生命,瞬间灰飞烟灭。

1970 年初,我被团里选送到兵团报社学习。兵团报社位于海港附近,背靠海岸的几排平房隐匿在椰林中,平日里丽日清风,窗明几净,幽静宜人。报社数十人中,编辑和资深记者大多三四十岁,均为来自各大军区的现役军人。为数不多的通讯员,则是各师团选送来报社学习的知青,学习期间边学习边给编辑记者们当助手。W 师抽选上来的通讯员只有我和小 L,两人都跟着编辑老 Y。小 L "文革"前读高二,近一米八的个儿,无论用过去的眼光还是今天的标准看,都是一个准帅哥。干部家庭出身的小 L 生活简朴,品学兼优,在学员中表现尤为出众,用惯用的评语评价便是:重视政治学习(当然是学习马列主义毛泽东思想),勤奋工作,团结同志,尊敬师长,谦虚谨慎不骄不躁。无人能及的是,小 L 用工余时间坚持义务劳动,每天一大早便往兵团机关的猪场跑,用一早一午的工余时间帮忙切猪食,一年四季从不间断,这需要多么大的毅力啊,但小 L 却乐此不疲。我在他的影响下,时而也去帮忙。

其实,能抽调到报社工作学习的知青,绝大多数都属于根正苗红的"梯队人选",事实证明以后的十几年中,他们大多数都走上了各级领导岗位。相比之下,我属另类,并非学习工作不如人,而是时有"思想不合群"的表现。经过"文革"暴风骤雨般的洗礼,一向个性较强的我,更愿意用自己的眼睛去看世界。说来,就是喜欢较真。你想,喜争辩,好坚持,不想做"另类"都不行。幸亏编辑们对我相当的包容,并没另相看待,尤其是编辑老 Y,总是耐心地用他的人生感悟,给予我启迪,以期我对多元素的世界有更多的理解。老 Y 成了我一生的良师益友。倒是小 L,他怕我走错路,自觉不自觉地常常对我施以帮教，可说归说，争归争，到头来各持己见，谁也说不服谁。多少年以后，他的思想也发生了很大的变化，那是后话了。

报社每周发行兵团战士报。兵团组建初期，抓革命促生产落到实处便是"大干快上"，每天各师团报道英雄或先进事迹的稿件纷至沓来，报社的日常工作无外乎读稿选稿、采写、编辑、付印、出版。十月末的一天，一个惊天动地的爆炸新闻传来：某师团三八养猪场竟有二十名女知青以及连长、指导员各一人，在抗风防洪斗争中"献出了自己年轻的生命"。消息震撼了所有人，报社资深采写和摄影记者闻风而动，立即赶往现场。不安和疑惑随即袭上我的心头。

不安和疑惑并非没有缘由。在报社的那些日子，"大干快上"的风越刮越猛，某些师团违规生产竟成了"革命举措"。那时候，以团为单位，生产能不能大干快上，用当时的话说，是"敢不敢坚定地走自力更生的道路，敢不敢坚持毛主席革命路线的大是大非问题"，是"能不能坚持人的因素第一"的立场问题，来不得有半点含糊。可大干快上，非但没带来正常产量的翻番，反而发生了不少揪心的事。就说咱那团的橡胶树切割吧，常规是每棵胶树隔天割一刀，咱团为使生胶年产量翻番，搞个新花样，偏要一棵胶树一天割三刀，还要以点带面，全面推广。我曾随报社记者老L回团里采访，亲睹了一天割三刀的结果，且不论日工作量成倍增长人累得不行，惨不忍睹的是，每日三刀过后，胶树切割处乳白的胶水变成了清汤流淌。我们下到连队时，正赶上大片大片的橡胶树死亡，无胶可割，令人揪心不已。在林段里，报社记者老L指着死去的橡胶树痛心地说，这可是"杀鸡取蛋"啊。我育过橡胶树苗，深知一片橡胶林从育苗种植到长成开割，至少要十年以上的精心培育啊。可那时谁又能说什么。

小L为人沉稳，对"杀鸡取蛋"这种事通常不会像我那样激愤。他虽说也看出问题，但轻易不言，就是说点什么，也习惯用"主流观"看问题。用一比九看待"缺点和成绩"，得出的结论便是"成绩是主要的，前途是光明的"，我自然是"偏激"的。局部与整体的关系说，是惯常公认的认知标准，甚至成为司空见惯的一种托词。这样的思维模式，在过往很长的时间使人不敢相信或者不敢说主流也有全错的时候。主流观的主宰，令人不敢想不敢说。我逐渐懂得，像我这样连整体和局部关系都说不圆的人，很难踏上仕途。我回城后在几十年的工作实践中，深刻感悟了"做官不做事，做事不做官"的训导，并只想老老实实地做事。

  报社采写抗风防洪英雄事迹的记者们很快回来了，怀着无比激动的心情，重笔浓墨，写出了8开整整两版的英雄事迹报道。清样送到编辑部后，我帮忙校对。纪实的报道让报社每一个人的心都沉甸甸的。我今天已经记不得那些激扬的文字和精彩的描述，但我牢牢地记住了当年万分悲壮的场景：强台风来临，从山上咆哮而下的洪水吞没了猪场，霎时汪洋一片——当洪水退去，只见二十二个泥人半身浸泡在泥水中，保持着挺立的姿势，手挽着手，肩并着肩，筑成一道人墙，一条坚不可摧的"长城"，誓将汹涌而来的洪水挡在猪场之外……泥塑般的人儿，高举着毛主席语录，凝视远方，一脸的坚毅和无畏……猪场几个得以逃生的知青说，眼看人和猪场将被洪水淹没，二十多个人齐声高唱《国际歌》，高喊着："下定决心，不怕牺牲，排除万难，去争取胜利。"此情此景让到过现场和没到过现场的所有人掉泪。猪场除了连长和指导员，二十个死去的女知青，最小的年仅十五岁，最大的也只有二十三岁，她们都来自广州一所著名的中学。

  为保卫国家财产，具体地说，为保卫猪的生命，舍弃了二十二人的生命，我心追问，怎么会是这样？为什么不早早撤离，为什么没能撤离啊。

  对此事件知之越多，越觉压抑。事实是，那猪场就建在山下低洼处，才建了不久。建场选址时，曾有当地的老乡真切地告知那是洪水交汇必经之地，年年水淹，不适宜建场，只可惜善意的劝告并未引起领导重视。"大干快上"让头儿们脑袋热得不行，人定胜天嘛，当然只能说"行"，不能说"不行"。由此，便有了二十多个花朵般的女知青，在洪水必经之处，开创着前人从不敢想的养猪事业，洒下辛劳的汗水。当洪水卷着砂石以不可阻挡之势扑向猪场，姑娘们心中只有保护国家财产的坚定信念，她们何曾想到从此在这里埋葬了青春，埋葬了自己。我的花儿般的姐妹呵！

　　面对一个个鲜活生命的殒落，还能这样冷静地划分和比较局部和整体的关系吗？更何况事情并非仅此一例。到报社不久，在洪水淹没养猪场事件发生前，某团一个建在海边的连队，刚刚发生过类似的事情：当海啸来临，几个知青为抢救连队公共财产，迟迟不肯撤离，瞬间被海浪卷走。对这种原本可以避免牺牲的事件，非但不去深刻反省，反而作为"舍己为公"的大无畏精神大肆宣传报道，在今天看来就是罔顾生命，就是对生命本身的漠视。在英雄的光环后面有没有躲藏的罪责？而正面宣传"英雄事迹"的结果，再次换来了二十二条鲜活生命的毁灭。良知早已告诉人们，一次又一次的抗洪救灾，就是一场场罕见的重大责任事故，铁幕被"英雄的事迹"掩盖着，只见光环，不见那一个个屈死的灵魂。那时，为避免碰上"阶级斗争新动向"这根弦，谁又敢于非议呢，人们更多地选择退避三舍，况且编辑记者们都是军人，军人以服从命令为天职，但只需看看编辑们凝重的表情，便可知他们是怎样想的。再说了，从另一个角度看，知青们抢救公物的事迹感动天地，眼含热泪时谁会对报道"英雄"说不呢。对崇高的献身精神，谁又能无动于衷？谁又能不给以热诚的讴歌呢？报社所有的人，唯有通过文字，表达着对死者的无比敬意，几个编辑一字一句地推敲着标题，英名之下，让二十二个灵魂安息吧。

　　很长时间，我的内心充满纠结，但更多的时候，心中却涌动着一种义愤。

　　四十五年过去了，每每搜索岁月，总会想起那场事故，前几年一个偶然的机会，我看到了一份当年关于养猪场伤亡事件的报告，报告中的字字句句撞击着我的灵魂。"……广大的兵团战士，风口浪尖逞英豪，在抗风防洪中，用毛泽东思想化灵魂，落实行动中，在风口浪尖上，在生死关头时刻，脸不改色心不跳，表现出无产阶级革命战士的大无畏精神和压倒一切敌人的英雄气概。养猪场二十八名战士与台风洪水搏斗的英勇事迹，是一个突出的事例……为了人民的利益，拧成了一个无限忠于毛主席的英勇战斗集体,最后喊出了时代的最强音……"两三千字的报告,终于在结尾有了几句忏悔:"由于我们的领导政治责任心不强,造成了一些不必要的损失……这是一次非常沉痛非常深刻的教训。"接着,一份养猪场所在师领导的发言进入我的视线:"……我们生产部队,搞好生产,发展橡胶,把小小胶刀当作同帝修反进行战斗的武器,把每多产一滴胶水当作射向敌人的一发子弹……"

仅仅是一些不必要的损失吗?我从不信命,但那份报告那发言让我相信了也有命中注定的时候。很多年以后,当我走进法律的领域,便有了更深层次的悲哀。当全世界的法律早已将发生的人力不可预料的、不可抗拒的事件,包括所有不可抗拒的大自然现象,定义为"不可抗力"事件,视抗拒"不可抗力"为不可能、不可为,从而为发生的不可抗力事件免责大开绿灯,从法律的层面将保护生命放在重中之重的位置,作为"知青"——那个年代的特殊群体,却有着许许多多的无奈。我们首先无法抗拒的是,纯而又纯的理念和献身理想的热情是我们那代人的特质,这种特质有时候被政治所滥用,于是,理想被蒙上幻彩,幼稚成为催化剂,热情变成盲动,悲剧却不能不上演。过去和今天,我们,我们的同龄人,又怎能不为此感到悲哀呢。

我的不安分注定了我的知青生涯遍体鳞伤。到报社的第二年,我回到了我工作的W团报道组。就因为我不肯编写假冒的先进事迹,我被下放去建新的橡胶厂,干男人都难抗的活,最终一病不起。有一天,小L同在W师下乡的妹妹受哥哥的嘱咐来看我,临走她对我说,你能做我的嫂嫂吗?我摇摇头,我想起了那些说教。小L一直留在报社,多年后不但参军提了干,还当了正式的军报编辑。1974年,我病退回了城。

五七梦

王在平

作者简介：

王在平，"文革"时为武汉红旗中学（即湖北省武昌实验中学）1966届高中生，1968年12月下放到湖北省潜江县渔洋区高湖公社新垱四队，1975年返城。

1

一九六七年年初的一个夜晚，我和我的几个同学裹着棉被，坐在一间学生宿舍的床上，热火朝天地讨论起了上山下乡，走"五七道路"的事。我们三人都是武汉红旗中学（即"文革"后的湖北省武昌实验中学）六六届高中毕业生。"文革"结束后，我们该干什么，又能干什么？我们的下一个革命目标在哪里呢？终于，我们谈到了要带上一批"造反派战友"去深山老林开荒种地，按照毛主席的"五七指示"，走学工、学农、学军的"五七道路"。

我们越谈越兴奋,越谈越热烈,完全沉浸到了对构想中的乌托邦小社会的憧憬之中,忘记了窗外还是一个越来越冷,越来越黑的严冬之夜……

2

庞道铭,口吃,但同时又是个极富魅力的演说家。这个只会讲广味普通话的演说者一开口就妙语连珠,激情四射,而且,他一激动就结巴,越结巴还越激动,仿佛就是靠着不断升温的激情冲破了发言中的每一个障碍,最后他总能赢得笑声掌声满堂彩。我特别爱听他讲话,心中充满了对这位老大哥的崇敬。

面对我们这群同一战壕的小兄弟,庞道铭在闲聊几句之后立即进入了正题。

"我已经给首长写信了,"他说,"请求首长批准我带一帮弟兄到中苏边界去扎根安家,一边拓荒种地,一边守卫边疆……"他开始滔滔不绝地描绘起他的戍边蓝图来。他的话,唤醒了我和我的战友们半年前的憧憬,一个个激动无比。

不知是谁插了一句:"庞司令,要是我们报名,你收不收啊?"

庞道铭大笑:"哈哈,我今天来,就是来做宣传动员的。我的队伍里怎么能没有小二癞子啊!"

不知谁说了一句:我们还需要动员吗?于是在场的人纷纷表态,要加入庞的队伍。

3

我不知道首长是怎样答复庞道铭的,不过知识青年上山下乡作为一场大规模的"运动"倒确实拉开了序幕。这让如我一样早已做着"五七"梦的人自然备受鼓舞,但是,不同的声音也产生了。在红旗中学传达室门口,就发生了一场关于这个运动的辩论。"反方"的中心人物是王新洲。

他站在传达室门口,引述着政治经济学的理论雄辩地说道:"……真正先进的生产方式是城市里的大工业生产,真正革命的生产力是大工业生产线上的工人阶级,中国农村还是小农经济的汪洋大海,农民也是一个保守落后的阶级,让知识青年上山下乡,只是让他们在一个落后的生产环境中接受一个落后阶级的影响,有什么革命意义可言?中央的这一举措不过是解决城市青年就业压力的权宜之计而已,有那么多张嘴等着要吃饭啊……"

他说话时,很容易进入演说状态,竖立着右手食指指指点点,说到激动时,就口角挂白沫,额上暴青筋。

他的话不仅同中央"两报一刊"的宣传大相径庭,而且把"反修防修的百年大计"说成解决"吃饭"这样庸俗的事,实在有点亵渎我心中的一份神圣感。我跟他争论了起来。但说实在的,我并没有拿出多少过硬的理论依据来驳斥。我只是不断地提醒他,这是一个要不要走毛主席指出的"与工农群众相结合"的革命道路的大是大非问题,是坚持、捍卫还是反对"毛主席革命路线"的原则问题。但是我知道,这些说辞一点也没有说服他。我之所以在气势上还占着上风,只是因为在我的周围,我的支持者远远多于他。

王新洲今天在哪儿,我一直没有打听到。

4

除了王新洲,"上山下乡运动"的阻力也让我在做上门动员工作时实实在在感受到了。一位同学的老妈干脆把我拦在门外,不让我见这位同学。

"不去,我们家×××(同学名字)不去!"她的回答干脆利落,毫不含糊。

我还试图努力一把,问:"他为什么不去?"

老妈突然爆发了:"他有病!有内病,内病,你懂吗?每天早上起床,裤子上都是一大摊!你要不要我拿给你看?你等着,我去拿给你!"说完,她就做出转身要去拿东西的样子。

那一刻，我多少也有点明白她说的"内病"是啥意思了，但这算啥病？这"病"咋又下不得乡了？但我不敢再问下去了，这毕竟触及在那个年代被视为禁忌、也让我们这些"革命小将"羞于提及的话题。我怕她真去拿出什么东西来摊在我面前，便拉着与我同去的一个同学，调头就走，任由她一个人在我们身后喋喋不休。

这件事真正让我意外的是，这位被动员的同学也是共青团员和学生干部，而且也是造反派，我不懂他怎么突然变"落后"了！我给自己的解释是：革命的大潮必然不断淘汰那些意志薄弱者！

5

尽管原来的党政系统早就瘫痪了，但以军队为骨干的管理组织仍有强大有效的动员力量。连我在内，在学校革委会中任职的学生代表几乎都报名加入了首批下乡的队伍。在我们的带动下，一百多号人的队伍很快聚集到一起了。市里召开了上山下乡动员大会，我和柳英发被请上了台，在他代表全体知青表完决心之后，武汉警备区的方铭司令员上前接过了他那张用大红纸写着的决心书，并与我俩热情握手，连声说"好！好！好"！

我自幼患小儿麻痹症，左下肢畸形，走起路来一跛一跛的。像我这种情况有没有政策规定可以不下乡？坦率地说，我连去询问的念头都没有过。而且我相信，即使有人拿出这样的政策来劝留我，也一定会被我一口回绝。我这一态度就那么明明白白地写在脸上，所以直到离开城市的最后一刻，也没有人为此向我张过口，包括我的家里人。

6

但我也不是一个对下乡后会遇到的麻烦毫无预见的人。当得知我们下放的地点是潜江县渔洋区，而且得知这一地区还有不少"文革"前下放的老知青后，我便以学校革委会负责人的身份，与另一革委会常委吴老师一道前去进行了一番考察。

考察中，我俩得到一位姓章的老知青和他的伙伴们的帮助。他们说是"老知青",但年龄并不比我大,有些甚至还小不少。但他们是"文革"前就从城里被下放到潜江来了,来的时候大多只有十五六岁,有的甚至更小。而且他们自嘲着说:我们算什么"知青"?我们中有不少人连初中都没上过,甚至连小学都没毕业,但因种种原因,成了"社会青年",结果在街道居委会三天两头"上门动员"的压力下,只好响应"党的号召",下到农村来了。

他们带着我们看了好几个老知青的安置点。

在一个安置点,我看到了一间你根本不相信里面还住着人的残破房舍。一个十六七岁的男孩子站在屋外,一副无所事事的样子望着我们走拢去。章上前跟他搭讪了几句,问他:就你一人在家?还有人呢?男孩回答:谁谁谁回武汉了,谁谁谁出工去了。我们一进门,就被眼前所见震惊了:堂屋的锅灶落满了尘土,也不见油盐酱醋和干净餐具,完全就不是开过伙的样子。走进侧房更是不堪入目:一排从东墙搭到西墙的大统铺上,一个紧挨一个地胡乱铺放着七八床被子和垫絮。这些被子颜色各异,但同样都污秽不堪。更恐怖的是紧靠统铺的一面墙已经倾斜,只有一根碗口粗的大木柱反向斜撑着它。

章告诉我:这个点上的"知青",来的时候都只有十三四岁,根本没多少生活自理能力。刚来的时候还有个带队干部带着,但一个多月以后,干部回城去了,就留下几个啥也不懂的孩子在这儿鬼混着……

离开了这个安置点,章和他的伙伴们还带着我们跑了几个点,一路上,吃饭在知青点上,晚上睡觉也在知青点上。虽说哪儿都是一副穷相,但我们还是感觉到了这些老知青们对我和吴老师由衷的热情。在两天的行程中,我们听说了不少老知青悲惨的故事,也亲眼目睹了他们贫病交加和毫无希望的生活。他们还跟我们讲起了与当地农民的冲突。最严重的一次是一个知青被一群愤怒的农民打死,然后四里八乡的知青全闻讯赶来,主凶一家早吓得全家逃亡,知青要烧他的房子,但在隔壁邻居的苦苦哀求下(理由是大火一起必殃及多家无辜者),被复仇的怒火烧红了眼的知青们总算保留了最后的理智,只是上房扒光了屋顶上所有瓦片，并砸烂了屋里的锅碗瓢盆……

老知青的悲惨境遇让我十分震撼，也引起我极大的同情，但同时，他们中的许多人又让我感觉到了在一个特殊生活环境中孕育出的独特魅力，包括他们对生活的抱怨，对某人某事的诅咒，互相间的戏谑和嘲讽，甚至晚上躺在床上说出来的"下流话"，都让我隐隐感觉到他们似乎已经成了一群无拘无束的人，有一种像我这样整天生活在"革命组织"中的人从未体验过的快乐。章比我小，跟他交谈时，竟有一种听一个老成世故的长者讲述往事的感觉。但当他和他的伙伴们说说笑笑地撑着小船，把我们往一个个知青点上送时，我又觉得他们依然散发着来自天性的快乐，用今天的话来说，还是一群阳光大男孩，在昏暗的煤油灯下，那些悲惨故事的讲述者与他们似乎判若两人。

我很想向章证明，我们这些即将下来的知青与他们这些老知青是不一样的，我们都是有思想武装，并经过了"文革"洗礼的。而且，上山下乡是我们自愿的选择。

章只回答了我一句：我们刚下来时，也是很有革命热情的。

在已经接触到的老知青中，我感觉章是最沉稳也最有主意的。不过，章自己告诉我，有干部说：章是老知青中"最坏的"。这话，我后来也听到干部说过。

我们在渔洋考察的时候，恰逢县里正在召开接待、安置知青的动员大会。这是一个由区、公社、大队主要负责人出席的规模庞大的三级干部会议。当老知青正在向我和吴老师倾诉他们的苦难时，聚集在一起的社队干部们也在互相传播着关于老知青的种种劣迹：打架斗殴，偷鸡摸狗，辱骂干部，甚至——强奸妇女等，总之，正如一位大队干部说的："老百姓一提起知识青年，就像当年提起日本鬼子，又恨又怕！"这些传言无疑引起了许多社队干部的恐惧。有的队干部甚至对上面说："你看你们准备分配多少知青去我们那，我们每年把他们吃的米给他们送到武汉去就是了，让他们别下来了。"

县安置办主任老张找到了我。他希望我去作一个大会发言，帮县领导们化解干部们的抵触情绪。

我去了，怀着一种捍卫革命路线的使命感登上了县政府大礼堂的主席台。

我不怵在大庭广众下的演说。这是两年多的"文革"锻炼出来的。面对着台下黑压压的人群，我滔滔不绝地讲了一个来小时。我的中心意思就是一个：经过"阶级斗争"和"路线斗争"考验的毛泽东思想红卫兵是不同于以往的老知青的。

那是一个火热的革命年代，任何充满革命激情的演说总会赢来热烈掌声的。

7

彩旗招展，歌声飞扬。出发的日子终于来到了。1968年12月2日，装载着红旗中学首批下乡知青的卡车在锣鼓声中缓缓驶离校门口。前来送行的老师、同学、家长和被锣鼓声吸引来的附近居民自发形成了夹道的人墙。车上被送的人轮替地唱歌，喊口号，或者大声诵念着毛主席语录。"到农村去，到边疆去，到祖国最需要的地方去"成了主打歌曲；"农村是一个广阔天地，在那儿是可以大有作为的"成了主打语录。卡车的侧面则挂着"扎根农村一辈子"大标语。

在与家人最后道别的时候，一个女同学终于忍不住了，哭了起来。但她的眼泪似乎并没有引起连锁反应。

从武汉到潜江行驶了四个小时。潜江县组织的欢迎队伍早早就在县城外等候了。从县城到公社再到生产队，一路上都有迎接的队伍，除了帮我们搬运行李，他们都还带着锣鼓等打击乐器，热热闹闹的。只不过随着不断分流（各个知青组都分赴不同的生产队），一直陪着我们小组进到高湖公社新垱四队的，也就剩一副小钹和一个小锣了。"台——强！台台强！"这对"锣钹组合"发出的单调声响在空旷的田间小路上已无法营造热烈气氛了。

后来我才知道，村里所有红白喜事全仗着这对"锣钹组合"呢。

我们一组十来个人被带到一座才建好没多久的新棉花仓库前。仓库分东西两间，正好一间住男生，一间住女生。不过这时床铺桌椅还没打好，我们暂时还只能在地上铺一层厚厚的新稻草打地铺睡觉。我一边把背包行李扔到散发着草香的地铺上，一边带着几分兴奋又几分茫然的心情默默对自己说道：看来，新的生活将要自这从没有睡过的地铺上开始了！

2014 年 1 月

1968年，我为什么要带头下乡

柳英发

作者简介：

柳英发，1947年2月生。武昌实验中学1966届高中毕业生。1968年12月到湖北潜江插队。1975年10月"顶职"回武汉当工人。1998年在工厂"内退"。2007年正式退休。

大约在1968年9—10月间，湖北省、武汉市两级革委会开始动员和安置"老三届"上山下乡工作。所谓"老三届"——这是后起的称谓——是特指1966年、1967年、1968年三届高、初中毕业生。依我的下乡经验，我以为，与"文革"运动伴生的知青上山下乡运动，其先行者或主体，就是当年老三届。换言之，若要问谁最能代表这一运动，回答应是非当年老三届莫属。老三届群体——请恕我仍用当年话语——包括曾经的保守派、还没有停步的造反派、其实并不逍遥的逍遥派,如在北京中学界,就有四·三派、四·四派、"不三不四派"。但不管怎样,那时他们各自都已拥有两年多"文革"的履历,都已烙上了"文革"的印记。这是不以人的意志为转移的。上山下乡的老三届大部分,既是"知识青年",又是"红卫兵小将"。这一历史性的特点,是老三届之前的知青先驱们,如1950年代下半期、1960年代上半期下乡的老知青们所不具有的。"文革"时期在老三届之后继续上山下乡的几届学弟学妹,这一特点在他们身上也不鲜明了。这一特点是老三届的"专利"。老三届在回忆上山下乡时,我认为不要忘记这一特点。这也是直面我们自己走过的路。

由于我从1968年1月起相继担任武汉红代会副主任和武汉市革委会常委,就有机会参与武汉市革委会知青上山下乡的领导工作。记得在相关的大小会议上,凡发言我总是表态说:我带头下乡。其中有3次活动,我自以为是有影响的,至今仍有较深印象。

第一次:1968年10月间,在中山公园广场,省、市革委会召开万人动员大会。我在发言结束前,转身面向主席台上的诸位领导,大声疾呼:请方铭主任批准我的下乡要求!市革委会方铭主任当时站起来高举双手带头鼓掌,瞬间全场掌声响起,热烈而持久。领导和群众的支持给我莫大鼓舞。这里要说明一下:我为什么要在万人大会上向方铭主任提要求?原因有二。一是在1968年3月,第二炮兵来汉征兵(同时来汉征兵的还有铁道兵),我在学校报了名,经过体检等程序,被批准入伍,军装都穿上了,但被方铭等领导人拦下没走成。原因应该是多方面的,其中可能是为我当时担任的职务所累,又没有事先向他们报告。二是这次要求下乡,鉴于上次教训,我事先都报告过,但方铭等领导人无明确态度。于是我就公开在大会上表态,以示决心,并向方铭主任"将军"。

第二次:在一次省、市革委会联席会议上,我发言中有一内容是强调干部子弟在这次上山下乡中要带个好头。我直接对在座的张体学同志(时任省革委会副主任)说:您家的孩子在华师一附中,应起带头作用。张体学同志到底是老干部,对我说的没什么反应,十分平静。我这个发言是有潜台词的，借此机会，我简述一下："文革"初期，许多干部子弟先于我们"打头阵"，但头没带好。这次上山下乡，希望他们带个好头，起好作用。（事实上，也有不少干部子弟带了头，起了好作用，如我校王任重书记的儿子就上山了，据说张体学同志的子女也下乡了。）另外，我在实验中学（"文革"中一度改称"红旗中学"）读书时，学校对我们进行"一颗红心，两种准备"教育，有的干部子弟表现突出，要求辍学去新疆（当然学校没有批准）。当时，我对此举动不以为然：等毕业时再看行动嘛。而现在（1968年）是时候了，但已有人"走后门"参军去了。基于此，我在联席会议上的发言，才有那般"强调"。

第三次：1968年11月25日，省、市革委会在新华路体育场召开大会，欢送武汉市第一批上山下乡的万余名"老三届"奔赴农村。我作为代表在大会上发了言，向江城人民表示了决心。会后，数百辆大卡车满载他们在武汉三镇巡游，沿途几十万名群众夹道欢呼，锣鼓震天，红旗招展，歌声飞扬，场面蔚为壮观。

这是我在社会上的"带头下乡"。

在我们红旗中学，当时起带头作用的人就多了，校革委会中的学生委员和各班领导小组成员个个带头下乡。特别是王在平同志，更是大家学习的榜样。他从小患有小儿麻痹症，留下残疾，行走不如常人。他是重要发起人、主要领导人；学校成立革委会，他任第一副主任（主任是学校原干部）。大家都亲热地称谓他"王拐子"。拐子为武汉方言，有头头、长兄等义。他获这一称呼，恰是同志们对他的拥戴，我说"这是爱称"。（当时我们学俄语，俄罗斯人的姓名除名、父称、姓之外，另有爱称。）对王在平来说，按政策是完全可以不下乡的。但他作为学生领导人物，带头下乡，义不容辞。常言道：榜样的力量是无穷的。他率先示范，使我们学校的上山下乡工作开展得十分顺利，以致当时还无计划安排下乡的部分1969届初中生都向学校提出下乡要求，甚至不顾劝阻，硬要与学长学姐们一起走。

当时在学校，有一些同学问我：我们到农村去干什么？我回答说：我们这次到农村，不同于"文革"前每学期去农村劳动体检个半月或一月，访贫问苦，与农民"三同"；也不同于前不久（1968年3月）响应中央和省、市革委会号召，参与毛泽东在思想宣传队去农村支援春耕生产（红旗中学去罗田，华师一附中去秭归等）。我们这次到农村，是要扎根农村干一辈子革命！我清楚记得我当时鼓动的话：下去以后，就是要把我们所在的公社都办成"红十月"公社！当然，由于历史的诸多原因，我们"壮志未酬"。

这是我当时在我校的"带头下乡"。

1968年12月初，我、王在平和战友们一起下乡到湖北潜江插队落户务农。1975年10月，我"顶职"回武汉当工人，王在平是1975年5月"病转"回汉，前后有8个年头。在上山下乡的老三届中，在生产队落户时间比我、王在平等人还要长的，估计没有多少。下乡时我21岁，回汉已年满28岁。近7年的岁月是我的青春记忆。落户潜江7年，我把潜江视为我的第二故乡。离开潜江后再回故乡看看，至今我仅三次。王在平诸位属有车族，如今交通方便，他们常开车"悄悄进村"（王在平语），"回家看看"，次数比我多多了。我常问自己：离开潜江几十年了，这里有些什么竟还让我们割舍不下，还让我们魂牵梦绕？篇幅所限，留待以后有机会再说吧。

那我又为什么要"带头下乡"？

我以为，要想真正成为革命事业接班人，非经长期的艰苦的基层磨练不可。所以在1968年3月，我有主动报告参军的事。关于参军，还有家兄的嘱咐——我要啰唆几句：我家是穷苦出身，新中国成立，和千千万万穷苦家庭一样，政治上翻了身，经济上也翻了身，文化上也要翻身。1958年，我父亲上"红专大学"，从目不识丁到能看懂一般机械图纸，进而在工厂车间担负技术革新工作。我们一家，曾经兄弟姐妹五人同时在校读书，若不是共产党的助学金，我们难以完成学业。我大哥就是因为家境困难，高中肄业参加工作以减轻家庭经济负担。当时我大哥亲口对我说：像我们这样的家庭，一定要出大学生，而且要投身国防，保卫我们的幸福生活。就是记住大哥的嘱咐，我高中毕业时准备报考哈军工的。1968年征兵开始,于是报名参军,参军没有成行,现在上山下乡,这也是培养革命事业接班人的重要途径。

于是乎,我"带头下乡"了。这都是我自己的主动选择。

我家在农村
——有位佳人　在水一方

朱德元

作者简介：

朱德元，1948年出生，武汉三中1967届高中毕业，在工厂工作了一辈子，平生喜爱琴棋书画，对儒、释、道三家均有涉猎，在诗词、书画、佛学上，颇有心得，如梦轩文化沙龙曾专题举办书画展，受到好评。

据说武汉市有一万一千个建筑工地，全城到处都在拆了建，建了拆的亢奋和疯狂中，到处尘土飞扬，出门都是车堵人塞，旧的街巷房舍，人文标志都在一个个地消失，随之而消失的就是人们睹物回望，缅怀过去的情感。过去的在慢慢遗失，当今的已无法安定，只剩下明天的美好让人们去期望，去梦想。

随着熙熙攘攘的追逐新居的人潮，我现在搬进了还建的新家，原来许许多多旧的家什，工具，材料，方便贱卖的一卖了之，有许多卖得实在可惜的干脆送人。但有两个杉木衣柜随着我东搬西迁，又搬进了新居，它们非常老旧，与高层亮堂的新房格格不入，我的一个同学到了我的新家，十分诧异我还保留着如此古板的家具，他问我怎么不换套新家具呢？我只笑笑，岔开话题谈别的。经济不宽裕，用一套新家具和新奇的装饰是可以遮盖的，我不大爱邀约别人来我家，也就没有遮盖的必要。过日子，只要宽敞和简约。

很多老东西都见证过自己曾经的岁月，有些甚至是令人终生难忘的，我常常痴痴地盯着这两个柜子，默默地回想起几十年前，长江，绠棚，暴雨，断桨，那已经流逝却无法遗忘的点点滴滴。

1969年春节过后，最后送别的同学都已经到了他们战天斗地大有作为的地方，剩下我孤零零地回到了自己的家——一个离城里很近的农村，说它近，离我读书的武汉三中不到二十分钟路程，离归元寺约一两千米，但它就是农村，而我就是一个农民，一个一辈子的身份标志，像林冲头上的烙印，刻在了我的生活中。

我家在上马湖，又叫纳税堤的地方，居住了一百多年，地无一分，田无一垄。纳税堤是一条由两块并列的长条青石铺就的街面，这条街经西桥连通至东门，那街面据说是清乾隆年间一个姓袁的善人捐建的，左邻右舍都是铺面，茶馆，水果，杂货，麻花，一家连着一家。小时候我见证过它人来人往的繁荣。

我家是两层楼三大间的铺面房，楼上住人，楼下一长排的铺面门板，看见大人每天开门关门十分麻烦（那时叫上门，下门）。还有一座跨街的凉亭，凉亭的长条木凳油光油亮。楼房后面是临水的码头台阶（那时一层层的台阶叫江山），台阶边沿有许多直径三十公分的铁环，为船家系船所用，若是水大时，撑开我家的木板后窗，用一根长长的竹竿是可以系钩钓鱼的。农历正月十五是最热闹的时候，我们老街上有一条很长的枣红的龙灯，平时供在岳王庙里，正月玩龙灯时迎出来，我养父身高一米八几，是个响当当的玩龙头的把式，龙灯玩到谁家的铺前，那个鞭炮声响个不停，店主拿红枣茶招待大家，看热闹的也可以喝上一杯。

我总是跟着龙灯满街跑，说起岳王庙，全国最大的岳王庙不在杭州，而是在武昌的蛇山附近，是宋时皇家所建。同样铸有秦桧的黑铁跪像，可惜被一帮不重人文的家伙们拆了，至今也没有重建。

我家附近的岳王庙是岳王在武汉的第二大庙宇，记得十分宏大，后、偏殿败毁，主殿做了粮店，那可是岳王藏兵屯甲的地方。

我家的铺号叫"朱义兴"，黑匾黄字，长达两米，一两百年前，几代人都是做买卖为生，公路的兴起，水运的衰败是码头商埠湮灭的历史原因，这条热闹的街市就变成了农村，上世纪60年代很多人把街面的长条青石撬走了，用作猪圈的围栏，屋后的水港已淤成了一条恶臭的小水沟，随着时代的变迁，我家走在一条复古的线路上，回到了一二百年前的职业——农民。

形势比人强，在孤寂苦闷中挣扎了几个月后，四月初的一天，我走到生产队破败不堪的办公和堆放物具的队部，要求出工，算是正式接受了农民的身份，开始的工作是整理鱼池、熬绠等零碎劳动，四月二十五日，正式派往长江岸边武昌石嘴附近的过江塔下，安棚扎营，一年中捕捞鱼花的工作开始了。

话说长江，是一个完整的生态系统，生养着千千万万种生物，单说鱼类，在正二月溯江而上，到三峡附近的激流中冲荡产卵（俗语叫扳籽），所产的鱼卵顺江而下，四天成苗，七天后到达武汉（农历立夏前后），变成一种极小的幼鱼（俗称水花），下绠就是在武汉的长江边，用那种叫绠的工具捕捞水花。

水花经过筛选将青、草、鲢、鳙四种鱼苗放到池中，用鸡蛋和黄豆喂养。我家附近有苏、陈、肖三家世代以此为业。筛剔鱼苗是一种专门的技术，到我回队的1969年，三家中仅有肖的后人仍能继守，其他两家已经薪火无人，我所属的生产队本来就没有搞这行当的人，只得从广东请鱼苗技师，技师复姓欧阳，是个老实、勤勉敬业的人，所谓家鱼青草鲢鳙，是仅清朝中期后才有的身份，现在什么东西都能家养，野的东西难得一见了。

三峡大坝彻底改变了长江的生态结构，20世纪60年代长江三峡的各种鱼类达300万亿尾之巨，据说如今已不到1万亿尾的数目，好多生物在消亡，都是人为所致。

我们的绠棚离石嘴的堤岸300余米，人迹罕至，不远处是过江的线塔，再往上望有一片回流的平缓水面，那是个良好的渔场，有条乌篷船在那里下着滚钩和丝网，江的对岸就是汉阳纸厂。

绠棚共有四人，棚长姓周，大我一二十岁，往日也是个吆五喝六的人物，年轻时是我们那里的码头达人，为人仗义而蛮横，大方又不愿吃亏，许多对立的性格，都能在他身上兼容。我和周棚长两人一组，四人分为两班，将棚搭好，把横栏楠竹放入水中，挂上绠网，装上流箱等事项后，渔汛到了。两班人马日夜不停地轮班从流箱中将水花捞出，渔汛很猛，容不得喘息和懒散，从没有熬过夜的我，瞌睡得不行，每天昏昏沉沉，走路都能睡着。在江水中把鱼花捞着捞着眼睛就闭上了，谚语说：四川鱼扳籽，武汉捡银子，全年的丰欠，在此一季。我明白这段时节对生产队的重要，只有坚持再坚持，苦熬再苦熬，多蒙周棚长宽宥和自己的咬牙苦撑，我挺过这一关，没有留给人诟病的话柄。

绠棚的另一个棚友叫小癞痢，与我同岁，父亲死得早，家境贫寒，读了几年小学就早早辍学，回队参加了劳动，我们队的农活五花八门，什么下绠、撒网、打铳、种菜、酿酒，不一而足，小癞痢什么都搞过，下绠也是个老手，但我不怎么喜欢他，他的哥哥大癞痢是我非常好的朋友，也是我们那一片地区的孩子王，天不怕，地不怕，打架偷盗无所不为，我与他好，是因为凡害人的事情，他从来不叫我，而哪里有好玩的新奇的物事，又总是将我带着，小癞痢总想跟在我们后面，总是被他哥哥的老拳打跑，那时，我们自己组织了一支捷锋足球队，常常与别的球队进行比赛，而在比赛中又时常打架。我就叫上大癞痢为我们压阵，那时比赛的球门都是用书包摆成的，进球与否的争议在所难免，比赛打架也就难免了。我们有了大癞痢压阵，常常避免了打架，这使我很小就明白：暴力的威慑能够避免暴力发生的道理。

后来，我读高中，每天放学，大癫痫都要在我经过的路口等我，和我打个招呼，好像不打招呼，我会忘记他似的，他大我四五岁，到了恋爱的年龄，没有家人操持，只好从媒人到女朋友细细碎碎地讲给我听，要我为他解析，我当年什么都不懂，但也要故作高深地谈点自己的看法，他想买个矿石收音机，又没有钱，我借给他钱，他家中四壁空空，我就把每天读书的桌子（原来家里收银用的长桌有铜环铜锁的），也搬到了他的家里，权当作结婚的家具。

高二时一天放学回家，看见大癫痫直挺挺地躺在木板上死了，被电打死的，他是生产队的电工，胆大心粗，队里的好多电线都是破损裸露的，他常常接了电源就挽着电线给水泵放线，这次命运之神没有关照他，正当英年，好事未成人却先去。我十分悲伤，总是想到他曾带着我到鹦鹉洲的芦苇丛中捉兔子，到徐家湾掏鸟蛋……

他心地善良，因其父早亡家境太穷而偷盗，一经没有饥寒的困扰，就千辛万苦地洗刷自己小时候的恶名，生产队的苦差事、危险事他从不推辞和逃避，开始恋爱后，他憧憬着美好的将来，对人彬彬有礼，再也没有过去的蛮横霸道，可是阎罗王对一个幡然自新的人没有给他重做个好人的机会，无情地结束了他的家庭梦，温饱梦。

与小癫痫同在一棚，我担心他记恨小时候孤寂的心灵阴影，加之我体弱，因诸事不顺会来为难我，可是在几个月的共事中，凡是江中打桩，送鱼过江等苦差事，他都会关照我替代我，让我放下了会有冲突的忧虑。后来我知道，他还担心我像小时候那样疏远他，冷漠他呢。

可见人与人之间有很多误会都是主观臆测在作祟。

还有一个棚友姓陈，新中国成立初从新洲流落到我们那里，与一个新寡的女人成了家，日子也过得比较窘迫，遇上红白喜事等有打牙祭的场合，若是中午的席，他早上绝不吃什么的，若是下午的宴席，中餐必然省掉，使之留下个容量最大的胃囊。我家房子大，又宽敞明亮，特别是油灯比别家的亮，灯罩又总是擦得亮亮的，记得我十岁前

33

的日子，几乎天天晚上都有人在我家前三百年后五百年地吹牛谈天。那时水路虽然在逐渐萧条，但汉川南乡的水运还未断，许多奇人异事，江湖传闻，以及狐仙鬼魅，就是人们晚饭后的节目，有点像如今的电视，真的也好，假的也罢，大家图的是饭后的消遣，陈棚友是我家的常客，也喜欢吹点牛皮，占点便宜。

在绠棚他与小癞痢一班，小癞痢喜欢顶真，陈棚友喜欢吹牛，几个月中就他俩有扯不清的皮，抬不完的杠，时间久了许多细节已经忘记，只有一件事，还有些印象，陈棚友说他曾十个指头上都戴满了金戒指，小癞痢也是穷人，怎么会相信比他还穷的会十指戴金呢？当然会百般质疑、嘲笑，炫富的往往是才得温饱的人群，嘲笑别人穷的也往往不是富人，小癞痢非要坐实陈棚友金戒指的故事只是吹牛，陈棚友当过壮丁，见识广些，见过金戒指，比起小癞痢连金子是个什么样子都不知道，自然有吹牛的底气，但苦于不能交代何年何月十指戴金的背景，因而叮叮捶捶，争闹不止。

除了捞鱼花、洗绠，我还有一项买菜做饭的工作，离集市太远，买菜是个难事，只有托送鱼花的不时从汉阳带点青菜，鱼呢就从下丝网的渔船上买点，米则是棚友自带，做饭时各人应从自己的米袋中量一杯米来，那时节，米可是贵重的东西，他们相信我，让我取米自便，但从陈棚友的米袋取米，我往往打得浅些，他们从家里带来的米，都是有数的，我估摸着陈棚友的米肯定不足，就给点小便宜他占吧。

周棚长当年算是老江湖了，他好像和下丝网的很熟，过几天乌篷船就会来我们的绠棚，丢上几条鱼，由我来付钱，六月间，江上有专门捞鮰鱼的船，用三角形的渔网在江中作业，我们也不时来上几条，陈棚友向来节俭持家，不喜欢大手大脚地花下绠的补助钱，而他又不敢和周棚长叫板。

几个月的艰辛，若没有好饭好菜，我可是熬不住的，我自然喜欢周棚长大手大脚的做派。

有一天，我正在做饭，听到老周叫我，我出来一看，只见他正在与乌篷船上的一个四十来岁的渔民聊天，渔船的艄尾一个十分俊俏的十八九岁姑娘，把着浆悠悠地打着水面，他们就是离我们不远处下丝网的父女，他们在收网时不小心打翻了船上做饭用的清水，明矾也用光了，向我讨点清水做饭。我赶紧打好一盆清水，包上一点明矾送到他们的船上。

那渔夫五官清矍，江风与阳光打磨的脸上似乎没有完全遮住他过去曾不是渔夫的底色，言谈中隐隐有种书雅的遗痕。为表示感谢，他顺手把一条两斤多的鲤鱼丢进我拿的水盆中（所谓春鲶夏鲤，六月是长江鲤鱼最鲜美的时候），推辞不过，权且收下了。不时瞟眼，看到后舱的姑娘盈盈的笑意，也好像对我致谢，渔夫则再三感谢周棚长，姑娘轻扳船桨，掉头向下丝网的地方划去，她那明眸亮齿清丽健朗的面容和划船时轻灵的倩影，迷得我呆呆地站在江边，忘记了顶锅下的木柴都烧光了。

后来下江捞水花时，不由自主，总是往下丝网的那边张望，惹得老周时不时地取笑。

鱼苗走江大致分为三批，尤以二江即小满前后最为量大质优，而且渔汛周期也长，十几天没日没夜地捞捕，清洗缏网，送鱼花过江，大家都已经筋疲力尽，好在二江的渔汛停了，我们叫断江，棚友们把水中的缏网清洗晾晒后，就风风火火地赶回家和老婆效鱼水之欢了。

我还是光棍，留守缏棚就是义不容辞的事了，周棚长临行叮嘱我注意安全，特别是六月份可能有大雷暴，他说1961年的风暴把当时的缏棚全部掀翻，渔船也被冲跑，叫我一定当心，我连连点头称是。

他们走了，空旷的江岸，仅剩一人一棚，疲劳过后的松弛，望着蓝天白云和过江的线塔，听着江水流淌呜咽，和那宜昌下来的东方红客船的鸣笛，一种荒凉与茫然的感觉油然而生，晚上孤身一人躺在床上，听着江涛拍岸，本来几十天欠下的瞌睡却迟迟不来，翻翻腾腾地闹到半夜，才踏踏实实地睡了个深沉的好觉。

清晨，一抹红霞如胭脂般挂在东方，江边丰茂的草地上映着滴滴露珠，长江夏日的早晨，风轻云淡水急，我划着渔船检查水中的楠竹是否被冲走，看到从江中缓缓地一只一只的丑陋的草爬虫爬满了木桩，它们正迎着晨曦和朝露，褪掉身上丑得吓人的外装，轻轻地，轻轻地舒展翅膀，土褐色的怪物，忽然变成了红的、黄的、黑的、蓝的、绿的蜻蜓，一个个飞向水面，飞向空中，我随着它们的蜕脱和展翅，也遐想着哪天我也能像草爬虫一样脱掉农民渔民的外装，向着我的天空飞去，唉，一生想飞，但总没有个蜕化的机会。

江边空旷辽阔，举目四望，横无际涯。遥想宜昌下放的同学，他们正在干什么呢？江面一层薄薄的水雾，远处的乌篷船时隐时现，现在他们是在下网还是收网呢？船上的是中年大叔还是那美丽的小姑娘呢？江雾遮眼，哪能看得真切。

年轻时的疲劳恢复得快，我感觉这段时节不分昼夜的劳作，长江边活水活鱼的饮食，日精月华的蕴培，身体强健了许多，一个人孤棚独处，倚伴长江，放眼蓝天，不由得想起屈原的求宓妃之所在，解佩纕以结言……几次想到下丝网的所在去与那姑娘结言，但又怕遇到的是那大叔，时而又想起庾信之舟楫路穷，星汉非乘槎可上，风飙道阻，蓬莱无可到之期，天意人事，凄苍伤心矣，默看江水东逝，茫然自怜起来。

没有事做，百无聊赖，本想带几本书来，又怕棚友诟病，只能做做饭吃，看看江景，再就胡思乱想一番了。

就在断江的第三天下午，无所事事的我坐在江边，蓦然看见西边天际一股浓墨似的黑云迅疾地向东扑来，江面陡然起了一阵接一阵的江风，我赶紧收起了无聊的悲情叹意，起身把缏棚的桩绳加固，把晾晒在岸坡上的缏网一件件地收集好，堆放在缏棚后面，并用绳扎实。又跑到江边将在水中晃动的渔船拖上江岸，还把缆绳系牢，一股狂风猛地吹进缏棚中，叮叮当当把搪瓷杯碗刮得掉落满地，一阵忙乱，天际的黑云低低地由西向东朝缏棚压来，缏棚被吹得吱嘎直响，我干脆走出棚外，迎着呼呼的疾风，让其涤荡自己心中郁闷的块垒，黑云、狂风、江浪，它们各自奔走冲撞，也好像有郁闷在发泄。哗啦啦，轰隆隆，岸土崩塌声此起彼伏，汉阳纸厂边的过江塔消失在黑云中，大点大点的雨滴随着黑压压的云层打将下来，一会儿就变成了瓢泼大雨，刚才被拖上岸的船儿又有半截落在水中摇曳，我本想将船儿再拖上来一点，突然看见江中一根十余米长很粗的杉木在江浪中一上一下地向下游冲去，我索性解开船绳，推船入水，架起双桨，向着那杉木划去，想把它拖到缏棚附近。

狂风鼓着江流劲吹，那水流速比平时快了很多，船儿拍打着浪花，一上一下地朝木头追去，待追上木头，用绳子将其系在船头船尾两端，用力将木头划出江中的激流。想快点抢到岸边，狂风一阵紧过一阵，雨滴打在脸上，眼前一片模糊，我拼命划着船儿，可船儿被硕大的杉木带着飞快地向下游冲去，根本就挣不出奔腾的江流，江天一片混沌，越划越是手忙脚乱，我慌了神，丢开双桨，想解开绑木头的绳子，谁料那棕绳被水浸泡，有如铁匝一般怎么也解它不开，只听得喀嚓一声左边的桨叶卡在木头与船体之间，被巨力撅断，没有船桨，绳子又解不开，木头和小船眼见得就会向下游的长江大桥的桥墩撞去，可怕的后果震慑了我，我手脚无措，痴痴呆呆，恐惧将我整个人都吓傻了，忽然风雨中一条乌篷船飞一般地向我驶来，只听得一个姑娘清脆的声音：快，快，快把木头解开。一种说不出的激动使得我声音喑哑，不知是说了，还是咽哽在喉，嗫嚅嚅嗫的表达，我解不开绳子，只见她将双桨架在后艄，从船舱拿把菜刀，纵身跳入江中，两三下就将我绑着的棕绳砍断，任由那杉木如箭一般随着奔腾的江流向下飞去。

我深深地嘘了口长气，喃喃不清地向她道谢，隔着雨帘，我看清了她就是我缏棚附近渔场的、我几次想去拜访而又心怯的姑娘。

只见她麻利地将我的小船系在她的船尾，冲我揶揄地一笑，带着我冲出江心激流，逆着江水向缏棚划去。看着她轻快迅捷的划船动作，我想起了曹植的御轻舟而上溯，芳泽无加，柔情绰态的句子。

才脱险境，就不由自主地思绵绵而增慕起来。我划着单浆，看着她被雨水淋透的花格衬衣透贴在她那凸凹有致的身上，看着她那延颈秀项，腰如约素，又是一种不同刚才的精移神骇。

回到缏棚。她的乌篷船挡不住肆虐的暴风雨，里面的被单衣物全都浸湿，我拿出没穿几次的红色翻领衫和裤子，请她就在绠棚换衣，我则去打水做饭，绠棚里还有两条鲫鱼是棚友们留下的，没有什么能表达我对她的深深感谢，请渔家的姑娘吃鱼有些贻笑大方，可我只能如此……

她叫莲莲，当年十九岁，她明丽清朗，一米六几的个子，浅栗色的皮肤光洁晶莹，她笑我像个苕货，在激流中捡木头，又笑着说，你把生产队的船桨搞断了，看你怎样交代？下绠没有船桨，就像战场没有刀枪，全队的人不骂死你才怪，说得我呆若木鸡，我知道闯了大祸，那个时节，船桨的叶片，不是轻易能买到的东西……

吃过晚饭，狂风暴雨没有一点停歇的样子，依旧在鼓动着江涛，拍打着江岸，我舀尽乌篷船里的积水，把周棚长和小痢痢的被单铺在船里，我就睡在船上，请莲莲就在绠棚中我的床上休息。

一夜都是惊涛拍岸和暴雨敲打乌篷的声音，天色微亮，莲莲就从绠棚中来到船边要我起来，说要去看看留在江中的滚钩是否被冲走，穿上雨衣，我们在她下网的地方收网，那片江面平缓，虽是狂风暴雨，渔网还在。我一截一截地收着网线，突然有一股巨大的力量袭来，我说有大鱼吧，她说快松网，我把刚收拢的挂满鱼钩的网线放下一截，从船艄来到船头，只见她一会儿收，一会儿放，我在船尾划桨，配合她收收放放，大约二十分钟，我们捉到了一条几十斤的大青鱼。莲莲说，暴雨中江流太急，往往会有大鱼溜边，昨天我把滚钩下在水中，就是看看是否有大鱼上钩。除了那条大青鱼，网钩上还有各色鱼鲜二十多斤，真是鱼儿满仓的大丰收，在回绠棚的途中，见江面上还漂浮着几十根木头，我们顺手带走一根，轻轻松松地运回了绠棚。接着，又来来回回地运回几十根又粗又长的木材，中饭是莲莲做的，顶锅饭，焦黄焦黄的香味扑鼻，菜是辣子虾鲊，和油炸毛花鱼，那年头，油可不多见，油炸毛花鱼真是好吃极了。

下午，雨停了，风也累了，长天如洗，只有江涛依旧不停地咆哮，脱去雨衣，莲莲红色的翻领衫在浪花中起伏，两条长辫在蓝天下飞舞，真是美极了。

长江的汉阳一侧军山一带，原有大片木材在那里停放，捆绑木材的都是用竹篾编成的缆绳，这次狂风暴雨打断了扎排的绳子，木排散架后就会向下流淌。沿江住户也有打捞私用的，若被发现是要被拘留的，我们的生产小队，两间小队屋，实在放不下下罾、打猎、种菜等诸多生产工具，我打捞的这些木材，暂且放在这里，生产队若敢于担当，就运回去，怕事就算了。我把我的想法对莲莲说了，莲莲说，那你何不捡几根短的，你将来不需要吗？他们能把这许多木材运走，你带上几根短的没事的。我觉得她的话不错，就捞了三根二米多长的木材，放在这堆木材中间。

　　我们很快就越过了初交的窘涩，像一对熟识多年的朋友，但一当我想更多了解她的家庭和住址，她就面露愠色，说我像个户籍，她说，她最恨的就是户籍了。没关系，只要她知道我很佩服她就行了。我们一起下网，一起到堤边的草地里挑野菜（野外伙食缺的就是青菜），还提着一条活鱼，送给了过江线塔的守塔人，我们一同登上了塔的高处，极目远眺，长空万里，蓝天如碧，过江的塔线就好像垂到了江中，东方红客轮像个火柴盒在水中漂浮。我告诉她，说不定那船上还有我的同学呢。与她在一块，她那妙曼的体态，沁人肺腑的体香，常常引得我心猿意马，好难把持。我恨不能长绳系日，把这美好的光阴留住，最起码，我想让这断江的时间能很长很长。

　　那天黄昏，我们在江边看江豚追逐嬉戏，莲莲打了一瓢江水看了看说，川水就要来了，芒种鱼苗一到你们又要忙一阵子。边说着边跳上乌篷船，从船顶的夹层里抽出一支他们备用的桨叶，非常熟练地装在我那叶片断了的桨把上，说道，你为生产队捞木材，但木材抵不过断桨的罪过，这叶片为你抵过吧。衣服呢我就留下了，说着就走到我的身边，抱着我，朝我的肩颈狠狠咬去，一阵火辣辣的疼痛，使得我两眼泪花直冒，心里涌上来一种说不清的悲伤的暖流，我喃喃说道，你要走吗？你住哪里？我怎样找你？只见她眼中也有泪光闪过，她什么也不说，跳上乌篷船，逆水向她的渔场方向划去……

　　红艳艳的翻领衫，飞舞的长辫，在我漫溢着泪水的眼光中远去，

39

她不告诉我怎样再见到她。我自唠唠叨叨，在我的心中唠唠叨叨了四十多年。

第三江渔汛很短，这期间再也没有见到莲莲的影子，有时看见下丝网的船，也不是原来的那只了，六月底，渔汛结束，就拆缏棚回家。我们生产队和汽运四站很熟，几十根木材和缏网楠竹全部运回了生产队。当年生产队烧了两窑红砖，就着木材，一个约二百平方米宽敞亮堂的生产队队部盖了起来。

情愫之火一旦燃起，是很难熄灭的，我曾好多次乘坐那种有鼻子的老式公交，到石嘴的过江塔下去寻觅莲莲的踪影，可那里了无人迹，过去下丝网的船儿也见它不着，农村的四季繁忙，由不得自己，队里的鱼苗，送到河南驻马店、漯河、泌阳等地，要我去押车，长途漫漫，虽减不了对她的思念，但事冗活累，只有叹息一途罢了。

三根木材，我打了一套家具，望着如今这仅存的两个又老又旧的衣柜，当年，长江缏棚，狂风暴雨，断桨，红颜，仿佛就在昨天。

忆君一

时短情意长，
耿耿不能忘。
匆匆一别后，
相忆断人肠。

忆君二

命运相睽隔，
君我如参商。
梦中同划桨，
醒来各一方。

2013 年 11 月

小 方

真 水

作者简介：

真水，曾就读广西柳州市龙城中学初中二年级。1969年1月插队落户于广西鹿寨县四排公社思民大队沙田村。1974年12月被招工至鹿寨蒸谷厂当工人。1977年9月调柳州市环境保护监测站工作，至退休。

小方是我的中学同班同学，大名方国安。乍一听这名字，你一定会以为是位男生，可国安却是女生，生得娇小玲珑。她家里兄弟姐妹六个，我记得其中还有国立、国本、国林……从名字看，不知寄托着父辈怎样的愿望与梦想。

"小方"是下乡后贫下中农乡亲们对国安的亲切称呼。我们下乡的地方是壮族区域，虽然在那待了好几年，但绝大多数人也就是能听懂只言片语，或说几句简单的常用语。然而不到一年，国安竟然能用壮语与村民们对话了，村里的男女老少都喜欢国安，不叫她的大名，都叫她小方。

小方是我的中学时代、知青时期留下深刻印象的同学之一，每当我回忆起中学及知青生活，聪颖的小方总会闪现在我的眼前。

中学时的小方圆脸，杏眼，翘挺的鼻子，樱桃小嘴，两根长长的辫子，聪明伶俐。因年幼时就接受过戏剧表演训练，走起路来轻盈而有弹性。

小方幼时体弱，小学阶段曾因病休学，可是各门功课却十分优秀，她的座位正好在我前面一张课桌，因此，遇到不懂的问题我便喜欢问她。每当这时，她会用那好看的杏眼瞋我一下，满含善意和友好，我也会报以一笑。小方看过很多古典小说，肚子里装着很多故事，记得有段时间放学后，我们几个女生在学校对面柳侯公园的柑香亭里，听她讲《孟丽君》，故事跌宕起伏，感天动地，我们听得入神入迷，天黑了也不想回家。故事很长，小方每天讲一段，因此，那段时间里一放学，我们就相约着往柑香亭雀跃而去。那是个砖木结构的两层小楼，绿荫环绕，透过树影可看到不远处静静的罗池，我们围坐在一起，听小方讲那天上人间的故事，周围寂静无比……回想起来，真是一段美好的时光。

小方不仅善讲故事，作文也写得好，她的作文常被老师用作范文讲评，印象最深的是她曾在一篇作文里用了十六个成语，老师赞叹每一个成语都运用得十分准确，恰到好处。

而且，小方多才多艺，能歌善舞，是班里的文体委员，班里的文艺活动在她的组织下有声有色，她带领同学们排练用俄语演唱的大合唱《我是一个兵》，蒙古族舞蹈《为祖国而锻炼》，参加学校文艺汇演，竟然都获得了表演一等奖。

小方出身不好，那个年代没有隐私可言，全班同学都知道小方家庭出身是"伪军官"。据说她的父亲是国民党军队的一个团长，上过黄埔军校，解放初期被镇压了。那时虽然都说"不唯成分论，重在表现"，"道路可选择"，其实，当时我们心里都明白家庭出身对一个人的成长影响有多大,包括我们这些不谙世事的中学生。小方有自知之明,她不像一些女生,课间喜欢凑在一起叽叽喳喳,大呼小叫,她多是静静地坐在位子上看书,从不参与。

"文革"初始,小方成了班里的打击对象之一。一天,十几个同学去抄了她家,听说抄到一张她父亲穿着军装挎着刀,骑在马上的照片。那张照片很多年后我看到挂在她卧室的墙上。整个"文革"期间,小方没有参加任何红卫兵组织,大家好像也都把她给遗忘了。

1968年底,校园"文革"结束了,不论你是造反派,保守派,或者逍遥派,班里除了五个出身三代工人或贫农的同学升上高中,其余全部下乡。小方自然也在其中。在下乡的态度上同学们表现各异,激情燃烧的,冷静观望的,消极无奈的……我和不少同学属于激情燃烧一类,忙不迭地写申请书决心书,要求到祖国最需要的地方去,到最艰苦的地方去。然后是兴高采烈地去派出所,将户口迁往下乡所在地。很多年后,我们回忆起那个年代那些事,小方说,她去迁户口时就意识到,这一去,可能就再也回不来了。我说,那时我压根儿就没想过再回来。小方说,你们那时候很幼稚,"左"得很。

下乡后,小方和我们一起分配在同一个公社同一个生产大队,所在村庄紧相邻,隔着一条七八米宽的小河沟。可能是"文革"时的隔阂及观念上的差异,我们鸡犬相闻却不相往来。村里的几个知青,志同道合,热情似火,在扁担上、锄头把上、箩筐畚箕等农具上,处处用红油漆写上"为有牺牲多壮志,敢教日月换新天"、"与天斗与地斗"等豪言壮语。小方则是悄无声息,极其平静,默默干活,与我们形成反差。

慢慢的,随着知青生活的磨砺,再加上同为天涯沦落人,岁月消除了彼此的隔阂,我们和小方的来往渐渐多了起来。农闲时,忙了一天收工后,我们会聚在一起。我们村里有五个女知青,人多,热闹,多半是小方上我们这来。小方不仅肚子里故事多,歌也唱得极好,音很准,我们在一起时,常会要求小方唱歌。小方唱歌从不放声唱,那唱法是她特有的,是一种吟唱,深沉,带着几分忧郁,极富感染力,有一种熨帖心灵的感觉。那时候我们最喜欢听她唱《拉兹之歌》、《丽达之歌》，听她唱歌真是一种享受。

小方村里五个知青，住在村里的祠堂里，祠堂门高大厚重，用劲才能推开，与门臼摩擦发出刺耳的吱吱嘎嘎的声音。进了大门是个天井，再往里便是大堂，大堂两侧有四间厢房，分别住着两个男生三女生。

下乡几年里，除了过年，小方很少回家。母亲在她下乡不久去世了，大哥得了精神分裂症，其余兄弟姐妹多半也下了乡，各奔东西，自顾不暇。她基本上没有其他经济来源，小方要靠挣工分养活自己。除了特殊情况，小方每天出工，风雨无阻。

下乡三年后，在知青中开始招收工人，但需要得到贫下中农的推荐。小方因出身不好，更因为小方生性清高气傲，很自尊，不愿走歪门邪道，便很少得到推荐，或者被推荐了，又被退回来。那年代，小方除了被动地接受挑选，别无选择。渐渐地，他们村里的知青全走了，就剩下了她一个人。再后来，全大队、全公社的知青也全走了，没能进工厂的也倒流回城了，小方一直待在那，没有离开。直到1979年，全国的知青政策性返城，小方才离开了那个小山村。

好多年后，小方伤感地跟我说起那段岁月："全部知青都走了，就剩下我一个人，每天收工后，乘着太阳未落山，我就把祠堂的大门紧闭。"这情景给我留下强烈的印象，每当我想起小方，每当我回忆起知青岁月，无数画面掠过脑际，唯有这幅画面让我的心颤动：黄昏里，一个娇小的身影，用力关闭着那扇厚重的大门，刺耳的门臼声回响在空寂的祠堂里……日复一日，年复一年，那扇门，无情地关闭了一个风华女生怎样的梦想与希望。

小方终于回城了，在下乡十年之后，被分配在蔬菜公司当营业员。无论如何，这也是一份正式的工作，是有各种保障的国家职工。我为小方感到高兴和欣慰。我曾几次去到她上班的菜场，总看到她在热情地招呼顾客，麻利地为顾客挑选各种蔬菜，过磅，迅即报出菜价。小方兢兢业业地工作着，对眼前的一切很满足。

然而，好景不长。改革开放了，在市场经济大潮的冲刷下，蔬菜公司烟消云散。

小方下岗了，失业了，每月领着微薄的生活补贴，直至到了退休年龄，办理了正式退休手续。

如今，小方每月领着一千多元的退休金。

至今，小方未婚。

2013 年 10 月

难忘石板村

刘春芹

作者简介：

刘春芹，1947 年生。1966年高中毕业于武汉市第三中学，1968 年 12 月下放湖北省宜昌县当农民，1970 年 8 月抽调到汉阳造纸厂当工人，后调到厂子弟中学当教师，担任班主任和从事中学数学教学 30 年，高级教师。2002 年，武汉市第三初级中学退休。

四十五年前，我作为武汉三中的一名1966届高中毕业生，无法选择，迷茫地任由命运之舟带入了"上山下乡"的浪潮中，至今回想起来，这场历史事件还颇有些悲壮。记得当时做出下乡的决定时，怎么下？和谁下？曾是一个让我犯愁的问题。因我们班就只有三个女生，其中一个女同学还没有做好下乡的准备，另一个女同学决定随父母单位子弟归口同行。那么我呢？找不到一个合适的组合，实在纠结。不少女生在这个时候都匆忙找一个男生当作男朋友一同下乡，可这不是我的性格，我也不可能在匆忙间随意地去做这样的决定。正为难时，另一个班的两个女生找到我，邀我与她们一起走，我喜出望外。我们商商量量一起购置了日用品，如盆子、剪刀，等等。我把我们的组合，看成是"黄金搭档"。

1968年12月18日，我随着我们学校首批下乡的三十多个同学一起，在锣鼓喧天的粤汉码头登上了西去的轮船，经过两天三夜的漫漫旅程，我们到达了宜昌市。这次下乡插队的目的地是宜昌县小溪塔区。那时候，宜昌县县府设在宜昌市内，因此我们在到达宜昌的当晚，被安排在宜昌县招待所住宿。

县招待所位于宜昌北门附近，是一处很古老的徽式青砖平房。为了迎接我们，招待所已经为我们在泥地上用稻草打好了地铺，只需要我们把随身带来的铺盖铺在稻草上就可以歇息。

入夜，昏黄的灯光照在地铺上，身形疲惫的同学们在冰冷的寒夜里随意地滚躺在地铺上，等待着天亮后陌生的农民把我们领到一个陌生的山村去。

而我，完全没有睡意，因为面对猝不及防的突变：原先说好与我结伴同行的两位女生变卦了，她们班有7个男生一同而来，在一路同行的过程中，他们说服了这两位女生和他们组合到一起。这样一来，我们原先约定的组合解体了，我掉单了，在我踏入社会的第一步竟如此"出师不利"，我沮丧之极，不知如何应对。坐在招待所的地铺上，我横下心来想卷起铺盖返回武汉去。于是，我找带队的余化龙老师扯皮："我要回武汉，下批再来！"余老师说："不行呵，你的户口已经下了呵！"我惶然了，我已不是武汉市的人了，我没有退路，而进路似乎已断。我仿佛一只断了线的风筝，找不着北。我越想越伤心，任凭不争气的眼泪刷刷地流。正在这时，我的同班的两个男同学姚荣国、夏安全走了过来，对我说："和我们一起下去吧，我们是同班同学，我们可以照顾你。"

是呵，我们是同班同学，三年高中，两年"文革"，五年多的时间大家也常常在一起，但我们之间，要说真正了解，又有多少呢？下去是要在一起过生活的，彼此之间能不能相处，能不能体谅我这个在某些同学眼中的"任性的公主"？心里一串串问号不断涌出。我无法表态，固执地表示想回武汉去。他们劝了我很久，直到县招待所仅剩下我们三个人，迫不得已，我抱着试一试的心态，决定暂时和他们走到一起去，大不了到时候如果过不好再另寻出路。

我们被分在了当时的宜昌县小溪塔区沙河公社石板大队一小队。石板大队位于宜昌县中西部，属大巴山余脉的丘陵地带，当时有十二个生产小队，两百多户人家。那天来接我们的是大队的贫协主席。由于彼此不熟悉，贫协主席一个人匆匆地走在前边，我们三个人紧紧地跟在后面。一路不停歇地前行，由南向北穿过宜昌市，经过茶庵大队、张家大队，又经过了石板八队、七队、六队、二队，最后才到达我们的石板一队。真没有想到，这个"一"，原来是排在最后的，它是石板大队最偏远的一个生产小队，已经与小溪塔公社的梅子垭大队和郭家冲大队接壤了。

石板一队只有十六户人家。队里把我们安排在仓库的一间偏屋里，中间用竹篾简单地隔开，再安上一个篾片编制的门，形成一个"套间"，我住在里边，两个男同学住在外边。床也是临时搭建的，几个男劳力用冲担的尖头在土墙上与床铺等高的位置扎出一排洞来，横插入几根树棍，再把这些树棍的另一头捆绑在一根较长的树棍上，支起两根床脚，铺上一张竹篾，垫上稻草，那床就造好了。从此，我在这里安顿下来，成为我一年八个月知青岁月的"家"。

来乡村前，我一直是父母手心捧大的乖乖女，是哥姐们疼爱的小幺妹，只会读书，从不操心着急，从没干过家务活。来到这贫瘠的小山村，一点一滴都要从头磨练。好在队里对我们很照顾，先给了我们五分熟田做自留地。我们刚去的时候，那五分田里长着很多大白菜，足够我们吃整整一个冬季。后来，队里又给了我们四分荒田，教我们种上了土豆，使我们来年的蔬菜也有了保障。

春季里，我们把熟田一分为二，一半种了茄子辣椒等蔬菜，一半种了棉花。种棉花是因为我们的棉絮都太单薄了，需要添新和加厚。当然那时候我们不知道，这棉花私人是不能够随便种的，因为它是国家的统购统销物资。

我们的菜种得不错，虽不富余但绝对够吃。五月里，当土豆植株下面已经有了一些小土豆果果的时候，我们便在土豆株的下边扒一些出来煮汤吃。那种新鲜小土豆煮的汤，味道很是鲜美。

除了这九分田的自留地外，我们还在地边的空地上种了几窝南瓜。有趣的是，无论我们怎么乱挖乱种，生产队的人都只会表扬我们"勤快"，但若是农民乱挖乱种，那就是"资本主义尾巴"，是一定要割掉还要批判的。从这里可以看出，淳朴的农民对我们充满着善意和宽容。

当时，农村生产效率低下，农民生活很苦。社员告诉我们，队里"五季"分红也就是五月麦收之后的分红，一个全劳力的十分只值一毛五分钱，秋季分红时也只有三毛钱。粮食长年不够吃，即使有红薯、土豆一类予以补充，也还需佐以菜叶，并且"忙时吃干，闲时吃稀"，不然粮食就会"接不上气"。

翌年一月，那个冬天可真是冷啊。雪花透过瓦缝钻进屋里，落在衣服上、被子上，如果不是那时候年轻，如果不是垫着厚厚的稻草，我们也恐怕难以捱过那一个个冬夜。

雪后初霁的早晨，轻启柴扉，清冷苍白的日光下，漫山遍野都是一片雪白。晨风裹着寒意，一阵阵向我们袭来。这时候，一个衣衫单薄的男人踽踽而来，走到近前，我们才发现那是我们队里的会计。明显地，他没有穿棉衣，一条单薄的裤子空荡荡地飘荡在腿上，胸前则抱着一柄锄头。我们连忙跟他打招呼："您家上哪儿去呀？"他笑着答："冷啊，上山去挖几个树兜子向火。""向火"就是烤火。没有足够冬衣的人们，除了劳动之外，就只能用围坐在火塘边取暖来祛除寒冷了。那个年代的农民，他们平淡自守，在穷困的生活中度过一天又一天。这个寒冷的春节，我们是在石板一队过的。村民们没有看外我们，家家户户一年一度的杀猪日都要请我们入席尝鲜。一块可口的红烧肉，一碗鲜美的肚片汤，那蕴含着的温暖，总会瞬间击中我内心最柔软的地方。春节过后还不到正月十五，队里就开工了，人们称之为"做发事"，喻之以新春开工来年发达的含义。

早春的地头还覆着薄薄的冰，人们破旧的鞋子很快就被融化的冰水浸透了。歇工的时候，他们脱下鞋，用手捏搓着脚趾。这时候我惊奇地发现，有些妇女的脚板上裂着许多口，其中一些裂口还被用纳鞋底的锁线缝合着，那情景，看得人伤感，看得人心里直发紧。其实那时候，这些妇女都不过三十来岁的年龄，正当风姿绰约、风情万种的时节，却不料生活的重担过早地让她们的身上添了些暮气。

我的两位男同学呢，他们信守承诺，给予了我足够的尊重和尽可能多的照顾。每天收工回到"家"里，担水浇园、夹谷轧面这一类的家务重活他们全包了，我只需做一些力所能及的事情，如做饭、洗衣、种菜等。而这年春天随着另一个女同学郑丽华的到来，我曾经在县招待所里的所有忧虑也就一扫而空。我们4个人组成的"家"分工合作，和睦相处，一起度过了难忘的艰苦岁月。我与他们三人的友谊也一直保持至今。特别让我一生都不能忘怀和感念的是，当初要不是这两位男同学劝我与他们一起下到石板村，我的知青生涯也许不会这么顺利，也许会更艰苦。下乡巧遇他们是我人生之幸事，真可谓祸福相倚。我们也成了几十年的"铁哥们"。

五月里，是最忙的"双抢"季节，早稻要"不插五一秧"，麦子熟在地里要赶在晴天里"颗粒归仓"。日夜不停歇的劳作，连农业老把式都吃不消，我们的辛苦自不待言。

读书时，我外语考了99分还会哭鼻子，来农村后也不示弱。不久我就农民化了，卷裤腿、打赤脚，很是自然；挑担上肩，颇为老练。开始村民不了解我在家里的情况，都说："小刘会做事，在家中一定是老大。"他们哪里知道，我是好胜心强，换来的是腰酸腿疼胳膊麻。但我也有自己的软肋，插秧时节，粪便漂浮在我面前我不怕，但怕水田里的蚂蟥，肥嘟嘟的，叮在你的腿子上，恣意地吮吸着你的血液，用手去拉它的时候，即便拉成了一条线，它也不肯下来。村民们告诉我们:"别拉,用手上的秧苗轻轻一拍,它就掉下去了。"这招很灵。但也让我们本来就很慢的手脚变得更慢了,因为我们会不停地看看自己的腿子上是不是有蚂蟥。与蚂蟥可堪一比的便是那份劳累。身后的水田仿佛望不到边,一天的时光也仿佛望不到头,等到到边到头的时候,我们也便瘫倒在田埂地边了。

劳作是累的,但收获也是香甜的。新麦收上来的时候,队里的人们教我们做"锅烙子"粑粑,那其实就是一种烙饼,很快我们就学会了,面发得很好,烙出来两面金黄,很香很可口。整个吃面食的日子里,我们4个人围坐在一扇大簸箕前,一边谈天,一边揉面,一边双手拍着饼。今天想起那情景,倒也觉得温馨。

就是啊,再苦的生活有时候也会有甘甜,比如米酒——宜昌人所称的醪糟。姚荣国是会做米酒的,每每我和郑丽华想吃米酒的时候,就对姚荣国说:"姚荣国,做点米酒吧。"姚荣国便在刚做的米饭中间盛出一些来,摊凉,和上酒曲,装进瓷盆里,盖好盖,然后放进稻草窝窝里保温。几天以后,米酒就做好了。那酒清冽甘甜,空气里飘着醇香。

不过姚荣国说,不是他的手艺好,实在是那酒曲好,而那酒曲则是我们队会计的大妈做的。在会计家的屋门前,有一方小小的堰塘,在这方小小的堰塘边上,生长着几株曲花,那曲花是一种多年生的草本植物,花开的时候,大妈就会采一些曲花,做一些酒曲。据说做酒曲也很简单,取适量糯米,取适量曲花,放在一起,捣碎,搓成小球,再裹上老曲,然后发酵,晾干,就成酒曲了。其实,这"适量"就是经验,就是技术,就是一种生存本事。

除了甜,有时候也有乐。当麦苗儿青青的时候,万物已经复苏,人们的精神也有了一些活气。一天接近中午的时候,阳光洒在山冲里,在这冬日的暖阳里,全队的劳动力都集中在麦田里除草,这时候,从郭家冲那边下来的小路上,一位白鞋青衣的少女翩翩而来,一位大嫂看了这情景,突然高声地喊道:"小姚、小夏,你们看那个妹妹好不好?"满田里的人们哄笑起来。只见他们两个人,只顾低着头刨他们前边的土地，一声不吭，仿佛是外星来客。再看那女孩子，大概觉得这一群人的说笑关乎自己，于是加快脚步，匆匆地消失在山湾湾里。

那时的山村里是没有娱乐的，"政治学习"和迎接"最新最高指示"的游队游垄，或算是一乐吧。"九大"期间，"政治学习"和迎接"最新最高指示"的游队游垄是常有的，那时候人们或坐在某一户社员的家里，有口无心地说着一些套话空话，再或者打着火把，在队里的田垄上赶集似的笑闹一路。我们也是常常跟着的。但游垄路上的一堆堆"土公蛇"，曾让我惊魂，至今仍印象深刻。春夏之夜的田垄上，总会有一些蝮蛇盘踞在路的中间。一次夜晚，从小队开完会回住处的途中，走到一条田埂上，没有月色的小山村漆黑一片，伸手不见五指，我不会走夜路，只能凭借火把或手电筒。当我手中一束亮光直射前方不远处时，一幕场景吓得我汗毛直竖，心都提到嗓子眼：一堆堆，一群群的小蝮蛇横卧路中央，占据了整条通道，它们姿态各异，但却都高仰着小头，警觉地齐视我的手电筒，没有丝毫让路的意思。从小连毛毛虫都害怕的我被它们弄得没辙了，后来如何在同学们的帮助下，如何跨过蛇堆，我已记不清了，当时我已经吓傻了。从那天起，我心里常念叨：小家伙们呐，千万不要再让我遇到你们。偏偏冤家路窄，一天我起床早，天蒙蒙亮，我去屋后面的茅厕方便，一拉开竹门，只见十几条蝮蛇在茅缸中上蹿下跳，它们不亦乐乎，我却吓得飞奔进屋，从此再不敢到屋外如厕。石板村的蛇真是多啊！

1970 年春，大队选中我到石板学校里当了一名民办教师，这让我脱离了"劳其筋骨"的苦海，脱离了对蚂蟥和土公蛇的恐惧。虽然我们一队到学校有六七里山路，但我每日奔波在这条路上，十分快意。沿路都可遇见边上学边挖猪草的学生，有时他们还羞答答地硬塞给我一个烤红薯，那可是他们的午饭呀。我热爱这些贫困山村里质朴可爱的孩子们。他们渴望知识，我就什么都教，并尽力教好他们，哪怕是教唱"保卫黄河"，教舞蹈"大刀进行曲"，面对没有经过艺术熏陶的孩子，我很费劲，但我乐意，一块块璞玉是需要教师的精雕细凿的。也是从那个时候开始，我自觉又不自觉地给自己穿上了一双红舞鞋，沿着我人生的一条正弦曲线旋转了几十年停不下来。那时人们是尊重知识的，无论在那个年代里知识遭到了何种的厄运，但淳朴的农民还是觉得读书是自己的儿女应寻的出路之一。尽管我是来接受贫下中农"再教育"的，但贫下中农们，包括大队的干部们，从此便一概尊称我为"刘老师"，甚至有的人家小孩出生时还请我去取名字。

没有想到的是，这个"刘老师"的称谓居然会伴随我一生，成为我返城之后的职业取向。这年8月，我被抽回武汉，结束了我一年八个月的知青生活。同时，我下乡的石板大队也成了我终生难忘的地方。

也许正是"知青"的这段经历，催我奋进，督促我做一个对人民对社会有用的人，鞭策我做一个合格的人民教师。如今，我已退休10多年了，伴夕阳之美，也算安享晚年吧。

时隔四十三年，今年的仲秋时节，我久病过后到宜昌小游散心，与几位校友专程到石板村去。城市的扩展已让我无法找到当年的"回家之路"了，幸亏当年队里的小姐妹金凤退休后居住在石板村的小区里，通过姚荣国在武汉的电话"遥控"，金凤找到我们的小车，把我们一行人引导到石板一队去。

今天的石板一队（一组）已非昔日可比。我凝望着那倍感亲切却难觅旧迹的山乡巨变，满怀激情应和着那些似曾相识又胆怯相认的淳朴善良热情好客的村民，思绪万千。满山的橘树果实累累，一幢幢堪比别墅的小楼掩映在绿树丛中。一位同行的校友感叹道："石板村真富裕啊！"

中午，我曾经教过的学生，现任石板村书记的龙学兵做东请我们吃了一顿丰盛的午餐。此时我一时兴起，要求金凤帮我把当年的小伙伴们找回来。金凤不负所望，很快就把学珍、金玉两个姐妹找来了。望着这几个已经五十多岁而当年只有十几岁的小姐妹，我不禁感慨不已，在她们身上，已丝毫看不到当年她们母亲们的困顿和忧郁。她们的靓丽和自信，真让我刮目相看。

前几天，我从《楚天都市报》上看到西陵石板村被评为宜昌首届最美乡村的报道，我由衷的高兴。祝愿石板村的明天更加美好！

2013 年 10 月于武昌

笔架山下

李武元

作者简介：

李武元，1950年元月生于武汉。下过乡，炼过钢；后来拿笔写写画画，长期从事国企的宣传工作，直至退休。

（一）

1968年的最后一天，我们武汉三中四个初中66届的男生来到了一个山垭，住进了一家农户的天井里。从天井大门正面望去，有三座高耸的大山，三山相连，形成两个可搁住从天而降的巨笔，村民叫它笔架山。从正门往下望，就是烟波浩渺的梅子垭水库。在这山垭内的山坡湖边住有十多户人家，这就是宜昌县小溪塔区梅子垭大队六小队。

多好的山水啊！可当年我们身在其中时，却对这山水没有一点好感。相反，是怨山太高太多，挡住了我们东望家乡的视线；怨水太深太宽，一叶小舟万难载我们回归故里。因为我们在这山村生活得太苦了,特别是刚开始的那半年,很难适应,特别想家。

先说一件当年向谁都没有说的痛苦事吧。刚到山村,正是隆冬,青菜很少,有时几天没有菜吃,加之食油奇缺,肚内油水几近枯竭。可能是这个原因,我患上了严重的便秘,干结异常,每次如厕,边用力,边用手抠,十分痛苦。没几天,形成肛裂,如厕就出血,使我在痛苦之上又生恐惧。当时刚踏入社会,不好意思说出这个病,怕村民说我刚来就找麻烦,太娇嫩。但后来知道,说了也没有用,队里太穷,连个药箱子都没有,更不用说医生了。我就这么隐忍着,听天由命,多喝水,开春后,青菜多了一些,我的这个病才慢慢好转。

说到病痛,还有比这更凶猛、更要命的。

那是1970年的春季,我们队里的三个知青(有一个知青已于1969年11月病转回汉了),有两个相继被来势凶猛的"打摆子"击倒在知青土屋中,其中就有我。犯病时,一会儿彻骨寒冷,加多厚的被褥也无济于事;一会儿似烈火烧身,五脏俱焚,且持续高烧,胡言乱语,茶饭不思,身软如绵。这可急坏了也苦坏了唯一没有犯病的家骏同学,他每天先要翻两座山到大队合作医疗站将那位老医生请来为我们打"奎宁"针。说"每天",是因为要帮老医生背药箱子,他年龄大了,又是翻山越岭的。随后家骏就为我俩烧水、喂药、抹身子、熬稀粥、洗衣服,尽力伺候。如是前后一个多星期,我俩才相继起床,但家骏却为此瘦了一大圈。

"打摆子"就是疟疾,是由疟原虫引起的传染性疾病,如果病情严重,或治疗不及时,也会丢掉性命的。为什么我们三人中有两人都得了此病,且非常严重呢?现在回想起来,也能估摸出一二。

1970年春节前,队里"分红",我们三个知青只分了两条鱼。我们不服气,就找队长要肉吃。因为我们在队里已经快一年没有吃到肉了,且经常饥一餐,饱一顿的,有好长一段时间,我们是天天吃苕过日子,我们太馋了。

队长被我们缠得没有办法,就说,圈里有一头猪,你们要就拿去。我们跑过去一看，却是一头老掉了牙的瘦得像条狗的无精打采的老母猪。管它的，总算有肉吃了，它又没有毒，我们要了。我们就宰之，然后蒸之、煮之、大口嚼之；嚼不动的，弃之。尽管味道不怎么样，倒也大大解了馋。

过了不久，我们三人就大病了两人，差点要了命。但究竟是不是跟这次吃肉有关呢？为什么家骏一人又没有病倒呢？是不是跟他的免疫力强一些而又吃得少有关呢？我们也不得而知。但从此以后，无论怎么饥饿，我们再也不敢吃这种肉了。

（二）

尽管我们的生活条件差，但劳动强度却很大。这个山垭只有一条一两米宽的山路贯穿南北，在山路的上、下散落着互不相靠的农居和旱田，湖边则有一些水田。这样，我们出入田间的劳作，主要就是要靠挑担了，挑粪肥，挑麦子，挑稻谷等。我右肩开始磨出了血，但看到瘦小的农夫、农妇们挑得比我还多，我羞于叫一声痛，就将担子换到左肩，来回换肩地坚持着。经过一段时间的磨练，我的肩膀开始长出了老茧，不那么痛了，担子可以越挑越重，在重压之下，竟也滋生出了丝丝的成功的喜悦。

"双抢"的时候，我们不仅要挑得多，而且要跑得快，汗如雨下，衣服干了又湿，湿了又干，收工一看，衣服都结了白花花的盐渍。

秋收了，我们得挑担更远。要将一筐又一筐的金灿灿的稻谷挑到小溪塔的公社所在地去交公粮，来回二三十里。一路上，大伙还要说笑打趣，以此减轻长途挑担的劳累。有一天挑公粮时，半路上突然下起了小雨，我不小心打了个趔趄，后面一个村姑赶忙伸手扶我。队里的会计叫开了："女跌阴，男跌晴，太阳就要出来啰！"在一片笑声中，我们的脚步加快了。

初冬时节，我们开始了挑担的远征，那是要到四十里外的群山中去砍柴，然后挑回来烧成草木灰肥，以便来年开春播种用。天蒙蒙亮,在队长的带领下,我们带着干粮上路了。

走过笔架山下的隘口,就出了村口,再经过笔架树,就上了西北面逶迤的山路,渐渐进入了茫茫无人烟的群山之中。我们越走越高,上了山顶,只见群山在脚下高低起伏,如大海波涛,浩瀚不知边际。但奇怪的是,眼下这么多山,却见不到什么树木,只是一些灌木丛之类的低矮植物在阵阵的寒风中窣窣发抖。

中午时分,我们才来到一个树木较多、灌木丛较高的山垭中。稍稍歇脚,就抓紧时间砍伐,因为要赶在天黑之前回到队里。树木的枝枝丫丫,灌木的针针刺刺,不时戳痛我们的腰背,划破我们的手脚,我们皱皱眉就过去了。柴砍足了,够我们挑的了,就将它们结结实实地捆绑好,再用两头尖尖的冲担刺进柴堆,"嘿!"的一声,猛力上肩,就满载而归了。

远路无轻担,何况是上上下下崎岖不平的山路,我们挑得很累了,想多歇一会。队长说,远路就是不能多歇,歇多了,就会浑身无力,就真的挑不动了。他还讲,如果天黑下来,这大山中的野兽会出来伤人的。我们只得抖擞精神,咬紧牙关,加快脚步,跟上已在悄悄加速前进的队伍。

长时间的挑担和其他劳作,磨练着我们的肩力、腰力、腿力,还有意志力。我算是熬过了艰苦劳动这一关,对其他农活,如插秧割谷、驱牛耕田等,大体也都说得过去。

说起耕田,可不容易。那次我扶犁鞭牛忙春耕的时候,那头牛太犟,我猛抽它一鞭,它竟然将我与犁一起掀翻,我的小腿肚被犁齿划破,血流如注,当时就手糊一把泥,用破布条包扎紧,继续挥鞭向前。

因此,几次月工分考评时,我都得到了十分的满分,并被评为"五好社员"。但究竟是哪"五好",队长没有说清楚,我至今也不明白。

但有一位知青却因为体质差未能熬过艰苦劳动关,在第一年的"双抢"挑担中,他开始踉踉跄跄,不料,突然向前栽倒,口吐白沫，休克过去，过了好一阵子，他才慢慢缓过气来。从此，他肩不能挑，手已难提，一直病病快快，很可怜的，半年后，他就病转回汉了。

我们很羡慕他，他终于回到故乡了。可我们剩下的三个人怎么办呢？病转不够条件，家中又都没有好背景，我们想回故乡或走出山村难道只能是梦想？我们这样拼命干的意义又在哪里？望着高高的笔架山，我们常常陷入深深的迷惘之中。

（三）

我们勤扒苦做，可一年算下来，我们倒欠队里20元！队里解释说，是本队工分值很低，即别队十个工分可能值三角钱，我们队只值一角钱，做知青土屋还贴了钱云云。我们搞不懂他们的算法，也不想搞懂。我们真的很伤心、很灰心，也很无奈。我们越发想离开这个地方。

但我们并不怨恨这个山村的农民，相反，很是同情他们。他们的生活也很苦，那样拼命地干，却也吃不饱，穿不暖，经常"瓜菜代"，破衣衫。也完全没有文化娱乐活动。在下大雨不能出工的时候，我们知青有时在屋里边弹边唱起来，想借此舒一舒胸中的苦闷或思乡之情。但队长过来说："你们又在'日白弹琴'，下雨在家可以搅草把子，可以修修农具，闲时备着忙时用啊。"

他们就是这样，天天惦记干活，哪有娱乐的闲心，这都是穷困所逼啊。如果说有娱乐的话，那就是在干不太紧张的农活的时候，个别人爱讲荤话，也不多；或对妇女要做出调戏的样子，也不常见。但他们都有一个很明确的底线，即有未婚妇女、或有刚懂事的小孩在场的时候，他们是绝不开这种玩笑的。

所以，这里的民风显得很古朴、单纯，大家都同命相连，和睦相处。我在山村近两年，从没有看到或听到妇姑勃溪，叔嫂斗法的事情发生。这里的队长、会计、保管等"干部"，都是苦干在前，"分红"在后，威信很高，绝无多吃多占之类的闲言碎语。

特别使人动容的是，尽管队里很穷，但交足公粮，支援国家建设，那是一点也不敢马虎的。且是挑上等的粮，白汗累成黑汗地、恭恭敬敬地送到公社去。

我们头八个月是住在一家农户的天井里，房东之一，是一位30多岁的村姑。是她教我们如何使用那个大土灶，如何搅草把子烧火，如何煮饭炒菜，如何浇菜园子，不厌其烦，不惮其累。是使我们适应山村生活的第一人。我们说，该怎么感谢您呢？她低着头，羞答答地说："只喊一声'幺妈'就行了。"从此，我们就叫她"幺妈"了。只要我们这么一叫，她就笑开了，笑得像那绽放的山花。

后来，我们搬到湖边的知青土屋中去了，离幺妈远了，也完全独立生活了，就没有再去麻烦幺妈了。但她对我们的悉心关照，她的慈爱、羞涩的笑靥，给我们留下了美好的记忆。她对我们也充满了同情和爱怜，一直没有忘记我们。

以至于多少年后，即2003年冬天，她到武汉走亲，在她女儿的带领下，竟然找到了我的家，幺妈来看我啦！我真有说不出的惊喜与激动。我们围在一起，把酒言欢，畅谈了一个下午。她讲，那个时候山村只能"以粮为纲"，收入低，的确很穷。现在好了，因地制宜，不种粮食了，全部都种了柑橘，收入大大提高，山村的土屋全部换成了砖瓦房，公路修到了家门口，有小巴车可以直通小溪塔。她脸上堆满了幸福的笑容。我也为我们的山村开始走上富裕之路感到无比的高兴。

幺妈走后，又勾起我对那段山村生活的回忆。就我个人而言，我只在山村生活了一年又九个半月，就抽到了宜昌钢铁厂。又因宜钢"下马"，我又回到了家乡武汉。我与那些下放云南、北大荒和其他一干八年、十年的知青比起来，不知要轻松多少倍，幸运多少倍。但即便这样，那段不算长的笔架山下的知青岁月对我来说也是刻骨铭心的，我青春中最热的血和汗洒在了那里，我在那里经受了我人生中最大的磨砺。并从底层生活中认识到了农村的落后、农民的艰辛，从而加深了对社会的认识。也深刻体验到了种种复杂的人类情感，思念、绝望、困惑、希望、惊喜等，从而也增强了心理的承受能力。如果说我进工厂后能一直勤勤勉勉做事，踏踏实实为人，那是与山乡的艰苦打磨分不开的。正如一句话所言：我喝了这碗酒，什么酒不能喝？从我个人的经历来看，山乡的这碗酒是最苦最辣的。

很巧的是，我在写这篇山村回忆的时候，接到了幺妈通过她的女儿打来的电话，她的外孙女半个月后在汉举行婚礼，邀请我参加，她将从山村赶来。

我欣喜不已，不仅仅是喝喜酒，也不仅仅是当年的幺妈竟然将要当上曾祖母了，而是八年后又能够再见幺妈。这次要与幺妈好好谈谈我可能遗忘却又值得回味的往事，好好谈谈八年来我们山村的巨大变化，并细细询问：笔架山下那些父老乡亲都还好吗？

2013年9月

麦青、麦黄、那时斜阳

戚伏生

作者简介：

戚伏生，武汉三中1966届高中毕业生，1968年12月赴湖北枝江农村插队3年零6个月。华中科技大学（材料与工程专业）毕业，高级工程师，曾先后任武汉正大港口机械工程公司、嘉宝服饰（武汉）有限公司总经理，武汉清新服饰公司艺术总监。爱好文学、音乐，资深音乐人。

（一） 风雨归元路

广播里，好听的女中音伴随着克莱德曼的"秋日私语"惬意流淌，农历九月九，呵，今又重阳，临出门时听到电视旁的母亲自顾唠叨："真快哟，又是'我要上春晚'了。"她想起身嘱咐些什么，喃喃地，隐有希望，我只听清了一句，"……楼下的说：你们马上涨工资了，现在全是'知青'在当领导……"接着数罗出一连串风光的名字……我知道，"这楼下的"就是巷子口每天早晚都在的"新闻发布会"，这"芸芸众生"，大部分都是当年下放宜昌地区的知识青年，岁月的磨蚀已让"群体"鲜有改变命运的雄心大志，你已经无法与曾经激情燃烧、挤在一块唱"革命人永远是年轻的"那些人相联系；也丝毫看不到"猫"在田垄上、等着传看那本破旧不堪的直排奥斯特洛夫斯基、甚至幻想携"冬妮娅"一起去百炼成钢的"柯察金"们的影子，每每经过，看着热衷于嬉笑间打发光阴的同时代人，内心涌出不知道是羡慕还是惋惜？甚至会突然冒出元稹的"白头宫女在，闲坐说玄宗"来，当然，新闻报导多是"朝怀里作揖"的。我笑了起来，回了一句："妈，莫听那些，看报纸。"她迟疑间惊诧地看着我的头发，"哟，这两边都有了白头发嘞？"旋即，摸索着去寻那"一抹黑"。我看到她日渐佝偻的身影，心底泛起一丝丝的悲凉，眼睛模糊起来，我赶紧背过身，故作轻松地说："那还好些嘞，成熟、魅力四射哟。""款鬼话，总不修边幅，这一点就比不上你爹。"为掩饰，我提高了声音，仍对着窗子说，"妈，我看看天气，今天重阳节，你等着，我帮你买了东西，再去忙……"每年这个秋天的节气，家里是断少不了灰面（小麦）的，包饺子，母亲按老家习惯仍称作"扁食"，窗外熙熙攘攘，几株大梧桐，正摇曳着，萧萧落木已无边，树叶打着旋，让人想到时针的逆转，仿佛融进年轮的历史，这时也跳了出来，思绪回到上世纪七十年代那个深秋……

还是现今"七层楼"这个原地，当年是简陋、低矮的平房——原先住在一路之隔的红砖洋房里，史无前例，被强力部门"置换"到此——因时常作"河东狮吼"的某派出所所长的浑家，看中了那套房子，有历史问题的父亲只得和母亲用一辆板车载了所有家当——一个黑色穿衣柜，堆着些家什，在寒气逼人的夜晚拖到了归元路旁的平田村，后来听人说，是晚，骤响的板车轱辘声和仍挣扎的禅院钟响，让空旷的街道显得更加可怕，昏暗的街灯下，拖长了板车后的两个妹妹的身影——也因为这家庭标签，她们在搬家的同一天，被硬性分到和"陡码头"连在一起的民办初中和小学。这初中和小学,加在一起,三间破教室。无一例外,两校均被唤作"新风"——其时,我正在外面极其虔诚地大串联,不久,连这钟声也禁了,和尚们被扫地出门,山门内成了堆放抄家战利品的仓库。社会上已在暗潮涌动、山雨欲来,人们预感社会生活就会有大动作。一晚,我刚刚演完《收租院》——唯一的一个可以出演的舞剧。夜深沉,街头冷冷清清,从送人的卡车上翻身下来,是汉阳协成大剧院——说实在的,就是一个简陋的礼堂,从这里到归元寺山门(我"新"家旁)是732步。我数着步子,三步两公——488米。平日的伙伴,主要是在学校乐队拉琴的那些同学,都每天往返其间,这些人中特别是安德,因为与我除拉琴外还共同痴迷文学,则又近一层,这条路走得多了,我们闭着眼睛也能猜对不同商号。路的一边有当时的"达人"肖海之类的斗鸡馆,赤膊"打鸡"威武。小茶馆内还时常听到跺脚、吆喝,围坐的看客叫好声夹着当当的小锣,此起彼伏,那是堪比"华阴老腔"的皮影子戏已开打,那扯动着影偶的线条,也牵动着我们的眼睛和神经,咿咿呀呀的胡琴声则成了我们"三中学院派"琴音的反讽,一次文场竟是我们熟知的屈老《离骚》和林妹妹《葬花》。马路对过的大杂货铺更是南、北广货的集散地,一声打"一吊子南酒",捎带一包兰花豆——要新炸的,或瞄上荷叶包着的稀罕物,也让我等颇感情趣,成为我"乡土文学"的素材。最有味的,要算这条路上开场的评书,常有康立本、杨松林、何祚欢在地摊上就着白炽气灯说书,什么"石迁偷鸡"、"解缙"、"双枪老太婆"的段子——偷鸡的形象使《水浒》更加生动,调皮聪明的小解缙瞬间对出的对联"风吹窗户纸放屁,雨打沙滩点点坑"——虽然粗俗了些却无疑给"文学青年"增添了吟诗作对的兴致;那双枪打叛徒甫志高的淋漓,让我们吞下涎水。每每书场移师知音湖琴台,我们也跟着转场,听得忘形,常忘了回家。待盼到归元路上喜欢摔跤的"九斤们"铺开床垫,相互拽着跤衣,有板有眼,就更加开怀了,边看还不忘模仿许多绝杀技法。本来,脚下的这条路应该叫作翠微路,因寺内有翠微峰和翠微古泉而得名。翠微峰和翠微古泉，实际不过是小土堆加一泓溪水，前人善意的附会而已。又因传岳飞抗金，马蹄"得得"过此，故也称"得得路"。嫌叫法众多，我等同学干脆称其为"归元路"。下放前，庙中，那高深莫名的菩提、明镜、尘埃联永远是一心要成为作家的我们研判的学问，虽远不若"曲径通幽"、"禅房花木深"、和"翠微妙境"来得直白，那"楞伽经"的"归元无二路，方便有多门"满是哲、禅意文辞，更是不甚了了，但也是我们的谈资，大概以显示"博学鸿词"的宽泛，当然那是万不能与谈论"黄陂父子"历时数年塑了五百个罗汉那样自如和生动……路上正数着步子暗忖的我，突然被远处广场上大喇叭传出的高音惊醒："最高指示，我们也有两只手，不在城里吃闲饭……"霎时，时空变得空旷，更空旷，电线杆被震得摇摇晃晃的，脑中一片空白，风刮起，我不由得打了一个冷凛，匆匆跑进家门，下意识地掩上门，大喇叭声响仍能透过门缝执著地滚动。见到母亲忧郁地张口："……听人说或许独儿子是可以不去的……"她哪里知道此"独子"非彼"独种"，最重要的还得是根正苗红。几天以后低矮的家门口就天天锣鼓惊天，戴着红袖章的小脚和懵懂的学生身影就整天不断，间或还有板着面孔的，对着母亲呵斥："刀不磨要生锈，书不读要落后，伟大领袖都发话了，你们还不赶快走吗！"于是，"被自愿"下了户口，而且告知我们家要下放的是四个——分到宜昌分乡大山里的一个妹妹仅十三岁……

　　要下乡了，知青们已无任何事情可干，这些天，街头巷尾说得最多的是："三中的要上山，二十三女中分到枝江平原。"一时，找关系到枝江"百里洲"成为热门，因为产麦子的地方就会有棉花、芝麻等经济作物，当稻产区一个"标工"仅几毛钱时，麦产区就有两块八到六块——天远地隔！没有人奢望还有机会回城，除了几个"爱读书的"，已没有人会想到要继续升学了。于是"琴师们"把琴撂在了一边，任琴弦和马尾散乱；"文豪们"则不再有倒背《离骚》和《葬花辞》的兴致，与音乐相关甚密的《琵琶行》、《胡笳十八拍》也懒得光顾。我听到隔壁班上高三学生颓废地吟哦："……懒人的春天啊,懒得连女人的屁股都懒得动一下了。"——据说是徐志摩的大作。再于是喝酒成了时髦,绝非对杜康有什么好感,无非是仿效"一醉解千愁",于是轮流坐庄。临走前一个星期,我央求母亲包了饺子,做了面疙瘩汤,我已不记得从哪里找来了两瓶有药味的"刺五加"——直到今天我也不知道这种酒的优劣,即将各奔东西的朋友们挤满狭小蜗居,方桌朝外的一方坐到了门外,低我一级的"黄豆"(因脸上的印记)——爱好文学、喜欢舞文弄墨的黄诚鑫,就着饺子大口大口地喝酒,打着渐渐变了腔调的哈哈,语无伦次起来,拉着我,大谈屠格列夫《爱的凯歌》,唱着"拉兹"夹杂"只有我一个人在徘徊,你是我的心,你是心灵的歌,趁现在黑的夜还没散"的《丽达之歌》,唱得怪异却颇具真情,最后跌跌撞撞,尽欢而散……

  三十年后的一次,原三中老知青的聚会上我首遇黄兄,当年在枝江农村他与我田亩相连,歇工时可以相望,一瞅机会便凑在一起,他打着哈哈过来要我看他怀揣的"杰作"——那是以别人的名义给女生们的情书——并无邪意的恶作剧。在他夸张的表演下,众人笑得簇成一团,连贫下中农们也捧腹:"好老板哟,将乘嘻,将乘嘻!"——当地土话,这人太会装正经,太会扯淡了!——冲淡了重体力劳作的无聊和艰辛……然而,这次碰面,他已俨然换了一个人,嗫嚅着,已然凝滞的眼神全然不见了调皮、睿智的光影,好像对一切都那样淡漠。惶惑间,我竟鬼使神差地想到了"闰土",当从他那里得知一同插队的徐同学也撒手人寰,剩下的就只有摇头和唏嘘了。席散,目送他的背影,眼前晃动着他发往东风渠工地的信,那信中切磋文学,并相邀同去荆门龙泉书院思古、探幽,长达四页。良久,前人萧综的"悲落叶"句子不期而至:"落叶何时返,各随灰土去,高枝难重攀!"压抑中,已记不得是谁的诗差点念出声来:"枯木逢春犹可发,人无两度少年时!"记得当年就要离开这条不足 500 米的归元路——我们心中的文化圣地,是那样失落,原本以为沿着这条路我们将一路初中、高中、大学——当然是"钱三强的理工"或"黄海怀的音乐",如果,我想,可是已经没有了如果……挥手长依依,当我挟着那个琴盒——同学们连夜用三夹板做成,用白色药用纱布贴面再涂上黑油漆相赠——伴着秋冬的冷雨,背着黄书包,途经归元路东、过西大街、青石桥,绕三槐岭,在默默与母校道别之时,没有想到重新踏上这条桑梓路,已是风雨兼程的十年之后。物是人非,路依旧,钟声依然,但多少个三中的"黄诚鑫们"已然"归元无二路"了……

(二) 血色鹧鸪,烟雨子规

1968年年底,仅剩最后三天,在五等的大统舱里颠簸了两个晚上,行李仅三斤重的旧被子和补丁重叠的线毯,因为全家有四个知青同时发配三个不同的农村,家里实在再也拿不出像样的铺盖了。一个不大的虽然十分陈旧但却是樟木钉成的箱子——隔壁邻居家的菊英姐在我跨出家门的一刻临时从自家搬来,并对母亲说:"小狗是喜欢读书的,就用它装些书吧!"

于是,箱子里便填满了所有的高三数、理、化、外语(带上这些书,实际上还是考大学的贼心不死),另有一本薄薄的"教参",依稀记得里面一篇《我爱南宁》,好像是一个叫梁映蓉的女孩所写。冰冷的船上,单调的螺旋桨声,让人昏昏欲睡。朦胧中,将其文章与自己的相比较,终于心高气傲地以为应该是不会比她差的。脑际映出了那一幕:那年夺得武汉市中、小学写作大赛第一名。当时,老教育局长张微之,破例在年纪最小的获奖者的那本绝对堪称精美的硬面画册上写下大段勉励的文字,还不待我仔细看过,就被一位叔父欣喜地送往了四川。因为在重庆、成都两地,有众多的表兄妹,一时,叔父、姑妈们庆幸家族出了"文曲星"。接着在钟家村小学和三十二中学的联校里,悬挂了巨大的横幅:"外学马学礼、韩喜、赵克,内学戚伏生"。说实在的,除了劳模马学礼,我真不知道这韩喜、赵克何许人也,后来才知道这是武钢和一冶的标兵……直到有一天,低我一级的孙武突然怯生生地说:"宋老师(班主任兼校辅导员)在班会上宣布:你这面旗帜已经倒了。"——"阶级路线"彻底结束了一个青少年献身文学艺术的迷梦!

受"音乐世家"的影响和"天赋"吧,我自幼便全身心地投入到音乐、艺术之中。最初是花七元钱买了一把财鱼皮制作的二胡,从此便"呕哑嘲折难为听"起来。每天晚上吃完饭就将过道的前后门关上,操练起来,以致引得同屋的居委会主任肖太婆每每见到我,便近如哀求般说:"我说小狗狗,你不要每天都吹、拉、弹、唱啊,我的脑壳都被你搞麻了,我已得了'神经衰弱'哟。"待练得有些名堂了,父亲也十分地关注,从他那里学到了"金蛇狂舞"、"步步高"、"旱天雷"等广东音乐。有时晚上,我以为他睡着了,却在某一个乐曲当口,突然听到他高声断喝:"这句错了!"或者是"怎么这段拉得生刻了!听听你叔叔广播里怎么处理的。"——叔父二胡演奏家戚正国、表叔中胡演奏家徐亨平,不一而足……肖太婆的爹爹是三十二中学语文老教师朱浩如,没有教过我,一个不苟言笑的人,虽住隔壁,我却没跟他说过什么话(其实是有些怕他,总板着脸,鲁迅笔下日本人"内山完造"的样子),他常常与别人说起我来,总是赞赏有加:"这个伢是块料,有望头……"可苦了我的是,他常常等在过道门口,十分严肃地拿出书本,冷不丁地会说:"先把这《红旗飘飘》读一遍,再写两篇读后感,每篇不少于一千字。"或者指着课本《林教头风雪山神庙》:"你读来听听!"我一脸茫然(暗忖:未必我连这几个字也不认得),于是小声音、怯生生、无节奏、一个字一个字地挤出了书名,他说:"不行、不行,不对!重读。"后来方知,他是在考察我是否搞清了文言状语前、后置的问题。

在船上,我从夹袄左边掏出十个"蛤蜊油"——一分钱一个,央求母亲准备的——为了拉琴的手不至于过度粗糙;从右边掏出一支派克金笔——抄家时,唯一藏匿的"旧军官"珍藏——母亲嘱我多写文章。可是后来,"蛤蜊油"终不敢用,那是资产阶级的物证;放在前胸的派克金笔也在我"烧赶火"(烧窑的术语)中,连同松毛,失手一并塞进了窑口。

思绪万千,载运知青的铁船逆水而上,周边的知青们已平复了刚才离别家人的凄苦,三三两两拉起了家常,但说得最多的话题还是

"这去了怎么办啊"。这话题又使我想起了母亲,幼年时也常听到她谈起老家,徐州旁边一里许的"桃山集"寺后村,龙泉寺的大佛和古木似乎让这里的女孩对文化有更多的期盼,胡姓家族受清朝皇帝分封有庄园——百年历史的老屋分别叫东、西、南、北和中央院子,大抵如"乔家大院"一般光景。后来家道中落,破落了的这安徽胡家却有十多位女孩投入了抗日中的新四军,母亲的几个姐姐都是,时年母亲正在徐州"云龙山"下的"培正中学"读书,生性胆小的她,一次险些出了事——将一位叔父交给她的地下"抗战"标语,慌乱中统统扔进了学校厕所,从此不敢再参加活动。那时国共联合抗战,徐州为兵家必争之地,刚从抗战大后方武汉参加了聂耳"打长江"救亡歌咏活动、热血沸腾投笔从戎的父亲驻军"胡家大院",后来与同样酷爱音乐、歌咏活动的母亲在学校相遇、结合,碰巧的是,"培正中学"的"培、正"二字,正分别是他二人的名字,看来也是"天意"了。然而,众所周知的原因,这个家庭从此步入历史的坎坷,也无可避免地殃及其后人……

打我记事起,印象最深的是母亲年轻时唱的两首歌,前者"山那边哦好地方,一片麦子黄又黄……"憧憬、希望,这是新四军彭雪枫部萧、泗支队指导员的姐姐教给她的;后者则来自与父亲关系极好的勤务兵兼传令兵小马,那是上世纪五十年代初。大陆即将全境解放,国民党兵败如山倒。父亲所属的白崇禧、鲁道源部众多苗族子弟兵,纷纷逃散至云贵十万大山,父亲此时已无心军旅,参加过日军"芷江受降"的上校军需处长,婉拒解放军后勤协理一职,回了武汉,那年他才27岁,这小马实际比父亲还长十岁,穷困的苗族汉子(终身未娶),当兵完全是为了吃粮,其时已被云南公安局留用。他十分喜欢我,没事时总把我抱在身上,那时我是正患严重疳积的患儿,细瘦的脖颈顶着硕大的脑袋,大肚子鼓胀,不会走路,整天坐在床上,学当地人唱什么"大肚子,卖刷子"之类的乱七八糟,小马忙制止:"小狗狗你长大了要念大书、做大事,咋个像我们苗家咧,"并说,让我来教你唱我们家乡的歌吧:"……大麦青、小麦黄,农夫吃的是哟，粗呀粗杂粮，嘿哟、嘿哟……"朴实率真的乡音乡情，这两首歌是我人生最先接受的音乐熏陶，加上后来的"槐花几时开""小河淌水"等母亲那时从云南带过来的歌子，完成了我最初的音乐印象美学的铺垫……

记得装载知青的大船到达目的地时，我被眼前乱象惊呆了，先期到达的知青们仍滞留在县城不愿下去——因为没有分到麦产区，那就有可能养不活自己。现在一下又涌上来上千的知青们争着要去麦产区，安置部门逃避不理，知青们像疯子一般躁动起来，酿成县城招待所大量堆积的棉被被焚烧。那一夜风呼呼的，大雪肆虐，仿佛到了世界末日，知青们也仿佛被这个世界抛弃了。两天后雪住了，积雪深至膝盖，已无力再折腾的小青年们踩着没及脚背的稀泥，亦步亦趋地去了他们该去的地方。我们一行九人，三男六女跟随流着清鼻涕、拉着板车的队长——他是专为"抢夺"壮劳力才顶着风寒往返六十里而来，一路上我只听到他说了一句话："怎么才来了九个？我要的是二十九个。"这个队，连老人和奶娃加在一起，总共只有一百零四人，而且很穷，每个"标工"仅三角七分钱。第一年，我年终落下十四块钱，在乘坐六块八角一张的五等仓往返后，仅剩四角钱！不过，后来生产队队长才知道，"知识青年"是会麻烦不断的，真庆幸要了九个——如刚盖的知青集体户住房——茅草顶、篱笆墙，堂屋里分八张床（泥巴垒砌、柳树棒子架起来，堆上稻草就是，本来应是九张床，但为"高收益"——县、区、公社甚至地区都争着抢我这个据说是"省城来的第一琴"，身价每天抵两个半"标工"——可以交给队、社，所以不为我做床，长期外派"搞建设"）。冬天的深夜，接近年关，留在队里的八个知青等待回家过年，因买不到船票，又急又冷又饿，晚间用稻草生火取暖，一不小心引着大火，人跑出来了，可是，顷刻间所有东西化为乌有，包括生产队本不应该放在这里而又偏偏想占知青便宜放在这里被视作命根子的所有财产——三架板车、三架水车，通通烧成了麻花状，冒着青烟，只见生产队长又挂着清鼻涕立在寒风里哭泣。大队为"抓阶级斗争"，要寻找斗争对象，把农民

"骡子"的父亲（富裕中农）——这是我队"成分最高"的人，作了"替罪羊"，绑到大队，批斗一通——硬说他当晚倚着门，幸灾乐祸地看着风助火势，抚掌，念念有词："烧完了，都烧完了"云云——后来，知青的茅草房重新做过，不过是做在四面环水的孤岛上了——这是后话。

当所谓"再教育"正式开课，或刻骨铭心或哭笑不得的磨难便伴随我走过三年半的路。

和妹妹"跨校"在一起总想让她有安全感，自己更要表现好一些，所以，尽管那时我体重仅为八十多斤，各般农活都强打精神去做，什么耕田赶耖、堆垛扬锨，绝不敢落人后边，同队的男知青稍大两三岁，身体也壮实，我只差拼了性命才与之"并驾齐驱"，但感觉总没有他们融入现实生活的本事，比如：与"掌管知青生杀大权"的大队革委会主任（下简称主任）套近乎，送些诸如风油精或是老鼠屎一样的打火石——我至今也没搞清楚这个火是怎么打的——不时还送烟、酒，说穿了，要奉迎和讨好他们，我家下放的孩子多，我写信父母："打火石就给妹妹们寄去，我不要。"可怜天下父母心，父母还是想方设法弄来一点并再三叮嘱我改一改个性——妹妹告了状说我从来不愿搭理他们，所谓"疾恶如仇"——我已难改！我把打火石全部交给了村里那些老实巴交的农民，那个主任，身体壮实，精力过剩，天天嚷嚷斗斗斗，成天躁动不已的坏水，或眯缝着三角眼在女知青胸脯上扫来扫去，或瞅准机会占姑娘媳妇的便宜，被骚扰的往往还赔着笑脸，但是他来我队无论是"检查"还是"巡视"，我就冷眼相向，倒真有"邪不压正"的效果，他即便青了脸，也难越雷池一步！于是对方祭起"阶级斗争"法宝——全大队几十名知青均为基干民兵，偶尔可以背上老式"三八大盖"去打靶——而我一人为普通民兵，不能打靶，入了另册！我记得在宣布名单时，他还特意加上"枪杆子要掌握在可靠的人手上"。更让人难以承受的是，在全大队大会上，该"大员"故意看着我阴阳怪气地大说"阶级斗争一抓就灵"云云，提高调门，宣布近期省城要把异已分子遣送农村，还说，你们看，不久我们这里就准会来一户的，冷笑着，分外得意。那天开完大会，组织民兵"练为战"活动，指定武汉知青与当地青壮年三对三的比武，有数百人围观，我队仅有的三高中男生被点名，相应出列三个大力农民，我看到人们怜悯的目光，因为身单力薄的我必将败下阵来，届时，出了洋相还会引出一大堆不相干的话来，人们等着看戏。首先是农民展示拿手好戏：顶门杠，用肩膀对肩膀，蛮力而已；掀石滚，把躺着的碌碡立起来，下蛮力气。大戏开场，对手缠斗一起：第一对，高个黑知青，自云"青石桥学过'武把子'"，晃动云手，跳着跬步，此阵势让农民瞠目结舌，稍一迟疑败下阵来，知青胜；第二对，绰号"白米"的知青，个子不高却又白又壮，人称"桩子稳"，用死力气硬把对手挤到角落，推到地下，知青胜。

轮到我，众知青均捏把汗，实力反差太大，我看到站在一边的主任正幸灾乐祸，嘴唇翕动着，大概又酝酿一些莫名其妙的说辞。我朝站在后面人堆里的妹妹笑了笑，眨了一下眼睛，为妹妹、也为做人的尊严，猛地将搭在肩头的工作服扔在了场边，众目睽睽，敦实的对手拢身时，我拼足气力将其拨开，跳出数步，默念归元路上学来的招数，待他再度扑来，我呈半蹲架势，一手抵其膝盖，一手搂其腰身，低喝一声"拦腰杠"，起！借力打力，将"庞然大物"扔出了丈余！全场哗然，掌声骤起，我用眼光扫了一下，从那张不怀好意的脸上，第一次看到尴尬和沮丧的表情！

每每，田间辛勤的劳作，休息时，别的知青都打闹去了，或者意欲与心仪的女性借机"沟通"，我总寻了角落去回忆难忘的过往：

知青下放前不久，位于南城巷的三中，不少乐队的骨干们都参加了省"收租院演出团"，舞蹈队则多系北城巷二十三女中的女孩，仅吸纳少数全市舞蹈尖子。其中一位个子高挑，双腿纤长，尤擅独舞，走起路来，脖子仰着，标准的芭蕾范，当时所谓奇装异服，被指为"玩字号"——高腰"考板"裤，后背剖开然后中缝对接的上装——一般人断不敢穿的，只能选肥大的裤子，宽松的罩衣，臃肿态的革命装。可是她（我们私下根据她所穿的衣服，取个绰号曰"破背"）穿起来却异常得体，引人注目，以至于团中所有男士都欲与之搭讪却被拒之千里！说老实话，她担纲的《白毛女》中喜儿、《草原儿女乌兰若亚》——意为草原红霞——的领舞，让颇为强调专业水准的我也无法抗拒，但"从不与陌生女孩说话"的信条让我冷淡，还是忙于练琴，什么"三门峡"、"豫北"、"秦腔"不一而足，排练场一角帷幕下，不知何故，一日她径直朝我走来，犹豫半天，终于红了脸，你教我"哥哥回来了"吧？我知道她指那首著名的"红军哥哥"，我内心嘀咕了一句：妖精，信你的邪。八级的曲子，你也敢想？舞跳得再好有什么用！可是不知怎的，终于舌头不听使唤，我要说的变成：你有基础？拉来听听——或许这是因男人都怀揣一条容易被美触动的心弦！她接过琴，一本正经，纤指虚浮，弓杆居然在离琴筒半尺的"半山腰"处游离起来——比拉锯还刺耳，自此以后，只要得空她就一定过来，我也从"冷冷的"看其洋相变为"暖暖的"看其洋相。安静听琴的她，似略带蓝色的美丽的眼睛令人心旌摇摇，但是，有一天，听琴中的她，一时黯然失神，伴有几乎不被觉察的叹气，像是对己，也像对我说了一句：唉！我的家庭……她轻轻摇头，不再言语，后来我知道她的父亲不知什么缘由也被划为"阶级异己分子"——还待深究——在这以后隐隐感觉，也与我一样所谓家庭出身负担，让两人不敢再向前行，每每有所冲动，眼前就会出现她家门口那雪片般大字报和打着×××的名字，燃起的萤火般亮光，倏忽就闪过，似西天逝去的彗星……

在农村和工地演出间歇，脑中总浮现我和她在巴东的情景，那次她受邀赴三峡，她的出现引得无数男生窃窃私语，但她除女宣传队员外从不搭理他人，当然，我和她似有某种默契——愉悦！

一日演出队从海拔2800米的绿葱坡，到野椰公路演出，一辆大货车，几十名演员外加乐器，辎重满满的，在十分险峻的盘山路上疯转。当地司机路熟，毫不当回事，路旁就是万丈深渊，每一转弯，引得阵阵惊呼，在乘员中间，站着一位年龄稍大的"眼睛哥"，感情丰富，常常站在马路上就能哼哼练发声的歌者，要命的是，人堆里他抱着一口硕大的樟木箱子——准备返汉"提亲"之用——每一急转，他怕宝贝疙瘩挤坏了，就扭动屁股以转动身躯，于是更让危险平添，引来众人不满，责难声鹊起，在埋怨声浪及呼呼风声中由于急转弯，我和她无意间稍微挨在一起，刹那间，她脸通红，蓝色眼睛一瞥，迅速闭上眼睛，我忽然记起某传记中的文字——她那举世无双的眼睛瞟了公爵一眼——那一刻只觉得四下里似乎没有了声音，成为真空，周边的人也似不复存在，记忆中留下永久的印象……第二天是休息日，队里一行人十几个结伴，沿着震耳欲聋的急湍去"雾源洞"也说是"无源洞"游玩，途中要经过一大段仅两尺宽的石板路，悬空高处，没有任何扶手，总自觉恐高症的我，小心翼翼地紧盯脚下"一步一个脚印"，哪知这样更糟，偶一抬头，群山倒转，远处的长江细得像一条带子在天边发着幽光，要是平常我早就退回去了，管它前面是"雾源"还是"无源"，可是不行，单行队列紧跟身后的就是她，事后心中自嘲：一根头发胜过九头牛的拉力——大概就是指这个吧？

在我就要奔赴枝江农村时，听说她也因其父亲的事不得不匆匆就下放农村了——江夏一带，我也因家父所谓历史问题断断拗不过成天敲锣打鼓催你下乡的队伍，去到千里之外的枝江，从此音讯杳然。

20世纪90年代初，我大学毕业后下海，一日，逢大型文宣活动需要高水准儿童演员，正犯愁间，忽然来了背部略微弯曲的琴友"锅罗子"，他大声说，你怎么不去找"破背"——她们学校有本埠最负盛名的儿童艺术团队——我十分惊诧，直到这时，我才知道她最终是回了武汉，原传说她已经跟了农民扎根农村，纯为误传！带着复杂的心情，在"锅老弟"带领下去学校，一路甚至设计了不同的见面"脚本"，这么多年，伊舞姿更娴熟？水平更专业？……到了，出来的是两位年轻的指导教师，"湖艺"刚毕业的，暗想：她当然后出来——艺术总监之类作派——过了好久我看到走过来的女人——我只能这样称呼。"锅罗子"大声地说：怎么？你们还不认识？他差点说出"破背"二字，又在情急间改口×老师，我不相信自己的眼睛，细看有一丝昔日的影子，面部呈现明显的生活沧桑，"我们都是队友"哟！"锅罗子"还在不屈不挠地介绍着，我想我和她何尝不知道？只听着她幽幽地说：不知道你去了哪里？我在农村也耽误得太久、太久。她未提及下放的一切，而且她早已不再涉及歌舞。也不知道什么时候、什么原因她成了教一年级的"算术老师"——这与她风马牛不相及的工作。有铃声在响，她微低了头说："打铃了，我还有课，不能陪你，伏生。"（声音低得几乎听不见）扭头间我分明看到眼中一闪的泪光……

　　那年，一纸"到农村去"的"最高指示"，便结束了"上大学"的梦，也彻底改变了南北城青年——后变为知识青年——的命运，开始根本就没有回城的安排，历史无意间将青年学生推向了要考虑大事的关口，一时间，"要走的"在归元路和西大街上忙碌起来，"早熟"的已经"条顿剑在行动"，"不开知识"的一脸茫然，我只是觉得有朦胧好感的异性从此将天隔一方，有些伤感，痛定思痛，苦恼地增加了西大街青石桥间穿行的频率（"朦胧"涉及两位"李"姓姑娘，为本文叙事，且以"二李"称呼之）。前者是在观看演出——我出任该场乐队首席——"大剧院"万籁俱静，浓郁湖南风味的"秋收起义"独奏从我指间流出，让坐在第一排的"前李"或许有些异样，凭此，同伴打趣不止，造成日后双方的不自在，或许并不存在真正意义上的所谓恋情；而"后李"则是我同一宣传队的队友，漂亮的舞蹈演员，在就要下放农村的前几天，有好友怂恿两者择一同行，皆为幸事，但是无从说破。曾经在青石桥鬼使神差般碰到后者，她穿着木屐上街买东西，来得突然，四目相对，似有许多话要说，但情急中反倒不知从何说起，感觉街道上众目睽睽……终于"孔雀东南飞，五里一徘徊"般各自东西……

　　"前李"也去了江夏，我去枝江，千里之遥，哪怕最初只是想法也只能无疾而终；而"后李"则更令人唏嘘，我和她其实同被抽调到同一个文工团，我去之前极有权力的"军代表"突然宣布：戚姓学生缓行上调——"按规定，考察出身，还必须追加脱胎换骨的改造"——消息传来，我第一次爆发，拂袖而去，哪怕盛传为此将去小小砖瓦厂。就在此时，"后李"调至该团任舞蹈演员，同在一地，互不知晓，擦肩而过……

20世纪80年代初，秋天，我在本埠"工程师的摇篮"作最后的"包装"，一日，赴校外工厂收集毕业设计资料，刚从关山口十五路汽车前门挤上车，试图往后面挤，突然眼光与后门的一位女工模样者眼光相遇，仿佛冻结，对方也一样，原来竟是下放后就未曾谋面的"前李"，她似乎略带惊讶地注视我胸前的校徽——我求学时，佩戴校徽是必须——她正迟疑地朝这边挤来，忽听同行的众姐妹——一色的新工装——大声叫嚷：李，李！赶快下车，赶快下车，广埠屯，早过站了，说完一把拽过她下了后门，车窗里我看到她伫立在路旁飒飒的秋风中……

也是这一年夏日的一个星期六，匆匆地从关山口乘十五路去中南路书店，直奔五楼外文部，买了大部头的《英汉双解》——讨嫌的美国"麻省理工"原版教材已压得我这个南城巷走出的俄语生喘不过气来，数年"挖地球"回来，还得从英语二十六个字母开始——飞快下楼，掐着表，要赶回学校上毕业设计大课。刚跑到邻近的师范学校，一头撞到从校门走出的"后李"——从西大街青石桥一别，十二年了我还是一眼就认出了她，还是那样白皙漂亮，还是那样纯真的微笑，震撼之后，我们并排走着，原来，她从文工团下来后改行做了教师——这次是来省城集训的——听到这里，我为她高兴，两人有太多的话要说，但是确实、确实不知拣哪一件开始。她说，在枝江我多次打听也完全听不到你的音讯……无奈分明写在脸上，这时我脑际也闪出当年宜昌官庄水库全省水利大祝捷的场面：数万水利职工、农民、知青黑压压的一片，当我出现在临时搭建的高高舞台上，忙自作主张地将原本出台独奏的二胡曲"挑起担子干得欢"改换成"哥哥回来了"，报幕时我忐忑不已，当时的政治环境岂容得把"红军哥哥回来了"的"红军"二字去掉——这一切就是因为临时接通知：当天参会的，据说要包括宜昌地区所有建设工地的武汉知青，另外还有几支从江夏远道而来的知青宣传队，鬼使神差，脑中闪过，或许今天有碰到"破背"和"二李"的可能吧。当然这是荒唐的、"秋天的童话"——她突然声音低下来,我听到:培训已经结束,还有两天我就要返回枝江,我在这次来省城的前一个星期已经结婚……相视,无言……挥手间,我说两天后我请假去汉口"港一码头"送你,她低头说好,可是当第三天我风驰电掣地抵达武昌汉阳门船码头,欲持票摆渡过江时不自觉地竟停下了脚步,一种声音固执地在耳际响起:"本来想偿还我们青春的宿愿,可是这并不能带给我们幸福。"——丽达错过保尔十多年后,短暂重逢,终于用此信留下最后的赠言——传统时代的教育和印记是多么顽固,又是多么难以改变,特别是在"再教育"之后,"信的碎片从保尔手中挥洒风中的画面"压断了挣扎在我头脑中最后的那道防线!江对岸传来汽笛,是否那一班逆水而上的班船?汽笛声两长一短——那是生火、启动的信号。望着悠悠江水,唐人那些"烟波江上使人愁"和"唯见长江天际流"句子,似乎现在才真正读懂!

2013年端午前后,应稿约写了《啊!南城巷,北城巷》的小册子,记述知识青年下放的那个共和国特殊年代,这个年代中的一个特定群体——知青,该文男、女主人公们平常、携带着淡淡忧思的故事,杀青的当晚已十点,我曾这样写道:"夜静下来,没有了夜游的东西,怀着复杂的心情,下了楼从归元寺到青石桥,当年反复折返的路上,看到了寺庙外轮廓上的灯,平添了一丝过节的暖色,哦,是亮化工程或许'正月的火、十五的灯'又要回归,西大街、青石桥寻常人家的大门前及至端午是否还会挂上艾蒿和菖蒲——老汉阳最显著的特色,不自觉地停在了青石桥十字路口,仿佛又踏上了梦幻中的一级级青石路,就像穿过时光隧道,打开那一扇扇尘封的门,当年同学中我的那位挚友在我一次次食言——下放前不再徜徉此十字路口,然而又一次次不由自主地于其间徘徊,一次被挚友撞见,迎着他(绝对善意)的责备目光,我惭愧地低下头,但是我们内心都同时清楚:正读着的屠格列夫《爱的凯歌》能说明了一切,'那位音乐家'指间,下意识地弹出的爱的凯歌旋律,几十年中一直在'南城巷'和

'北城巷'——后来去了不同的山乡的少男少女们心中萦绕。

青石桥外拦江路，一高处建筑，巨大的'稻花香'灯光广告——穿着红底、碎花衫的大辫子姑娘（权且叫做"小芳"吧——与下放知青关联密切的称谓），正注视着我，带着朴实、纯洁的笑容，不远处有乐音隐隐飘过：青山高、云水长、青梅果儿已熟了，我盼阿哥回家乡，呀—咿—也——……

夜色愈浓、思绪起伏，啊——南城巷、北城巷，这个'盛产知青'的地方，往事如烟，可是，往事并非总是如烟……"

（三）秋天，我在知音湖畔等你

人似乎不能总生活在对过去的回忆里，但记忆它、珍藏它总是有要回忆或珍藏的价值，但它到底是什么，好像也难以说清。

几十年过去了，流逝的岁月常常在夜深人静时浮上心头，当年的归元路铺满石板，历历在目；在农村的田坎上，特别是长及两年的当阳翠岗丘陵和宜昌分乡大山的东风渠上，我都被"家庭标签"的阴影所桎梏，所以也特别玩命地做着所谓"改造自己灵魂"的实践：在生产队里挑着一百多斤的钎担爬上陡立的楼梯；在宜昌兴平山谷从溪河滩登上数百步石梯，将一箩筐一箩筐带水的鹅卵石搬运到几十米高的公路，要知道一担就有一百六十斤，几乎让人站不稳脚；我孤独地东奔西走，周遭鲜有还未走的知青。曾经晚上惶恐地经过上风垭——四川保路时期留下的隧道，残垣断桥一头扎在深深的河底，疑心会有怪兽突然窜出；也曾经白天经梅子垭，山道边蓦地跳出一株墨绿色诡异的巨大孤树，无人天际下，让人心生怕意（后来听在石板插队的荣国兄讲述该"笔架树"的坎坷、悲凉，不胜唏嘘，这是后话）；一次晚十点，刚演完节目，听老乡们说山那边东岩下，知青点有两女孩溺水，大骇，扔了琴换了一根棒子，连夜翻山、穿墓地，茔火中头发根竖起，小跑着一口气走了七个小时山路，天蒙蒙亮敲门，待落户这大山的小妹妹惊恐开门，方知是隔壁队里两女知青殒命。问清后，我忙转身，提着棒子打转回程——隔天普溪河大渡漕要通水，为贫下中农庆典演出不敢耽搁,我听到身后 13 岁小妹妹的哭泣声……

冬天从枝江"问安"往返当阳长坂,用板车拖松枝回去烧窑,手和脚都冻肿流血,结痂、再流血;夏天与农村小青年"骡子"(大名天喜)跟着板车大队拖沙,走三国故道麦城,整天的辗转迁徙,让拖车的我小跑着都会打瞌睡。一次,沿途通过一段空无一人的上坡地,正闭着眼机械地跑动,忽然被笑声惊醒:那是既累又无聊,拉车的农民干脆脱光衣服,裸身吆喝着,拉纤般地直奔上坡,还比试着那胯下"阳物",谁能够保持坚挺不痿,望着这些既可爱又有些可怜的乡下朋友,我突然想到在这"广阔天地"里不知道谁要对谁去践行"再教育"了。当在三九严寒中开挖河渠淤泥,每每奋战至深夜的大会战把我累得连续一星期都不会去洗脚,入睡前仅将已风干的泥皮从起自大腿的身上揭下来,便一头钻进稻草铺,抓紧时间睡觉,因为几个小时后要命的哨音会再度响起。极限拼搏中严重的内、外痔爆发,连续多天内裤全部被血水浸透,也绝不敢告诉他人,直待邻铺的一位老农发现才引见了山区当地的老中医,脊梁下边扎了好多钢针,并服用了苦涩的汤药才从虚脱中恢复过来……即便这样,以期"重在表现"也在后来的知青招工中无济于事,可是与之鲜明对照的是:邻社某"高衙内"——五毒皆全的王姓青年,下乡仅八个月,大队和公社还宣称过:"决不会将其放走的",话没说完两天,其父带着"北京吉普",傲慢地说:"这家伙很坏,你们教育不好的,我带走。"接着伸出手,笑纳公社干部毕恭毕敬献上的"选送招工表",绝尘而去。当全大队近百名武汉和当地知青都相继离开了这片天地,满怀期望碰到最后一批招工的领队,他无奈地告诉我:"你的那张表有要命的评语——此知青与贫下中农思想有着极大的差距,加上家庭的背景还要长期地脱胎换骨。"——我知道这是那位结了"梁子"的主任的杰作,只好一声叹息,挥挥手感谢师傅的提醒。看着人去窑空的一个个知青点,特别是站在我长期烧窑的那些低矮窑屋,我想起刚刚离别的那位窑匠师傅——带着一副深度近视眼镜,粗糙的双手及胳膊已爆出青筋,满脸的沧桑,但遮掩不住他曾是一个"文化人"的印迹——宜昌某报社或出版社的编辑,那年头为一句不当的言辞,成就了极右分子的帽子。我已记不清他的名字,但清晰记得他对我说的那句话:"坚持加用心,总有一天能走到头!"我下意识地自顾笑了起来。"坚持"当不用解释,而那"用心"只有我俩知道——头一天我上窑,听到窑屋内有一人忘情地在高声吟诵"花谢花飞飞满天",在老远处我毫无顾忌地高声应和"红消香断有谁怜",对方哈哈笑起来,又念出"游丝软系飘香榭",我又高声回接"落絮轻沾朴绣帘",哈哈哈哈……草房内外笑声震动——因为旁边没有一个人,无需低调,无需夹着尾巴去做人。但他没出来,装窑时砸伤了脚,依稀看到蜷缩在墙脚下地铺中的他发出指令:"是新来上窑的知青吧,赶快去挑水,到窑顶下青。"下青:即从很远处把一担担水送到窑顶的"田"里,"田"中间用探针打了好多小孔,水会从里边渐渐漏下,当冷水与烈焰相遇,形成雨雾,能使红砖、红瓦变成一些人需要的青砖、青瓦——故曰下青。但是,往往你一担水刚倒下,准备下窑,回头一看,已漏得不足一寸,你得在催促声中往返奔命,确实是个要命的力气活。我和后来的两个知青做烦了,商量一下,干脆用耙子把田中的稀泥糊平,水就漏不下去了。我们开心地躺在远处树荫下"日白弹琴"——反正高度近视的那个他是不会看见的。没想到一扭头,看到一个高大的汉子伫立身前,伸手刮着我的鼻子,学着演员"松井"的腔调"狡猾、狡猾的,'用心'大大的坏了,坏了",接着开怀地放声大笑……

在我的知青生活最困苦最孤独的时候,是音乐给予我力量,那充满希望的"麦青、麦黄"歌谣,在心底升腾。我已然豁出去了,至多是扎根的后果。再说大队书记——一个刚从部队回来不久的"老好人"对"最后一个茨岗"说:"好好干,二十里外的姚家港村办砖瓦厂还需要窑工。"我淡定起来,不再多愁善感。曾经在"血色黄昏"的田野听到鹧鸪啼叫,古人的解读"行不得也么哥"使我忧心忡忡,而今我重新解读为"割麦刈禾,割麦刈禾";曾经乡村四月烟雨中，听了子规鸟啼叫，总以为"子规啼血"认定是凶兆，现今我解读为"布谷，布谷，春天布之，秋有希望"；曾经和朋友"骡子天喜"夜间在麦地遇一种"苦呱子鸟"，也触景生情，悲伤不已，现今我像他那样，坐在麦茬上，双手摩擦，配合口中的声响，模仿鸟的鸣叫，一时，呼啦啦地便引来无数雌雄长腿，待鸟的双脚钩住我头发，便从头顶上拿下装入囊中，我不再感叹"苦哇、苦哇"的沮丧，而是与小伙伴满载归来，去享用难得的佳肴——生活没有那么多绝望，内心增了些许的坚强。终于，有一天，又是一年的年尾，阡陌上堆满积雪，我一人准备去大队部打谷夹米，蜿蜒的小路那头走过来了名叫新凤的姑娘——刚刚升任本大队的妇女主任，上面通知班子内必须得有"铁姑娘"代表"入阁"，且分管知青，她的另一个身份却是我的学生，那个在农村青年排练中最刻苦、最求知，那个被燃烧的松枝映红脸庞、专注倾听我示范琴声的着红底碎花衫的妞子——当狭窄小路两人贴身错车，我感觉她"腾"地红了脸，低垂着眼睑，勉强听得到的声音："戚老师，你的那张表（档案）我已经偷偷地抽出来了，"加重语气，"扔了！换上了我重新写的内容。"最后的那句，"人要凭良心，实事求是……"让我震撼。她不敢看我，时间仿佛凝固，远处田间传来人们薅草的秧歌锣鼓……

2012年12月30日，我带车到宜昌公干，途经几十年没有顾往的乡村，看到陌生又似有熟悉的沟渠车辙，我当即请司机折转过去，下意识地想到那位新凤姑娘，此时天空已飘洒雪花，正是当地农闲等"年"的时光。见到生人，三三两两赶年的姑娘、小媳妇"避行客含羞笑相语"起来，我赶忙打听了"骡子天喜"，那个成天缠着我要听我拉瓮子（二胡）的大眼、平头、敦实、质朴的小青年。人说他到港里打牌去了——那种"上大人、孔乙己"，我熟知的农村青年常打的纸牌——离这里甚远。我又打听新凤姑娘，人说嫁到了很远很远的新场是与当年我们拼命要去的白里洲齐名的麦产区。我怅然若失，但又真心为她高兴。因为要着急赶路，宜昌那边隔天有新店开业，我终没有再度深入去重访江村，这个毗邻长江江口，时下风靡的"枝江大曲"故乡。那周边环绕的陶家湖以及夏天蔽日的荷花——这花,也是我曾经耕耘的地名,虽不富饶,却是我心中的"香格里拉"(天堂)——如果苦难也能算作财富的话……

从稀泥中脱身的车子,朝宜昌方向疾进,过"陈家板桥"和"问安",田头的荼蘼花和港边的荷塘仍然存有。我想,倘若三年半的再教育还继续下去,人们还能说"睡足荼蘼觉未迟"吗?或恐留下的残荷也破败得难以听到雨声了!行车中我突感人生苦短,抓住人生华彩乐段做辉煌的一搏的愿望也一样强烈。有一句话说得真好:"历史无法选择,但是现在可以把握!"说话的也是一位著名的老知青。于是我想,在仍然为"稻粮谋"的间歇,我定下未来三年的宏愿:

去徐州"九里山一带",那里也是母亲的老家,曾留下她满怀期望的"麦青"歌子,有民谣"九里山前摆战场,牧童拾得旧刀枪",就将它作为题记,我尝试写一部抗战题材的东西,里面有母亲和姨妈们的身影,暂名《族殇》。

再后,去西藏格萨尔草原,走滇藏线,那里,飘洒过"苗子们",心酸、哀怨"麦黄"音符的地方,了却要写"一朵溜溜的云"和"缅桂花开十里香"——我的一位婶娘,在影片《神秘的旅伴》中唱出的主题歌,那要翻越六千米的雀儿山山口,我的同学("插友"泌源)劝阻"山太高了,空气稀薄,你不要把人丢在了那里";好在我的发小("插友"安德),力主"可以一去,值得一去"!更加上我的学生,学音乐表演的美丽藏族姑娘卓玛发来信息:老师,你想走茶马古道,那太好了,你一定会看到你讲过的"彝族舞曲"场景中的"海菜舞"和"烟荷包舞",听到你十分向往的"康定城""跑马山"上的旋律,另外我们甘孜的"康巴热舞"和"巴塘弦子",一定能为你的知青小说添彩,说不定还有"丹巴美人谷"的美丽邂逅哦!我有些纠结了,"高原恐惧症"与"长头发的拉力"之间。不过,去"德格"的书名我已想好,那是记述新一代藏人新生活的故事,她们是幸运的,她们将一路"格桑花",她们没有了我那一代知青的苦难,就暂且称《远山的回响》——给格萨尔王的后裔们。

秋天是收获的季节，人生旅途的秋天也更应该满载而归。本文打字时，知音湖畔，此时，正"一蓑烟雨湿黄昏"，陋室邻近的琴台音乐厅那边传来柴可夫斯基那段略有忧思的D大调（如歌的行板）回响——那是他在"人生最不顺"时，在其妹妹家中听泥水匠随口唱出的民谣，传唱了民间草根的际遇，似乎能给我们某种启迪。

　　应该搁笔了，将美谈留给知青们的下一次相聚。虽絮絮叨叨，但它真实地记录了一个人、一个故事和一个时代……

　　几天前（马年的阴历初十三），我参与工作的"清新服饰公司"迎春晚会正准备节目，本想将麦青、麦黄的歌子列入，但感觉那段历史对现今青年来说有些沉重。众青年男女发问："总监，这次唱什么歌？我们想唱经典的，有国际视野的艺术歌曲。"我沉思，推荐了意大利音乐大师尼诺·罗塔的《A Time for Us》——《我们共同的时光》，也译《与你道别》。演出中，我忽然觉得仍然带有忧郁的色彩，我想这恐怕是我们这一代人的宿命。

　　每每说到音乐，总想到与之结缘的开初，我的音乐"人之初"似乎与"麦子"这个单词连在了一起。母亲十七岁时，鬼子来了，不能读书，她在"青纱帐"里学唱了"麦青"；动荡时代，她在边陲学唱了"麦黄"，而在云南昆明的佛照街，抑或"福照街"？据说距离音乐家聂耳旧居不远，两岁的我，同时学会了它们。多少年后，我曾开玩笑：我的最初音乐启蒙和发端，其一来自"共军"，另一来自"国军"，但她（他）们有一个共同的名字，那就是"抗战中的中国军人"。

　　本文送稿时，我下楼再次经过归元路，正月的街道仍有年的气息。远处小区广播站又在播送着音乐，但总疑听，萦绕的还是那段埋藏心底的"山那边哟，好地方，一片稻麦黄又黄……"和"大麦青，小麦黄，农夫吃的是哟，粗呀，粗杂粮，嘿哟，嘿哟……"

2014年2月17日一稿
2014年2月20日二稿

长铺子抗暴

龙国武

作者简介：

龙国武，"老三届"知青，毕业于邵阳六中，1968年冬到湘西南绥宁县插队。《湖南知青纪念文集》、《中国知青纪念文集》主编。

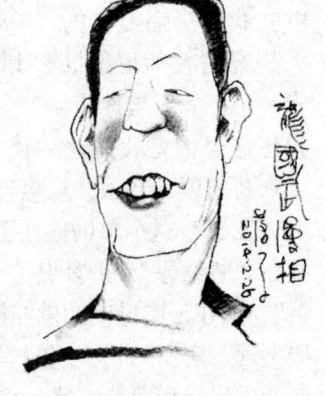

1973年秋天的日头特别炙人，我们恪守着山里人日出而作日落而息的单调日子。殊不知，在这寂寞而令人憧憬的生活中，一场血光之灾正悄然向我们几名知青袭来。

"双抢"刚过，有人从县城长铺子带来口信，在县饮食服务公司的知青好友崔国安邀我和喻文去长铺子一晤。在那缺吃少喝的岁月，能借饮食界朋友的光吃上几顿，不失为美事一桩……

当天傍晚，在长铺子饭店，邂逅了来此搞副业的另一知青"黑皮"。1969年春节，我应邀去过他家，只见大字报贴满他家四壁,好像挂满了招魂幡,让人感觉置身在一座荒郊古刹般恐怖。"黑皮"妈妈是一名因丈夫历史问题备受牵累的小学教师,她含悲忍泪叮咛即将返回绥宁农村的我们在异乡要相互关照,可谓言诚容哀,不料这一颔首承诺,注定我们将来要共赴血难。

长铺子大操场紧挨县城的新街,这里既是大型集会场所,又是露天放映场,绥宁县每逢开三级扩干会等重大活动,总要在这里放映电影。

1995年11月7日,我携妻带女重返绥宁,特地到这里凭吊了22年前的"古战场",大操场已为林林总总的发廊屋及小商店所淹没。为了让心情平静下来,我在这里理发,买了一件白衬衣做纪念。当年的那场恶战却历历在目,泛上心头……

那天,正当我们和崔国安在食品店中对酒论事,大操场已挂好了屏幕。但闻喇叭声起,看电影的人流从老街新街及城郊冒出,熙熙攘攘,蜂拥而至。我们向店里借了一张条凳,卷进看电影的人流。大操场闹哄哄的,正中的位置早被抢占,我们择在屏幕的左前角坐下,沉浸在不虚此行的喜悦中。孰料,屏幕上刚打出《闪闪的红星》这几个大字,身后人群大乱,一名粗壮的黑汉口里嚷嚷着"老子来了!散开!散开!"弄得人们东倒西歪唯恐避让不及,好似一头发怒的老虎在丛密的茅草中蹿出一条路来。谁在公共场所如此撒野?我们初以为是个醉汉,并没怎么在意。眨眼间他居然在我们身旁立定,满怀恶意地横了我们一眼,一口一声"快给爷爷让凳",未待喻文起身,当胸就是一拳,并将我三人所坐凳子踢翻。我们不想影响这次愉快的旅行,故严正警告他不要多事。那莽汉冷笑几声反愈发嚣张,竟一边骂娘一边恶鬼样吼叫,一拳接一拳向我们三人打来,弄得紧挨身边的男女老少人仰马翻。周围看电影的人们如遭遇了鬼子兵,一个个慌慌张张拿着各自的凳子向后退缩,有的索性挤离了这是非之地。

那黑汉张牙舞爪哈哈大乐。我靠近其身,对方并无半点酒气,纯系逞强耍横的家伙!寻思不给他一点教训,煞煞他的威风,这电影肯定是没法看了,遂一时兴起招呼喻文、"黑皮"跳出圈外,索性与他单挑。躲过他冰雹样砸来的七八拳以后，我发挥身灵手快之优势，上面一个"双龙出洞"佯取其眼，下面扎扎实实给了他裆部一脚，在其恼羞成怒呼痛不及之际，迅即一个马步下蹲，左手捏握其右手腕，右肘直插其裆，猛地来了个"大背包"，将其摔了个嘴啃泥。我本身材单薄，外貌文雅，人们原以为我要吃大亏，结果出乎意料，畏缩一旁的人群不由发出一阵喝彩。

然而，我却有些纳闷，借助屏幕的反光，我发现那黑汉落地时的手掌居然五指未全，竟是一个残疾人！联想到其出拳沉实有力，我暗叹江湖上果有奇人，内心竟生出几丝敬佩。那黑汉满面羞惭更不答话，腾地翻起身，顺人们让出的通道一溜烟跑了。我向喻文、黑皮投过好生得意的一瞥，只道是遇上那种不打不相识、自愧不如即甘拜下风的草莽英雄，根本没在意善良的群众尤其是一位白发老翁执意劝我们快离开的举动，结果我们错估了他的暴虐而吃了大亏。

事后追溯吃亏的原因，得出沉痛教训：作为"三军主将"的我是骄兵必败，黑皮、喻文则是对我过于迷信，更没有从广大群众的言行中感触到对手是一个横行乡里的残暴之徒。这以前我们是"仁义之师"，二者格斗，倒地为输，再不添人拳足。然而，正是这种天真与义气，让我们险些全军覆没。

正当我们沉浸于剧情，巴不得自己就是剧中红军师长的后代潘冬子时，喻文的肩膀骤然受到重重一闷击，那声音好沉好沉，喻文的脸色顿时变得十分难看，嘴里发出痛苦的一声。那黑汉摸上来了！

这回，他是悄没声息结伙摸上来的，就像鬼子大扫荡偷袭我八路军一样："打枪的不要，刺刀的干活。"那黑汉再也不敢赤手空拳，而是手持好大一柄锄头对付手无寸铁的我们。所幸喻文正侧过头来与我说话，差之毫厘，打偏在肩膀上，否则定是脑浆迸裂！强忍剧痛的喻文立即转身抢夺锄头，黑皮一跃而起照准黑汉头部"砰、砰、砰"就是一顿乱拳。三人齐心将那黑汉掀翻在地一顿乱踩，四个人舍死拼命滚成一团。

然而，黑汉身后是一群手持铁棒、扳手、斧头的虎狼之群！值得庆幸的是，他们只能在密集的人丛中穿插，未能迅速形成扇面攻势。

我心急火燎，一面呼喊喻文、黑皮火速撤离，一面抢过条凳砸向黑汉等人，脚踢河沙以障其眼（现已无法记清当时的地面有河沙还是本来就是供跳远的沙坑）。霎时，数把凶器一齐向我击来，金星乱溅，条凳瞬间被打得粉碎，我发一声喊，挥舞两只凳腿朝冲在最前面者砍去，那人"扑通"倒地。喻文、黑皮得以脱离。容不得多想，我旋即将两只凳腿同时朝黑汉们砸去，迅即遁入人丛。身后，是莽汉们气急败坏的嗥叫。

我选择的突围方向与黑皮、喻文相反。我之所以这样做，是想让黑汉们不能集中力量追击，人群密集之处不便施展他们手中的凶器。钻入人丛后，我不再吱一声，弯下腰来飞快脱掉身上的白"的确良"衬衣塞进裤袋，让占有绝对优势的对手失去了目标。尽管他们咋咋呼呼杀声连天，但他们也可能明白今晚遇上了对手，不敢贸然深入人群……

我与喻文肤色白皙容貌清秀，是带点书卷气的那类帅小伙。插队前我俩是学校作文竞赛的第一、二名，插队后一直不愿放弃文化追求。我俩虽不同班，却亲如兄弟。黑皮也是一表人才。难怪那黑汉轻易把我们看成了不堪一击的书生，遭到反击后如丧考妣。

尽管我俩的父母被遣送农村，弟兄姐妹也悉数下乡，经济条件比别人更差，但受当时一批注重修饰的青工朋友影响，我们的穿着不可思议地跟得上潮流。冬有派克大衣，夏有"的确良"衣和派力斯裤，军帽、回力鞋、网球鞋一应俱全，甚至还有白尼龙袜、军黄色美式夹克。出于一种落魄却不甘被人歧视的心理，我们偏偏要这样。无论生活怎样艰辛，命运多么坎坷，内心的惆怅达到何种程度，除了出工卖苦力，平时都是衣着新潮而又整洁。

青工们靠工薪武装自己，我们靠什么？靠回城打土方做小工压扁担。还有就是偶尔找扒手敲点棒棒。记得中美关系解冻后，有一次大个子知青李柏林脱下一件海外亲戚赠送的腈纶背心，洋洋得意地用烟头烫了一个洞，好生骄傲地对我们说："这种衣料叫尼龙，美国货，烧多大的洞就多大的洞,再不会散纱,一辈子也穿不烂。"叫我们眼红得要死。那以后,我花了好大精力,愣是从一名扒手身上敲了一件尼龙背心。那夜大战大操场,就是穿的这件背心。不过我做这类事时,有点抹不开面子,总要给对方留点果实,一般并不施暴,而且有时还会在内心自责。不意今天遭遇的对手竟如此残暴无义!

长铺子遭遇战已不同于此前两年的血战青龙桥,那时交手的是家乡的青年人,多少含有爱慕英雄的因素,虽然力量悬殊,却类似于赵子龙大战长坂坡,所以能死里逃生。俗话说"强龙难斗地头蛇。"我们今晚遭遇的是一群组织严密、惯打群架、毫无良知的歹徒,仨知青面临着生死考验!

大操场不可久留,我们与众不同的装扮及外地口音极易让我们暴露,我静观周围的变化,捡了两块石头握在手里尾随一携老牵幼的人家往外挤,脑袋里却在紧张地思索:喻文他们跑到哪里去了?他们今晚睡在哪里?怎样疗伤?恐怕不能去找崔国安了,他是有工作单位的,连累他不好。那时刻的心情分外难受,右眼皮一个劲地跳,总觉得要出大事。

打定主意后往饭店方向走,那里聚集了好多人,神情异样议论纷纷:"那两个下放学生(知青)今夜遇到那些炮打鬼可惨了,能不能救命难说!""下放青年(知青)也好狠的,两手空空,生死相搏,抢刀抢斧反抗!""我看到他们走的,一个搀扶另一个,口中不断呻吟,腰都直不起来,咯阵子只怕死在哪里了……"直听得我毛骨悚然,脑海里嗡嗡乱叫,双腿好像长在别人身上,踩在路面上就如踩在沼泽地,力不从心。下面的话再也听不清了。

显然,喻文、黑皮遭到了歹徒的第二次打击!他俩不是突围了么?我跌跌撞撞奔向医院,以为他们一定会在那里疗伤。在这异乡远地,纵入龙潭虎穴也不能撇下共患难的战友。我将石子塞进裤袋,无比悲愤地在一户人家的屋檐下取了一根锄头把作武器,沿街沿河呼喊,但哪有他们半丝踪迹?借助路灯的反光,粼粼巫水反映着我的形单影只,我不禁泪如泉涌……

显然，再在街面逗留已无济于事，且有再给歹徒们送上一顿丰盛"晚餐"的可能。事到万难，我这绰号"龙王"深孚众望的"战将"，满怀惆怅地潜入那"考"过大学的长铺镇完小躲起，在教室中间的一张课桌上躺下当了逃兵……

浑身燥热，大汗淋漓，汗渍浸得双眼生疼，我用手背去擦，手背麻辣火烧，两只手臂抬不起来，淤血肿胀。原来神经高度紧张，竟以为自己毫发未损……

一整夜，黑莽汉那湘西土匪与"猪头小队长"的形象及五指不全的手总在我眼前晃动。《湘西剿匪记》中关于"天见张平日月不明，地见张平草木不生，人见张平九死一生"的民谣在耳畔回往不息。我没能当成威震敌胆的史更新（见《烈火金刚》），却成了丢弃战友的懦夫逃兵。想到连自己的对手是什么人都没弄清楚就丢盔卸甲逃窜，可耻呀！实在可耻！

思到极处，一个可疑的名字让我叫出声来："羊爪子"！一定是"羊爪子"！

我想起乡镇间流传的一个故事。众所周知，"文革"中邵阳市公安局最有名气的侦察员莫过于大老李。一天，农民模样的大老李在电影院售票处执勤，一名绥宁籍扒手悄悄将手伸入一购票人的口袋，被神探大老李当场擒拿。然而，当大老李押着猎物经过市中心青龙桥时，那扒手突然转身作困兽斗，一头撞翻了大老李，就在大老李一愣神间，那莽汉一个纵蹦跃过桥栏，跳下落差数十米的邵水河。目睹这一只有武侠小说上才能出现的场景，观者无不变色叫绝！有知情者证实那人叫"羊爪子"！以后，"羊爪子"几次潜入市区作案，大老李用心侦捕，每每临阵失手。神探拘不着神偷，"羊爪子"不同寻常的名气从此在江湖上远播开来。一次，见我们几名习武的知青在场，有人有意无意地提起别让我们碰上了"羊爪子"，说他有小孩子哭闹闻其名即能止哭之威。不意冤家路窄，今天到底交上手了！

我不由血气上涌，决意决一死战。翌晨，访得"羊爪子"家的住处，蹲守了一个时辰，全无半点动静。

回到60公里之外的知青点，了解到喻文压根儿未回来。第三天再也等不住，复上长铺子打探，依然全无结果。再去"羊爪子"家观察，一老翁似乎看透了我的心思，说："你不要再在这里转了，那个祸殃鬼怕人寻他索命，早躲到外地去了，只怕会再不回来。你们出门在外，吃点亏就算了，不要冤冤相报。"那老人神情颇伤，几句话说得我疑疑惑惑，有人说此翁就是"羊爪子"的父亲。翌日回到知青点，忽见一小知青一路打探过来，原来这小伙子叫李中喜，因慕我之名声，情愿充当信使。

展开小李带来失散二友的一封短笺，我方弄清喻文、黑皮遭受第二轮袭击的原因。原来他俩跑到巫水桥头不见我跟上，以为我已被围困，必定九死一生。俩人略作商量后从地面胡乱捡了几块砖头，返身回来救我，正遇群匪持械寻来，将他二人围困厮杀。二人宁死不屈，将砖头打出后即与众暴徒绞在一块，终因手无寸铁败退，众暴徒杀声连天紧追不舍，经过饭店时，二人进店取刀自卫，在店内又是好一番厮杀。二人作困兽斗，拼死杀出重围，遇另一知青姜勇权，幸好黑皮未伤要害，与姜勇权或搀或背着近乎休克的喻文，半夜时分敲开位于大山腹处的阳武店知青点的门，得以收留救护。至此，我方额手称庆，连呼皇天佑我兄弟！罄尽身上钱粮，托小李转交二友。

1996年10月，我与知青李林森去长铺子看望在那特殊岁月给过知青许多帮助的"义和饭店"申老板。望着一身"戎装"的我，年已耄耋即将大行的申老板老泪纵横喜出望外："鬼崽崽，真看不出，小小个子的你那年居然敢在大操场枪挑'小梁王'啊！"时近中午，我俩拜别执意挽留的申老板，择定原"羊爪子"家相邻的一家小店进餐。我特意问起23年前的那场恶战，一老妪相告："羊爪子"自思在绥宁难以安身，早已在湘西会同县（共和国大将粟裕将军家乡）成家。当然，时过境迁，人心向善，海峡两岸早已和平呼声一片，我亦不必耿耿于怀。我之寻访不是寻仇，只是总想一睹当年的对手如今是啥模样。

不过那以后，黑皮倒是确曾数上长铺，直到1975年顶职回城前夕，还拟给对手一个依样画瓢。这样说来，"羊爪子"之离乡别井亦是明智之举。据黑皮近段回忆，我曾给他们去过一封长达 12 页的信，对长铺子翻船尽是自谴之词。这封信他保存经年，不慎前几年搬迁时丢失。崔国安亦曾深入过荒僻的原始次森林寻觅过我们。

至于喻文，作为长铺子遭遇仗的最大受害者，虽然重逢时振作精神，为了稍减我之内疚，站立在风景如画的溪边，亮开音色极好的嗓门给我唱过一段"山丹丹开花红艳艳，咱们的队伍势力壮"。但知青们皆知，那以后喻文体质大弱。落下后遗症的喻文至今使用着一个价格不菲的电枕。1999 年邵阳知青组团回访第二故乡时，未能成行的他叮咛我如遇"羊爪子"，可代问四句话：前世无冤，今世无仇，无故寻衅，相煎何急?!

毕竟，长铺子折戟沉沙对知青心灵的伤害太大，血气方刚的我们因此耿耿于怀。俨如上海电视大学鲍鹏山老师在百家讲坛《新说水浒》阐释"带气生存"一样，那晚，皎洁的明月照在几张苍白的面庞上，我们紧握拳头相对起誓：今后如遇欺压知青的作恶者，一定要先发制人严惩不贷！

那年！那月！那条河

陈文年

作者简介：

陈文年，1949 年出生，武汉三中 1968 届高中毕业，1985 年武汉电大汉语言文学专业毕业。当了 10 年工人，从事了 13 年经济新闻的采编工作，15 年外汇管理工作，现退休享受晚年的清闲。

那是 20 世纪 60 年代最后的一个元月，也是我生命的第 20 个年头的开始。在毛泽东"知识青年到农村去，接受贫下中农再教育"的号召下，我们一批经受了大革命洗礼的同学，离开了共同生活了六年的校园，离开了家，来到了鄂西重镇——宜昌。

那个时代的事情，现在的人们看来都是不可思议的。学校没有动员，社会也没有强迫，人生这么重要的事件，就毛泽东一号召，报纸电台一播放，人们就行动起来了。几千万年轻的学生,就下去了,就走了,只能说,那是一个特殊的时代,特别的时代啊!

拥有三千多年历史的古城宜昌,踞西陵峡口而立,长江从城边滔滔流淌,不知流出了多少美丽的传说和豪迈悲壮的故事。

60年代末的宜昌,仅有14万人口,两条主干道。从西陵公园门口的宜昌县政府招待所,我们乘解放牌卡车去往8公里外的晓溪塔公社,到公社已是晚上。我们一行10人,分往蔡家河大队。大队会计蔡洪玉迎接了我们。说了一通欢迎的应酬话,就带领我们出发了。各自背着自己的行李,沿着乡间弯弯曲曲、起起伏伏的小道,在蔡洪玉手电筒灯光的指引下慢慢前行。

那是一个漆黑的夜晚,周围山川地貌全都掩藏在浓浓的夜色中。有一个同学在问:"还有多远呀?"蔡洪玉悠然地答道"两袋烟的工夫,就可以到了。"不一会,听到水流声,原来我们已经走到了河边。河边的路好走多了,我们的心情也放松了不少。远远的一盏马灯引我们来到一个渡口,一条能坐10多人的木船停靠在水边,用一根竹竿固定着。早已等在这里的一位农民船工招呼我们上船,等大家都安顿好了以后,他打声招呼,撑起竹竿,就开船了。船是用竹竿撑着前行的。看来河水并不很深。几竿撑过,就到岸了,河也并不很宽。上岸以后,道路显得更为平坦,感觉是走在沙地上,软软的,很舒服。

当天,我们就歇在蔡家河四队仓库的"偏厦"里了。队里的会计和保管员已经为我们把"偏厦"收拾干净。一张大方桌,桌上燃着一盏煤油灯,沿墙一溜通铺,墙角还有一个大锅灶台,灶旁一个大水缸,今后这里就是我们的家了。胡启志、张显刚、王诗平加上我,一家四口就将这样开始新的生活。

山村第一天的夜晚,我们铺开了行李,用冷水简单地洗刷了一下,吹灭了煤油灯,一会儿我就入睡了。可突然,被子上有活物跑动,"老鼠?"肯定是老鼠!仓库里怎么会没有老鼠呢?人被吓出了一身冷汗,大家只好把头蒙在被子里,把被子的周围扎得紧紧的。老鼠爬上来了,我用拳头使劲地一顶被子,老鼠被摔在地上,传来"咚"的一声,可见老鼠是够大的了!这一晚,在与老鼠的斗争中,谁也没有睡好。但毕竟人年轻,还是囫囵了一下。

光从屋顶用塑料布做成的亮瓦中透进来,四周却仍是死一般的静。天亮了,我们都翻身起床。这是一间用土砖砌成的房屋,没有窗子。拉开吱溜作响的房门,大山就在眼前。房子坐落在山口,离房10米的地方有一座石板桥,桥下有山水淙淙流淌。桥对面连接着一条窄窄的山路,山路顺山势弯曲而上,不知通往何方。桥这边也有一条小路,沿山谷向深处延伸,也不知通往何方。对面的大山在尽处崩塌了一块,形成了一面巨大的三角形峭壁。在三角形的顶部,凌空伸出一方巨石形同鹰嘴,从远处侧看整座山就如同雄立的苍鹰,这就是远近闻名的鹰子嘴。从我们房子前的小路,顺着山泉右行100多米,就是昨天晚上路过的蔡家河了,沿河岸连片有几十间农舍,此刻,炊烟从这些农舍的屋顶上升起,宣告着我们的农村生活开始了。

此时正是农村清闲的季节,家家户户都在忙着准备过年。我们也正好从精神和情绪上进行调整,熟悉环境和这村里的人。

这是一个依山傍水的村子,黄柏河(我们村的这一段叫蔡家河)从村边流过,静静地淌出温柔的曲线,经前坪注入长江。村里有30多户农民,全都姓蔡,故曰蔡家河村。仅有一黄姓男子,身体特棒,是民兵队长。他是从大山里边来这里上门的女婿。有一户地主,叫蔡子真,住在鹰嘴峰峭壁下的一个三间农舍里,周围再没人家,显得十分孤凄。他家有一个女儿,正当妙龄,长得十分周正。这个蔡子真耕田、耙地、打谷、扬锹样样农活精通,是个种庄稼的好把式。队长蔡国志长着一个国字脸,强壮的身板50岁左右,典型的农村队长的形象。会计年纪与我们相仿,是一个文弱的初中毕业生。保管员是个40岁左右的汉子,十分厚道。在蔡家河的那些日子里,粮油,我们从未操过心,没有了,就到仓库找他,他一定会帮我们解决。河边还有一个供销社。农民在这里买些生活必需品,并在这里卖鸡蛋。这里收购的鸡蛋,几乎全被我们知青买下了,每市斤6角3分钱。

鹰嘴峰所在的这座山临河有一段是陡崖，叫丁家崖。这里的河水平静，是整个这一段河面水最深的地方，估计有丈余深吧。河水清澈，偶尔有同学来了，我们用雷管炸鱼，收获颇丰。在眼光能及的这一段河床中，布满了大大小小的鹅卵石，随着水的深浅不一，它们有的没在水下，有的突在水上。渡口那个地方叫石碑滩，有块高宽各丈余，厚约3尺的巨石，兀立河中央。河水在这里冲击成无数小小的漩涡，向下游漫去。村里的水田全都集中在河岸边的滩地上。从河边到山崖最宽的地方有400多米。太阳从河对岸的山后升起，照着河滩上几只吃草的黄牛和山脊上蹦跳的小羊，温暖着这个小山村里农民们的生活。

从仓库边小石板桥沿山路而上，这条路当地人叫"黄土坡"。走上坡顶，上面还有更大的山在远方。在坡顶上，一溜边有十多间农舍，这也是我们队里的农户。沿着这一面山坡向上，全是生产队的旱地。顺着旱地向上的山冈上，有一大片望不到边的松树林，翻过那座山，就是一个未知的世界了。在农村的那一段岁月里，我们从来都没有到山的那一边去，只看见背着背篓的山民从这条路上去下来，也可以看到邮差的绿色消逝在山路的远方。

开春了，在武汉过完年以后，我们又从千里之外回到鹰嘴峰下的这个小山村。当漫山遍野的积雪融化之后，坡上河边的地里开始忙碌起来。

犁田、灌水、育秧。在这些农活中，张显刚是上手最快的，看他手扶铁犁扬鞭赶牛，倒是煞有介事一般。

四月的山谷，乍暖还寒。早晨河面上浮动着一层轻雾，这正是插秧的季节。河边水田的田埂上，早早地就摆上了一把一把的秧苗。我们随着社员们一起。赤脚下到水田中，操作这最基本的农活。在手的一起一落中，庄稼就这样种上了。水田里是欢快的，长着一副娃娃脸的王诗平，最受到农村少女们的欢迎。前来送秧苗的胡启志，经常冷不丁地一把秧苗甩过去，惊散了她们的窃窃私语，却引来银铃般的笑声。

收工了，拖着辛苦了一天疲惫的身子，回到我们的小屋。饭已经准备就绪。我们四人轮流在家值班做饭，做饭最认真的是张显刚，最敷衍的是王诗平，在武汉时，我有些挑食，然而到了这里，什么都吃，只要能填饱肚子就行。而且特别能吃，也吃得特别的香。太阳下山了，洗刷以后，坐在门前的一块小平地上，望着满天的星斗，脑子里一片空濛。耳边传来"吧嗒""吧嗒"的脚步声，那是张显刚挑着一担溪水，艰难地从沟里向小屋走来。俄罗斯民歌忧伤的旋律从启志的口琴中向山谷飘去。山下河边农舍的院子里传来王诗平与农家小妹的阵阵调笑声。生活就这样迈着蹒跚的步子，毫无生气地艰难运行着，就像屋里煤油灯发出的昏黄的光一样。

进入六月，是黄土坡上庄稼除草的季节，这是一件最单调，最无聊的农活。但在"打响"的时候，却是农民们最快乐的时候。几个人围坐在浓荫的树下聊起了家常：有城里的、乡下的、古时候的、现下的故事。当然，也包括一些某某与某某的风流韵事，那通常是农民们单调生活的调味品。时而还可看到一个男人和一个女人拥抱着滚在一起，浑身乱摸，嬉笑声和没有恨意的骂声混在一起，成为劳动时的一道风景，称为"合邪"。在晚上的社员会议上，也可看到赤裸上身给小孩喂奶的少妇，微微眯缝的眼里充满了母爱的慈祥和已婚的骄傲。此时人们通常是见怪不怪。千百年来人们就这样生活着，这就是我们的农村。

漫山遍野的小麦都焦黄焦黄的了，这是农民一年中第一次收获的季节。天气异常的炎热，热风掀起层层的麦浪。在麦田里，当头的太阳逼出了体内的水分，滴在灼热的土地上，吱吱作响。我们谁也没有说话的心情，只是拼命地挥动着镰刀，"嚓嚓"的收割声幻化成"收工吧！收工吧"内心的呼喊。好不容易盼到收工了，我们拖着疲累的身躯，缓缓地向山口的小屋走去。在屋前的水沟边，突然跳出了一只灰色的小兔，启志大步一跨，弯弯的镰刀背就抵住了小兔的脖子，再一使劲，一个小小的生命就呜呼了。我看到启志的眼中露出一种复杂的光。这个绅士般的同学，显得是那样无奈与迷茫。水沟里的小兔随着山沟的溪水冲走了，小屋里流淌出低沉的歌声："那身边的流萤,山边的塔影……何时才能回到那故乡的家园……"一时间,一股忧伤的情绪弥漫在我们心头。

年轻人的情绪是波动的,打麦场上,脱粒机在轰鸣,从地里收回的一捆捆的麦子堆放着,膀大腰圆的民兵队长黄正良向知青发起挑战,将两担麦捆并成一担,问谁能将它们挑起来。左看看右看看的我没有吱声。启志站起来了,稳稳地走了过去,将一根两头尖尖向上弯弯的钎担,左一插,右一插,蹲开马步,一声怒吼,麦捆离地而起,惊起一片喝彩声。一过磅,居然是三百二十八斤。从此,我们知青也能记"十分工"了。

山里的农民是纯朴而善良的,我们与他们相处得十分融洽。他们尊重我们这些从城里来的学生,甚至还有些同情,经常有人给我们送菜。当然,我们也有一块菜地,种着豇豆和辣椒,但"草盛豆苗稀"(陶渊明)。生活是苦涩的,劳动是辛苦的,可这些对于我们这些二十岁左右的年轻人来说,并不是问题,重要的是我们将走向何方?

夏日的夜晚,我们坐在门前的平台上,四周万籁俱静,只有下弦月挂在远远的山头树梢上。我们谈论着罗伯斯庇尔、斯巴达克,谈论着雨果笔下朗德纳克伯爵的人道主义光辉,最终还是要想自己。望着清冷的弦月,事业在哪里?爱情在哪里?生活在哪里?对事业的幻想,对爱情的遐想,对生活的梦想,都幻化成山头那一弯弦月与树木构成的形象,巨大的"?"压抑着我们,使我们不得开心颜。

庄稼都收了,要准备明年的肥料。古老的生产方式出现了——"烧火粪",这是我们做的第一件快乐的农活。从山上的松树林里砍下陈年的老松树枝,然后一捆一捆的,从山上往下放。人们高喊着"放山啦!"高亢的呼声在山谷中回响,滚动,与松枝一起向山下传去。然后我们把它挑到地里,在地里摆成长长的柴堆、茅草、杂树根,上面放上从柴堆周边挖来的泥土。下面点上火,燃烧起来,一片片的白烟在河谷山坡上飘动,这就是肥料了。那白烟中,混杂着泥土的气息,松枝的油脂香,更有农民们对来年丰收的期盼。

又是一年秧苗青,来到这黄柏河谷鹰嘴峰下,已是第二个春天了，我们也从山口的仓库搬进了半山坡的新家，有了单独的卧室和单独的厨房，每人有了单独的床，生活进入了正常的轨迹。

去年冬天大兴水利，我们所有下放到宜昌地区各县的知青几乎都是参加了的，我们村的任务是到距村 70 多里外的大壩上，每天开山炸石，挑石灰，忙个不停。说起挑石灰，真是个锻炼人的活。往返 30 多里路，40 公斤的担子，每天两趟；再说炸石打炮眼，更是个技术活。三人一组，两人揽八磅锤，一人掌钢钎，你一锤我一锤，简直就是一种劳动节奏下的舞蹈。火星直冒，汗水直淌，每一下必须砸在 5 平方厘米的钢钎头上，稍有不慎，不是砸到掌钎人，就是砸到自己的腿；张显刚是打得最好的，我觉得自己锤也甩的不错，甩八磅锤的技术，给我进工厂以后挖防空洞打下了很好的基础，后来居然成了挖防空洞的洞长，这是后话。从千军万马修水利这件事来看，确实让人感慨良多，那热气腾腾的劳动场面，那一群群穿梭在群山中的运送建材的队伍，那一张张红扑扑，充满激情的面孔，让人感到一种"人海"战术的力量。河南林县农民是这样，山西大寨农民也是这样，他们都是做出了成绩的，淮海战场 200 万农民的独轮车，推出了一个新中国，2000 万下放的知青给中国农村带来了什么，我没有调查，但是，这一运动，对 2000 万知青来说却是有着巨大影响的，甚至可以说影响了他们的一生。

经过了一年的农村生活，我们已经接近于成为这块土地的主人，我们已经熟悉了这块土地和土地上的人们。同他们中的年轻人可以无话不说了。生活按照这里的既定程序进行着，不管你是苦闷、沮丧，或是无助地随遇而安，它总是按照它自己的设计前进着。然而就在初夏的一天，6 月 6 日，却发生了令我们这一群同学、朋友、战友终生抱憾的大事。

6 月 5 日的夜里下了一场大雨，雨后的第二天清晨，山村显得格外的安静。安静得只有坡底山沟里山水的冲击声。突然坡底传来童青山凄厉的呼叫声，"陈文年，张显刚——"胡启志一个箭步打开了大门，"周福生被河水冲走了！"叫声像一块巨大的山石砸进了我们的屋子。我们迅速地冲出了大门，细心的张显刚临出门时带上了一捆绳索，没有速度，只有疯狂，我们疯狂地向河边奔去。

平日安静的河面此刻变得如此狰狞，汹涌的洪水冲击着河床中大大小小的鹅卵石，激起一串串翻着白沫的水漩，哗哗地呼啸着向石碑滩滚卷而去。

"周福生！周福生——"焦急期望的呼叫声在山谷中回响，我们一口气跑出了五华里，来到了石碑滩。汹涌的洪水冲激着那河中央的巨石，激起丈余高的浪花，石碑在浪花中时隐时现。望着这一切，我们绝望地瘫坐到河岸上，在这自然的力量面前，没有任何生命可以幸免。天阴沉着，河水呼啸着，我们绝望着，时间凝固在这一刻，1970年6月6日上午9时30分。

周福生，一个品学兼优的同学，一个才华横溢的同学，一个性格谦和的朋友，一个感情执著的青年，就这样走了。因为吃了一个星期的豌豆，来寻求一顿白米饭，就这样走了。多少年后，我们向他心中中意的女孩讲述过去的故事，令她痛哭不能自已。长歌当哭，心香一瓣，祭奠那逝去的生命，纪念我们那无法忘却的一段青春岁月。

一个月后，我们离开了蔡家河，向那半山坡的小屋摆了摆手，再见了，鹰子嘴！再见了，黄土坡！

天高皇帝远的乡村

高志远

作者简介：

高志远，祖籍江苏无锡，1949年圣诞夜出生。武汉十四中1966届初中毕业生，1968年底去湖北天门县张港区插队落户。1974年办病转回到武汉。2000年出版知青文学作品《回城之路》，2012年由武汉大学出版社再版，改名为《归来》。

一、火把队伍

1969年春，正是春雨播棉、谷雨点豆的季节，"九大"在这个时节召开了，执行党的政治任务显然比农事要紧，从张港区至下辖的7个公社，各公社的各小队，社社队队搭起了庆祝九大召开的忠字牌坊。牌坊用竹竿和松柏树枝撑起，上面用红纸贴满了标语口号，以及光芒四射的太阳和大大的"忠"。"九大"胜利闭幕的消息通过有线广播传出后,公社通知各队必须当夜去游行。横野大队党支部规定,6个生产队的游行队伍最终要在大队部会合。消息传出,最振奋的莫过于那些中小学的学生了,社员们则一副随大流的神情。在仓库前,队长和保管员张伯把刮下来的干麻缠在树枝上,往柴油壶里浸一下,分发给众人当火把用,队委会的干部们提着玻璃罩的马灯,端着毛主席画像,我们知青是打着手电筒。于是,除开两个地富分子外,全队男男女女老老少少,浩浩荡荡出发了。在乌云滚动的春夜里,举着火把的队伍刚走到横野桥,大脚婶、响兰妈便喊腿子痛,公然回返了。过了横野桥,又有几个妇联撑着自己的娃儿开溜了,妇联们认为,在家中补补连连,比游行更当紧。紧走慢走,我们这个离大队最远的生产队,终于来到大队部。这时,女社员里,只剩了妇女队长、一个女团员和我们女知青了,所有的妇联全在半道上趁黑溜之大吉,我不由叹气,女社员的觉悟太低了,简直没丁点革命激情嘛。

大队部的空场上,民兵连长震耳欲聋地喊起了口号。社员们嗓音高高低低,喑哑不齐地应和着,其情其景,根本无法与城里庆祝"九大"的盛况相比,但可以断定,在中国广阔的乡村,这田间阡陌小道上的一支支火把队伍,是历朝历代绝无仅有的。那时我若有相机,拍下此情此景,该是多么珍贵的红色收藏!可惜,历史没有"若有"。

后来,我们去看"九大"召开的新闻影片。男女老少,吃罢晚饭,提张小凳,赶到公社中学的露天场子,过了一场电影瘾。

第二天,男将在仓库旁的粪窖里起粪,妇联在粪窖前的地里松土,耕牛在沟里饮水。

在臭烘烘的粪窖旁,没文化的农民道出了一个赤裸裸的真理:世间没有长生不老的人,再英雄的人物,也难逃不可抗拒的自然法则。

这是贫下中农对领袖应有的感情吗?可他们确是翻身做了主人的劳动人民啊!

接受贫下中农再教育,倒让我们知青明白了,什么叫天高皇帝远的乡村，什么叫广阔天地里的无政府主义，什么叫农民的务实。

二、脸盆事件

1971年十月底，回武汉过国庆的知青带来了林彪机毁人亡的消息。乍一听，我们心怦怦乱跳，好一阵没缓过神来。不久，农村干部们按组织级别，层层传达。传达至生产队干部了，公社领导铿锵有力："要注意阶级斗争新动向，警惕阶级敌人散布谣言。谁传播小道消息，是党团员的开除党团籍、是贫下中农的取消贫下中农资格，对地富分子要严密监视。"制止的结果，反使小道消息更加沸腾。没谁相信三叉戟飞机会失事。

深秋了，知青们才被通知到公社中学听文件。天门的、回乡的、69届、70届的，还有我们这些剩下的武汉老三届知青，挤满了教室。都知道要传达"九·一三"，我们仍然早早来到会场，竖着耳朵听。天空里墨云翻滚，厚黑无底。虽然年轻，不懂政治。

对地富子女，是另辟专场让他们听文件传达，同时，大队领导还特别要求他们回去后要与父辈划清界限，监督他们老老实实地改造。

所有带帽的地富分子都被叫去训话，明确告知他们：牛鬼蛇神休想翻天，只许老老实实改造、不许乱说乱动。

尽管阶级斗争的弦绷得这么紧，但仍无法阻断部分社员对地富分子的恻隐之心，记得那年冬季挖汉北河的高劳动强度，令所有青壮劳力都感到体力透支已达极限，对那些老弱病残的地富分子来说，更是苦不堪言。这时总有好心人巧妙地找个由头让这些不幸的"罪民"歇口气。我还记得有一次收工后打洗脚水时，站在前面的大队秦书记竟让一个富农先打，因为这个富农长他一辈。

第二年，为了肃清林彪在人民群众中造成的"流毒"，大队根据上级指示，成立"肃毒"班子，挂帅的人是秦书记，具体执行者是民兵连长、排长、基干民兵。凡有关林彪的像、语录、讲话统统都要上交，统一销毁。知识青年属于重点清查对象，除了上述的东西，个人日记、信件、笔记本也要上交，经检查处理后再退还本人。为此我受尽耻辱磨难。日记本的扉页被撕掉,那上面抄着林彪语录:"农村,只有农村,才是革命者纵横驰骋的广阔战场。"我将这段话视为座右铭。裴多菲的那首著名诗,因为有爱情二字,被民兵排长当众指责,触上知青们嘲笑的目光,我无地自容。妈妈的来信也被没收了两封,因为附着这样的祝词:"敬祝林副统帅身体健康!永远健康!"这也罢了,可母女的通信是带有私密性的。曝光收走,令我绝望压抑。

4队有个69届男知青,他有一样宝物,一个曾很时髦的搪瓷脸盆。脸盆内沿搪有一圈林彪语录"大海航行靠舵手,干革命靠毛泽东思想"。林彪的字歪扭瘦长,不像个大人物写的,可这两句话却搪着鲜红的瓷。盆内还有大青鱼和水草图案,清冽灵动,似乎盛着水一般。这种脸盆曾在武汉风靡一时。肃毒组一时不知如何是好,脸盆是知青的重要财产啊!肃毒组最后想了一个两全办法,他们找来大元钉、小铁锤,一点一点敲去林彪的字,钉子无情地刮着瓷片,男知青强笑着,笑得比哭还难看。林彪的字总算清除了,脸盆内却裸露出一大圈的黑铁,惨不忍睹。

脸盆事件在大队公社传开,田间地头,社员啧啧叹息。人总是同情弱者的。

秦书记问4队长,可有人家打家具刷漆?应曰,本队有户中农要接媳妇,正给花床涂漆。书记说,那好,顺便给那个知青娃的盆子补道漆吧。于是,破损的脸盆涂上了血红的漆。

三、五子和新新的爱情

1971年春上,大队召开春播动员会。之前的几场招工,大部分老三届都招走了,留下来的知青剩得几人,69届知青五子寂寞地坐在一角。突然听到身旁一女孩的欢笑声,顿时被吸引。女孩举着扎好的一团草球,笑成一团。这是个黄毛丫头,貌不惊人,穿着宽大的蓝制服,体格还没发育好。再望旁边,坐着几个天门口音的女知青,不土不洋的。看来,黄毛丫头和她们同一组。

五子忍不住和黄毛丫头搭话，由此知道她叫新新。她随6个男女同学分到横野大队。由于2队原有的知青都招走了，新新这个组就插到2队，住进2队现成的知青屋。新新貌不惊人，那股纯真的气息却青青翠翠，没有市民女孩的俗气，比之与她，下乡已一年的五子，有点自惭形秽。

后来五子知道了，她是倒台的县委书记孙书记的女儿。

新新下乡时正是爸爸倒台的时候。县委书记是个老干部，"文革"初期受到很大冲击，由开初的无所适从到对毛主席发动的无产阶级文化大革命逐步理解，在"两报一刊"大张旗鼓的宣传攻势下，为适应"老干部遇到新问题"的挑战，在1967年震惊全国的七·二〇事件前后，孙书记并非完全出于本意地支持了县造反派组织"红色造反者"，受到造反派拥戴。因中央表态，七·二〇事件终以造反派的胜利而结束。谁知政治风云变幻莫测，1969年，湖北在军队首长的支持下，出现"复旧"潮流，保守派重新得势，造反派被迫打出了"反复旧"的旗帜，孙书记就被以机关干部为首的保守派组织"无产阶级革命造反派"组织打倒了。

新新同组知青藐视这个下台干部的女儿，对她不冷不热。公开场合，公社、大队干部见了她，也装做不认识，神情淡淡的。她处境凄凉。这和出身不好的武汉知青不同，农村干部可以公开同情出身不好的武汉知青，却不能同情新新，这直接关系到他们的乌纱帽。

有天黄昏，五子去3队武汉知青处玩，走到2队地界，听到有人叫他，回头一看，原来是新新。等她拢来，五子问："你怎么一人在这里？"

新新透着凄凉，告诉他，她刚去了大队医疗站，打问父母的信，仍是没有消息。她爸妈去了"五不准"学习班，家中没人了。

五子心中酸酸的，不知如何安慰她。

端阳节，队里照例给每个社员分了一斤肉，还放了一天假。天门的知青们拎着肉，坐了农机站开往县城的拖拉机回家了，唯独新新没家回。

和五子同组的知青华珍在下厨，正做肉丸子。五子想了想，跟华珍说："新新一个人在队里，要不要喊她同我们吃饭？"五子有些腼腆，也有些把握。他知道华珍对新新爸爸孙书记印象好。五子听华珍说过，1968年她下乡时，车队停在县一中，孙书记乘着吉普车来看望知青，热情洋溢地致了欢迎词，称首批下乡的老三届知青为毛主席派来的革命小将。那时最高指示尚未发表，一发出来，下乡的定义就成了接受再教育。华珍笑笑，点头同意。五子领了旨，赶忙去2队，新新也在做饭，她把那斤肉割成3块，3块肉在灶锅里狂煮。

五子蛮好笑："新新，你这煮的么事，干脆让华珍帮你弄，到我们组过节吧，华珍叫我来喊你的。"新新捞起那三块肉，用瓷缸端了，同五子来到华珍组。

华珍把新新的三块肉改刀，加上自己做丸子剩下的肉皮，和着土豆做成红烧肉。华珍不愧为操刀能手，丸子和红烧肉香极了，3个知青吃了又吃。

到1973年，李庆霖上书毛泽东后，全国开始实行按单位派带队干部的下乡制。这时段的知青算小知青吧？张港区十周农场来了好些武汉小知青。五子来自武汉十中，十中后下来的小知青都尊五子为老大。那时五子已下乡4年，心里不平衡，老三届一年半招了工，69届不见招工影子？五子再懒得出工。除了上堤、修铁路、打农药、割麦、卖棉花这些紧缺事，其他时间都混着过。他和那些小知青混在一起，挖农民的笋子，逮青蛙、摸鳝鱼。偷鸡摸狗，人坐在餐馆里，镇上的狗在身边转悠，五子先扔一块骨头让狗啃，然后掏出铁丝，伸进狗项里，出其不意，铁丝对着一扭，狗就没了气。把狗往化肥袋里一丢，提着就从棉花地里溜了。餐馆的人哪个敢管？回队就开狗肉宴，男女知青加烧酒，人人是好汉。对此，华珍和五子都有站得住脚的"理论"：三年困难，老子们也没吃过这多杂粮，还要加上瓜菜代。谁叫招工开后门？老子们留在乡里不吃白不吃。有鸡有狗的时节，就有新新到场，在五子的调教下，新新居然能喝下一小杯烧酒。

1974年，新新的爸爸才解放。算平调，到竹山当县委书记，从平原放到山区。这也就不得了。大队立马把新新调到了大队林场。林场活轻，又有食堂。五子常去林场小卖部买烟，天天见到新新。彼时，新新已从16岁变成19岁，情窦已开。她第一时间看中的人，非五子莫属。两人有了意思。那个回忆真好，人约黄昏后，两人常在大队的渠堤上散步，没人处才敢牵牵手。消息传得风快，公社分管知青的副主任拍着五子肩：这可是一把手的千金，你小子有能耐。新新同组的男知青都嫉妒，可新新倒霉的时候，同组男知青怎么不追她？

　　1975年，大地终于回春，封冻了7年的顶职解冻了。五子父亲是武昌区医院医生，他决定提前退休，让五子高中毕业的妹妹顶职。五子没话说，哥哥要让着妹妹。又熬到秋天，招工开始了，新新算是第一批走的，招到沙市电厂。五子去送行，临行前，五子对新新承诺，将来要在武汉和她结婚。之所以敢打这个包票，是家里已为五子托好了招工路子。

　　果然，物资局来招工，五子政审、体检都过了关。心里高兴，就去找哥们玩。在2队，碰到了十周农场绰号叫"细竿"的武汉知青。细竿正把农民的鸡逼到棉花地踩了，鸡头朝翅膀里一扭装进书包。出工的农民气得直跺脚，敢怒不敢言。细竿这种小知青比69届的五子更亡命，带队干部是管不了就干脆不管他。五子上去管了这桩事，逼他把鸡放了。之所以要这样，因这地界是五子大队的，兔子不吃窝边草，你细竿的脚不能踩到我的大队。

　　在哥们那里喝高了酒，五子夜晚回家。细竿带着五个知青正埋伏在沟边，他们向他冲来。五子一看不好，狂向林场跑，仗着熟悉地形，跑到林场厨房里拿了把菜刀。细竿狂追不舍，手里有砖头。五子也红了眼。一刀剁下去，黑地里听得细竿惨叫。有人在喊："指头断了。"五子乘乱跑回了队。

　　晓得自己闯了祸，惴惴不安。同组的华珍也办病转回了城，五子一时没人可商量。第二天，五子找了公社管知青的副主任。副主任说："你还是到派出所去坦白交代吧。"五子终究是没有勇气。第3天，来了两个穿便衣的天门县公安局人，对五子说："你跟我们走一趟吧。"五子随他们出来,一辆警车停在公路边,五子被铐进了车。

在县公安局看守所,五子才晓得细竿的右手食指被砍掉了,又两天,武汉物资局录取五子的通知书来了。五子的父亲跟县法院人讲,五子跟公社管知青的副主任交代过,应算自首情节。法院不予认定。时值1976年天安门发生四五运动之年,公安部在全国部署了严厉打击刑事犯罪分子工作。

五子被押到张港中学的露天会台上,整个人被五花大绑,法警手按住他的头。全区的知青都被通知来开现场会,接受严打教育。五子听到10年有期徒刑的宣判,反而不怕了,心下侥幸,幸亏新新招走了,没看到他这一幕。

知道五子出事后,新新如雷轰顶,她只能把信投到五子家,询问五子消息,五子的父亲看了信,痛上加痛,他把信转给五子,叫他给人家姑娘一个交代。

五子硬起心肠写了绝交信。那时,劳改犯人是不许与外界联系的,五子的绝交信也是由父母转达。新新回信,字字含泪,表示要等着他。五子说:10年刑期太长,我没有资格让你等,我只想要你一张照片,给我留个纪念。新新寄来了她的一寸登记照,五子获得照片后再不复信新新。

就这样生生地断了爱情与思念,五子被遣送到沙洋劳改农场,他在大田里种过水稻,在砖窑里烧过砖。劳改农场是集体牢房,彼此很难保住隐私。新新的照片终于不知何日失落了。五子咬咬牙:好在新新在我心里,他永远记得新新梳对小辫的模样。

10年后,五子刑满,根据有关知青犯人安置的文件,五子户口可回原籍落户。1986年,五子32岁时回到了家乡,武昌民主路的临街老宅里。五子的父亲开了个家庭会,对6个儿女说:"我家有3个'文革'前的大学生(五子的哥姐)、3个知青(五子、五子的小姐姐和妹妹)。当大学生的兄姐不许与五子争房产,你们赶到了好时光。下面3个知青,五子的小姐姐虽是知青,插队一年半就抽回来了。小妹顶了我的职,这是五子让给你的。你们俩也不许争。房产只能留给五子。他16岁下农村，没有读到书，农村6年加劳改10年，两个16年，合起来32岁了……"就这样，五子把老宅改成门面，专卖烟酒副食。再后来，五子娶了一个汉川的打工妹，也算安居乐业。

1988年的盛暑，天热疯了，知了也懒得叫，五子正和他十中的哥们在店里吃喝，几个汉子脱了汗衫，就着呜呜转的风扇，铆起劲喝酒抽烟。五子老婆挺着大肚子在柜台忙活。

忽然进来一个少妇，30来岁，穿着碎花连衣裙、扎着马尾辫，裙裾飘飘、刘海润滑。少妇双手扒住柜台，踮起白色高跟鞋，急切地望向柜台，却不说买东西。这是谁？光膀子的汉子们愣神了。五子电击一般喊出："新新！"五子的哥们也有认识新新的，定神看，正是孙新新，她出落得妩媚而丰润。五子赶紧起身，撬开汽水招呼："来，降降温。"面色通红，光着上身的五子，又羞又愧又慌。五子老婆双手托着孕肚，惊悚地望着这场面，她看得出，此女子与五子关系不一般。

新新望着五子老婆挺着的肚子，对她点点头。然后与走出来的五子来到大街上，新新没有停下步，边走边告诉五子："我算着你应该放回了，利用调休来到武汉，按你家里的地址，一路寻了来，看到你成家安居，我终于可以放心了。"

五子心潮汹涌，却说不出话，只问："你可好？"新新告诉他，她早成家了，儿子有7岁。她已调到沙市银行，丈夫也在银行工作，此番出行，丈夫并不知道。说完，新新深深地望了五子一眼，翩然而去。

五子赤着膊，无法再送新新。

后来的日子里，五子只捶头：该死，我怎么丢了新新的照片？见到了今天的新新，那个梳着羊角辫的黄毛丫头，从他脑海里消失，再也难复原了。

凋落的野菊花
——"小芳"的故事

莫安德

作者简介：

莫安德，1948年5月出生，武汉三中1967届高中生，于1968年12月下放湖北宜昌县小溪塔区张家场公社鄢家河大队二小队，于1970年9月招工进宜昌钢铁厂，后集体调入武汉石油化工厂，现退休在家。

1971年2月，春寒料峭，乍暖还寒。清晨，田野里盖上一层白霜，溪流上结有一层薄冰，这是一个寒冷的早春。

而我的精神世界，迎来了一个更为严寒的春天。

大规模的招工告一段落后，昔日的同学好友一个个离我而去，我被那个时代的列车重重摔到地上。接二连三的打击几乎将我击倒，我的精神状态处于崩溃的边缘。同学的离去，带走了往昔的欢乐。空荡荡的房屋，只剩下我一人，我从精神上、情感上感到前所未有的痛苦、孤独与彷徨。对人生的悲观，对前途的渺茫，对未来的绝望，充斥着我的大脑。我茫然不知所措，不知道如何面对和安排今后的生活，成天沉浸在往昔欢乐的追忆之中。

正是在这样一个背景之下，我来到普溪河渡槽工地。

我所在的营地，位于群山环抱的一块盆地中间。一条小溪，从盆地中间流过，干涸的河床，上面布满了裸露着的大大小小鹅卵石。我们的营房，就搭建在河床附近的一座小山坡上。

刚到工地，成天搬运砖瓦沙石这些建筑施工的原材料，一挑一百多斤的担子，一走就是几十里地，一天下来，人累得筋疲力尽。后来，水利一团来我们营里借人，去工地预制厂烧电焊，这样，我就被借到水利一团，当起了电焊工。

一晃就到了暮春三月。

三月是梨花盛开的季节。有道是："忽如一夜春风来，千树万树梨花开。"田野里，山坡上，到处开满梨花，雪白雪白的，把大地装扮成一片银白色的世界。大自然的美景，抚慰着我受伤的心灵，给予我精神慰藉，让我逐渐走出低谷。

在这里，我遇到了阿芳——我漫长人生之旅的一个小小的驿站，爱情之海的一朵小小的浪花。

阿芳来自土门公社，土门是宜昌的另一个区。那时，在普溪河工地，施工单位都是按部队建制划分，一个公社是一个营，一个大队是一个连，她来自土门营。阿芳在预制厂当小工，给我们帮忙，点焊时，需要人把焊件扶住，阿芳做的就是这样的事情。

阿芳长得小巧玲珑，甜甜的给人一种小鸟依人的感觉。在农村的施工工地，到处都是乱糟糟的，人们都是蓬头垢面，在这种环境里，阿芳的出现，让我有一种眼前一亮的感觉。一见面，我就喜欢上了她。

也许是一种心灵感应，我隐隐地感到，阿芳也喜欢我。

在和阿芳的交往中，我逐渐对她多了些了解。

阿芳生长在农村，父亲在城里工作，母亲是农民，这种家庭条件在农村算是上乘。因此，阿芳也受到了较好的教育。

我对阿芳进一步产生好感，是由一本小说引起的。

一天中午，刚刚吃完午饭，我正在工棚里休息，阿芳从外面进来，手里拿着一本书。对于从小就喜欢看书的我，马上引起我的注意。我从她手中拿过来一看，是陀思妥耶夫斯基的小说《被侮辱与被损害的》，这顿时引起我的兴趣，我有种一下找到知己的感觉。我问她，你也喜欢看这些书，她点点头，我顿时对她刮目相看。于是，我和她聊起了这本书。

涅莉是小说中的一个主人公，她是一个十三岁的女孩，暗中喜欢上了照顾她的男主人公。她暗恋男主人公，又不肯向他表白，这种情节让读者和小说中的人物一起受到感情上的折磨。这个善良而虔诚的小姑娘患有癫痫症，最终病逝，这种悲剧结局，更是让读者的情感受到极大的震撼。

这本书是我们之间发生频繁接触的开始，但这本书悲剧的结局，似乎预示着我们之间的交往，也不会有好的结果，这或许是天意。

下农村时，我们带去了许多书，其中包括不少中外名著。杜良怀他们离开农村后，一些书也给我留了下来，从此以后，阿芳就经常找我借书。

在那个年代，男女之间为了增加接触交往，互相表示好感，用得最多最普遍的方式，就是互相借书。在借书的过程中，互相传递暗中滋生的情愫。

正当我在农村精神极度痛苦的时候，阿芳的出现，让我平淡的生活，一下变得生动起来。她经常到我的住处帮我洗衣，也经常把她从家里带来的农村自制的腌制品拿来给我吃。时间一长，我逐渐对阿芳产生一种依恋，如果一天见不到她，我就像失魂落魄似的。她们的营房距离我们的工棚两里路，在我们对面的小山坡上，如果她一天没来，我一天都无精打采，我经常利用休息的空隙，站在工棚外，远眺对面的山坡，希望能够看到她的身影。

此时的我，二十多岁，生理上也完全成熟，对异性有一种本能的需求与冲动。只是在那个年代，这种正常的生理需求，被一种多年所受的禁欲主义教育所禁锢，用一种非人性的方式，压抑着自己的情感。

此时的阿芳，含苞待放，从她身上，也焕发出一种青春的激情与诱惑。我感到这是一种互相的的需求。

有时，我们在焊接的时候，不经意碰到她的手，我马上将手缩了回去，有一种触电的感觉，这种异样的感觉，让我产生一种莫名其妙的快感，让我不由自主地产生冲动。

我们之间的交往，随着时间推移，越来越频繁，似乎我们之间有说不完的话。她虽然是一个初中生，但由于看过许多小说，也显得谈吐不凡，我们谈得十分投机。但又由于她在农村土生土长，身上又焕发出一种在农村生活所养成的天然的质朴与野性，这种城乡二元品质的结合，显得她更加可爱又与众不同。

到了五月，已是桃红柳绿的季节，此时的工地，满山遍野开满桃花。

而此情此景，更加容易让人春情萌动。随着季节逐渐转暖，人们脱去臃肿的棉衣，阿芳身上成熟少女的曲线也呈现出来，这对我的视觉，产生了极大冲击，常常让我想入非非。此时的我，在情感、生理需求与道德负罪感之间苦苦挣扎。我朦朦胧胧地期盼着发生什么，但又十分害怕发生什么。

阿芳经常来我的住处玩，有时玩得晚了，我就送她回去。我们之间相距两里地左右，中间隔着一大块农田，我们要从田埂上通过，然后又要爬一个小坡，她们的营地，就在小坡的上面。

有天晚上，我送她回去。此时，天上挂着一轮明月，银色的月光，洒满田野，洒满山冈，我们仿佛置身银色的世界。四周一片静谧，只有几只流萤在夜空中飞来飞去，闪闪烁烁。远处村落里偶尔传来几声狗吠，打破山乡的寂静。这真是一个谈情说爱的好时光。我们沿着田间小路，边走边聊，时间在不知不觉中悄悄地流逝。由于田埂很窄，我们不经意间，经常发生肢体接触，或者在爬坡时，我要伸手拉她，每当此时，我的心里就产生一阵阵悸动，总会产生一种冲动，想一把将她揽在怀里，紧紧抱住，深深地吻她。此时，出于直觉，我感到阿芳也有这种需求，感到她倒在我身上是故意的。有时候，我们很长时间一句话都不说，心猿意马，似乎大家都在等待着某一时刻的到来，某件事情的发生。我们像是十里相送，我把她送回去，她又把我送回来，在这漫长的时间里，我们两人的内心都在剧烈地跳动，我们都在经受着情感的煎熬。我仿佛听到了她急促的呼吸，闻到她身上散发出的体香。

但直到最后一刻，我们两人都没有跨出那一步，直到我把她送回她的营房，我没有吻她，哪怕一下。或许，她也想，但我没有那个勇气。

回到营地，我实在睡不着，一向不会写诗的我，胡乱写了几句：

曾经是一片爱的荒漠，一个被爱遗忘的角落。当爱逐渐地离我远去，我感到世界即将沉没。孤寂的内心有如烈焰，燃烧得如此惊心动魄。一旦涉入到爱的海洋，情感的波涛波澜壮阔。没有花前月下的细语，没有山盟海誓的承诺。在这群山环抱的夜晚，两颗相爱的心在跳跃。沿着乡间的泥泞小路，时光消逝的不知不觉。月光洒下淡淡的光辉，群山被染成一片银色。忽长忽短的两道身影，田野草丛里分分合合。真希望互相紧紧拥抱，共同涉过甜蜜的爱河。真希望时光停止脚步，共同拥有永恒的时刻……

那晚，我失眠了。

正当我对未来充满希望与憧憬时，一场飞来横祸，将我的美梦击得粉碎。

一天，在她放工的路上，一辆满载着石块的汽车从她身边驶过，一块巨大的石块从车上颠下，正好将她砸伤，后送到医院急救，最终抢救无效，香消玉殒了。

得到这个不幸的消息，我痛不欲生，几天滴水不沾，我不知道那几天是怎样过来的。

我没有去参加她的葬礼，我没有这个勇气，就像我没有勇气吻她一样。我们牵着的手，就这样永远分开了。

又一朵含苞待放的野菊花，永远凋落在普溪河渡槽上。

拽车庙

冯 森

作者简介：

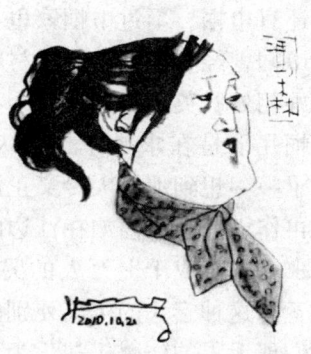

冯森，原名冯庆英，1947年出生于重庆市。武汉二十三女中1966年高中毕业，曾为武汉市作协文创所签约作家。1995年9月在台湾《联合文学》发表中篇小说《鬼谷》。

> 我那几近纯洁透明的灵魂，仿佛在被人任意拿捏。我的青春留下五颜六色的斑痕。某日，"知识青年，上山下乡"号令吹响，不由分说，命运将我带到一个叫拽车庙的地方。
>
> ——题记

别了，武汉

1969年1月5日，这个冬日的早晨，许多家长送自己的孩子下乡。江汉关一带人头攒动，锣鼓震天，热闹非凡，寒风把插在码头上的红旗吹得呼呼啦啦响，旗帜上写着"热烈欢送知识青年上山下乡"、"广阔天地，大有作为"、"接受贫下中农再教育"等字样。我即将离开这个因阶级斗争触及灵魂，人心惶恐而极不安宁的城市。背着背包提了面盆等行李的我，看似表情平静，却步履沉重。我的父母被各自的单位关着，他们生死未卜，更无法关心自己孩子的前途与命运。两天前我的妹妹和小弟已与同学将去到钟祥乡下，我与几个女同学将去到枝江县。在一群敲锣打鼓的人那里，看见大玲、英子和裙子都无精打采的样子。我也无精打采地说，我们四个人——到齐了，上船吧。大玲吞吞吐吐说，其实是五个人，还有巾帼，不过巾帼家里有事要过些天才去乡下。我有些不悦，因为巾帼曾经整过同学的黑材料……她跟我们不是一路人，以后在一起怎好相处？英子和裙子赞同我的意见，说大玲不该要巾帼的。大玲说巾帼几乎是在求她了，因为没有人跟她结伴合组。大玲你心肠太好了……想到那天大玲义正词严冲上去烧毁那些黑材料的举动，我就不再作声。这时停泊在江边的轮船相继拉响位时，汽笛声在长空振动的那一刻，成千上万人的哭喊声顿时响起，霎时覆盖了那些锣鼓的声音。这种宏大的生离死别的场景令人震撼，揪心的哭喊令人心酸，我们那无限的伤感正在化为泪水的同时，学校的带队老师急切向我们招手呼唤，我们只得噙着眼泪颠颠地跑向江边。

  我们四人无言地坐在船舱里，眼瞅着外面，洋气巍峨的海关屋顶，那是武汉大城市的象征，可能今生再也见不到了。家乡正在远去，江汉关渐渐变为一幅剪影，锣鼓声、哭喊声似乎绝尘而去。天空云色灰暗，宽阔的江面上那一道道水波激起我们的忧伤：学生时代从此结束。我们不是参加城市的工作，而是到农村务农。知青——将是我们这些人的代名词。这未知的广阔天地又会酝酿着怎样的风雨？我们这一船人都是中学生，大都显得有些消沉，有些女同学与自家亲人告别后还未缓过神来，握着手绢仍在啜泣，只有那些少不更事的男孩子，俯在甲板栏杆上对着江水叽哩哇啦。坐在这艘轮船里的绝大多数人曾经是作为"文革"急先锋的"红卫兵小将"。此时虽不像古时的戍边或者充军，但或多或少心里仍会产生那种被发配与被遣散的感觉。在与家人以哭声告别的时候，曾经的高昂状态开始消解，热血也已不再沸腾。外面的景色是单调的水与天，根本没有观赏的欲望。我们四人长久地沉默，可能是因为这船人中我们要算最年长的，过了年，我们就都二十二岁了。年岁与学识放在这里，这样的沉默显示我们比他们成熟，更富有思想。就这样不知过了多久，外面又响起欢快的锣鼓声。一群男孩子兴奋得大声嚷嚷："看啊！红大虎椒！绿大虎椒！"大虎椒，武汉的俗语，就是色彩艳丽的新鲜辣椒。我们看见泥土的黄色，原来船到岸了。这是到了监利县。有知青下船。前来接纳知青的当地农民涂着红脸蛋，穿着大红翠绿的衣裤——那种戏子的衣裳，在岸边一字排开，有的敲锣打鼓，有的摇旗呐喊。农民是按照上面的指示和安排这样做的，展现出他们最淳朴的热忱。

拽车庙下的新家

　　一大片女中学生站在枝江县知青接待处，全是一副举目无亲、眼神迷惘的样子。我们就像一群迷途的羔羊，等着人来认领，而后又要散向无垠的山间原野。这种境遇让我心生忐忑，不知那广阔天地将是怎样的情景？这时一个矮小精明的男人走近我们，十分热情地说："去我们队里吧！我们队离县城只有十里路。"

　　这是多么好的去处。我兴奋地问他一些情况，此人是仙女区马店公社火箭大队的党支部书记，姓贺。贺书记领着我们去登记填写表格，然后我们爬上一辆大型拖拉机。我们要去的是个什么地方？贺书记说是叫拽（当地人音爷 yé）车庙。贺书记对我说，我把你们这一组送到离县城最近的第一小队。拖拉机在这片丘陵地带的公路上走得还不算慢，这时绕过一个山头，往下看去是一条很陡的土坡路，有好几百米长，土坡路下面是大片的田垄和星散的农舍。贺书记指指身后的那个山头，说这是拽车庙，拖拉机上不去，以后你们走小路就从那里下去，再走一个多小时就到县城了，平时可以到拽车庙买生活日用品。

拽车庙的山坡下，一栋孤零零茅草顶的土坯屋子，这就是我们的新家。它是三个平排的空间。左边是个偏厦，有柴灶水缸和堆放的柴禾，没有门。当中是堂屋，一扇简陋的破木门，用力一推就会倒下。里面有菜缸，一张方桌和高矮不齐的木凳。堂屋靠大门处开了个门洞，可进到右间，没有房门，后来我们自己挂了一个布帘。睡房是一个长条形，横着竖着终于挤下了五张床。我们的大门朝西，隔着一个小水塘是李二妈的家，这是离我们最近的邻居。李二妈家的后面有好几家农户。过两条田埂的西北边是一个较大的稻场，队里晒麦碾谷就在那里。北边才是队里的中心区，大概有几十家。那里的屋子全是坐北朝南的，贺小队长、郭保管、小队会计林朝柱他们都住在此地。我们屋子的东面就是那道长长的很陡的土坡，直通拽车庙。

大门口聚了一群孩子，久久不肯散去，探头探脑好奇地观看我们，就像我们曾经观看外国人那样。说了多次，我们要休息了。他们仍是不走。最后英子和裙子说，哪里好玩哪里去吧。于是个子最高的喜娃带头走，"走啰，不看青年知识啰！"我们趁机关上大门。英子在挎包里摸出几粒干桂圆，吃罢开门将皮核扔出去，这时发现还有一个男孩坐在一块石头上。这孩子长得圆头圆脑，嘴有点大。他拾起一粒桂圆核看。英子问他，你怎么还没有走？他笑嘻嘻望着英子，"嘿嘿，青年知识。"英子又问他，你家是什么成分？"嘿嘿，青年知识。"我对英子说，成分——他可能听不懂，你问他，是什么农？乡下人都知道什么贫农、中农、富农的。于是英子又问他，你家是什么农？他认真地说，我家有鸡笼鸭笼。我们忍俊不禁大笑不止。笑声竟然又把喜娃那一群孩子召回来了，他们跟着我们一起笑。喜娃指着那大嘴娃子告诉我们，青年知识，他是个苕，比我还大哩，什么都做不来。喜娃是贺小队长的儿子，十岁，在队里放牛。就从这时起，"青年知识"——成了我们几个人的代名词。

奔向共产主义的仙女们

十多天后，巾帼被我校的一位年轻男教师陪送来了。这位年轻男教师先是站在大门口的泥泞里，上下打量这座破旧的茅屋，然后走进来环顾四面土墙，不由皱皱眉头。你们是高中六六届的，唉……好好干吧。以后有什么困难，可以向学校反映。他和蔼地说这些话，我们却讥笑挖苦他。几天后我们竟然收到他写给我们的一封信，信的开头是：乘着火箭奔向共产主义的仙女们……接着是些老套的勉励句子。呸，什么仙女、火箭，我们不屑一顾地撇嘴，仍是不领他的情。

几天后的清晨醒来，一眼望见英子的头发是白的。我说英子，你怎么成了白毛女？英子说，你也是白毛女。我们的头上眉毛都覆着一层霜雪。无奈北风怒号，"卷我屋上三重茅"，白雪就是这样悄无声息钻进茅草的缝隙，来探望我们这些乘着火箭奔向共产主义的仙女们。

过了几天，我们从李二妈嘴里知道：队里本不想接受知青，由于国家给我们每个知青有230元的安家费直接交给生产队，再说接纳知青是项政治任务。队里没有多余的房子，就把这所队里的牛屋，用石灰粉刷一下，搬些旧家具应付了事。而且当时乡下一头牛的价格正是230元。我们怒不可遏："把牛牵出去，把我们塞进来"、"我们等于是一个畜生啊"……就在这所茅屋里，我们怨天、怨地、怨社会。为何我们一下都变得如此落后与反动？多年后慢慢成熟的我才意识到：向往美好与幸福是人的一种天性。当人的天性被违逆的时候，理想与现实的落差变得很大，人的情绪波动会很大，这种情绪持久波动，就会形成一种定格的思维。

入夜，最怕要小解。寒风刺骨，伸手不见五指，谁愿意走到猪圈旁边的露天粪坑去？于是我们常在大门外的屋檐下就地了事。每每这时，对着苍茫的黑夜，巾帼吟诗般笑道："啊！广阔天地，伸手不见五指。啊！广阔天地，到处是厕所。"我对着夜空叫道："谁要是敢看我们，眼睛就会长挑针！"（四川话：挑针，就是眼皮上长的麦粒肿。）

女生爱干净，每日上床前必洗脸洗脚。洗上身半盆水，下身半盆水。一人一盆水，五个人就要五盆热水。每天晚上要烧一大锅热水，队里分的柴禾总是大大的不够用。于是我们就干了那鸡鸣狗盗之事——偷柴禾。西北方的道场上总有麦秸稻草堆着，我们已经瞄准猎物。干这事要在风高月黑杀人夜进行，门开半扇，五个盗贼鱼贯而出，每人抱起一捆柴禾急急回屋，一抹黑影就在瞬间消失。以为这事做得神不知鬼不觉，散落在田埂上的柴草已经把我们的行为揭露。后来回想，头次偷柴后，细心的郭保管就派他的老婆来到我们的茅屋，对我们说，过日子要节约，队里分的东西才能细水长流。去他妈的细水长流，我们根本就不想在这里过日子，是谁把我们遭到这里来的？

即使拥有这般心情，做些不情愿的出格事情，老天爷却不会怜悯我们，让我们的日子好过一点。每天照样出工，脸朝黄土背朝天，常常累得直不起腰，心里在叫唤：怎么还不收工啊！雨天戴斗笠，披蓑衣，棕片在肩上支棱着，那模样滑稽极了，我们相互打趣为"蝴蝶女士"。首次水田插秧，起来时每人小腿肚上趴着一二条蚂蟥，这蚂蟥使劲捏它拉它也不下来，其嘴已深入血管，吸血正欢呢，瞅着它的身子由褐变红，吓得我们齐声惊叫。农民们却平淡笑说，拍呀，拍呀，拉不下来的。被蚂蟥叮咬过的地方出现一孔，久久流血。瞅着自己雪白的肌肤上糊上一层黄泥，还流淌着几条乌黑的血，欲哭无泪。早春，天寒地冻，上面穿着棉衣，下面却穿单裤，因为裤脚要挽到大腿上，赤脚吧唧走在污浊的水田里，五个脚趾缝冒起一团团稀泥，恶心。还要端一个粪箕，抓起里面的粪土（人畜粪便与泥灰拌和而成）一把一把地撒。那腿脚冻得生疼，而不能说疼。臭烘烘的粪土你绝不能说脏嫌臭。贫下中农能做，我们就能做，接受他们的再教育就是从这些事情开始。栽秧割谷，薅草摘棉桃，一年四季，农民的活计我们样样都得学着做，这就是插队知青的生活。我们读了十二年书，知道什么是社会生产力的高低；接受过有关共产主义理想的教育；那"改天换地"曾经是灌输于我们的豪情壮志。如今人挥锄、牛拉犁，我们就是这样来修补地球的。如此低下的生产力，要到何时才能进入共产主义？这是社会倒退，还是我们的思想落后？我们的认知与身处的现实相去十万八千里。是少不更事的糊涂还是被谁欺骗？这些普遍的社会问题本来应该令人深思的，可是我们已经累得没有力气去想它，我们的胸怀这时已经变得很小很浅，未卜的前途让我们迷茫。

某个夏日黄昏，燥热无风，空气似乎停止流动。终于捱到收工的时候，累得汗流浃背的我们拖着脚步慢慢走，当看见对面高高的被绿树覆盖的拽车庙时，知道快要到家了，便在身边一条小水沟里稍稍洗把脸。不料蹲下去就站不起来，一下子全躺在了水沟旁。放松了，闭了眼，四肢直挺挺的，如同几条泥巴狗子。我们睡了很久，都不想起来回家做饭。阵阵凉意掠来，起风了，我努力睁开眼皮，见大片铅灰色的云层如怒涛翻卷，快速移向东南，苍穹成了一幅灰色的拱形巨幕。那条通往拽车庙的长长陡陡的土坡像是一道昏黄的线，从地平线而起，有四五十度的倾斜，我突然看见几个行人与一辆牛车几乎是匍匐前行，像一串爬行动物。正常的状态，行人与地平线应是呈九十度的直角，而在特殊的地理环境里，人全都弯腰了。我已经忘记了大自然是常常能给人念想的，而终日的劳累，也常常没有了欣赏它的时间与心情。这幅图像来得太突然太诡秘，低矮的灰色云层张牙舞爪扑过去，直至侵吞了整个场景。一刹，惊奇不已，它，牢牢留在我的脑海里。

其实我们都想嫁人了

在拽车庙等待奔向共产主义的仙女们，对于当地农妇而言，不啻一群仙女下凡尘。即使在田间地头拄锄而立，那白皮细肉、红唇桃腮、青丝飘逸，哪是那些黄脸红颧、毛发枯焦的农妇能比较的。哪个女人不愿美？这怪不得她们，也怪不得我们，这是长期的城乡差别形成的。我们下乡是来接受她们的再教育的，虽然我们曾经接受了十二年的书本教育，在这里事事处处却都不如她们。好在她们也还喜欢我们，口口声声"青年知识"地笑着叫着，手把手地教我们做农活，但是插秧的时候，却会戏弄我们，飞快往后退，绕到我们身后插一片秧苗，做个笼子把我们关进去。她们望着我们咯咯直笑，我们望着她们无可奈何。队里男性壮劳力每个工分是五角六，妇女是男人的一半。队里安排我们跟着妇女出工,林会计说我们的工分肯定比妇女要少,到底是多少,这要等到秋后再来算账。最高工分我们哪敢奢望,只要我们靠着自己的一双手能够养活自己,不成为爹妈的负担就不错了。为此自卑感常袭,在那破茅屋里我们对着土墙叹息:这十二年的书是白读了!

拽车庙的农妇其实非常关心我们,尤其是李二妈,她无儿女,常来送菜。记得那些日子,春天经常是送窝马菜(不长莴苣头),冬天是萝卜,夏秋有豆瓣酱,这些都没有的时候,我们就只有用盐水泡饭。李二妈进屋来要坐一阵才离去,她心疼地看着我们,认定我们永久在此落户了。她极力怂恿我们喂鸡养猪,后来真的就从她的亲戚家捉来一头公猪。这头猪特能叫唤特能吃,就是不长肉,大玲称之为"猪精"。

拽车庙的农妇老是问我们的年龄,我们自知有些老了,所以不敢说真话,用"二十挂零"打发她们。就是这"二十挂零"也把她们吓一跳,虽然心里认为我们是老姑娘,嘴里却说,在这里,二十岁的女人,都有婆家,有孩子了……不知是谁说阿森就有婆家。于是她们兴奋了,"青年知识阿森是有婆家的!"我只点下头,然后一副无动于衷的样子。至于我的事情,我绝口不提,令她们大失所望。那林会计的婆娘,可能回到家中与老公一齐想入非非,或许这些小事就埋下了日后我的祸患。

春雨绵绵的日子,到处泥泞,有几天队里不出工,这是我们的节日。巾帼照例外出,我称她这是"访贫问苦"。英子和裙子坐在床上捂着被子吹口琴。吹了一阵,开始做数学习题。我说你们二位又在痴心妄想。裙子常常高声朗读一些《古文观止》的句子。大玲总是默默无声地看她带来的一摞发黄的旧书。我躺在床上想我的家人和男友道元。与道元初次相遇的那一刻,道元眼睛突地闪光一下,然后含情脉脉地注视我。我是个反应较迟钝的人,当时只觉得这个人看人的神情好奇怪?随后是他那极富磁性的嗓音为我唱歌,令我对他产生好感。在这里我很少收到家信,尤其是道元的,只是刚来时收到过他的一封。或许他快把我忘记了，因为他是城里的工人，我是乡下的农民，城乡差别往往会把人的距离拉开。虽与道元在莲花湖定情，如今我们像是藕断丝连那般……心中有一缕淡淡的惆怅。要不然是他出事了？他参加单位的造反派组织，是不是又被保守派的人抓起来了？那一刻，英子、裙子和巾帼皆不在家。我躺在床上幻想将来那神秘而又美好的日子，大玲突然咯咯大笑，"阿森，我念给你听！"

"啊，懒人的春天哦，连女人的屁股也懒得去摸了。"大玲问我，这是什么意思？

喂，大玲你发神经了？拿过那本已无封面纸质发黄的书，翻了翻，估计是上世纪三十年代那些无病呻吟的诗人所写。

大玲疑惑，为什么要去摸女人的屁股呢？

看着大玲那迷惘的神情，我也搞不清楚这种问题。大玲说，你不是有男朋友吗？我说自己跟男友在一起时，我们连手也未曾碰过啊。我知道英子和裙子尚未下乡时，曾以各种理由避开我，去向男大学生借书看。我知她们的心思，只是从不揭露。巾帼的情况不知，她的心深，与我无往来。母亲来信说：同窗好友德英结婚了，高三（一）班的昌秀也结婚了。而今拽车庙一片"春雨如酒柳如烟"，田畴如画，我们这些就快二十二岁单纯与无知的女子，不由春心萌动，其实我们都想嫁人了。可是成天跟黄土打交道，哪有与之匹配的青年男子能入眼？只能是"春风一夜吹乡梦，又逐春风到洛城"。春雨淅沥的夜晚，在拽车庙的茅屋里，裙子吹口琴，我们把《红河村》的歌词改了，忧伤地唱着：人们说你就要离开村庄，我们在怀念你的微笑……要记住钟家村我的故乡，还有那亲爱的妈妈。

手舞足蹈是人的一种天性

在田间劳作的时候，我们变得跟当地农民一样喜欢倚锄而立，东张西望。只要队长没看见就没人说我们偷懒。凝望通往拽车庙的那条山路可以获得一些欣喜。有天一辆拉着猪贴着"忠字猪"字样的拖拉机缓缓地爬着，几个人坐在猪的旁边敲锣打鼓。第二天还是这辆贴着"忠字猪"的拖拉机突突来了，里面堆着粮食麻袋。坐着敲锣打鼓的人见我们好奇地瞅他们，好生得意，锣鼓敲打得更加响亮。而我们竟然指着那"忠字猪"嘀咕：这到底是人还是猪哦，不由一阵大笑。农民说，你们莫笑，送猪送粮，都是向毛主席表示忠心的。没过几天，还是这辆贴着"忠字猪"的拖拉机上，坐了一群人，敲锣打鼓，喜气洋洋。我们问身旁的农民，这又是在送什么呢？他们认真去看，摇摇头。那车上的人看见我们了，就高呼口号，原来是1969年4月1日中共"九大"在北京胜利召开。

当晚我们五人拎着马灯与全队农人在泥泞的田埂上深一脚浅一脚地跌跌撞撞前行，不时高举拳头，呼喊庆贺口号，几乎把全大队的田坎走遍。后半夜回家，鞋与裤腿满是泥水。第二天小队会计林朝柱通知我们停工，全大队开会，听贺书记传达有关中共中央"九大"文件。中共召开"九大"，全国人民都要表示热烈庆贺。贺书记要我们每个插队小组的知青编排一个节目，几天后全公社的知青在拽车庙演出。巾帼为此情绪高涨，紧催我一定要编排个节目出来。五人中除了我，她们可能是从没上过舞台的，可我偏偏不想动弹。自从来到乡下，家人离散，前途未卜，我真的没有心思唱歌跳舞。曾身为团干部的巾帼，政治任务一向完成得很好，恐怕已成习惯。巾帼催促我的同时，便手舞足蹈起来，问我行不行？她跳的是"文革"初期的忠字舞，那种大众舞，四肢僵硬，类似四百型机器人的动作。我不敢恭维，又不得不恭维。我说，我们组就跳忠字舞吧。忠字舞？不行不行！大玲、英子和裙子一致反对。这时我们正在做午饭，李二妈和郭保管的老婆来了，见巾帼在跳忠字舞，都开心咧嘴地笑。我要她们也学着跳，二人迟疑一下，便欣然跟着我们起舞。李二妈的动作不咋地，那郭嫂子还真有些像样。在我们的表扬之下，嘴巴瘪瘪颧骨发红的郭嫂子越跳越来劲，手里还拿着一把锅铲。当时看着郭嫂子，我眼睛已湿润：乡下农人缺少文化教育，平时看起来他们笨手笨脚，其实他们内心的表现欲望很强烈，也想手舞足蹈宣泄自己的心情。"情动于中而形于言，言之不足，故嗟叹之；嗟叹之不足，故咏歌之；咏歌之不足，不知手之舞之足之蹈之也。"手舞足蹈此乃人之天性矣。在我看来跳忠字舞很省事，由于她们一致反对，巾帼仍是催促我编排节目。有首藏族民歌《北去的彩云》，其歌词大意是：北去的彩云，你停一停，请捎封信儿到北京……带上这条洁白的哈达到北京，哈达献给领袖毛主席。我觉得根据其歌词编排舞蹈动作比较容易，想想，决定就是它了。舞蹈动作编好后，我仍不想跳，对她们说，你们四人跳正好排队形，我就在一旁帮唱算了。她们同意，而且全都跳得很认真。

每每望着通向拽车庙的那条山路，心想这"拽车庙"几个字好怪？到底是何意思？一旦爬上去就知，所谓的拽车庙其实是个山顶，有条很短的小街，几间房屋。街上有个邮箱，有个小卖部和修铁器的铺子。我们经常去那里寄信，打煤油，买盐、肥皂与针线，去县城也是从那里下山。

接到演出通知，这日早早收工吃罢晚饭，我们穿戴整齐爬上拽车庙。从山顶往下看，面朝东南的半山腰处有个土台子，竖起的电线杆上挂了聚光灯，有人在台上对着麦克风"喂喂"试音。台子周围乃至山下大片人头攒动。朝往县城的方向是东，此时没有黄昏灿烂的霞云，天空青灰。环顾四周，一切景物寡淡无趣。这演出又不知何时开始？倚在小卖部门口的柱子上，东瞅西瞅，忽地发觉这儿曾经是一座庙：屋顶已经没有那飞檐翘角、雕梁画栋，半截墙面显露出翻修的痕迹。地是由青砖铺成的。圆圆的木头支柱很粗，一般人家绝对用不了这么粗大的廊柱。廊柱陈旧而显得古老，裂开的缝隙丝丝发黑，似乎张嘴在诉说它天翻地覆的历史。夏日的风徐徐吹来，沧海桑田的幻影恍惚在眼前掠过……我想象着通向拽车庙的这条陡直的山路，从前车马上下实在不易，人仰马翻恐怕是常事，会不会修座庙宇供尊菩萨来保佑路人呢？何况此地又称作马店。闹哄哄的声音终于被高音喇叭镇住，演出就要开始了。台上出现一位较高大略显肥胖的小眯眼女知青，被风吹着，头发蓬得像个疯子，手里拿着单子，兴奋地报幕。小卖部的灯光照着巾帼她们几个，看来也是很兴奋的，有股摩拳擦掌大显身手的意思。天色已晚，这拽车庙已是人山人海，水泄不通。唉，不知我们的舞蹈何时才能亮相？就在这时天公竟然不作美，哗一声大雨瓢泼，如盆倾注，兴趣盎然看节目的农人们突遭惊吓，"哄"地如鸟兽散去，全都没了"忠心"，也不顾什么"政治任务"。方才何等的热闹，瞬间就空空如也，只剩几个工作人员站在那土台子上拉电线。我们居高临下，从没见过这等场面，农民的自我保护意识比我们要强，我们淋着雨，倒是愣怔一会儿才离去。

庆祝"九大"的召开是项政治任务，马虎不得，何况这次知青编排的节目未能上演几个，要怪天公不配合，却又不能把天公抓起来问罪。紧接着我们得到通知：县里安排一天，要我们各组知青去县城大街上画地一圈自行表演，让路人目睹，以示庆祝。那日，整个枝江县城热闹非凡，红旗招展，锣鼓喧天，人们载歌载舞。我们五人只能在一条僻街找到立足点，我们的《北去的彩云》就此亮相，表现我们人之天性的手舞足蹈，因此也就没有白费，只是观者寥寥，约六七位农人而已。

整治巾帼

和巾帼比起来，我们四个人缺少她对贫下中农的那种热情。巾帼喜欢同他们说笑，白天说笑了不够，常常收工后很晚才回来吃饭，说是去贫下中农家里了。开始我们不管她，也没有异议，要去哪里那是她的自由。有日一群农民和我们坐在田坎上歇歇，有人若有所思地问巾帼，你的成分是城市贫民，那城市贫民相当咱们农村的什么成分？巾帼一口回答：贫农。那人又问道，你们城里的职员又是什么成分呢？巾帼不假思索一口回道：资本家。那人不解，资本家是什么……巾帼说，城里的资本家好比是乡下的地主。这下巾帼可是犯众了，我们四人沉默而显得有些愤怒地望着巾帼。除了英子的家庭出身是工人外，我和裙子大玲都是职员。巾帼浑然不觉的样子，仍是得意地说笑。巾帼仗着"城市贫民"的出身跟当地农民套近乎，她的用意是贬低别人，从而抬高自己。那个年代用出身成分来打击人，弄不好这可是要断送别人前途的！从此我们四人很少搭理她。巾帼仍是收工后很晚才回来，点个油灯在厨房里找吃的，为此我们很烦她。轮到我做饭的那天，见鸡窝里有四枚蛋，原本是要凑足五个才吃的，我不管三七二十一，煎荷包蛋，我们四人一人一个。她们担心对巾帼不好交代，我说让我来整治她。我已想好几句尖酸刻薄的话：访贫问苦很辛苦哦，难道贫下中农没有留你吃饭吗？我们以为你已吃过好东西了，所以就把鸡蛋都吃了。大概这样做了几次，巾帼却没有提及鸡蛋的事。有天在挑粪土的时候，我突然脸色发白，嘴唇发乌，就快昏厥。农民大惊，巾帼扔下粪箕来扶我回屋。我说不要紧，是痛经，休息一会就没事了。巾帼抓起鸡窝里仅有的一个蛋，又拿出自己的红糖，冲了一碗蛋花汤端给我。那一刻，我热泪盈眶，觉得跟巾帼比起来，自己是多么的小肚鸡肠！从此不再整治她了。

一直得不到道元的消息，六月初林会计送来一张包裹单。竟是道元寄来的一条卫生裤。这张包裹单令我久久无法入睡，我的爱人没有忘记我。要是这条卫生裤早在三个月前寄来该有多及时……那次去塘里挑水，因欲多舀些水起来，将大木桶在水里晃呀晃，看见快有一桶水了，忙去拉桶把，不料很沉的水桶一下把我拖进水塘里。

挑了两个半桶水进厨房，大玲正在烧火做早饭，见一个落汤鸡进来，急忙上前帮助。阿森你力气小，每次就少挑点。我们几人是轮流做这些家事。大玲要我从今起帮她烧火做饭，她替我挑水。我只有一条长及小腿的卫生裤过冬，实在没有衣裤可脱换，那天我就一直坐在灶前帮大玲烧火，想让灶火烤干我的裤子。腾腾的水汽不断散发，大量水汽将我包围，并趁机进入我的体内，成为日后令我瘫倒在床的元凶。从那天起，大玲成了我在拽车庙的恩人。有着她的关怀照顾，就像一缕阳光冲进那冰冷的世间与冰冷的水汽里，我不由自主地掉着眼泪。

取包裹要到近二十里远的董市，巾帼正好也要去董市，我俩一路做伴。一路上大都是巾帼在说话。巾帼突然弯下腰又跳起来，挥动手臂大笑，喜气溢于言表。原来她在路边草丛中捡到二元钱。到了董市，巾帼用这钱买了九毛一斤的饼干，连声说，财喜，不吃白不吃。巾帼递给我一块饼干，我摇头不要，我要急着看我的包裹。是一条绛红色的卫生裤，道元在里面夹了一纸短信和十元钱。道元要我请假赶快回武汉，他非常想念我。

那时我的风湿疼痛已加重，借回城看病为由去队里请假，收割完小麦便准许我回城。

"别肠如转轮，一刻既万周。"那摘不完的棉花，薅不完的草，一望无尽的田垄，还有那高高的拽车庙，别了，为了见到我的爱人，我真的要赶紧回去了。

我们的爱——天地可以作证

和道元久别重逢，我们炽热相拥，只感到我们是一团火，天地已被我们融化。他说，春天曾去到莲花湖我们定情的那座拱形木桥上，小桥伴着荡漾的池水，他独自久久黯然神伤。阿森，不知为何你总是收不到我的信，所以也不敢给你写信了，寄个包裹试试，指望你的回音。想到寒冬你穿一条还是上小学五年级时的卫生裤……于是买了卫生裤寄给你，在里面夹了信和钱，怕万一收不到，钱也不敢多放，只够你回城的路费。我真怕你出事……如果你被别人怎样了，你千万莫轻生，那并非你的错，我仍会一生对你好的。我听着就笑了，怎会有这种事情？他说，真的出了这样的事情，他们厂同事亲戚的女儿……我安慰道，我们是五个人住在一起，而且拽车庙那里的农民看上去比较本分老实。

我去医院查血，抗"O"已达800，被诊断为游走性风湿关节炎，道元低头看我，"像一朵水莲花不胜凉风的娇羞"，他心疼地说，阿森，别去乡下了，我能养活你。其实我一直是个自食其力的人，而这个大我两岁善良真挚的男人柔情似水，在这种时候愿为我撑起一片天，令我万分感动。

我们来到莲花湖看我们冬天定情的那座拱形木桥，那座小桥显得破败却依然精致。破败却精致，蕴含着一种不祥的预兆：想起许仙与白娘子在一座断桥上相会,于是有了一段悱恻缠绵而又短暂的爱情故事。当时心中有隐隐不悦,并不曾去多想。从莲花湖后门爬上长江大桥的引桥,我俩并肩慢慢地走。曾几何时,惠子、英子和裙子,我们四人走在这里意气风发,大抒情怀。如今惠子已经到鄂州乡下插队,不知何时才能相见?英子和裙子与我日渐疏离,在那荒冷的拽车庙我只有大玲一个好友了。明知这世上没有重复的事情,往事只能回味。一泻千里不回头的长江水,带给我无限的愁绪。那天道元的心情甚好,文艺细胞发达的他,用那深沉动人、极富磁性的嗓音,溶化着我的心。他唱了许多歌给我听,每一首都是那么饱含感情,包括他自己为毛主席诗词谱写的曲子,连东方红他也唱得十分认真。他的歌声一会儿"婉转如云霞",一会儿让我如痴如醉沉入"深深的海洋"。从下午走到华灯初放,走着唱着,我心中百感交集,侧目看他,那脉脉含情的眼睛,高挺的鼻梁,憨厚的嘴唇……难怪昌秀说有许多女孩子为他神迷。我突然说,你会不会移情别恋呢?他一愣,没吭声,把右手食指放进嘴里一咬,然后拿给我看。手指尖上一滴鲜血如红珠,我心疼去握他的手,他摇摇头不让,将手指含在嘴里吮着。我们结婚吧,你别去乡下了。我点头。突然他叹口气,厂里是保守派掌权,肯定不给开结婚证明。我想到拽车庙那边的贺书记林朝柱他们,怕是也不会给开结婚证明的。还有我父亲始终不同意我跟他好,道元出身不好,祖辈曾是枣阳著名的大地主,而且目前他是砖瓦厂的工人,将来没有出息。我竭力想说服父亲,道元人好,忠厚善良,吃苦耐劳,对我体贴依顺疼爱有加,阳光帅气的他浑身散发着浓郁的艺术气息,和他在一起我很快乐。嫁人就是嫁这个人啊,我看重的是他本身的德性,并非外在的家庭与职业。于是父亲讲了那个有名的《爱情与面包》的故事,强调爱情是属感情精神的,面包是现实的。我说我要选择爱情。父亲说,那你就等着将来挨饿吧。这时父亲被单位关着,而我要结婚了,他管不了我。可怜我的母亲到处跟人借肉票,为我们办了两桌酒。果然后来我们真的挨饿了,还不到两年,道元就遭到厄运,我们有半年没见着一粒米。我的自以为是,很快让我得到"不听老人言，吃亏在眼前"的报应。

爱，似乎没有理由，就是命中注定，两情相悦，有些懵懂，还有些任性与冲动。记得那一刻我们半晌无语。幽蓝的月华在上空漂浮，树叶沙沙窃窃私语，从龟山上飞来一阵花香，我如同在云里飘行。那个夜晚，我作出甘愿为他妻的决定。相爱是咱俩的事情，我俩的婚姻何须要单位与别人来证明来操心管闲事，何况是在这个纲纪乱套的社会？我们为人，立在天地之间，我们的爱——天地可以作证。

农村双抢以后，惠子、英子和裙子都回城探亲。惠子来到我和道元的新居，在那间郊区农民的小房里为我铺装新被。惠子对道元印象极好，下农村前，我们三人常常在钟家村磨盘一带压马路，"甜蜜的爱情从哪里来，是从那眼睛里到心怀……哎呀，妈妈，你可不要对我生气，年轻人就是这样相爱"。道元那低沉而又浑厚、深情无限的歌声令我和惠子陶醉。

英子和裙子来看我，好心劝我一定要回拽车庙去，因为将来每个知青或升学或做其他的工作，都得要当地公社生产队的证明。我知道她们的意思：女人的前途不要系在丈夫身上，而是在于自己。为了自己的前途，我咬牙跟她们一起回到拽车庙。回城四个月来，竟然从女孩变为小女人！来也匆匆，去也匆匆。我所有的决定道元都会顺从。他拉着我的手，泪眼婆娑，我哽咽……我们只能期待着下一次重逢。

色 狼 入 室

深秋回到拽车庙时，腹中已有一个小生命与我一起呼吸。就因为我结婚了，为此我得接受这世间注视我的所有的异样目光。感到英子和裙子有意与我远僻，同我说话的人常常只有大玲。每到该英子和裙子喂猪的时候，她们总是懒得料理，"猪精"整日嗷嗷叫，任凭我和大玲怎样的呼喊……"钟山之英，草堂之灵，驰烟驿路，勒移山庭。夫以耿介拔俗之标，萧洒出尘之想，度白雪以方洁，干青云而直上……"，裙子以朗读的高声置若罔闻。无奈那只"猪精"饥饿地嚎叫，我和大玲只得替她们去剁煮猪食。这只可怜的猪被宰杀时，不到六十五斤净肉，每人分得十二斤半。郭嫂子和我炒了食盐，将这些肉腌在缸里。

　　队里照顾我到老残组出工，冬天大多数出工是在地里拔萝卜，坐在一只矮木凳上，学着农民那样，边拔边食，边吃边打嗝。见模样很乖的色泽鲜红的，就用缨子一抹，去掉泥，牙齿磕着很快啃去皮，露出水晶般的心。那脆生生的肉，田津津的汁水，从咽喉直下，妙不可言。枝江拽车庙的红皮水萝卜，是我一生中吃到过最可口的萝卜。

　　回到拽车庙终日默默无语，想到与道元一同开始的人生新旅程，觉得这日子会有奔头。整日在凛冽的寒风里劳作，我的风湿痛越发厉害，四肢无力，腰常常不能直起。大玲最先被林会计派到鸦雀岭修铁路，她走时嘱我要多加保重，竟让我有些恋恋不舍望着她离去。接着英子和裙子被派去修东风渠，只剩了巾帼和我在家。与巾帼待在一屋索然无味，于是我决定元旦后就回城。队里分的百来斤萝卜，一直堆在墙角。我想我走后，等大玲英子她们回来时，萝卜肯定空花烂掉。我要在走之前把这些萝卜用盐水腌渍了，即使明春我不回来，她们也好有菜吃。我把那只大土缸洗出来，烧一锅开水加盐晾着，提了大竹筐分几次去水塘洗萝卜。蹲在水塘边，感到那天的西北风冷酷似剑，从四面八方袭击我。开始手冻得通红，指关节不能自如弯曲，我坚持着……当把最后一批萝卜洗好，我已站不起来，坐在地上慢慢地蹲，终于能站起来时，腰已不能转动，全身是僵直的，必须以脚移碎步，才能让整个身体转过去。我仍坚持着把洗净的全部萝卜放入缸里，算是做完这件事。这天躺下后筋骨疼痛浑身瘫软我就起不来了。一连几日巾帼做了饭，端一碗给我。身处厄难之时，感念同窗巾帼的好，于是不再记恨她曾经做过那些对不住自己的事情。生命于我们而言，还没开始多久，毕竟她也才是二十来岁涉世不深的女孩子。在拽车庙，大玲和她对我的帮助，只能大恩不言谢地存入我的心里。

　　就这样躺了几天，浑身疼痛瘫软没见好转，想爬起来怎么也起不来，心里好着急。这天晚饭后巾帼在堂屋里对我说声，"去十队小玲她们那里玩玩。"听见巾帼走时将大门掩上，我没有叫她点灯，省些煤油吧。很快一切陷入黑暗，我闭目想入非非，憧憬自己将来的幸福生活。突然听见有人推门而入，惊惶之际见一个黑影立在我的床前。哦，你怎样了？是林朝柱的声音。我大惊，全身细胞的能量陡地聚集在了腿上，我竟然一下掀开被子站到英子的床上将半截土台上的煤油灯点亮。煤油灯亮起的那一刻，我的小腿被一只手轻抚一下。我坐下急忙拉被子盖住自己的下半身。因为家贫，许多年过冬都是在短内裤上加一条卫生裤和外裤。我的半截大腿和整个小腿方才被这个林朝柱瞧见，让他生起淫邪之心。"你要做什么！"我厉声一喝，他站着没敢再动弹。阴阴地笑道，来看看你的病好些没有。我愤怒地瞪着他，心里惶恐，却大脑空白，一时没能想出招数。郭保管咳一声进来了，这时站在巾帼的床前，不说话。我和林朝柱都呆了。"我来看看她好些没有。"林朝柱忙对郭保管解释，遂转身而出。郭保管仍旧一声未吭跟着他出去了。我长吐一口气，在心里欢呼：吉人自有天相！这郭保管真是我的恩人啊，他为何会尾随林朝柱？他一向少言寡语，却心如明镜；或因为林朝柱住他隔壁，一举一动让他给撞着。由于郭保管的及时出现，我的影子在林朝柱脑海里恐怕只剩有如黄昏里的一幅油画而已。

巾帼回来，我惊魂未定地对她说林朝柱来过这事，她只稍稍惊讶"哦"一声，不再言语。唯一具有初中文化程度的林朝柱掌握队里实权，他肯定知道我们五人之间的相处状况，为何要先调走大玲，接着是英子和裙子。在外边劳动比较艰苦，没要我去是因为我的身体状况不宜，没让巾帼去，是他和巾帼关系好，因为巾帼常去他家访贫问苦。所以此地不能再待下去，"三十六计走为上"，我毅然决定快速悄然离开拽车庙，从明天起开始锻炼自己的脚力。

凝望通往拽车庙的山路

第二天等巾帼出工以后我一拐一拐走到茅屋背面我们的自留地里，久久凝望通往拽车庙的山路。然后坚持来回走动，计算能走多少个来回时，就可以走到县城坐船回武汉了。几天后我带了简单的行李,踏上通往拽车庙的这条山路。在半路上停下来,对着这片广阔的丘陵田垄"呸"一口,其实我啐的是林朝柱,像郭保管夫妇、李二妈……这些我的恩人,今生只能在心里感谢与祝福他们了。就在这时一辆笃笃往上爬的牛车停在我的身旁,是"上天有好生之德",还是前世我曾积了德？竟让我如此顺利就离开了拽车庙。

后来听英子和裙子说,林朝柱知我逃走,还派人追赶,扬言要将我带到大队开批斗会。他手里捏着所有道元写给我的信,说我思想反动。所幸半道有辆牛车载我行大道去到县城,而林朝柱他们走的是拽车庙的小路。

不久剩下的四个知青也全都陆续离开了拽车庙。巾帼最先走,走得最体面,被招进武汉一家国营工厂。英子和裙子被招到宜昌的工厂。大玲最后离开,去到兴山县当教师。七七年恢复高考,大玲考取某所师范学院,毕业后远嫁他乡。

后来英子常多次对我抱歉,想起在拽车庙的时候,自己年轻是多么的不懂事啊,阿森你是太苦了,没有照顾你。其实那时我们都不懂事,曾经一起干过偷鸡摸狗的事,还竟然半夜捉青蛙,残杀生灵……那时我们的思维语言也是有诸多的不正常。每当凝望通往拽车庙的山路,尽管大自然的景物曾默然给予了启示:通常人与地平线是呈直角的。当人在拽车庙那条陡峭的山路上行走时,一切都不正常了,人体弯曲甚至匍匐。当人类社会秩序混乱时,人的心性与行为也会出现不正常,不由自主的卑下,做些出格的事情。那时大自然景物所给予的启示,浮躁的心绪令我们看不懂,只有在心气平和的状态里,才能真正有所体悟。总之,接受贫下中农再教育"上山下乡"这场突变,似乎刮走了我们许多人的青春与幼稚。

没过几年,我的世界里没有了道元。这个似乎为音乐而生的人却并未为音乐而死。他仓皇离世,令许多熟悉他的人感到震惊和伤心。这时他刚满二十九岁,而我尚未满二十七。爱情仿佛一股流水朝我飞奔而来,又快速而去。然而它离去时,只能眼睁睁望着流水落花春去也。别人的爱情尚未开始,我的爱情已然结束。这世上关于爱缘的短长谁也说不清楚。欢笑情如旧，萧疏鬓已斑。只能感叹今生这可遇而不可求的爱情竟在这个不合时宜的时候来临。以后的岁月里，没有人像他那样牵挂我，我也没有了可以依靠的臂膀。那寻寻觅觅的长久忧伤，以及生存道路上无数的艰辛也让我在世事坎坷的孤独中必须学会坚强。以后每当回忆我的这段爱情时，那天离开拽车庙时的景象，也曾让我久久不能忘怀：那片丘陵在这个黎明之际焕然一新，农舍上空袅袅的炊烟，飘荡的岚雾，轻盈温柔。在这万物清瘦的季节，感觉时光中的风景，遥远与现实依然是那么沉郁和苍凉。冬日的山体杂草枯萎而显得稀疏，拽车庙的山路像一只蛰伏的大鸟。东方的天空有鹅黄而兼乳白的云层，我知道我的爱人在苍茫的深远处等我，两颗单纯的灵魂会在那里重逢。

那时在苦难中跋涉的我们是多么的无助啊！时光如水，逝者如斯。在我的生命里，从前那恐怖而又荒谬的岁月，那些真实的人物与事件，所有的灾难和不愉快、所有的幸福和美好，都已经虚化了，逐渐模糊在记忆里，一切恍如隔世……

许久以来我已不做悲情的女人，此时追忆往事，在旧日的时光里回游，只能让自己的心再苦涩一次。

2013.8. 于五里汉城陋室

黄梅纪事

覃 兄

作者简介：

覃兄，武汉一中 1966 届初中毕业生。1968 年 12 月下放到湖北省黄梅县，1970 年 9 月招工到黄石下陆钢铁厂，1981 年后任教武汉四中，2010 年退休。

下放生活，苦涩却也有回味；但绝不"无怨无悔"，就像品味《史记》但绝不感恩汉武帝阉割了司马迁一样。

——题记

一 我 们

1968 年底，我下放到湖北省黄梅县。我们小队的知青由武汉一中的四个男生和邻校十九女中的四个女生组成，均是初中 1966 届的。大队其他小队的都是高中生。据说当年两校知青点的组合，均按年级和班级序号的方式"扒堆"，就如肉案上的排骨、脊骨、蹄膀和鱼肆里的鲫鱼、草鱼、鲢鱼似地分类。我为鱼肉。

相对其他同学来说，我所在的生产队的地理位置，堪称"黄金地段"：大队部的所在地，离公社也不远，村旁有供销合作社、卫生院、食品站之类。当地人管这里叫"街"，逢年过节，说"上街去"，就是来这里。

村子南面对着一条河，还有临时码头，全大队每年一百五十多万斤的优质稻谷，就从这里运出去的。每年的"双抢"和晚稻收割以后，各生产队就把纯净的谷子装进麻袋，每袋谷皮重132斤，净重130斤。麻袋上印有"中粮"的字样。

说是码头，其实就是一处坡度平缓的河岸，临时往停靠的船上架几条木跳板。到交公粮的日子，堤岸上红旗飘扬，锣鼓喧天，所有的男劳力扛着谷包小跑步装船。之所以要小跑步，一则显示交公粮的喜悦，二则展示男人体魄的魅力。窄窄的跳板晃晃悠悠的，既要胆量又要本事。我与同学肥伢刚展示了几袋的"魅力"，就连人带谷包跌到了河里。队长心疼粮食，把我们吼骂了一顿，要我们把湿漉漉的谷包扛到打谷场让妇女们晒，然后回来继续扛谷包上船。

将近傍晚，回到打谷场把晒干的谷装进麻袋，再胆战心惊地扛上船。

人影遁迹，我和肥伢又羞又累，瘫在堤坡上躺了许久。末了，掏空了口袋，凑了8分钱，到合作社买了一个猪油饼分吃了。肥伢吃完了不解恨，如谈话里一般咬牙切齿地说："以后我发了财，一定把猪油饼吃个够！"

有地理优势，我们的住地也成了同学们的集散地。

挑担谷来机房碾米，就来我们这里歇歇脚，吹吹牛。遇上吃饭，也不客套，端起碗就吃。有什么事搞晚了，在我们这里过夜也是常事；睡觉也简单，一张床横着躺，可以睡四个，只需脚头拼几条长凳就行。怕鼾声的，就抱捆稻草一边窝着。

十九女中的学姐来了，如果床铺不够，我们男生很有"绅士风度"，通通抱稻草在堂屋打地铺，房间腾给她们。

我喜欢莎姐来。莎姐是高中1966届的，长得很漂亮，气质也高雅。她们家姊妹五个，原来有个弟弟，与我同年，由于舅舅家族的几房都没有儿子，就过继去了东北。莎姐非常想念弟弟，时常回忆弟弟的往事，她说我的坏笑特像弟弟，所以把我当成弟弟看待。我很马虎，通常衣襟上就悬着一两颗纽扣，莎姐每次来，就逼我把衣服拿出来，帮我缝上纽扣。1970年她被招到了荆门的鄂西化工厂。时过境迁，我们就没有了联系。前年她听同学说某博客上有个署名"覃兄"的恐怕是我，才又联系上。莎姐目前还生活在荆门。她发了许多照片过来，我看了以后心里很酸楚：66岁，显得好苍老，每一根头发都白了，右眼珠长了白翳，看书看电脑很吃力。她曾用"莎奶奶"的马甲在我的文章后面跟帖，是因为当年我老称呼她们为"姑奶奶"，所以想以此检验我是否就是当年的那小子。

莎姐夫是当地人，比莎姐大9岁，对莎姐很好，只是有一点莎姐心里总疙疙瘩瘩的：当年莎姐夫复员回家后，曾与一个四川女人结了婚，后来这女人丢下孩子跑了——莎姐夫当初把这些隐瞒了。我曾劝莎姐说何必还计较，子孙都不小了，何况是时代的悲剧造成的。莎姐说，正因为是时代的悲剧才不能忘记。所以这篇文章写好以后发给莎姐审，莎姐回信很干脆："没有什么隐私不隐私的，发！"信的结尾，还问了一句：你还像原来那么爱捣蛋吗？

在学姐们眼里，我调皮捣蛋。那时煤油一角六分钱一斤，我们用得很节省，往往吃了晚饭说说话就睡觉。当她们刚刚进屋睡觉，黑灯瞎火的，我就抬高声调胡编些鬼故事，讲着讲着，里屋就开骂了："你找死啊！""你怕不怕有了女朋友被我们拆散？""下回来不带米了"……

说归说，下回照样带米来，有时还捎点别的东西。

虽说我们那里盛产大米，而且几乎年年丰收，但到农民嘴里每年毛粮320斤，知识青年720斤。上等谷出米率65%左右，根本吃不饱。刚下去的几个月，每餐饭前还扯着嗓门"万寿无疆永远健康"叫一通，后来连叫喊的力气和热情都没有了，反正万岁不万岁也不是靠吃喝来的，祈祷仪式也就免了。

自然，学长们也不亏了我们这些学弟学妹，每次来总要带点米。

我们很巴望学长们来，他们有知识、有思想、又健谈。虽说我们初中生调皮，但在学长面前不敢造次。我们是学长们忠实的听众。

学长们都很乐观豁达，不过我也隐约感觉，他们的心境也绝不完全是莺歌燕舞，似乎也有不少的忧愁和困惑。

高中1967届的刘学兄，身体非常棒。我们刚下去的1968年下了一场大雪，他好兴奋，邀我们去河里冬泳，我们不敢，他一个人游了个往返，吓得当地人直吐舌头。哪知修水利的时候着凉得了伤寒，在县医院故去了。是我们那里知青故去第一人。

高中1966届的方学兄，年龄最长，是1946年出生的，大家都叫他"拐子"，后来不知怎么又演变成了"老杆"。可能是年龄，也可能是他的高个子。他特别善谈，谈吐也很风趣，而且往往以"本老杆"开头打开话匣子。

老杆姊妹六个，一口气同时下放四个，连铺盖行李都成问题，母亲只好将自己床上的垫褥横着剪成三床。老杆躺在上面短了点，所以他的枕头下就是床板。有天老杆拿了一个包裹给我，说如果有人去区邮局，代他寄出去。包裹的是蚊帐，他妹妹下放浠水县，写信哭诉那里的蚊子好厉害，没有蚊帐通宵不能睡。我问没有蚊帐你怎么办，他笑着说没事。其实我们那里的蚊子很凶的。

大约是1969年8月份，莎姐和另一位学姐在我们这里住了几天，说是养病，后来才知道学姐被男朋友抛弃了。学姐的男朋友是武汉水运工程学院的，来了一封格调很低的信，说找对象的标准必须：出去人不笑、能读书看报、自备饭菜票、能生孩子睡觉——仅仅是没有"自备饭菜票"，竟撕碎了学姐的感情和精神寄托。

莎姐要我设法把学姐从悲痛中解脱出来。其实当时我很消沉，很悲哀，我深爱的女友，下放远安仅两个月患急性胰腺炎，被卫生院当作肚子疼医治，最后竟去了天国。想起来胸口就撕心裂肺地疼，哪有心情抚慰别人。

但莎姐不知道，不依不饶地逼我。

我没有办法，生末净旦丑插科打诨的解数用尽，学姐仍是落泪。搜肠刮肚一番，蓦然想起学姐极爱好文学，于是大叫"恭喜你"，大家都诧异地瞪着我，我装腔作势道：

"美丽的姑娘／他若说不再爱你了／你可别悲伤／因为你还如花一般的美丽／趁着美好的时光／你将会被许多人爱／当然他还也会爱许多人。是海涅的诗。"

学姐止住泪，痴痴地问我："像是唐璜的？"我有点心虚："也许是……是……唐璜的吧。"

学姐虽然没有哭了，但她心头的伤痛，决不会那么容易抹平。心地清澈如水的学姐们，我再也不叫你们是"姑奶奶"了！

后来莎姐问我到底是谁写的，我实话实说：逼急了，瞎编的。

挨了莎姐一巴掌："骗女孩子倒有一套！"

二 队　长

当时我们那里流传一首民谣：

"来了个队干部，穿的料子裤；迎面是'日本'，背面是'尿素'；裤裆里一看，含量百分之九十五。"

如果用黄梅方言读，很押韵的。

那时的化肥主要是尿素，公社集中购买，分到各生产队极有限，所以很甘贵。尿素袋子是尼龙的，很结实，生产队干部往往把袋子截下来，做衣服穿。

不过，我们的队长不能穿"料子裤"，要留给老婆穿。老婆跟他下了一串女娃，他还得要讨好老婆，下个有鸡鸡的崽。众人说"含量百分之九十五"下不了鸡鸡崽，要含量百分之百。

队长不搭腔，也不生气。他年复一年，总是板着脸。

我曾经恨过队长，恨他太不温情。

盛夏顶着烈日耙田，一打盹，从耙上滑下来，脚踝骨被耙齿划得血直流。他远远看见了，虎着脸走过来，弯着腰看了好半天的牛腿，没事，放心了；不但不问我伤得怎么样，反倒冲我吼道："耙！"

我在心里骂：难怪老婆不下鸡鸡崽的。

细苔是地主的小儿子，长得很壮实，也很聪明，三十多岁了，一直没能娶到老婆。大苔也是娶不到老婆，和一个贫下中农的媳妇有染，被抓到公社吊在屋梁上打死了。

有个女子，半老徐娘，眉目还清秀。据说原先是戏剧团的，老演"封资修"那些媚死人的角色，属于"糖衣炮弹"类型，被许多干部吮了糖衣吐出炮弹，所以回乡劳动改造，和富农老娘住在一起。

有天傍晚，我和队长路过她家门口，发现细苔在门口嗅去嗅来，看见我们，扭头便跑。队长冲着细苔吼了声："站住！"接着又冲着屋里吼道："出来！"老太婆胆战心惊地出来后，垂手站立在一旁，队长把细苔往屋里使劲一推，又吼道："老子不回来，你不准出来！"

然后把老太婆带到我们住的屋子，要我们轮流念毛主席语录给她听。轮到我念的时候，想都没想，念的是"我们都是来自五湖四海，为了一个共同的革命目标走到一起来了"，立刻意识不妥，抬头看了一眼队长，他在打瞌睡，压根没听，继续念。

后来，剧团的演员就成了细苔的老婆。

1970年9月，一家工厂来我们这里招工，当时我的父母还被关着，自然"政审"不合格。也巧，来招工的那人姓谭，公社管招工的干部也姓谭。我们分别叫他们"厂老谭"和"乡老谭"。

这天，我亲耳听见队长冲着二谭吼叫："不把这狗日的带走，一个都莫想招走！"

进厂以后我才知道，"这狗日的"是指我。队长与他们达成的条件是暂时不转户口，表现好，一年以后再来转户口。

所以，整整有一年我是"黑户口"，28元的工资，没有粮票、油票，幸亏同学们三斤五斤的大帮小助。

1973年冬天，队长带了两个人开着拖拉机，来到我们厂，冲着我吼道:"要一车煤焦油,你跟老子去弄!"

我和几个同学弄了许多废车胎,装了一拖拉机,让他们回去炼。队长很高兴,在食堂吃完饭以后,我把他带到澡堂洗澡。全厂两个澡堂,几千人在里面泡,有专人用笤箕捞浮垢。队长在里面泡了许久,爬起来以后吼了声:"搂……操,舒服!"

回宿舍的路上,我问他老婆下了鸡鸡崽没有,队长顿时蔫了,神情很黯然。

以后,一直到大学毕业分配到了新单位,不间断地跟队长写信,但他没有回过一封。也难怪,队长不识字,按他的个性也不会求人代笔。

1997年,单位门房说有人找我。我去了门房,一个民工模样的小伙子,说是队长的儿子,我大吃一惊,仔细打量,长得确实像队长。他说队长病又犯了,要我弄药。队长有风湿病,以往下放的时候,我们回武汉就跟他弄药,大多是小活络丸。

我立即买了药,赶往下放的地方。

队长躺在床上,苍老多了,看见我,瞪了许久,忽然吼道:"狗日的,来了!"

接着,一串眼泪顺着眼角流到枕头上。

我的队长!

队长的儿子一直生活在武汉,起初我们同学经常给他介绍工作,肥伢还把他介绍到在兰州的姐姐单位做过保安,后来我又介绍给人学修车,现在在武汉开了一家修车行,生意还行。

我们曾经接队长来武汉玩了五六天,他不习惯,说上街看见那么多人、那么多车头就晕,搂……操!以后死活不来了,但他儿子说,他经常拿着在武汉游玩的照片四处显摆,指着照片上的我们告诉别人:这个狗日的工作的地方有警察(其实是保安)站岗,这个狗日的住的房子快到云里头了……

队长现在八十来岁,身体不太好。

三 百 高

"百高",黄梅方言;意思是什么都在行、没有什么不知道的。

百高,绰号,贫协组长,队长的哥哥。不过哥俩性格完全不一样:队长整天黑着脸,不爱说话,说话只会吼;百高慈眉善目,嘴巴闲不住,凡事喜欢发表评论,凡事都有高见。

不过,听人们叫他的口气,似乎既有对他无所不知的佩服,也有对他事事冒充内行的蔑视。

我们刚下去的时候,当地人对城市一无所知,很好奇,喜欢问这问那。往往这时,百高就越俎代庖——作答,那神情对老乡们颇有点不屑一顾。

老乡问我们:武汉晚上走路要点火把么?

百高马上回答:笨,武汉有路灯!

老乡问:路灯?

"你们没有见过吧,一到晚上,各家各户就要挂上路灯。"百高解释,"就是把夜壶里面装满柴油,壶口塞进棉捻子,点上。每家门口挂一盏。可亮的。"

众人一阵惊叹:那真亮。

夜壶,就是尿壶,扁扁圆圆,土陶烧制的。

每年的六七月,俗称"双抢"的时候,晚上要忙打谷,就把夜壶里面装满柴油,壶口塞进捻子,点着,挂在稻场周围插的几根木杆上。

估计百高关于路灯的解释,源于稻场打谷的联想。

众人不知道自来水,百高解释:城市都是好高好高的楼房,房顶上都砌了口塘,专门接雨水和露水。水往下流,流到各家各户:自来水。

众人问你去过武汉?

百高答道:"没吃肉,总看见猪在地上走。"

说真话,当时我们在心里多少有点鄙视他,但也佩服他的想象力,如果能多读点书,或是给他提供点机会,说不定也能发明创造什么的。可惜了。

记得有回喷洒一种叫作"1059"的农药,我们认真看了说明书。当时的说明书也简单明了:一瓶药水加半桶水。

我们都知道计算圆柱体的体积公式,于是有的在桶上比划估算尺寸,有的拿根木棍在地上计算,以求得半桶水的体积。这时百高走来,看了我们一眼,嘴角一丝嘲笑,抬腿踩着桶沿,轻轻斜推,待桶中的水平面上下形成对角线的时候,他慢慢地放下脚,什么也没有说,走了。

等他走远,我们恍然大悟,几乎同时嚷道:高,实在是高……

有天,队长安排百高带着我和细苕,给仓库兼队委会的屋子换瓦。细苕蹲在屋顶上揭旧瓦,我站在梯子半腰接,然后递给百高在地上码。突然,细苕失手,落下一片瓦,正巧砸中屋子里的一尊毛主席石膏像,顿时粉碎。

细苕抓着屋椽,猴子一样地吊着从屋顶上跳下来,跪在一地白花花的石膏砾前,脸色煞白,接着地上湿了一摊。这是我平生第一次对"屁滚尿流"的直观认识。

百高把细苕"地主狗崽子王八蛋"地臭骂了一顿,然后叫他回去换裤子吃了午饭再来。

待细苕走了后,百高扭转身,突然指着骂我道:"你以为你们是什么好东西!你们做的坏事,我都知道。你们晚上出去偷刘少奇和邓小平,以为我不知道……再不老实,小心捆了你们去公社!"

当时,农村扎了许许多多"刘少奇""王光美"和"邓小平"的稻草人,贴一张白纸写上姓名打上叉,田头地畈到处都是。我们正缺柴草烧,晚上去搬了许多回来。由于稻草人有站姿、跪姿,里面需要竹木之类支撑,所以烧起来很熬火,一个稻草人可以做一餐饭,还可以温一大锅热水,大大解决了我们的能源危机。

记得公社还当作"阶级斗争的新动向"追查过,后来不知道怎么不了了之。

原来百高竟然知道!

百高骂了我以后,要我把旧瓦挑到猪圈去,吃了午饭再来。

等下午盖新瓦的时候,我发现散落一地的白花花的石膏砾没有了,一星痕迹都没有。

但还是替细苕捏把汗,同时也担心百高会把我们偷稻草人的事抖出来,心里很不踏实。

许多天以后,队长发现石膏像没了,冲着百高吼:"毛主席呢?"

百高满脸疑惑:"他老人家去哪里,又不告诉我。"

"像,老子说的像!"

百高仍旧满脸无辜,摇着头喃喃道:"不晓得。"

下放一两年,第一次听到百高说"不晓得"。

四 Tuo 儿

人们都叫他 Tuo 儿,我们也跟着叫。时间长了,才知道"Tuo 儿"是傻子的意思。

当时,我们那里癫痫头多,麻子多,傻子多。

只知道他叫 Tuo 儿,也不知"Tuo"是个什么字,只好用拼音代替;因为傻子也是人,是人就应该得到尊重,所以第一个字母用了大写。

那时 Tuo 儿大约 30 来岁,人高马大,马桶盖似的黑发罩在头顶,整天咧着嘴盯着人傻笑,嘴角不停流着口水。让人看了心里发憷,恶心。

不过 Tuo 儿的农活做得好,又不惜力气。

但人们不喜欢 Tuo 儿,因为他尽干些偷鸡摸狗的勾当。田里长的他偷,屋里放的也偷。尤其会偷鸡,也不知用了什么魔法,伸手到鸡笼抓鸡,笼里的鸡竟然都不叫。

偷了东西还告诉人家:"是我。嘻嘻。"他大概认为:我既然告诉你就不是偷了。人们烦死他了,又奈他不何。

人们不喜欢 Tuo 儿,还因为他不仅对女人爱动手动脚,用现在的话说还喜欢偷窥。窥了以后到处说。

Tuo 儿爹知道 Tuo 儿想女人了，就跟他娶了媳妇。媳妇也是 Tuo 儿，胳膊伸不直，脚有点跛。

但 Tuo 儿很护媳妇，遇上坑坑洼洼的路，他就一手挟起媳妇，一手提东西；媳妇快乐得在他的腋下不停地挠痒痒，Tuo 也不停地傻笑，不停地流着口水。两个 Tuo 儿一路肆无忌惮地疯狂。

媳妇跛脚弯手，农活做得又慢又粗糙，但除了队长，谁要说个不字，Tuo 儿握了扁担挺上来要跟你玩命。

其实大家对他媳妇做活没有什么要求，一是怕 Tuo 儿耍蛮，二是他媳妇给大家带来了快乐。人们喜欢逗他媳妇，常问些床上的事，他媳妇有问必答，细节比人们想知道的还具体。有时她会当众掀起衣服，要跟人家比奶大。男人指着裤裆说我有这，她立刻歪歪撤撤地脱下裤子，反问人家你有这么。

不过，Tuo 儿也有不护媳妇的时候。

媳妇没有害羞的意识，要是内急了，人们怂恿她"撒尿不看人，看人撒不成"，她也毫不含糊就地解决。Tuo 儿若是见了，冲上去使劲扇巴掌，她若是嘴犟，Tuo 儿打得更猛；而且看见一次揍一次。大概打怕了，以后他媳妇要是内急，除了躲开 Tuo 儿，谁也不避。

Tuo 儿媳妇的农活做得不好，我们知识青年的农活做得也不好，队长常把我们的女生和 Tuo 儿媳妇分在一起做活，她老掀起衣服要和女生比这比那，羞得女生时常暗自落泪。后来女生遮遮掩掩地跟我说了，我去找队长，队长吼道："搂……操，麻烦！"不理睬，照旧。

下放第二年的夏天，接连几天暴雨。没有听见队长的吼声。耳朵清静了，却又有点不习惯。

这天清晨，雨停了，仍没有听见队长"出工"的吼声，很奇怪，出门一看，发现人们都伫立在堤上。爬上堤，惊呆了：一夜的雨水洪水几乎要没过堤岸。堤外一片汪洋，只有几枝树梢在水中漂曳。堤内也渍涝严重，即将收割的早稻全淹没了。

人们神情很凝重，根叔、棒槌叔和磨子爹禁不住老泪纵横……

队长突然扭头冲他们吼叫："哭鬼！人要紧！"

人们像训练有素的军队，立刻各自回家，下门板、拆床板，绑成排，上面放些日用品。

当时不像现在遇上灾难有民政部门、各级政府和社会各界都来救助，那年头只革命不救命。

全队仅有两条破船，分别给我们知青男女生使用，根叔、细苕和 Tuo 儿负责我们男生的船。我有点疑惑：队长怎么把 Tuo 儿派到船上，要是这混球把船弄翻了怎么办？

中午时分，巡堤的人站在排上使劲敲起了锣，顿时四处一片惨叫声。远处的一段圩子决了，只见洪水排山倒海而来。幸亏队长早有准备，所有的人立刻都上了排或船。

浮起来了，漂起来了。

难民生活也开始了。

半夜又下起了暴雨，四周是水的咆哮声。黑暗中，我们的船摇摇晃晃，心里很害怕，万一船翻了，水性再好，往哪里游！

此后的五六天，我们就生活在船上。四周水茫茫，分不清东南西北。水上到处漂浮的有鼓鼓的死猪，也有人的尸体。根叔要我们尽力把船划到水稍微干净的地方。

根叔到底经验足，带了一些大蒜头，逼我们吃。唯一的食物就是在水里捞鱼虾，生吃。细苕他们能生吃整条生鱼。我老是嚼一点蒜头吞一只虾；吃腻了，泅进水里捞点谷嚼，使劲咽下。

一直到现在我都不吃生猛海鲜，在餐馆听人报"呛虾"的菜名，就想吐。

整天漂在水上，一会暴雨，一会烈日，衣服湿了干，干了湿。下雨还得不停地把舱里面的水往外舀。七个人挤在船上，腿都伸不直。困了就打盹，醒了就胡思乱想，接着又打盹。醒了，晓风残月，几条蚂蟥趴在腿上。几分无奈，几分凄然，我想，如果这时候病了，无疑，只有死路一条。同学肥伢老是拉痢疾，曾经创造过一晚上拉了一本代数课本的纪录。很替他担忧。

这天白天，在水上漂。大家逗 Tuo 儿，问他床上的事。Tuo 儿不吭声，只傻笑。他不亵渎自己的媳妇。

突然，细苕望着不远处叫道："人！"

"死的吧？"

根叔望了一会，很肯定地说："在动。"

我是近视眼，下放的时候为了显示与贫下中农打成一片，没戴眼镜，所以什么也没有看清。

众人说划过去看看，于是有的拿浆划，有的用手划。

船太慢了。

Tuo 儿蓦地跳入水中，用典型的狗刨动作往前刨，比船快不了多少。

终于七拉八拽把那人弄上船，原来是个妇女，怀里紧紧搂着一块木板。等 Tuo 儿想爬上船，船一摇晃，那妇女就搂着木板疯狂尖叫，反复了几次，都这样。Tuo 儿干脆不上船了，扒着船帮，望着我们傻笑，嘴角流着口水。

Tuo 儿就这样在水里，泡了几天我记得不太准确了，但至少两天！

后来人们取笑 Tuo 儿，说看是个女的才游过去救的，Tuo 儿答非所问："水里打屁冒泡泡。"一脸傻笑，嘴角流着口水。

1997 年队长生病的时候，我回去了一趟。队长告诉说 Tuo 儿的媳妇死几年了；生了一男一女，都正常；女儿嫁到小池口去了，儿子带着家眷在九江打工；都难得有空回来。

第二天队长拄着木棍陪我去看乡亲们，到 Tuo 儿家，我递上两包"红金龙"香烟，刚叫了声"Tuo 儿哥"，眼睛就潮潮的了……

队长有气无力地吼道："认得不？"

Tuo 儿哥头发掉光了，佝偻着腰，一边撕着香烟盒，一边望着我们傻笑，嘴角没有口水流了。

五 "小芳"

"村里有个姑娘叫小芳，长得好看又善良……"

不知为什么，我最不喜欢这首歌，但这首歌的旋律和歌词我又记得最牢。也许心底也有个"小芳"的缘故吧。

她，到底叫什么，不知道。自从《小芳》这首歌唱开以后，我就默认她是小芳了；而且听到这首歌，心里特别酸楚。

那是1970年的事。

距离我们生产队大约七十里路的地方，有一个很大的湖。湖水年涨年消，消的年份就露出大片的湖滩，土壤很肥沃。

队长走亲戚发现了这块宝地，就派人围了六十多亩湖滩地。每年春上派几个人去插秧，然后不管了，靠天收，运气好，秋天可以收两万多斤谷。

当时我们那里虽然盛产大米，但上面卡得很紧，按年份最高的亩产交公粮，不得私分一斤粮食。有了这两万多斤湖滩谷"金屋藏娇"，人们日子就稍微好过一点。

1970年开春，队长让根叔负责，带我们几个，牵两头牛，挑着稻草、粮食、秧苗和行李铺盖，去湖滩地插秧。

那时的民风很淳朴。

我们队在湖滩没有棚舍，就近在湖区随便找家渔户借宿，事先连商量都不需要，进门跟主人点个头算是招呼，接着在堂屋铺上稻草被褥一溜地铺；厨房也使用主人家的，只是要帮人家把水缸的水担满。

男女主人都显得很苍老，后来才知道只有四十来岁；据说有个女儿，但我们没有见过。为了避开主人做饭的时间，我们中午就在湖滩架口锅做饭，天黑了才收工在主人家做饭，主人家早吃过了。那女孩大概认生，进了房就不再出来。她的房就紧挨着堂屋，一面芦席当墙隔着，里面的动静倒听得很真切。

这天晚饭后，坐在门口与男主人闲聊。得知我姓覃，黑暗中感觉他好兴奋，不停地说"我们是家门，家门……"接着像查户口似的不停问我的各方面情况，甚至问到了祖上的籍贯。

后来的几天，有些异样：正要去灶上盛饭，女主人把碗抢去了，说"我来跟你添"，饭快吃完了，发现碗底有个荷包蛋；随手扔在地铺上的衣服，总是洗得干干净净，折叠得平平整整压在枕头下面。

实在忍不住了，有天中午特意抽空从地头回来，瞥见一个女孩的身影闪进了里屋。我把男主人拉到屋外，一个劲地道谢，并且请求他们不要再让我与大家不一样。

男主人没有搭理，冲屋里叫了声："她姨——"

女主人出来以后，看了我许久，忽然眼泪汪汪。男主人扯着她的衣襟催促："哭什么，说啊！"

从断断续续的哽咽中，我才知道，夫妇俩没有生育，从姨妈家抱养了这个女儿，今年17岁了。但当地有个习俗：如果没有儿子传宗接代，遗产就归同族的侄儿继承；除非招个同姓的女婿倒插门。

听了以后，我有些悲怆。这户人家哪有什么"遗产"：

一幢土砖屋，朝北的半边屋顶盖的是土瓦，朝南的半边是茅草；所有的窗户没有玻璃，全是糊的塑料纸；屋里也没有什么家具，一张粗糙的方桌和两条长椅，连油漆都没有上。

已经够贫穷的了，为什么还要用这些陋习来折磨人呢？

我同情这户人家。

但同情归同情，倒插门做人家女婿是不可能的，记得当时我说："毛主席要我们下来是接受贫下中农再教育的，要我们和贫下中农同吃同住同劳动，不许干别的事……"

女主人急切地说："嗯，嗯，那得听毛主席的。你要是遇上毛主席，一定要他答应你们学生可以和贫下中农结婚啊。"

我重重地点点头。

当时点头到底出于什么原因，现在一点都回忆不起来了。也许有同情的因素，或许有刺激的快感。

然而这一串点头，也许给了他们短暂的希望，抑或是陋习桎梏下的更大伤害。多少年来，一直难以释怀。

插完秧，我们得走了，按规矩要帮这户人家做点事：屋顶上的稻草和瓦又铺了一遍，和些泥巴把里里外外的墙又涂了一遍，摇摇晃晃的桌椅全打进了木楔。我到湖里挑了四担水，缸里装满了，还担满两桶放在缸边。

　　临行前，男女主人对我们千恩万谢，还帮我整理背包。

　　刚走不远，根叔忽然想起路上喂牛的半捆稻草没带上，要我转去拿。我飞跑回到那家，那女孩竟然站在门口，身材高挑，皮肤黝黑，见了我竟也不避，虽然满脸绯红，那眼睛却大胆地盯着我。从她眼神里，我仿佛读出了期待，似乎还有哀怨。我不能说什么，也不敢说什么，背上稻草飞快地逃离了。

　　回到生产队，晚上解开行李的时候，发现里面塞进了一双崭新的布鞋……

　　九月，我被招进了工厂。

　　那年，我 20 岁。

乡情三题

张纯模

作者简介：

张纯模，1946年生。1966届高中毕业，当过知青，做过工人。1977年考入重庆师范学院中文系，毕业后分配到重庆市公用事业局从事职教工作直到退休。作者多年来笔耕不辍，时有作品文章在报刊上发表。主要作品有长篇小说《静静的柳水河》、理论著述《写作谈艺》及一些短篇小说和散文等。

乡情是一幅画，一幅烟雾缭绕的水墨画；乡情是一组音符，一组缥缈流淌的音符；乡情是一枝花，一枝火焰般燃烧的花……

——题记

蒋 门 神

那年表妹桂生从家乡寄来一封信，信里还有两张毛边纸印的图画：一张《八仙过海》，一张《桃园三结义》。桂生嘱我好好珍藏。她要下农村了，我也要下农村了。我在重庆，她在璧山，我们将要去到的地方不同。我急着与桂生联系，不知怎么桂生一家竟然没有了消息。

作为知青刚下农村的时候，心里空虚，百无聊赖，于是常常展玩着这两张画，而那个熟悉的身影就会出现在眼前。他四十来岁，穿一件青布长衫，成天埋头在一些平整的木头上画啊刻的，然后又抹上土红、碳粉一类的颜色，再将一张毛边纸往上一贴，揭起来的纸就出现寄给我信里那样的图画了。他是我的一位远房亲戚，姓蒋，排行第二，我叫他二表叔。桂生是他唯一的女儿，我幼年寄居外祖父家，是我时常在一起玩耍的伙伴。

二表叔在镇上经营烟花香烛、门神年画之类的小生意。他的雕印手艺是镇上一绝，有人物肖像，如秦叔宝、尉迟恭、岳武穆、黑旋风等等；也有表现一个场面的，诸如"麻姑拜寿"、"水漫金山"、"秋江赶潘"……五花八门，丰富多趣。久而久之，大家就叫他"蒋门神"了。

每年腊月一到，二表叔的生意就进入旺季，一直要忙到正月十五闹花灯以后才得喘一口气。印得最多的要算那位头戴乌纱、身着长袍、胡须长长的老头儿。二表叔说，他叫财神爷，人人都喜欢他，所以我要多印一些。而且还非让我拿一张给外祖父去贴在墙上不可。不过我不大喜欢这位财神爷，看不惯那道貌岸然却又酸溜溜的味道，倒是很喜欢那些取材于旧小说、戏曲和肖像、场面一类的东西。

这些都是我儿时的记忆了。去年冬天，我随一个乡镇企业考察组去了解乡镇公用设施建设情况，才有幸重返阔别三十年的家乡，而且还见到了二表叔和桂生。说实话，当我站在桂生面前，若不是她耳根下那块惹眼的胎记，几乎不敢相认了。我打量着幼年时经常进出的地方，有一种既熟悉又陌生的感觉。一进门还是那张"7"字形的老柜台，只是相挨着增添了几架镶玻璃的新货柜。上面照例摆满了烟花爆竹，但已不是那种如屁响的"土货"，而是电光弹、魔术弹一类"洋货"；墙上也挂满了年画，但我熟悉的那种毛边纸版画不见了，代之以时髦的电影明星为主的各种彩印图画。录音机里正响着节奏极强的迪斯科音乐，店铺里充满现代化味道。

"二表叔好吗？"我坐下后，迫不及待地问。

"你见着就知道了。"桂生神色黯然。

二表叔是见着了，但已完全不是我记忆中的模样。苍白、瘦削而布满皱纹的脸上，两眼深陷，目光呆滞而暗淡，若不是那眼珠间或一转，真会把他当作是没有生命的木偶。他坐在那儿，不时地用衣袖擦拭胸前那枚"红太阳"像章。看见了我，立刻惊慌地嚷起来："我有罪……"

桂生这才对我说起二表叔闹病的原因：十年灾难闹"三忠于"那阵子，镇革委会要每家每户做一件"忠字品"以表忠心。二表叔雕印了一幅"红太阳"像，纸张的褶皱致使有个部位的表现不太准确就被上了纲，说是蓄意丑化领袖，被抓去关了两年多，放出来后就成了现在的样子。

我听了，说不出是心酸还是愤怒，整整一宿没睡好。

第二天我要走了。临行前又去看了二表叔，算是向他道别。桂生送我出来，有些依依不舍。半晌，她轻轻地说："那一年你走后，我哭了三天哩！"她撩起衣襟揩了一下眼角，"日子长了，渐渐淡了，也就罢了。"

"这些年你吃了不少苦吧？"桂生的神情让我有些难过。她沉默一会缓缓地说："我爹抓进去不久，我就下乡当了知青。接着，我们家被划为'黑五类'，全家户口都被下到了农村。直到前几年镇里才给落实政策迁回来，然后重新开起来铺子。"

我轻轻叹口气，不禁又问："现在日子还好过吧？"

"嗯。"她点点头说："铺子里一个月下来能剩百把块钱，琼儿她爹在乡办煤窑挖煤，也能挣个百十元。我想攒点钱，给爹把病治治。琼儿也快初中毕业了，想让她多念点书，往后，打算自家弄个养殖场，开个厂子什么的，也要有点文化。"

我点点头，从她的话语中，隐约看到一圈希望的光环……

回到重庆家中，翻出从前桂生给我的信，轻抚那两张毛边纸画，不禁思绪纷纭，久久不能平静。一阵风吹进窗来，带来一股炙热的气息——来自那乡下小镇开始闹腾起来的生活的热气。

琴　声

窗外是一片树丛，茂密而苍翠。许多鸟儿在树丛中飞来飞去，那里是它们的家。每当晨曦从天边露出几抹淡红色，树丛里便传来早起鸟儿的欢叫声……叽叽喳喳，此起彼伏，响成一片。这时我要起身推开窗户，一面呼吸新鲜空气，一面分享鸟儿们的欢乐。然而，记不清究竟是从哪天开始的，近些日子来，在鸟儿的啁啾中还夹杂飘来川剧的胡琴声。琴声空旷而悠扬，有些飘浮不定，仿佛来自天国，听不太真切。听邻居说，树丛外那幢楼新近搬来一户人家，老人是个川剧爱好者，拉得一手好胡琴。这琴声应该是从那里传来的。不过听着琴声，我却感到熟悉，他让我想起一个人，勾起一段四十多年前的回忆……

还是在公社食堂里，我们这些从各个生产队抽来的人正在紧张排练节目，准备参加县里庆祝建国二十周年的革命文艺大会演。在我们这个临时凑起来的"毛泽东思想宣传队"中，有一个人让我很好奇，他是我们乐队一个拉胡琴的。大家刚来时，负责宣传队工作的公社文书——都作了介绍，唯独没有介绍这个人。这人年纪比我们大，看上去有四十岁，后来才知道只有三十几岁。他平时总是独自坐在一边，不大爱说话，给人的印象似乎对一切都有点冷淡。不过在一起排练后，这人实在是一把胡琴好手，不论二胡、板胡、京胡……可以说无不娴熟精湛。

"我们认识一下好吗？"一次排练间隙，我上前搭讪，"你不是知青吧?"我打量着他略显憔悴的面容。

他冷冷瞥我一眼,没有搭腔。

"抽烟吧?"我随着递过去一支当时在我们这些知青中流行的八分钱一包的"向阳花"牌子的烟卷。

他又瞥了我一眼,摇了摇头,便不理我了。

"真是个怪人。"我心里嘀咕,便也不再理他了。

"这人怎么回事?总是不理人?"好奇心让我忍不住向公社文书打听。

"你不要同他搞在一起,"公社文书警告说,"他是从县剧团下放来劳动改造的。"

"劳动改造怎么了?"我笑笑,不以为然地说,"我们知青不也是来劳动改造的嘛。"

"他与你们知青可不一样。"公社文书头摇得拨浪鼓似的。

从公社文书口里知道他的大概情况:他叫关萧和,原是县川剧团乐队的一名操琴手,由于琴拉得好,大家都称他"关胡琴"。"关胡琴"有些孤傲,不过为人却很正直。有啥看法或意见从不藏着掖着,总要直端端地说出来。就是他这眼睛里不揉沙子,管不住自己嘴巴的毛病,很让领导有些头疼。按说,在剧团乐队中,他拉胡琴的水平可是没人能敌的,然而在剧团待了十多年,别说首席琴师,连"二席"、"三席"都没他的分,始终只能坐在普通乐手席中。不过他把名利这些东西看得清淡,不当回事,只是那藏不住话的德性却始终改不了。终于有一天,他那张嘴给他惹祸了。一次,上面布置大家讨论如何将样板戏京剧移植改编成川剧形式来演,以达到更好地普及革命样板戏的目的。会上,他竟然信口开河说样板戏也有不足之处,说样板戏正面人物太过完美,说样板戏里的人物没有感情生活,不真实,甚至还打趣说:"不是男人没有女人,就是女人没有男人。阿庆嫂倒是有个男人,但却被编导安排去跑'单帮',生生给拆散了。"他万万没有想到,就是这番话带给他一场无尽的灾难。上头认为,这是恶毒攻击革命样板戏的反动言论。把他弄去批斗了三天三夜,放出来后便下放到农村监督劳动改造了。

"这次把他叫到宣传队来,只是用其一技之长罢了。"公社文书强调说。

不知怎么的,我对这个"关胡琴"的遭遇倒有几分同情,联想到"知青"的身份,其实也不过是放逐农村"劳动改造"的另一种说法而已,不禁产生了"同是天涯沦落人"的感觉。

自此以后,我不但没有同"关胡琴"疏远,反倒是走得更近。两人经常在一起探讨胡琴的演奏技法,或者拉拉喜欢的曲子,高兴时,他还边拉边唱他熟悉的那些传统剧目的腔段。其中有一出名叫《打黄袍》,剧中赵匡胤"醉斩"郑子明后的一段唱腔是他最喜欢的,没事时总独自拉着胡琴晃着脑袋哼哼:

"悔不该,孤酒醉将你斩,
呀,我那郑贤弟……"

唱腔幽婉细腻,颇具感染力。我听"关胡琴"说过,《打黄袍》讲的是宋太祖赵匡胤喝醉了酒,把结拜兄弟、手握兵权的开国功臣郑子明给杀了,酒醒了"后悔不已",将自己身上的黄龙袍脱下来作为自己的替身命人鞭打"谢罪"。"关胡琴"说,其实赵匡胤借"醉酒"杀功臣只是一种手段。斩杀开国功臣的真正原因,是出于猜忌。他害怕功臣们功高盖主,有朝一日会对自己的统治不利。末了还感慨说:"自古伴君如伴虎,只能共贫贱,不能共富贵呀!"

我对他说:"老关,你老爱唱这段戏,小心他们给你扣上'借古讽今'的帽子。"

他淡淡一笑,一副不以为然的样子。

果然,命运就是这样捉弄人。他的执著,再一次给他带来不幸。没有多久,公社革委会主任带着两个穿公安制服的人来到我们宣传队排练场地,把他带走了。罪名是:恶毒攻击伟大领袖,为刘邓等走资派鸣冤叫屈。这一次,我也受到牵连,说我丢失阶级立场,同反革命分子打得火热,把我退回了生产队。

从此就再也没见过"关胡琴"这人。开先还时不时地想起他,时间长了也便渐渐淡忘下来。

窗外绿叶蓊郁，树丛的鸟雀们还在唧唧喳喳喧闹着，那悠扬的琴声仍夹杂在其中，隐约间，我似乎还听见那熟悉的唱腔：

"悔不该，孤酒醉将你斩，

呀，我那郑贤弟……"

琴声时强时弱，有些飘浮不定，仿佛来自天外。我不禁拉开房门，循着这琴声慢慢走去。我想去寻找，寻找这琴声的源头，寻找拉琴的人……

苦 荞 花

现今的苦荞被誉为"五谷之王"，三降食品（降血压，降血糖，降血脂）。我当知青的地方，知道苦荞是一种农作物，不是药，不是保健品，是能当饭吃的食品。当地人称苦荞为"荞子"。荞子的籽实可以磨面食用，只是口感粗糙，略带苦涩味，不怎么好吃，所以人们又叫它苦荞。不过我对这东西倒是情有独钟。在我看来，那苦涩味中却透着淡淡的清香，就像苦瓜这东西一样，而且，只要你慢慢咀嚼，还会感到一种隐隐的回甜。再有，苦荞这东西有个特点，就是生命力挺强，不论土质如何，坡上坡下，土厚土薄，哪怕石夹缝中只要有点泥土都能生长。用当地农民的话来说，就是这东西"贱"，好种。可见，苦荞是个好东西。

我落户的生产队是以山和坡地为主的地方，粮食产量很低。很多时候要靠在那些长不出粮食的石谷子坡地或乱石岗地上种点苦荞来弥补口粮的不足。尽管这东西并不怎么好吃，但能帮助大家渡过难关，救人的命，于是，这儿的人们对苦荞便有了特别深的感情。在这里当了几年的知青，我对此是有深刻体会的。虽然离开多年，仍然挂念着这儿的山、这儿的水。尤其是苦荞面。一直在想，啥时有机会回去看看队长大叔和乡亲们，看看他们如今的日子过得怎样，特别是再喝一碗当年那样的苦荞面糊糊。

终于这个机会来了。就在关于知识青年上山下乡的"最高指示"

发布四十周年之际,我选了一个风和日丽的日子回到久别的小山村。

很遗憾的是没能见着队长大叔,几年前他和他老伴都相继过世了。接待我的是队长大叔的女儿,现在的村委会主任荞子。"荞子"这名字的来由,当年队长大叔讲过。她母亲生她后没有奶水,家里除了还有点荞子面,什么粮食都没有,她是靠着荞面糊糊养活的。所以干脆就叫她"荞子"了。我离开生产队返城时,荞子还是个七、八岁的小姑娘。在我的印象里,梳着两只翘翘小辫,整天蹦蹦跳跳像个野小子。这次见到她,虽然已是快五十岁的人了,眼角额头已浸出浅浅的皱纹,但那饱经风霜的脸上却依然透着小姑娘时清秀美丽的轮廓。

荞子和乡亲们非常热情,几十年不见,像有说不完的话。住下后,荞子带我村前村后、岭上岭下四处参观,参观他们的山葡萄园,他们的优质山羊养殖基地,还有荞子地。

"变化真大呀!"我十分感慨。

荞子告诉我,这些年他们这儿变化的确很大,除了种荞子外,还发展多种经营,乡亲们的收入年年都在增加,现在平均每户在三五千元以上。

看着曾经熟悉的坡坡岭岭,那一片一片的庄稼地,特别是眼前的这一大片绿油油的荞子地,细碎洁白的荞子花,一簇簇在风中摇曳。顿时,当年的许多往事都浮现在我的眼前,尤其是那桩因种荞子渡荒,队长大叔遭到撤职的事,我是永远都难以忘怀的。

记得我下乡的第二个年头,开春后连续三个月没有下过一场透雨。到了秋后,粮食是打下来了,单产量比往年减了三四成。然而从公社到区,从区到县,为了体现"文化大革命"的"伟大胜利",体现"抓革命、促生产"的伟大成果。却层层向上汇报农业生产获得大丰收、大增产。结果,当年的公粮统购任务不但没有减少,反而增加了。生产队所收的粮食完成公粮统购任务后分到社员手里的已经没有几颗。

"这点粮食还不够半年吃的,咋办啊?"大家都犯愁。

"活人能叫尿憋死吗？"队长大叔一跺脚，"种荞子！把那些不长粮食的石谷子地和乱石岗地都开出来，种荞子！"

于是决定按人口多少，将那些荒坡地划片分到每家每户，自种自收。

有人担心遭上头理麻，被扣上"瞒地瞒产私分、搞资本主义"的帽子。队长大叔沉默一下说："狗日的！要理麻就理麻吧，这个责任我担了！"

就这样经过一个冬天的辛苦，大家把自家那片地拾掇出来并播下了种。开春后荞子苗齐刷刷地长出来，看着煞是喜人。

俗话说，没有不透风的墙。生产队擅自开荒分地种荞子的事终于让上头晓得了。一天，公社书记亲自带着一帮武装民兵闯到队里，他们喊着"宁要社会主义的草，不要资本主义的苗"、"打倒走资派"等口号，径直冲到那些荞子地里，将荞子苗拔的拔，踩的踩。等大家闻讯赶来，那一垄一垄的荞子早已一片狼藉。有人见状一屁股坐在地里大哭起来，有人则冲过去同那帮人打起来，场面顿时一片混乱。公社书记从一个民兵手里拿过枪来朝天放了一枪，双方的扭打才停了下来。然后公社书记气汹汹地带着人走了。不久。队长便被撤职关进公社的学习班。这一年，社员们用以补充口粮的荞子没有了，直接的后果是导致生产队近一半人出去逃荒要饭……

"老张同志，你在想啥呢？"荞子见我望着那一大片苦荞地出神。

"嗯，啊……我在想，要是队长大叔看见你们这么大的变化该多好。"我回过神来。

荞子眼圈红红的，若有所思，说："他老人家会看见的。"

见自己的话惹起了荞子的伤心，赶紧将话题岔开道："荞子，过去种着苦荞是为了渡荒年，我记得咱们这儿还有一首山歌专门唱这事，是怎么唱的？"

荞子咯咯一笑，接口便唱了起来：

>"荞子开花（那个）山坡坡（哟），
>种荞之人（那个）辛苦多（哟），
>打下荞子（那个）渡荒年（嘛），
>充饥糊口（那个）养老婆（哟）。"

"对对，你唱得真好。"我笑了，"不过，现在早已不缺粮不愁吃了，干吗你们还种这种东西，而且是大面积地种？"

"刚才这词早就不唱了。"荞子笑笑，说："你听听现在是咋唱的就明白了。"荞子又唱道：

>"荞子开花（那个）满山坡（哟），
>种荞之人（那个）辛苦多（哟），
>打下荞子（那个）换钞票（嘛），
>致富路上（那个）唱山歌（哟）。"

听荞子唱罢，我点头道："我明白了，现在的市场能让苦荞这东西带来很好的效益，于是你们把种苦荞作为一项产业来做。"

荞子笑道："就是嘛，现在的人都兴讲究营养、绿色环保。尤其是你们城里人，过去不屑一顾的粗粮杂粮，现在都成了热门货。你晓得吗，我们村去年光种荞子一项的收入就达每户三百多元。"

眼看这原本贫瘠落后的小山村发展得这么好，我打心眼里为他们感到高兴。不禁有些兴奋，又有些嫉妒的口吻笑道："照这个势头发展下去，我看要不了几年，你们要成百万富翁、千万富翁了。"

"但愿吧。"荞子听了我这话，似乎高兴不起来，只淡淡苦笑一下。

"怎么，你觉得办不到？"

"不是我们办不到，是有人不让我们办到。"荞子冷冷地说。

是些啥子人有这么大的胆子敢同中央政策对着干，不让农民发展生产致富？我疑惑不解。荞子说："就在前些日子，镇政府的人带着两个搞什么房地产的开发商来我们村'考察'，看上了这儿，说是要来搞开发，给城里的富人修'度假村'。真这样，这儿的山山水水，我们的家园不是都毁了吗？"说到这里，荞子神情有些黯然。

原来如此！荞子的话让我联想到这几年愈演愈烈的"圈地运动"。在这场"圈地运动"中，一个接一个的美丽田园村庄消失了，一片又一片的绿色原野消失了，一座又一座的古老建筑消失了……统统变成了一片连一片的压得人喘不过气来的钢筋水泥森林。而且，这些钢筋水泥森林就像一个黑色的魅影，还在不停地膨胀、膨胀、扩大、扩大……我始终在想，这种以城市规模的不断扩张来理解的"城镇化"，以牺牲和破坏生态环境、历史文化遗产为代价的"开发"，难道真就是我们所需要的吗？

"我们不会让他们毁了这儿的山山水水，不会让他们毁了我们的家园的。绝不会！"荞子似乎在自言自语，目光凝视着那满山坡的荞子苗，"如果他们敢乱来，强行要我们搬走，我们就找县里，县里不行就找省里，省里不行就上北京……"

透过荞子的那份执著、坚毅和自信，似乎又看到队长大叔的影子，我不禁点头说："不会的。你们的家园不会毁掉的！你们的生活一定会更幸福！"

荞子没有说话，目光仍然久久停留在那满山坡的荞子苗上，就像母亲看着自己的孩子，充满了深情。

荞子苗随风涌动，宛若一层层绿色的波浪，苗茎上那一丛丛洁白的小花朵，犹如同绿色波浪卷起的浪花，在阳光下闪耀着迷人的光彩。

蓦然有种感觉，我面前的这位女村委会主任，还有连同这儿的乡亲们，不就像这漫山遍野的苦荞花儿一样么，圣洁、端庄而美丽，永远充满着顽强的活力。

2013年仲夏修改于故乡璧山　八塘

随风逝去的岁月

姚荣国

作者简介：

姚荣国，男，武汉三中1966届高中毕业，1968年12月18日下乡到宜昌县小溪塔区沙河公社石板铺大队一小队。1968年12月至1978年4月，将近十年的时间里，在沙河公社当过知青、代课教师、民办教师、公办教师。退休前为武汉市汉阳区教师进修学校教师。

一 宿 命

1968年5月，学校奉命组织师生到巴东去"宣传毛泽东思想"，也不知是巧合还是预谋，这一次去巴东，似乎不是一次文艺的盛宴，而恰是一次"上山下乡"的预演。

从巴东回汉后，同学们还心存期待，"贼心不死"

地跑到大街上去刷大标语，阿Q式地用"我们热爱工人阶级""向工人阶级学习"等等，来表白自己希望留城进工厂的心意，但那是无济于事的，上山下乡的压力随着时间的推移越来越大。年底，学校"工宣队"已经把工作重心全放在了动员上山下乡这件事上，报名下乡的大红"光荣榜"也渐渐爬上墙头。

我踯躅校园，感到了一股巨大的压力。那时候，我对上山下乡的"必然性"还没有认识，但却隐隐觉得，别人或许没有这个必然，但像我这样的"黑五类"、"狗崽子"，那一定是"必然"的。12月初，当同学夏安全撺掇我和他一起下乡的时候，我没有犹豫，在没有告知家人的情况下，我报了名，办完手续，下了户口。

虽然，几乎在一瞬间，我就不可更改地与这座生我养我的城市断了缘分，但我也感到，这次未经深思熟虑的自我放逐，其实也是对自己身心的一次解放。

二　远方的新家

1968年12月18日，我们三个同班同学，刘春芹、夏安全和我，两男一女，天真地准备组成一个"家"，到远方一个陌生的山乡去开始新的生活。

同学们到码头去为我们送行，千叮万嘱地要我们团结一心，照顾好女同学刘春芹。

汉口客运码头上，人山人海，锣鼓喧天，汉阳几所中学的工宣队组织了宣传队，载歌载舞地"欢送"着我们这批汉阳各中学的下乡"积极分子"。一群女孩子跳着激情的舞蹈，表达着"革命青年志在四方"的万丈豪情。

此时或许谁都没有想到，再过几个月，这些"欢送"我们远行的人儿，在自己离开这座城市的时候，就再也没有人为他们激情送行了。

轮船逆水前行，寂寥的天空中，一群群大雁掠过，灰暗的天幕上，留下一行行孤寂的"一"字和"人"字。

几天后，我们来到了宜昌县小溪塔区沙河公社石板铺大队一小队。这是个偏僻的小山村，一条窄冲，弯弯曲曲地由北向南通往宜昌城区的方向，绵延起伏的山冈上，杂草丛生，荒芜凄凉。

我们被安置在生产队仓库的一间偏厦里，中间用一扇竹篱隔开，刘春芹住在里间，我们两个男生住在外边，一间简陋的厨房搭建在仓库的廊檐下。这就是我们的新家了。

不久后的12月22日，伟大领袖关于知识青年上山下乡的"最高指示"诏示以后，我们同班的另一位女同学郑丽华，在翌年的春天也加入到了我们的这个"家庭"中。

石板一队是个仅有16户人家的小村子，位于大巴山余脉的丘陵地带，因是一条山冲的起点，所以地势高峻，显得敞亮。

16户人家分散在四周的山坡上，一家一个屋场，虽为泥墙茅舍，却也干净爽朗。

村里人读书不多，但很看重文化。拿孩子的取名来说吧，就极讲究。比如某家有4个儿子，在字派（如学字派）后面便分别取名"知、识、见、闻"，这是喜欢文的；又某家有5个儿子，在字派（如家字派）后面则分别取名"麒、麟、狮、象、全"，颇有些尚武的味道。

女儿取名不随字派，却也极有韵致：八月生的叫桂香，冬日生的叫银香，十五生的叫亮月。把那些天生丽质的女儿们真是叫得名副其实了。

然而小村虽美，却非桃源。即使有"良田美池"，也难掩穷困，而且那份穷困，几乎看不到改变的希望。尽管人们起早贪黑地劳作，但总是"谷草没有稗草高"，收成常年都不好，交了公粮，卖了"余粮"，扣除提留，农民能留下的，就不多了。我们去的那一年，夏收分红时一个壮劳力一天的劳动只值1毛5分钱；秋季分红时，一个壮劳力辛苦一天也只有3毛钱。各家各户瓜菜拌着粗粮煮，即使这样，一年中至少也还要缺3个月的粮。不但如此，家家户户都还欠着队里的债，而且这些欠债年年都在增加，也无法预计归还的日期，有干部说，"大概要欠到共产主义到来的那一天一风吹去！"

队里给我们4个知青都评了最高的10分，尽管这10分充其量只值三毛钱，但我们四个城里的学生，无论怎样的勤苦也是愧对这份情义的。

我们村里几乎没有和我们年龄相仿的年轻人，只有我前边提到的桂香、银香、亮月等几个十六七岁的小姑娘。看到这些小姑娘，我们不能不惊叹山里人的生存能力。在如此温饱不足的山乡里，几个小姑娘都生得花儿般的美丽、健康、活泼，困顿中透着坚毅。每当出工的时候，姑娘们总是围在我们身边，真诚地帮助我们。薅草的时候，她们一人多带一锄；栽秧的时候，她们一人多插一窝；打草的时候，她们一人多割一镰。就这样把我们带过了冬天，带进了春天，带向了不再陌生的生活。

同在一个屋檐下的我们四个人，自觉地共同承担起这个家庭中的一切。清晨，我们同时起床，一起做饭，一起出工。晚上收工后，男生去"自留地"里种菜，女生回家忙家务。挑水夹谷一类的重活我们两个男生包了，浆洗缝补之类则由女生多做一些。相处的五百多个日子里，我们养过鸡，喂过鹅，也养过猪，只是那头猪被我们养得比人更瘦，无奈半大就送人了。一年四季，我们也和乡亲们一样种瓜吃瓜，种豆吃豆。我们从来不曾向家里伸手，和乡亲们一样"瓜菜半边粮"地数着日子过。

当然，在下雨或者农事稍闲的日子里，我们也会读书。除了《毛选》之外，也有高尔基、陀思妥耶夫斯基、普希金等等。那些书，是夏安全偷偷从朋友那里借来的。

我们四个人的出身，或多或少都有些"问题"，但在这里，我们却没有这份烦恼。队里的"贫下中农"从来不问我们的出身，在他们看来，像我们这样有文化又听话的孩子，那就是"贫下中农"。中国淳朴的农民，天生就比"组织"更能准确地执行"重在表现"的政策。

作为1966届高中生，年龄和素养对我们有着天然的制约，因此我们从来不干偷鸡摸狗的事情。不过在烧柴方面，我们也给队里添过不少麻烦。那时候要我们把一年的烧柴都砍回来并堆成垛，我们实在没有那个能力。

我们还在自己的自留地里种过棉花，贫协主席发现后对我们说，棉花是"国家统购物资"，自留地里是不可以种的。但那时我们的棉花已经有尺来高了。我们放任这些棉花长到了秋收，然后将它轧成皮棉做成了棉絮。这是我们当年违反政策做得最最错误的一件事情。

那时候已经二十几岁的我们，纯净得就像一汪清水。不独同处一室而井水不犯河水，尤其在酷暑的夏天里，男生为了表示对女生的尊重而整天穿着长衣长衫，但女孩想到洗衣的艰难便命令说："脱下来，打赤膊！"大热的天里，女生也早已顾不得羞涩，短衣短裤地在男孩们面前晃出晃进了。所谓"衣食足而知礼仪"，那时候衣足乎？食足乎？何以失了礼仪？

也不知是生活的艰辛还是教化的残酷，竟可以使我们失了性情，失了欲念。

三 相煎何太急

1969年春，我被抽调到石板学校去当了一个学期的代课教师。秋天，我作为知青代表被邀请去参加了公社的贫下中农代表大会。在大会上，领导安排我做大会记录，公社党委副书记还让我帮他修改讲稿。大会组织者根本就不考虑我的出身而只信任我的知识青年身份。这一切让我忘却了出身的烦恼，心中充满了与人平等的愉悦。

1970年的春节，我们决定各自找门路回家。毕竟，武汉虽已成记忆但还有老母倚闾，心中总不免有一份牵挂一份惦记；何况1969年的春节，我们已经在石板一队将那个春节"革命化"了呢。因此这个春节，我们是该回去了。

回家的路是那么艰难那么漫长，那时候从宜昌到武汉还没有铁路，老汉宜公路简陋而破败，水路则漫长且船票紧张。而一张单程的车票或船票，需要9元8毛钱，我们也没有这钱又不想向家里伸手，这也便是我们各自找门路回家的原因。那时候知青中流传着一首旧瓶装新酒的歌曲，调皮地调侃道："我们是宜昌的土克西，来到武汉看稀奇。怀里（边）揣着糍粑和糯米，手里提着老母鸡。啊哈嘿，啊哈嘿！糍粑和糯米，来得不容易，老母鸡还是自己喂的。感谢领袖……席！""土克西"是当时武汉的流行语，乡巴佬的意思。

其实那时候回家，糍粑和糯米是没有的，老母鸡更是没有的，不过是知青们胡编乱唱发泄情绪而已。

那次回汉，我是通过一位在宜昌小溪塔地质队的远亲而搭上他们的一辆敞篷货车踏上归程的。这位远亲的父亲也是我父亲的黄埔同学，当年被作为战犯还关在监狱里。但这位远亲比我幸运，他因为年龄稍长而逃过了讲"出身"的最极端时期，有幸获得了这份地质队的工作，并能帮助我实现我下乡后的第一次回汉之旅。

上车的时候天下着雨，车上也早已挤满了和我一样"搭荒车"的知青，当一个很壮实的地质队员将我抱上车的时候，我满脚的泥水把几个站在挡板边的女孩吓得哇哇大叫却无退路可寻。

九个多小时的艰难旅程，我终于回家了，吃过晚饭，洗过澡，躺下休息。但恰在此时，家门被重重地敲响，两个年龄和我差不多抑或比我略小的男子凶狠地声称"查户口"。母亲把户口递过去。那时候家里的户口本上已经只有母亲一个人了。但那两个人并没有看户口，却指着床上的我问道："那是哪一个？"母亲说，"是我的小儿子。"对方又问："他从哪里来的？"母亲答："从宜昌回来的。"对方又说，"让他早点走啊！"

母亲不想争辩，默默地点头表示应承了这份让我"早点走"的驱逐令。

我想起身和他们说说道理，母亲摆摆手制止了我。

我很恼怒，也很沮丧，我知道他们是故意来欺负人羞辱人的。这一年回汉过年的知青何止一千一万？却为何唯独不见容于我之回家呢？

我知道我的"出身""不好",也明白那是我的"原罪",这"原罪"始于我父亲17岁的那一年。那一年,发生了"九一八"事变,于是他就去投考了黄埔军校,成为了黄埔九期的一名炮科生。17岁的少年未必有成熟的政治理念,但在国难当头的时候,或许也是有舍身报国的宏愿的,但这个"或许"的"宏愿",日后不仅使我在一个只有母亲的单亲家庭里长大,而且还成了我的"原罪"的根源。

《祖国的花朵》是我人生中看到的第一部电影,我也曾陶醉在"祖国花朵"的梦境里,但随着年龄的增长,我渐渐发现,原来我根本就不算是什么"祖国的花朵",而只是一棵任人践踏的小草。随着阶级斗争的弦不断绷紧,"出身"的压力使我自觉地低下头去,默默地走过了童年和少年,然后走到了那个让我惊恐屈辱的"文革"岁月里。

我从小生性怯懦,从不惹事,更不生事,在学校里争做好学生,在邻居眼里也是一个听话的孩子。我背着"家庭出身"的包袱低头做人,已经无欲无求到了自轻自贱的地步。

在下乡这件事上,我也表现出了高度的自觉性,在那段关于知识青年到农村去"接受贫下中农再教育"的最高指示还没有诏曰的时候,我就自觉地"奔赴"农村了,这一点,怎么就不能换回一次回家小憩的权利呢?

心事翻滚,一夜无眠,我不禁想起了这一年来我在农村谨小慎微、自觉"改造"的点点滴滴。

1969年我在大队学校教书的时候,"红海洋"淹没大地,大队里用松柏树在村头的所有路口都扎了"忠字牌坊",上面挂上"红太阳"的像,谓之"忠字门",要求人们在经过的时候都要举"语录"喊"万岁"。可是实际上,人们举了几天喊了几天之后,就都不举不喊了,唯独我,一直坚持。

那时我每天往返于大队和小队之间,五六里的山路上有3座这样的牌坊,我得举6次喊6回。但我不敢懈怠也从不懈怠,因为我总觉得,在那森森的山的背后,在那密密的小树丛中,会有人注视着我的行动，窥测着我的忠心。

像我这样一个谨小慎微的人，已经将身段放低到尘埃了，却居然还不能见容于一次回家，我真的不明白，他们究竟还要怎样？

这种被羞辱的痛苦，实在痛彻心扉！不待年过完，我便向母亲讨要了路费，逃也似的离开武汉。

我选择乘船西上。九曲回肠的荆江河段，"千里烟波，暮霭沉沉楚天阔。"此时的我，突然迷恋上了那种在茫茫大江之上的漂泊之感。只要母亲安好，家亦无可恋，倒是于恍惚间，这种漂泊反而给我一种"处处无家处处家"的宽慰。

四　孤鸿归何处

然而漂泊虽好，终得落地。

我们归队以后，刘春芹被抽调到石板学校去教书，我则去了大队的小水利涵洞工地。

8月，学校放暑假后，刘春芹到蔡家河去参加小溪塔区的教师集中学习。几天后我突然接到通知，要我代替在学校教书的回乡知青詹元珍，到蔡家河去参加学习。

蔡家河离我们村大约一二十里山路。我顶着烈日赶去，黄昏时分，刘春芹在会场上见到我很是惊讶，她认为，既然詹元珍在这时被抽调到宜昌钢厂去工作，知青返城便已不再是传闻，那么，为什么还要派姚荣国来接替詹元珍当民办教师呢？

我体会着她的"疑惑"，心里则早已充满苦涩。如此的接替，或正预示着我将不被招工，无望返城。

果然，不久后武汉知青开始返城了，我们四个人中，刘春芹和夏安全第一批被招回武汉了，我、郑丽华和村里的人们一直把他们送到宜昌市。年底，郑丽华也被武汉市第九医院招走了。此后半年内，全公社的九十几名知青除我一人之外都被陆续招进了武汉或宜昌的企事业单位。

于是，"扎根农村一辈子"的伟大革命实践就留给我一个人了。

其实我心里明白,并不是大队或公社不推荐我,而是没有一个招工单位愿意接收我。什么"重在个人表现",那都是见鬼的事,充其量不过是一剂麻醉我们这类人的精神鸦片。

对于农村,知青们倏忽而来倏忽而去,真难以评价"贫下中农"对他们进行了何种"很有必要"的"教育";而对于这连续六届的中学生,他们无可选择的下乡和无可选择的工作又给他们带来了什么,只有天知道。"青春无悔"也好,"蹉跎岁月"也罢,那也就"仁者见仁,智者见智"了,只是得用"心"去说话。

我这人一向认命,随遇而安,能在农村里当个民办教师,也能活命。

1971年的春节,我没有回武汉,我实在不想面对不被招工的歧视和可能再遭驱赶的双重压力,我宁可苦守我的孤寂,也不愿再受羞辱。

5月里,春雨淅沥。放学后我踏着泥泞回石板一队去,那时候我已经被时任队长的龙家荣接到了他们家里。队长夫妇当年四十多岁,有七个儿女,桂香是他们的大女儿。我来到这个家庭,家里便有八个孩子了。

那一日回家的路上,我微微地觉得有些不适,好像感冒了,头痛。晚上,我的头痛加剧,吃不下饭,桂香端来热水让我洗过后,我便上床休息,以为睡一觉就会好。哪知接下来我开始发烧了,浑身滚烫。闭上眼睛的时候,脑袋里就会出现千万条金色和银色的小蛇,在里面钻来钻去。我咬紧牙关,痛苦得死去活来。

其实我患的是疟疾。第一天病情严重,所以有以上的症状,接下来的日子里,发烧头痛便会有一些规律。白天给学生上课,我还能勉强支撑,到下午放学的时候,我便开始发烧和头痛。那些天里,每当发作的时候,我便一步一步从学校所在的山包上蹭下来,到大队加工厂里打点热水,端进小屋,打算洗一洗然后休息。然而我却总是呆呆地坐在小凳上看着那盆水,浑身瘫软,连洗的力气也没有。赤脚医生满秀姑娘常常给我弄一些草药,我便好一阵坏一阵的。40多天后,我已形容枯槁，自知再拖下去恐怕凶多吉少，于是向学校请了假，带着我全部的钱，天不亮便出发到宜昌市内去。经过5个多小时的艰难跋涉，终于到达了宜昌市人民医院。在我不发烧的情况下，我的血液中仍然查到了疟原虫。医生给我开了处方，要我到防疫站去取药。在防疫站里，一位四十多岁的女医生很爱怜地责怪我不该拖延这么久才来看病。我告诉她，我没有办法，发烧的时候，我走不动，不发烧的时候，我又怕来了查不出病，作为异乡人，我在市内无亲无戚。她眼圈红了，为我包好药，没有收费，一句一句叮嘱我按时服药，注意药物反应，然后送我走出防疫站的大门。

几片奎宁，终于让我脱离苦海，但从此以后，我的身体变得极其虚弱。那一年的暑假里，在参加双抢劳动的时候，好几次我都差一点栽倒在"不插八一秧"的双季稻田里。

身体的虚弱和心灵的孤寂，在这样的一个时段里，便时不时地逼迫我萌生出一股对"家"的企盼和渴望。

既然武汉的家不让我回，既然"扎根农村一辈子"的伟大革命实践交给了我，那咱就在农村里找个家吧。这在当年应该算是最最革命的想法了。

这年的金秋时节，石板六队办了一个幼儿园式的"红儿班"，大队要我去帮忙做点工作。负责红儿班的是一个叫云欣的姑娘，举手投足间，云欣身上自然地有一种三峡女儿的清纯美。

帮她做完工作后，我准备返回住处，但她拉着我的手，很真诚地邀我到她家里去玩。说实话，我在大队部的一间偏屋里不过安放了一张简陋的床铺而已，很觉孤独寂寞，有人请我去玩，我内心里实在是求之不得的。我跟她去了，那是一个三代同堂的和睦家庭。这家人像迎接贵宾一样接待了我，让我倍感亲切。

晚上，云欣把她的小床打理得无限温馨，让我休息。躺在床上，贴心的关照让我觉得好舒适，好惬意。

日后的交往中，她的落落大方，她的善解人意，她的勤劳聪慧，无一不让我的心向她贴近。我感到，这或许是一个能给我一个家的女孩子。

我向她表达了我的爱慕之意。但她却迟迟不肯表明她的心迹，长时间地让我对她捉摸不定。好久之后我终于明白，她也有她的难处。他们家是有男孩的，她必须嫁出去。而我，仿若飘萍，无根可依，倘若跟了我，嫁而不离家，这样的选项，是她无法抉择的。

岂止她？哪个女孩子能在婚姻面前轻易做一个不顾一切的决定？

她需要一个遮风避雨的地方，还需要一个可以出工赚工分的地方，这是当年农村里最基本的生存条件，这个条件，我不具备。

她的犹豫让我对她爱中带怜。但我仍然相信，她的犹豫并不代表不爱，因为爱是一种责任，这其中有她的责任，也有我的责任，用心承载起这份责任，那恰是爱。

于是我关上心门，不再做这方面的痴心妄想。

光阴荏苒，一晃四十多年过去了，但我至今仍不时回忆起她，她曾经为我做过的几样小菜，也常常被我复制在生活中，依然是我的珍爱。

转眼一年又秋风。这年十一月，正当"少昊司辰，蓐收整辔。严霜初降，凉风萧瑟"之时，武汉向宜昌派来了一个知青"慰问团"，他们是专程来慰问像我这样还丢在宜昌农村的武汉知青的。我接到通知，要我赶到宜昌市工人文化宫去参加"慰问会"。

那天，文化宫的礼堂里挤满了人。我真不知道，这么多人都是从哪里来的，其中有多少人是"知青"，又有多少人与"知青"有关。或许，他们中的大多数人只是被叫来凑人数和看热闹的。

大会组委会派人找到我，要我以武汉知青代表的身份在大会上发言。

那时候我既受宠若惊，又有些惶恐，一时脑子里高速运转，盘算着如何去做一番豪情万丈的激情表演。然而人家并不需要我运转脑子，也不需要我做自我表演。他们塞给我一份他们写好的讲稿，只需要我在讲台上帮他们念念就行。

我像一个提线木偶似的走上讲台,然后按要求演完双簧。

在后台,我遇到了"慰问团"里我们三中的王红老师,她是认得我的,因为读高中时我常常为他们团委出刊。

她很热情地和我握手,让我感到了一种久违的亲切和安慰。

我以为,"慰问团"或应给我们带来某些帮助或希望,然而没有。他们的"慰问",实际上既不带来物质上的照顾,也不带来精神上的慰藉,只如一阵清风似的,从我们身边掠过,连一个画饼都不曾给我们留下。

好在,一个人在困顿中一时找不到归宿也未必就是入了绝境,虽说生活不易,但要活命也不难,何况,我还有石板一队可以去。

五 情系笔架树

平时我在大队学校里工作,逢星期天或节假日,我便可以回石板一队去。

在我们石板一队小村的西头,没来由地生长着一棵巨大的古柏树,它的主干需要三个成年人手牵手才能勉强合抱。

我说它没来由,实在因为村里碗口粗的树都找不出几棵来,却偏偏如此傲然地有这样一棵古树,让人觉得突兀、神奇而不可思议。

古树的形状十分奇特,壮硕的主干笔直挺拔,而在离地面一二十米的同一地方,从主干的两侧各长出两根极其对称的向上弯曲的枝干来,远远望去,就像一个搁置在山野间的巨大笔架,因此人们便称它"笔架树"。这个"笔架"因置于小村"案头",便使小村平添了许多的灵性。

村里的老人们讲,这棵古树大概有600多岁了。600多年前,树下的这片土地曾经是一户人家的屋场。600年来,沧海桑田,那户人家的子孙们都不知去向了何方,却留下了这片绿阴,荫庇着我们这些后人。

亦或许,小村的文化和灵性也就是由此而生的。

笔架树背靠一座大山,因了笔架树的原因,人们便称这山为笔架山了。登山西望，巍巍西陵峡隐约可见；北望，便是风景如画的梅子垭水库；再往前，就是小溪塔镇了。

笔架山上已没有了人家，但在半山的荒草丛中，却有一个早已废弃却又引人无限遐思的老屋场。这屋场坐西朝东，由整片的山石开凿而成，气派非凡。厅堂、卧室、厨房、杂屋等等，依稀可辨。屋后靠山处有一口直径大约3尺、深约2尺的圆形水池，水池上方约一二米处便有一股清泉汩汩流出。村里人讲，当年这户人家用一根竹筒将泉水接到水池里，水池里的水便随时都是满满的。每日清晨，家中主妇都要把水池清洗一遍，待到做好灶前准备时，池中的水便满盈盈的了。

多好的一个屋场啊！

我不知道人们为什么要废弃了这个屋场，而且它之遭废弃，据说已经有几十年了。虽如此，但我却似乎总还能从笔架树到这美丽屋场间窥见这小村的文化传承。

笔架山、笔架树、老屋场，连成了一道充满神奇文化韵味的风景线。

村里人讲，笔架树的枝丫都是不能随便采伐的，不然便会有灾难。一个最典型的例证就是村里轲幺爹的死。轲幺爹名叫龙传轲，原本并不姓龙，因上门到此而随妇姓才有了这个名字。他是那种"根红苗正"的贫苦农民，因此土改时他便被选进了执法队。一次执法（据说是他的第一次执法也是最后一次执法）时，那个被执法的土豪劣绅或者地主富农被反绑着背向他跪在他的面前，他举起枪来，抖抖索索地一枪打在了那人的肩膀上，那人向前急扑倒地但随即又自行翻转了过来，用一双痛苦扭曲的眼睛看着他。在对视的一刹那，恐怖笼罩了他的全身，他手足无措了。身旁的其他队员举枪结束了那人的痛苦。

轲幺爹带着恐惧回到了家中，随即便病倒了，他的主要症状就是冷，无边的寒冷如影随形地纠缠着他。为了驱逐寒冷，他拖着病体上山去想打一些柴草来取暖，而笔架树不仅枝繁叶茂易于采伐，且又多脂，因此轲幺爹便砍伐了许多笔架树的枝丫拖回家。

然而，即便烧光了砍下的笔架树枝丫，乃至烧光了家里的所有柴草，也未能解决轲幺爹的寒冷问题。最终，他在寒冷中死去了。

这其中的因果关系究竟如何，那同样应该是仁者见仁智者见智的了。但小村的人们却从此对笔架树更充满了敬畏之情，就连我们这些外来的知青们也不例外。

那时候的我其实也并不过多地为自己的不能返城而忧伤，从上初一时就开始不断书写的"对家庭的认识"，早已让我认识到出身带给我的"原罪"。因此，我无可怨尤。

孤独之余，劳累之余，我总会跑到笔架树下，仰望它伟岸的身躯，在它那博大无私的胸怀间靠一靠，让心歇一歇，让身体歇一歇。清风过处，林涛阵阵，真可以荡涤我的心灵，洗去我满身的浮尘。

我敬畏笔架树，更景仰笔架树。这或许是对历史的一种敬畏，是对先人的一种景仰，也是对自然的一种崇拜。笔架树那展翅欲飞的姿态，总给我无限的想象，也似乎总能给我某种力量。

多年以后因为高考的恢复而使我离开了宜昌，也离开了笔架树。但笔架树一直在我的心里，就像我的石板大队以及那些善良的人们和美丽的姑娘一直在我的心里一样。

只是令人痛惜的是，而今笔架树已经没有了。

事情发生在20世纪90年代初，一个梅子垭人在经过笔架树时，不知出于何种原因，他在笔架树的主干下部点了一把火，火燃着了树脂，便凶猛了起来，而树干是中空的，仿佛一个大烟囱，火势顺着"大烟囱"直冲树顶，顷刻间便使笔架树变成了一株"火树"。当人们闻讯赶来的时候，已经无法施救了。几个小时以后，笔架树轰然倒地！600年的历史和文化也随之湮灭了，我曾经的精神依托也仿佛随风而去了。

去吧，无论轰轰烈烈的去还是无声无息的去，也无论是人为的去还是自然的去，都终归是要去的，就如我的童年、我的少年和我那十年的青春时光一样，也都随风而去了。只有那仿佛蛛丝般的情怀，却时时飘拂眼前，任岁月磨蚀，任风雨冲刷，总不肯随风而去。

倒流千里

孔宪明

作者简介：

笔名：赵言福，真名：孔宪明，男，1950年生，1968年12月到1973年9月在湖北京山县杨集区杨集公社新场大队下放，接受再教育。1973年9月进入原湖北建筑工业学院建工系学习。1976年毕业留校任教，1984年后担任建材及制品专业实验室主任，1986—2001年在武汉工业大学（现在改名为武汉理工大学）有机建材研究所任副所长，主要研究沥青材料、防水材料，并主授《有机建筑材料学》课程。2001年调入石油大学，任中国石油大学（华东）重质油研究所副所长。2010年退休。

1970年夏天，又到踩水草的时节。所谓踩水草就是人工对稻田除草。此时稻子长到一尺多高，人们赤脚在稻田里面走一遍，见到小杂草就踩到泥里面，高一点点的稗草就拔出来丢到田坎上。自古田家少闲月，这个季节就是田家的闲月。

农闲时请假应该容易一些，两年没有回家探亲了，想去江西看看姥姥和二舅，找生产队长请假总是可以的。我们谢队长是个爽快人，当时就答应了。同一知青小组的申林他们几个人是响应毛主席号召的模范，没有回家的意思。他们几个人的家在武汉，只有我一个人家在外省。这些年来，有这些朋友的照应，解衣衣我，推食食我，所以不觉得孤单。见我要回去，申林便道："到华工还是住我家，方便一些。"我也没有客气，申林家弟妹好几个，到年龄的中学生都下放农村了，中国千家万户没有敢不听号召的。

找到大队杨书记开个介绍信，杨书记也很爽快地同意了。我还顺便问了一句，我们这个介绍信能不能住旅店？杨书记底气十足地说，当然可以，住店有什么问题！我想想还是不放心，又到公社去换介绍信。公社离我们生产队有八里路，来回将近两个小时。公社的秘书也没有去请示社长书记，换了介绍信。换完介绍信回来心中踏实很多，毕竟三级干部都同意了，一路上一定通行无阻。回到队里，他们几个上工还没有回来，我先做好饭，炒了黄瓜、辣椒，这两样菜是我们自留地里长得最好的。没有肉，好在我们几个都不挑食。食毕，我挑了三十来斤稻谷去镇上换粮票。一斤谷子可以换将近八两米，如果换粮票还可以得一毛钱。有公社的介绍信，有谷子，当时就换得二十多斤湖北粮票和两块多钱。担了空担子到粮站对门的百货商店花三毛钱买了两包大公鸡香烟。镇上到队里十分钟的路程，回到队里可以赶上做晚饭。晚饭时，和几位同学商量，我这次回汉不好空手，提一点什么东西呢？没有什么可以带的，只好决定提两只鸡回去。那一年我们养了20多只鸡，这些鸡是吃自助餐长大的，自己动脚丰衣足食；根据毛主席的教导，不在家里吃闲饭，每天早上开门就出去，晚上就回来。鸡笼就在我们堂屋里，后来鸡最多的时候我数过，有43只。我们房子门口是打谷的禾场，我们出工鸡也出工，我们回来鸡也回来。屋外，落霞与群鸡齐飞，屋内，炊烟共鸡屎一味。鸡与人同室而居，

177

住惯了，也没感到有什么不同的味道。

第二天一早，趁鸡们还没有起床，赶紧抓了两只捆好，放在网袋里。从我们镇上到县城将近60里路，县里的班车最早也要九点才来。到班车来时，所有的社员都已经开工了，我自背着一个小包，提着一个网袋在镇上的大柏树下上了车。去县里的路全是砂石路面，汽车到县里开了一个多小时，到了县里要赶紧去买到汉口的车票，如果买不到去汉口的票就要在县里住一夜，那便大大的不划算了。即使这样紧赶慢赶，到武汉也是吃晚饭时间了。

到华中工学院时天已经全黑了。敲申林家大门的时候，全家的晚饭已经吃到尾声，虽然如此，一个人的饭菜也已经够用。当时就放好了行李，解放了母鸡，用人家的手巾洗了脸。申林家的习惯，吃饭以后洗一个脸，不过这天天热，又是一路风尘，还是先洗洗为敬。饭后，申林父亲才问起我这一次回武汉的目的。我便说，明天买船票去九江，然后去南昌。他便问道："最近看过报纸没有？一打三反这几天又抓紧了。"

我们几个晚辈在家一般不谈政治的，长辈们也不会主动过问儿子同学的事情，今天这句话有一点突然。不过我们在乡下确实有些时候没看报纸了，已经打到乡下去了，与我何相干？我抬头回答说："反正我们都在农村种田了，也打不到我们头上，伯伯不用担心，我们在农村表现好得很，五好青年。"

申林父亲上嘴唇有一点疤痕，让人看起来好像随时都带着微笑。现在他就这样微笑着，说："打了一年还在打，就说明很重要，最近又斗胡厚民了。华工居委会要清理倒流人口，今年你们同学回来得少了。"

其实，这我是知道的，这位胡厚民和北决扬也没什么关系，人家是省革委会常委，大小是一个省级干部，和我们这一些新华工的小喽啰搭不上边。知青回家还要居委会关心，这当然更应该引起我的关心，我们回一趟自己的家居然成为倒流人口了："现在知青回家探亲是不是要到居委会报到？"

伯伯这回真的笑了:"那倒不一定,华工附中的学生回来的不少,多住几天没有问题,武昌汉口的居委会可能还要抓得紧一点,华工管得松。除非你是该下乡的不下乡,单位上就会催得紧。"

我说,他们几个最近不会回武汉的,我们几个在农村生活得很好,已经适应了。自留地里也有黄瓜辣椒,吃的东西不愁,实在想吃荤的也可以杀一只鸡。我说的真是实话。我们五个男人,我本人算最小的,尺寸和重量也是最小的,在生产队干活拿工分也有九分,他们几个没有九分五以下的。队里的队长会计和社员到评工分的时候从来都是网开一面,有一次还评过十分。农村人朴实,按我们干农活的水平实在是够不上这么高的工分。十分就是最高分了,我们队长也不可能高于十分,而且有记工员,干一天算一天。按我们队会计的估计,今年每天的工分值应该不会低于五毛,在公社各个小队之中也是中上水平。我知道,没有这几个下放知青,队里的劳力也足够了,多五个人,也只是多五个吃饭的口而已。

话说到此处,家长也比较放心了。天色已晚,洗洗睡为好。

第二天一早我就去汉口码头买船票。到九江的票五等舱两块五,四等舱三块一毛,狠狠心买了一张四等舱。前一年我们几个人在生产队已经有分红,刨去吃的用的和预支的,我还分了32块钱,如今口袋里面仍然有20多块可支配余额。买好票以后,花六分钱坐轮渡到武昌中华路,见路上人不多,信步走到司门口,用面条一碗,然后乘15路汽车回到华中工学院告别,取了行李,又原路回到汉口码头。港17码头去上海的船17点30开,上了船,自有船员给乘客安排铺位,四等舱及其以上皆有铺位,五等舱没有。船上的伙食对一个下乡的青年人而言已经非常好了,起码是米饭,不要粮票,大碗七分小碗五分,菜有两种,差一点的一毛五,好一点的两毛。吃完一大碗饭,洗个澡躺在床上,回想这两天的路程。从生产队出来时我回头看了看我们的大门,门上贴着一副对子,是我春节写的:求师务农为革命种田;开山劈岭要改地换天。充满了豪气万丈的毛泽东思想。我等响应毛主席的号召去接受贫下中农的再教育,现在成了"下流"人物,去城市里看自己的家人反而成了"倒流"人物。毛主席他老人家要我们鼓足干劲力争上游，如今不能逆流而上如何去争上游呢？江水拍打船舷哗啦啦地响着，轮船在江风中轰隆隆地向下流去。一晚上好睡。

第二天一早，船到九江，出了码头，背着行李小包走到火车站。到站前的餐馆吃了一碗面条，九江的宽切面比武汉的好，不过拿出来的一斤全国粮票找回的只能是江西粮票了。九江到南昌的火车票两块五毛一张，要开将近半天时间。我赶到江西工学院时，还不到下午4点钟。这江西工学院平日里人来人往，一片升平，今日却是门前冷落车马稀，与华中工学院大不一样。于是满心疑惑寻找旧路敲开自家门，开门的是我家年逾古稀的姥姥。进门以后才知道，家里面只有姥姥一人，二舅一家五口已经安排下放到宜黄县了。见我来到，姥姥眼眶有一点湿润，马上打开炉子做饭。吃完饭，铺好床，躺在床上聊家常。二舅一家下放到宜黄县以后，家具也大部分搬去了，现在这里家徒四壁，只是吃饭睡觉而已。姥姥说，过两个星期我们俩一起去宜黄，家里就搬空了。

"咱也不明白，"姥姥总是这么念叨，"工学院的人都搬到乡下了，这还教不教书？"姥姥是文盲，教不教书其实跟她没关系。我也不明白，我在想，为什么有人下乡，有人可以不下乡，这到底有什么标准呢？第二天下午我去买菜，回来的路上便听背后有人说话，似乎在议论，这个人到底是谁家的呢？

晚饭吃过以后，我们祖孙二人依旧在灯下聊天，快到八点钟光景，有人敲门，声音很大，蛮横无比。我诚惶诚恐地开了门，门口站着两个三十来岁的胖汉，一个有眼镜一个没眼镜。

"查户口。"对方说话言简意赅。

我突然想起《红灯记》里那经典的情节。祖孙二人在家的时候，是应该有人来查户口的，现在也不能坏了规矩。有眼镜的胖汉把眼镜对着我："从哪里来的？"

我一听就知道，今天的行动就是针对我的了。我拿出公社的介绍信说，我回家看我姥姥，住几天。对方看了一看介绍信，说道，现在清理阶级队伍，工学院不能住流窜人员，跟我们走一趟。姥姥摸不着头脑，看着我们三人消失在夜幕里。

当年江西工学院的保卫处比较简陋，至少我们去的那间房如此。房子也还宽敞，分里外间。我们直接进了里间，里间有一张桌子两张椅子。也没有什么好客气的，我直接在一张椅子上坐下。没眼镜的那人没有椅子，便开口问我："你到江西工学院干什么来了？"

我心平气和地说："我姥姥舅舅都在这里，我来探亲。"

"好好在农村接受再教育，不能跑到工学院来。"

我有些火："我又不是接受你的教育，我回家你管得着么？"

气氛便有些凝重了，这时从外面走进一个五十来岁的人来。我一看，顿时明白了。此人叫李克勤，记得"文革"初起时的1966年和1967年和我舅舅是同一派的，后来不知有什么观点不同，又不是一派了。今日之事，很可能就是此人的幕后。

他拉出公事公办的一张脸，假装不认识我："你是哪里来的呀？"

我知道这一次不是伍子胥过昭关的时候了，不看油画人家也认得我这张脸。只好公事公办地从口袋里掏出公社的介绍信递上去。他瞟了一眼，其实也没打算看，说道："下乡人员不能倒流回城，工学院有规定不能接待的。"

我说，我回家看看姥姥和舅舅，应该可以吧。

"不行，人都下到宜黄去了，你来工学院干什么。"

我光脚的不怕穿鞋的，便回应说："我姥姥在这里。"

"你姥姥也不是工学院的人，你赶紧走，工学院不接待倒流人员。"

流窜人员加倒流人员，如今我有了双重身份。我真是生气了："工学院也不是你们家的，你凭什么大喊大叫赶这个赶那个，毛主席也没有说不能探亲。"

话说到这里便不能讲理了。他沉不住气了："你一进来就像疯狗一样乱咬人，当然要赶你走……"

我当下也不客气："你才是疯狗呢，你们全家都疯狗。"

多年以后我看《武林外传》，莫小贝会用这样的句式，看样子这个句式很经典，放之四海而皆准，不知道放到英语900句里面怎么翻译。不过当年我说人家是疯狗确实不符合事实。这位李先生肯定不是疯狗，但他诬赖我显然是不对的，我只是当时箭在弦上不得不发：你们上一辈人有什么杯葛，也犯不着把气撒到我头上么，岂有此理。

全体沉默10秒钟，似乎在默哀。默哀已毕时李先生看了看手表，眼镜看了看李先生，两人交换了一下眼神，眼镜对我说："我们这里不能有外地倒流人员，你必须离开工学院。你走吧。"

我一下子轻松了。没想到这么快，今天的戏已经演完了。本来我以为要关一晚上或者打打架什么的，不过人家既然开口放人，此时不溜更待何时。我麻利地从椅子上起身，5秒钟不到就已经呼吸到室外凉爽的空气了。回到家时，大概10点钟，姥姥没有睡觉，等着我，见我一脸轻松也就没说什么。

第二天吃过中饭，懒懒地躺在床上摇扇子，对姥姥说："我今天还是去宜黄吧。"

姥姥不以为然地说："住几天再去吧，不会赶你走的。"

我说："我反正已经下农村了，可是工学院还管着二舅一家呢，万一真的害我们一下也说不定，我看还是先去宜黄好，您一个人在家再住几天。"

姥姥劝不住我，帮我收拾好行李，说："真是不明白，这当下的事俺真是看不懂。"

我也不懂。如今回自己的家好像成了丧家之犬了。

去宜黄要先坐二块三的火车到崇仁，然后再转汽车，坐一个多小时。到崇仁天已经黑了，车站旁边有一个小旅店，一晚上八毛钱，于是小心翼翼地把公社介绍信递上去。柜台后边端坐着一位中年妇女，把介绍信仔细看过后放在柜台面上，推给我，说："公社介绍信不行，我们规定只收县团级以上的介绍信。"

我想给她解释，县里这么大范围，怎么能给一个知青开介绍信？

中国哪个知青回家要去找县长开介绍信的。看看那一张岿然不动的脸,决定还是换一种方法说话:"您看,这么晚了,我只住一夜,明天去宜黄,就住一夜!"

她用看介绍信的眼神看了我一遍,说:"不行。"

我基本上属于那种胆小怕事的人,但这时真的想打架,不过最终伸出去的拳头半路上改变了方向,重重地捶在桌子上。柜台后面的那张脸仍旧岿然不动。

火车站到汽车站有很长一段距离,我踱步到长途汽车站,路上吃完了姥姥给我准备的一张饼。本想到长途汽车站的候车室可以坐一坐,没想到候车室大门紧锁,黑洞洞的一个人也没有。这个长途汽车站的候车室是一个孤零零的建筑,周围既无商店也无人家,甚至连路灯也没有。本人虽然胆小怕事,却是不怕鬼,况且还有蛐蛐在叫,还有惨淡的月光在飘。想起中学课本里《梁生宝买稻种》这一课,今晚我就是梁生宝。只是梁生宝睡在室内,我睡在露天;梁生宝睡的地方没有蚊子,我睡的地方蚊子常在耳边哼哼。

好不容易到第二天7点钟,买了去宜黄的车票上了车。没有睡意了,车窗外的风景很好,成片的竹林从眼前闪过,葱翠欲滴。山路虽然弯曲而陡峭,但路面很平,砂石路面维护得很好,车行平稳。

那年宜黄水泥厂刚建成不久,二舅一家就住在水泥厂食堂旁边的平房里,从宜黄汽车站到水泥厂大概一公里多路,正好到家吃午饭。这个平房里面还住了一位年轻工人,叫蓝家仔,老实人,每天除了上班吃饭以外,一般不会外出。平房里面没有厨房,我们自己在平房东山墙外搭建了一个简易厨房。厨房再向东走就是一条清澈碧绿,几十米宽的小河,河面上常年漂浮着木排和竹排,河水放在水缸里沉淀一下就是饮用水。如果遇上发大水情况就不是这么有诗意了,要时刻留心,厨房里的东西不要被冲走了。

宜黄县那清澈的水至今留在我的记忆里,异常鲜明。那年夏天,我在这里住了一个月才由原路从九江倒流回武汉。

雪花飘飞的村庄模糊又清晰

姜惠珍

作者简介：

姜惠珍，烟台市人，1951年10月出生，1968年9月下乡至文登县宋村公社小泽头村，1970年12月回城，分配到工厂，后被推荐为工农兵大学生，医校毕业后从事妇幼保健工作多年，现已退休。

46年了，仿佛那个年代已过去很远，翻开当时的小日记本，封皮已被时间剥落，泛黄的页面有些已被撕掉或用笔画掉。稚嫩的笔迹，记载着特定时代青少年的单纯和青涩。满篇都是现在看很可笑，但在当时绝对是真实思想的豪言壮语。一起生活了两年多的知青伙伴和村里的父老乡亲在字里行间向我走来，那个流逝的岁月又从记忆里一点一点鲜活了起来。

想家——"你又哭了吗?"

1968 年 9 月 22 日　星期日　晴

今天我离开了父母,离开了老师同学,离开了烟台,踏上了新的征途,走上了与工农相结合的道路。

在车上,我的心情异常地激动,十万人的欢送大军,把道路堵得满满的。再见了,亲人,我即将要参加三大革命实践了!华敏及同学们都很难过,路上我吃着她们送的糖,心里也很难过,甜在嘴里酸在心上,吃着吃着就睡着了,傍晚到了文登城,受到人们的热烈欢迎,晚上观看烟小红演出的文艺节目,我没有心思看,昨晚我们还在家里,今天就在这里看节目了。烟台啊,我非常想念你。

1968 年 9 月 23 日　星期一　晴

今天受到贫下中农的热烈欢迎,他们给我们准备了水、洗脸水、毛巾等,晚上开了文艺晚会,会上发了"四卷"和一本小语录,一本老五篇、锨、镢、镰,贫下中农的温暖感动了我。由于刚离家吧,还是想家,我一定排除私心杂念,不想家,把心安在这里。

1968 年 9 月 28 日　星期六　晴

这几天不知怎的,一想起爸爸妈妈,一想起我的同学们,我就憋不住要哭,真丢人,可是没有办法,一想那眼泪不由自主地掉下来,我只好咬咬牙,把眼泪咽回去。昨天和淑华谈了谈,她还说:社员们都问小姜是不是想家了,奇怪,他们怎么知道。

1968 年 10 月 12 日　星期六　晴

中午到队长家,队长说我胖了,我很高兴,真想马上写信告诉妈妈,让妈妈也高兴高兴。

1968年10月21日　星期一　晴

我得到一个令人振奋的消息,家长们25号要来参观,同学们都说我妈妈保险能来,我听了非常高兴,亲爱的妈妈啊,你能来吗?我希望你来。妈妈,您快来吧。

1968年12月8日　星期日　晴

由于太盼信的缘故吧,晚上又做了梦,我回到了烟台。又从烟台往回走。家里再三挽留不住,爸爸问不能在家里多住几天吗?我说不行,我清清楚楚地看见妈妈含着眼泪,我转身也哭了。车开走了,我哭着哭着醒了,就像真的一样,又哭了老长时间。

我们下乡的地方距烟台二百多公里,当时按照我市政策规定:初中68届毕业生可以在学校继续学习,可我从小就是听党话的好孩子,所以积极响应学校号召报名下了乡。

知青组14个人,10个女生4个男生。住的是上级拨的专款新建的房子。在村后面一排,大约有10间,厨房、仓库、宿舍三四个人住一间。我和知青组长杨淑华、刘建华一个屋。

最初的激情过去之后,想家的念头魔鬼似的吞噬着我的心。刚开始在村民家派饭,顿顿都是面条,端起饭碗,眼泪早已止不住,只好仰起脖子,装作往嘴里扒面条,用碗挡住相互的视线,让眼泪流在碗里。家长参观知青点,我妈妈没来,其他家长们一个接一个地都来了。

同屋建华妈妈来了,和她一起去赶集,下午她妈在家为她补衣服。我的鞋,衣服也都碎了,什么时候,我的妈妈来给我补一补啊。妈妈你快来看看我吧。

杨淑华的哥哥来了,杨哥哥真能干,刚来就挑了两大缸水,又糊窗,又堵门。这下过冬门窗都不透风了。

丽珍的妈妈来了，真替她高兴，她来了后，一次家信都没收到，她急我也急，如今她妈妈来了，怎能不高兴呢，听他们讲烟台现在可热闹了，每个单位都组织了宣传队，演活报剧。

文淑的弟弟也来了，她家是干部，弟弟来了像个大少爷什么也不干。

重阳节那天，格外想家，饭也不想吃，丽珍拿个包子给我吃了，包子什么馅的根本吃不出来。淑华说社员们都问小姜是不是想家，真奇怪，他们怎么知道了呢？到家后郝富荣问：你又哭了吗？我真不好意思，今后一定不哭，晚上村里的主任夕凯叔和红贵哥在这玩了一会儿，可能是怕我们想家吧。

知青组有一个女孩小刁，长得娇小可爱，棕黄色的眼珠像小猫似的。她从小失去了亲妈，随身带着一个琴，总是忧郁地弹着一首曲子："远飞的大雁，请你快快飞，捎个信儿到北京啊，翻身的人儿想念恩人毛主席。"那如泣如诉的琴声，催促着我们的泪珠一颗颗地往下滚，心里盼望的是大雁快快飞到烟台，捎个信儿给家里。

真没有想到原来无忧无虑阳光灿烂的我，怎么会那么想家，会流那么多的眼泪。伴着对家的思念，慢慢地适应了农村的生活。

生活——"他再来，就给他一棒子！"

1968 年 10 月 17 日　星期四　晴

今天晚上发生了一些不愉快的事，有的同学嫌饭不好，摔摔打打的不想吃，炊事员气得吃了一点饭，就跑去哭。我的心里也不好受。我们发生了这样的事，真不应该。

1968 年 10 月 18 日　星期五　晴

清晨一上午没干活，我们急得很，社员们秋收这样忙，我们却在这里坐着，真不像话。主任发了火，很严肃，有些同学还掉了泪，我们来这里，不能像在烟台，愿干什么就干什么，要和贫下中农比较，那天在锡客同志家，看见他的小姑娘炒的菜，是新锅，菜炒得都糊了，可他们毫不在乎地吃着，我想要是我们不发怨言就是好的。

1968年11月19日

自主任去开会后，就在主任家睡，今夜发生了一件很可怕的事，也不知是人还是畜生，半夜摇晃个风门没有个够，不止一次的摇晃，真可怕。今晚怎么过呢？最好去找个手电筒，拿个大棒子，他再来，就给他一棒子！

1970年元月1日

今天是七十年代的第一天，晚上到宋村礼堂看戏，真挤，在烟台根本没这样挤过，什么看节目，简直是活受罪。

结束了几天派饭吃的日子，我们知青组自立门户了，还分了一块自留地。知青组像一个大家庭，组长像个家长。一个年龄最大的女生当炊事员，在家里干些零碎活。我当时还像个在校的学生，家里的活，自留地的活都抢着干。最打憷的活就是挑水了。扁担压在窄窄的肩上，腰都挺不起来。趴在井边，一手拿着扁担，把另一头钩住水桶一摆，水桶倒挂着在水中，满了再拔上来，这可是个极有技术含量的活。冬天，井沿结的冰凌常常有二三寸厚，小心翼翼地离井口老远就趴下，一点点挪过去，有时碰上老乡帮忙，嗖嗖几下就给拔上来了。

爱闹事的是两个男生。印象最深的那次是在村里一个大娘家，大概是快过年了，几个男生在敲碟砸碗拍桌子，大声吼唱着"小白菜啊，心儿里黄啊，三岁上啊，没了娘啊"，发泄着内心的不满和躁动。大娘气得发抖，感觉真是太不吉利了，实在忍无可忍，把他们训斥了一顿。那次也是他们嫌饭不好吃闹事。村主任发了火，专门召集开了会，有些同学还掉了眼泪，我们也都发了言。

日记上记载的那晚在主任家睡觉，不知是人还是风摇晃风门的可怕状况，早已没有印象了。只记得最难熬的是冬天，我从小就怕冷，在家里都是和妹妹一个被窝，从她身上取暖。在乡下新盖的房不动烟火，真像冰窖子一样，晚上钻进被窝缩成一团，早上起来脚还是冰凉。清晨玻璃上满是厚厚的冰花，水缸、脸盆、牙杯里的水已成了一块冰。为了取暖，我们宿舍想了个办法，拿三块砖，搭成一个小框，用少许柴火把砖烧热，然后用套袖把砖套上分别放进我们三人的被窝，这样果然解决了大问题，夜晚总算有了点热乎气。

那烤砖头取暖的方法，恐怕是今生也难以忘怀的。

业余生活当然是枯燥的，偶尔哪天听说十多里地开外的驻二马村的部队要放电影，那就是我们的节日，大家欢天喜地地吃完了饭，拉着队伍去看电影，一路上说笑逗闹，洋溢着青春的活力。露天电影场上人头攒动，仿佛看什么电影是次要的，就看电影本身的来回过程，就足以令人愉悦了。

那个时代以苦为荣。这些又算得了什么呢？

劳动——"漫长的一天过去了"

1968年9月25日　星期三　晴

今天下午，我们就要参加劳动了，我一定记住妈妈的话，不想家，勤快，向贫下中农学习，当一辈子革命的牛，拉一辈子革命的车，老老实实地当贫下中农的小学生，在阶级斗争的大风大浪中锻炼成长。

1968年10月19日　星期六　晴

今天割了一天稻子，确实经受了锻炼。

脚浸在冰冷的水中，好像浸到骨头了，弓着腰割，累得腰酸背痛，虽然只穿了一件衣服，但还热得直冒汗，一停下来，就发冷。

1968年10月20日　星期天　晴

清晨起来很晚，爬都爬不起来，浑身上下没有一个地方不痛的，今天又割了一天稻子，手上裂了不少口子，真疼。

1968 年 10 月 22 日　星期二　晴

漫长的一天过去了，昨天下午打了一下午稻子，今天又打了一天，活不累，也许由于割稻子累的吧，我浑身上下累得要命。真恨自己为什么这样无能，割了两天稻子就累成这样。

队长说把我累得一点精神都没有，这样不好，要该说该笑，快快乐乐的。

1968 年 12 月 30 日　星期一　晴

现在心情很乱，也不知想些什么。我想到，今天公布了账目，我欠队上最多，12 元 2 角 5 分。我的命运难道就是这样?!汗不比别人少流，劲不比别人少出，可为什么欠钱也比别人多？

农活对我们来说是陌生的，也是艰苦的。

下乡时刚好赶上秋收，刨地瓜，花生，割稻子……什么都要从头学起。第一天干活放工后，村里的干部都来把着手看我们手上的大泡。

早上可不能睡懒觉了，先起来干一阵子活再回家吃饭。天冷地湿，踩着铺了一层霜的田间小路，冻得我上下嘴唇直打哆嗦。而干起活来汗如雨下。

麦收是农活中最受罪的了，一望无际的麦田，一个人一垄，闷着头朝前赶，头上火辣辣的太阳烤着，身上被刺挠的麦芒扎着，晚上还要把白天割的麦子打出来，经常熬到下半夜。有时没电了，就在麦垛上少歇一会儿，全身软软地卧在里面像散了架。

有时在窑厂干活，没有女工都是男人，劳动强度可想而知。那时都是手工操作，一大堆土，用脚调和一大块泥，然后挖在一个木框里，成了砖坯，最后晒干，搬到窑里，烧成砖，从窑里搬出来的时候，砖都烫手。我一道道工序认真做着，乐此不疲。

可是辛辛苦苦干到年底，还欠队上的钱。真令我十分的沮丧。

习医——"我踏上了新的工作岗位"

1970年5月18日

今天夕连找我谈了一会儿，他说村里搞合作医疗，要我们合作，我前几天听说过这件事，心里感到我学的东西太少了，多么渴望再好好去学一次，将这运用到实践当中去啊。贫下中农信任我，让我担任这个工作，是为人民服务的，我要克服一切困难，尽量掌握医疗技术。

1970年7月15日

今天通知要赤脚医生明天去公社学习，我的心真是太不平静了。

我这个贫农的女儿，过去不懂什么医疗卫生，党为了培养我，让我担任卫生员，我一定要好好学习，绝不辜负党和贫下中农对我的期望。

1970年8月18日

自从8月14日结束学习后，回村已经四天了，在这平凡的四天中，我踏上了新的工作岗位，为广大贫下中农服务，心情是高兴的，并且又深深感到自己的不足，什么时候才能学会看病诊断呢？

1970年9月4日

在卫生室工作已20天了，短短的20天里，学到了不少东西，和夕连建立了深厚的阶级感情，他诲人不倦的作风，悉心和蔼的态度及对工作认真负责的精神，真值得我好好学习。

1970年10月19日　星期一

转眼几天又过去了，时间过得飞快，还有两个多月就要过新年了。

写着日记，锡尧的小孩来叫我，他妈病得不轻，我到他家，给她扎了几针，就好多了。

我大姐在北京医院里，当时正值一根针一把草的时代。下乡后，为了让我掌握为人民服务的本领，她安排我去学习了一段时间针灸。没有谁当陪练，只有在自己身上练习扎针。

当时农村确实缺医少药，农民有病不舍得花钱去医院，回来后，我常常利用业余时间为村里的乡亲治病。记得经常去一个大娘家针灸治疗她的偏头痛；宏信妈妈胃疼，为她针灸了二十多天，有一次疼得受不了，半夜去他家，直忙了一个通宵；给锡顺大爷扎针治疗他的坐骨神经痛，有时一天去两次，效果很是明显，就在走的前一天还去扎了一次。

特别值得一提的是在这期间，我有幸结识了一位难得的好伙伴——玉莲，她是离我们村一里地的村赤脚医生，比我大一岁，成熟朴实、热情善谈、风趣幽默，虽然相识时间很短，却像多年在一起，我们很快成了最好的朋友，在她面前我轻松极了，经常被她逗得开怀大笑。前几年见面时，还说起那时我们一起走在山间的小路，她经常去路边的地里挖地瓜、花生，拔萝卜给我吃，回来后的好几年，她都给我寄一些最爱吃的熟地瓜干。

情感——"我默默地叨念着他"

1970年3月9日

提起他来，真让人伤脑筋，本来对他还是可以的，可是呢，自从他有了这种想法，我有意地避免和他相处。

1970年3月28日

今天歇气（注：休息）的时候，我和他谈了一会儿，告诉他年龄还小，不忙着办这样的事，看样子他对我还不死心。晚上划分时，又听说他到处托人来说。

面对复杂的现实，我束手无策。

1970年3月29日　星期日

上午歇息的时候，他又来了，说什么：我还没有什么对不起你的地方，并且我觉得我也没有什么不好。我说：怎么能扯到那方面呢。

他的痛苦使我感到苦恼，怎么才能既婉转又干脆地告诉他呢？

1970年5月27日　星期三

泉今天走了，现在他在什么地方呢？凝望着茫茫的西北方向，我默默地叨念着他。

1970年10月12日

拆起炕，想起我的老战友，在5月17日那天，不怕脏不怕累帮助我们才拆完了炕，然后我打了一盆水，拿起香皂和毛巾，他洗了个干干净净，又给了我一个夜光纪念章，可恨的是第二天就被人抢走了，想不到住了两天他又来了，原来上级调他去外地学习英语，他给了我许多纪念章和书籍，我怀着激动和难过的心情送走了他。

下乡一年以后，组里几个年龄稍大的同学已经和村里的青年谈起了恋爱，可我那时像个青涩的苹果，思想简单情感单纯，别的连想也没想。

对我们这一代人，两性情感是个禁区。在学校没上生理课，下乡时也是一窍不通，记得70年刚干赤脚医生学习时，我问玉莲："小孩从哪里生出来的呢？""你说呢""不知道，大概是从肚脐里出来的吧。"她大笑。

有一次我俩在村里的街上走，看见对面有个不知是马还是骡子，我又问玉莲：为什么把那个长管子捅在马肚子里？她又大笑。

村里有个高中生，长得很漂亮，常常很高傲的样子，那天村里人议论纷纷，说是有个男人去她屋子了，我好奇地问她嫂子："那个男人到她房间干什么？"

"谁知道呢？"她嫂子看着我一脸的茫然，无法明说。

在这样的思想基础上，有个大婶要给我介绍对象，简直就像受了奇耻大辱，又急又气连羞带恼，当时就哭了。大婶傻了，说你不同意就算了，怎么哭啊。

其实他也是个很好的青年，典型的男子汉，嗓音洪亮，浓眉大眼，红红的脸庞长着一些青春痘，是村里的骨干。

那时心里珍藏着一份友情。我一个同班同学，当兵正好也在文登，他经常来知青组看我。日记里记载了很多对他的思念：

"今天泉上农场办事，顺便到这儿看了看，觉得他瘦了许多，当兵的就是这样，整天苦练硬功，17岁就入党。今天拆炕，直到把炕扫干净才走，弄得像个小黑鬼，我一定要向他学习。"

"今天我最亲密的战友最好的朋友泉来到我村，他告诉我，要去学习外语，他后天就要走了，听到这个突然的消息惊呆了，难道这真是我们最后一面吗？可敬可爱的朋友！我的心情是复杂的，真难过，从在学校我们就不错，一直到如今，始终是并肩战斗的好战友。"

是朦胧的初恋吗？那时不懂男女之情。

返城——"心像乱麻似的理不出一点头绪"

1970年5月30日

现在不知怎么回事，苦闷烦躁老是和我做伴，甩也甩不掉，我们下农村，到底是一阵子还是一辈子，这是个根本的问题，我对这个问题还是理解不深，一句话就是没从思想上想在农村扎根，这个问题不是一朝一夕就可以解决的，心里乱得很，也不知写点什么。

1970 年 7 月 28 日　星期二

今天早上新华走了远走高飞了，明天文淑也即将离开我们，眼看着青年组人员一天比一天少，我的心不知什么滋味，有人又要给我说媒，唉——写到这里我长长地舒了一口长气。

11 月 27 日

这几天听说要在知识青年中招收一批工人，搞得人心惶惶。心像乱麻似的理不出一点头绪。

人们都在议论着知识青年调回城市的消息，究竟应该怎么办呢？

1970 年 11 月 28 日　星期日

时钟早已敲过 11 点了，我丝毫没有睡意，情况确实了，知识青年的确是要回烟台。

下乡两年了，当初狂热的心已经慢慢冷却，豪言壮语也渐渐变成了疑问苦闷，对现实的无望，前途的迷惘，弥漫在每个人的心头。知青组的人员发生了很大的变化。小刁走了，嫁到一个很远的地方。文淑、卫国也即将去当兵。两个大龄女青年各自领着她们在村里的男朋友回了趟烟台，要准备办喜事了。

这时传来了知识青年要回城的消息。

招工回烟台，是我们做梦都想不到的，就这样突如其来的降临在我们面前。到县里去检查了身体，知青组只有一名男生因高度近视未能通过，其余都要回去了。

下乡是我迈出校门踏向社会的第一步，单纯无知然而幸运的我，受到了朴实善良村里人和同伴们更多的呵护，至今还是觉得有愧于他们对我的信任，我选择了回城。

临行前的几个夜里，我们都很少睡觉，和村里的人在一起说着，回忆着，心酸着，我又哭了……

1970年12月20日，北风呜咽着，把清冷的雪花卷到我们脸上，和着泪水又滑落下来。

送行的乡亲们帮我们把行李装到车上，默默地目送着我们这些给他们添了不少麻烦，也带去新鲜和活力的青年；

蜿蜒的小河，曾流淌着我们青春的笑声，现在凝成一条玉带围在村边；

层层染绿的田地，洒下我们多少汗水，曾播种下我们的理想和抱负，如今万木凋零，只有几根枯黄的草还顽强地在风中摇摆；

曾经回荡着我们豪言壮语的巍巍群山时隐时现，呼啸而来的山风夹杂着支离破碎的誓言；

村里两辆马车，载着我们九名知青，离开这生活了两年零三个月的地方。雪花飘飞的村庄在我们的视线中慢慢模糊了，留下的是刻骨铭心的记忆。

在以后回城的日子里，每当听到《雪城》中那首主题歌"心中的太阳"，总是能想起我们知青组男生，吼唱着"小白菜心里黄"的情景，似乎毫无意义的歌词和声嘶力竭的喊叫，把当年知青内心青春的骚动，现实中的彷徨，对前途的迷茫，无处发泄过剩的精力吼得淋漓尽致。没有下乡的人是永远也体会不到当时的心情的。

"天上有个太阳，水中有个月亮，我不知道我不知道我不知道哪个更圆哪个更亮……"

青涩的岁月

李金山

作者简介:

李金山，1968年初中毕业于武汉三中，1969年下放知青，1970年参加工作。曾任武汉建设局小军山采石厂书记兼厂长，武汉市政材料供应公司副经理，武汉天河机场建设指挥部办公室工程处副处长，武汉机场进场道路建设总指挥，武汉机场综合发展总公司经管处处长，总经理助理；武汉长江房地产开发总公司总经理，深圳长建房地产公司总经理；武汉江南新天地投资有限公司董事长。

知识青年是历史赋予我们特殊的称谓，上山下乡是我们这一代人独有的经历。千百万知青虽然走的是同一条道路，但又有着各自不同的人生轨迹，演绎着不同的命运，有着不同的感悟，留下不同的启示。对于这些，我未曾认真思索，只是凭着沉淀的记忆，叙说青涩岁月的那些事。

一

1965年，13岁的我跨进了武汉三中的大门。良好的学习氛围，丰富的校园生活，给我们带来了无限的遐想。我们坐在明亮的教室里，聆听老师的教诲；漫步在学校的林荫道上，畅想着美好的未来，谈论着理想人生。然而，1966年突如其来的"文化大革命"，将我们带入革命的洪流，唤起了沸腾的青春热血，点燃了高昂的革命激情。1968年，在"知识青年到农村去，接受贫下中农再教育，很有必要"的指示下，我们又豪情满怀投身到上山下乡的热潮。

上山下乡牵动着每个父母的心。他们担心子女的前途和命运，权衡子女去向的利弊。但在"最高指示"面前又显得那么力不从心。三中对口下放地点在宜昌，不仅路途遥远，而且还是山区。身患重病的母亲忧心忡忡，苦口婆心地劝导我，回老家汉川。然而，不谙世事的我，对父母的劝导却置之不理，始终坚守"越是艰险越向前""哪里艰苦哪里去"的"革命"信念。父母无计可施，只能是一声叹息。临行前，我从梦中醒来，只见母亲边为我准备行装，边拭抹眼泪。

1969年元月8日，我们下放到宜昌的800名同学，来到学校操场，登上了汽车，依依不舍地离开了开启我学业心智的摇篮——武汉三中，踏上了上山下乡的征途。

二

沿江大道十三码头锣鼓喧天，彩旗飘扬。欢送"上山下乡"的条幅随风摆动。我们沿着陡长的江阶，穿过趸船，登上了东方红34号轮。父亲挑着行李进到二楼客舱，把一件件行李包轻轻地置放在床下。站在舱内凝视着我，想对我说什么，却什么都没说，只是拍了拍我的肩膀，默默地向船下走去。弟弟的手冻得通红，将抱在怀中的小柳藤箱放到床上，一步一回头地随着父亲离去。我冲出客舱，站到了船舷边，只见拿着扁担的父亲和弟弟在凛凛的寒风中，伫立在趸船上,仰着头注视着船上。趸船上、跳板上、石阶上、江堤上站满家长和亲友,船右舷板上站满了学生。两处相隔挥手惜别。当船在东方红乐曲中缓缓启动的瞬间,船上岸上顿时哭声一片。父亲仍然拿着扁担一动不动站在那儿看着我,弟弟不停地挥着小手。我看着父亲和弟弟,想起疾病缠身的母亲,顿时泪如喷泉,夺眶而出。我第一次尝到了别离的痛苦。

轮船逆江而上,我站在船舷边,龙王庙、晴川阁、龟山,在身旁一一晃过。看着渐渐远离的长江大桥,心中又是一阵酸楚。再见了!美丽的江城,再见了!可爱的故乡,再见了!我的亲人。

船到沌口,我手扶栏杆,站在船尾,看见过江铁塔高耸入云隔江相望,阳光辉映在浩瀚的江面上,鸥鹭盘旋空中紧紧尾随,浪花翻滚涛声绵绵,难过的心情有了些缓解。但看到前面一望无际的茫茫长江,又添了几分惆怅。

我走进船舱,打开装着艾思奇的《辩证唯物主义历史唯物主义》、康斯坦丁诺夫的《历史唯物论》、苏联教科书《政治经济学》,《国家与革命》、《哥达纲领批判》、《反杜林论》,还有几本小说和一本诗集的柳藤箱。拿起《哥达纲领批判》,躺在床上翻了翻,实在看不进去。船舱内,同学们都默默无语,有的躺在床上,有的坐在床边,有的清理物件。我感觉到气氛的压抑和凝重,便坐起来对大家说:"来!大家快活一点,我们打牌。"沉闷的气氛总算被打牌的嬉闹冲淡了。

船上的时间虽长,但有这么多同学在一起,时而打牌、时而下棋、时而聊天、时而看书、时而观景,并不觉得孤单和无聊。经过三天三夜的航行,34号轮于11日晚上9点多钟,到达宜昌。我们住进了宜昌饭店。这是当时最好的宾馆。周福生、杜良怀等学长从饭店走出来迎接我们。我感到一股暖流涌入心田,格外高兴,好像见到了久别的知己。其实,他们只不过比我们早十几天开到宜昌而已。

第二天,我与周福生、杜良怀等学长依依惜别,登上了去土门的汽车。望着渐渐远去的学长身影,心里又是一阵惆怅。"桃花潭水深千尺，不及汪伦送我情"。此情此景使我深刻体会到这首诗的意境。难而，令我怎么都想不到的是，这次与周福生的分离，竟是永久的诀别。很多年后，我打听同学们的消息时，才得知周福生为求得一顿大米饭，因溺水而早早离开了人世。我感到无比的难过，为这位才华横溢、和蔼可亲的学长英年早逝而深深惋惜。为多次曾想到小溪塔而没去而深深的懊悔。杜良怀写给天堂中的周福生的那封悲怆的祭文，将我带到满天乌云，大地灰暗的蔡家河边，仿佛看见周福生在那波涛汹涌的河水中挣扎抗争的情景。

土门离宜昌只有 30 华里。汽车在土门区委区政府门前停下，我们下车后走进了区委礼堂。礼堂不大，里面坐满了人。舞台上方挂着"知识青年插队落户欢迎仪式"，左右两边悬挂着："广阔天地大有作为""接受教育很有必要"的条幅。公社干部致了欢迎词，土门区宣传队表演了节目。突然场上响起了"武汉知青来一个"的呼喊声。我们只好将袁善鹏推到了台上。袁善鹏表演的舞蹈，赢得了满场掌声。

三

我和袁善鹏、彭国胜、韩世炎分在车站二队。张德寿队长和妇女队长领着我们穿过汉宜公路，走下了河滩。河滩中间有条蜿蜒的溪沟，清澈的溪水在光滑的卵石上缓缓流淌。我们踩着露出水面的鹅卵石，一步一步地跨过了溪流。穿过河滩是一片狭长的平地，中间有一条飞机跑道。这是个没有使用的飞机场。跑道与大山之间，就是车站二队。因我们住房还没有盖好，晚上住在妇女队长家。妇女队长的家靠近飞机跑道，泥墙布瓦。房屋中间是个堂屋，上方靠墙有个神龛，左边是房，右边墙根边是火塘。火塘中间悬挂着一个吊壶。燃烧的木柴发出吱吱的响声。一缕缕青烟沿着黢黑的墙壁向上盘旋，漂浮在房顶的檩橡上。吊在上面的几刀肉被熏得黝黑黝黑。一个中等身材，黑黑脸庞的中年男子，坐在火塘边抽着旱烟。一见我们立即站起来，握着我们的手说："欢迎你们。"妇女队长说："这是我的爱人，孙富贵。"我们放下行李后，围坐在火塘旁，一边烤火，一边聊天。晚上，我们四个人挤在一张床上，度过了知青生活的第一夜。

第二天，张队长将我们带到一间土墙草顶的房屋前。房屋一半里面住着一位孤寡老人，另一半只有半截土墙。在村民的指导下，我们将墙体用泥土夯实加高，屋顶铺上厚厚的稻草。屋内木条相隔，前面是厨房，后面是泥砖垒起来的一张床。这间10来平方米的房屋，就是我们的新家，那张像炕一样的通铺就是我们四人的床。

新的生活开始了。我们自己做饭，粮食和蔬菜由队里提供，因为我们有安家费和粮食指标。烧柴却要自己上山解决。屋后的大山上，种满了松树，是天然的柴场。树木不能随意砍伐，只能砍树上的枝叶。我们将砍下来的树枝归集在一起，用草绳捆绑，背下山，放在屋前晾晒。晒干了的松树枝一放进灶膛内，就像浇上了汽油似的，熊熊燃烧。山上林海松涛，清新的空气，翠碧的山色，旖旎的风光，令人心旷神怡。眺望山后群山绵延，郁郁葱葱；晨光下的山间云环雾绕；峡谷中的小路蜿蜒起伏；半山中的房屋点缀茂林。野兔在山林中四处觅食，松鼠爬上树梢偷吃松果。陶醉在自然美景中的我，仰头看了看挺拔的参天古柏，又抚摸着身边的一棵青翠的小松说：我将在这里与你慢慢长大。

在这小小山坳里，住着区委书记、小队队长、普通村民、孤寡老人，加上我们知青五户人家。相处和睦，互相照应。张书记的爱人经常光临"寒舍"，问寒问暖；张队长送米送菜；周家夫妇及小孩常送点咸菜。我们与一墙之隔的老人，更是相互依靠，相互帮助，有好吃的共同分享。四个人的家，吃饭是第一要务。我做的饭菜是没人吃的。于是被派到灶前烧火，拉拉风箱，添添柴草，就这样还常常搞得满屋浓烟。善鹏的确能干，不仅饭菜做得好，而且经常帮我浆洗衣被，晚上是我们最快乐的时光，看书、打牌、下棋、聊天。有时拿着手电筒到稻田捉青蛙，改善伙食。

四

第一天干的农活是挑粪。张队长在安排农活时说："你们刚参加劳动，每次只挑半桶粪就行，不要伤着身体。"我们逞强，每次都挑起满满的一担，行走在田间小路上，心里还在想：我曾在家里挑过水，一担粪算得了什么！没想到，挑了四五担后，就渐渐感到体力不支。我们咬紧牙关，仍然坚持。结果，双肩磨破，血将衣服与肩粘连在一起，扁担往肩上一搁，就是一阵钻心的刺痛，下午连半桶粪都挑不起了。收工后，我们拖着疲惫的步伐，带着满身的臭味，回到草屋，脱下外衣，东倒西歪地躺倒在炕上。

春耕开始，沉寂的田间顿时热闹起来。有的手持牛鞭，手扶犁耙，驱使拉着犁刀的耕牛，将田间的泥土翻起；有的站在犁耙上，将泥土耙碎、整平；有的挑着粪在田间施肥。拔秧和插秧是轻活，但还是让人觉得难以忍受。我有时坐在秧田，双脚泡在水中，顶着头上烈日晒，忍受脚下水汽"蒸腾"，将一株株秧苗拔起，捆成一束。有时站在田间，躬着腰，曲着背，将一棵棵秧苗插在田中。一天下来，腰酸背痛。秧田中的蚂蟥又多，时不时爬到腿上吸血。扒在腿上的蚂蟥，拉也拉不掉，甩也甩不脱。只有使劲拍打着腿，它才会掉下来。有掉下来后腿上就会流出鲜血。

挑秧的男人们，把秧苗挑到田埂上，将一束束秧苗甩到田中。有时他们故意将秧苗扔到插秧妇女身边，泥水溅到妇女身上、脸上。妇女们拾起秧苗，向男人身边甩去。男人躲避不及，也会溅得满身泥水。这种"秧苗之战"常常引起田间阵阵欢笑。

在"抢种"的日子里，不管是晴天还是雨天，我们都要起早贪黑地"战斗"在田间。大雨时，我们头上戴着斗篷，身上披着蓑衣，脚上穿着草鞋，手中握着铁锹，在田埂上巡视，排除秧田滞水。

袁善鹏在队里没参加几天劳动，就被抽到区文艺宣传队。我也去当了几天老师。大队小学张老师生病，张队长要我去学校临时代课。学校在车站一队和车站二队之间的一间土屋内，说是学校，其实就是一间教室。门窗破损,屋顶透光。教室内课桌五花八门,长短高低不一。讲台前摆放着一张破旧的小桌,墙上挂着一张黑板。全校从一年级到六年级共20多个学生,全在这间教室内上课。我看了一下张老师列的课程表,仅语文和数学课一周就是24节,每天要上4节,而且是从一年级到六年级的课。还有体育和音乐,当然,这两个科目可以一起上。看着这张课程表,我对张老师的敬佩之情油然而生,也为我的能力而深感担忧。看着一个个活泼可爱的孩子们,心想:我不能误人子弟。于是,我找到张队长,说:"我虽是初中毕业,实际上只有小学文化程度,又没有教学和管理经验,恐怕难以胜任。"张队长说:"这个没有什么关系,你只要把学生管好就行。至于课,能上多少就上多少。"我再也不好推辞,只好硬着头皮登上了讲台。我白天上课,晚上备课、批改作业。虽然张队长说了"课能上多少就上多少",但我还是按张老师安排的课程,一课不拉全上了。不管课讲得好不好,但我尽力了。代课时间较短,而那一双双渴望知识的眼神和那栋破旧的教室,却深深地留在了我的心里。

五

队里来了一位解放军,我们叫他徐团长。他这次来土门区是进行社情调查,为启用机场做前期准备。他常到"草屋"看望我们。久而久之,我们成了好朋友。有一次,他邀请我们到他住的地方"做客"——他住在离我们不远的贫协主席家。贫协主席家坐落在西边的一个山坳中,那里只有他一户人家,非常僻静。土墙布瓦的房屋,中间是堂屋,两边是房间。屋内整洁而宽敞。贫协主席年事已高,膝下无儿无女,二老相敬如宾。见到我们到来非常高兴,还为我们做了一顿丰盛的晚餐。此后,闲暇之余,徐团长都会叫我到他家去玩,还拿出飞行员吃的多种维生素给我吃。说:"正是长身体的时候,吃了可以补充体内维生素。"我有烦心之事也会向他倾诉,他像兄长一样地开导我。有时,我们二人睡在一张床上,听他讲他的一些故事。他是山东人,家有老父老母和妻子、儿女。闲谈之中流露着对家乡的眷恋。他是飞行团长，谈到部队津津乐道，充满了自豪。

不久，机场恢复建设正式启动，跑道两旁营房林立。嘹亮的军号声、军训的口号声、机械的轰鸣声，打破了山村的寂静，给这个悠长的峡谷注入了盎然生机。每当我走到营房边，看到一群群年轻战士的身影，顿生羡慕之情。

六

父母不断来信要我回汉川，都被我一次次拒绝。母亲因此多次咯血而住进了医院。但父母并没有因我的拒绝而放弃。这天，我又接到父亲的来信，告诉我：已办理汉川接收手续，要我为母亲着想。我为父母擅自办理接收手续而懊恼。我拿着信找到徐团长，他说："你不要为此生父母的气，他们是为你好。要你回汉川不是没有道理。你这样坚持，会加重你母亲的病情。"我说："汉川固然好，但离开了同学我会孤独，我过惯了与同学们在一起的生活。"徐团长说："同学之间这种纯真感情值得珍惜，但天下没有不散的宴席。如果你母亲因你有个三长两短，你会后悔一辈子。"父亲一封封来信催促，我在去留之间煎熬、挣扎。最终，我妥协了。屈服于母亲的病情，我离开了宜昌，离开了土门，离开了车站大队，离开了那间小草屋，离开了朝夕相处、同甘共苦的同学。

1971年，出差到宜昌，与善鹏、国胜、世炎一起，带着礼品回到离别两年的车站二队。队里没有什么变化。我们住过的那间草屋还在。隔壁老人还是那样精神。我们看望了张大妈，并向张书记问好。又看望了张队长、贫协主席、妇女队长及孙富贵等村民。乡亲们见到我们非常高兴，拉着我们的手问个不停。对于我们的到来无不感叹说："走了这么多年，还想着我们，想着我们车站二队。"

我们在公路旁一个小山上，找到了徐团长的营地。他将我们接到宿舍，端出一脸盆苹果给我们吃。临走时，还要我们一人带去几个。但之后随着时间的流逝，我与这位给予我呵护和关爱的良师益友失去了联系，留下的只有思念。

32年后，我又到宜昌。这时伍家岗与宜昌城区已经连成了一片，拉近了宜昌与土门的距离。那天下着雨，汽车沿着那条沙石路到了土门。道路两旁"稻花香"广告林立。原来稻花香酒厂就在这里。汽车驶进了关闭的飞机场，停在了飞机跑道上。我打开车门，踩着泥泞的小路直奔山坳，寻找曾经的那间小草屋。然而，草屋早已拆除，留下的只是一块空地。昔日的老人一个也没见到。我带去的一点食品和烟，也不知给谁。我全身湿透，一双皮鞋成了泥鞋，却只有带着满腹的惆怅和遗憾，悻悻地离开了车站二队。

宜昌—土门—车站大队，是我走向社会的起点。短短数月，我尝到别离之苦、思念之痛，体会到生活的艰辛，感受到了人间的真情。这里秀丽幽美的山水，留下我青春的印迹；这里田间地头洒下我耕耘的汗水；这里善良淳朴的人们深深地留在我的记忆里。

七

我的老家在汉川，离马口镇8华里。途径邱子脑、中心台、六百弓三个村庄。到了黄灌堤，便看到了广袤田野中，树林环绕的杂姓台。这里原来地势低洼，村庄的房屋建在高地上，故称为"台"。

这是我十分熟悉的地方，儿时，每年几乎都要来这里。每次听说要回乡下，就高兴万分。记得10岁那年，家里给我过生日。爷爷奶奶坐在老屋上方，伯父伯母、姑爹姑妈和父亲母亲坐在两边，兄弟姐妹站在两侧。我跪在地上，向他们挨个叩头。回乡过年，总看见大伯二伯家，杀猪、宰鸡、打豆腐、摊豆丝、炒花生、炒米泡……，忙个不停。老屋里有一个硕大的水磨，丁字形的木制磨杆，一头吊在屋梁上，一头插在磨盘上，双手握着把杆，一推一拉，两块磨盘中间冒出一股股白净的浆汁。我觉得好玩，有时也上去推拉几把。不是推出去拉不回，就是拉回来推不出去。新鲜的豆腐脑又香又甜。新摊的豆丝用大蒜一炒，吃在嘴里香喷喷。除夕之夜，各家贴门神、挂对联，放炮燃鞭。大年初一清晨，每家端着一碗面条或者汤圆或者豆丝，挨家挨户相互赠送。过年期间，不是走亲戚就是"赌博"。我们兄弟姐妹常常围着老屋中间摆放着的那张方桌边,摇骰子,押"单双"。正月十五前后,彩龙船、高跷、龙灯等挨家巡演。暑假回乡,坐在树荫下,听着知了的鸣叫,趴在桌上写作业。有时跑到田间,跟在大人后面,拾捡地上的麦穗。在这里留下了许多美好的童年回忆。这次回老家,再也不是探亲做客,而是安家落户。身份不同,心境自然也就不同。

我的安置费早已拨给了宜昌,汉川安家的一切事宜全由自己料理。经父亲与二伯商量,在"老屋"与二伯家房屋中间的小巷里搭起一间小屋。里面放有一张床、一张书桌,一个灶台。我一个人住,倒还显得挺宽敞。吃饭祖母做,衣被姐妹洗,粮食家里送。母亲拖着患病的身体前来探望。带来的行李,除了一些食品外,还有满满的一袋大米。这是父母亲和弟弟从牙缝里省下来的。

八

浓浓的亲情、乡情,并没有驱走我的孤独和迷茫。同学们的身影,宜昌的山水,山坳中的草屋,常在脑海中回荡。我需要激情,需要力量。然而我的激情和力量,来自我的同学,来自我和我的同学们在一起的集体。因为在这个集体中尚存一丝体现自身价值的希望。

淅淅沥沥的秋雨下个不停,雨水滴在屋顶上"叮当叮当"响,搅得人心烦意乱。我躺在床上,拿着《辩证唯物主义和历史唯物主义》,随意翻了翻,无心阅读。从床上起来,走到柳藤箱前,心想:带着你,又有何用?并随手将书,扔进了箱子里。沸腾的热血,燃烧的激情,彻底湮灭。我看着暮色的天空和烟雨的田野,茫然不知路在哪里。祖父为生存来到这里,他的子孙为生存而坚守在这里。难道我也要像他们一样,在这里坚守一辈子吗?看到祖父的身影,就如看到50年后的我,我感到一阵恐惧。离开这里,我要尽快地离开这里,去寻找一条属于自己的路。离开唯一的办法,就是病转回城。我一次又一次地到医院,索要病情诊断证明,却一次又一次空手而归。我心力交瘁,无力过问。病转回城之事,就此搁置。希望破灭了,只能面对现实，这是唯一的选择。我继续着我的插队生活，继续经受着灵与肉的磨砺。

九

　　这里是棉产区，主要种植棉花，套种小麦。种一点大麦、蚕豆、红薯，来弥补国家供应粮的不足。种植花生、油菜，用来榨油。

　　开始我和二堂哥一样，干些零星杂活。上上草木灰肥料；帮着拉拉板车；睡在仓库里照照夜之类的事。丹江水库到武汉的输电线路，从村前经过。高大的铁塔托起电缆，耸立田间。线路还在施工中，为防止破坏，小队派我和二堂哥去看守。晚上，我们躺在田间的竹椅上，守护着铁塔。圆圆的月亮高悬在暗蓝的天空，照着大地一片娇白。沉睡的村庄，时时传来声声的狗叫。银光下的池塘，青蛙奏起清脆的鸣叫。温柔的微风轻拂在人身上，感到阵阵凉爽。我望着天空，在浩瀚的宇宙里，寻找我的那颗星。

　　棉花锄草期到来。每天早上，二伯都将锄头磨好放在墙边。听到队长在远处喊："男劳力挑粪，女劳力锄草。"我扛着锄头，跟着女劳力一起，走到棉花地。棉花地的杂草长得比棉花还高。我拿起锄头，担心伤到棉花苗，小心翼翼地将一棵棵棉花周围的杂草连根除掉。我身边的妇女们一边聊着天，一边锄着草，很快把我甩到后面老远。过了一段时间，我经过那块地，一看，满地都是杂草，唯有我锄过草的那厢地，棉苗周围干干净净。

　　小麦播种时节。开始我跟在铁犁后面，播撒种子。后来渐渐地学会了犁田。收割时节，我身着长裤长褂，头上戴着草帽，脖子上围着毛巾，脚上穿着球鞋，手持镰刀，弯着腰收割小麦。骄阳似火，大汗淋漓。我立起腰，舒展了一下身子，擦了擦身上的汗水。往前一看，麦浪一望无际，使人心悚，心想：何处是尽头!? 我回头一看，一片麦秆静静地躺在地上，又增添了几分信心，心想：只要坚持，就能割完。我用棉布条重新裹了裹手上的血泡，拿起镰刀，忍着腰酸背痛，继续弯腰割麦。夕阳西下，天地一线，金色辉映。我坐在田际，看着躺在脚下的麦秆，自豪地笑了。此时深深地体会到，坚持一下的努力对成功的重要。我揭开手上的棉布条，血泡变成了新茧。

捆麦秆看似容易，捆好却难。麦秆表层光滑，捆得不紧，就会散落一地。经仔细观察，认真练习，慢慢地掌握了其中的要领。我捆的"草头"，两头翘，中间细，活像一只大公鸡。就是人们说的"鸡公翘"。捆好的"草头"，用冲担挑运到稻场，堆成一座座高高的麦垛。

麦子收割之日，正是粮食青黄不接之时。大米早已吃完，大麦和小米成为主粮。吃大麦，再也没有儿时感觉的那种香甜。大麦羹、小米粥，虽容易吃，但不经饿，干活时汗一出，肚子就饿了。大麦饭、小米团，虽经饿，但难吃。吃在嘴里，满口跑，难以咽下喉。打麦子的那天，我戴着口罩，站在脱粒机口前，不停地递送麦秆。机内喷射出的浓浓粉尘，将我变成了一个"灰人"，全身奇痒。鼻子和口腔内的麦屑，呛得人喘不过气来。中午回到家里，我端着一碗难以下喉的小米团，几乎流下了眼泪。尽管如此，我放下碗筷，还是站在了脱粒机旁。

小队有一块叫"九十亩"的旱地，在水渠边。为解决粮食的不足，将其改成水田，种植水稻。因离村庄较远，插秧时，午饭由队里派专人送到田头。我坐在水渠堤坝杨柳树下的草地上吃完饭，因天气酷热，口渴难耐。虽然看见水渠中一条条游弋的蚂蟥和堤坡上四处散落的牛粪，我还是不得不走到渠边，撇了撇水面上的浮叶，勺起一碗水喝进肚子里。好长时间，我都感觉腹中蚂蟥的蠕动。

队里分了一块菜地，爷爷在地上种了一些萝卜。冬季的一天，大堂哥早早把我叫起，将一袋袋萝卜装到板车上。大哥拉着板车，我紧跟其后。我们拉着板车在坑坑洼洼的小路上摸黑行进。到了马口，我们将板车停在集市的马路边，站在寒风中，等待着天亮。天空渐渐泛白，街上的人渐渐多了起来。一车萝卜卖了一上午才卖完。卖萝卜的钱，给大伯买一条8毛钱的"经济"牌香烟，其余的全部交给了奶奶。因为，这是打酱油醋和买食盐的钱。少不更事的我，渐渐懂得了生活的艰辛。

十

艰辛的岁月，使我变得坚强。汉北河工程全线展开。我们队的工地在新沟一带。生活物资通过汉江，从马口运送到新沟，再用板车转运到工地。我登上了停靠在马口运送粮草的小船。船由村里的魏老伯驾驶，他是我们队里唯一一个会驾船的。晚上，夜幕下的江面孤灯闪缀，黑暗中的江堤若隐若现。江水哗哗流淌，小船随波微荡。躺在船舱内，我仿佛身临"姑苏城外"，听到"寒山钟声"。在无限的遐想中进入了梦香。

第二天清早，小船起锚，顺江而下。魏老伯在船尾驾着船。我像当年李白似的，站在船头观赏两岸景色。虽然没有白帝城的彩云，听不到猿猴的鸣啼，却有着自由、快乐、超凡脱俗的意境。

船停靠在新沟码头。我找到了那间用棉梗和稻草搭建的工棚。这就是我们小队20来人在汉北工地的住处。

太阳初升，我们踏着清晨的露水，来到规划的河段。整个工地，从西北向东南一线排开。到处红旗招展，人流如梭。队长在指定的区域，派人用白石灰在地上划分了几个断面，分配到各个小组。我们将一块块泥土挖起，挑运到旁边堆积，形成河堤。泥土挖起来容易，像切豆腐似的，三锹下去就是一块长长的有棱有角的泥土。泥土黏性极强，富有弹性，软而不散。因此，每次都装到斗箕的弓子边。泥土本身就重，加之装得又多，满满的一担，挑运时还需用双手提着斗箕弓子，担心扁担承受不起。我已经不是昔日连半担粪都挑不起的瘦弱小伙子，一两百斤挑在肩上，行走如常。河床越来越低，堤坡越来越陡，我照样挑着满满的泥土，一步一步登上越来越高的堤顶。

1970年5月，这条上联天门河，下接府河入长江，全长100多公里的人工运河宣告完成。一条宽广的河床平地而生，两岸河堤拔地而起。这条用汗水浇灌，靠双手挖掘，万人肩挑出来的人工河，分流上游的洪水，消除荆楚的水患，造福于黎民百姓。短短半年，平地造河，凝结着我们不懈的努力和辛勤的劳动。彰显了人们改造自然和在改造自然中改造自己的力量。站在高高的河堤上,我想起那句"只有不畏劳苦艰险沿着陡峭山路攀登的人,才有希望达到光辉的顶点"的名言。

1970年6月招工开始。我接到武汉市建设局小军山采石厂的招工录取通知书。6月29日晚上,来到马口旅社。这里成为了欢乐的海洋,知青的盛会。楼上楼下灯火通明,到处欢声笑语,谈笑风生,彻夜无眠。6月30日早上,我提着柳藤箱随着两百名知青登上了武汉轮渡11号轮,离开了汉川马口,结束了我的知青生活。

2011年,我去宜昌参加一次商务谈判。我知道,这也许是退休前的最后一次商务活动。42年前,我上山下乡来到宜昌土门,开始了工作事业的第一步。42年后,我将在这里结束忙碌奔波的繁琐事务。我从这里起飞,又在这里降落。这可能是命中注定,也许是机缘巧合。

一年半的知青生活,对人生来说是那么短暂。然而,在这短暂的岁月里,我经历了离别的痛苦,思念的情愁,孤独的失落,迷茫的惆怅。也感受到人间的快乐,淳朴的真情,收获的喜悦,坚持的希望。留下的是沧桑的印迹,谱写的却是平凡人生绚丽的篇章。这段青涩的岁月,刻骨铭心,是我人生的宝贵财富,奠定了我事业成功的基石。正因如此,在几十年风雨人生中,才能够更加的淡定和坚强。

路 碑
——一年零八个月的浪漫与终结

杜良怀

作者简介：

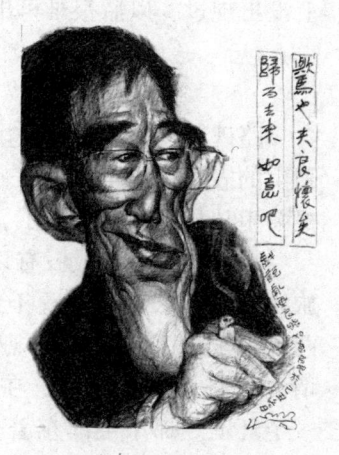

杜良怀，生于1948年9月，武汉三中高中1967届毕业生，当过知青、工人、教师、新闻工作者，在金融管理部门退休。

半世纪前，从湖北省宜昌市到远安县有条公路，在这条砂石公路上有块标志距离宜昌市16公里的路碑，路碑旁，有座孤零零的土屋，当年我们知青就住在那儿。

土屋后侧有个溪水迂回形成的深潭，另一侧有片荒坟野冢，周遭数百米范围内只见田亩不见人家。现今公路改道，原来的那段路成了条长街，溪、潭、坟冢、田亩、土屋全消失了，更早消失的是"知青"。

而当年那块粗糙的水泥路碑却一直清晰地树立在我

的心中，成为我人生分野的一块界碑。

　　我的知青生涯不长，作为一种生活或生存状态，它始于1968年12月28日，"东方红32号"轮溯长江而上将我抛到宜昌。一年零八个月后，另一条船，"武汉轮渡九号"将我和300多名知青顺流而下带回了武汉，这300名知青成了武汉市交通邮政管理局属下各单位的新工人。

　　那年由"江津"轮改名的"东方红32号"装载了上千名武汉市的中学生，在惊天动地的哭喊中启航，经新堤、监利、沙市、枝城、宜都直至终点宜昌，沿途丢下了一批批脸上混杂着茫然、困惑和希冀的年轻人，在船上还是学生，当他们踏上陆地时就有了一个中国历史上没出现过，以后很难再出现的共同名称：知青。

鄂　二　队

　　路碑边的小土屋里住了4个知青，我、周福生、莫安德和同学祝菊生的表姐，半年后"表姐"调到了大队办的轧米厂，搬离了土屋，祝菊生从枝江县转过来了，土屋里仍是4个人。

　　这个组合的形成没有认真策划商讨的过程，随便得有如现今约伴旅游。毛泽东"知识青年到农村去"的最高指示发表前，虽然下了两三批学生，可都不成规模，我在观望，能不去就不去，去也无所谓，我13岁离开父母，在学校住读，独立生活到20岁，下乡无非换一个环境。那条毛泽东著名的指示一公布，大势所趋，才想到要结伴。武汉市老三届下乡有两条路，一是按校划分省内对口乡县，学生自由结合成小组，分到生产小队，武汉三中对口的是宜昌县。二是可以单独投亲靠友，去亲友所在或某个愿意接纳的农村生产队。周福生和莫安德同班，我和他们同校同年级，一九六七届高中，但不同班，同班关系好的同学或者已经下去了，或者选择了投亲靠友，找不着愿意去宜昌的。一次和周福生下围棋，随意问了句能不能跟他一块去宜昌，他边下棋边说了个行字，这就定下了，随后报名，下户口，临行前又应祝菊生请求，接纳了不愿意去僻远山区的"表姐"。

武汉三中校园"文革"时有个规模很大,包容了从初一到高三所有班级的学生"文革"组织"红岩战斗队",谢保安和周福生是这个"战斗队"的领头人物,我和莫安德、祝菊生属于紧密跟随者,在踏上"东方红32号"轮之前,我和莫安德交往不多,把我们连接在一起的是周福生。

我们这个知青组合促成得很偶然,但偶然中却有着共同的"文革"经历和对世界、人生的认知基本相同的必然。我们从离开校园第一次真正进入社会时走到了一起,从此几十年不离不舍,我和莫安德成了至今不渝的知己,死在宜昌农村的周福生,也从来没离开过我的脑海。

当年的农村实行公社、生产大队、小队三级行政,相当于现在的乡镇、村、组。这一批武汉三中下乡知青被分配到宜昌县小溪塔区张家场公社的各生产队,我们分到鄢二队,它的全称是鄢家河大队第二生产小队。鄢家河大队是宜昌县内相对富裕的地带,宜昌地区在这里搞"大队经济核算"的试点,军分区常年派员蹲点支农,公社机构设在这个大队的地盘上。宜昌市至远安县的公路穿队而过,以这条公路为轴,两侧远处有连绵起伏的山岭,在山与公路之间的小丘陵地带散布着10个生产小队,其中从鄢一至鄢八,8个小队分有知青。我记忆中鄢六队条件最好,公社、供销社、轧米厂等在地界内,工分值最高,有电灯,五队也不错,用的也是电灯,这为以后谢保安、童青山分到鄢五队后索要安家费买电子管收音机提供了条件。

我们鄢二队条件中等,几十户人家,分散在公路两侧稍平坦处,小队长分配生产任务要站在高地上扯开嗓门喊叫。队里的田地每年种一季小麦两季水稻,下乡那年,工分值0.46元,这在宜昌地区算中等偏上,听说山里的工分值有低到0.08元,8分钱的。一般情况下,一个强劳力干一天可以评、记1个或1个以上的工分,在很长一段时间里给我们评的是0.7个工分,按妇女劳力的标准评出来的。按阶级成分划分,队里没有地主,仅有户富农,其父子两人都是做农活的行家里手,家景宽余,最穷的一户生育了8个孩子,我们称之为"8子贫农"。

老三届下乡时，国家有政策性照顾，每人120元安家费，半年内由国家提供每人每月45斤大米、半斤食油，安家费给生产队为知青建房，添置必需的生活物件。绝大多数地方的农民省下了这笔钱，把空余的旧房给知青居住，在他们的意识中知青迟早会离开，建房多余。给我们住的就是那16公里路碑旁的土屋。

土屋原是队里的仓库，为了让我们能居住，进行了些改建，隔出了一间堂屋和两间十平米左右的小房，砌了炊台，放了个大铁锅，装了烤火（宜昌人称为向火）的砖砌火塘。我们住进去的时候仓库里存放的东西没有搬空，梁上挂着架大水车，墙角堆放着十几个油篓，装的是以后要分给农户的食用油，屋外有个高高的属于小队所有的柴火垛。他们很放心把这些留在我们的辖区内，后悔是注定了的事。

第二类知青

知青的名称是共同的，知青生活与生存状态则因时因地因人而多种多样，莫安德把在农村的知青大体归纳为三类：一是老老实实，虚心接受贫下中农再教育类；二是不思改变，和上山下乡的宗旨背道而驰类；三为介于二者之间类。莫安德在回忆中写道："十分不幸的是，我们鄢二队的周福生、杜良怀及我与鄢五队的谢保安、童青山，就属于第二种人。我们出勤率很低，在屋里生龙活虎，在田里无精打采。队里分给我们的自留地，我们从不施肥浇水，菜籽撒下之后，采取无为之治，任其自生自灭，田里的草长得比菜高。"

据我的接触和了解，如按上述划分，一、三类知青在知青群体中占绝大多数，起码在老三届知青中完全属于第二类的很少，而我们鄢二队和鄢五队的组合可以称为第二类知青中的典型。因为稀少，所以我想如实回忆和记录那段青春浪漫的生活和它的终结，这是我写这篇文章的目的。

在周福生死去之前我没有体会到"不幸"，我一直觉得那是段"快乐的生活"，在我曾写过的《棋缘》、《烟趣补》、《我的所爱在山腰》中涉及农村知青生活时浪漫的欢快是主旋律。同学王焰涛注解为"法国的书,俄罗斯的歌,天上的星星稻草垛"。到现在我仍然认为那一年半是我到目前为止的人生中最自由最无顾忌最清纯的时段。

当年鄢家河丘陵起伏,阡陌纵横,晨昏时分,坐在屋后的田埂上,炊烟袅袅,远山朦胧,像在读一首秀美的田园诗。如果不考虑吃穿用这些最必需的生存需求,就可以去感受这大城市绝没有的风景。我们没有担忧过吃。前半年有国家保障的粮食供给,后来按工分分口粮,农民强劳力的粮食都不够吃,要"忙时吃干,闲时吃稀",要辅以"杂粮、瓜菜代",我们记的工分少得可怜,分的粮食不到月半就吃光,没粮就找队长要,名为借,实际上从来没还过,也没想过还,下乡期间所借总数应该超过两千斤米(不是谷,当时100斤谷约轧70多斤米)。生产队记着账,我招工回城,走前向生产大队写过欠680斤米的字据,这应是鄢二队知青借粮总数除4后的数字。

口粮分得少,一是评的分低,有技术含量的农活我们不会干,跟着妇女们(乡下统称为妇联)做些随大流的简单活,如几十号人一字排开地锄草。二是出的工少,用莫安德的话说"出勤率很低",很低到1969年全年我仅被评、记了46个工。

我们想出工就出工,不想出工就睡够懒觉后或看书或下棋或写信或品书议事:家事、国事、天下事,爱情事,此外就"走乡串队"——到几里外几十里外的知青同学那里吃饭神侃。

我和周、莫性格各异但有很多共同的爱好和追求。我们都爱看书,各自带了不少的书下乡,多为中外名著,议论书中的内容是永不枯竭的话题。记得议论过罗曼·罗兰的《约翰·克利斯朵夫》、大托尔斯泰的《战争与和平》、巴尔扎克的《高老头》、伏尼契的《牛虻》、中国郭沫若和创造社、新月派的作品,等等。还与晚我们半年下乡的谢保安议论过他推崇的别林斯基、车尔尼雪夫斯基等人著作中的社会民主主义思想。我和莫安德谈得最多的是《红楼梦》,谈书中的情节、诗词、人物,大观园女孩中我们共同欣赏晴雯,喜爱的是史湘云。他还读《楚辞》,可以背出全篇《离骚》。这段时间的读书、论书对我一生影响极大,可以说我"生活在书中",以书中我认为的

"美好"去寻找、定位我的理想、追求，包括爱情。

　　下围棋消遣了我们在农村的大段时光。对于学生而言，"文革"在1968年中期就已经结束，尤其工宣队进校后更无革命可闹，我们所谓"谢派"的学生中不少人爱上了下围棋，举行过比赛，这个爱好带到了农村，我和周、莫兴趣一来就下个没完，和周福生下得最多，还常下赌棋，输了的买鸡大家吃。尽管我们在生产队从没挣到过钱，还欠队里的账，好在那时鸡价很低，用家里寄来的钱，花上大几毛钱就能找队里的农民买一只肥鸡。童青山随谢保安下到鄢家河后，下围棋进入高潮，搞过几次规矩严明的比赛，生产队长派活要我们出工，我们可以冠冕堂皇地以围棋比赛为由说不。在农村我的围棋水平提高得很快，为以后在工作单位和系统拿比赛冠军打下了基础，围棋成了我终生不弃的爱好。

　　我们的这间土屋可能是宜昌地区接待来访知青最多，知青聚会最频繁的地方，这得益于地利与人和。紧挨着直通宜昌市的公路，方便寻找，哪怕仅仅是路过也会进来歇脚，周边无农户，不会受干扰也不至于影响到农民的生活节奏，这是地利。下乡前因"文革"我们已经形成了个亲密的团体，聚会的习惯延续到农村，周福生是校园"文革"中的领袖级人物，知名度高，认识的同学多，人缘好，连远在枝江县、当阳县的外校知青也曾慕名来访，这是人和。到谢保安、童青山下到鄢家河五队后，聚会的次数更多，规模更大。谢保安低我们一届，却是三中"文革"中某一派的一号人物，这一派曾被称为"谢派"，他在当年武汉市参与"文革"的大、中学生中享有响亮的名头，因被进入学校的工宣队审查，比我们晚了半年才脱身下乡，听到消息，有几十位同学从各生产队赶到宜昌去接他。他们下的鄢五队距离鄢二队1公里多，他们常来，我们常去，几乎像在同一个生产队，聚会大半在我们鄢二队，同学聚集之多，有时到了要用水桶装稀饭吃的程度。童青山带了部手风琴下乡，他拉琴，大家高歌，《三套车》、《红梅花儿开》、《深深的海洋》、《喀秋莎》，一首接着一首，热烈的气氛达到极致，有同学将"文革""红岩战斗队"的大旗插到柴火垛上,红旗在晚风中飘扬。后来传来消息,说县里为此还紧张了一阵子,怕知青要闹什么大乱子。

童青山时有名言被同学传诵,"鄢五队出思想"即其一,指的是谢保安热衷于政治,对国家和民族的现在和未来常有敏锐、深刻、独到的见解,他能导向我们这帮同学的思想。他和童青山在我们的助阵下硬逼着大队长拿出安家费中的80元钱买了台当时非常高档的红灯牌收音机,能收听到许多与官方宣传口径不一致的声音,我们的视野得以能跳出闭塞的鄢家河。从骨子里我们都属于理想主义者,是带着崇高理想读书、参与"文革"的,这个"崇高理想"的内容组成很杂,几乎包括我们所知道的古今中外历史文化中一切能打动我们、激动我们的各种成分,斯巴达克斯、美国独立宣言、法国大革命、拿破仑、意大利"烧炭党人"、俄罗斯"十二月党人"、马克思主义、巴黎公社、孙中山的"三民主义",等等。周福生下乡后开始写长篇小说,男主角以谢保安为原型,名字叫马仑,意为马克思加拿破仑。

我们积极参与了"文革",可当了知青,就出现了排斥"文革"的逆反,我们认为仍在进行中的"文革"抛弃了我们,我们说过不少在当时能被认定为反革命的言论。但也正是我们所参与的"文革"给了我们自信,真的以为天下是我们的天下,国家是我们的国家,我们不说谁说,我们不干谁干?以天下为己任,岂能拿一辈子锄头?这种校园内的自信使我们在第一次真正进入现实社会时,从理想主义中变异出了不合时宜,不顾环境的浪漫生活。

在落后的农村,贫下中农不可能教育我们,也没见谁来教育过我们,我们曾试过去主动受教育,下乡没几天,我、周福生、莫安德去小队"贫协"主席家,请他给我们上"忆苦思甜"课。"贫协"全称为贫下中农协会,贫协主席在生产队里和队长、会计、民兵排长、妇联主任一样算领导班子的成员,不脱产,工分补贴。鄢二队的贫协主席姓鄢,七十多岁了,人称鄢老头,他当过兵,先是国民党的兵,当了俘虏后成了解放军,退伍回乡,孤零零地没亲人,在鄢二队他是唯一走南闯北见过大世面的人,他挺自豪地给我们讲他见过的世面,回忆他最苦的日子，听着听着，我们觉得不对，问他这是哪一年的事？原来他讲的是六十年代"三年灾害"时期。

在农村的日子里我们都勤于写信，我的通信无非两类，给父母给同学友人，给父母报平安，写的全是让他们放心的话，给同学则直抒胸臆。有一次，不知怎么出了错，给同学的信落在了公社秘书手里，他把我叫到公社谈了次话，批评我信中流露出的小资产阶级思想，他挺宽厚，没上纲上线为抗拒接受再教育，我和他争辩，举出农民种种落后表现，他不反驳，引了句毛主席语录"严重的问题是教育农民"，顿时让我刮目相看。他把信还给了我，平和分手，以后我没被追究。

我们不想变成"广阔天地"里的农民，看不出在农村会"大有作为"，从头到尾就没打算在农村扎根，鄢家河仅仅是我们人生之旅中的一个驿站。所以我们成为了第二类知青。

周福生之死

鄢二队，大队、公社对待我们可谓无可挑剔。前半年有专门安排的"生活辅导员"教我们做饭、帮我们种菜，辅导员卸任，我们任由自留地的菜自生自灭，为了解决知青的吃菜问题，队里允许我们随便取用属于集体所有的可以当菜吃的农作物，如长在路边田埂上用来喂猪的南瓜。农民要到很远的山上打柴家用，我们不去打柴，允许我们动用生产队的柴禾。任由我们出不出工，没粮了可以借，借了不还还可以再借。我们偷过几次菜，我们能用轧米时分离出来的糠和农民换菜吃，偷菜的次数不多，而且不吃窝边草，只偷外队农民的菜。我们没偷过鸡，偷鸡技术含量高，但我们吃过很多次邻队知青偷的鸡。我们偷过菜油，从生产队存在我们土屋中的油篓中，每个油篓中倒出一些油，同时加进相同分量的水。油按月分给农户，次数多了自然会被发现，可队里只是把剩下的油篓搬走，没有追问。挂在土屋梁上的那条长长的水车被我们一点点的当柴禾烧光了，鄢家河水利设施齐全，队里有抽水机，可以不用水车，烧了更没人吭声。他们肯定后悔把这些留在了我们的眼下手边。

至今我还在思索，为什么鄢家河的农民能够宽容我们"浪漫"的行径甚至是劣行？

不可思议的是，我发现武汉下宜昌的老三届知青普遍强势，没听说过有被当地农民欺负的事，和各顾各的农民相比，同一所学校来的知青共同面对陌生环境则更像一个心齐的集体，当地人反居于弱势。

当年的宜昌地方政府深知"运动"的利害，他们怕担负破坏"知识青年上山下乡运动"的罪责，武汉知青船到宜昌市就和本地年轻人打了场几百人参加的大群架，据说后来被抓的是当地的一名老者，罪名是唆使破坏"知识青年上山下乡运动"。既有这个大背景，宜昌的农民又格外淳朴、勤劳、善良，他们中有一辈子连宜昌市都没去过的，只知道武汉是个大码头，他们没人相信知青会长期待在他们那里不走，迟早要回城，因而同情和怜悯来受苦的知青。同时也怕敢打斗，常把"烧房子"之类的狠话挂在口边的知青，其实在宜昌我没见过也没听说过有知青烧过谁的房子，但宜昌农民仍然对知青表现了他们最大的忍让。

各级组织和农民没有逼迫，我们自己做出了改变。我在农村的浪漫生活终结于周福生的死，而在他死之前我们已经感受到持续了一年多的生活方式难以为继，几个20岁左右刚踏入社会的青年，在完全陌生的贫困落后的农村环境里生活，艰难可想而知，只是在一段时间内，精神取代了物质，快乐掩盖了困苦。但理想毕竟不能当饭吃，困苦越来越像魔鬼一样不可战胜。什么时候能离开农村还不见影子，我们感觉到了生存上的危机和对前途的迷惑。

我们开始嘲讽屡见不鲜的大批同学来了、吃了、乐了、走了的场景，记得莫安德引用普希金的诗调侃："蝗虫飞呀飞，飞来就落定，落定一切都吃光，从此飞走无音信。"于是我们宣布要采取"新经济政策"，这是套用《联共布党史》中的概念，要进行"新生活运动"，这又是借用蒋介石的话，总之是多出工，少聚会，节省粮食，料理菜地。但说的响亮，真能做到的少。当时农村经常要修水利搞工程，这是条出些苦力就不愁没饭吃的出路，我们要求参加，队里求之不得，从 1969 年冬到 1970 年春，我们大多待在建设工地上。

在对待农村、农民的态度上鄢二队知青群体产生了分化，我和莫安德仍持对农村现状不屑一顾，混一天算两个半天的态度，祝菊生以他能唱现代京剧样板戏的特长厮混在大队、公社级别的宣传队，周福生真正转变了态度。他认真读毛著和恩格斯的《费尔巴哈与德国古典哲学的终结》，还加入学毛著小组，向农民宣讲心得体会。他剃了个光头，以示与过去告别，做农活休息时，他一反过去我们单独聊天的习惯，和农民一块嬉闹，男女照例要动手动脚，他也跟着笑，锄草时农民唱《十八摸》之类的荤歌，以解单调、枯燥，他能跟着唱，他要彻底地和贫下中农打成一片。回土屋后我和莫安德毫不掩饰对他的挖苦，嘲笑，认定他的做法无意义无价值。可这动摇不了他的决心。

在学校"文革"学生组织的两个首脑中，和谢保安容易激烈、冲动不同，周福生宽厚、儒雅，长得英俊，体格健壮，风度翩翩，"文革"前就是德、智、体全面发展的好学生。"文革"中他从未以任何方式伤害过任何一个老师或同学。他随和但认准了的事就非常执著，和贫下中农打成一片是他人生中最后的执著。

1970 年 6 月初，传来要在知青中招工的消息，这无疑是福音。不幸的是我们的粮食又吃完了，按惯例找队里去借，可队长说收割的庄稼因连续降雨而不能打场脱粒，仓库里无粮，只剩下些当饲料的木丸子（豌豆）给了我们。吃了两天豌豆，实在吃不下了，就找大队借粮，大队长以同样的理由说没粮食给我们，他建议说：那么多知青来你们这里吃饭，我批准放你们三天假，你们到别的知青那里去吃住三天，只要天晴能打场就给你们粮食。在以后追究周福生死因时，我们搬出了他的话，他可以否认但没有否认，这让我们不至于背上"无政府主义"的责任，但给他带来了很大的麻烦，这也可见宜昌农民、基层干部的淳朴厚道。

6 月 6 日上午公社召开知青大会，传达有关招工的文件精神，下午谢保安、童青山、周福生去晓溪塔公社蔡家河四队吃住，蔡家河有陈文年、张显刚、王诗平、胡启志四个知青，他们和谢、童是同班同学。我和莫安德没和他们同行，当时下着雨，打算等第二天晴了再走。夜里，大队长急促的敲门声把我们从梦中惊醒，他的话更惊人，他说接到区里打来的紧急电话，周福生被河水冲走了，生死不明。我知道周福生水性极佳，渡长江玩儿似的，我多次去过蔡家河四队，都是踩着河中的鹅卵石走过去的，周福生哪会在这条河中出事？第二天清晨为了寻找周福生的去向我游过了这条河，只见暴雨形成的山洪在溢满的河床里奔腾咆哮，满以为踩着石头不用湿鞋就能走过的溪沟突然变成了宽愈百米的大川，我在河水中真切感到了死亡的恐惧，这时雨已经停了很久，山洪的势头回落，头天周福生他们下水时凶险肯定更大。在蔡家河四队的知青屋里没看到周福生，我开始为他的生死担忧。

三天后周福生的尸体被发现在下游8里处的一个池塘中，额头有明显的撞伤。谢保安、童青山游过去了，周福生泅渡中头撞上了鹅卵石，昏迷后淹没冲走。那一瞬，谢保安记得1970年6月6日下午5点左右。

周福生死了，定格22岁。不论从哪方面看，周福生都是我们鄢二队知青中最优秀者，人生前景无比光明，可偏偏是他死在山洪狂泻的河水中，仅仅是为了吃上几顿饭而游水渡河！死因简单但荒谬。在乡下我们曾谈到普希金《我的墓志铭》，兴之所至，每个人都依原诗样式胡编自己的墓志铭，记得我编的是"这里埋葬着杜良怀，他已抽完了20公里的香烟"，周福生当时怎么编的已没记忆，可他绝没预想到他将死在他"走"过多次的蔡家河水里。

很多知道周福生的学友、朋友感到奇怪，面对这么狂暴的山洪，他们为什么还要下水？对我来说答案很明了，从鄢二队到蔡家河边要走20里路，翻两座山，走了几个小时山路，饥肠辘辘，下水，河对面的山坡上就是同学的屋，就有热腾腾的饭菜吃，不下水，只能原路摸黑返回，再走几个小时，可是没有饭菜，没有粮食。他们有足够的自信，奔腾的河水不过是又一个刺激性的挑战，不下水才奇怪。

周福生的亲属，两个哥哥来到宜昌县，分管的刘副县长接待陪同。周福生是宜昌地区第一个因意外死在农村的知青，县政府答应了亲属的全部要求，周福生本已棺敛，埋葬在鄢家河的高坡上，又依亲属的愿望，开坟、起棺、火化，骨灰安葬在汉阳扁担山墓园。

周福生的死标志了鄢二、五队知青紧密群体的瓦解和农村浪漫生活的终结。没有了聚会，没有了棋赛，没有了高谈阔论，都在默默等待幸运的降临，招工回城。周福生的死对我精神上的打击格外沉重，从进入那间土屋起我们就同住一间小房，细算起来，朝夕共处了1年6个月加9天。我不断思索为什么他会死？尤其是在他开始融入农民生活时，除开偶然因素，能看得清的是我们对农村环境过于轻蔑，我们的理想主义在现实生活中结出了不可挽回的恶果。他走了，留下的我们必须"涅槃"，我在笔记本上写下了"一切都已去了，一切都要去了，一切的一，新生，一的一切，新生"，这是郭沫若《凤凰涅槃》中的诗句。

很多年后，我在给好友的信中写到我们的知青年代，我说："以最不现实的态度对待最现实的农村生活，悲剧的发生无可挽回。但用同伴只活了22年的生命粉碎幻想这也太残酷了。这以后我逐渐开始用现实的态度面对现实的社会，从这个意义上讲'知青运动'确实不失为很有必要的教育。"

周福生死去的第二个月大招工开始，第三个月中我被招工回到武汉，不久莫安德、童青山进了工厂，祝菊生走得比较晚，最坎坷的是谢保安，在农村待了7年。

不会消失的路碑

1985年，我完成学业前参加实习路过宜昌。我去了鄢二队，那个时候土屋还存在，被不认识的人住着，溪水和深潭也还在，荒坟被铲平建上房屋，公路还在，路碑还在，我驻足碑前，回忆当年，回想周福生和他的死，我想对他说：我们在这里的一年零八个月并非虚度，我们读过的书，我们议论并形成的思想将伴随终身，我们还是理想主义者，仍然在关心中国的命运走向，仍然在追寻美好的事物，只有你的死亡是真正的悲剧，它的发生有它自在的必然性，死你而不是死我则是命运中的一种偶然，你的死逼迫我们走上了相对现实的路，你和这块路碑一样是我人生道路上告别青春浪漫的里程碑，永不消失。

2014 年 2 月

烟 趣

童青山

作者简介：

童青山，武汉三中 1968 届高中毕业。在武汉钢铁公司工作了一辈子，现赋闲在家。

凡抽烟的学友，其烟龄往往都有四十多年，恰恰是在下放农村时染此嗜好。

1968 年底，武汉三中的学生对口下放到宜昌农村。我和谢保安下放到宜昌县小溪塔区张家场公社鄢家河五队，而杜良怀、莫安德、周福生、祝菊生则下放到鄢家河二队。

当年的鄢二队和鄢五队除莫安德外，都是烟膏子，读书、下棋、奢谈、聚会，一干人吞云吐雾，不亦乐乎。

"这里安葬着杜良怀，他已抽完了 20 公里香烟。"

这是杜良怀在宜昌农村鄢家河给自己预写的墓志铭。其计算公式如下：

当年不带嘴的香烟每支长 6.8cm，每天一包共 1.36 米，每年约 500 米。当年 20 岁，按一个花甲计算，以后 40 年最保守的估计应有 20 公里。由此可见，大怀对自己的墓志铭，是经过严格的逻辑推理并经得起历史的考验的。

　　但公式赶不上形势，计划跟不上变化，如今他一日三包，且十多年前的带嘴子的香烟每支长度已是原来的 1.2 倍。如此算下来，他抽过的烟的总长度早已过了扁担山、独山，相信一定会超过玉笋山。（注：扁担山、独山、玉笋山都是武汉的陵园，距汉阳城区分别为一十、二十、三十多公里）。

　　围棋和香烟有着不解之缘。你看一个个烟屁股吧，烟头是黑的，烟段是白的，在农村昏暗的灯光下，犹如一颗颗黑白棋子，一盘棋杀下来，棋盘上下可都是棋子呢。

　　杜良怀所爱，抽烟看书。那时就是个高度近视眼，一次下棋和我杀得性起，我角上一块棋要做活，他竟一烟头点在棋的眼上，这块棋眼看只有一个眼活不了，可是大怀居然进入了长考，我想你已经杀角胜定，还在想什么，却原来他的烟屁股头硬给我的死棋烧出一只眼来。他怅然推枰说："这角已活透，真搞不清这盘棋是怎么输的呀？"

　　想你也知道，我会见好就收，决不会和他复盘的。

　　下过农村的人都知道，断炊的事时有发生，何况烟呢。大怀的超前意识在此有充分体现，每当烟快抽完之时，他一根接一根的速度似乎越来越快，而丢下的烟头也越来越长，在别人还未警觉之时，他已静悄悄地收集地下的"黑白子"了。

　　终于断烟，他便会斜靠在床边，神色悠然地看着满面倦色的芸芸众生，再点燃一支由烟屁股加工成的喇叭筒吞云吐雾，此刻他的视力极佳，谁断烟的痛苦表情，谁仰望他的虔诚的目光，他都能明察秋毫，然后他会漫不经心地从他的仰慕者身边走过，以最迅捷和最隐蔽的手法把金豆般贵重的长烟屁股头塞两个给你……

　　记不得什么原因，刘景康同学也曾在鄢五队待过半年，他抽烟但烟瘾不大。

某日深夜，有七八个知青在鄢家河五队高谈阔论，几包烟尽，最后连大怀都黔驴技穷了。抽烟的学友都知道，那水深火热、度日如年的无奈是何等难熬，桌子下，床下面，灶台前，都已清查了好几遍，一个金豆豆都没看见，正当这群烟民们无计可施时，刘景康同学不紧不慢地说："我箱子里好像还有盒把烟吧？"

这一晴天霹雳震得烟鬼们死里逃生，欢欣雀跃。

那是一整盒圆球牌香烟，虽然它存放较久已略带霉味，但它当时可谓价值连城哇，难道这稀罕宝贝的主人真是那憨厚老实，寡言少语的刘景康吗？

此刻的刘景康俨然变成了刘景帝，被大家高高地抛起来并三呼万岁，那情景过了许多年仍栩栩如生。

2006 年底初稿
2013 年 10 月定稿

知青岁月散记

姜荫之

作者简介：

姜荫之，新中国成立前出生，1962—1968年在辽宁省实验中学读书。1968—1972年在昌图县东嘎公社秦家大队韩家洼子下乡务农。1972年回沈阳在工厂当工人，电大毕业后从事技术工作，获高级工程师职称。现退休回家，颐养天年，自得其乐。

一　难忘的韩家洼子之夜

时值深秋，劳作了大半年的我们，经历了春种、夏锄、秋收，可以和老农们一样进入猫冬了。

我们韩家洼子青年点隶属昌图县东嘎公社秦家大队第十小队，全大队十个小队里六个小队有我们的同学。

平时大家都忙于农活，忙于各自青年点的家务事，难得一聚。我们点养了一头猪,虽然只有一百多斤,考虑到入冬以后饲料是个问题,大家商量干脆宰了打牙祭改善改善生活。这样全青年点的人和赶来帮忙会餐的邻队同学都动起来。抓猪、捆猪、烧水、洗菜,点长刘伟群胆大心细,平时就和老农一起杀过猪,宰过驴,这时更是他大展身手的时机,先用棒子把捆得结结实实的猪打晕后,他手持利刃一刀中的,猪血喷涌而出,博得围观同学的满堂彩。随后大家轮番上阵,铁钎穿皮,皮下吹气,把变得圆滚滚的猪放到大锅里的沸水之中退毛。之后的活儿就更多了,开膛破肚摘下水就不必细说了,单说任源民用猪血灌血肠的绝活儿真叫座。在他指挥下,我和赵凡翻肠、洗肠,他用秸秆支开猪肠,把拌好佐料的猪血灌进去,边灌边说:"这血可不能灌太满了,要留出一大截,不然一煮就撑破了"。

大家伙忙得热火朝天,笑逐颜开。炒菜、炖肉可是女同胞的拿手好戏,她们按照事先订好的菜单逐一炒做。终于,两张长条炕桌上摆满了飘香的菜肴,十几个同学围坐四周,开始品尝自己的劳动成果。酒,是昌图农村烧锅里酿出的地瓜酒;菜,是我们自己菜地里种出的菜;肉,更是我们自己养大的猪宰杀后割下的肉。这样的聚餐当然别有风味。大口喝酒,大块吃肉,忘却了春耕夏锄的劳作之苦,抛下了背井离乡的思亲之想,那时的我们呐,真的是把酒临风,其喜洋洋者矣。

酒足饭饱,撤下酒席之后,拉开了我们自演自唱自我欣赏的联欢之幕。喜爱乐器的同学拿起了二胡、大阮、笛子、口琴、手风琴,奏响了我们都熟悉的乐曲,同学们依次吟唱自己喜欢的歌儿,没有忸怩作态,没有谦让冷场,只有年轻的嗓音在抒怀,只有青春的火焰在燃放。"坐上了大马车,戴上了大红花,远方的年轻人,塔里木来安家。来吧,来吧,年轻的朋友,亲爱的同志们,我们热情地欢迎你,送给你一束沙枣花,送给你一束沙枣花……"这首欢快的歌曲勾起了所有人的欢畅。"采油井屹立在祁连山上,像高高青松不怕风霜。采油姑娘穿行在采油线上,像燕子在蓝天上飞翔",张海英的歌声唱出了对未来的理想。李春娥和李民合唱的俄罗斯歌曲把我们带进了对生活的向往："一条小路曲曲弯弯细又长，一直通向迷雾的远方。我愿踏着这条细长的小路，跟着我的爱人上战场……"嗓音并不好听的刘伟群又亮出了他的保留节目，动画片《小猫钓鱼》里的儿歌："太阳光，金亮亮，雄鸡唱三唱。花儿醒来了，鸟儿忙梳妆。小喜鹊造新房，小蜜蜂采蜜忙，幸福的生活从哪里来？要靠劳动来创造……"记得我唱的是纪录片《航标兵》里的插曲《航标兵之歌》，我特别喜欢歌中最后那两句："年轻的航标兵用生命的火花，点燃了永不熄灭的灯光。"我们唱得最多的还是俄罗斯歌曲，如《三套车》《山楂树》《喀秋莎》《海港之夜》《茫茫大草原》《纺织姑娘》等等。在大家一致要求下，能歌善舞的佟丽娜表演了芭蕾舞《白毛女》的片断，她那优美自如的舞姿激起了同学们的阵阵赞叹，把联欢晚会引向了高潮。

夜已经很深了，可是每个人却毫无睡意。我们说啊，笑啊，唱啊，跳啊，想留住这不眠之夜，留住这难以忘怀的同学战友之情！多年之后我们还能记得这难忘的韩家洼子之夜么？就如同俄罗斯歌曲《朋友》（苏联电影《忠实的朋友》插曲）中唱的那样："我亲爱的手风琴你轻轻地唱，让我们来回忆少年的时光。春天驾着鹤群的翅膀飞到了遥远的地方。过去的事情就让它过去，我们并不惋惜，嘿！我们深厚的战斗友谊就在那行军路上，温暖我们的心道路引导我们奔向前方……"

二 夜宿冰天雪地

下乡插队落户两年了，生活得也算有滋有味罢。从1962年进入实验中学后就担任班长的伟群已经被社员们推选当了生产队长。和在学校时第一批入团一样，他在下乡的同学里也是第一批入党，还成为大队革委会委员，公社党委委员。为了把生产搞上去，为了早日改变韩家洼子又穷又苦的面貌，他带领社员和同学们没日没夜地干。他这种倔劲儿，我是打心眼里佩服。他当队长，我当保管员，配合还是很默契的。

我们小队队部又小又旧又破,早就应该翻修扩建了。经过队委会研究,决定易地重建队部。新队部就建在食堂房后(地块名)地里,那儿现在是耕地,一马平川,视野开阔。建成后,韩家洼子就在它前面一字排开,很有统领全村的味道。

为了筹建新队部,队里出大车上八面城采购建筑材料。陆续运回来的各种木料:檩子、椽子、长短木方就堆放在旷野上,等春暖冻土化开后才能开始建房。那时的昌北地区穷得很,一般生产队建房是用不起砖瓦的。当地农民建房除了门窗房梁房盖外,四面墙都是靠"干打垒"用泥土掺谷草羊角垛起来的。虽说这样的墙看起来不雅观,不讲究,却很实用。这样的泥土墙很厚实,北风打不透。只要在屋里墙面上糊上几层报纸最外面再糊上白纸,屋子照样显得亮堂堂。问题是,距开工建房还有一个多月,怎么防止建材丢失呢?最好的办法当然是派人看守。白天好说,夜晚怎么办?那时是三月,严寒还没有过去,谁去守夜?守夜人又住在哪里?作为队长,伟群没法指派任何人去守夜,于是他狠狠心,一咬牙一跺脚:"我去。"可一个人守夜哪儿成啊,没办法,我也只能陪他去遭罪了。我们在木料堆旁边平整出一块地,用檩木搭起一个马架子,就像夏天看瓜地窝棚那样搭起了一个看木料窝棚,檩木上捆了许多谷草防风,在窝棚里的地上也铺上厚厚的谷草,上面再铺上褥子,放好枕头、棉被,我们俩就这样开始了守夜生活。

三月的昌北大地上,西北风漫天怒吼。我俩穿着棉大衣,戴上狗皮帽子,缩进窝棚里,缩进被窝里,还是冷得上牙打下牙,窝棚毕竟只能挡风不能防寒呐。我们换班出外巡逻,在窝棚里坐着躺着都觉得透心凉,让人觉得在外面巡逻走动走动也比猫在窝棚里强。刚开始那几天晚上,几乎就没有睡着,后来习惯了也能断断续续地小睡了。记得一天夜里,飘起了鹅毛大雪,强劲的西北风裹挟着雪花从缝隙里灌进来,棉被上蒙着一层晶莹的雪花。每当我们起来掀开草门帘出去巡逻时,大团雪花就会扑到脸上,灌进脖梗子里。走在雪地里,看着白茫茫的天地,心中的感受真是苦辣酸涩汇聚一起。那时脑海里突然冒出曾经读过的这样一句话:"我不下地狱,谁下地狱",也只能自嘲地苦笑而已。多少个夜晚,我俩拿着手电筒,一边跺着已经冻得发疼的双脚,一边唠着共同感兴趣的话题,天南海北的侃大山,互相取笑、讥讽对方,有时还互动手脚,可惜我打不过他,总吃败仗。

在冬夜难熬的日子里,我常常想起几年来插队落户的许多往事。回顾那些事伴我度过了一个个夜晚。记得那是春节过后的冬日,为弥补春耕时粪肥不足的缺失,队委会决定派人去四平买大粪。之所以在春节后去是因为城里人过节时吃的油水多一些,排出的粪便自然比平时有价值。这种做法在这里已经成为惯例。这样,我就随队里的两辆马车途经大洼、八面城,去四平收购大粪。我穿着棉大衣,蜷缩在大车里出发了。从韩家洼子到大洼是土道,马车的颠簸自然不用说了,从大洼到八面城的路虽然是县道,却也只是沙石路而已,还是崎岖不平,幸好路程最远的从八面城到四平的路是国道,平坦好走多了。虽说过了春节,仍是数九寒天,西北风嗖嗖地吹,坐在车上的我被冻得瑟瑟发抖。车老板靳广才对我说:"下去走走吧,活动活动再上来,不然能把你冻僵了。"我跳下马车,已经冻僵了的双脚刚一触到地面,针扎一样的疼痛几乎让我差点摔倒。我开始慢慢小跑,逐渐加速。没想到车老板大鞭子一甩,马车突然加速,很快就把我远远甩在后面。我着急地喊:"等等我!"可是马车不仅没有慢下来,反而跑得更快了。我又气又急,拼命追赶,跑得上气不接下气,跑得浑身出汗。追了能有几里路后,终于看到了前面已经慢行的马车。我气喘吁吁的追上马车后,还没等大声责骂车老板,人家早就开始哈哈大笑了。他问我:"现在还冷么?快上来吧。"我这才明白,他就是用这种办法逼我用运动驱寒,避免冻伤。他还告诉我,作为车老板,也不能总坐在车上,也得不时下车随车跑一程,三九天出车就得这样,要不然准得冻坏。一路上,我们就不断地上车坐下车跑,直到四平。每当想起这档子事儿,我就在外面围着守夜窝棚跑上几圈,直到汗出气喘。

伟群早先就有关节炎,夜宿在冰天雪地里,使病痛更为加重。我俩在野外守夜半个多月后，每天早晨他几乎自己爬不起来，双腿僵直、疼痛。我搀扶他起来，慢慢走出窝棚，然后绕着村子踱步、小跑、快跑，直到全身冒汗，气喘吁吁为止。夜宿冰天雪地的经历对他身体的伤害在不久之后就显露出来。大约六月前后，他在作为铁岭地区上山下乡知识青年积极分子代表参加地区积代会期间就病倒了，可以说，他为韩家洼子付出了很多很多。

三　和公白在一起的二三事

公白是一个诙谐、风趣的人，更是一个不拘小节的家伙。算起来，我们从进入实验中学至今认识已有四十七年了。

1968年9月19日凌晨，我们告别了沈阳，登上火车，到了昌图，又转乘汽车，到达昌北的东嘎公社（辽宁省实验中学下乡同学被分配到东嘎和大洼两个公社）。从这里同学们分赴不同的大队、小队，开始了插队落户的生活。高一·四班的我（姜荫之）和刘伟群、赵矾、胡德然及初三·四班的张海英、李春娥、李民、谭华、张玉颖被分配到位于韩家洼子的秦家十队，而公白则与老邵（邵富生）、王琪瑛等被分到位于张家窝棚的秦家一队。1970年以后，随着许多同学抽调去了内蒙军马场、西丰钢厂、铁法煤矿，分散在各小队青年点的同学越来越少。为便于管理，全大队剩下的同学就都归并到我们秦家十队的韩家洼子青年点里，这里就成为了当时最大的青年点之一。公白就是在那时走进了韩家洼子，也就是从那时起，我们俩朝夕相处并结下了深厚友谊，直至今天。

记得那年的冬季，大雪纷飞，昌北大地银装素裹，到处都是白皑皑的一片。一个晴天里，公白突发奇想，邀我骑马出游。我俩各骑一匹马，离开韩家洼子，走进银装世界。公白穿着一件褴褛不堪的棉大衣，后背的布面几乎全飞了，露出团团棉絮，再戴上一顶狗皮帽子，就像一个没说没管的叫花子。我的穿戴也好不到哪儿去，只不过棉大衣没破烂到露出棉絮的程度。我们沿着斜坡奔向大榆水库（昌图县是典型的丘陵地区，由缓坡构成的大小山包到处都是）。穿过冰封雪掩的水库后，直奔东双大队。我俩骑在马上呼吸着极新鲜的空气，畅快地大声叫喊，肆意地唱歌吆喝，那可真是心胸开阔，宠辱皆忘。生产队的马早被训练得服人管，一点也不野，好骑得很。我们从东双穿街而过，引来许多农村孩子旁观。他们又好奇又害怕，对我们指指点点。公白故意骑马冲向一群孩子，吓得那些孩子一哄而散，我骂他混账，他怪笑着说吓唬吓唬他们呗。我们骑马穿过一个又一个村子，回到韩家洼子后才发觉屁股疼，原来不常骑马的人，最容易铲屁股。刘伟群乐坏了，直喊："该！该！"

过冬的烧柴短缺一直是那里的大问题，由生产队统一分配。玉米秸是主要的柴禾，还有包米茬子、高粱茬子。高粱秆都用来春时围园田地帐子，根本舍不得烧。分配的烧柴不够用，为了保证女生冬天睡火炕的需要，男生当然必须做出牺牲。所以，我们男生就不烧炕，屋里的墙上就都镶上了一层亮晶晶的白霜，我们管这里叫"白宫"。晚上睡觉时，我们都戴着狗皮帽子，脱下棉裤（穿棉裤睡觉更冷），穿着秋裤一下子钻进棉被里，嘴里喊着："下定决心，不怕牺牲，排除万难，去争取胜利。"好长时间，谁也不动一动，直到感到周身被褥被自己烘得有点热气了，这才长吁一口气。公白就开始晚间播报，给我们讲那些似乎讲不完的笑话和故事。同样的笑话和故事，别人讲起来很一般，可经他一讲，就很引人发笑。所以他在"白宫"里每天晚睡时的播报，就伴随我们度过一个个难熬的冬夜。

李民是大队的赤脚医生，她很热爱自己的工作，热心收集村民手里的民间偏方，收集各种中草药，并用于为农民治病。在缺医少药的农村，无疑很受社员们的欢迎。大队为她专设了一个医疗点，也就成了我和公白经常光顾的地方。我们去那里当然不是去讨药看病，而是在一起聊天侃大山。她的文化素质很高，生活情趣更浓。她喜欢写诗作文章，而我则喜欢音乐，粗通乐理。于是，由她作词我作曲，写了两首歌。一首名叫《知识青年之歌》，一首名叫《革命后代有志气》。在《知识青年之歌》中她写道："大地回春，东风浩荡，蔚蓝的天空雄鹰自由飞翔。茁壮的小树已成林，林带通向遥远的地方。"歌词中这条三北林带从内蒙古草原开始，向东穿过辽宁，再到吉林、黑龙江，绵延几千公里，是我国有名的一条林带。每到炎热的夏天，我们就和社员们一起躲进林带里避暑。带着劳动后的全身热汗，猫到浓密的林荫深处乘凉，阵阵清风吹过，真是惬意得很。当然，这两首歌并没有传唱开，因为那时，仍旧留在那里的同学已经很少了。我把这两首歌记在日记里留存至今。

我和公白喜欢翻阅李民的影集，她去过许多地方，用相机拍了许多照片。我们一张张欣赏，一张张评论，由于各自品味不同，争论往往还很激烈。但一致认为有几张照片拍得好，如她在北京火车站拍的那张，她身后背景的车站大钟正指十点，于是这张照片就被命名为"国庆十点钟"；她在北京紫竹院公园里拍的照片，有一条曲曲弯弯的穿行在花丛中的小路，所以被命名为"曲径通幽"；一张照片因背景有桥梁，有河水，还有朴素的民房，所以被命名为"小桥流水人家"。她还告诉我们一个秘密：她在医疗点前的小园子里偷偷种了几棵罂粟，也就是人们常说的大烟花。我俩惊诧不已，因为我们从来就没有亲眼见过能够生产出鸦片的罂粟。园里的几棵罂粟开出的花确实艳丽诱人，红、蓝、白不同的花朵很迷人。我们当然知道她种这几棵花，不过是为了满足好奇心，为了亲手实践，增长知识，开阔眼界，绝不是故意胡闹。这和有极少数农民偷种罂粟谋利是截然不同的两回事。后来花谢了以后，用刀片割开圆鼓状的果实，流出了浓浓的白浆，她告诉我们这就是生产鸦片的原料，经熬制后就变成了黑色的鸦片膏，也就是大烟。它可以用来医治一些急痛症，疗效很好，不过，绝不能多用，更不能常用。

在铲、耥结束挂锄时，大部分同学都回沈阳探亲去了。我们留守的几个人每晚都聚在一起，谈古论今，海阔天空的侃大山。各自讲述"文革"大串联时的新奇经历，回忆寄宿学校时的有趣往事。公白则发挥特长，讲笑话、打荤嗑，连很少讲笑话的李民也给我们讲了一个笑话。她说："从前有一个地主，他有两个老婆。两个老婆相互争宠，各不相让，常常让老地主头疼。有一天晚上，老地主躺在炕上，两边躺着两个老婆。老地主脸朝上，正对着的房堡（房盖）上正好有一个小漏洞，而这天夜里正好下了一夜雨，从小漏洞里滴下的雨滴正好滴到老地主的眼睛里。老地主往左边躲，右边的老婆掐他。老地主往右边躲，左边的老婆掐他。没办法，只好任凭雨滴，把两只眼睛都滴瞎了。"正听得入神的公白见她没声了，忙问："完了?""完了。""不对呀，这怎么能完呢?"之后就是我们几个一起大笑不止。直到今天，我和公白一想起这个故事就又要哈哈大笑。记得夜深之后，我们打开红灯牌半导体收音机，从短波波段搜寻国外广播，我们最爱听的是印度新德里广播电台的娱乐广播。每晚新德里广播电台的华语娱乐节目广播都能让我们在开怀欢笑后入眠。有一个用华语又说又唱的节目，十分吸引人。记得一个男演员说唱的故事的大意是：星期天的早晨真晴朗，走到大街上心里真欢畅。我又蹦又跳又唱又笑追上一个人，一看原来认错啦！哎呀呀，认错啦！穿过大街过小巷，欢天喜地把歌唱。一不留神踩上了西瓜皮，摔了我一个大马趴！哎呀呀，大马趴！……想想看，在当年"文革"实行全面文化禁锢，一切只许革命化的大环境下，能听到这样轻松自由和浪漫的小调，该是多么开心的事啊！

在我和公白一起回沈阳休假时，我时常去他家玩。我们一起下围棋，我的围棋水平不高，总是输，好在我们下围棋并不在意输赢，要的只是过程中的乐趣。晚饭时，我俩喝一点通化葡萄酒，那时的通化葡萄酒可是用真材实料酿造出来的有名的红酒，用现在的话说，是地地道道的"绿色"好酒。可惜我俩酒量太差，他只喝两小盅就满面红光直喊迷糊了，我也强不到哪儿去，两人只能喝半瓶葡萄酒。酒足饭饱后，就到他家的小庭院里喝茶乘凉聊天。一人一张小板凳，放上一张小桌子，沏上一壶茶，点上一支烟，开始"赛过小神仙"的神聊。有时我们到中山广场，坐在台阶上，看着来来往往的行人，数着天上一颗颗的星星，唠着唠不完的凡人俗事，幻想什么时候能被抽调回城，直到深夜。

这些往事，仍然历历在目。虽然时光已过去几十年，当年的年轻人已是鬓发斑白，步入老年时态，可是每当我们相聚聊起过去，每当我想起知青岁月的点点滴滴往事，总是遏制不住内心的激动。那么多的人和事，那么多的苦和乐，将伴随我走完我的人生。

四　四十三年，望中犹记

又是一年九·一九。从1968年9月19日下乡插队落户到今天的2011年9月19日，已经整整四十三年了。借用宋代著名词人辛弃疾在《永遇乐·京口北固亭怀古》词中的一句："四十三年，望中犹记、烽火扬州路"。约可表达自己的思绪。

知识青年上山下乡运动，本是"文化大革命"的产物。"文革"肆虐十年，搞得天怒人怨，知青上山下乡，更是祸及万户千家。几千万年轻学子正当苦读学习，增长知识年龄，却先被投入"文革"战场为不知所以的主义相互拼杀，后因无法解决"文革"残局而发配到广阔天地。其中的大多数人被断送了远大前程，失去了美好的希望。而这些人在陆续抽调回城参加工作后，又经历了缩编减员、并轨下岗，其中许多人被迫选择提前病退，以至于年过花甲却只能得到少得可怜的退休金。面对这种社会现实，又有多少人会从心里为知青运动唱颂歌？不客气地讲，知青岁月里有太多的苦和泪，不堪回首。

可是，知青下乡，也确实大大的开阔了眼界。他们耳闻了在学校里听不到的社会底层的奇闻怪事，目睹了被解放的贫下中农们的贫苦生活，开始用自己的头脑思索问题，学会用自己的双手开辟未来。他们在知青点里找到了集体，找到了欢快，找到了互助友爱，找到了苦中作乐。共同经历艰苦生活的磨练，使他们非常珍惜同学的情感、战友的友谊。在农村普通百姓中生活，也感受了他们的苦和乐，感受了他们的淳朴和善良。这些，都是在城里学校看不到、听不到、学不来的。这也就是直到今天，老知青们常常聚会，哭着笑着回忆往事，搂着抱着痛说家史的缘故。知青岁月，知青情结，对老三届们来说，是永远不能抹去不能忘怀的话题。

九月，是当年沈阳知青下乡的时间，分区、分校不同，具体下乡的日子也不同。但对省实验的同学来说，九·一九就是难以忘怀的日子。

愿这样的日子永远不要再来。

僅以此文为九·一九祭。

广阔天地里的两年牢

王永宏

作者简介：

王永宏，男，1966年华工附中初中毕业，1969年1月下放到湖北京山县罗店区，五年后回城当过中学教师、体育教练，后来设计服装、经营服装企业。现居加拿大。

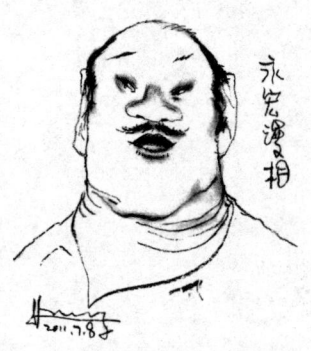

牢门"咣当"一声关上了。门外的"大鼻子"摇晃着钥匙哼了一声，那潜台词是："等着瞧！"斑驳的木地板龇牙咧嘴，墙角里是一个粗笨的木马桶，同样粗笨扎手的一个陶土水罐与之很相配。我在昏暗的牢房里适应了一下眼睛，看见灰尘与绒毛夹杂的地板靠左边墙角的那块被蹭得光亮，显然是我的"前任"睡过的地方，这情景清清楚楚地告诉我，这是一个单身牢房。

从法律上讲，我只是在拘留所里面，没有坐牢，但是现在还讲法律吗？"大鼻子"给我换上的这一副洋手铐十分结实，一直卡进手腕的肉里，钻心的疼。我将肘、肩、头依次缓缓着地,身体也缓缓放倒在前任睡光滑了的地面上。回忆这两天的遭遇,真是令人莫名的气愤。

昨天中午,我战斗队的旧属,因病留城的吴师南从武汉来知青小组看我,可惜我们厨房连油盐酱醋都告罄了,为招待远方来客,我就和三位组员:杨志根、"冬瓜"、"雄雄",加吴师南,一行五人去罗店镇买一些吃的。谁知天有不测风云,下起了瓢泼大雨,五个人赶到镇上已经是掌灯时分,什么都没有卖的了。没有办法,回去又太远,到附近知青组蹭饭似乎是最佳选择了。赶到一里外的下周河村却扑了个空,他们知青点除了两只饿死在缸里面的老鼠,连人都不见一个。天冷,看看瘦弱的"雄雄"和瘸腿的"冬瓜",不忍心再走,我只好和他们几个和衣而卧。

下乡半年了,学校里的事情、"文革"战斗队的豪情,渐渐趋于平静。1969年1月15日招摇的红旗和震颤的锣鼓把我们送到这从未来过的乡村。我们这一批被城市抛弃的青年,没有权利问一问将来人生的航向。我们这个五男三女组成的知青小组就落脚在离罗店镇一个小时路程的山坡上。我们独门独户居住在此,共有一间堂屋四间厢房和一间厨房,青瓦木门土墙。我和我哥哥以及杨志根住一间;我女朋友窦薇琪和比我高一届的净友陈正明这两位女士住一间;枪伤未痊愈仍要照顾的"冬瓜"和陈正明弱不禁风的小弟陈正雄一间;泼辣豪放的上海姑娘莫世英,这位陈正明的同班同学自己住一小间。窦薇琪是我在1967年反"二月逆流"落难途中的艳遇,这英雄美女式的初恋已经发展成相濡以沫的真爱。

检点半年的农村生活,自认为没有纤芥之失,不知道为什么会有飞来横祸。我们八名学生秉持自尊努力劳作,栽秧割谷挑草头,耕田耙地抓牛粪,与农人比肩;即使腰酸背痛,皮开肉裂也各自隐忍,依然在地头田间与农人同乐。大家同乐共饮,不分彼此,相帮相扶长短互补。我们是一腔报国热情,日颂"天将降大任于斯人……"以自励。本人024双料劳力,而只取一份报酬,凭我几年体育专业练就的钢筋铁骨,成为远近闻名的铁汉,白天挥汗如雨,晚上一夜酣畅,我也自得其乐。

凌晨，睡梦正酣，一阵恐怖的炸响使人猛然惊醒。朦胧中知道是隆隆的撞门声，"咣当"一声门板倒地，门外众人嘶吼，犹如群狼嚎叫，我本能地反应是：屠杀已经开始！其他同伴已经先于我惊醒，我一骨碌翻身下床，黑暗中摸了几下，也没有抓到应手的东西，马上冲出门去。借着微微的晨曦，看见禾场上四五十人已经打成了一锅"蛋炒饭"。有三四个身着黄色警服的人指挥着手持长矛、冲担的农民把我们几个左冲右突的伙伴围在当中，准备分割包围。还没等我看清形势，几个枪托和冲担就朝我劈打刺来。我本能地左躲右闪，伺机找薄弱环节下手，一眼就看见一个穿警服的站在中间，又蹦又跳地调兵遣将，一看就知道是个魁首。打蛇就要打七寸，我要了个佯攻动作，冲垮即将合拢的包围圈，几个箭步冲到这个魁首侧边，正在这时只听他挥手大叫："绑起来，快绑起来！"我被抓进了牢房。

中午，当我被派出所的几只枪押上一辆军用卡车时，这辆车立刻被四面八方赶来的人群围住了，人群中，有本校的知青，有外校的知青，我们知青点的"家人"也夹杂在人群中间喊口号要求放人。

我戴着这乡下铁匠打的土手铐向大家喊道："大家赶紧回去吧，我什么事情也没有。"旁若无人地上了这临时的囚车，看着这路边血红的夹竹桃和远方僻静的山林，几天前酝酿的一首小诗稍以加工，脱口而出：

惊蛰一过虫蛇生，三月烟花敬瘟神。
镣铐当啷惊天地，桃红柳绿不是春。

牢里，我怀着飞出牢笼的梦，眼巴巴地盼了二十多天，日子突然慢得度日如年。决死让人心若止水，求生让人心如油煎。

之后，我经历了两个月牢狱的第一次审讯，面对这些明知故问的废话我微笑不答。我说："你们不要跟我摆谱，你们玩的这一套我比你们玩得好，说不定哪一天事情翻过来，我就跟你们换个位置。我现在在砧板上，由你们剁由你们砍。"前后几分钟的审讯就在双方你来我往中结束，不过这次审讯之后居然解除了我近两个月的铐刑，将我从单身牢房调进有七八个人的集体班房。

等待决绝的日子一天天过去,我想好了,到时候一定正面站在刽子手面前,笑看他们开枪,绝不辱没男人的双膝。现在,我要利用难得的机会,完成善后事宜。一是老父风尘仆仆从武汉来看我,我郑重委托老泪纵横的父亲给妈妈带去儿子的话:"儿子小时候养老送终的承诺,可能无法兑现,请您代我向妈妈道歉。"二是委托即将释放的牢友张会谦冒险在棉衣夹层里带给窦薇琪一纸绝交信:今生无缘,来生再聚。叮嘱她即刻宣布与我断交,以免受株连。

然而,事情又有了转机,自1969年10月份开始,我竟和其他几个号子里的几个人犯隔三差五地被派出去"外劳"。据牢友讲,死刑和无期这样的重犯是不可能享受"外劳"待遇的。"外劳"待遇的另一个好处是可以吃得半饱。按照"国家规定",每个犯人每天有九两米,可是饿得发昏的犯人们说,每天有七两米吃到肚子里就是福气了。有的犯人会从驴槽里面偷一把米糠,还有的会从身边筐子里面抓一把生米生菜放到嘴里,儿时那三年的饥饿教会了我许多的本领,老犯人这些本领我一学就会。不过能获得这些食物并非易事,那些红光满面带枪的家伙看得很紧,稍有不慎就会招来枪托和拳脚。1970年夏末,我赶着驴车往新监狱工地送石料,就因为我捡了泥巴路边一条我盯了几天的蔫黄瓜,被车队后面押车的枪兵发现,招致一顿酷刑。这次次酷刑太酷,本文只好不谈了。

我们苦役犯人一年的劳动,一座新的京山县看守所像模像样地落成了。就在我们"乔迁新居"不满一个月的1971年5月31日清晨,突然被赶出了"新居"。半路上我问押送我的魏干事,为什么抓我,为什么放我,他说,这是你们罗店区派出所的事情。到达以后我又要派出所所长给我这两年牢下个结论,这所长翻开魏干事带的公文,照本宣科地念道:"群众扭送,教育释放。"就再也不置一词了。

我一人忐忑不安地回到了我们的知青之家,只见门前草深,锅凉灶冷,不见故人。我哥告诉我:"自你被抓,县里派人督阵,区和公社两级机关轮番对我们这个'知青之家'办了几次'学习班'。威胁、挑动我们背靠背揭发，面对面批评，互相斗争。莫世英和陈正明姐弟各找关系迁到别的地区了，杨志根和'冬瓜'住在一起，不理我，怨你连累了他们，窦薇琪搬到邻村独居"，我哥说，"她可能不是你的人了。"我故作镇定地说："我早就托牢里狱友带了一封绝交信给她，也不怨她。"我哥告诉我："已经下了'九·二七文件'，抓'五·一六'、'北决扬'，你就是'北决扬'骨干，所以大家都怕沾了你的'火星子'，惹火烧身，劝你不要找他们。"我哥还告诉我一个惊人的消息："吴师南已经叛变，他二哥做了他几天几夜的工作，他就把你们藏枪的事全部'水'出来了，还说是按照你的命令做的，害得大家坐牢，自己也把自己害到武汉'号子'里去了。你被抓的事也全害在他手上，你明明不准任何人带武器下乡，而他撒谎了，那一天跟你们一起跑到区上，身上带的匕首就露出来了，被人报告到派出所。正好那天有22中的五个知青到区粮管所换粮票，不知道为什么事情闹起来，他们就掏出刀子吓人。派出所正在找他们，就把你们5个当成了他们5个，害得你冤枉坐了两年牢……这就是你们华工附中的武将？"

我无语，我已经明白了两年前被抓的真相。两年不明不白的黑牢，酷刑、苦役、饥饿、初恋、离弃、被背叛的青春，何处申冤？

几年以后我回了一趟母校，恰遇并未高升的李诚慎和倪慎渔。二人误以为我要找他们算账，赶紧笑哈哈地开场："关了两年的确有点冤枉，但是群众运动嘛，还是要正确理解呀，还不是你斗我我斗你的翻烧饼。我们还不是都受了冲击，找哪个去讲理？群众运动嘛，不值得放在心上……"这番话也不无道理，什么冤杀冤狱似乎都成了儿戏。

2014年1月5日　于温哥华

独 读

零家良

作者简介：

零家良，1946年11月生，武汉三中1966届高中知青，原三中宣传队队员，下乡于湖北省宜昌枝江地区，精于木雕，其作品曾在武汉晚报等报刊发表，作品线条细腻、形神皆备，功底深厚。

看到"独读"两个字，人们一定会想到：燃馨香一支，坐书室一隅，手捧一卷，怡然诵读。然而我这里的"独读"，可没这么轻松哦。

引起我对"独读"的联想，源于校友天喜。几天来，天喜在我们三中老校友的公共博客"海纳百川"上，发了许多文艺演出的照片，这些照片色彩鲜艳、美轮美奂，把他们演出的节目活灵活现地展现在了我们眼前。那些演出，形式多样，表现了宜昌夷陵区社会生活的真实情境，非常精彩。欣赏之余，也羡慕天喜还有如此这般的热情和如此这般展现自我的条件。看着这些照片,使我不禁想起了几十年前在下放宜昌农村期间发生的一件趣事。

在一般的文艺演出中,作为个人演出的形式有独唱、独奏、独跳(舞)、独说(单口相声)等等,人们肯定没有见过一种或许可以被称为"独读"的演出形式。但是,在我们当知青的那个年代,就真有这么一种形式出现过,而这种前无古人、后无来者的表演形式的始作俑者,就是在下。

1968年焦枝铁路(焦作——枝江)开始全线动工,需要大量的民工,各队的知青因无家庭拖累而成为民工的首选。当时我们队只有三个知青,毛子和南方已先期到宜昌去修筑东风渠去了,就剩下了我一个人,于是我就被派往焦枝铁路去做民工。在工地上,我没干几天活就被选到师部(县)文艺宣传队去了,过了不久,我又被选进了宜昌地区宣传队。春节前,宜昌地区要召开一个全地区修筑铁路的先进英模表彰大会,会议期间安排了一场宣传队的文艺演出。领导在头天晚上布置工作时特意强调说:"指挥部首长说了,这次演出,一定要演快板《淤泥湖》!"

淤泥湖,是焦枝铁路枝江段必须经过的一个湖,它是一个烂泥湖,焦枝铁路无法绕过它。按施工要求,需要把湖里面的淤泥全部挖掉,然后用黏性极好的黄土填平夯实,再在上面铺设铁轨。说起来简单,可真干起来就难了,这湖看起来不大,可那烂泥是又稀又深,往往一天干下来,就像没动过一样,它完全成了工程进度上的一个拦路虎。那时施工根本就没有什么机械设备,干活全凭一个肩膀两只手,外加一根扁担和两个筐筐。真那样干,一个多月也拿不下来。但是,当时的民工硬是用手抠,用脸盆掏,用水桶挑,一天二十四小时人不休息,终于在规定的时间内把它搞定了。于是在当时的工地上,这就成了一件非常了不起的事情,宣传队把它作为典型的先进事迹来进行宣传。问安区的一个农民青年,把掏干淤泥湖的过程写成了一个快板书,由我们宣传队在县里的工地上到处演出。这个快板很长,演出要用十几分钟,但每次演出都是原作者自己上去表演,没人愿意去替代他。后来成立地区宣传队时，考虑到这个节目太长，就没让他再去。节目虽然保留着，却很长时间都没有再演出过了。这次指挥部首长点名要演《淤泥湖》，那么这个节目就得出场了。

领导说要演这个节目，可是原作者兼原表演者不在场，谁敢揭这个榜？领队老陈手里拿着那好几张复写着快板书的材料纸，挨个在演员组的队员中求爷爷告奶奶，好说歹说，就是没人应腔。不应腔并不是怕苦怕累怕麻烦，实在是那个节目的内容太长了，都觉得一个晚上背不下来，所以硬是没人敢应板。我们几个乐队的人，觉得没我们的事，就在旁边聊天。后来老陈没辙了，就说：这可是政治任务啊，军分区司令员说了，演不好没关系，就是上去念，也一定要把它拿出来！这样说了，还是没人答应。我是个平时就有点爱开玩笑的人，又仗着自己是乐队的，心想，就是你老陈急成热锅上的蚂蚁，你大概也不会要我去凑数吧。于是我用开玩笑的口气接了个茬：

"可以念呀？那我去行不行?!"

本来是一句玩笑话，那老陈可不管，就像捞到了一根救命稻草一样，抓住我就不放了。他急忙对我说：

"好哇！就你去吧。"

"可我又不会打快板呀，"

"没关系，叫小王教你嘛，"

"一晚上能学会打快板呀?!"大家都笑了起来。

"实在不行，小王在台边打快板，你上台前去演！背不了就把底稿拿出来念嘛。"

老陈这时也会随行就市了。

哎！原本是一个玩笑话，谁知这会儿却被老陈一本正经地越套越紧了。表演队的人这时个个都躲开了，老陈还在不停地做我的工作。老陈平时和我们相处得也不错，看着他那双可怜无奈的眼睛，知道他的政治压力很大，最后，我把心一横："好！这个榜我揭了！"

老陈这才松了一口气。

那一晚，我可真没睡好，拿着那几张纸拼命地想背下来。可它实在太长了,背了后面就忘了前面,到了凌晨三点多,实在支持不住了,心想:反正可以拿着念嘛!睡!

就睡了。

第二天下午在宜昌市委礼堂演出。

报幕员报了节目:"下面表演快板——《淤泥湖》!"

我倒是一点都不紧张,挺胸昂头就上了台。先向台下的代表们深深地鞠了一躬:

"各位代表,这个节目本来不是我演的,但由于演快板的演员病了不能来,所以由我来给大家表演,由于时间紧,有些词可能不熟,演出中有不好的地方,请大家多多见谅!"

说完,左手一示意,小王在台边就打开了快板。刚开始还能合着快板表演一下,过了三分之一就完全乱了拍了,经常"吃汤圆"(哽住了),后来,我干脆从裤袋里掏出稿子,左手拿着稿子念,右手在空中乱比划,还有意地跳过几行词去。到最后,我摆出一个力举千钧的造型,完成了表演。

台下一片掌声!

哎!这掌声,也不知是认为我演得好呢还是被我的"吃汤圆"逗乐了。

一到后台,宣传队的人都笑弯了腰:"好哇!好哇!家良,这可是你的独创节目啊:

独读!"

我为农民创建有线广播站

吴汉华

作者简介：

吴汉华，武汉一中1967届高中生，1968年下放湖北省黄梅县小池公社。1971年招工进厂，自行设计制作的工业自控设备参加了"1975年湖北省技术革新与技术革命展览"。1978年考入武汉大学，毕业于空间物理系无线电电子学专业，获  理科学士学位，承担中外合作课题并获奖。1990年赴美国加州硅谷考察学习。发表有关电子学、计算机与教育学的论文数十篇，开发多项电子产品，在大学授课并构建校园网。高级电子工程师。2008年从中南建筑设计院退休。

1968年那个多雪的冬天，我们从汉口乘坐"东方红"号客轮启程前往湖北省黄梅县。那一天码头上人头攒动，同学们热切地相互挥手呼唤。告别父母和家乡,但无人流露伤感。"文革"中因观点分歧造成的隔阂此时烟消云散,现在大家全被赋予了同一种身份——知青。

"领袖挥手我前进!"对于当时的中国人民来说,这是铁的信念,容不得半点犹豫彷徨。遵循领袖指示,我们奔赴艰苦的农村,面对无法预知的未来,我们内心交织着自豪、悲壮、茫然的复杂情感。我凝望滚滚东流的江水,若有所失。两年前的1966年正值"文革"爆发,我从连篇累牍的社论中捕捉到一段话,寄予了莫大期望。社论写道:"历史经验证明,一场大的政治运动过后,必然掀起一场大规模的经济建设高潮。让我们举起双手,迎接这个伟大日子的早日到来。"然而,现实是看不到尽头的"文革"运动,青年学生退出政治舞台,我们距离这个"伟大的日子"越来越遥远。

作为武汉一中培养的热血青年,不论被命运抛向何方,都不会消沉。我曾经在《中国青年》杂志上看见过领袖的一段著名题词:"农村是一个广阔的天地,在那里是可以大有作为的。"而当我真正踏上农村那片广袤、贫瘠的土地,很快发现,城里人在农村生存下去,需要多大的毅力;期望在农村有所作为,又是一件多么不容易的事!

在农村,除老弱病残者外,所有的人都被称作"劳力",即出力气干农活的人。风华正茂的知青每天和强劳力一道出工,早出晚归,收工后还得自己做饭。

知青不光干农活,还要"接受再教育",因而事事处处注意影响,要给农民留下好印象。成分高的农民送来一碗咸菜,我是不敢收的,怕被人说成"丧失立场";劳动中明知自己挑不起,还咬紧牙关叫多添一点;严冬时节,我主动要求去长江岸边筑堤,夜晚睡潮湿的稻草,患上风湿,又不慎损伤腰椎,这病至今还在折磨人。

平日里收工回来,最大的奢望就是想喝一碗热米汤,但在整个下乡期间我从未享受过这份口福。中午休息不到半小时,我得赶紧点燃草把,往锅里抓几把米,倒进一瓢从门前的大水坑里提来的黄水,撒下几颗粗盐。这样煮出来的稀饭像一块大蛋糕,上面覆盖着一层厚厚的黄色谷糠和少许泥浆,没有菜吃是常有的事。一碗饭囫囵吞枣还没吃完，队长就吆喝出工。有时干活要走很远的路，农民们将自己带去的米饭一人省下一口，使我得以填饱肚子，比我自己做的盐煮稀饭好吃得多。然而，他们的口粮也并不宽裕，这份情谊我永生难忘。

农民的日子过得相当清苦，饭桌上只有一碗咸菜。我所在的生产队将农民的一点自留地也没收了，说是"割资本主义尾巴"。年成好还可分一点钱，年成不好就欠债。下放第一年，当地遭受特大涝灾，水汪汪一片，生产队的稻田大面积被淹。辛苦一年，我挣了200个工分（生产队规定，男知青出工一天，工分只算强劳力的七成，即0.7个工分）。每个工分值2毛3分钱。当时湖北省为每位知青下发给生产队230元安置费，年终结算，我还倒欠生产队93元。我一直都未弄清楚这笔账是怎么算的，也不便多问，担心留下不好印象。聊天时我曾向生产队一位敦厚的农妇提起这事，她宽慰我说："工分挣得越多，钱就扣得越多。"我始终没明白这句话。不过她将希望寄托在来年的豁达乐观的情绪倒是感染了我。

农村的文化生活极端贫乏，消息极其闭塞。没有电，也没有报纸可看，每家在堂屋正中摆一本"红宝书"，文艺书籍、象棋、扑克被当作"四旧"，没人敢看敢玩。农民有时互相打个谜语猜猜，用小石子摆个五子棋下下。一次田间休息，我用俄语唱了一曲《国际歌》，他们听了非常高兴。白天男女老少一道出工，相互间常常闹着玩，在一片嬉笑声中驱逐了疲劳，入夜早早睡觉。有次我向大队书记提议，用石灰水在墙上刷些标语，造点气氛。我刷写的都是当时最流行的口号，比如："备战备荒为人民"，"要准备打仗"之类的。下乡时我带去一部自制的半导体收音机，当地农民没见过这玩意。他们围坐在收音机旁，听得很晚。昏暗摇曳的煤油灯光映照在那一张张黝黑的饱经风霜的脸上，人人露出了满足的笑容。临走时还连声说："真开心，听得真开心！"

我是一名无线电爱好者，自信没有哪一门科学像无线电那样吸引人。中学时我能装配十几灯的高级电子管收音机，修理电子管录音机和数百瓦的扩音机已是驾轻就熟，在1967年就能自制简易电视接收机。我买廉价的处理元件，一开始烧火烙铁焊接，后来省下一个月"过早"的3元钱买了一只电烙铁，也没有万用表可供使用。我经常通宵达旦地干，学到了不少真功夫，也带动了一帮同学。下放农村之前，我曾踌躇满志，要发挥自己的特长为农民做点实事。但是我下放的地方没有电，"巧妇难为无米之炊"，什么事也干不成。

后来，我听说临江的民主大队安了电灯，电是由附近一个小加工厂引过来的。这可是一个突破口。一天，我碰到民主大队的书记，他当过兵，也算见过世面。他饶有兴趣地问了我许多有关电的问题，我也不失时机地向他描述了一番"共产主义就是苏维埃政权加全国电气化"的美妙蓝图。书记笑逐颜开，把腿一拍，说："好！我一定想办法把你调到本大队来，将广播喇叭安装起来。不过，这事不能我一人说了算，还要经过贫下中农代表大会讨论通过。"我心想这肯定没问题，贫下中农最爱听毛主席、党中央的声音，绝对通得过。过了许久，我又碰到了这位大队书记，他却闭口不提上次答应过的事，有意闪烁其词。在我的追问下，他面带歉意地说："这事没办成。我在贫下中农代表大会上郑重提出了这件事，遭到了一致反对。理由是我们大队地少人多，进来一个人便要多占一份工分，多分一份口粮。"这件事对我的触动很大，对于中国农村广大贫苦农民来说，多分一点粮食，填饱肚子才是他们最为关心的头等大事。当时国内政治形势的需要，给农民增添了不少额外负担：知识青年下放农村，城镇居民疏散到农村，"五类分子"押往农村。我听到本大队书记在一次开会时嘀咕道："动不动就把人往农村塞，简直要把农民刮出脓来了。"在这样的大环境下，要想一显身手，有所作为，只是一厢情愿；靠孤军奋战，很难，还是一门心思种田吧。

又过了大半年，听说上面来了指示，要用毛泽东思想占领农村的思想文化阵地。政治局的一位显赫人物还发了脾气，说他去农村视察时，打开随身携带的半导体收音机，收到的尽是"美国之音"，比当地省市广播电台的信号还要强。于是，县里拨了专款和成套广播器材，把邻近的一个公社作为样板，办起了有线广播站。这么一来，一向不甘落后的公社干部们沉不住气了，纷纷效仿。他们平日里就知道我会无线电，便将我临时抽调出来，全盘负责小池公社有线广播站的筹建工作，还从各大队抽来几名青年农民协助我。

万事开头难。首先要解决大功率扩音机的问题。这在当时是计划物资，又是宣传工具，需层层审批，控制很严，要等好几年才有指标，于是我下决心自己制作。一位当地农民通过熟人关系从县广播站搞来两只烧毁了的大变压器和一个空机壳。我回了一趟武汉，拿出自己积攒多年的所有能派上用场的电子元件，还有一直舍不得用的崭新的漆包线。又用公社给的一点钱买了几只大功率电子管和刚刚面世的晶体整流管。返回农村，我立即动手装配。

接下来，我带领农民作实地勘察，寻找最佳架设线路。我们跨过田野、小河，穿过树林、村庄，将铁丝做的广播线和喇叭安装到各家各户。树是现成的，斩头去尾便成了实用的线杆。建好广播站是全体公社社员盼望已久的共同心愿，农民们做事十分卖力，仅用半个月，总长度数十公里的广播网便架设成功了。我将输出闸刀推向外线，顿时，这台自制的最大输出功率接近 100 瓦的扩音机，在数十平方公里的范围内带响了全公社 500 余只喇叭，声音十分明朗。

有线广播站的建成，极大地丰富了农民的生活。收工回来，一家人围坐在桌旁，一边吃饭一边收听广播，其乐融融。一些有文化的农民写来稿件表扬好人好事，激发了人们的干劲。农忙时节，当晨星还在天空闪烁，广播喇叭便响了，就像起床号。后来，又花了数十元钱买来一台坏的电子管录音机，经我修理凑合使用，录制了不少节目和领导讲话。国内外大事和上级精神，通过有线广播迅速地传达给每家每户。用当时的一句话形容，正是"隔山隔水不隔音，条条红线通北京"。

一个盛夏的夜晚，大雨滂沱，电闪雷鸣。大清早有农民从七、八公里外赶来报告，他们那里的好多只喇叭不响了。我沿着广播线一路查过去，最后发现在空旷的田野上，沿着线杆埋入地下用来避雷的粗铁丝被人从下端剪去一截，避雷针变成了"引雷针"。强大的雷电流将粗直的线杆拦腰击断,并波及沿线用户喇叭。我买来一盒5分钱一只的小电珠,烧断灯丝充当避雷器,并联在线路上的关键部位,从此以后再也未发生雷击烧毁喇叭的事故。偷剪铁丝的人大概觉得后果严重,也无人再剪断避雷针了。

农村的少年十分伶俐。有次我顶着夏日酷热的太阳,去很远的一个公社修理扩音机。这个公社一位笑容可掬的少年见我浑身汗湿透,乘我不注意,不声不响地将我脱下的衣服拿到河边,洗得干干净净,晒干后又叠得整整齐齐给我送来。

我曾将提高扩音机输出功率的经验写成论文,投寄给某省广播电视领导小组,希望能在农村推广应用,解决一般中小型扩音机功率输出不足的问题。不知是官员们对技术不感兴趣,还是嫌我这位知青的地位太低,寄出的论文如石沉大海。后来我又写了一篇文章,总结出办好农村有线广播的十条措施,寄给黄梅县革委会领导。这次有了回音,县广播站站长约我去商榷具体落实办法,我还顺便帮他们修好了几台扩音机。

为当地农村创建有线广播站的日子,是我下乡期间过得十分有意义的一段时光。我实现了运用自己的特长为农民干点实事的愿望。不论我走到何处,认识我的农民和干部都热情地与我打招呼,眼中流露出友好尊敬的目光。他们称赞我为当地农村有线广播做出了良好的开端,干了一件大好事。为表彰我对当地广播事业做出的贡献,授予我"小池区学毛著积极分子"称号。在知青招工的时候,区和公社干部多次碰头,希望我能够留在当地,并发了《招工登记表》让我填写。出于种种考虑,我谢绝了他们的好意。

在那段日子里,我得到当地农民的不少照顾。用不着再为每天烧火弄饭的事犯愁了,而是在公社加工厂搭伙,每餐还能盛上一小碗沾满油花的蔬菜。有次我的伤口被污水浸泡红肿,因乡村卫生员用镊子使劲压挤诱发高烧,我昏睡了好几天,小池农民久久地守护在床前。特别令人难以忘怀的是,在招工期间我的情绪极度低落时,他们也给了我莫大的关心和帮助。

在我抽调回城的最初几年，每逢当地乡亲来我家做客，我都要关切地询问有线广播站的运行情况，得知效果良好，我也十分欣慰。那时我已是武汉市工厂的青工，有次公社来信求援，我态度坚决地要求厂长准我几天假，去农村帮忙解决广播的问题。随着农村改革开放，农民的日子也火红起来，安上了电灯，有了收录机，经济条件好的还买了电视，少数人家装了电话。那座倾注着我和当地农民大量心血的有线广播站业已完成了自己的历史使命。我由衷地为农村的变化感到高兴。

40多年过去了，我也由知青迈入老年。至今我仍在孜孜不倦地钻研电子学和计算机技术，知识的深度和广度以及专业技术水平已经不可与当年做知青的时候同日而语了。只要有机会，我仍旧十分乐意重返那片广阔的天地，为当地父老乡亲再次奉献一份绵薄之力。

初稿于1998年12月
定稿于2013年7月

当年只道是寻常

胡赞美

作者简介：

胡赞美　武汉华工附中1968届高中生，同年到湖北公安县插队落户，当过商业美工和酒店高管。曾多次在报刊、电视和网络上发表漫画插图和连环画，现为签约画家。

我是"老三届"的高中生。离开学校时，我在纪念照上写了一首诗："兴高采烈进华工，勤学苦练在附中，惊涛骇浪一个梦，竹篮打水一场空。"当时毛主席号召知识青年，到广阔天地去"大有作为"。尽管自己和家长都是顾虑重重，但考虑到下乡好歹也是离开学校、有事可做的一种就业方式，就随大流加入了下乡行列。1968年12月，我来到湖北省公安县农村插队。想不到在分配时，却遇到了麻烦。生产队的干部都不要我，嫌我的个头小了。我们小组是由六个男生自愿组合的，除我以外都是人高马大的。好在哥儿们很仗义，表示如果不要我，他们哪儿也不去！有位生产队长舍不得这几个好劳力，只好把我也搭进去。事隔多年，我对我的知青伙伴仍心存感激。

我下放的地方是个棉产区，妇女是养家糊口的主要劳力，干部们称她们为"妇联"。当地有招上门女婿的风俗，生的小孩随女方姓。每年的劳力等级评定，年终结算分红，及生产队的重大决策的讨论，多是当家的"妇联"参加并决定的。我们到了生产队安置下来后，很多"妇联"就上门亲候我们。在热情之中，我发现有人像看牲口一样，对我们每个人仔细打量，企图相当明显。我从来没做"上门女婿"的梦，但是跟她们搞好关系，得到"妇联"的认可是非常必要的。当时的说法是，与贫下中农相结合要过好感情关，否则，就无法在这里待下去。可是，我们小组的知青除我以外都能讨到"妇联"的热气，他们跟妇联一起下地干活，打逗疯闹好不快活，遇到脏活累活，还能得到大姑娘小媳妇的关照。而我却常常派去与吃"五保"的"老巴子"（老大爷）一起修沟、看青、车水、打药等等，干些枯燥的农活。心里不舒服也不好随意发泄。

一首民歌里唱道："金江陵银公安，松枝是个米粮川。"在这里落户以后，才知道这里粮食不够吃。当时国家计划经济，种植棉花的土地不准挪作他用。棉产区农民的口粮靠国家供应。但是，国供粮只够吃半年，生产队的自留地种的杂粮只能吃四五个月。青黄不接的时候，各家各户只能自己想办法。这段时间里，村子里是路断人稀，没有人下地干活。我们这些"坐着吃睡着想，没有吃的找队长"的知识青年，是生来第一次遇到这种情况，找队长也没有办法，于是躺在床上不出工，每个人都饿得没有劲了。生产队队长推开我们知青点的房门，轻声地问道："知识青年的人呢？"有人答："我们随么（方言：所有的）吃的都没有了！"队长没说第二句，悄悄地带上房门走了。下午，他送来一碗泡萝卜。等我们闻到酸味时，队长已经离开了。其实，他也同我们一样，家里早已无米下锅。泡萝卜是怎么吃掉的，我已记不清了，但那个场景，那碗泡萝卜，我却难以忘怀。

后来，看到有人下湖去挖藕充饥，我们也去学着别人那样干。湖面虽然不小，但挖藕的人也不少。我发现当地人多是夫妇同行，没有人愿意教我们。我想其中的原因一个是大家都是饿肚子的人，没有力气和兴致说话；二是湖里资源有限，"教会了徒弟就饿死师傅"。我们拿着锹在泥潭里趟来趟去，不知往哪里下叉，只好在别人挖过的泥坑里想办法。我们不知道当地农民挖藕时，男女都是脱得精光，赤身裸体地在泥汙中挖掘。误入了他们的工作圈后，那女的以为我们是来偷看她的，把我们骂得狗血淋头，搞得我们人仰马翻，泥浆四溅，且无处可逃。这时有人喝道："身上有个鲞 B 呀，哪个没见过，他们是知识青年，不是好惹的咧！"那骂声才戛然而止。其实他们浑身裹满了泥浆，不听声音根本无法辨认哪个是女的。烈日，饥饿，让我感到虚脱。此时就是七仙女在这里玉体横陈，我们也不会有猪八戒的那种兴致。

　　确实，我们也确有不好惹的时候。为工分的事，我们在社员大会上与生产队的领导较了一回劲。同学们同生产队的壮劳力一样出工，每天却只有八分工，钱不多但显失公平。民兵连长不耐烦了，把桌子一拍吼道："把知识青年吊起来！"话音未落，就有几个民兵包抄过来。我们几个不约而同地站起来，操起坐的板凳，对众人吼道："我们是响应毛主席的号召到农村来的，哪个敢动手，就是破坏毛主席的上山下乡政策！"在座的贫下中农和七姑八姨都瞠目结舌，心想平日里嘻嘻哈哈的年轻人，怎么一下子变成了拼命三郎呢？当时乡下流传知识青年放火烧屋的谣言，队长怕把事情闹大了，就做了一点让步，这事算不了什么，但彰显了我们知青的团结和力量。

　　可是，并不是个个知青都有这样的好运。我们班上一个姓钱的同学在一所中学当编外教师，突然被抓起来，说他是"北决扬"（"文革"时期湖北地区所谓的反动组织）份子。有一天我们从邻队的知青点回来，看见他和一群人在村子旁的小水塘边洗脸。因为多时未见，我们就扯起嗓门跟他打招呼。想不到，回答我们的是一阵厉吼和拉枪栓的响声。这时我们才知道他成了无产阶级的专政对象！可怜，他的知青生涯就没法跟我们相比了。

那时候叫得最响的口号是"抓革命,促生产"。在我的理解里则是没完没了的开会。中央发了新文件要开会,两报一刊发了社论要开会,上面布置了什么新的工作任务也要开会。生产队的头头们讲话不兴打草稿,一张嘴巴从天上说到地下。到会的男人趁机打瞌睡,女人则有说有笑地纳鞋底,整个会场就像一个大茶馆。我不喜欢这种活动。有人告诉我,你不去,会计不给你记工分。为了工分我得去。我发现这么多人聚在一起,放屁的声音此伏彼起,有点像春节期间街头的零星鞭炮。但是,这里的人们习以为常,见怪不怪。不过,有人放了一个又响又臭的屁以后,就有人发言了:"是哪个吃了耸个(土话:什么),有恁(即这的意思)大的威力呀!"台上演讲的队长接茬了:"恁时是困难时期,同志们吃杂粮充饥,不消化涨肚子,放几个屁是正常的。"话还没说完,他像做示范的,当众放了一个又臭又长的响屁。全场立刻像火上撒了盐一样,笑翻了屋顶。队长马上接着说:"蚕豆两块板,打屁像牛喊。麦子两头尖,打屁冲破天!"当地有种小麦的,但没有磨面设备,只是把麦壳打掉后煮着吃,这样的吃法顶饿,但不易消化。我吃过以后,也放了不少屁。在座的男女老少边笑边放屁,没有丝毫顾忌,就像打鸣的公鸡,一个比一个响。那股热闹劲是我从来没见过的,事隔多年,我写这段文字时,仍然记忆犹新,狂笑不止。

让我"转运"的是中央召开"九大"。各级革委会派人到区里参加庆祝游行,每个生产队的知青都动员起来搞宣传,仿佛是一场美术和书法的比赛。我在学校时多次画过主席头像,这回用晒棉花的特大圆箩糊上纸,画了一张毛主席的侧面像。在众多的画像中,我画的像引起了贫下中农的关注,于是有人以换工的方式找我画画。当时我们生产队里的一个壮劳力,一天也只能拿1.2个工,可我一天能换到五六个工。"换工"时,我不仅能拿高工分,而且还可以吃到好的伙食。"妇联"立马改变了对我的看法,当时不得已把我带回来的队长,也拍着我的肩膀说:"我一看就晓得你是有板眼(方言:本事)

的人。"公社革委会分管知青工作的翁主任还特地到知青点看我。那时吃香的还有一行,就是会演节目的人。我们邻队有位姓潘的女知青,原来是学校文艺宣传队的,舞跳得很好,被镇上的宣传队请去当指导。换工的条件是生产队的干部敲定的:教会一支舞换回两船人粪尿。我先以为是开玩笑的。有一天我们在河里洗澡时,看见这两只小船从我们身边经过。有人说这就是潘同学的劳动报酬。当晚在油灯下,我记下了这一场景:"水渐涨,浪悠悠。忽闻臭气见粪舟,众生疑发李甲口,经此径向五星流,急者捧口喊相问,顺水舟公笑点头"。"李甲口"是潘同学教舞的那个镇,"五星"是指潘同学所在的五星大队。

当年我们还留下一件"知青吓死鬼"的悬案,至今无解。

因常常被生产队安排到妇联的队伍里劳动,那些大姑娘小媳妇总爱讲些有关鬼的故事来吓我们,有一天队长的媳妇说,隔壁队的女知青的蚊帐被鬼扯破了,几个女娃儿吓得半死。问我们怕不怕。我们小组的户长说,找女生麻烦的,多数是男鬼,我们倒希望有女鬼来找我们,那样,我们在漫长黑夜里就不会寂寞了。这样的回答,让全场人都大笑起来。

但有个知青点里确实发生了件令人毛骨悚然的鬼事。这个知青点是两兄弟与两姊妹的组合,男生住左边一间有门框无房门的房间,女生住在右边一间,房门是几块没有锯直的木板拼成的,外面可以看到里边,门上只有一根粗铁丝扭了几圈,既是拉手也是门扣。有一天半夜妹妹感觉床在动,她看见一双大手在扯动她们的蚊帐,手后面还有一张女人的脸,把帐子扯动了几下,脸和手慢慢地飘浮到房梁上消失了。妹妹看得汗毛直竖,立即钻到姐姐的被子里。第二天姐姐问妹妹昨晚发了什么疯,妹妹讲了昨夜看到的情形,姐姐说你是晚上做噩梦。妹妹不管姐姐说什么,都要跟姐姐睡一个被窝。姐姐还特地把手电筒放到枕头下面。

安静了几日,有天半夜里妹妹突然拽醒姐姐,小声说:"又来了!"姐姐迅速拿起手电往帐子四周一照,只觉得有个东西自下而上，呼的一下消失了。再看那手电筒，灯泡泛红，发出来的光是雾蒙蒙的，所照之处只是一片惨淡的黄色。除了看到帐子在动之外，什么东西都看不到。姐妹俩像触了电一样惊叫起来："有鬼！"爬起来就往男生房里跑。两个男生本来就被尖叫声惊醒了，又见到人也跑过来，哥俩也吓得不轻。哥哥说可能有贼咱们过去看看，弟弟哆嗦着找棉衣，哥哥说拿上指甲锹就行了。指甲锹是当地在湖田里切泥的工具，锹口相当锋利，兄弟俩拿着指甲锹，一前一后，亦步亦趋朝女生房间走去。打开手电一看，并没有发现什么异样。只是床上的蚊帐还在晃动。突然听见咣当一响，不知什么东西从房梁上砸下来，四个男女"哇！"的一声就往外跑。这回连男生都不敢待在房间里了。

知青屋闹鬼的事不胫而走，越传越神。公社革委会主任认为是有人借闹鬼的事，破坏知识青年上山下乡运动，把分管知青的副主任和武装部长派到队里，现场决定，组织民兵轮流值班，并且配备了两只三八式步枪。连守几夜，鬼毛都没发现一根，可民兵们刚撤几天，知青屋里又闹起鬼来，先是房顶和隔板上常常弄得哗哗作响，后来发现屋外的当柴烧的棉秆被拖得七零八落。这四个知青向队长提出了强烈的换房要求。

队长无奈，去劳改队找"文革"前招魂捉鬼名气很大的黄老巴子，让他回来镇鬼。无论怎么恫吓，黄老巴子就是不干，他哭丧着脸说："以前我的名声都是虚的，"文革"把我一斗，我连那点假家伙都没有了，哪个鬼还怕我嘛？"队长没办法，只好把四个知青全都派到工地上。

在工地上我们知道了这件事，认为是鬼话，几个人商量，回生产队之后捉鬼，行动绝对保密。

从水利工地回来，几个点的知青聚在一起改善伙食，为捉鬼做准备，同时还买了两只三节电池的高光手电，和两条一指粗的麻绳。在一个月黑风高的夜晚，我们八个男生悄悄地潜伏到知青的鬼屋。一连两夜无功而返，第三夜户长把大伙招呼到一块开会，宣布三条纪律，一是不准睡觉，二是不准说话，三是听口令一致行动。为了不误事，特地把绳索绑在自己手上,另一头让女生捏着,一有情况就拉绳子。妹妹告诉户长"鬼来了"的时候,大家都屏住呼吸听动静。先是屋顶哗哗作响,后是壁板上有划动的声响,响声渐渐转移到女生房间那边,我想只要那东西现形,我们的光柱就可立刻锁定它。可是这声音突然没了。屋子外面却有拖棉秆和拉稻草的声音,这声音忽大忽小忽远忽近,我们悄悄地聚集到门边,大多数人手里拿着指甲锹和手电筒,户长低声发令:"一、二、三!"突然大门洞开,"嘿!"八个人的吼声如晴天霹雳震荡四野,确实有惊心动魄令人闻风丧胆的威力。只见一个黑影一晃就消失在茫茫的夜色之中。人们四处搜索没有什么发现。有的说好像听到咚咚脚步声,户长说,看来不是鬼,因为它不是两姐妹说的那样来无影去无踪。他要这个知青点的同学们将今晚的行动保密,为下次捉鬼创造条件。

日子一天天过去了,那个鬼始终没有露头。农村人说四个知青和鬼打了一架,把鬼撵跑了,有人表示怀疑,两个男生那么斯文,两个女生那么秀气,他们根本不是鬼的对手,还是改造对象黄老巴子说得有味,他说毛主席是红太阳,知识青年在毛主席手下当过红卫兵,自然阳气过人。"文化大革命"横扫一切牛鬼蛇神都是红卫兵打头阵,知青屋里的那个家伙,充其量也只是一个漏网的孤魂野鬼,哪里经得起红卫兵一打呢?于是有关知青鬼屋的故事又增添了几个版本。队长只要把闹鬼的事消停下来,他对上面有个交代就行了。于是他以"抓革命促生产"为由,不许贫下中农再添油加醋的乱讲,同时把黄老巴子狠狠地批判一通,警告他若再借知青鬼屋之事,宣传封建迷信,就专他的政。

半个月后,我们买了几斤狗肉,请鬼屋的知青与我们一起改善生活。那对姐妹告诉我,一队的妇女队长来找过她,说她们队的小铁匠中了邪,在家卧床不起,要鬼屋的知青帮他把魂喊回来。小妹问为什么要知青喊呢?妇女队长说被哪个吓倒的,哪个喊才显灵。小铁匠说,那天是在知青门前出的事。姐姐说,这事知青不能干。毛主席让我们来接受贫下中农的再教育,你却要我们装神弄鬼欺骗群众,要是让公社革委会知道了，准会送我们到砖瓦厂去劳动改造。妇女队长知道没戏，悄悄地走了。

　　1970年春，省里来了招工指标，公社革委会的头面人物为了消灾，把住鬼屋的知青一锅端，全部招走了，我们也陆续地回到城里，恢复高考后，不少人还进了大学。有一年放暑假，我们相约又回到我们下放的村庄，有人告诉我们，鬼屋是小铁匠哥哥的房子，他哥是个手艺不错的木匠，常年游走四方，嫂子是位湖南妹子，人很贤惠，生了一个崽，三岁时掉到塘里淹死了，小铁匠的哥哥一直责怪嫂嫂存心不良，嫂嫂深受委曲，就在家里上吊自杀了。哥哥出门后也一直杳无音信。后来小铁匠让自己的爹妈住进这间房子，老娘睹物思亲也上吊死了。小铁匠见势不妙，连忙让老爹搬到自家来住。当时有人认为这屋阴气太重，主张烧掉。队里以等大哥回来再说为由，把它当成放化肥的仓库。知青来了之后，队里看中了每人身上的大笔安置费，于是就把这屋子稍稍收拾一下，让知青们住了进来。小铁匠为要这间屋的钱，来队里闹过几回，没有结果。有人猜测闹鬼的事与小铁匠有关，知青走后，小铁匠也死了。还有的乡亲说，小铁匠是被那四个知识青年吓死的。但没有人告诉我们，小铁匠到底是不是知青屋子里的鬼。

一元九角二分钱的故事

黄介成

作者简介：

黄介成，武汉三中高中一九六八届毕业生，1968年12月插队到黄陂县横店公社全华大队肖家湾小队。1970年6月抽到黄石市湖北拖拉机厂工作。1975年元月调入武汉钢铁公司，2009年退休。

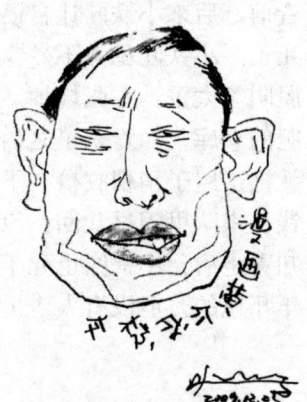

当年新华路，稍有热闹之时就是偶尔进行的足球赛，或是有市直大单位的运动会在这里举行。平时，除了依稀几辆公交车以及附近熙熙攘攘的路人之外，再也看不到繁华和热闹。然而在体育场北端，大约三平方公里的地盘，当年却坐落着大大小小星罗棋布的茅草棚儿，以及与棚户相伴的布局规整的粪坑，这里就是当时武汉北端黄陂县各公社生产小队的农用肥料集聚基地。农民兄弟们在这里以草棚为家，煤油灯为伴，坚守着自己的岗位，守护着自己生产队的农用基肥，然后源源不断地将采集到的粪肥运回村里,以备常年的耕作之用。这里曾经多次发生过为争集肥基地的地盘,为相互偷窃肥料而打斗的流血事件。因为大家都知晓一个道理,在土地贫瘠的黄陂,只有充足的基肥才能看到一年丰收的希望。

俗话说:种田一枝花,全靠粪当家。这是千百年来中国农村庄稼汉们的经典座右铭。不像现在有花样繁多种类各异的化肥,也不像现在各类什么转基因的农产品。当年的各类农作物的耕作、下种、施肥,还保留着基本的原生态。特别是有条件的地方,有基肥的尽量少用家化肥,保持农产品的无污染。

我当年如果不是上山下乡,如果没有那段知青的经历,压根也不会关注这里的一棚一景一草一木,也不会知晓这里的人和事。我的故事就从这里讲起,所经历的事儿也是从集肥工序的下延发生的。

1968年底,在随着知青插队到农村的那场运动里。我投亲靠友到黄陂横店公社全华大队肖家湾插队落户,与我同行的还有我校高一(二)班的肖正祥同学,由于我们一不会农活,二不是当地的亲属(仅凭瞎扯的一个街坊的朋友,就算靠友吧),两人在那个环境中显得很是身单力薄,颇有几分羡慕学校那些集体插队到宜昌的同学们。所以到生产队后,由于日常生活全凭自己料理,知青生活又极其艰难,心理上的感觉也极度孤独。好在生产队长是个心地善良的庄稼汉,看着我们俩的处境,总是照顾我们干一些较轻的农活,基本上与生产队的妇联一起干活。但这也不是长远之计,毕竟农有春冬秋夏,两个大男人总不能老与妇联一起干活,再说这里的妇联总喜欢拿我们混点,出我们不会干农活的洋相。插秧时,多次把我们围在水田中间打闹混点。但凭我们的能力又不能与男劳力们抗衡,这种处境大约持续了十个月,一天队长来到我们的住地,极其高兴热情地说:"好消息,介成,看你们在队里干农活很吃亏,经队委会研究,决定派你们到汉口新华路拖粪。这也是队里对你们的照顾。"我当时听到这个消息,脑子顿时懵了片刻,待明白后心里尽是郁闷。这是个什么活儿呢?就是一个人一辆板车,板车四周围上木板。将所集基肥满满装上后，由新华路一直拉回生产队，全程七十里地，按当时小队的工分值，一个工10分合计人民币0.64元，这拖粪的活儿算三个工，总计人民币为：一块九角二分。当时与我们同往的还有队里的几个单身汉。更让人懊恼的是由于城里白天不让拉粪肥的车走，只能晚上黑灯瞎火地赶路，几乎通宵达旦十二个小时才能到生产队。无论怎样，对于这种照顾，我不能不接受。但说实话，对于这份活能否完成，心里根本没底。我与肖正祥商量，不管他们怎样，我们只能相互依靠，耐死拼活地去拉了，大不了他们早上到，我们中午到，反正总是三个工。想到那一元九角二分钱，我们心照不宣地都有一种不值而又无奈的感觉。待我们一行人到达新华路小队集肥地时，已是下午四点多钟。因我们都原住汉阳，于是我俩赶紧回了趟汉阳家中。作为家中的独子，母亲听着我介绍的活路，眼眶早已湿润。我理解母亲，更了解自己，面对这种无奈只能接受，大不了就算作一次经历吧。但一想到自己不过一米五八的个头，却要拉着满满一车肥料像头牛一样在马路上吃力地爬行，那可是需要披星戴月的七十里地啊！

还是父亲想得周到，不动声色地在外面买回十个包子，以备我们路上充饥。同时又留我在家吃了一顿丰盛的晚餐。我依稀记得，吃饭时，我眼睁睁看着母亲默默擦眼泪，全家人都看着我贪婪地吃着晚饭，却没一个人动筷子，心里也不是滋味。但为了完成这趟活，我必须吃好，吃饱。我们大概晚上六点到达新华路，同村的人均已到齐，十多辆装满农肥的板车整齐地靠在路边一字排开。傍晚时分，我们这支运肥车队在同村一位单身汉"走——哦"的吆喝声中上路了，向着目的地——横店出发。

十月的秋夜，还是稍有几分寒意的，我们这支车队出新华路沿解放大道经循礼门、永清街到丹水池，沿途街上的人们偶有掩鼻而避，我们当然是不以为然的，反倒是觉得街上出现这支运肥的板车队伍很是滑稽，一种无所谓的快意油然而生。我们每个人头戴一顶灰黑色的旧草帽，两手紧握车把，肩拖一副拉绳，拖着各自的车吃力地向前迈着步伐，此番情景，每当现在回味起来，真觉得十分得意，其实那也是在特定环境下释放压力苦中作乐的一种方式。这支车队临到溪口时，庄稼汉们和我们之间的实力差距就显现出来了。同村的几位农民兄弟，看见我们俩落在车队后面，问我们是否吃得消，知不知道前面的路怎么走。听语闻声我就知道他们要丢下我们俩了。其实我们能一路坚持到现在，已经筋疲力尽了。于是我很知趣地说："你们走吧，我们要悠着点了，明天中午见……"其实他们早就料到我们俩早上是到不了横店的。一路上他们压着进度，我们却累得气喘吁吁。心想，没有他们我们更自在些。看见同村农民兄弟拉着车渐行渐远，我与肖正祥坐在各自的车把上，会意地笑着。在满天星斗的夜空，整个世界仿佛安静了许多，此番情境倒显出几分诗意来，我提议各自说一件值得高兴的事，以解疲劳之困，还是他更现实一些："咱们就不要诗情画意了吧，一路的折腾还不累吗？赶紧吃夜宵，休息一会，还有三十多里地要走啊"。大概是午夜时分，我们吃着冰凉的包子，稍作歇息便立即赶路了。

　　在溪口与横店之间有三个不陡但很长的坡，站在坡下，看着足有一里地的长坡，似乎各自都有几分气馁与胆怯。这样的深更半夜，祈盼什么同情帮助是不现实的，我提议一辆车先停放在原地，集中力量，先将另一辆车推拉到坡上，再解决坡下的这辆车。于是，满天星斗下，我们一个在上面拖，另一个在后面推着满是臭味的粪车，这场景定格下来，就是那个时代知青岁月的典型写照。我肩缚着绳子，双腿用力扎在坡地上，手紧握着车把拼尽全力往上拉着车，一步一步，两旁的树缓缓后退，我们的车子在一点一点往前移动，肖正祥在后面双手扶着车板，使劲往前推着，为防止板车溜坡下滑，我们都喘着粗气，咬着牙关。慢慢的我觉得这粪车仿佛有千斤重了，而双腿在坚持再坚持的过程中也变得酸胀麻木起来。不知道当时是哪来的毅力和勇气，现在想到那时那刻的我，倒很佩服自己了。当车子稳稳扎在坡顶，我们才歇了口气。回头再看着夜色下灰白色的长长路坡，真是既想哭又想笑。不过我们不能停下，后面还有两个坡呢，思及至此，我们便又如法炮制，把坡下那辆车搞上来了。这个点子确实奏效，三个坡终于被我们依次攻下。在东方泛白晨曦渐现时,我们依稀看见了横店街巷的轮廓,待到横店时,已是早上七点多钟。虽是深秋时节,我们却早已汗流浃背,面对晨曦,各自拿着旧草帽使劲地扇着。然而,我们深知前面还有十里更艰难的山间小路等着我们去跋涉。此地不能久留。我们吃完最后一个包子后,艰难地拉着车向着松树林间的羊肠小道进发了。

当我们拉着车走过一个小山包后,队长以及那批早先于我们到村的庄稼汉们都迎面跑过来,争先恐后地夺过我俩的车把,帮着拉完了剩余的山间小道。面对映入眼帘的这些朴实而可敬的农民兄弟,我们的无奈,我们的兴奋,以及我们的感动,在不断的"谢谢、谢谢"声中显现。上午十时许,这趟不寻常的活儿,终告完成。三个工时,一元九角二分的价值,终于得以实现了。

由于黄陂人多地贫,为了增产,解决温饱,很多地方一直沿用此方式周而复始地从汉口囤积肥料,增产利收。我们小队却因为我通过关系,以极其优惠的价格雇佣专用的运肥车最终解决了运肥问题。几年后,尽管知青陆续返城,但那种特殊年代建立的运肥关系网一直未中断。直到现在,虽然我们插队的村庄发生了翻天覆地的变化,几乎没有种田的了,但人们一提到此事,无不由衷地感谢我们知青。而我们始终不能忘怀的,除了当时苦中作乐的无奈与感动,也有着与农民兄弟的友谊之情。

2013 年 10 月

毒鸡风波

李肇文

作者简介：

李肇文，1947 年 11 月出生于武汉市，武汉市第二十八中学 1966 届高中生，1968 年 12 月下放湖北省蕲春县漕河区付畈公社邓源大队十小队。1971 年病转回城就业，1977 年考入中南财经政法大学国民经济计划专业。毕业分配到湖北省社会科学院《江汉论坛》杂志社，任编辑、经济室主任、副总编、副研究员。1990 年到深圳创办全国第一份证券杂志——《股市动态分析》周刊任职。1992 年成立全国第一家证券咨询公司——深圳新兰德证券投资咨询有限公司，任总经理。2001 年被选为中国证券业协会理事。2005 年退休，成立德缘慈善基金，从事社会公益慈善事业，迄今已在贵州、湖北、云南等地捐建希望小学及养老院六所。

我是 1968 年 12 月上旬离开武汉到蕲春插队的,是武汉市知青下放农村的第二批。下乡运动初起,绝大多数学生还在观望,还在犹豫,还在等待,等到我们下乡后没几天,12 月 22 日毛主席的指示就发表了,最高指示如雷霆万钧,于是所有的学生纷纷报名,噼里啪啦,几天工夫就下完了。

我们这个点——那时都叫知青点,一共四个人,我年龄最大,有杨永平、杨永慧两兄妹,杨永平比我小四、五岁;有王汉琴,女,1951 年生人;本来还有一个,小祁,祁锦辉,来了几天就闹情绪,整天无精打采,长吁短叹,跑回武汉去了,半年都没有来,说是有病,后来又悄悄回来,不愿干农活,大队照顾他,安排在林场,吃住都在那里,与我们就再没有什么联系。我们这个点应该比较特殊,是个人自愿报名,由学校组合而成,虽是同一个学校,过去则素不相识,下了汽车,才知道同一个点的人是谁,就像当时流行的语录"为了一个共同的革命目标,走到一起来了"。后几批下乡的学生这种情况就比较少,提倡投亲靠友或者自由组合,相互要好的人组合在一起。我们大队一共 10 个小队,其中有三个小队有知青点,一小队和十小队知青点是学校拼凑而成,八小队的那个点有五个女生,过去就在一个班级,平日相处比较好,自由结合分在一个点。

我们点的住房,设在小队的仓库旁,严格说,就是仓库的一部分。仓库是一溜四列房,左边两列是仓库、保管室,右边两列作我们的住房。大门进去,有一个大大的堂屋,后面是一个厨房,堂屋和厨房旁各开一个门进去,是两间卧室,我和杨永平住前,王汉琴、杨永慧住后。

住房坐落在村子的东头,地势较高,后边是一条小路,走过去不到 100 米,就是大队部。大队部是两列长长的平房(那个年代都是平房),一列是办公室、大队仓库,另一列是大礼堂,大队宣传队就在那里演出。周围还有大队办的猪场、榨坊、米粉场等。

我们的住房旁边搭了一个小棚子,中间用墙分开,里面各埋了两口粪缸,搁上两个木条,就是我们的专用茅房。这茅房因是赶修的,十分简陋,夏天的一场大雨,就棚顶破裂、墙体坍塌,我们只好跑到100米外的大队部去上厕所。

我们知青下乡插队,国家都给了安置费、生活费和口粮费,每个点还有500元的建房费。另外两个小队的知青点都专门盖了新房,我们这个点没有盖,据说一是因为时间紧,二是有现成房屋。我们看我们的住房和茅房都有赶修的痕迹,大门是新开的,门框旁的泥巴还没有干,大门前没有台阶石,一直到住进后好长时间,才把台阶石砌好。

我们这个队是十小队,全称是漕河区付畈公社九大队十小队,九大队也叫邓源大队,整个大队的人大多姓邓,似乎原来是邓姓宗族的聚居地,只有我们所在的十小队比较特殊,没有一家姓邓的,主要是姓张、姓韩、姓刘,三大姓,据说十小队的人都是外来户,祖辈陆续从外地迁来此地落户。十小队的所在位置也就不太好,其他9个小队都在畈下,只有十小队在畈上,所谓"畈",这里实际是指低洼之地的意思。畈上就是小土坡,小丘陵。

从蕲春县城漕河镇到蕲春最大的城镇蕲州的公路是蕲春县的主要公路,邓源大队就在此公路旁。县城出来7里路就到了一个叫做走马岭的地方,旁边有一条小岔路,直通邓源大队队部,这条路的一边是畈下,一色的平平整整的田地,依次排列1—9个小队,一边则是畈上,只有十小队和三小队及九小队的一部分。

这畈上的土地,土质相当不好,主要以山坡地为主,中间也有一片平整的田地,土质黄黄的,是一种带磁性的泥土,粘乎乎的,缺乏通气性,这种土质是不适合种水稻的,但那个年代,宣传的就是"以粮为纲,全面发展",一律强迫都要种水稻,还要种二季稻,于是产量不高,最多也就亩产300多斤。

畈上的这一大片田地,又有一个地名,叫"石大垅",记得我们下农村不久,九大队就开了一个"大战石大垅"的誓师大会,要改造"石大垅",就是把畈下田里的土挑到畈上来,掺和在一起,改变"石大垅"的土质。誓师大会后,大队支书徐正发带头从畈下挑了满满一筑箕土,走到畈上,后面是长长的挑土队伍,我们看见徐书记小小的个子,穿一件藏青色的干部装,气喘吁吁地走在队伍的最前面。但是只看见他挑了一趟后就不见了踪影,这挑土的队伍也只是干了半天,就虎头蛇尾地结束了。

实际上,这畈上的地,适宜种树木,县里也曾将这里作为植树的重点示范区。在九小队旁边有一个小山丘,大队在这里设了一个林场,我们刚下去没几天,曾被抽调到林场去植树,忙了几天,栽的是马尾松和杂树,不久县里在邓源大队召开了现场会,介绍这里植树造林的经验。这种马尾松生长很快,一年后就可以分蘖,二年后就可以砍下枝叶作柴烧,三年后就可以成材。我离开邓源时,种的松树已经成材了,直直的,一大片一大片,后来也不知这批松树的命运如何。只是四十多年后,我重返邓源,看见这里什么树林都没有了,生态环境比过去更差。当年作林场的小山丘,已经被推平,搞了一个什么赤东工业园,主要生产低质的釉面砖,高高的烟囱,远远就能看见卷着黑烟。

我们住在仓库旁,仓库前面就是一个大大的打谷场,用水泥铺就的一个场地。在这个地方居住,生活上其实不怎么便利。

首先离水源比较远,不方便,农村嘛,都是挑水吃,吃井水、吃塘水,水井离我们住地比较远,有一二百米,要穿过打谷场再下到一条小路,绕到村子的另一头;水塘虽近一些,但是水质不好,下雨之后或者干旱时期,水就比较浑浊。

其次是因为在村子中间,小队里开会都是在我们堂屋里,晚上坐满一屋子人,那个年代,开会的时候又特别多,今天传达文件,明天宣布最高指示,又是扫盲,又是学唱歌,又是讲用毛选,又是忆苦思甜,名堂特别多,一开就是大半夜,搞得我们不能休息。

再就是老鼠多,旁边就是仓库嘛,自然养了不少老鼠,晚上一安静下来,就听见老鼠活动的声音,在屋梁上刷刷地跑来跑去,有时失足一头栽到你床上,你惊恐得还来不及叫喊,它已经刷的一下跑走了。好在那时年轻,胆子还比较大,时间一长,也习惯了,白天劳动累了，倒头就睡，来不及害怕。

还有一点就是房屋很破旧，据说仓库原来只有我们住的这二列，后来旁边新修了二列，这旧的部分就给我们住，新盖的部分仍作仓库。年头久了，又是土砖砌房，墙壁部分大量剥落，屋顶的瓦是那种小片的黑瓦，不经用，早已破旧不堪，下起雨来，不是这里漏水就是那里滴水，有经验地拿起一根竹篙子朝上面捅一捅，就会好一些，但捅的次数多了，下次下雨，漏雨滴水的地方就更多。记得有一次，雨下得太大，房间里都摆满了接水的盆、桶，实在无法安睡，只好男女都坐在厨房里躲雨，坐了一宿，第二天还要出工。

住在仓库旁也有蛮多的好处，一是地势高，干燥，房屋内空也高，空气流通；二是分东西时方便，分草分谷，分黄豆，分萝卜，那时的口粮都是由小队分发的，许多农产品也是由小队分配，常常是农作物收获上来后，在打谷场里脱壳、扬灰、筛选后不进保管室就在打谷场上分发。我们就住在打谷场旁边，不用扛不用挑，直接拉进屋。分的谷草也就堆在打谷场边，与小队的大大的谷草垛并排一起。还有一个最大的好处就是养鸡养猪方便，这一点使全村的人都羡慕不已。

我们来到村里后，村里的各户人家都来"观看"过我们这些城市伢，尤其是各家的媳妇和姑娘，她们除了好奇我们带来的一些城里的生活用具外，还要屋前屋后观察一遍，然后大声地感叹，哎呀，门口这大一块空地，几好养鸡喂猪啰！在乡亲的影响下，在与我们关系密切的农户韩聋子和韩娘的帮忙和张罗下，我们也就入乡随俗，张罗起养鸡的事。

我们是12月份到的蕲春，过了春节后，就是开春，正是养鸡的好时光，这天有小贩挑着大大的箩筐来卖鸡娃，打开箩筐盖，一大群黄绒绒的雏鸡，叽叽叽叽叫个不停，鸡娃的价格真便宜，记得是几分钱一个，但生意也并不好做，当地农民都是自己孵鸡娃的。可能是有人指点，卖鸡娃的专门从漕河镇里找上门来，我们一下子买了30多只，又在堂屋角落里砌了一个鸡窝，还安有一个门，倒是挺有模有样的。

要说我们的住地真是养鸡的好地方，出门就是打谷场，夏天秋天不用说，打谷扬谷都在这里，谷粒洒落满地。冬天春天，仓库里的陈谷和留存种子也要经常拿出来翻晒，搬进搬出，都会洒一些在地上，够我们鸡吃的了。打谷场旁边是队里的草垛，鸡可以在里面刨来刨去，翻找里面的陈谷，打谷场上除了晒稻谷，还翻晒黄豆、绿豆、蚕豆，还有芝麻，都是鸡的好食粮，所以我们养的鸡，从来不需要专门喂谷喂米，早上起床第一件事，就是把鸡窝门一拉开，一大群鸡就前扑后拥，蜂拥而出，不用管它，到傍晚回来时，只只都是吃得饱饱的，鸡嗉鼓鼓囊囊的。打谷场上晒东西时，经常要安排一个人，怀孕的或年纪大的妇女来看场，驱赶鸡鸭，其实主要就是驱赶我们养的鸡，其他人家的鸡都离得远，偶尔才有跑来的，而我们养的鸡，数量多离得又近，胆子还特别大，赶也赶不走，没办法，得地利之便嘛。

  这一下难免引起一些人的眼红，有些妇女在干活时，就嘟囔，这帮城里伢，有国家照顾，又有队里照顾，养的鸡还有"照顾"。这些议论只是碍着我们知青的身份不好明说明讲，但私底下訾议不少。

  队里为了防止鸡鸭和猪吃庄稼，其实也有规定：鸡不进场，猪不出门。场就是打谷场，门就是猪圈门，如果发现谁家的鸡吃了队里粮食、猪跑到田地吃庄稼，就要罚款。罚款不是罚钱是罚工分，扣你的工分。有的人家就是被罚了工分，心里难受，难免含沙射影地大声嚷，为什么有的人家不罚，光罚我啦。小队长刘仿生是一个好人，管理上抓得很严，但对知青很照顾，听见这些话也不去理会。只是有一次听见我们在议论，还想养一群鸭子时，脸色大变，吃吃的说，鸭子吃稻谷可比鸡厉害多了。

  转眼秋天到了，我们养的鸡也大了，一只只，肥肥壮壮，羽毛锃亮，20多只鸡，把鸡窝塞得满满的，鸡窝门都关不住。这时正值双抢时光，双抢就是抢收抢种，一方面要把早稻收上来，另一方面要把晚稻种下去，要抢在8月1日前抢种完，节气不等人，晚一天播种，收成就要受一天影响。全队的人都是起五更，睡半夜，全力投入到双抢之中。

  这一天收工的时候，副队长张国顺通知晚上开会，要传达中央的文件。这个时候晚上开会是很特别的,一般双抢时节,大家白天都很劳累,晚上是不开什么会的,尽管"文革"时期,要抓革命促生产,文件多学习多开会多,但农村人很实际,说东说西、闹七闹八都糊不了嘴巴,还是田里长的庄稼实在。一般这些闹革命、搞宣传的活动都安排在农闲时候。双抢时间开会一般只有两个内容,一是上面有补助下来,补助款,补助粮,要分配,要大家讨论;二是布置和讨论双抢生产上的一些问题。这些都直接涉及各户农民的切身利益,大家才会有开会的积极性。但这些内容又通常与我们知青关系不大,我们就没有兴趣,只是因为平时开会都在我们的住地,不得已只好参加。但这次奇怪的是,开会地点改在队长刘仿生的家里,我们收工回来又累又倦,就没有去参加。

会议快结束时,队里作了一个决定,趁天气炎热,鼠患猖獗,要全村统一下药毒老鼠,把浸泡过六六六、一○五九农药的稻谷洒在村里各条道路上,要保管员刘德生负责下药,因而通知各家各户第二天早晨不要把鸡放出来。我们因为没有去开会,就不知道这通知,也没有人来告诉我们队里的这个决定。

第二天早上,我们起床后照例第一件事就是把鸡窝门打开,鸡群欢天喜地,争先恐后地飞跃过高高的门槛朝外面跑去。

我打开鸡窝门后就去上茅房,我正蹲在粪缸旁,突然看见一只鸡歪歪斜斜、跟跟跄跄跌进茅房来,我吃惊地看着它,只见这只鸡翻拉着白眼,扑的一下栽在地上,又挣扎爬起来,走几步,又栽倒在地上,翅膀扑啦扑啦地拍打着,腿痉挛地抽动着,显得很痛苦。我好生奇怪,急急忙忙拎起裤子,就跑出茅房,出来一看,哇呀呀,惨啦,四周都是在挣扎的、在扑腾的鸡,都是我们养的鸡。

我一时不知所措,还是王汉琴主意快,她拎着一只病鸡一溜烟跑到隔壁的韩娘家,韩娘家离我们家最近,平时与我们走动也最多。王汉琴还没有走到韩娘家门口就大着嗓门叫:"韩娘,韩娘,我们的鸡发鸡瘟了。"奇怪,韩娘家没有人声响,拍拍门也没有动静,是出工了还是出门了?王汉琴又绕到隔壁的夏世仁家,夏世仁是大队的财经队长,拿到今天来说就是大队的"财务总监",权力很大,所有报销和财务开支都要他签字,他平时都在大队部,很少看到他在家,他的老婆叫苏桂莲,个子高高的,扁平的脸,很热心,平时也在小队里出工,但是次数很少,大队干部家属嘛,总要特殊一点。她看见王汉琴抱着一只病鸡跑来,就热心地说:"哎呀呀,你鸡是吃了有毒的谷了,昨天晚上队里下了通知,要下药毒老鼠,各家不要放鸡出来,你们不知道吗?""不知道哇?""那怎么办?""我们的鸡都中毒了!"我们这里急得七言八语。

"赶快开刀"苏桂莲说,"开刀?"我听了一时摸不着头脑,苏桂莲从屋里拿出一把剪刀,接过王汉琴手中的病鸡,在鸡嗉处,剪开鸡皮,拿出鸡嗉,又剪开一个口子,然后到门前不远的水塘边,将鸡嗉中的谷粒掏出,用水洗净鸡嗉,然后又从屋里拿出针线——普通的针和线,将剪开的鸡嗉大针大角地缝好,她在飞快做这件事的时候,病鸡只是无力地扑打着翅膀,鸡嗉缝好后,她将鸡朝地上一放,鸡先是伏在地上无力地拍打着,站不起来,挣扎了几下,居然就奔跑起来了,"快抱起来送到鸡窝去",苏桂莲叮嘱我们,又说,"其他的鸡都这样'开刀'"。

我和王汉琴急急忙忙跑回家,端出一盆水,拿出剪刀,又拿出针线,也开始给鸡"开刀"。我们的手脚都没有苏桂莲麻利,剪刀也是一把小剪刀,没有苏桂莲家里的大而且锋利,我们七手八脚拿起病鸡,剪开鸡皮,剪开鸡嗉,因为剪刀只有一把,只能由王汉琴主刀,我来掏鸡嗉,其他的人因为害怕,在一旁一惊一乍:"哎呀!鸡快不行了。哎呀!都在抽搐。"我拿着粗粗的针,也如苏桂莲一样缝鸡嗉,却发现不是那么容易,鸡嗉又滑又硬,我只能扎好几下才缝一针。王汉琴已经剪开了好几只鸡,我还只缝了一只鸡的鸡嗉,我们手忙脚乱,慌不择事。我把已经剪开鸡嗉的鸡,一只一只掏出有毒的谷粒,先洗净鸡嗉,放在地上,准备一只只再来缝鸡嗉,谁知这些鸡,掏完里面有毒的谷粒后,刚放到地下,马上就挣扎着跑开了,完全不管鸡嗉还开着一条口子。

我们越干越有经验，也越顺手，分工进行，有的剪开鸡嗉，有的掏出谷粒，有的去洗净鸡嗉，有的缝鸡嗉，大部分鸡来不及去缝，就直接放入鸡窝，不一会儿，20多只鸡全部救活了，只有一只鸡，就是最先跑进茅房的那只鸡，因为时间太长，没有抢救过来。所有的鸡在鸡窝里叽叽咕咕一天，不吃也不喝，第二天我们打开鸡窝门，所有的鸡又如同往日一般飞驰而出，没有异常，鸡嗉的地方虽然有的还翻拉着皮，但是好像对鸡的活动没有什么影响，我们只能感叹和惊讶鸡的生命力的顽强和自我康复的能力。

就在我们快要将全部病鸡清理完时，韩娘才慢慢走来，她叮嘱我们将鸡的伤口用清水洗净，放到鸡窝中，不要喂食，也不要喂水，看来，她们都是有经验的。

我们的鸡逃过一劫，又欢腾地活跃在打谷场上，村里的人也不再背后议论我们养鸡的事了。与我们相熟的年轻人还悄悄告诉我们，有的人在骂苏桂莲是"叛徒"咧，埋怨她教会了我们给鸡"开刀"的方法。但又说，苏桂莲泼辣得很，骂这些人心不好，说这些城里伢到农村来受苦，不容易，养了几只鸡，你们还"搁不得"。骂得这些人不敢回话。

王汉琴对这件事非常生气，她对队长刘仿生说："队里下毒药药老鼠的事为什么不通知我们，害得我们的鸡差一点死光了。"仿生队长听了没有吭声，晚上，队长老婆拿了一只鸡悄悄来到我们住地，说是赔给我们的，我们当然不能要，拉扯了几下，也就将鸡拿回去了。

不过这次毒鸡事件，也使我们心力交瘁，不再提养鸭子的事。

过年的时候到了，我们知青都回武汉过年，每人带三四只鸡回家。我母亲在杀鸡时，发现鸡嗉处有一条长长的疤痕，弯弯曲曲、凸凸凹凹的，十分丑陋，看了害怕，便问我，这是不是一只病鸡呀，发了鸡瘟吧？我笑着说，没事没事，开过刀，作了"胃"切除……

若干年后，我患胃溃疡，大出血，紧急开刀，胃也切除了五分之三，肚子上留下一条长长刀疤，我有时会联想到农村给鸡"开刀"的事，突发奇想，这是不是和佛教里说的"无缘大慈，同体大悲"，万物皆不同，感同身受是一样呢？

　　第二年，我们继续养鸡，这次我们是自己孵鸡娃，孵了整整28天，成功孵出了30多只雏鸡娃……

仓屋垹，情未央
——漫忆我的知青生涯

张立涛

作者简介：

张立涛，武汉三中1968届初中毕业。曾在宜昌县仓屋垹公社六大队下乡两年，后招工至六机部四〇三厂工作。退休前任职于武汉铁路房地产总公司。

20世纪70年代初，作为老三届知青，我曾下放在宜昌县仓屋垹（注1）公社六大队，离开那里至今已有四十一年了。四十一年光阴如白驹过隙，人生的无数过往多已淡散，抑或湮灭在岁月的长河里了无踪影，唯有这段"知青"历程，如一部滚动播映的连续剧，那些刻骨铭心的场景总是反复在脑海里掠过⋯⋯

那是一个距离宜昌市区六十多里的小山村。

一条无名小河从村中由北向南蜿蜒流过。村子东西两边是高高的山冈。西边的山冈覆土较厚，形成一道连绵数里的土冈，土冈上遍布半人深的茅草及荒乱的坟茔。东边的山冈几乎全是由陡峭的岩石组成。乍一望去，壁立的青黛色的山体给人以扑面而来的感觉，很是突兀。听村里人讲，山上经常有野兽出没，60年代初，曾发生过老虎下山袭人的事件，虽最终被彪悍的乡民活活打死，但是每每谈及此事，仍然让乡民们心有余悸。那些惊悚的故事也在相当长的一段时间里给我不小的恐吓而令我不安，尤其是在那些月黑风高的夜晚。山脚下由河沟冲积而成的畈田及西边土冈上由乡民们开凿的梯田是村里千百号人丁赖以刨食的土地。在那个寒冷的冬月，我和十几个三中校友便成为这个祖祖辈辈在这块土地上刀耕火种、繁衍生息的群体的新成员了。

  第一天出工是随队里的男劳力到十几里外的深山砍柴。队长给我一根扁担两根绳子一把砍刀。本人原在武汉也做过一些肩挑背扛之类的体力活，然而这初次的农村劳作却让我领教了农事的不易。去时的十几里山路已消磨掉多半体力，荆棘丛生的枯枝乱藤直划得我双手血流，而捆柴及挑柴更是让我吃够了苦头。捆柴既是个力气活也是个技术活。从理论上讲，必须是捆得越紧越好。首先将砍下的柴草一把把按层堆叠，然后用那根两端带有树杈做的钩子的长绳绕堆叠好的柴禾一周，同时边用脚抵住柴禾边用手使劲收紧绳子，直到绳子收紧到极限时，立即将木钩子挂在柴禾间，使之牢牢捆住柴草。挑柴的扁担被当地人称为钎担。柴捆好后，就用钎担的一端估摸着对准柴捆的重心位置直刺入内，而后将柴捆背在身上以钎担的另一端斜插进另一捆柴草，并顺势将钎担置于肩上。此动作基本要一气呵成。这些看似简单的动作对于我们这些知青新手确实有难度。因为力气较小，也因为缺乏经验，柴禾捆得松松拉拉，根本难以成捆。好不容易在同行的农民朋友的帮助下捆好柴禾，那根钎担却让我出尽了洋相。由于我这根钎担是新做的，柔韧性较差，加之所挑柴禾较轻，又难以掌握平衡，使得钎担在挑的过程中不时侧翻过来，硌得肩膀生疼生疼，后来我索性将它翻转过来使用。当我以这种狼狈姿势挑着四五十斤的柴禾跌跌撞撞地回到生产队时，引得在堆场上歇息的农民们哄堂大笑。适逢来生产队检查工作的大队书记许明早，这位土生土长的农村基层干部见状指着瘦小单薄的我问生产队长：这是知青小张吧，还是个伢（注2）子呢。伢子在当地是指未长成人的青少年。

确实，十七岁不到的我就是一个未成年人。整个大队十几个知青中，有六六届高中生周宏科，六七届高中生李继志、汪旭东，六八届高中生陈立勇、冯汉贤等。在他们面前，我是个十足的小阿弟。他们于我，言谈举止无不显示出一种成熟，一种底蕴，与其说他们是学长，倒不如说是师长。是啊，我一个1968届初中毕业生，截至1966年6月停课之时，数学只学到一元二次方程，语文的定语、状语还是在以后重返校园学外语时才知晓的，历史、地理的大门只是为自己开启了一道门缝。唉，那个令人纠结的年代！

置身在这群兄长知青中，我是愉快的。从他们那里我知道了莫泊桑莫里哀雨果甚至贝多芬，也是从他们口中我知道美国人竟能够登上月球、日本的新干线时速可以使我们个把小时就能回到家乡。相对于这些，他们的处事能力及思辨才干更让我佩服不已。刚到大队不久，他们不知采用什么方法，竟成功说服大队干部同意每月有一天作为知青工作会，实际上是我们知青的聚会。全大队知青在这一天都可以带工分参会，并可以在会上向大队干部反映知青们生产生活的具体困难，研讨解决办法。偶尔也搞一些文体活动，甚至还举办过两场相当有规模的文艺演出。记得第一场演了一台综合文艺节目，第二场演了四幕歌舞剧"收租院"。李继志、汪旭东等人集编剧、导演、指挥、演奏于一身，整个演出工作组织得有声有色。文艺演出在当地叫演戏。正式演戏那天，村民们从各个角落涌向大队小学操场，当舞台上的我们看着台下的观众人头攒动，听着他们质朴的赞叹声和开心的谈笑声时，竟隐隐产生了一种莫名的冲淡乡愁的愉悦——尽管它是短暂的。

然而农村更多的日子里，生活远非这般惬意。繁重的劳作让我们体会到实实在在的苦。那是下乡第一年五月的某天，我们凌晨时分即被出工的号子叫起，赶到畈田拔油菜秆，两三个小时后，太阳刚露头即回家用不到半个小时的时间匆忙做早饭，饭毕马上到西边土冈大田给旱地作物除草。三十几个人沿山脚一字排开向山顶迈进。五月的太阳已是十分毒辣，不停流着的汗水似乎让体内的水分蒸发殆尽，连口鼻里呼出的气也是那么灼人，此时人已感到非常虚脱。就这样一直干到太阳当头（农村均以太阳的升落高度计时），队长也不吭声说歇工。我在煎熬于太阳炙烤的同时也惊诧于乡民们的吃苦耐劳。几个胆大的青年后生嘀咕道：不歇工水要搞点上来啊。看队长没有动静，我和那几个青年后生扔下锄耙，找到两三百米开外的一个小水塘，准确地说是一个汇水面积仅几平方米的小水坑，也顾不得蝌蚪在水中游弋，捧起有些异味的水连喝几口。这时太阳明显偏西，估计是下午两点多钟了，队长方才发话，要求把约为剩余总量三分之一的地块锄完后歇工，并安排一个人到水渠里挑了两桶水上来解渴。我的个天啊，那次我一连喝了八碗水，就是那种农村用来盛饭盛菜的大碗。这八碗水让我记了几十年。

除了艰苦的劳作外，粮食的短缺也时时困扰着农民和我们知青。生产队给的口粮按人头大约每年三四百斤稻谷，碾成米也就两三百斤，平均每月二三十斤米根本不够吃。为了解决吃饭的问题，当地农民可以说想尽了办法。在乡下，感觉农民们每一天每一年甚至一生的第一要务就是解决吃饭。在他们有限的自留地里，尽可能多地种植一些可以裹腹的菜蔬。平常吃饭总看到他们将萝卜、南瓜、红苕大碗大碗地煮着吃。劳作间隙，只要看见地下挖出什么，如收获后遗留的花生、萝卜、红苕或者野生的麦冬、黄姜、杨梅等，随手就丢进口里咀嚼。有一种类似莴苣，当地人叫"莴吗菜"的叶菜。农民将菜叶剁得十分细碎，用竹篮装着在溪沟里淘洗多遍，加入一点大米煮熟后谓之"菜饭"，盛在碗里只见菜色不见米色，但听农民讲比较耐饿。最难熬的是农历三月前后的春荒时节，所谓青黄不接即年前的粮食所剩无几，当年的新粮尚在地里。当地有说法，长三月、短八月、不长不短冬腊月。此时白昼特长，太阳好像总不见下山，人的肚子感到特别饥饿，是那种忍无可忍的饿。有人说那时的人是出工不出力。试想，成天喝的是清汤寡水，哪里还有力气？"煮芹烧笋饷春耕"只是诗人的浪漫，我在农村两年经历的春耕季节绝无此等浪漫与乐趣，倒是经常见到那些家大口阔的农户主人肩上搭着米袋外出借粮的凄苦身影。相对于当地农民，我们知青的粮食供应要充裕一些，但是仍不够吃。除了找队长死磨硬缠外，知青解决缺粮的办法一是上水利工地，那里有按照标准工日每餐供应的半斤米饭还有一碗菜蔬。二是到其他知青点串门混饭吃。实在不行只有回武汉老家。我的饭量历来很大，队里分的那点粮食常有断炊之虞。我也尝试在饭中掺杂一些其他瓜菜之类聊作充饥，甚至将麦麸混在面粉里烙饼。如果将一百斤麦子全部碾压成面粉，那便是几十年后成为高档餐桌上的时尚全麦食品了。但是在那个缺少油水的年代，即便是当地农民，麸皮也是用来喂猪而绝不会用来充饥的。不幸的是，它却成了一个知青的盘中餐了。就是吃麦麸这件事，被生产队的农民知道后，竟传到大队干部们那里去了。最后由许明早书记拍板，将我安排到大队林场搞事。（当地人称做活叫搞事）

大队林场是由大队划拨的一点土地，集中调配若干人员，专门从事苗木、药材、瓜果等经济作物种植，也少量种点粮食、油料作物。林场没有公余粮任务，上交的粮棉油数额及经济作物销售款只是纳入大队决算，生存环境比起生产队来说要宽松得多。在这里有专人做饭，中餐集体开伙，自带半斤大米，早晚餐可以采摘集体的菜蔬及红苕。这样，吃饭的问题基本解决了。林场场长杨文海也是位当地成长起来的基层干部，曾做到公社社长职位，后因身体缘故，回大队林场任职。他的视野也因他的经历而与一般农村干部不同。平时与他聊天，凡涉及知青扎根农村的话题，他总是一笑而过。我想，见过世面的他肯定对城乡二元结构的成因、历史、现状有较深的领悟。他并不热衷于将我看做一个纯劳力，换句话说，他根本就没指望我成为一个真正的农民。感觉他对知青的底线是你有那种搞事的态度即可。在日常生活方面，他对我也给予了一些细心的、力所能及的关怀。记得当时给知青每人供应有一床蚊帐，当地人叫罩子。杨场长在公社干过事，信息方面比较灵通。某天，杨场长拿着一张供应票对我说：小张，知青的罩子已经到公社供销社，分批供应，你快去领回来。我当天就赶到供销社领回了蚊帐，成为第一批用上蚊帐的知青。初到林场那年的冬天，杨场长不知从哪个渠道给我弄来一张救济寒衣票。细微用心的他也许是看到我穿的棉衣很破旧，更有可能的是他从其他知青处听说过我的那件旧棉衣——下乡时因家境贫寒，还是我的语文任课老师范仲文先生所赠予——的悲摧故事。今天，随着社会的变革，我的人生发生了巨大变化。但是在仓屋牓公社领到的那件助我抵挡宜昌凛冽山风、给我那颗漂泊落寞的心以温情的寒衣，在我心目中弥足珍贵的分量始终没有变。我忘不了那件寒衣，我想念杨文海场长！

  林场组成人员来自各生产队，由于这里的工作比较侧重精细化，因此抽调来的人员农技手艺一般较过硬。当地常用一段顺口溜"耕田赶秒怕牛咬，打谷扬锨怕狐臊（注3），堆箩拴草怕跶倒（注4）"来嘲笑那些农技手艺差的人。我这人天生愚笨，尤其是动手能力极差。别说是耕田赶秒等技术活，即便是割茅草这类多为妇女干的农活，总也做不好。笨拙的样子总是引来林场几个青年农民的嘲笑。后来硬是靠两位老农手把手地指教才勉强学会。然而像耕田这样的技术活，直到离开农村，我始终未见长进。倒是一些挑担扛包之类的力气活让自己的力气几乎按几何级数增长。农村有"三日的肩膀四日的胆"之说，从刚开始挑四五十斤的担子感到吃不消，到后来一百五六十斤翻山越岭基本不在话下，可以说是一个质的飞跃。每遇有肩挑背扛的力气活，我总是主动请缨。一则是此类活工分较高，二则是自己觉得能胜任。当地人将那些干活不偷懒耍滑肯吃苦卖力的人称为"下力"。他们见我如此下力，又看我一年出工日总在三百天以上，便时时给我以真心的赞誉。每年出席大队、公社的先进表彰会（当时叫学毛著积极分子或五好社员）总是榜上有我。那些带有鲜明时代印记的褒奖，对于一个十几岁的懵懂少年而言则无关抱负无关奋斗，只不过是一种原生态的本意和行为罢了。因为从小父母给我的教育就是本分做人勤奋做事。如果硬要说那时的我还有什么追求的话，那就是一个独坐愁城的少年对故乡的一往情深，对年迈父母的倾心牵挂，对回城之路的翘首以盼。

为了那份乡愁，每月一次的父母来信成了我最大的期待。在乡下的日子里最为激动的事情莫过于从乡邮员手里接过武汉来信了。父母的每一封来信中，总是无微不至地嘱咐我诸如注意冷暖、热了脱衣服、冷了加衣服、汗湿的衣服要及时换、生病了要休息、饮食上不要克扣自己等充满着父母对远方游子的舐犊之心。读着父母的来信，每至情深处总潸然泪下。眷恋随千里，家书抵万金啊！

同时知青间的聚会也成为我们乐此不疲的重头戏。每逢此时，我总能从那些学长口里听到一些逸闻趣事。除了武汉宜昌两地间的信息外，最吸引人的当属那些招工的小道消息了。下乡第二年后，招工的风声就不断在知青间流传。当年我们关注招工信息的热忱绝不亚于如今股民们关注股市指数k线图的热忱。大约在1971年夏季开始，大队就组织了社员对我们的招工推荐工作，甚至还让每个知青填了一张登记表。至于是哪个单位来招工，我们将被哪个单位录取，却如蒙在鼓里毫不知情。从知青间传递的信息中了解到似乎有三线单位、宜昌市属单位及一些县办单位。虽然没有武汉的单位，但是能脱离农村苦海是每一个知青梦寐以求的愿望。也许是应了好事多磨的千年规律，从七月填表到十月中旬关于招工的事如同泥牛入海，杳无音讯。直到十月二十日喜从天降。那天我在大队开会，刚好接到通知，要我们次日到公社检查身体，此时我才知道招工单位是六机部四零三厂。到底是中央在宜大型企业，初次相识便感受了它的牛气。那天检查身体，按照惯例应该是属地医疗单位全权检查并出具体检报告。但是厂方却派了好几个身着四零三厂医院白大褂的医生督检。我的眼睛近视得厉害，最多就是个0.1。因担心难以过关，便怀着一份忐忑在旁边暗暗背诵视力表。凭着年轻记忆力好，十来分钟基本能够背熟到1.0了，遗憾的是五米开外的我所看到的0.6以下只是模糊一片，根本看不清医生的小竹棍所指何点。最后我只好涎着脸请求填写检查结果的医生将我的视力写好一点。记得当时那个医生姓高，好像是武汉卫校毕业分配在小溪塔卫生院工作。也许是远在他乡的同病相怜，也许是沦落天涯的恻隐之心，她竟同意将我的视力双双写成1.0。时至今日，我仍感激小高医生的那份关照。

由于我除了眼睛之外身体其他部位不说大碍，小碍也没有。在自信且充满期待的心境里静静地憧憬着即将开始的新生活。在等待中终于盼来了要我们12月13日到公社集中的通知。那天，在公社办公室的院坝前，由四零三厂人事处的干部与仓屋塝公社干部进行简短的交接仪式后我们便兴高采烈地爬上卡车，随着汽车的发动开行，我的鼻头、眼帘竟生出丝丝异样的感觉，我与亲密接触了709天的仓屋塝就这样辞别了。

709天前的1970年元月4日，我离开武汉远赴宜昌。那天，武汉异常寒冷，纷纷扬扬的大雪仿佛一张莫大的幕布，将天际线压得很低很低，天地间一片灰暗。我的心如同那条赶往通向那个陌生地域的船码头的灰蒙蒙的路一样，阴沉极了。我不知道这条路我将要走多长，就像不知道长江的水有多深一样，只觉得一片迷茫。

709天后的今天——1971年12月13日，我的人生过程中具有特殊意义的一页终于翻过去了。有一种变迁叫沧桑。至此，这场弦断我们青春序曲、梦碎我们人生理想、渲染着乌托邦色彩、有悖国情民情的知青运动于我顿作断崖式结束。

卡车在冬日的暖阳下沿着乡间公路疾驶，身后的那个小山村已经渐行渐远。我努力控制着自己翻腾的情绪，回想这近两年的辛劳、苦楚、热汗、伤痛，那贫瘠的土地、质朴的乡民，那逆境中的生存之道、艰难中的忍受能力……或许若干年后，这些纷繁的过程将会随着时间的流逝而归于平淡，但是那些沉重的记忆终将铭刻在我们心头。因为它早已成为我们精神世界里不可割舍的一个部分，那份专属我们这代人所拥有的情愫也将永远不会完结。

注释

1：塝，音榜。
2：伢，当地方言，音阿，阳平。

3：狐臊，当地方言，表示草屑类粉尘粘在皮肤上使之瘙痒。
4：跶倒，当地方言，意即摔倒。

2013 年夏于武昌

"黄牛造业"

黄秀子

作者简介：

黄秀子，祖籍江西省萍乡市，1950年5月27日出生于湖南省长沙市。

武汉华师一附中1966届初中毕业生，1968年底到湖北省监利县插队落户，1971年底到广东省农机二厂当工人，1979年底调回中南财经政法大学图书馆工作。

1985年毕业于武汉大学图书馆学系大专班。1995年7月取得武汉大学图书情报系研究生学历。曾任中南财经政法大学武汉学院图书馆馆长，现任广州华夏职业学院图书馆馆长。

"黄牛造业"是黄、刘、赵、叶四姐妹姓氏的谐音，我们四姐妹既是华师一附中1966届初中毕业的同班同学，又在同一个知青点度过了初涉社会的知青年代。湖北方言"造业"有吃苦受难的意思，而农民对知青下乡就是认为来"造业"的，我们知青小组四姐妹恰恰正是"黄牛造业"，而正是那段农村生活使"黄牛造业"成了既贴切又别有意味的戏称。

这是一种特殊的缘分吧。

2013年4月6日，我们班同学相识五十周年聚会上，四姐妹激动兴奋得相拥而泣，尽管鬓发斑白，曾经青春稚嫩的脸上被岁月刻下了无情的痕迹，但是同窗四年又同居三年的情谊却丝毫没有被岁月抹去，相对其他同学而言，我们四姐妹多了下乡插队那三年的同吃一锅饭、同睡一间屋、同甘共苦的三同经历。说不完的离情别绪，述不尽的家长里短，言谈间四十多年前那三年的同居生活又一幕幕展现在眼前。

我们是1963年9月从武汉市各个小学考入华师一附中的，我们的班主任是一位年轻漂亮的女老师。据说是她从众多相片中选择了我们班的55位同学，组成了初一二班这个集体，班上有32位男同学和23位女同学。我们班的同学各方面都比较优秀，尤其是女生，全校的大合唱领唱、短跑冠军、篮球队主力等都在我们班，不能不佩服郑老师的眼力，她是怎么从一堆照片里面发现人才的。

十年浩劫的开始打乱了原本循规蹈矩的校园秩序，随着铺天盖地的大字报、大标语，课本被扔进了火堆，老师被押上了批判台，学生停课、上街游行、参加各种"文革"组织。这正是我们初中要毕业的那一年，懵懂不谙世事的我们无所适从。我曾申请加入红卫兵，却因父亲是臭老九而不被接纳，于是我稀里糊涂的成了"无组织无纪律"的逍遥派。除了每天到学校看看大字报，上街看看游行队伍，听别人传说一些耸人听闻的武斗场景，最大的惊喜和期待就是外出串联，去北京见毛主席了。

1966年9月底，我们一行7位女同学相约出发汇入了串联大军，当然我们四姐妹都在其中。

来到武昌火车站我们就傻眼了，人潮涌动，我们几乎没有立足之地，每一趟去北京的列车上都挤得水泄不通，还有人在爬窗想挤进车厢。我们左冲右突的忙乱了几个小时,发现往南方开的车相对松动一点,于是决定不管到哪里,先上车再说。最终我们被一辆闷罐车运到了长沙。

见毛主席这个愿望终于在两个月后实现了。我们一路辗转,客车挤不进就挤货车,没有座位就挤在走廊上甚至厕所里。我和赵虹都生病了,在去北京的火车上,我是发高烧,头痛欲裂,吃了一位好心人给的退烧药,谁知到北京全身脱了一层皮。医生说以后不是医生开的药千万不能乱吃,这句话我牢牢地记在了心里,以至于后来在农村打摆子时差点贻误治疗。赵虹后来检查出是得了肝炎,一到北京就住进医院去了,这一住倒邂逅了她的另一半,碰到了也是来北京串联的山西太原部队子弟王志洋,成就了一段美满姻缘。现在他们相依相伴已共同走过了四十余年。

1966年11月26日,从天安门东侧劳动人民文化宫门前马路上,经西长安街、复兴门大街,到钓鱼台东门马路上,全长6 500米的街道,聚集了80万红卫兵。下午2时30分,在《东方红》乐曲声中,毛主席、周总理等领导人乘敞篷车,从红卫兵中间缓缓通过,检阅了全部队伍。我们从早上就随队伍来到长安街,经过漫长的等待,终于看到长长的车队来了,大家都激动得跳着喊着,我一直伸长脖子在车队中搜寻,终于看到毛主席、周总理还有很多在画报上看过的人,可惜太远了,眼泪模糊了视线,虽然是"缓缓通过",我却觉得只是一瞬间车队就过去了。这就是毛主席第八次接见红卫兵的记忆。

串联结束回到学校,"文革"如火如荼,随后开始传出要上山下乡的消息。

1968年11月28日,我们四姐妹相约结伴响应党的号召,随华师一附中同学们到监利县插队。父亲帮我打点好行装,一路叮咛着送到学校,在最初的忙乱和莫名的兴奋中,我只顾和同学们打招呼、道别,等我坐在卡车上静下心来,发现父亲远远地站在一棵树下看着我,朱自清在《背影》中描述的父亲形象突然浮现在脑海中。我的父亲不胖,他那显得瘦弱的肩膀却扛起了我的整片天空。那一刻,我感觉到父亲的爱是多么深沉，泪水模糊了我的视线。当卡车缓缓从送行的队伍前驶过，我拼命向站在人群后面的父亲招手，我想告诉他，女儿长大了，要到广阔天地里去经风雨、见世面，请他放心。

我们的插队地点在监利县新沟区红桥公社阮家大队六小队，开始时四个人住在妇女队长家的粮仓里，粮食柜铺上稻草就是我们的床，玉米秆糊的泥巴墙挡不住呼呼的北风，枕头边乱蹿的老鼠惊得我们不敢入睡。第二天我们找到公社去，要求回家。哈哈，18岁的女孩子，当时的第一个反应就是想回家，而且还没忘记要户口。

我们的带队老师和公社干部竭力安抚我们，并出面将我们换到大队的棉花仓库去住。棉花仓库在晒谷场上，房子又高又大，冬天也非常阴冷，但毕竟有了正规的房子，墙壁也非常结实，我们四姐妹便安心地住了下来。住在棉花仓库时我们最大的问题是要到池塘去挑水，冰天雪地，寒风刺骨，我们两个人抬着一个半人高的水桶，顺着结冰的斜坡滑到池塘边，用水筲敲开薄冰，一个拉着另一个去舀水，好不容易舀满了，我们却抬不动，歪歪扭扭也上不了坡，只好又倒掉一些，好不容易跌跌跄跄回到"家"，只剩下半桶水了。所以我们最盼望的是有男同学来蹭饭吃，交给他们的任务就是帮我们挑水。后来大队为知识青年专门盖了一幢房子，一室一厅一厨（实际就是一间平房，隔成一间卧室一间小厅一间厨房），可惜少了一卫。从这时开始，我们四姐妹开始了真正自给自足，互相关照的日子。

"黄牛造业"，造业是造业，可也不尽然。我们性格各异，各有不同的爱好和习惯，这也恰好使我们分工十分默契，生活安排得有条不紊。刘小梅喜欢种菜，每天早上起床她就扛着锄头到菜地去了。我们有一分菜地，是生产队从棉花地边分给我们的，地肥人勤，长出的瓜菜又多又壮，豆角黄瓜西红柿，白菜萝卜青辣椒，一年四季吃不完，我们经常挎着篮子给周边生产队的知青们送菜，这些主要都是小梅的功劳。叶梅喜欢做饭，一条毛巾包在头上就在厨房里忙开了，灶膛里经常有烤红薯、煨汤的香气四溢，有时间我们还包饺子，炸锅巴，不仅引来村里嘴馋的孩子们，还有三五成群慕名而来的知青同学们，黄刘赵叶在附近知青中小有名气叶梅功不可没。赵虹性格开朗，喜欢打杂，她就负责扫地、倒垃圾等杂活，我则负责洗衣服。收工回来累了，吃了饭都早早睡了，脏衣服一般都是早上起来再洗。一个大脚盆，一块搓衣板，一块肥皂，坐在门口的小凳上搓洗，然后端到塘边漂洗干净。现在回想起来，还很怀念那种哼着歌，伴着节奏上下搓洗衣服的感觉呢。

我们生产队是以种植经济作物为主，棉花、麦子、花生、芝麻等，水田不多，我们年轻，插秧特别快，刚开始学时还插得歪歪斜斜，没两天就可以把年纪大点的嫂子关在田里了。刚到农村那阵我很怕挑肥，倒不是怕脏怕累，而是肩膀柔弱，扁担一压上就痛得龇牙咧嘴，村民笑我们吃的还比挑的多。我最怕的农活是割麦子。因为是和棉花套种的，麦子收割时要入土三分，还不能伤了棉花苗。挥砍一会儿镰刀就钝了，因为麦芒扫在身上又痒又痛，只好都穿着长衣长裤任汗水流淌，有时还会在麦子倒下后发现一团盘着的蛇，令人毛骨悚然。所以我一般在可选择的情况下，选择去干别的活，哪怕是背着几十斤重的乐果（农药喷洒器），被刺鼻的农药熏得睁不开眼，工分又低也乐意。

美国作家布莱克·H说过："水果不仅需要阳光，也需要凉夜。寒冷的雨水能使其成熟。人的性格陶冶不仅需要欢乐，也需要考验和困难。"刚到队里时，我们肩不能挑背不能扛，动不动就哭鼻子想家。三年后，我们不仅长壮实了，而且学会了做饭腌咸菜，缝补纳鞋底，农活干得像模像样，乡音说得地道正宗。我们经历和体验了从温室的花朵变为自食其力的劳动者，从五谷不分到亲自播种收割的全过程，三年只是生命长河中的一瞬间，我们却收获了最宝贵的人生经历和纯真友情，我们四姐妹在同甘共苦中结下的情谊是我们此生最值得珍惜的财富。

从1970年开始，陆续有招工和招生指标下达，知青们开始四处活动。我们四姐妹中刘小梅最先被湖南一家厂矿招走，1971年10月我也在亲戚的帮助下，去了广东省农机二厂当一名学徒工。赵虹不久也回了武汉，叶梅留下来做了一段时间的赤脚医生，后来也被招到了荆门石化炼油厂。至此四姐妹分散在各地，有三十余年里几乎失去了联系。

感谢我们班的班干部们，在他们的热心寻找张罗下，除了少数几人没联系到，还有几位同学早逝以外，绝大部分同学又欢聚在一起了。

2013年4月份，在纪念相识五十周年聚会上，我们四姐妹拍了张合影。我们四个人都当了外婆，都很健康、很快乐地活着。如今只有我还在工作，其余三位都退休在家，叶梅还活跃在老年大学的舞台上，唱歌是她的强项，赵虹和小梅则专心扮演着贤妻良母好外婆的角色。

时光荏苒，岁月蹉跎，姐妹们一直互相牵挂和思念着。尽管如今我们仍是天各一方，但是互留了电话、QQ号，可以经常联系留言。感谢郑老师将我们选在一个班，感谢农村这个广阔天地培育了我们纯真的感情，感谢热心的同学从各个角落找到了我们，感谢我和姐妹们一起度过的青春岁月。

竹溪岁月忆短长

陈 曙

作者简介：

陈曙，男，武昌水果湖中学 1967 届初中毕业生，1969 年元月下放竹溪县泉溪区双坝公社红岩沟大队。曾就读于竹山师范、安陆师范，其后毕业于华中师范大学（76 级）生物系。从事过小学、中学教育，1989 年 2 月调湖北大学图书馆工作。

1968 年末—1969 年初，作为"文化大革命"副产物的知识青年上山下乡运动，以一场逆城市化的方式在未经充分准备的情况下发生了。这一始于 1968 年末的"知青下乡"运动，造成了长时期的城乡动荡，知青的返城潮一直延续到 80 年代。

笔者在毛主席关于"知识青年到农村去，接受贫下中农的再教育，很有必要"的最高指示的驱使下，也于1969年元月踏上了上山下乡之路。

打开尘封的记忆，回顾当年的知青生涯，仍觉思绪悠悠，心中犹掀波澜。

一 激情上山到竹溪

"文革"中经历了串联、派系斗争、"复课闹革命"后，我们武昌水果湖中学的三届高、初中毕业生被一锅端地上山下乡了。凭着青春的激情和革命精神的鼓舞，加上对三线地区招工抱着幻想，我报名上山，去了郧阳地区的竹溪县，而当年我校下乡的对口地区是荆州地区的钟祥县。

1969年元月22日上午，学校里人声鼎沸，我们在"到农村去，到边疆去，到祖国最需要的地方去"的激昂旋律的催促下，乘车至武昌南站，然后改乘火车至丹江口，第二天转车十堰，再跨越陕鄂间的界岭，从陕西的白河县南下进入湖北竹溪。

时值寒冬，道路冰封，我们在县招待所里盘桓了十三天，在2月5日封山令解除时，才得以分乘数辆套着防滑链的解放牌大篷车向数十里外的泉溪区急驶。巍巍群山银装素裹，少不更事的我们一时触景生情，竟唱起"穿林海、跨雪原……"的样板戏唱段来。

"文革"两年多来，我们这些中学生为"捍卫毛主席革命路线"而投身其中，盲目跟风高校各派系瞎起哄，没曾想两年半后，不分派系与观念，殊途同归地统统被革除城市户籍而下放农村了。而这半月来，路途越走越远，心情也日益苦闷消沉。此时被山里的雪景所刺激，一下子又亢奋了起来。

车行半日，一路上先后有下放泉溪区太平公社、广福公社、泉溪公社的同学下车。我们继续前行，山更深，林更密，被放逐的孤寂感渐渐袭上心头。

我们下放到双坝公社的25名知青是最后下车的，25个人分别被分配到红岩沟和坝溪河两个大队。红岩沟西距区公所15里，再往西15里就是双坝公社驻地坝溪河，若再往西15里，就到陕西的镇平县境了。下放红岩沟的知青全都是男生，来接我们的红岩沟老乡用背篓驮起我们的行李，带领我们沿崎岖的山路去到我们最终落脚的地方。我们一组七人落脚在大队部所在的红岩沟二队，另七人落脚到约三里外的一队。大队部设在一幢二层的吊脚楼里，这幢楼是全大队唯一的楼房，墙壁是干打垒的，房梁和支柱则由原木榫卯结构建造，屋顶以石片作瓦，有一种古朴自然的味道。但大队部仅拥有一楼的部分使用权，其余部分则属于二队，是二队的仓库之所在。

我们七个人被安排在这幢楼里，分处两室，三人住东头楼上，四人住西头楼上，由灶房架木梯供上下。灶房设施简陋，但可以满足生活之需。只因紧邻仓库，所以鼠辈横行。屋北有清溪一缕，发源于老爬（老乡对高山的俗称），从一队而来，向三队而去。小溪对面是小学，设两个班，有两位教师。

吊脚楼的东北面是二队的羊圈。羊圈是二队当家河坝田的肥源。

我们到达的当天，二队派人为我们做饭接风。快过农历年了，时值农闲，生产队帮我们购回计划粮油和必要的炊具、农具，就这样我们安顿了下来。

二队有17户人家，近120人。深山区尚常见粗脖子病患者及梅毒（新中国成立前曾流行）愈后耳鼻缺损者，前者年轻时摄川盐缺碘，后者因医疗落后所致。瓜子（憨型人）亦时见，二队有二男一女三个瓜子，都只十几岁。

下放初期我们吃返销粮油，维持到夏收前。这段时间我们生活安逸，各公社、大队知青串联，交流经验，传递消息，得知省里给每个知青230元安家费，县里截流15元，发给生产队215元。二队将该款扣除各项开支后，充入年终决算，将分值提幅不少。度过严冬后，我们便开始面对山村生活的艰辛了。

二　一方山水一方人

正月十五过后，队里开垦溪边的新水田，抬山石，筑田埂，挖碎石、填山土，引通上游沟渠。"老爬"是双坝公社的天然水塔，另一溪流坝溪河与红岩溪水量相当，在三队下游横断山口两溪汇聚流向广福公社，称为万江河。广福下至太平，万江河容纳众多溪流后形成汇湾河，水量相当可观，是汉江最大支流堵河的重要源头。

　　春耕前，主要劳力用砍刀沿熟地边砍伐低矮次生林、荆棘丛，春耕时用薅锄、钉耙将柴草沿山坡码成狭长的柴堆，覆上厚厚的枯叶杂草及浮土，然后点燃闷烧，这叫做"烧火粪"。而对于荒田，则以"烧生荒"的方式耕作。春耕时耕手架黄牛犁地耙田，然后男劳力用薅锄挖坑，妇女腰托小筐，将切好的种洋芋（土豆）置于坑中，另以火粪覆盖，平整后起垄。种玉米亦是男掏沟，女播种，再覆盖。生荒地整好后可以直接播种玉米或洋芋。生荒地当年收成最好，逐年递减。玉米地必套种黄豆或小豆，由权威老农均匀撒播后整地。玉米收获后，其地供麦类或油菜冬播。

　　红岩沟主食结构大约玉米五成，稻米二成，小麦一成，土豆、红薯一成半，豆类、燕麦、大麦、荞麦等约半成。二队仅当家河坝田地有条件施农家肥。旱地均不灌溉，靠天吃饭。坡地轮作，广种薄收。

　　我们的粮油供应截止于五月，六月参与队里分粮。上半年春夏之交队里就断粮了，我们知青组也揭不开锅。知青中流传顺口溜："坐倒吃，睡倒想，冇得吃的找队长。"找余队长，仓库空空。队长无法，上报大队长。李队长到大队部打电话向公社反映：知识青年没得"点"。张书记专程到二队了解，情况属实，打官腔说只能队里解决，宽慰我们："贫下中农是不会饿死你们的。"队里将猪、牛饲料粮中小而瘪的霉苞谷棒子派人手工脱粒，分给社员及我们，我们将分得的霉玉米淘洗后磨粉煮糊，霉味刺喉，难以下咽，好在不久后自留地里四季豆结荚，收成极好，能撑一时。尽管食不裹腹，我们仍坚持出工。而社员带上坡的午饭，竟都是青蒿与霉玉米粉合煮的无油草糊或黄豆磨浆掺青蒿的合渣。待熬到土豆收获、小麦收割时，才挺过春荒。

　　初夏，队里整田育秧，安排采青。社员上山割嫩枝青蔓，沉于田泥沤烂作稻肥。端午时节，队里开始插秧，这是高强度的劳作，远比旱作劳累，突击 10 天半月完成，然后还要进行三次水稻的田间管理，薅草除稗。

玉米是红岩沟的当家主粮，管理主要是薅草，每茬玉米薅三次。六七八月正当酷暑，头顶骄阳，足蒸暑气，气喘吁吁，汗流浃背，切身感受了"锄禾日当午，汗滴禾下土"的艰辛。那时一面坡不薅完是不准吃烟（休息）的。为鼓士气，薅草锣鼓派上用场。主唱操锣，助唱使鼓。唱词有薛仁贵东征等传统内容，破四旧也没有破掉这深山里的民俗。即兴编唱的损人段子更受锄禾人的青睐，捧腹之余也缓释疲劳。有一天大队团支书主唱，却发生了不愉快。马支书专挑胡家缺陷真名实姓开涮："说说胡老汉一家子，胡家老大是哑巴，孤身无婆娘。胡老二掉肛困家白吃饭，生个女娃是瓜子。胡老三长对肿泡眼，胡老四三十打单身，胡老五是个扯巴眼（右眼皮受伤留疤痕）……"锄禾人哄然，我们知青组最厚道的小韩被激怒了，撂下薅锄，走到马支书跟前喊道："不能唱！"马将锣及锤递给韩："那你唱！"韩接过扔到地上。薅草又开始了，但活跃的气氛也没有了。显然，小韩的举动只是反映了初入社会的知青崇尚道德的单纯心理，但从法律与道德的角度讲，拿一个人或一个家庭的缺陷开涮，也的确不妥。

夏季薅草时节，季风常携暴雨而来，溪水暴涨，浊浪翻滚，将苞谷地薅松的土壤无情地冲入河坝，水土流失触目惊心。雨天过后，我们就得上坡扶苗培土，滚一身泥了。

金秋是收获的季节，但古老原始的稻谷脱粒却也是这一时节最繁重的农活。那脱粒的"伴桶"边长近两米，齐腰高，木板厚实重约百斤。由于田埂狭窄，因而仅能由一人手托肩顶将巨大的伴桶运进稻田里，这是一个沉重的力气活。伴桶放好后，将一个叫做"梯窗"的工具斜放入桶内，然后由两人并立桶旁，轻举稻秸轮砸梯窗，使稻粒落入桶底。而伴桶及挑稻谷稻草者，均需随进程逐块搬移，此收割方式为山田特有，繁重低效。

收苞谷相对要轻松得多，妇童皆可，背上背篓，从坡下攀爬收到坡顶，装满后沿篓边竖插一圈棒子，再装满压实。装满一篓棒子的背篓甚是沉重，人们需要借助"打杵"（一种T形木棍）在累了的时候将杵托托在篓底来站立稍息。这一时节，还会有人去扯黄豆、小豆，用葛藤打捆后用钎担挑下山。

金秋时节也是搞家庭副业的好时机，人们会采摘一些山野茅栗、橡子、中药材等卖给供销社。余队长则有用火铳打猎的独门绝技，虽十有八九无获，但偶然也会猎到雉鸡、豪猪、狗獾、獐、麂一类的动物，特别是后两者，若获麝香就等同中了大奖。除此之外，我们队还有一户擅长养蜂。不知是山高皇帝远还是另有政策，这里没有割尽的资本主义尾巴也给贫苦的山民留下了一条补充生计的路。

村边平坦肥沃的谷地在麦收后会种植萝卜，这是二队唯一集体种植的蔬菜。初冬收获后，社员们各自将分得的萝卜藏于菜窖。此外全年的所需蔬菜、鲜食玉米及山民嗜好的辣椒、旱烟等，皆产于自留地。还有地头、林边生长的野菜，也可以作为补充。

冬天活路还按上级提法搞"三治"。治山是学大寨，修梯田；治水是修建小水电站，本大队不宜；治田是沿山溪开垦小块自流灌溉梯田，但二队已基本没有了这方面的潜力。随着人口的增长，土地承载压力增大，加上征粮与土保对立的思维定式束缚了各级干部，县、区、社三级政府片面理解以粮为纲，致使森林遭到破坏，刀耕火种的掠夺式粗放农业模式几乎走到了尽头。

二队山边还散种有一些漆树、油桐、核桃等，夏割生漆，冬收漆籽。生漆、油桐、核桃（量少）卖给供销社，漆籽榨油分社员食用。漆油属工业原料，黄蜡状固体，食后有涂唇膏感，少食无害。烧木炭也是山民的副业之一。

红岩沟和坝溪河的水源地南山森林茂盛，据说海拔约900米。周边社队纷纷上山垦殖黄莲，无县、区规划，全凭捷足先登。二队在山上建屋，常年值守。黄莲生长于半阴蔽高山北坡，人们将一片平坦森林齐胸高砍伐做支架，用树枝搭篷，篷下植莲，五年后收获，然后抛荒重新开篷。也少量间作党参、当归等。种黄莲对森林破坏很大，但劳动强度较农作轻。不过亦需孤守高山，寂寞难遣。南山景色秀丽，资源丰富，但劳作艰苦，经济拮据，亦绝非令人陶醉的田园牧歌。

红岩沟阶级成分单纯，独一宋姓地主解放初期离世，其妻携二子改嫁李队长。李队长保护了这母子仨。阶级斗争是当年的政治基调，没有地富专政对象，何患无替补？城关1957年揪出的右派梅书钦革除公职后发配红岩沟二队。梅出身地主家庭，原为中学教师，有两儿一女，全家五口出勤，在二队生活条件尚好，却倍受歧视，逢政治运动必遭斗。凡批斗会，一队知青必参会，批斗会上，激进知青少不了呼口号，甚至拳脚相加，纯粹红卫兵遗风。

三 招工振荡人心散

1971年夏，上山两年半，学校工宣队派人看望了解知青现状，来双坝公社的两师傅均为转业军人。我们尽力招待，没有肉但鸡蛋5分钱一枚管够，另加时令蔬菜。后来知青串联时我们才知道，有的组杀鸡招待，母鸡1.5元/只。不久，郧阳地区来两人招干，让我们填表，反复强调"你们要老实"，那种把我们当"四类分子"的做派令人反感。一个月后通知下来了，我们组走4人。3人去武汉医学院郧阳分院，1人去地区供销社。11月冬季来临，小张接通知去了丹江二级站。其后再无两招单位进山，我等终成天涯弃子。坝溪河的知青管晏，其父是丹江工程局工程师。管子、晏子乃春秋齐国良相，以管、晏姓氏名之，可见其父寄望之深。因招工屡受挫，管晏愤而长久不出工，大队派民兵比对坏分子专政般监督做活路。1971年年底，小汪和我先后到沙洋五七干校探亲，当时家父在那里。我独身背负35斤行囊，步行三天，沿川鄂古盐道迤逦而行，然后从巫溪乘木船分段南下漂流大宁河，再乘江轮下行抵宜昌，转车到沙洋。在五七干校了解到，武汉曾多次到钟祥招工，水果湖中学的下放知青已走完。1972年3月初，我心情沮丧地和小汪返回二队，汪父请假同行，送到泉溪区后返沙洋。后来汪父通过原籍公安县的小汪姑母，联系到接收生产队，将小汪转点公安，最后曲线招工进入应城化工厂。

太平公社小孙是特例。孙出身单亲家庭，有母亲、姐姐，家境艰难。孙爱好西方文学，思维与时代脱节。我们接受的完全是红色传统革命理想主义教育，孙却从其他渠道读过一些西方及沙俄时代的古典文学，也因此孙的精神寄托与当年的山区现状格格不入。出于对前途的绝望，小孙竟然铤而走险，在1972年春节探亲返队时北上齐齐哈尔，在黑龙江边境企图趁江面冰封偷渡去苏联，被边防军抓获。如此笨拙行为不啻自寻死路，实在可怜可叹。

管父设法将管晏病转去了丹江，双坝公社的知青就只剩下我一个人了。6月夏收时节，竹溪县公路段招工，通知我填了表，写信告知父亲，回信不让去，经激烈思考，最终决定去，地方、工种不理想，拿工资总比挣工分强。不料长时间无音信，去公社、区里打听，无果。据说公路段担心武汉知青不安心，因为招到竹溪城关的武汉知青确实不安心，闹调动者甚多。

八月征兵，我也报了名，但落选了。正处人生低谷，公社文教组长、双坝中心小学校长秦老师找到我，说：万江河小学需要代课老师，现推荐你，是否愿意？我毫不犹豫，当即填了表，定于八月底上任。

其时，万江河小学有两个复式班，数十人规模，除我之外还有一位张老师。张代一、二年级，我代三、四、五年级。工资每月6元，不发现金，折合稻谷50斤。稻谷9分/斤，计4.50元，由工资扣除。未发部分年底兑现或发实物。三个队按月轮流支付，民办公助款每月12元由公社文教组发。

张老师决定喂一头猪，饲料是勤工俭学地产的玉米加部分蔬菜、糠麸。年底，猪长到120斤，交了2.4元屠宰税后，雇人宰杀之，自留一半，另一半按收购价0.5元/斤卖给供销社。学校是村干部的会议室，不定期举行，多在放学后，免费招待会议餐成潜规则，不然勤工俭学地岂不是白给？张老师曲意逢迎，未知前任喻老师如此否？区、社干部检查工作，按上级规定交半斤粮票1角5分钱，亦常借宿我校。红岩沟小学只有小片菜地，没有勤工俭学地，不养猪，不招待会议餐，人清闲很多。

每日8时上课至下午3点放学，晚上在昏暗的油灯下批阅、备课。星期天会友。山村小教工作忙碌自在，心情愉快。

1972年年底，泉溪区仅剩大小罗和我三人，其他同学都设法转走。如果说我因父亲尚未解放而不被招工，但罗氏兄弟父母却是纯正工人。现实告诉我们，没有路子唯有听天由命了。

寒假中，我徒步两天到洞坪，凌晨五点踏雪攀登鸡心岭，然后沿去年的巫溪线路，西向巫山前行。翻越马鬃岭时在老乡家饱餐玉米糊就咸菜，付粮票1斤和3角钱。直走到公路边车站乘车到巫山县城，小住一晚，第二天清晨乘车至奉节，再次经三峡到沙洋看望父亲。去年在沙洋待了近3个月，心情沮丧。这次心系学校，住了十八天后踏上归程。返回竹溪城时正逢大雪封山，班车停发，徒步90里暮宿双竹园，第二天下午步行回校。1973年6月，我的恩人秦老师来校，说："小陈，我要你上大学。"7月放暑假，我和二罗各自办好大队推荐证明，赴城赶考。红岩沟一队青年小谢亦被公社推荐。考试分语、数两门，语文是有关阶级斗争的作文，我拿梅书钦说事。数学仅考初中内容。推荐、考试均为过场，全凭暗箱操作。大、小罗和我均未被录取。高校录完，九月，竹山师范革委会陈主任来泉溪招生，日后竟是我的数学老师兼班主任。这次竹山师范未举行考试，将高考落选者的档案闭门研究一番后招走一批，其中本县知青女民师小谭、小陈均在其列。我未被录取，有地方主义的因素在其中。11月中旬，我的贵人秦老师通知我去区里参加竹山师范的补招考试。语文考题是学习十大文件的体会。我围绕文件精神，阐述了先进的社会主义制度与落后的生产力之间的矛盾。数学考试不在话下。这次补招限定民办教师，二罗无缘。12月中旬某晚，学校高音喇叭结束全天播音后传来公社秘书的声音："万江河小学的知识青年陈X，明天到泉溪区办理手续。"旋即无声。如此重要通知未予重复，可见公社干部对我这唯一外地知青的冷漠。在区教育站我收到了竹师的录取通知。隔日，公社传达文件，竹溪县为落实毛主席在收到李庆霖信后所做的指示，将剩余的知青集中招到县茶场，让我选择上茶场或竹师。农工岂堪比教师？而茶场却是二罗的不二选择。

　　我到区里办理各项手续，最棘手的是转粮油关系，区粮站要求交足明年半年的180斤净粮指标才肯转关系，折合稻谷260斤或玉米210斤。我的现存稻谷及玉米不够数，我反复解释，我的粮食是三个队轮流按月兑现的，所以无法凑齐。粮站仍不肯通融。我心一横，不给办我就不离站。出纳看实在榨不出粮食，只得高抬贵手。

　　最后几天我仍坚持上课并放弃了与三个小队的余款结账。12月28日，我离开了我生活工作了一年半的万江河大队。

　　从1969年元月至1973年12月，整整五年的知青生涯终于结束了。12月29日我赶到竹山师范报到，同学们已经上课三个月了。次年，小罗亦成为竹师的学生，大罗则进了郧阳地区机械学校。至此历时六年，水果湖中学下放竹溪的97名知青全部离开了竹溪农村。

四　遥望南山心有愿

　　五年的知青生活，使我深刻体会到了农村劳作的艰辛和生活的困顿，更看到了第二故乡父老乡亲的顽强与坚韧。过去为了生存，人们在万江河河段上砍伐树木，借助汛期的万江河水以"赶水"的方式将原木运出山外，这使万江河森林遭到破坏。而红岩溪因流量小不够赶水量，制约了伐木，因而青山碧水依旧。人类应善待森林，实行有计划间伐，保障山林，永续利用。万江河在本世纪初规划为省级大鲵保护区，拟依托南山丰富的森林资源，开发汇湾河漂流与南山森林观光旅游及绿色森林经济，这一规划或许能成为竹溪经济发展的新杠杆。倘能如此，则正是我对第二故乡的企盼。

锅巴粥

范国强

作者简介:

范国强,1952年10月出生于武汉。1968届初中老知青,种过田,教过书,做过工,从过政。曾任黄石市黄石港区委副书记、区政协主席。现已退休。系湖北省作家协会会员、黄石市散文学会主席。有散文集《沉睡的大漠》,杂文集《磁湖夜话》,诗歌集《遥远的笛声》,论文集《思想树上的果实》等七本书问世,并主编《黄石杂文选》、《黄石散文选》等书刊。

有时,我真想抽空再去鄂北尝尝那里的锅巴粥。

当年下乡到那遥远的小山村,七百多个日日夜夜,几乎每天三餐餐餐都有锅巴粥垫底。锅巴粥那个特异的香啊,真应了那句"只可意会难以言传"。

我下乡时正是"十七十八如烈马"的年龄,做农活总感觉特饿，农村又少油，每人每天几乎都是一餐一斤米的量。农民没有什么特权，唯一的优越性就是先吃新谷。新谷好吃，饭量骤增，因此我们粮食总在超支。不过生产队对知青很是照顾，并不卡我们的口粮，粮缸一空就挑上箩筐到队里粮库去挑谷，年终结账时再从总工分中扣除。

  我们当年吃饭却不像眼下这样细嚼慢咽的，一来肚皮咕咕叫得紧，二来要赶着去出工（晚饭后还要赶着去队部学习），满满一海碗饭盛上来，就着一点辣椒粉拌炒腌菜，三下五除二便如风卷残云般下肚了。倒是在喝锅巴粥时没有了初端碗时的那股紧乎劲，可能是因为肚皮已饱随时可以起身的缘故，便使这喝锅巴粥有了个相对细品慢咽的功夫。你可以想象得出当时那幅情景：满满一碗锅巴粥添上来，稠稠的，香喷喷地冒着热气，端在手里，并不感觉怎样烫手。你疏忽了，猛地呷上一口，立时烫得你舌头一卷，眉头一皱，情不自禁地嘘嘘连声。然而到底不甘心，下意识地朝着碗里轻轻吹几口气，呷一口，再吹口气，再呷一口，稍顷下来，一碗锅巴粥便也见底了。肚皮顿觉暖暖的，但嘴里到底不满足，于是乎又上一碗。就这么一碗碗下来，硬是直呷到个锅见底碗朝天肚皮圆。

  呷锅巴粥难得是那种情致。你想，在星月如朗的夏夜，当你在田里挑草头累得一身臭汗全身酸软到家，先把肚皮胡乱填得个八成饱以后，再端上一碗锅巴粥，趿着鞋敞着怀踱到村边大槐树下，那里已有不少山民和你一样也端着一碗锅巴粥在边呷边聊着丰收的好年景。就着田野里传过来的蛙声和习习吹过来的凉风，你会从香喷喷的锅巴粥里呷出耕耘收获自食其力乐在其中的滋味。或是在大雪封门的冬晚，你和伙伴们围坐在墙脚几个大枯树兜燃着的火堆旁呷着锅巴粥，火堆将身上烤得暖暖的，锅巴粥将心里润得暖暖的。

  熬锅巴粥有学问，首先要过好烧饭这一关。山区都是用铁锅烧饭，那铁锅特大，一般是灶上两口铁锅并列，一口烧饭一口炒菜，职责分明毫不马虎。我们知青都能吃饭，熬锅巴粥一定要米汤，因此不上满足够的水是不行的。待水烧开后再将洗净的米倒进锅里去，在这期间不能盖上锅盖,还得用葫芦瓢时不时搅动,以免粘锅。山区的葫芦瓢也大,拿在手里沉甸甸,和铁锅恰成正比。待到米粒胀到七成熟,这时就要注意退灶火了,弄不好就极易糊汤。葫芦瓢此时须不停搅动,一边淘沙一边将饭和米汤一并舀到筲箕里,筲箕下置陶盆(沙比饭重,这么搅动后都沉淀于锅底,而筲箕漏眼又使饭和米汤正式分家)。这道工序完成以后,再将锅洗净刷干,然后将饭倒进锅里,堆成平平小丘状,再沿着四周浇上一圈细细的清水,在饭中央用筷子捅几个气眼,这时方可盖上锅盖,四周不严实处还须将抹布卷成长条密密堵住。此时烧火万不可用松树枝,噼噼啪啪几下,饭必焦煳无疑。我们刚开始独立烧饭时多是在此关节前功尽弃。熬锅巴粥当然要有锅巴,烧得好的锅巴必然是香香的,黄黄的,脆脆的。只能架上两根松柴,就着灶膛余火慢慢细烧,中医学谓之文火。而且还得随时警觉,注意锅内动静。此时眼鼻手皆有用武之地,眼观锅沿有否蒸汽渗出,鼻嗅锅内有否香味传出,待一切均达理想程度,那手就忙不迭地二次退灶火了。饭烧好盛到各人碗中以后,此时方将米汤全部倾进锅里,和锅巴搅和,再盖上锅盖,施以文火。然后任它慢慢熬去,要不了许久,你就可以享用到那热乎乎、香喷喷的锅巴粥了。

　　锅巴粥好吃,那时我们曾戏谓之有"三解"的功用,即解饥、解渴、解馋。可惜当年没有《红高粱》,否则我们也会为锅巴粥吼几嗓子的:"喝了锅巴粥,上下通泰精神抖;喝了锅巴粥,什么毛病也没有;喝了锅巴粥,东西南北任我走。香香的锅巴粥哇——"

　　回城以后,再难得尝到锅巴粥了。先是在企业吃大食堂,继之在机关吃小食堂,再则是在家里开小灶。有时念及锅巴粥的好处,便试着在家里做做,但怎么做也吃起来不香。我估摸当年的锅巴粥是柴灶烧成的缘故,现在的煤气炉是自然出不来那味道的。但突然想到原因大概并不那么简单,哲学上有条原理叫存在决定意识,当年那特定的环境特定的条件才有对锅巴粥特定的感受。而现在呢?当年那种饥、饿、馋的生理和心理状态已不复再现,对锅巴粥曾拥有的"三解"功用,怕是再难找到当年的感觉了。没有了那种感觉,即使是柴灶烧成的锅巴粥,味道又能怎么样呢?

我真不敢再动念头去鄂北尝那里的锅巴粥了,我担心对锅巴粥的美好印象从此会离我而去,我担心许多美好的回忆翻转头来会令我怅然若失,那,才是我心灵深处真正的悲哀。
　　啊,锅巴粥!

我的知青生涯

张 军

作者简介：

张军，生于 1951 年 8 月。武汉三中 1967 届初中毕业生，1968 年 12 月下乡到宜昌县土门区罗家畈公社五大队五小队，1972 年 11 月招工到神农架林区基建二队，1978 年参加高考，同年 10 月录取到华中师范学院郧阳分院（即郧阳师专）。

大学毕业后分配到神农架林区松柏中学（林区一中），中学高级教师，任副校长，校长，1990 年 3 月调到武汉三中，曾任武汉三中副校长，2011 年退休。

不少人在谈到知青生涯时喜欢用"不堪回首的往事"来形容内心的感受。但是我却从未有过如此的看法。20 世纪 60 年代末，数以千万计的知识青年用双手书写的历史已经载入了共和国史，每次填写履历，我都会将知青作为我生活的一段经历，填进履历，生活中有了知青的经历，才真正了解了中国的社会，中国的国情。

我的知青生涯共分为两个部分：以1972年10月30日为界，前者为下乡，后者为上山。一直到1978年10月30日，我接到了大学入学通知书，知青生涯才得以结束。1969年1月8日，我和武汉三中八百多名校友一起乘坐东方红34号轮，奔赴宜昌，开始了我的知青生涯。开船的时候，很多校友趴在船舷上，船上船下哭声一片，我坐在船舱里，我们班的胡华山，对我讲："你看上去弱不禁风，后面的日子怎么过啊。"其实我心里早有主意：农民怎么过，我就怎么过，我是人，他们也是人。十年里，这句话成为我认识自己，了解自己的一句自我激励，以至于在这三四十年里，遇到难以克服的困难时，这句话仍能激励起我战胜困难的信心和力量。

船逆江而上，行驶了两天一夜，在宜昌停留了两天，然后到了各自落户的生产队，宜昌县罗家畈公社五大队五小队。五大队所在称为宋家咀，这是我第一次来宋家咀，以后我便把宋家咀当做了自己的家，三四十年里，我来过多次宋家咀，最近的一次，是去年国庆长假。不光我的两个儿子一个女儿也来过。我从1969年元月12日下乡来到宋家咀，一直到1972年10月27日离开宋家咀，在这里的每一天，都给我留下过难以磨灭的印象。

生产队长一家三口，爱人李德枝，养女李秀芳。我来到宋家咀，结识了队长一家人，至今仍像亲人般来往。那一年，我十七岁。离开了大城市，生活很不习惯，第一次上山砍柴，我给装了一大捆，结果压得我在路上歇了五六趟才勉强挑回来。我干活从不偷懒，不到一年，我就学会了所有的农活。春天砍柴烧粪、播种、栽秧；夏天看场、收割、薅草、打农药；秋天收割、打场、栽二季稻、耕田；冬天上水利工地修渠、放炮炸山、积肥。挑担也能挑一百二三十斤，走上十几里路。我不是壮劳力，下乡第一年评分10.5分，没用三个月，就评分11分，下乡第一年就挣了3 600分，年终分红，毛收入108元。1970年3月我的父母不在城里吃闲饭，也从武汉来到了宜昌，就在分乡的金竹公社大旺坪大队，从那时开始，家这个概念就从武汉移到了农村。

1970年6月,我正在东风渠水利工地,队上派王圣文去把我换回来,说是招工要体检,跑了一天,走了120多里地,终于赶上了招工体检,没承想,由于成分歧视,没有走成。1970年7月23日我两眼泪花看着同队知青牛红音去了宜昌砖瓦厂,整个大队只剩下为数不多的可以教育好的子女,今后怎么生活?父母下乡,招工受阻,我的精神生活几乎到了崩溃的边缘。24日、25日一连两天,我都是在知青屋里的床上度过的,没有心思做饭,也吃不下饭。25日下午四五点钟,队长的爱人来到我的床前,手里端着一碗稀饭,坐在我的床前,对我说:"心里有事,还是身上有病?饭总是要吃的。人是铁,饭是钢,好好活着,到哪里活不都是一辈子?起床,吃饭!"把那碗稀饭放在桌子上,带上门就出去了。我支撑着虚弱的身体,端起那碗稀饭,想着刚才大妈说的话,开始想今后该怎么生活?那碗稀饭我是满含眼泪吃完的,稀饭是甜的,放的是白糖,那年代白糖可是个稀罕物,乡村供销社没有卖的,要到土门区才能买到,这白糖可能是家里存放已久的,只有到过年才可能动的东西。第二天,我起床出工干活去了。

生活如同白开水一样地平淡,我依旧干活、做饭吃饭、睡觉。我的小屋前知青来往也多了起来,阳春、金谦、聋子(金志明)、韩精忠、花子(汪汉芳)都是常客,我一个人的口粮,常常断顿,除了做饭多掺点鹅毛菜外,就只有到队上仓库里去称点。队里对我非常照顾,只要队里仓库有粮,就不会让我饿着。队里经常派农民工,1971年修飞机场,1972年到137厂(宜昌中南橡胶厂),只要派农民工,我就是全队的第一人选。每月38元工资,20元交队里记工分,18元自己交伙食、零用。不久,阳春、花子、韩精忠先后离开了宋家咀,阳春到了湖北开关厂,花子、韩精忠去了宜昌商业局,只有我和聋子、金谦还留在宜昌宋家咀。

1971年春节,我们全家就是在宜昌乡下过的,过年之前,我的姐姐张玲、弟弟张刚、还有妹妹张晨也来到了宋家咀,就住在我住的李家屋场，我只有一个人，知青点只有一张床，弟弟跟我住一屋，姐姐妹妹只有住在队长家里，和李秀芳合住一屋。张玲从新疆回宜昌，每天晚上，张玲用从新疆带回来的羊毛捻成毛线，用毛线编织毛衣，常常编织到深夜，那一年的冬天特别冷，一连下了十天雪，张玲编织好了三件毛衣。全部留在了宋家咀。第十一天天放晴了，我们才离开宋家咀。没有车，步行七十多里到了花艳，才坐上火车，花艳车站（现在的宜昌东站）才开张，卖的是花艳车站第一到第四号火车票。

在宋家咀的日子里，只要不外出我都会去队长家，在一盏煤油灯下，队长一家有时择棉花，有时聊天，有时清理猪草，有时整理刚分的粮食，李秀芳就在煤油灯下纳她那永远都纳不完的鞋垫，李秀芳纳的鞋垫很有讲究，先用衬布做成鞋样，再用纱布打上衬，再根据纱布的线条分明的特点，绣上图案，图案绣的是米字形或是十字形，绣完之后再一针一线地拆掉纱布，各种色彩相配，很是漂亮，就像一件做工精细的工艺品。我新奇地看着她用双手纳的鞋袜垫，好奇地问："给心上人的吧？""不许瞎说！"李秀芳脸一红，丢下这句话就进了里屋。那一年，李秀芳十六岁。已经到了该找婆家的年龄，看着她那么虔诚地纳着鞋垫，我为自己的唐突一时语塞。晚上，一边干活，一边聊天，聊天的内容很广泛，有新闻，有趣事，有古语农谚，林彪事件就是在队长家里第一次听到的。也有文学小说，我只上过初中，看过的小说仅限于《林海雪原》、《欧阳海之歌》、《三家巷》、《苦斗》、《黑凤》、《三里湾》、《艳阳天》、《苦菜花》之类。就这样，在队长一家的关爱和呵护下，一颗冰冷的心开始复苏，远离家人、远离亲情，却能得到亲情般的温暖。在那苍白冰冷的年月里，就是这一缕温暖的阳光，让我坚强而有尊严地生活着，度过了人生最为艰难的那段岁月。

1972年夏天的一天，父亲从凉水井来到了137厂（我在137做农民工），告诉我他们就要回武汉了，行李已经装车，明天就坐火车回武汉，嘱咐我好好干活，争取早点招工。此后不久，在又遭遇了汉阳枕木厂招工调戏之后，终于，土门区管知青的王功美良心发现，让我招工到了神农架。就要离开宋家咀了，心中多少有些依依不舍，对于队长一家，不是简单地感谢就能表达的，感恩之心，让我沉思良久，临走之时，我想，该留点什么给队长，我身无长物，就自己收入所得，给李秀芳送了一个塑料笔记本，李秀芳送给我的就是她每天夜里精心纳的六双鞋垫，不等说告别，我的眼睛已经湿润了。队长说："你是一个好人，前程远大，以后多多努力。"队里派商世新和秦玉生送我去土门，他们俩拉着板车，车上装着我简单的行李。遥遥四十里路，一路走，一路望，就这样，带着队长一家深深的关爱，我一步三回头地离开了宋家咀，心里百感交集，不知什么时候才能再回宋家咀看看？

1973年，我是和还在宋家咀的金志明在宋家咀过完腊月三十后，才回武汉的。在宋家咀，我们帮队长家里写对联，帮商世新家里写对联，还有王圣文、秦玉生家里都写上了对联，我们从宋家咀走到双连，搭上火车，到武汉是大年初一。

时间过得真快，四十年时间很快就过去了，在这四十年时间里，我曾经多次回到宋家咀，1983年，宋家咀还没有通车，我是卷起裤腿，淌过条条溪流，到达宋家咀。队长一家，变化很大，分乡柏家坪的张克文来李家上了门，已经养育了两个女儿，大女儿随母姓，叫李明红，小女儿随父姓叫张桂芳。1992年、1999年、2006年、2007年、2010年、2011年、2012年、2013年，我多次到过宋家咀，李秀芳的大女在武汉蔡甸找了对象，已经结婚育儿，家安在了武汉，他们在阳逻买了住房。小女儿张桂芳和秦玉生的儿子结婚以后在稻花香酒厂附近开了一家餐馆，两人辛勤劳作，也在龙泉添置了房产。李秀芳的胞兄商世海，1974年参军，1977年考上了南京气象学校，毕业后分配在重庆飞机场工作，在重庆安了家。看着和和睦睦的一家人，我心里有着难以表述的感慨，就是这些淳朴、勤劳的农民，在我最为艰难、最为孤独、最为苦闷的岁月里，给我的帮助，给我的关爱，让我能度过那段艰难的岁月。这份不是亲情却胜似亲情的情感，足以让我感恩终生。2010年，我专程前往重庆，商世海夫妇接待了我，就住在商世海家里。

在宋家咀，我参与了修建榨坊河水库，其实，修大坝只是这项水利工程中的一个部分，修渠道则是整个水利建设的重中之重。修渠道就得炸山，炸山就得放炮，放炮就得打炮眼，所以，打锤就成了修水库中最普遍的活儿。

第一次接触到打锤是在《欧阳海之歌》的小说里，欧阳海初出茅庐，不服输，要与大个子刘伟成比赛，一口气抡了二百八十锤，这个情节让我大为佩服欧阳海，当时我想，就算一分钟抡两锤，也得两个多小时，真是不简单。于是在我初二的一篇作文中写了我的感受，为了突出自己的感受，我把二百八十锤写成了三百锤，语文老师肖雨，把我的作文作为优秀作文在班上评讲，引起班上很多同学的议论，说我写多了，我不狡辩，是写多了嘛！那时候，《欧阳海之歌》是我最爱读的书之一，欧阳海是我的人生偶像，为买这本书，我在汉阳新华书店排了好半天队。在宋家咀时，队里派我们修榨坊河水库，先修的还是渠道，看着比我们小得多的孩子都会打锤，羡慕得不得了，也想试一试，先打抱锤，不抡锤，像鸡子啄米一样，一下一下往钢钎上放，没有什么力量，而且自己也累得不得了，一点男人的样子都没有，当时，看到队上的女青年王新菊、王圣凤都会像男人一样地抡锤，很惭愧，觉得这样打锤有损自己"男子汉"的形象。于是下决心要学抡锤，问题是没有人愿意掌钎。几个小屁孩先前掌钎掌得好好的，一听说我要打锤都跑开了，后来，队上的李德金，自告奋勇地来为我掌钎，对我说："来，打！"一下，两下，都还不错，虽说是抡锤，但是心有余悸，放不开，样子是抡锤，而实际上和打抱锤一样。李德金看我缩手缩脚的样子便说："别怕，我都不怕，你怕什么？打！"于是我放开胆子，抡起锤，用足了劲，打起来，一下，两下，都还好，第三下就打到他的手上，皮破了，鲜血直流，我望着他，不敢再打下去了。他把血擦了擦，又扶起钎对我说，"打！"我说："不打了"，他说："哪个见过学打锤没有打破手的。不要紧，打！"于是我又抡起了锤，没有了刚才的顾虑，反而打得更准了。就这样，我学会了打锤。学会打锤才知道《欧阳海之歌》中关于欧阳海打锤的描写，多少有点夸张，第一，打锤不可能用十八磅大锤，因为打炮眼所用的锤只能是八磅锤，十八磅锤是用来砸石头的。第二，一个人不可能一下子打两百八十下，如果是土，打不了十下，钢钎就看不到了，如果是石头，打不到五十下，钢钎的角也就没有了，因此也无法打下去。打炮眼必须灌水，不灌水，钢钎与石头直接摩擦，会使钢钎退火，钢钎变软，灌水可以使钢钎保持相应的硬度，还可以保证炮眼中的岩灰不成灰粉状，便于清除。这样，打个一百多锤必须灌水。看来文艺作品中"源于生活，高于生活"的做法与实际生活还是有较大的距离的。

1972年11月，我到了神农架林区基建二队以后，打锤就成了我的主要功课，就像我现在每天要备课要上课一样。工班里的工具员将八磅锤安好锤把，先用细瓷片打磨掉把上的毛刺，细心的人还要用砂纸把锤把打磨一下，将锤把的顶端打上楔子，以免锤脱落，就可以当作打锤的工具了。在基建二队修路，打炮眼是常事，抡锤，浑身都得动，运用腰部的力量，将全身的力量都运用到胳膊上，打上去，既好看又省力，如果两个人一左一右地打，真有场面生花的味儿。根据地形的不同，打炮眼的位置的不同，抡锤的方式也不同。最好打的是直眼（从上往下打），最难打的是爬眼（从下往上打），打爬眼抡锤是二百七十度，才落到钢钎上，还有一种炮眼是平地眼，炮眼与地面平齐，也不好抡锤。这些难打的炮眼我都打过。结婚以后，听我的妻子讲，当时女工们在背后议论，都喜欢看我跟陈自举（宜昌农村青年）打锤，我们两人一左一右，抡起锤来，用尽全力，常常让山对面工班的人，看得停了工。

在神农架修路，比《欧阳海之歌》中的工建要复杂得多，小的炮眼是打出来的，而罐子炮是挖出来的，挖罐子炮是先打小炮眼，然后放提炮一点点扩大，扩成直径为20厘米左右的罐子，挖到一定的深度，再装炸药，其效果比打炮眼要好得多。放炮效果最好的就是放大炮，挖大炮又分为竖井和横洞两种，竖井是从上往下挖成直径为一米五左右的井，往下挖到设计的深度，分别向对应的两个方向挖药室，药室一般要横向挖到三米左右以后，再往下挖装炸药的地方，一般是挖一米左右就可以了。挖竖井要容易一些，人是站直了打锤，只不过受地形的限制，不能抡锤罢了。而挖横洞就要困难得多，只能弓着腰在洞子里打横眼，不仅不能抡锤，而且站都站不直，非常吃力。挖横洞的药室要比挖横洞简单得多，按照设计要求，挖到一定的进度以后，再往下挖两米就可以了。我的高考备考就是在挖横洞的过程中进行的。我和张佑林、朱昌合等六人承包了横洞的进度，二十五天，保证进尺十五米，外加药室2米总共十七米，我们六个人分为两班，每班每天的进度是五十公分，每班要打九个眼，每个眼五十公分，一人掌钎，一人打锤，还有一人张罗钢钎，调整，轮流转，每天两班倒，早上六点到中午一点下班，下午一点到晚上八点。人歇洞不歇，提前的进度算我们的调休，这样我们提前了六天时间完成了进度，每天打完炮眼，装药放炮，出渣完以后，下班回家复习备考。

挖竖井虽说容易一点儿，但是放炮除渣就要难一些，在竖井中点燃导火线以后，要拼命地爬上洞口，行动要快，力量要足，要在炮响之前离开洞口，而且，还要炮炮听响，一有哑炮，危险至极，处理哑炮，得小心翼翼，一有闪失，便有灭顶之灾。有一次，姜汉海（三中1968届姜陇海的弟弟）在挖竖井时，井壁坍塌，压得他气都喘不过来。还有一次，秭归一中1968届高中毕业生杜双发，在井下点燃了导火线以后，拼命地爬上洞口，哪知道爬绳结冰打滑，越急越爬不动，上面的人连拉带拽，刚刚离开洞口，下面的炮就响了，真危险啊！

我是武汉三中1967届初中毕业生，上到初二，就赶上了"文革"，1968年年底下乡到了宜昌，由于政治运动的影响，数次招工，都没能招上。直到1972年年底，才招到了神农架林区基建二队当了一名修路工人，每天开山炸石，修路伐木。那时，每年队上都有招生名额，但是那时由于运动的影响，我们只能眼睁睁地看着别人上学，粉碎"四人帮"以后，1977年恢复高考的消息传来，我正在神农架林区参加"百草冲"大会战,同队的恩施知青张幼林约我一起报名,我当时顾虑重重,一则背着出身的包袱,总觉得轮不上我,二则,当时已经结婚生子,哪有当父亲的又去当学生的?三则,我只是初中二年级的水平,高中的课程一天都没有学过,能考取吗?会战结束,回到队上,同队的好多知青都报了名,心里虽然有些后悔,但是,只能如此了。1978年3月,队上的崔一夫(秭归一中1966届高中毕业生)、李德丰(武汉三中高中1967届毕业生)收到了入学通知书,他们不约而同地来劝我参加1978年的高考。就这样,我和张幼林一同报名,准备参加1978年的高考。虽说是下决心参加了高考,但是底气不足,说是1967届初中毕业,但是实际上只上了初中二年级,数学上到了"勾股定理",老师所讲的内容还没有消化,定理的要求还没有理解,史无前例的运动就爆发了,所以我们对于"勾股定理"都还是一知半解,凭这点浅薄的知识去参加高考,就像睁眼瞎子走大街,摸不着路。我把自己的想法写信告诉了家里,家里非常支持,不久就给我寄来了相关的资料,我们有了语文、数学、历史、地理、政治的复习资料。这对于我们来说,非常难得。为了更好的复习,我们只有从神农架的红花,坐班车到兴山县城去买相关的复习资料,兴山到红花有46公里路,来回要两天时间,去了一趟兴山县城,我们买回了一本《三角函数》、一本《解析几何》。书虽然很少,但是对于我们来说已经很满足了。书买回来,我们的复习也真正开始了。没有时间,我们自己挤时间,上班时,就把书带在身边,工间休息时,就拿出书来演算,有一次我把书带到了断面上,工间休息时,我拿出书来演算,断面很陡,结果演算的笔一下子掉出来,三下两下就滚到山崖下面去了,从那以后,我就再也不在断面上复习了。就这样我们自学完了《三角函数》和《解析几何》。从数学的解题来讲,还是小学老师教给我们的解题思路。列出方程,再根据公式解方程。直线、椭圆、双曲线都是这样攻下的。我的"对数"学得不好,很多内容原来没有学过,又没有老师,就只有去问六六届的高中生,问得到的就简单一些,问不到的就只有自己硬做,看书演算,再看书,再演算,直到弄懂为止。在备考中，我们得到了很多人的帮助，队上的出纳周新华一次从他那里拿了五十本材料纸给我，就这样我们学完了高中数学。我们的时间，都是挤出来的：我和张幼林包了一个大炮，在打大炮的过程中，努力提前，我记得，提前了近半个月，定时完成。装大炮的那一天，我们都是一个人干三个人的活，好积攒加班搞复习。参加高考，又是一个考验。那一年的高考时间是7月20、21、22三天。这三天，我们都是在红花考场度过的，红花考场有三百多名考生，答卷的时候，不少的考生都走了，我和张幼林一直坚持到最后。在等分数的日子里，我们都是坐立不安，天天都是数着日子算，我们离林区中心有一百多公里，焦虑、失望、期盼……我们到红花中学去打听，所有的消息都说没有我们的分，最后，我们只有派姜汉海到松柏去打听。姜汉海（武汉三中68届姜陇海的弟弟）去了两天，这两天，我们就像过了两年。考试结果最后出来了，我除了数学、政治，其他的学科都没有及格，数学考了60多分，同队的1966届高中生付瑞楚还没有及格，只有三十多分，张幼林数学考了三十多分，我跟张幼林考分一样。好在我们都过了录取分数线，队上的董队长和张书记都来向我们祝贺，我们等过了体检、政审，还得等到通知书的下达，每一步都是在焦虑中度过的，现在想来真是不容易啊！

　　时间像流水一样悄悄流走，三十年过去了，自己总觉得这一生过得很充实，是因为有了高考的经历，如果没有这个经历，就没有我和张幼林的今天。张幼林现在在《恩施晚报》退休了，付瑞楚大学毕业后分配去了秭归屈原镇中学，现在也已经退休了。

　　是啊，知青生活虽然艰苦，但是知青生活也是一笔难得的财富，是金钱难以购买的财富。正是有了知青生活，我才会真正理解农民，真正了解中国的社会。

夕拾的岁月

唐作立

作者简介：

唐作立，1949 年出生，武汉三十三中 1967 届高中毕业生，1969 年初下乡到武汉洪山区花山公社红光大队，1971 年春招工返城。

一 落户花山乡：队里的小账房、队长的小金库

欢送知识青年上山下乡的锣鼓敲得我心发慌，当时正是 1968 年 12 月份，毛主席"知识青年到农村去，接受贫下中农的再教育，很有必要"的号召发出后，是全国中学生上山下乡的高潮时期。我是武汉市三十三中 1967 届高中毕业生，当然该响应这一伟大号召，但我却逗留在学校，举棋不定，不知下放到哪里好。我原是和班上的团支部书记张润喜及几个男生说好，一起随校下放到京山县，并设想下去后如何喂猪，如何养鸡，如何种菜……当时，我们是做好一辈子扎根农村准备的，

但有几个同学家长一听说京山县全是水稻区，不仅要到泥巴里滚，而且种水稻收入又低，于是托熟人，找关系，转到棉产区去。有的联系到天门县，有的联系到新洲县，就这样，合纵自然解体。我也有亲可投，到祖籍——洪山区花山公社。但花山也是种水稻，虽心有不甘，但还是要走。于是就来到洪山区花山公社红光大队二小队。花山公社全部都种水稻，我还是没能逃脱种水稻的命运。

花山公社还有个别名，叫做中罗（罗马尼亚）人民友好公社。听起来很浪漫，但公社却很穷，民舍破败，年收入很低。

迎接我到花山的是一场大雪：田野、山坡、树上、屋顶全都披上银装，给人冷飕飕的感觉。踏着白白黑黑的泥泞路，跟社员们到队屋开大会。队屋紧靠山坡，在全村正中；下面是社员的住屋，一排排，一层层，有点像梯田样，顺坡而建；中间是出村的路，路下两边又是层层水田。山坡的南面是严东湖，毗邻严东湖东面的就是葛店，葛店化工厂就在那边。到达会场，叽叽喳喳的社员终于到齐后，老队长就开始讲话了，是年终总结。他先照着红宝书念了一段毛主席语录后，顺便将我向社员作了介绍：这是下放到我们队里的知青，叫唐作立，我们很欢迎，响应毛主席的号召嘛。队长是想让我这个知青亮个相，其实大家早已知道了，小小一个村子，什么事不是一下子就传遍？接着，他又说，他读的书多，有学问，队委会决定让他当小队会计。这件事我事先知道，队长跟我说过，我是新来乍到的"生鸡子"，不能推辞，还感到这不是坏事情。

那时，处处都要突出政治，老队长总结完后，负责生产的副队长、政治队长、财经队长、妇女队长、贫协组长等分别讲了职责分内的事，最后由我朗读了报纸上的一篇社论结束会议。

我在小爹家吃饭。当时有公社派来的工作组检查年终结算工作，他们每餐到社员家吃饭，交粮票和钱。这天吃到小爹家，就要举行例行吃饭仪式——早请示和晚汇报：饭菜都端上桌摆好后，不能马上吃，要全体起立，围在桌旁，工作队员们手举红宝书，小爹全家和我垂手恭恭敬敬地站着，一起在嘴里念着敬祝伟大的领袖、伟大的导师、伟大的统帅、伟大的舵手毛主席万寿无疆, 万寿无疆! 敬祝林副统帅身体健康, 永远健康! 然后再坐下来吃饭, 没有哪个敢觉得好笑, 一切皆因时势。晚饭时, 大家也是恭恭敬敬地站起来, 由小爹这个当家人向伟大领袖汇报一天的劳动。工作组吃到别家时, 别家人有的说, 敬爱的毛主席啊, 我今天要斗私批修, 我上工累了, 偷了一下懒; 有的说, 我今天对不起您老人家, 我的猪跑到队里的菜地里, 吃了队里的菜……这就是晚汇报。工作组完成任务后回公社, 我看到社员们都松了口气, 总算可以吃口消停饭, 不用搞请示汇报了。

  队里在仓库隔开一小间房子作为会计室, 也是我的卧室。卧室没有太多光线, 一灯如豆, 与猖獗的老鼠为邻, 我就这样走马上任了。果然, 当会计不是坏事。几个队长、贫协组长, 加上我这个会计, 开个队委会, 先闲扯一些家长里短, 然后再决定一些事, 虽然不像国家大事那么重要, 但队里的事我能先知道, 心里或多或少有点优越感。小队会计不脱产, 评定工分时, 社员们毫不客气指出我个子瘦小, 腰显得细, 每天工分只定为 8 分。男的强劳动力每天是 10 分, 妇女强劳力是 8 分。社员把我归入妇女等级里了。而本土的男知青都是定的 9 分。这斤斤计较的背后, 让我恍然明白, 这里田少人多, 他们并不欢迎我这个城里人来抢饭吃, 碍于小爹面子不说罢了。幸好我有文化优势当了会计, 有时队委会晚上开会有补助工分, 我也跟着沾光。另外, 一个月有几天脱产算账的时间, 到大队汇报或开会一两天, 年终到公社开会几天等等, 工分照记, 还可报销误餐费。队里分谷子、分食用油, 尤其是分柴草是经常的事, 我就不上工, 臂弯里挽一个高凳子, 手里提一个矮凳子, 衣兜里揣一本记账本和一支笔, 到稻场上凳子一摆, 账本一摊, 屁股一坐, 钢笔一拿, 跟队长一说"可以分了"! 队长就开始行动。按社员们先来后到, 队长叫社员的名字, 分几斤几两什么东西, 我就记在账本上, 或由我报哪个社员该分几斤几两什么东西, 掌秤的人就称给他们, 很多社员还笑着望着我, 我的感觉还是蛮好的。

  当会计时印象很深的一件事, 现在已经不算秘密, 却是当时公社各小队队长心照不宣的秘密——瞒产私分。胆大、胆小的队长都敢干，这是形势所迫，因为当时全国都缺粮，国家的征购粮任务很重，所以各小队的缺粮户都不少，队里如果没有一点机动粮，来年青黄不接的时候，那些缺粮户叫天去？队长见死也救不了！

怎么瞒产？怎么私分？我们队里是这样做的：每年完成了国家下达的铁打不动的征购粮任务以后，就在向上级（大队、公社）上报生产队全年的年总产量里，写明全队社员分的总口粮数量，种子粮数量。当然，种子粮要多报一些，这样，算起每亩的单产量就显得真实一些。余下瘪一点谷子，全都不上报，把这些谷子按各户全年口粮的一定比例分一部分给各家，余下的存放仓库做救济粮，由队长掌握。这些都不记在公开的账面上，各户按比例私分的粮食不记账，不算钱，也不算队里的收入，反正肉烂在锅里。这些具体数字，只有队委会的人知道，我更清楚，我有一个单独的账本记载。好在那时的人单纯，队委会的人也不多分一粒粮，这就像现在单位领导的小金库，看来上有政策，下有对策，是各时期通用的潜规则。

二 永远填不满的穷坑：鸡屁股银行被割掉了

但很多感觉是不好的。先从算账的方面说，就是每到年终结算时，全小队六十几户，500多人，超支户占一大半，只有少量进钱户。这些超支户每年的数学算式结果总为负数，也就是这些社员一年到头起早摸黑地苦干、苕干，像是白干。要过年了，队里只能借给超支户很少的几个钱。超支几百元的人家，多半是家大口阔的，孩子多，劳力少。最要命的是，这些超支户，往往过年不久，家里粮食又吃完了，怎么办？只能再找队里借，队里每年不多的余粮，就是准备救济他们的。他们自嘲说：我们这些穷坑，永远填不满，今年借了明年还，明年借了后年还，人都穷麻木了。我想，当时种水稻的农村一定有很多很多这样的穷坑。形成的原因很清楚：一是当时国家收购的统购粮价低，而化肥、农药又贵，水稻产量又低，加上老天少有风调雨顺。那么，一个队全年的总收入÷全队的总工分＝分值，分值当然就低。二是极左思想在农村的表现——割资本主义的尾巴。上面规定每家只能喂一头猪，两只鸭，三只鸡，一小块自留地，多了就是走资本主义！喂猪不能赚钱，猪难长糠又贵；自留地种的菜都不够自家吃；只有养鸡，农民才能得实惠，母鸡能生蛋，快速变钱，所以，大家公认为"鸡屁股是农户的小银行"。"尾巴"这么一割，就断了农民生钱的后路。三是收入总是这么低，生活总这么穷，社员的积极性也就总无法提高，像出工不出力，能磨洋工就磨洋工的现象，谁也治不了。

三　双抢挑谷草头

知青不愿到水稻区的主要原因是种水稻很辛苦。每年春寒料峭，乍暖还寒时候，就要准备秧田——下稻种的田，赤脚下到冰冷的水田里进行犁、耙耕作。我不会操纵犁耙，就没有吃这个苦。但炎夏的双抢，那是名副其实的抢。杜鹃鸟"快栽快割，快栽快割"的鸣叫声就像是庄严的命令，催着人们快去抢收早稻，抢插晚稻，你们要抢时间，抢季节。全体总动员，男女老少齐上阵。大家都不敢偷懒，早起趁凉快割下稻子，让它们晒一上午，下午趁天黑收拢，捆好，挑到稻场上去，晚上又要用脱粒机脱下谷粒并堆好，盖好。顶多十天的时间要把全队的早稻抢回来，这样，社员们起早摸黑，夜里睡四五个小时，人像机器连轴转。

我最怕的是下午收谷子时挑谷草头，在北方也叫谷个子。一个谷个子捆得小的有40多斤，捆得大的50来斤，挑两捆就有80多斤或100来斤。用两头尖尖的冲担一头扎进一个谷个子，然后两手握住冲担中间向上一提，像举重运动员一样，腰稍微弯一点，顺势举起放在右肩上，挑起就走。重担一压，非得快步不可，田埂又窄，高低不平，我身体单薄，人往前一颠一颠地走得歪歪倒倒。上坡时，腿直发抖，跟在后面的社员一催，人更是累得慌。挑到稻场上，直喘粗气，顶多喝几口绿豆汤，就拔脚往远处的田里赶，在那个争先恐后的紧张气氛中，每个人像是被鞭子赶着一样，容不得你偷懒。晚上，肩膀疼得不敢也不想穿衣服。

　　这10多天的仗刚打完,又要进行插晚稻的战役。晚上到秧田里扯秧——拔起秧苗,扎成一把一把,准备第二天一清早插的秧苗。坐在秧马凳上,低头弯腰,两手不停地拔着,头上蚊子嗡嗡地轮番进攻,水下蚂蟥悄悄地偷袭。没办法,只好不时用手在头上挥挥,在小腿上摸摸。秧马凳在水中慢慢滑动,大家齐头并进,人好像全身都在忙。收工上田埂,脸上痒痒的,是蚊子咬的包;小腿上痒痒的,一摸,一条滑腻腻、肉乎乎的软虫子正黏着,知道是像黄鼻涕的蚂蟥,挥手"啪"地一拍,便感到虫子掉下去,血腥味冒出来,一道鲜血顺着小腿流下去。第二天上午插秧时,还不很热,好过一点,只是别人比你插得快,超过了你,整整齐齐的绿秧苗随风招摇,把你围在中间,身后白水一片。一看,慌了神,这时哪顾得了腰酸腿疼,还得弯腰拼命往后赶。旁边的人插完他那一条,站在田埂上扭扭腰,甩甩腿,笑着看你紧张的样子,还是很让人难堪的。

　　白居易的"足蒸暑土气,背灼炎天光"震撼了历朝历代人。其实白居易作为诗人,是在一旁观看,并且观的是刈麦。水稻区的劳作比麦区严酷多了。下午插秧时,太阳当头烤着,田里的水发烫,有的田里泼了大粪肥,臭烘烘的,粪便、蛆虫在水面上漂漂荡荡,顾不得了;头上的汗顺着下巴滚落到田里,顾不了;腿上的蚂蟥咬得痒痒的,也顾不了!咬着牙赶紧往后插。

四　石灰洞挑石灰

　　这样的罪还能忍受得了,我最怕到远一些的地方去挑东西。我曾到武昌县一个叫石灰洞的地方挑生石灰。因为生石灰是很好的碱性肥料。撒在水田里,既能改善酸性土壤,加速有机物的分解和养分释放,补充农作物的钙,又能杀死土壤中的病菌和害虫卵,消灭杂草,好处多多。

　　石灰洞是武昌县一个公社的石灰厂,那里有一个不很大的石灰石山,石灰窑就建在山下,这地方离我们队大概有十多里路远。那时,队里还没有手扶拖拉机，只能靠我们用肩膀挑，我们长长一条队伍，向那里进发时，还有说有笑，很轻松。俗话说"远路无轻担"，更何况回来时，男劳力筐里装了百十来斤生石灰，妇女劳力挑八十来斤，我两个筐里也装了一百来斤。刚刚冷却的生石灰呈灰白色，块状，堆在筐里高高的，给人一种沉重感。一开始我就没信心，走着走着，我头上冒热汗，身上冒冷汗，嘴里喘粗气，上坡，下坡，走田埂，跨沟坎，只能咬着牙拼命往前奔。那些常挑担的人并不觉得吃力，还在后面故意催着：小会计，快点，小会计，快点……我虽然知道他们是善意的玩笑，但心里还是很恼火，可是连回击的力气都没有。到了宽宽的大路上，不管三七二十一，啪嗒一声丢下担子，来不及地用手把脸上的汗水向下一抹一甩，看着我的狼狈相，其他社员感到很好笑，快嘴的妇女队长怪怪地笑着说："哈哈，知识分子，尝到苦了吧？难怪毛主席要你们下放锻炼的啊！"我只好一脸苦笑。过了一下，她认真地说："把你的匀一点给我吧！"我连忙说："不，不，歇一下就好了，我挑得动。"我心里想，一个男子汉，要女的照顾，成何体统。口里也不言谢，因为这里人不喜欢说"谢谢"。好歹回到家，腰酸两天，腿疼三天，肩膀疼四天。

五　长江边修大堤

下乡第二年修长江大堤。冬季农闲的时候，修大堤是公益活动，也是政治任务，上级下达给各大队，各小队尽义务。各小队的健壮劳动力——姑娘、媳妇、小伙子，都要全力以赴。于是，脚穿黄球鞋、黑球鞋，肩扛着，背背着，手提着被褥行李的我们，沿着黄土公路三三两两地紧跟着向位于东面的长江边进发。我们这可是正宗的"农民工"啊，另外还有一辆沾满泥巴的手扶拖拉机（这时队里买了）在前边开路。公路不平，拖拉机走得摇摇摆摆的。拖斗里的筅箕、铁锹、锄头、扁担随着拖拉机的摇摆，发出哐啷哐啷声、砰咚砰咚声，伴随着机头上的小烟囱冒烟时的突突声像一支交响曲，蛮雄壮的。一路上我们说说笑笑，走得精神抖擞。目的地是一个叫西港的长江大堤边，我至今没弄明白，明明在花山的东面，怎么叫西港？

冬季，长江的水退得很浅，沿东面堤外都是一片片泥沼地，我们要在泥沼里挖出干泥巴，装在筑箕里，让人挑着，从堤下爬上斜坡到堤顶，将大堤顶上的内外两面加固加高。因为大堤常年受雨水冲洗，坑坑洼洼，有的地方水土流失需要修补。肩上挑着两筐湿湿的泥巴，走在湿滑的地坡上，脚底总觉得踩不稳，像要摔跤，脚趾在胶鞋里用力抓着，但并不得力。膝盖不敢挺直，腰又不能完全伸直，重重的担子压在肩膀上，每走一步都觉得艰难。叫用锹的人少上一点，还是觉得重，太少了，自己又看不下去。轮流在堤底下用锹装泥巴呢，也许会轻松些吧？其实不然，那泥巴湿结，不容易铲下去，铲起来又不容易掉下来，还得用劲抖下来装在筑箕里，也很累！好在可以伸伸腰。我们就这样不时地换一换，每天就这样坚持着。收工回去时，肩膀疼、腰酸、腿软，还加上脚板疼，还要走一里多路才到住地——附近一个生产队的牛屋。

这个牛屋，是个长方形的大统间：两端的边上各有一扇漏着缝的木头门；厚厚的土砖墙，透风的墙壁，我们就用稻草紧紧塞住；顶上空旷，没有天花板。好在地面还干爽，我们全小队修堤的社员就住在这同一天底下。男社员人多占大半边，女社员占小半边，都靠着四面的墙，在地上铺上厚厚的稻草，围成"回"字形，中间空下来，是大家活动的地方。晚上女社员洗脚，几个女社员用手在中间扯开一张大塑料布，隔开男社员的视线。那一头，女社员洗得哗哗响，男社员不知有没有非分之想。男的洗脚很简便，坐在砖头上或小凳上，将脏脚臭脚泡在热水里时，是一天难得的惬意的时候。

还有一段小插曲，至今记忆犹新。我挑堤一周后，队长看我有些力不胜任，就叫我从住地送午饭到工地。这天上午，我和炊事员把蒸着饭的两个大饭甑抬到一辆大板车上，盖好盖子，再把充斥着臊味的煮萝卜片，冒着生腥味的烧大白菜分别装在两个大瓦钵里，也盖好盖子，一并抱上大板车。再在板车四边插上不高的挡板，准备由我一个人送往工地。我双手抓起车把，就感到板车沉甸甸的，奋力拉出村口，经过一块菜地时，由于地埂很窄，我把持不住，板车一歪，整个地倒在菜地里。我心里慌得直跳，想，完了，饭泼了，菜翻了！那么多挑堤累得又饥又渴的人都在等着这饭菜啊！我赶紧咬着牙，使出吃奶的力气，硬是挣扎着把板车扶正，一看，饭没泼，菜没翻，只漏了很少的菜汤。心里连呼真运气，真运气！再往四周一看，没一个人影，我长长地吁了一口气。要知道在那个缺粮少菜的年代，如果知道我泼了饭菜，那些劳累了半天的社员会多么愤怒啊，还会耻笑我无用啊！于是，小心翼翼地拖着大板车走过菜地埂，上了公路，强拖着赶到工地，正好赶上人们刚刚收午工。我没对任何人说起这事，只有天知，地知，我知，实在万幸！第二天，我学乖了，叫一个炊事员帮我扶着板车推上公路，我再一人拉到工地。

六　挖地道凑热闹：原子弹没来，雨水把它冲垮了

有件事具有讽刺意味。那就是1969年3月中苏珍宝岛之战后，中苏敌对关系更紧张，苏联扬言要对中国打核战争。毛泽东急了，提出"深挖洞，广积粮"、"备战备荒为人民"的口号，于是全国上下都挖起地道来。仅我知道的，武汉的龟山挖空了，蛇山挖空了，司门口的地底下也挖空了……乡村响应号召也挖起来。乡村荒野会不会落下原子弹，没有谁去想，毛主席的最高指示理解的要执行，不理解的也要执行。这样，政治队长当总执行，把挖地道的事交给我们民兵排（当时公社是民兵营，各大队是民兵连，各小队是民兵排。全民皆兵的建制，但我们从没有进行军事训练，更没有摸过枪）。政治队长认为挖地道，民兵排当仁不让，就把正排长和我叫去查看地形，正排长是回乡知青，他爸爸是武昌县林业局局长，是正科级。我们决定在队屋旁山坡下开挖地道。每天晚上挖，分两班，一班4个人，挖3小时，再轮换。我们挖好倾斜的进口后，进展就快了，干了两天，就很默契。干了半个月，把整个山坡挖通了一半，地道里牵了电线，装上大灯泡，照得地道里亮堂堂、清爽爽。政治队长天天来看进展，很高兴，连夸"挖得好，挖得好"！几天里，全队的男女老少，一批批

来参观，地道内外像过节一样，我们年轻人也自豪得不得了。

然而我们高兴得太早了。几天后的一个夜晚，一场大雨足足下了两个小时，山坡、房屋、田野淋了个透。第二天早上，队长来到山坡旁一棵大树下敲钟（钟是挂在粗树干上的一段铁轨），要社员上工。一看，山坡上出现一个大洞，是地道顶塌下去了，再下到地道口一看，里面也积了不少水。晚上队委会召集我们民兵排开会，一分析，是因为我们南方地下水位高，土质较松软，经不起雨水淋泡。不像城里修地道，边挖边用砖块、水泥砌顶上和两面洞壁，而我们只用少量的木柱头和木板撑着顶上，稀稀拉拉的，小队哪有那么多木头木板？于是队长说："看来我们不能再挖了，队里穷，条件有限，你们年轻人也辛苦。就是完成了，以后我们躲进来时，塌下来，砸死了，比原子弹炸死也强不了多少。"一队之长说话还是算数的，政治队长也没办法，就这样，一场挖地道的闹剧结束了。

七　招　工

1970年夏天，招工开始了。当年10月中旬，武钢到我们公社来招工。武钢是大型国企，名气大，待遇好，我很想去，就跟队长说了。队长说："这本来是好事，不应该耽误你，但你是队里的会计，快到年底结算了，那么多家分的粮油柴草很难算清楚，现在还没有合适的人来干。所以这次你就算了，明年还会招工的，我们一定让你走。你看，财经队长这次也不走，民兵排长也还没走。"队长说的财经队长、民兵排长都是本土知青。这样，我没话说了，再说这事也不能吵闹，那个年代的一队之长，吐口涎沫都是硬的。后来，是贫协组长的侄儿去了武钢。

只得稳住神把年终结算算完。熬到1971年春，迎来了第二次招工。这次是文教局招工，条件是要招高中生，培训学习一段时间后到文教系统。队长极力推荐我。体检后，通知我到汉口赵家条的武汉一师报到，原来我被中专师范录取了。那个年代的人，是无法自主选择职业生涯的。我感觉还算满意，毕竟，我回到了武汉。而且教师岗位让我这高中生有了用武之地。

财经队长晚我一步,他没到教育系统,而是到了武汉关山的洪山区农机厂。民兵排长通过他在武昌县当林业局局长的爸爸,被招到咸宁医药公司。

走之前一天,我村前屋后转了转,正值春天,村里风光很美,一水绿绕,两山送青。可叹它太贫穷了,那么些超支户年年超支,这些穷坑哪,不知何年能填平!而我却无力再为家乡的父老乡亲贡献什么,我要走了!

千里放排历险记

原 峰

作者简介：

原峰，1947年5月2日出生，原籍河南，1966年高中毕业于湖北省武昌实验中学，1968年下放洪湖，1973年进入洪湖县供销社工作，后调回武汉复印机总厂工作直至退休。

现在漂流已成为一种很时尚的旅游活动，但我却从不参加，因为40年前我在知青岁月中已经经历过一次真正而且传奇般的漂流。

1972年我们两个小伙子由两个老师傅带领着进入川鄂交界的大山里采购计划外木材，历经千辛万苦拿下了200多立方后，最困难的运输问题便摆在了面前。走山路汽车运费昂贵，还极不安全。走水路放排成了唯一的选择。计划由卯洞（属湖北来凤土家族自治县）下水，由酉水河下行经洪江再到沅江最后至洞庭湖装船运回。行程约2000多公里，所需时间顺利的话需要20多天，不顺的话那就难说了。我们雇请了八个排工，并同他们签订了生死状，先预付一笔生活费，到目的地交货后再付清数千元的巨额工钱。押排这个脏活自然就义不容辞地交给了我们这两个20左右的傻小子，由于我比小胡大几岁，又是知青，所以就成了这个放排组的负责人。真是应了"初生牛犊不怕虎"这句话啊。排工的头领是个豪爽的四川汉子，大家都喊他尤老大。

我们把所购的木材扎成了四块木排，并购置了各种的生活用品。万事俱备只剩等水。这儿是酉水的源头，平常就像小溪沟，卷起裤脚就能过河，但只要一场大雨，河水立马暴涨十多米，那时木排就能顺流而下了。我们运气不错，只等了近一个星期就迎来了一场暴雨，只见山洪裹挟着泥沙咆哮奔腾，绷紧了系排的竹缆，召唤着我们即刻启程。雨势稍停，我们立刻告别了师傅，登上木排解开竹缆开始了这次惊心动魄的漂流。

我所在的排是尤老大的头排，它不仅要负责导航，还要负责全组人的生活，所以它也是唯一搭了一个窝棚的排，里面有全部的生活物资：灶具以及一块为我准备的铺板。每排两个排工，一前一后掌握着两个七八米长的大棹，它们既是木排的舵，必要时也能成为木排的动力。此时此刻他们紧握棹把，目光紧盯河道，丝毫不敢懈怠。虽是随波逐流，但河中礁石漩涡巨浪随时威胁着木排的安全，稍有不慎就可能打排（搁浅，撞礁，翻排），一旦在这个地段打排，那绝对九死一生啊。被湍急的洪水猛推着的木排，在陡峭弯曲的峡谷中飞驰。真是"两岸猿声啼不住，轻舟已过万重山"，大半天后我们就由鄂西进入了湘西的十万大山，这段峡谷确实比三峡更狭窄，更险峻，只是此刻，谁也没有心情欣赏峡谷景致了。两天后雨住水落，我们冲出了这段峡谷后，河面渐宽水势减缓，本以为可以喘口气了，然而第一场危机却不期而至。

"打排啦"——一声声凄厉的呼喊，从我们后面传来，循声望去，小胡所押的第四块排搁浅了。尤老大立即把手指含到嘴里发出尖锐的呼哨，指挥余下的三块排湾排靠岸。这段河岸虽非大山，却怪石嶙峋无路可走，加之前不着村后不着店，也无法寻人帮忙。我们好不容易才摸到打排的岸边，只见木排搁浅在河中间，又无摆渡工具，令人无计可施。我和尤老大商量了一下，决计等水，并通知了小胡他们三人。三天过去了，依然艳阳高照一点下雨的迹象也没有，小胡饿得开始喊救命了。我只好对尤老大说："你水性好游过去帮他们拆排吧"。木材被一根根拆下来顺水漂下，被下游的排工接着，当排重减轻至可以浮起后再放下来重新扎好，花了大半天的功夫，我们终于又启程了。

朝行夜宿，遇到大点的集镇，我们就停排靠岸去采购食物。虽是物资匮乏的年代，但排工们对生活毫不吝啬，只要遇到打猎和捕鱼的，他们就会毫不犹豫地掏钱，每天晚餐还要喝点小酒。用他们的话说："今日不喝明日说不定想喝都喝不成咯"。

几天后我们在一个小集镇旁停排，排工和小胡他们全部去赶集了，我一人留守。坐在排上边看书边晒太阳，惬意极了，我沉浸在书中忘记了一切。"小伙子，跑排啦……"，岸边的呼叫使我猛地一惊，再看看我的排已离岸七八米远，很快就要进入激流，松脱了的竹缆也即将掉入河中。后果不堪设想，我没有时间犹豫，扑通一下便跳下水向岸边游去。爬上岸抓起竹缆，便把木排拖回了岸边。此时回归的排工刚好看到了这惊险的一幕，尤老大拍拍我的肩膀道："看不出，你还是块料哟"。

当一座巍峨的大坝矗立在眼前时，排工们不由得兴奋地喊道："凤滩到啦"。此时谁也没料到，这里将要发生我们此行最为传奇的一段经历。

这座大坝就是凤滩电站，当时还在建设中。著名的凤凰古城就在附近。木排在这儿过坝有两种方式，一是由导流孔自行冲下去，过坝后会打散，捞起重扎。二是请人工拆散背过坝再重扎。我们是小本生意，木材损失不起，决定用第二种办法。但时间已晚只能明日再干，我们抽空游览了古城就找地方歇息了。谁知睡到半夜狂风暴雨大作，大坝上传来雷鸣般的巨响，出门一看，不得了，上游的水像瀑布一样从坝顶宣泄而下，整块整块的木排被水流像炸弹一样推落下来，发出轰隆轰隆的巨响，打散了的木材满河漂着，飞快地向下冲去。看来坝上停留的上千块排都保不住了。

　　不能睡了，我们立即召集排工去附近村子里雇工。天亮了，我们迅速地选了一个水势较平缓的地点开始打捞木材，并以最快的速度扎好了四块木排，当然体积就被我们翻倍地增加了。我们兴高采烈地乘着新排顺流而下，来到一个江口时，有消息传来：四川木材公司在前面设了检查站，要检查所有路过的木排。当时各单位所购木材都各自做有标记，大家立刻紧张了。我拉上小胡前往查看，果然有些公司的排被他们拆了，凡是他们的木材都被提出，江边停靠着无数的木排，据说他们这次损失上百。我让小胡准备了几盒好烟，然后就去找他们领导交涉。我说："我们没法证明没有你们的木材，所以你们要查那是应该的。"那位领导点头："那当然。"我又说："你们也无法证明你们的排里没有我们的木材吧，那我们是不是也要查查呢？"这位立时就愣住了。我对小胡使了个眼色，他马上掏出烟递了过去并说：我们才四块排，哪能入了你们的法眼，你就高抬贵手把我们放了算啦。这位领导假意思索了一会回道："看在这小伙子态度很好，就放了吧。"就这样我们又躲过了一劫。

　　往后走，水路由山区到丘陵再进入平原，河道越来越宽，水速越流越慢，人们的心情也越来越放松。虽然也还有些小插曲，但都有惊无险。我们的2号排就曾驶上了一块镜面水（水平如镜但下面潜伏着大漩涡），上去后就原地打转，再也不肯前行。还是靠尤老大告诉他们："架羊角棹猛摇"，才脱离了困境。还有一段水道被称为"一百八十棹"，因为水流过缓，不增加动力木排很难前行。我们全部赤膊上阵，拼命摇啊摇，不知摇了多久，才驶了过去，我感觉怎么着也不止一百八十棹，大汗淋漓哦。

　　沅江两岸尽是无尽的芦荡，各类禽鸟在其间飞舞欢唱，蔚蓝的天空白云朵朵，清澈的河水温柔地拍打着木排。我们的四块排顺流一字排开，缓缓而行，大家心里那个爽啊，真个酒不醉人人自醉。尤老大情不自禁地喊起了排工号子：

　　排古佬下了河咯，光屁股讨生活。（旧俗排工在河滩扎排时全裸）
　　一把抓（二声）钩手中拿，好生想老婆哟
　　排古佬上了排咯，屋头妹娃挂心怀。
　　一把大棹摇不停，快快平安回家来哟……

　　高亢粗犷的歌声在沅江上此起彼应，川味十足，令人胸怀激荡……

　　不久后我们进入桃园县境，远眺两岸，但见田陌交错果木成林，山清水秀鸟语花香。此刻才懂了陶渊明的"桃花源记"并非完全空穴来风哦。当然更吸引我们的还是那又红又大又甜的鲜桃，每斤才卖一毛钱。我们吃了个肠满肚圆。耍着，乐着，唱着，笑着，时间飞快流逝。翌日清晨，我们顺利抵达常德（洞庭湖边），和早已等候在那里的师傅们会师，圆满完成了这次放排任务。
　　这一年年终，县里举行英模表彰大会，我稀里糊涂地成了洪湖县最年轻的劳模。至于上台胡诌了些什么，我是一点印象也没有了。

一样路程两样情

陶火清

作者简介：

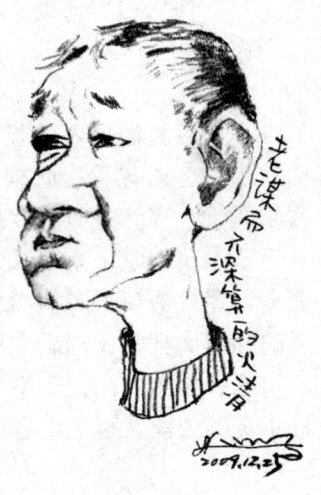

陶火清，1951年出生于武汉市汉阳区洗马长街。武汉市第三中学一九六七届初中毕业生。1969年下乡到湖北省天门县李场公社和平四队。1970年招工到湖北省应山县邮政局。1972年推荐到成都地质学院，1975年毕业。先后在湖北省广水市邮电局、湖北省孝感长途电信传输局、湖北省武汉长途电信传输局工作。2011年退休时，出版了《拾穗集》一书。

人生的道路注定是坎坷不平的，因此总会有风风雨雨。对于我们这个年龄段的人来说，所受的磨难，是没有经过那个年月的人们想象不到的。那时"文革"已开展两年多了，还无复课的迹象，我们梦想中的高考便一去不复返，接踵而来的就是到广阔天地里"战天斗地"。这段经历是我人生的一个转折点，至今难以忘怀。

这段经历，还得从1968年讲起。12月，从北京传来"最新指示"。高音喇叭里就反复播放这么一段话："知识青年到农村去，接受贫下中农的再教育，很有必要。各地农村的同志应当欢迎他们去。"接着就是鼓动青年志在四方的革命歌曲响彻云天，"到农村去，到边疆去，到祖国最需要的地方去。我们革命的青年，志在四方……"学校"工宣队"开会动员，居委会上门催促，我们这些中学生早已被激情点燃，纷纷报名上山下乡。

1969年1月8日，我们武汉三中的800多名赴宜昌县插队落户的学生们集合在校园里，在一片欢腾的锣鼓声中乘车前往武汉关十三码头。我因已报名参军，便成了送行的人员，一直把同学们送上轮船，便站在岸边与船上的同学相互惜别。开始船上的同学还有说有笑，当汽笛一响，船身一动，就有人低声抽泣起来。待汽笛再次长鸣，轮船渐渐地驶离码头时，此刻轮船上、码头上的同学哭声一片。大家都说不出话来，只是尽情地挥舞着双手。我只好在心里默默地祝愿，祝同学们一路平安，多多保重。

送走一批又一批同学之后，最后只剩下我们几个报名参军的人了。偌大的校园里，人影稀少，我心里也空荡荡的。征兵体检开始了，还算顺利，我初检合格了，只等待政审通过后再去复查。我在无所事事中等待，好不容易挨到了复查的时候，血压却偏偏不过关。就是这么一点血压偏高的病因，改变了我人生的轨迹。当时是越量心跳越快，越查心里越发慌，人性的弱点就是这样。在这种状态下，血压哪有不高的呢？我最终因为血压偏高，不但当不成兵还失去了与大批同学一起下乡的机会。没有办法，只好请已跨校下乡的同班同学周本武帮忙联系，到他所在的天门县去插队。经当地公社接收后，周本武就告诉我行走的路线和时间，并说他一定到天门县皂市镇来接我。那年月，没按时下乡也是容易遭人议论的事，为了不引起别人的猜疑，我特地请学校出具了证明，手写的原文是：

最高指示

　　我们的责任，是向人民负责。每句话、每个行动、每项政策，都要适合人民的利益，如果有了错误定要改正，这就是向人民负责。

证　　明

　　兹有我校学生陶火清，因报名参军，推迟了上山下乡，本人因身体、政历审查都合格，到最后复查，发现该同志有高血压:《160/110》，不复（符）合当兵条（件），现特此证明，请按原来分配情况，给以（予）办理手续，适当加以照顾。

　　祝毛主席万寿无疆

三中工宣队　军代表　季小微
1969 年 2 月 22 日

　　上面盖的两个公章是"武汉工人毛泽东思想宣传队驻武汉市第三中学指挥部"和"武汉市第三中学革命委员会"。

　　值得说明的是，我当年体检时的血压是《124/93》，只是低压偏高，证明中把血压全面写高是为了获得照顾。

　　离家下乡的那天是 1969 年 4 月 12 日。早上，家人、亲友和同班同学黄继弘等把我送到汉阳火车站。我拿着简单的行李，怀揣着学校的证明和户口迁移证奔向了广阔的天地。

　　坐在火车上，开始还很兴奋，但火车慢得像蜗牛似的，走一路停一路，我就着急了，怕误了时间，找不到前来接我的同学。果然，担心的事还是发生了。为了让道，火车晚点了，本应 10 点到应城长江埠火车站却过了中午才到。下车一打听，没有到应城的车了，只好就近找旅社住下来。在旅社里，我结识了一位老农。说是老农，其年龄还不到 50 岁，正好他也去皂市，我俩便约好第二天结伴而行。

　　天不亮，我俩就赶到汽车站，挤上了去应城的班车。到了应城，麻烦事又来了,虽说应城到皂市只有20多公里的路程,但由于两地分属不同的地区管辖,没有直达车,只有路过的长途汽车,而且车票也很难买。我俩只好在路边等长途汽车,好不容易来了一辆到京山的车子,下来了几个人,其中一人拿着两张车票,说在应城有事要办,想把车票就地卖掉。围上来的人想买又不敢买,我看了看车票后,就按应城到皂市的价格买下了这两张票,拉着老农上了车。找到车票上标明的两个座位后,我让老农坐好,自己拿着两人的行李爬上车顶放好。谁知再上车时车门口围满了人,都想挤上车去,售票员又不让上车。有人为了达到上车补票的目的,就把我买车票的事向售票员"告发"了。因人实在太多,售票员为了平息事态,就说车票换人无效,不但不准我上车,还将老农赶下了车。司机见状开车就跑,可我俩的行李还在车顶上呢。情急之下,我只好扒在车后上车顶的铁梯上,任车左右摇晃地向前开,死活不撒手,同时还向老农招手,示意他跑步追车。但想上车的人都跟着他跑,售票员只好叫我抓紧铁梯,汽车加速向前行驶。没有办法我只好对老农大声喊:"我在皂市等你。"甩掉这群人后,司机才停车让我上去,就这样好不容易才到达了约定的地点天门县皂市镇。

　　因约好的时间早就过了,接我的同学已无影无踪,只好先在车站旅社住下来。我问清同学说的李场公社和平四队的方向后,就直接去找他们。到了生产队一打听,社员说这几人昨天下午去接同学至今未归。我便留下口信,让他们回来后到皂市车站旅社来接我。回到旅社,看到新结识的老农坐在大门口,便连忙把他引进我住的房间,将背包还给他。老农查看后十分感激,这时我才知道他的背包里藏了不少的钱。他后来是拼着命拦住一辆到沉湖农场去的小车,说了追钱之事后别人才带了他一程,车到向沉湖方向拐弯的时候,他只好下车向皂市方向步行而来。当看到自己的血汗钱分文不差时,叫他如何不感激呢。

　　送走老农后,我一人在旅社里苦苦等待。无事的时候就容易想一些无聊的问题:火车为什么会晚点呢?应城到皂市为什么不开通直达车呢？结果是脑壳想破了也不得其解。一直到天快黑了，周本武才与二十三中的两个学生赶过来。原来头一天他们没接到我后，就跑到应城杨岭镇武汉知青点玩了一天。见到了同学，我这颗悬着的心才落了下来。一路上的磕磕绊绊、跌跌撞撞，使初涉人世的我尝到了"在家千日好，出门一时难"的艰辛。

由于我们是第一批下乡的知青，受到了当地农民的热情接待。他们安排社员腾出房屋给我们四个人（全是男生）住，后来专门为我们做了三间屋，开始时还派人为我们做饭。但好景不长，让人"宠"着的日子就那么几天，一切都得自己干，一切都得从头学起。为了生存，首先我们学会了做饭；不会插秧，请教妇女，"点头哈腰"地学；不会扯秧，请教老农，"拖泥带水"地学；不会犁田，请教能手，"昂首挺胸"地学。当时男劳力的工分是10分，重体力、农技高的活我们干不了，队里也不会安排我们做，我们只是跟妇女一起干活，每天记8分。当年我个子高，有人叫我"长子"，有好心的人告诉我，说"肠子"是骂人的，要我不答应，但我并不在意，这只是个符号而已。因我个高，最怕栽秧割谷，那会累得腰酸背痛，但为了尽快学会农业生产技能，早点获得社员们的好评，我只得忍耐、忍耐、再忍耐，努力、努力、再努力。

队长、副队长、会计给了我们很大的帮助，记得当年会计请我们到他家吃饭时，他是谈笑风生，讲他找老婆的要求是：一会做家、二能生娃就行了，一语道破中国式的男主外女主内、传宗接代的传统婚姻观念。虽说现在人们的观念有所丰富、有所提高，甚至那种女高男低的家庭也有，但这种家庭一旦发生了矛盾，不及时妥善处理往往会分道扬镳。虽说现在也有愿意独身的或结婚后不要小孩的人，但毕竟寥寥无几，从根本上讲，还是老式的传统的婚育观念继续沿袭着。

队里让我们每天留一人在家做饭，而且跟出工的人一样记工分。没米吃了，我们就向队里要，碾出的糠秕我们就拿到集市上卖，卖得的钱就用来买菜吃。因我队就在老汉宜公路往天门去的交岔路口处，经常有人赶着牲口在此地休息，队里就叫我们到公路边照看庄稼，以免被牲畜偷吃了。当然，我们有时也能为队里做点力所能及的事，比如当时板车的外胎很难买，周本武胸有成竹，就自告奋勇地要求回汉，请他的父亲帮队里购买了板车的外胎；养路段在维修汉宜公路时，有几个水泥管被队里人藏到了路边的水里，当队里要用时，就来请我们帮忙打捞。以前我们常在长江里戏水，此事只是小菜一碟，当然愿意效劳了。我们很快地潜入水底，麻利地将木棍穿入水泥管里，再在木棍两端系上绳子，由水边的人拖上岸。我们最喜欢上水利工程了，一来能为队里顶人数，二来免去了我们做饭的麻烦，三来还解决了无菜吃的困窘。那条为了解除江汉平原涝灾的汉北河，就是当地的农民们与各县知青一起，用双手挖，用双肩挑，整整花一冬的时间硬凿出来的一条引水排涝的人工河流。

功夫不负有心人，我们艰难地一步一个脚印地往前奔。其中的酸甜苦辣，其中的岁月蹉跎，其中刻骨铭心的磨难，使我们这一代人由此滋生了其他社会群体难以理解的知青情结。虽然我们也曾迷茫过，困惑过，但是，我们用我们的顽强，用我们的执著，总在面对着生活，总在期待着希望。

希望在流逝的岁月里不期而至，1970年的夏天，针对知青的大规模招工开始了。我一边想入非非，一边耐心等待。在日夜的期盼中，幸运之星如愿降临。我和周本武同时收到了天门县革命委员会发的招工录取通知单。铅印的，原文是：

最高指示
为人民服务

新工人录取通知单

九真区李场公社和平大队陶火清同志：根据社会主义建设发展的需要，经贫下中农推荐，县革委会批准，你被录取到孝感交邮科工作。希于7月3日持本通知单到　　区报到。

1970年7月2日

上面盖有"湖北省天门县革命委员会招工领导小组办公室"的公章。

交邮科是个什么单位呢？大家议论纷纷，但都猜不出是个什么单位。后来才知道，1969年12月全国的邮电局一分为二，新成立的电信局实行军管，新成立的邮政局隶属当地交通部门。我们这批从知青里新招的职工全部分配到孝感地区邮政局。1973年12月，全国的邮政局与电信局又合二为一命名为邮电局，统一由上一级邮电部门管理。1998年12月，全国的邮电局再次分为邮政局和电信局。

招工返城的那天是1970年7月3日上午。虽说对所去的工作单位还不太了解，但心里仍然是很高兴的。朴实的村干部提前为我俩办理了工分结算，并打了欠条，要我俩秋收后再来分红。那小半张信纸上写着：

今欠到

和平四队知识青年工分款——叁拾柒元捌角整
　　陶火清　欠款负责人黄邦全　1970年6月30日

并盖上了会计黄邦全的私章。我虽压根儿就没想到要去兑现，但至今仍保存着这张欠条，权作纪念。

同队的二十三中学生、村干部及要好的村民把我俩送到公社。招工单位专门开来了一辆大交通车，先到天门庐市区接招收的女知青，然后转来接我们九真区招收的男知青，免去了我刚来时的转车之苦。车来后，我俩与送行的人依依惜别，上车向孝感而去。

一群男生，一群女生，同坐一车，彼此又不认识，虽说今后还要共事，但开始时车内的气氛依然显得有些拘谨。随着汽车的颠簸和不时地急刹车，后排有人被颠离了座位，还有的人一头撞到了车顶，虽然这狼狈的情景引得一丝丝窃笑，但车内的气氛顿时活跃起来，开始有人调侃了。首先是一个人用武汉话邀请对方："到我屋里来玩"，被邀请的人用天门方言答道:"讨不寒(没工夫)。"前者又问:"离武汉还有几远?"后者答:"一泡里(10华里)。"……汉腔与天门方言的一问一答,引起一阵阵哄笑。负责招工的是一位中年女同志,很理解这群第一批返城知青的心情。她提议,请九真区的男生唱首歌!在这种场合,谁也不愿装怂,男生们推荐一人起头,就跟着吼起来。歌毕,男生们就高喊:"庐市区,来一个!"不来再喊,硬是逼着女生们唱起来。

沿途欢歌笑语,热闹非凡。中午车子到了孝感。具体是在招待所还是在其他什么地方,如今我已经有些记不清了。记得非常清楚的,那就是饭后负责招工的人拿着事先开好的几张集体介绍信,按上面写好的名字进行分配。50多人男女搭配,每县5—7人,被分到孝感、黄陂、汉阳、汉川、应城、云梦、安陆、应山、大悟9个县邮政局。并将集体介绍信交给临时指定的负责人保管,要求7月8日前到所分配的单位报到。分配工作总共只花了十几分钟的时间就进行完毕,这种高效率的人员分配只有那个一切讲服从的特定年代才有。

我们共7人,4男3女,分配到应山县(现改为广水市)邮政局。大家约定好集中的时间地点后,我收好集体介绍信上了车。汽车在人上齐后直奔武汉,终点是江汉路湖北省交通局。

一路上,车内安静多了,是憧憬未来?是不尽如人意?还是沿途劳累?谁也说不清。但不管怎样,我们是首批返城知青并有了工作,总算是一群幸运者。当车驶入武汉市内时,大家的注意力开始集中起来,都开始寻找自己下车回家最为方便的地点。沿途陆续有人下车,到了航空路,我下车时再次与同局人员约定,5天后在汉口火车站相见,7人一起奔赴新的工作岗位。

就这样,在一年多的时间内,我经历了下乡去天门和从天门返城的路程。《诗经·采薇》中有一段"昔我往矣,杨柳依依;今我来思,雨雪霏霏"的动人诗句,游子出去时是杨柳树枝随风飘动的季节,回来时却是雨雪交加的冬天,在那一年里,他经历了什么已经尽在不言中了。我则与之恰恰相反,去天门的路程是那样的坎坷,心情是那样的迷茫；回城的路途又是这么的顺利，心境又是如此的欢畅。人生就如同品尝榴莲，开始吃起来很臭，但回味很美好。不能忍受困苦生活的人，就不能很好地品味人生的甘甜。

　　四十多年来，我虽然有不少的人生经历，但第一次出门的下乡之日与返城之时，在同一段路程上的两种截然不同的情景始终铭刻在我的心间，这段不寻常的经历，不但磨炼了我的意志，也是我们这一群知识青年在人生的道路上迈出的最关键、最重要的一步。

2013 年 6 月 8 日

那些年的那些事

周海男

作者简介:

周海男,男,华工附中1966届初中毕业。1968—1975年插队湖北京山县罗店公社麻陈大队三小队。1975—2005年在湖北省电力建设第一工程公司工作。2005年退休后在湖北鄂电建设公司担任过监理师。《人民文学》创作函授中心结业,并获自考汉语言文学专业文凭。

人生最宝贵的岁月应该是青春的岁月,而十八至二十五岁则可以说是黄金般的岁月,而我的黄金岁月却是在农村度过的。1966年初中毕业后遇上史无前例的文化大革命,这个史无前例,恐怕也是不会有后例的大革命,却正好让我们赶上了。真不知是该为巧遇了这千载难逢的大事件而感到幸运还是该为生不逢时的不幸而叹。我以为这场革命之所以被称为文化大革命，实在是因为它革了文化的命，同时也革了大多数人的命。我的理解也许不恭，但也不是完全离谱，应该是基本符合事实的。"知青"便是这场大革命诞生的畸儿，它的出现，实际上是向农村转嫁失业人口的无奈之举。在下去的时候，还给这些人冠以"知识青年"的高帽，但多少年后，他们中的许多人却宛若"白丁"。在这里我插进一个小故事：我童年的玩伴甲参军后，接到玩伴乙的来信，信的落款是愚友某某，甲在回信时就在信中称呼乙为愚友某某了。显而易见，甲是不知道"愚"字的含义的，大概理解为亲密之类的意思了。这里似有一点苦涩的喜剧味道，但是应该去笑话谁呢？到后来，"白丁"知青大都重新回炉学习了基础文化知识，我也借此东风，在文凭热中混了一个高等自学考试的大专文凭。算是基本"脱白"了。

"文革"初期，在学校里随大流胡闹了两年后，老人家又发出了"知识青年到农村去"的最高指示，而在这指示发表之前，我就已经插队到京山县罗店公社麻陈大队三小队半个多月了。只是未曾想到的是，我这一待，竟有六、七年之久。当我离开麻陈三队的时候，已经是 1975 年的夏天了。人的一生能有几个六、七年？更何况这六、七年是我生命中黄金时段的六、七年啊！

回望当年，那真是一个不可名状的年代，疯狂？愚昧？……即便在今天，我们也很难用准确的词汇去定义它。在那个年代里，有那么多的不可思议，一个人的一句话，居然就可以决定某个人甚至整个社会的命运。我曾生活于那个时代，理所当然地无法逃脱那任人摆布的命运。无需什么人费什么口舌，我就自觉地无声无息地注销了城市户口，义无反顾地走向了农村，走向了前途未卜的将来。若用现在的眼光来看待当年的人和事，未曾经历的人们会觉得费解，当时的人们为什么都那么单纯那么愚昧呢？须不知在当年，太过清醒恐怕是不行的，张志新就是榜样。我在想，假如鲁迅那时还健在，不知会写出怎样犀利的文章，不过，在经过了那么多次的政治运动后，可能他也早就无法发声了。

赶赴农村的那一天，大概是 1968 年 12 月 5 日吧，我们告别了眼噙泪花的亲人，怀着虔诚的忠心，顶着凛冽的寒风，搭乘敞篷货车经数小时颠簸来到了京山县罗店公社。下车时的我们，已经冻得手脚冰凉了，此时的心，可能也同样冰凉。而车下却是一派锣鼓喧天、热闹异常的欢迎景象。真是冰火两重天呐。要知道，从下车的这一刻起，我们就将进入到一个别样的人生阶段，那等待着我们的，将会是什么呢？

我们下到麻陈大队的知青一共有十五、六个人，先后被分配到四个不同的小队。我和同学冯兆信分配在三队，贫下中农的代表兴高采烈地拉着板车来接我们，记得当时孙彦章还给我们照了一张 135 的黑白照片，记录了这个场景。当贫下中农的代表拉着我们的行李向生产队慢慢走去时，我耷拉着脑袋在后面跟着，思绪里五味杂陈。当时到底是一种什么样的心情，现在也记不起来了。可能有一点兴奋，又有一些惆怅。对我们来说，这里毕竟是一片完全陌生的天地，我们能适应吗？真的能够在这里大有作为吗？

我清楚地记得，我们第一天出工是挑牛栏粪，要把牛圈里的草肥挑到外面堆起来，以便沤烂了以后再去肥田。我们佝偻着腰，小丑般笨拙的挑担模样，惹得老乡在一旁窃笑。一天干下来腰酸肩疼，真有一点受不了的感觉。不过万事开头难，好在那时我们年轻，年轻就是本钱。当然，这本钱用在这里，好像成本高了一点，用得也不在点。作为"知识青年"的我们，大抵也不笨，没有用太长的时间，我们就适应了农村的生活，大部分的农活也基本上都会了，挑起草头来我们可以飞跑，足以与老乡们一争高下，也就没有谁再笑话我们了。要知道，我们可是有知识的青年啊，那农活本就是力气活，也没有什么很高的技术含量。到后来，我们甚至还无师自通学会了木工和篾匠的手艺，自己做出了桌子、靠椅、竹篮、斗笠等，而且还都有模有样。冯兆信的一口箱子就是我们自己做的，做得很漂亮，我们的东家对此很感惊奇，总认为我们在家里一定学过这些手艺，要不然怎么能不学就会呢？不过在半信半疑中，东家的儿子还是被东家奚落了无数回，说我们一看就会,而他们的儿子看了那么多年都不会。这时候,轮到我们在一旁窃笑了。一次我带着活动靠椅去打谷场看电影,许多外队的老乡不相信这靠椅是我自己做的,认为肯定是买的。由于油漆做得好,坐板和靠背刷的清漆,透着木纹,其他部位刷的是枣红色虫胶漆,闪着光泽,确实有一点看相,这是我模仿家具厂的产品做的,也是我的第一件作品。如今这把活动靠椅还放在家里,留作纪念,其余的作品,大都送人了,包括结婚时自己做的家具。这都是后话了。

当知青的日子是相当艰苦的,刚开始我们都居住在农民家里,冯兆信在东家搭伙,我在隔壁一家吃饭,饭菜的质量可想而知,好在基本上可以吃饱,而且不用自己做饭,收工了就有现成的吃,省去了不少麻烦。和老乡吃住在一起久了,让我们对农村的贫困有了真切的感性认识,农民们一年到头辛辛苦苦面朝黄土背朝天,基本上没有休息的时间,可到了年底分红时,绝大部分家庭分不到一分钱不说,还要倒欠生产队的,成为"超支户"。还好,我是属于一人吃饱全家不饿型的,第一次参加分红的我,好歹还分到了九十多元钱,那时这应该算是一笔小小的财富了。贪图虚荣的我,让家里凑了一点钱,去买了一块上海牌手表,戴上后顿时感觉神气了许多。其实在农村,手表是没有什么用处的,华而不实,在这里日出而作,日落而息,并没有什么特别的时间要掌握。到后来,手表还差一点搞丢了。那是在一个夏天,大热天的,睡觉时我们从不关门。天太热,我把手表摘下来锁在箱子里。有一天,在打开箱子时发现箱子后面的铰链全松脱了,一检查,发现不知是什么时候被人用螺丝刀撬过了,留下了明显的痕迹。我心下一惊,而就在那一瞬间,我的直觉就告诉我是谁干的了。肯定是他,一定是冲着手表来的!因为前些天我就觉得这个人怪怪的,老在问有关手表的问题,一下问几点了,一下又问怎么不戴手表了,表情也不大自然。但是因为没有真凭实据,也无法确认,只好不了了之。好在手表夹在衣服里,没有被他找到。打那以后,手表我也没有再戴了,春节回家时,便转让给了我的小弟弟,此时的他已经在青山热电厂上班了。除了第一年收入高一点外,以后队里竟一年不如一年。究竟是什么原因使得这农村的劳动生产率如此低下,当时的我们也百思不得其解,现在看来,一是大锅饭害人,让大家出工不出力;二是生产方式原始落后,与几百年前几乎一模一样,基本上是刀耕火种;而更主要的则是政策上的失误,一味地强调以粮为纲,割资本主义尾巴,什么副业都不让搞,折腾得农民创收无门贫困不堪。令人啼笑皆非的是,在我们访贫问苦的时候,大多数的人诉苦诉的却是五九年饿死人的事,而问到新中国成立前的事,大家都抱着一种怀念的心情,说是那时在农忙的季节里都是你帮我我帮你,栽秧割谷的时候各家各户都有酒肉招待帮忙的人,不像现在越是忙越是没有菜吃,因为没有时间去管生活。我们又问地主打不打人,他们说,你给他干活他为什么打你?有地主一年还要给长工做两套冬夏衣裳。看样子,政治宣传的水分还真不少。"文革"期间,处处讲究突出政治,出工的时候,即使大字不识一个的人也要背着红书包,里面装着"红宝书",还要扛着小红旗。我们队有一个贫下中农不识字,却可以将"老三篇"一字不差地流利地背出来,可想而知他因此而花去了多少的功夫啊。不过他也因此被评为学习毛选的积极分子,经常去出席各种会议,表演背诵"老三篇"的绝活。有一说一,政治宣传活动在客观上也给我们带来了一点点实惠,那就是可以干一点轻松的活路。在那个政治渗透在生活方方面面的年代,为了表示对伟大领袖的无比热爱,每家每户的大门上都要印上老人家的头像,以取代门神的位置,两边门框上还要描上一段毛主席的诗词。我们沾了"知识"的光,也沾了老人家的光,队里常常安排我们一家一家去描画。不过描画时还要考虑每一家是什么成分,该用什么样的诗词,如果是贫下中农家,就用"四海翻腾云水怒,五洲震荡风雷激"之类;成分高一点的人家就用"金猴奋起千钧棒,玉宇澄清万里埃"之类。干这样的活当然比干农活轻松许多。除此之外,我们还是大队毛泽东思想宣传队的队员,时不时在中午以后去大礼堂排练文艺节目。排练通常由五队的女知青彭汉英负责组织,无非是些《忠字舞》、《收租院》之类。在那里玩玩打打唱唱闹闹一下午,比出工当然有趣多了。也别说，我们的节目还真不错，曾经分别到罗店公社、罗店区、京山县去作过汇报演出，只可惜没有留下一点点影像资料。

和贫下中农一起久了，我们也渐渐被他们同化了，一起说，一起笑，我比较喜欢说一点俏皮话，常引来笑声一片。俗话说，男女搭配，干活不累。老乡们最喜欢的是关于男女关系的话题，我们也学会了一点点，当我们也时不时说上一二句这样的荤话时，妇女们就挤对我们，说你们还是乳伢晓得么事吵。要知道，我们如果是出生在农村，也早到了谈婚论嫁的年龄了。那时在农村里，十八岁之前结婚的大有人在。但在知识青年中，很多人却真的还没有开窍。五队的女知青比我们还稍大一点，却不解风情，不独不解风情，还简直就是"性盲"。一天，五队的贫协组长跟我们说，他们队有位女知青看见两头耕牛在交配，却不知道是怎么一回事，就对这位贫协组长说：大伯，你看嘞，这头牛好好玩啦，它还要那头牛背……么样搞的呀，它的肠子都掉出来了。搞得这位老乡哭笑不得，不知如何回答才好。高中毕业生竟如此单纯，说明我们那时候性教育的缺失到了何等严重的地步。对了，"搞"字在那里也是不能随便说的，在当地这可是丑话。

在当知青的日子里，快乐的时候也是有的。民以食为天，一到了年底，几乎家家户户都要杀年猪，有些乡亲就在他家杀年猪的时候请我们去陪屠户，一年到头不见油腥的我们，在冷冷的天气，喝着辣辣的酒，吃着炖钵炉子里热气腾腾的新鲜座臀肉，那个味道是可以媲美孔子听《韶》乐的。只是现在恐怕再也无法品出那样的滋味了。一是现在味觉迟钝了，二是现在已经没有那样的慢生慢长的土猪肉卖了，尽是些人工饲料快速催肥的洋猪。队里的乡亲们大多比较淳朴，对我们时常抱有同情心，常念叨我们不容易，在我们自己开伙的时候，经常有人给我们送些蔬菜来，偶尔还有人请我们去做陪客吃顿好饭。但快乐的时候毕竟有限，更多的时候是苦与愁，主要是有饭吃无菜咽，缺柴烧。更有甚者，有一年在小麦要收未收的时候，米吃完了，麦子没有出来，只好吃了几顿糠麸之类的东西，真正体验了一回吃糠咽菜的滋味。在农家搭伙的时候以咸菜为主，后来自己开伙，也有问题，饥一餐饱一餐的。记得最惨的一次是热天在水库工地上，餐餐都是买的红腐乳下饭，一次吃饭时发现红腐乳上有白色的东西在蠕动，仔细一看原来是长蛆了。打那以后见了红腐乳就恶心。自己开伙之后自由是有了，矛盾也有了。乡亲们说我像爹爹，冯兆信像婆婆，因为煮饭之类的事他做得比我多一些，而我有一些业余爱好，比如爱好无线电，有时就有人让我帮着修理一下手电筒、收音机之类，那时提倡学习云南知青模范朱克家，我又自学了针灸，有时就有人让我帮着扎针治一点小毛病，因此久而久之，矛盾就加深了。应该是我的不对，到最后，我们就散伙了，冯兆信一人自己开伙，我没有地方烧火，就在东家搭伙。又不用自己做饭了，舒服了不少，东家的伙食比我上次在隔壁搭伙时的质量好了一些。搭伙了一段时间后，由于东家添丁加口吃饭的人慢慢多了，不太方便，我也就自己开伙。此时我已经开上了拖拉机，有了用煤油炉做饭的条件了，用煤油炉做饭就不需要厨房，在自己的房间里就可以做饭了。我从武汉带了味精、固体酱油、筒子面等一些食品、佐料，那时的农村鸡蛋便宜，五分钱一个，我就常在老乡家买一点，柴油也不愁没有烧的，我的生活有了较大的改观。开拖拉机在当时是十分吃香的行当，乡亲们都是师傅前师傅后的称呼我，到外队去帮忙还有烟酒好菜招待，我不抽烟，别人给的烟我就带回来送给房东。当然也不是什么好烟。开拖拉机还有一个好处，那就是有机会出差回武汉，那时拖拉机的零配件不好买，需要我回武汉购买，有一次出差回队时，在应城下车后，已经没有当天到罗店的班车了，天又下着雨，为了不误农时，我买了一件雨衣，冒雨步行回到生产队。由于我们驾驶的是手扶拖拉机，打田都是在水中作业，就是晴天也是浑身是泥，雨天就更不用说了，买一件雨衣，工作时与别人换着穿（打田是二人轮流）应该是合情合理的，谁知，队上竟不肯报销，我一生气，便不肯出车了。心想，我出差在家里住，又步行三十几公里回罗店，替队里省了住宿费、交通费，他们不领情，为一件雨衣斤斤计较，我真有点想不通。僵持了半天时间，队上总算同意报销了，事情也就这样解决了。那个时候拖拉机是非常难得搞到的，我们队是由于县委书记王大洋在我们队蹲点，才有机会分到一台，拖拉机开回来时，我正好在场，由于我对机械有兴趣，我们住房对面就是粮食加工厂，一有时间就去看，也就了解了一点基本知识，看见拖拉机一时技痒，我就开着拖拉机在打谷场兜了一圈，队长见我会开，也就安排我开了。看来，机遇是为有准备的人准备的，兴趣则是最好的老师。当年开拖拉机，既要驾驶还要修理，我钻研了一阵子，不满足于知其然，还探求知其所以然，很快就如鱼得水了，这点技术在后来参加工作后还出了一回风头。事情是这样的，那段时间我在土建队担任管理机具的工作，一天有一台蹦蹦车（一种运输混凝土的小型翻斗车）半天发动不了，我刚好路过，我一听声音就知道是喷油嘴雾化不良，我就指出毛病所在，司机不服气，于是我们就打赌，赌一餐饭。结果，在换了一个新喷油嘴后，我又调试了一番，机器一下子就发动了。我赢了一顿饭还赢得了好名声。话又说回来，开手扶拖拉机还需要一点力气哟，因为发动机器的时候要用手摇，天冷的时候更是格外费力。好在那时我的身体已经锻炼出来了，有一把力气，关键时刻，我可以解决问题。后来听队里的人说，我走了以后，拖拉机就经常出毛病，没有起很大的作用了，可能是机器老化了，我的运气真是好。当然，也遇到过倒霉的事，那是在开拖拉机之前。在没有拖拉机时，远一点田里的草头就用板车拉，一次在拉草头的时候，板车上压草头的杠子没有压好，高了一点，挂住了广播电话线，我就爬上去处理，当我将广播电话线从杠子下拽出来时，被绷紧了的广播电话线一下子弹了下来，重重地摔倒在地上，那一刻，我一下子觉得没有了呼吸，憋得难受，过了一阵子才慢慢缓过气来，我急忙叫旁边的人赶快把我抱起来抖一抖，才又舒服了一点。事后，一个林场的朋友带我去罗店街上找人开了一个治跌打损伤的药方，又去宋河药店里抓了几副中药，休息了一段时间，才逐渐恢复了。休息的期间，好像没有扣我的工分，算是照顾。有没有留下后遗症，我也说不清楚。应该多少是有一点的。

说实话，在刚下农村的时候，我并没有对招工回城抱什么希望，以为一辈子也就扎根农村了，反正大家都一样，稀里糊涂混着过，倒也相安无事。自打招工开始以后，日子就觉得越发难混了，大家一起下来，现在走的走，留的留，又没有什么人给你交个底什么时候可以走，那种忐忑不安的心情真的很折磨人。1972年以后，招工就停顿下来了，许多时候，竟有度日如年的感觉。那时不光是物质生活太差，精神生活同样匮乏，好在我自己装了一部收音机，可以打发一点时间。收音机里永远是那几个样板戏，我几乎将所有的唱段都学会了，再不就是关于阶级斗争的鼓噪，常常听着听着就睡着了，收音机就要开一夜，特别费电池。那时电池不好买，于是我就做了一个弹簧开关，听收音机时，捏着开关，睡着后，手自然就松了，收音机也就关了。老乡们更没有什么娱乐，只好天一黑就上床了。那时候几乎什么东西都要计划，好在生育还不要计划，于是就放开手脚去为共产主义事业孕育接班人去了。幸亏有了这样一批接班人，才有了后来创造了人口红利的农民工，为改革开放时工业发展及城市建设作出了不小的贡献。

我曾经历了一段极度悲观的时期，那时甚至都想去农场算了，农场起码有食堂，每月可以有工资。幸亏没有农场来招人，否则，去了农场那可就真是一辈子了。好在待在农村的最后三年，开上了拖拉机，要不，日子更难混了。我不太善于交际，很少去其他队串门，更不善于求人找路子，只有老老实实等待机会，看政策的阳光什么时候能照耀到我的头上。经过漫长的苦等，机会终于到了，那是七五年的夏季，又有了招工的消息，但是我的消息很闭塞，等我知道消息的时候，只剩一份电力公司的表格了，武钢的表格已经没有了。只要可以走，我就十分满意了，管他去哪里。因为若是走不了，就说明你的政审问题还没有解决，就总有一种在别人面前抬不起头的感觉。让人想不通的是，下农村时不需要政审，也用不着体检，招工的时候就什么都来了。好不容易政审过了，体检又有问题了，说我血压高了。既然可以在农村干重活，为什么就不能在城市工作？好奇怪的逻辑！但有什么办法呢？我申辩说我是紧张的原因才导致血压高，希望复查，后来，真给了我复查的机会，复查时，在身体运动了一下之后再量血压，血压反而正常了。我谢天谢地，总算是有了回武汉的可能了。又熬过几天茶饭不思的日子，直到录取通知书到手，我才松了一口气。录取通知书上只有寥寥几个字，我不知看了多少遍，经过六年多的磨难，我的知青生活终于要结束了。我是我们大队倒数第二个离开的知青，冯兆信好像比我早走几个月，他去了武钢。我走后，就只剩下二小队的钟克璐了。我上街买了一些礼物，挨家挨户送，乡亲们也送了一些土特产给我。我带着对美好明天的憧憬，怀着一丝丝的不舍。毕竟大家共处了一些年头，多少还是有一些感情的。最后一次开着拖拉机到了汽车站，与送我的乡亲们告别后，坐车到京山县集合。这次一共招了五十人，大家一起回武汉，虽然和下乡来时一样，乘的也是敞篷货车，但是这次是向着家的方向开去，并且阳光灿烂，心情当然也有了天壤之别。在奔跑的车上，漆启年拉起了手风琴，我伴着悠扬欢快的琴声一路高歌，在前面等待我们的将是什么，此时好像已经不是那么重要了，因为我觉得，最难熬的日子已经过去了。

2013 年 11 月 21 日

汉南血防故事

甄少民

作者简介：

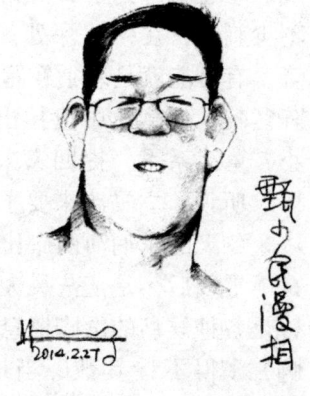

甄少民，1951年4月生，原籍河北高阳，出生于湖北武汉。华师大研究生毕业，经济学硕士。

1967年在武汉市黄石路中学初中毕业，随即下放至国营汉南农场当知青三年又七个月，回城后先到企业，当过工人、干部，又转政府机关，1988年初调至人民银行，从湖北银监局退休。

我当年知青下放的地方叫汉南农场，这是一个与汉阳、沔阳、洪湖和嘉鱼四县相邻，而又"四不管"的地带。在江汉平原上蜿蜒缓行的东荆河，流经这里突然来了个加速度，湍急的河水裹挟着翻滚的浪花，一路呼啸，冲入长江。河流两岸，延绵数十公里都是沼泽和荒地。由于地势相对低洼，多少年来一直是水患成灾。每逢夏季，长江洪峰顶推，东荆河水就向两岸泛滥，此时，江河相连，水天一色。

初到汉南那年，水特别大，登上大堤望去，对面原来清晰可见的洪湖新滩口已经看不见了，满眼只有无边无际的水，恍惚间，仿佛来到了大海边。洪水过后，河两岸的荒坡渐渐露出水面，芦苇和茅草在这里疯长，有的高达四五米。进到芦苇荡里，像是掉进一片绿色的世界，除了头顶上的一小块蓝天，满眼只有绿色的芦苇和茅草，漫无边际的芦苇长得格外粗壮，密密扎扎，不透风，不透气，使人感到窒息。但这里却是野生小动物的乐园，野兔和獾子在里面蹿进蹿出，运气好时还会碰到小野猪和黄麂子。没有想到的是，这里竟然还生活着不少刺猬，在茅草深处，你仔细听听，如果持续传来悉悉索索的声音，有可能就是刺猬在跑动，我第一次进芦苇荡时，随去的大黄狗一阵猛咬，从草丛中拨拉出一只肥肥的刺猬，就地一滚，似有排球大小，草绳系了，提回家来，却不知如何下手宰杀，队里一位老"贫协"听说，立马跑来要了去，说是可治"心脏病"。

冬天的东荆河两岸比较荒芜，割去芦苇的泥地上光秃秃的。特别是下雪以后，是茫茫一大片的白，听房东大爷告诉我们，这一带过去曾是各种候鸟的歇脚栖息地，每逢冬季，许多野鸭、大雁纷纷在此落脚，多得不计其数。当地农户在冬季有个重要的活动就是"打野鸭"，一群人披了白被单，趴在雪窝里一动也不动，直待野鸭们全都落下来休息，雪地里黑压压一片，这时一排鸟铳打过去，随后群狗冲锋，雪地上顿时狗跳鸭翻，白茫茫雪地上平添一大片星星点点的红色斑点。据说那时一个冬季打的野鸭可腌上好几大缸，几年都吃不完。只可惜由于后期大量的人工开垦活动，野鸭们来得越来越少，我们知青下放后除了零星地打过几支野鸭，是一次都没见过如此大规模的"狩猎"盛况了。汉南最可怕的动物应该是蛇，芦苇荡里随处可以看见蛇，土黄色的、黑褐色的、还有红黑相间的，我曾亲眼见过一种绿蛇，盘在芦苇叶子上，不仔细分辨还真不容易看出来。记得有一次到堤外砍芦苇，知青们主要负责捆扎和运输，一位老兄伸手去拉捆扎用的草绳时，突然感觉手上凉飕飕、光溜溜，仔细一看，抓在手上的原来是条蛇，吓得魂飞魄散，赶紧扔得远远的，之后的几天都不敢出工。

汉南又是个非常肥沃的地方。由于地处湖区，千百年来洪水的冲刷和沉淀，使这里的土壤多为青冈色，且黑得冒油。在这里种什么都长得壮实，队里的棉花长有一人多高，需打"矮壮素"才能控制其疯长，冬季的萝卜足有一二２尺长，且比人的小腿还粗。豆子地里随意撒播的"打瓜"，个个大如西瓜，吃起来又香又甜。当地一直流传着一句话：荒湖沔阳州，十年九不收，收了狗子不吃糯米粥。国家为防治水灾，投入巨资修建了规模宏大的长江大堤和东荆河大堤，将滔滔洪水挡在了堤外。由于每年淹水，堤外并不适合人群居住，就成了荆江分洪区的一部分。而堤内挖沟开渠，排水造田，建起了超大规模的国营农场，还动员大批原东西湖农场的年青农工投身新农场建设，"文革"中这里又设立了五七干校，加上大批知识青年的涌入，使得这片土地发生了翻天覆地的变化。

围堤造田以后，大型的水利设施使农业生态环境有了极大改善。农场的田地整齐划一，据说每块足有六十公顷大小，按沟渠纵横来进行编号。播种机、收割机等大型农机具在这里被广泛使用，每年还有几次"安Ⅱ"型飞机来打药灭虫、喷洒植物生长剂或落叶剂等现代化农业活动。这一切，使得汉南农场呈现出与周边县区农村明显不同的气派。

我队知青经常组队到周边汉阳、沔阳等地进行篮球比赛，当地农民和下乡知青都十分羡慕农场生活，说是"住宿舍、吃食堂、使机械、发工资……"好像快要到了共产主义的天堂。

我却完全没有这种感觉。前面说了，汉南是个地势相对低洼的地方，常年的水患带来的其中一个副产品就是遍地的钉螺，血吸虫病横行，且不说堤外荒湖湿地中钉螺成堆，就是堤内，虽然经多次深翻土地、新挖沟渠，但可怕的钉螺还是随处可见。从这个意思上讲，这里一半是天堂，一半是地狱！

汉南一带是我国血吸虫病的重疫区。说到"重",有个小故事为证,我下放第一年,队里来了个血防工作组,记得组长是武汉市某医院著名的血防专家,老先生戴个瓶子底眼镜,到队当天就拿个饭盒、镊子准备去找钉螺。(据说当时有个是否重疫区的标准,即每平方米4~5颗钉螺)。这位专家住的房间窗前有颗柳树,支开木板窗刚好有根柳枝飘进来,柳枝上疙疙瘩瘩黑乎乎一大片,老先生扶正眼镜仔细一看,那黑乎乎的全是钉螺,这位专家当即吓晕过去,连夜被送往汉口医院抢救。这是一个真实的故事,听说至今仍是队里农工在闲谈时的精彩谈资。

我下放的这个生产队,是农场的老队,队里大多是原汉阳县的农民,只是围垦围进来,农民变成农工。由于他们长年生活在此地,队里的人,无论老少,90%以上都患过血吸虫病。尽管解放后,国家每年的血防费用投入巨大,但血吸虫的势力却极为顽固,"瘟神"老也赶不走。我们下放那几年,几乎每年都有一批人参加血防治疗,队里老乡对每年一次的免费治疗并不以为然,反而有些莫名的兴奋。参加治疗的病员,无论男女老少,像过节似的,个个打扮的光鲜整洁、兴高采烈,因为治疗队的到来意味着他们至少可以带薪休假一个月了。

相比之下,我们知青却心惊胆战,一旦得知被查出血吸虫,感觉像是掉进了地狱,当然这只是来到汉南后几年的感觉。下放第一年,我们根本不知道血吸虫是怎么回事,当年夏季,全队知青劳累之余,跑上大堤,面对无边的清水,不顾一切跳将下去,游个痛快,全然不知全身毛孔打开时,会被钻进多少血吸虫。队里知青中,我是体力相对较弱的一个,但在堤外玩水却一次都没落下,因此成为农场第一个血吸虫急性发作的知青。初发病时,高烧持续不退,住进总场医院,内科郭主任压根没想到我刚下放才几个月,这么快就传染上血吸虫病。他用尽各种方法退烧无效,给我开了个诊断证明是"伤寒?败血症?"并劝我尽快转院,转至武汉市的大医院治疗。1969年这年,长江正发大水,船运暂时中断,队里几位知青用担架抬着我,好不容易找了个运沙的木驳船,将我送到汉口,等我住进市二医院,抬我回家的几位知青兄弟也一个个相继发起烧来，先后住进医院。

后来我在市二医院查出是急性血吸虫感染，医生们从未见过如此严重的症状，都吓了一大跳，赶紧给我进行"锑剂治疗"，近一个月时间，每天四大瓶葡萄糖加"酒石酸锑钾"静脉注射，两手静脉血管几乎全部硬化，喉管里连续几个月都弥漫着一股金属的味道，感谢医生们精心的治疗，才使我从"地狱"又逃回到人间。

可惜好景不长，下放第二年，我在当地又查出有血吸虫，属反复感染，这一次的治疗却没有上次幸运，时值1970年，正是"文革"高峰，那实在是个荒唐和灾难的岁月。汉南的血防工作也未能幸免于难，我也经历了几次今天想起仍不敢相信的荒诞的治疗。当时农场医院的几位主治医生都靠边站，掌权的是完全不懂医术的造反派和几个"赤脚医生"。当年这些所谓的革命医生，不知为何，竟然相信一种"革命"的医疗理论，说是服泻药可以把血吸虫拉出来，于是农场全面推行"楝树叶治疗法"，即把江汉平原到处生长的一种苦楝树叶熬水，每天三次，每次一大碗，连灌半个月。这种黑褐色的叶水，有极强的泻性，病人个个都拉脱了形，喝了半月后复查，几乎全都还是"阳性"。按照当年农场的规定，所有知青都只能参加当地的治疗，因此，我也被迫参加了这次治疗。灾难并没有到此结束，又一年的治疗季到了，这时从相邻的沔阳地区又传来革命的"喜讯"，有位贫下中农的赤脚医生发明了"低价高效"的"敌百虫治疗法"，其理论依据是，农药"敌百虫"连一百种虫害都能杀死，小小血吸虫肯定不在话下。于是农场又决定用"敌百虫"片剂来治血吸虫，每天三次每次一片，连服半月。这种农药尽管每次剂量不大，但对人体毒性很大，一吃下去，手脚都抽搐不止。全队上下凡参加治疗的人员，个个都像发了神经似的，手脚发抖，牙齿也像打架一样磕个不停。我害怕极了，一方面是苦于血吸虫反复治疗老不见好；另一方面还真怕这种农药治疗害死人。于是我偷偷减了药量，每次只吃半粒，后来干脆全扔了，我发现周围不少病人也开始悄悄扔药，这种治疗的结果可想而知。由于越来越多的贫下中农病人开始抵制，又听说有地方已经吃死了人，这场闹剧才不了了之。我算是在鬼门关前又走了一遭。农场从武汉市又新请来了正规的血防队，带来上海出的血防新药"F3－006"，外带服用多种维生素辅助治疗，我又老老实实地参加了一个疗程。

  回城以后，我没有再去医院检查，也没有再发现与血吸虫直接关联的症状。据资料记载，血吸虫在人的体内存活期最长不会超过七年，现在几个七年都过去了，我想血吸虫这个"瘟神"应该早就从我体内被欢送出去了吧，留给我们的只有对身体摧残的后续影响和那段荒唐经历时时带给我们的痛苦记忆罢了。

2013年9月于武昌

爱的记忆

蔡福顺

作者简介：

蔡福顺，1947年生，武汉三中一九六六届高中知青，1968年下乡于湖北宜昌县土门区土门公社车站八队，1988年"下海"，辗转于海南、深圳，却没"湿鞋"。1998下岗。

情窦初开，我热她不热

双抢结束了，我们也累"摊条"了。"摊条"是当时的流行语，有累得瘫倒在地上的意思。晚饭后，我和老肖头对头地躺在床上闲聊。正值青春躁动的年龄，当然最多的话题还是女人。当时我们评论着大家共同认可的姑娘，什么张某条子好，李某"脉子"好地瞎说了一通。"条子"，"脉子"，分别指身材和面相，也是当时的流行语，还略带一点"黑话"的味道。突然老肖很严肃地问："你有没有喜欢的姑娘？""我是喜欢一个，但不知别人喜不喜欢我？""君子好逑，去求撒。""她比我们先下乡，跟铁中一起去了当阳的河溶。""明天放三天农忙假，你就去河溶。"

第二天早上我就和"开水"走到了车站一队的山坡下，来了一辆货车，我双手紧抓墙板，脚一踮就踩上了大梁，再用右脚勾住墙板左脚一蹬就上去了。"开水"也跟着上来了。可是车到了当阳就不走了。我们就在土产商店找到了叶开卷老师的儿子"八戒"，蹭了一餐饭，下午他就帮我们找了顺路车去了河溶。

在河溶的五个铁中女生热情地接待了我们。她们住的是队里专给知青盖的知青屋，两边是房，中间是厅，每个人还有正规的床。晚上，她们腾出一间房让我们睡，那一夜，我们像住进了宾馆，很舒服地躺下，一觉睡到天亮。早上，小英还带我们逛了一下河溶镇。河溶是棉产区，河溶镇比我们的土门车站大，而且繁荣。逛街后回队吃早饭，饭后，她们出工了，我们也离开了河溶。

在河溶镇上，我曾和小英并肩走过一程，但是我明显地感觉到，我和她之间，那就是炉子靠水缸，我热她不热。既然这样，我就没必要把我心里想说的话说出来了，说出来反而会影响我们那纯真的友情，还是让这份友情永存吧。

小芳的出现使我眼睛突然一亮

在农村，不仅要过劳动关，还要过生活关。那时没有被套，被子不仅要洗，还要缝，对于我，这样一个连外衣都难洗干净的人来说，的确太难了。我记得上一次帮我洗被子的是生活辅导员黄妈，她四十岁左右，家里有年过花甲的公公和婆婆，还有一个十六岁的儿子和一个十来岁的女儿。黄妈的丈夫是县林业局的干部，长期在外，黄妈一人挑起了家庭的重担，我怎么好意思再找她呢？我把这事告诉了记工员小戴，小戴说："这好办，换工啊。"那天正好是晴天，下午他帮我找来了小芳，"她跟你换工。"说实在的，我在车站八队快十个月了还没有正眼看过一个姑娘。小芳的出现突然使我眼睛一亮，条子不错，脉子不差，皮肤很白。这哪里像个农村姑娘？我很快地说"好"，就把她带进了卧室。她帮我缝被子，我就出工了。傍晚收工回来，我的被子已经被叠得方方正正的放在床上了，旁边还有两件叠好的衣服，看到这些，我有一种感觉，那就是温馨。

她均匀的呼吸，像一股暖流从头顶传到脚跟

土门机场是一个军用机场，车站大队就分布在机场的两边：一二三小队在机场的东边，四五六七八九小队在机场的西边，这后六个小队又分布在老汉宜公路的两旁。由于机场当年在扩建，有许多的工程兵，为了丰富士兵的业余生活，搞好军民关系，机场不定期地放露天电影。

深秋的一天，我们刚收工回来，黄妈的儿子黄伟，人还未进屋声音就进来了："肖哥，蔡哥，赶快做饭，今晚机场放电影。"三人很快忙碌起来：挑水，洗菜，淘米，分工明确。一会儿就把几碗饭搞到肚子里去了，随后叫上黄伟出发了。

我们经过六队，穿过土门车站，而后来到土门机场。天已经黑了，露天电影也开始放了。场地中间站了很多人，无法看到银幕。黄伟已拉着老肖钻进了人群，兴国也不知去向。我就信步走到了银幕反面，那里的人很少，还有草坪，就席地而坐地看了起来。1969年的农村，既没有收音机，更没有电视，看一场电影就是最好的娱乐了。再加上这露天电影又不要钱，当然人多。当电影接近尾声时，坐着的人也都站了起来，当我站起来时，发现了一个很熟悉的身影从我面前走过。我小声叫了一声"小芳。"真的是她，她走过来，站在我身边，伴着我一直看到银幕变黑。随后整个机场都漆黑一片，只见一道道手电筒的光线向四方散去。我们一前一后默默地走了一段路，她突然说："走小路吧。"我忙不迭地点头答应，跟着她向机场边的河床走去。走到有水的地方，借着手电筒的光线一看，用来垫脚的大鹅卵石都已经被水冲得东倒西歪了。她站在水边犹豫了一下，准备返回。"我背你。"说着我就脱下鞋子蹲了下来。她也顺从地一只手搭在我

的肩上,我立即反手托起她的双腿背着她,站了起来。她拿着手电筒照着前方,清清的河水冲击着鹅卵石发出哗哗的水声,我的心里呀好像受到流水的冲击似的,"咚咚咚"地跳个不停。河水是冰凉的,但是她均匀的呼吸,像一股暖流从头顶传到脚跟。河水不宽,约五六米左右,水深不及膝盖。在河水不流动的地方,鹅卵石上长满了青苔。我的双脚就只有慢慢地探着石头过河。上岸后,我们并排走着,走过一片花生地,穿过几道田埂,边走边聊,这时我才知道,她初中毕业,是回乡知青。再一上坡,就到她家的门口了。

从此我就和小芳好上了

农闲时,队里派人把各家粪池里的猪粪挑到田里做肥料,有一天我被派到小芳家里挑猪粪。挑了几担之后,工间休息了,我就顺手在她家拿了把椅子,想坐下来休息。谁知小芳笑着从厨房里走出来,向我招手。我跟小芳进了厨房,她从土灶上端了一碗荷包蛋要我吃,我也没有客气,站在那里,不一会就把那碗荷包蛋吃光了。但又有点"做贼心虚"似的,怕别人看见,赶忙走到屋前的椅子上坐下,装着没事的样子,心里却是甜甜的。

挑粪那天之后,约四五天晚上,我铺被子准备睡觉时,发现被里有一张纸条,上面写着"晚上小木屋见。"我一看到那清秀的字迹,就知道约我的是谁。我的心又咚咚地跳了起来,但我还是装着若无其事的样子上床睡觉,一直听到他们的鼾声响起才偷偷摸摸起床出了仓库的大门。

这个小木屋就是我们车站八队的粮食加工厂。它从房顶到地板,全是由方木做成的,里面装有水轮机,水源就是机场边的小河,在小河的上游,队里用大小不等的鹅卵石垒了一个石坝,河水就顺着一条水渠流到了黄土岗上。水轮机安装在岗下,利用水的落差冲击水轮机发电,有了电就可以带动机器,我们平时就是把粮食挑到这里来加工的。其实距离我们知青屋并不远。但我怕被人看见,还故意绕了一条路才走到小木屋口,看着门没锁,就推门进去,然后把门关上。打开手电筒一看，小芳正站在屋中央等我呢。那时的年轻人没有现在的年轻人疯狂，只是席地并肩而坐小声地说着话而已，谈话的内容也只限于双方的家庭以及看了哪些书等等，约会的时间也不长，大约一小时左右，我们就各自回家了。

从此我就和小芳好上了。可爱的小木屋就成了我和小芳约会的地方。只是我是瞒着老肖和兴国的，小芳也不想让父母知道，更不想让队里人看见，因此约会一次难度很大。直到 1970 年 7 月份我招工离开，算起来约会也不过三四次，而且约会时双方都很克制，没有越雷池半步。

谢谢你安抚了我迷惘的心

1970 年 12 月的一个星期天，小芳突然到宜昌机床厂来找我。我带她去了宜昌公园，我俩刚一坐在荷花池旁的长椅上，她就迫不及待地告诉我，她爹逼她嫁人了，问我怎么办？听到这话，我像挨了一闷棍，不知说什么好。我稳了稳神说："厂里规定，学徒期间，不准谈恋爱，更别说结婚，要结婚，起码要等三年学徒期满再说。"小芳说："我爹已经帮我找好人家了，过年后就嫁到天台去。他们还不知道我俩的事，我是背着爹妈来找你的。"我说："那我也没有办法了，只有听你爹的。"小芳一听这话，就哭着走了。

回厂以后，细想一下，觉得我的话有些不妥，就连夜给小芳写了一封信，信的内容已经记不太清楚了，但隐隐约约只记得有这么一段话：你给我的这段情真诚纯洁，谢谢你安抚了我迷惘的心，但爱不一定是要拥有，只要彼此牢记在心里。过了几天，小芳回信说同意我的看法。并约我星期六小木屋再见。

星期六晚上我借了一辆自行车，骑了近四十里路来到了小木屋。进门后，我们拥抱着，两个人都哭了，好像什么都没有说，尽在不言中，就这么亲热了一下，我又连夜从土门骑车回宜昌了。

我会把这转瞬即逝的爱永记心间

2008年我和阳春去宜昌，约了老肖回队去看看。在踏上去车站八队的路上，老肖说："黄妈说，你写给小芳的信被她老公发现了，两人大吵了一架，小芳被迫跳水了。"我相信老肖的话是真的，因为他不知道我给小芳写过信。我又为小芳的处境着急了，没想到四十多年了她还这么痴情。我急忙去找黄妈想询问小芳的近况，可黄妈已经去世。急得我想去天台看她，可又怕勾起她老公的醋意，因此没有成行。我想到去看看廖队长，因为他是小芳的父亲。见到廖队长，我问了一下：小芳可好，廖队长说："小芳很好，两个伢都长大了。"我这颗悬着的心才安定了下来。并默默地祈祷：祝愿她幸福、健康。

这是封尘了四十多年的一段爱的记忆，这大概也算是我的初恋吧，我会把这转瞬即逝的爱永记心间。

知青岁月的点滴记忆

屈光辉

作者简介：

屈光辉，武汉三中老三届高中。1968 年底下乡到汉川马口南河乡金岭村，1970 年返汉，在工厂工作至 2009 年退休。1979 年在武汉钢铁学院工业自动化专业学习，师从教研室主任郑宏才教授。

一　下　乡

知青岁月的点点滴滴，给人生留下了永久的记忆。1968 年底，我们响应伟大领袖毛主席的号召，下乡到马口××人民公社金岭生产队，三个年头里，亲身经历的平淡小事，写来做点历史见证。

马口是千年古镇，传说三国时期的关公过五关斩六将，路过这里，系马此地，从而得名——系马口，一直沿用至今。

金岭与马口隔村相望，金岭地势较高，南边有棵四百多年的古枣树，当年长得很茂盛，树上有个大鸟巢，鸟也很多。如今树主干被虫蛀空，周围分枝长着新的小枣树，老枣树鸟巢没了，鸟也飞了，枣树孤独地在那里沮丧。北面是个林场，有两栋平房，一栋是公社林业组，管理公社的大山和树林。另一栋平房，是公社办的"五七中学"，是个"脏乱差"的学校，不久就被撤销。

一村民的祖辈从历史名人屈原故乡迁移到金岭，已有五代，他带着四个儿子，在金岭湾最高处做了一栋背靠岭子，坐西朝东的四合院，清早打开大门可见朝阳从地平线上升起，直到新中国成立后土改，老四房后人才拆老屋分居。

生产队（湾子）里有金、屈、付三大姓，金姓人多势众，金X坤是当然的队长；屈姓人不算多，有点小实力，屈X郎为副队长；付姓人少没队领导名额；三把手是会计兼记工员，也是金姓。乡下大姓欺负小姓，家族关系严重。人世间有些事，说不清道不明，但求心底无私天地宽。

生产队以种水稻为主，兼种其他农作物，收获的粮食国家统购统销，社员只能分得口粮，各家屋前房后有点自留地，以种蔬菜为主。知青没有自留地。下乡知青遵照伟大领袖毛主席的指示，接受贫下中农再教育。

二 耕 田

耕田是男劳力的活，掌握好犁尾巴的高低，决定犁地深浅是耕地的基本技巧。

岭子坡下的平房，是生产队的队屋，大部分地方都用来存放农具，队屋前是个大稻场，靠边堆了很大几堆稻草，旁边是队里的牛棚。

我跟在队长的后面，从牛棚里牵了一头水（公）牛，扛上犁，来到水田，效仿队长的办法，把犁头用牛拉绳拴在牛头木三脚架上，告（锁）上犁铧，开始犁队长旁边的一坵（块）地，向前犁了几米远后，看到队长犁地翻得深，我也想把地犁深一点。我抬起犁尾巴，犁铧挖进地里了，牛"哼哼"二声，不照沟走。我扬起牛鞭朝牛屁股打去，水牛向前一奔，"咔嚓"一声，犁铧断到地里面。犁尾巴抬得太高，牛走不动了。这时队长走过来，帮我从地里抽出断了的犁铧，说："这块地我帮你犁了，你扛上犁把水牛牵回牛棚。"

晚上我去队屋，问队长犁铧断了，要不要明天到公社供销社去买一个赔给队里，队长说算了，不用赔，队里还有几个备用的，我看到记工员的本子上照常给我记了九分工，队长还给我讲了个故事：放牛娃放牛，牛跑了，哪赔得起牛。知青是毛主席下到乡下来的，你们迟早会返城。队长的话三个年头就被证实了。老队长如今八十多岁了，头脑清醒，还记得当年的往事。当了二十多年的生产队长，不算干部，没有退休金，还要靠种自留地蔬菜自食其力。

三　挖　藕

莲藕尖尖，荷叶圆圆，莲蓬好吃，莲藕卖钱。藕全身是宝，寒冬腊月是挖藕的季节。我们挑着藕筐，背着藕锹（木制），穿着空心棉袄棉裤，来到藕塘边。队长早到了，先在藕塘边开了个口子放水，差不多露出污泥。我们喝上二两白酒，脱下棉袄棉裤，等待命令。队长喊着名字，叫年青社员到藕塘中间去，年龄大的和知青围着塘边，各自一块领地，谁先挖完谁先走。中间的藕大泥巴软好挖，整条藕不易断。但水深危险大，我下藕塘开始挖，先顺着藕钻，扒开污泥，想把藕尽量整条地拿上来，但不知怎么搞的，总是把藕弄断了，挖了半天也没挖多少。队长喊收工了，我挑着藕到队屋过秤，才毛边三十斤，其他劳力至少好几十斤，有的百来斤。按斤两计工分，每十斤计一分，我记了三分工，随后按人头分藕，每人十斤。

社员们盼望了一年的年终决算分红大会终于在队屋召开了，队长要求全队社员都参加，至少各家要来一人开会。会上队长打着"官腔"，讲着当前的形势和今后的任务，又总结全年队里"抓革命促生产"的成绩，东扯西拉讲了好长时间，有的社员在下面喊，"时间不早了，快分钱吧。"队长叫大家安静，喊到谁就过来领，并宣布青壮男劳力到马口去挑堤的名单及有关事宜。副队长宣布开始分钱，会计兼记工员要拿了钱的社员按手印。有几个社员说钱拿少了，工分记掉了，要换记工员。队长是个大个子，挡在队屋门口，只许拿钱的人出，不许出去了的人再进，跟扯皮的人说，有什么问题明天找我，今天把钱先拿回家。

知青到队里才个把月，也没多少工分，若算下来，分红才几块钱，队长说知青每人分一口袋稻谷，工分转到明年再算，我背回一袋稻谷，到队里加工成大米，开夹米机的大嫂说不收知青的加工费，粗糠给队里养猪，糠抵加工费。城里都是吃存了多年的糙米，能有一袋新米（约20斤）背回城，还有几张旧报纸包的几节带污泥的藕，这是我下乡以来的第一次收获。

四 挑 堤

江河冬季枯水，正是农闲季节，兴修水利，加固堤防，以免汛期江河泛滥。队长赶着牛车装了很多捆稻草、棉梗和队里的大锅、饭甑、水桶等饮食用具。还带着两个大嫂坐在牛车上在前面带路，我们跟着他到了马口，在离汉江堤不远的一户人家前停下。队长叫大嫂下车，扔下稻草、棉梗和烧伙用具，告诉她俩用砖打成灶，烧火准备午饭，晚上就住在这屋里。我们继续向汉江堤方向走去。到了另一户农家，队长停下车看了一下纸条，又扔下几捆稻草，叫我们几个把稻草拿到这家堂屋去打地铺，铺好"床"，过去吃饭。饭后我们各自拿着工具跟队长来到汉江堤下，找到我们队的木柱牌子。那是我们施工段的记号。

队长用锹沿着木桩画了一条线，我们沿着这条线挖土，按要求取土后，堤下形成一条较宽的水沟。大部分人往堤上挑土，堤上铺满一层土后，两个社员用"夯"提上落下把土夯结实。那"夯"其实就是个大树兜子，两侧分别钉一对小铁环。挖堤下的土往上挑，一层一层的把堤面加宽加高。日复一日，干了一个多月，直到堤的高度达到了木桩高度，公社水利组将各队的堤段检查了一遍，第二天上午马口防汛指挥组检查验收。当天下午队长用牛车拉着灶具、挑堤工具和民工行李等回到队里,然后挑堤民工"放了鸭子"。

过了几天后,队长敲响了队屋门前用铁丝吊着的破犁铧铁板,社员陆续来到队屋门前空地。队长拿着硬纸筒扩音机,对社员说,挑堤的人去领补贴,每人每天记一个工补一毛三分钱,没有挑多挑少挖多挖少的区别,都按挑堤天数算。挑堤的天数在会计那里核对领补助钱。

五 画 像

1969年秋天,中共"九大"召开,城乡到处都是"红海洋"。公社书记张X志(邻社人武部长三结合过来的)背着一本红宝书(毛主席语录)到我队来检查。我们队在队屋门前已修了个三米高的墙。张书记问金队长准备画毛主席的哪张像。队长说画一张毛主席在北戴河的站像。张书记说:这张像很好,尽快画好,以后你们社员早上出工,晚上收工都要早请示晚汇报。队长把这个任务交给了我。我对着毛主席的相片,按比例放大到墙上,再对照相片的颜色,在墙上涂油漆,从备料到完成总共花了三天时间,这是我的处女作。队长过来看,说画的还挺像,叫记工员给我记了三个工和10元材料钱。

过了几天,邻队有个老乡找我,叫我给他们队画毛主席像,也是在三米高的水泥墙上画与我们队一样的像。外队不能记工分,谈好15元钱包工包料,我将上次未用完的油漆,又买了二罐用得多的油漆。由于总结了上次画像经验,这次从清早开始到日落西山,画了一整天就完成,比上次画得快多了。我揣着15元,用麻绳拎着画箱(硬纸壳鞋盒),很高兴地回来。秋收以后,乡下又是农闲季节,我跑到邻社去转转,可惜大部分社队都画了毛主席像。我找到表兄陈X厚(XX信用社主任)请他帮忙,他拿起电话机用力摇了几转,说了几句,然后告诉我地址。我找到那个XX供销社,社主任很给面子,爽快地对我说:"我们财神爷陈主任摇电话说了,你就把我们供销社门前的墙上画个大毛主席像,你画好后找我们会计看看就可以了,找会计领 20 块钱。"

  第二天清早，我到他们那里开始画，还是画那张我熟悉的毛主席在北戴河的站像。中午吃了两个锅盔（烧饼），找供销社要了点水喝，一直画到日头落土才画完。画完后未找到主任，找到会计，会计到毛主席像前看了看，很恭敬地向毛主席像敬礼，转身对我说，这么大的毛主席像，越看越像，越看越热爱，去领二十块钱吧。天色不早了，我拿了钱拎着破纸盒画箱告辞，再买了两个大锅盔，边走边吃。没走多远就是汉江边，我坐下来把画箱中好一点的排笔拿到手上，空油漆盒破画箱扔在了汉江边，走了十几里碎石泥巴路，回到家时已伸手不见五指，赶紧从水缸里舀了一大瓢井水，一口气喝干，又舀了几瓢井水到脸盆里，洗脸洗脚。躺在床上，从口袋里把那两张十元大钞拿出来看了看，一觉睡到天亮了，醒来时手上还捏着那两张十元大钞票。我在那间用泥巴土墙盖的偏屋里，对着茅草屋顶仰天大笑。从那以后，几十年来竟再也没画像了。

六　返　城

  汉江两岸及其湖泊，到处是孳生血吸虫的钉螺，严重危害广大人民群众的身体健康。这些都是日本鬼子侵略中国时作的孽。

  受一代伟人毛主席诗词，送瘟神："绿水青山枉自多，华佗无奈小虫何……"的激励，一场灭螺工程的人民战争——群防群治兴修水利打响了。我们返城知青参加了这场灭螺的水利工程，由于我下乡挑过堤，有这方面的经历，又是老三届高中生，符合灭螺工程施工员的条件，灭螺工程指挥部对我们进行了一周的短期培训，就成为施工员。

  东西湖大小湖泊周围，插满了武汉市各大企业单位的红旗。我们这个灭螺水利工程施工小组组长是卫生防疫站专家，他拿着湖泊区域地图和工作手册，我们三个施工员分别拿皮尺、绳子、锤子、木桩、木牌子（已写好单位名称）及石灰桶等。指挥长（人武部长）背着手站在组长后面眺望湖泊山水，有时看看组长的湖泊区域地图和工作手册。我们三个施工员在组长的带领下，用皮尺测量堤面长度，钉上写有单位名称的木牌子，沿着绳子画石灰线，石灰线是两个单位任务的分界线。根据指挥部下达的任务，要求保质保量按时完成。验收灭螺工程时，我们小组管辖的几个大企业单位没有灭螺工程不合格的，因为若工程不合格的话，就要追究灭螺单位领导的责任，所以大家都很上心，全都是优秀和良好。参加灭螺工程的职工补助各单位自理，施工员每人每天一块二角八。完成灭螺任务后，开始了我的工厂生涯。

"偷菜"的故事

罗谦恢

作者简介：

罗谦恢，男，武汉三中1968届高中生。1969年1月下放在宜昌县小溪塔区张家场公社陈垴坪三队，1970年9月在宜昌钢铁厂工作，1971年5月集体调到武钢炼油厂，后转为武汉石油化工厂。2009年退休。

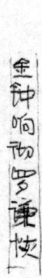

不知何时起，一种网络游戏——"偷菜"在网上风靡一时。无数网民，每天一打开电脑，就立马进到网友的菜地里偷菜，起早摸黑乐此不疲。此情此景，徒然使我想起发生在四十多年前的一个真实版的"偷菜"的故事……

我于1969年元月初下放到宜昌农村，一转眼间，一年多的时间就过去了，刚到农村时的那种热情、新鲜、刺激，早已变成了空虚、无奈和迷茫，不知道以后的日子该怎么过。

大约1970年的5月份，在从家人和朋友的来信中，听说要开始从下放知青中招工了，这消息仿佛向我们这些在农村已经濒临绝望的人群打了一剂强心针，顿时感到生活又有了希望。知青们互相交换着从不同渠道得到的消息，有时是好的乐观的消息，听到后异常高兴，忍不住唱几句样板戏；有时又听到悲观的消息，开始是不相信，如果从另外的人口中得到证实，马上就一片唉声叹气，甚至捶胸顿足，大声叫骂世事为何如此不公。那段时间我整日都沉浸在各种消息传言中，倍受煎熬，度日如年。

尽管有了可能离开黄土去城里当工人的一丝希望，但眼前的日子还是要一天天地打发过去。大概生产队也听说了我们可能要招工进城的消息，队长就要会计和保管员把我们这一年多来领的粮食算一算，真是不算不知道，一算吓一跳，我们消耗的粮食居然是队里人均口粮的两倍多，于是队长通知我们：队委会的决定，即日起开始按生产队人均粮食给我们定量发放，每月30斤谷，按旬发，每旬10斤，打成米7斤，平均每天只有七两米。如果是现在，那肯定够了，但那个时候刚刚二十出头，饭量奇大，而且缺油少菜，七两米一口就吃完了。那时我们经常学习最高指示，忙时吃干，闲时半干半稀，杂以蔬菜萝卜瓜豆芋头之类。这句话提醒了我们，如果能够弄点蔬菜，来点瓜菜代，那不就可以凑合着勉强度日吗，只可惜我们的自留地长期没有侍弄，草比菜长得还高，怎么办呢？在这困难的时候，只有盯着贫下中农想办法了。

离我们住的房子不远，是生产队的窑场，那里有一大片用来做砖瓦的空地，由于农民的自留地太少，于是就有人打起那片空地的主意，利用边边角角种菜。窑场地处交通要道，经常有人路过，如果动这片菜的心思，是有一定风险的。但是饥饿难捱，为了解决肚子问题，只能冒这个风险了。

于是，我们进行分工，白天分头去侦查打探，等到天黑静后，我们五个人把背心扎在裤子里当口袋，一起出发到窑场去偷菜。

到了窑场，我们下到农田，手忙脚乱地把豆角、西红柿各类蔬菜不停地往背心里丢,速战速决,不到五分钟,我们就满载而归了。回到家里,关上门清点战利品,收获颇丰,足够几天吃的。稍感美中不足的是,由于天太黑,加上偷菜时心里发慌,无法仔细辨认,白天看好的又红又大的熟西红柿没有摘到,只摘了十几个没有长熟的青西红柿。但无论如何总算有了充饥的食物,这一旬总算有了交代了。

第二天出门挑水,虽说碰见农民讲话打招呼都还正常,但不知是做贼心虚还是心中有鬼,总是觉得他们的眼光看起来与平时有些异样。

几天过去,也没有听到什么其他反应,于是悬着的心放了下来,以为他们毫无察觉,根本没有怀疑是我们干的。

转眼到了中旬,又到了需要"自己动手,丰衣足食"的时候了。由于上次首战告捷,这次偷菜的信心就更足了。为了让下地的人心无旁骛,专心采摘,大家安排我在田埂上放哨,看见有人来了及时通知他们撤退,同时还拿了一条麻袋,准备装战利品。

我们信心满满地来到窑场,按照分工,他们四人下地摘菜,我在田埂上放哨。由于有了上次的经验,天上又有点月光,效率高了许多,不长的时间他们就把背心装满,倒在田埂上,马上下田继续进行第二轮采摘。正当我把菜装进麻袋时,突然,我听到了脚步声,有人来了,我赶忙发出撤退信号,同时背起麻袋就往河边跑。由于紧张加上我又是近视眼,黑灯瞎火里我狠狠地摔了一跤,把麻袋也丢到了地上。

此时的我,也顾不上麻袋了,一个劲地朝河对岸跑去。我只感觉到后面有人背起麻袋,跟在我后面跑,直到过了河,人已经筋疲力尽,实在跑不动了,我顺势在草丛中躺了下来。

不一会,后面的人赶了上来,借着月光,定睛一看,吓我一跳——原来,背着麻袋跟着我跑的,不是别人,正是我们的队长。

我羞愧满面,赶忙爬了起来,低着头,不知说什么,恨不得找个地洞钻进去。短暂的沉默过后,队长长叹一口气,缓缓说道:唉!你们也没有办法,不是没有饭吃,走投无路,你们也不会做这事。把你们粮食减下来，我们也出于无奈。今年全队缺粮一个多月，我们现在都在着急，这一个多月全队百十口人怎么过呢？说完，又长长叹了一口气。

随后，队长背着麻袋，把我送回家。放下麻袋，说声：早点休息，转身就消失在黑夜中……

不久，其他四个人也陆续归来，大家垂头丧气，进门后谁也没说一句话，趴在各自的床上就睡了，第二天快到中午才醒来，一看，膝盖手臂摔破了好几处。昨天晚上不觉得，现在才感到有点隐隐作痛。

下午，队长来了，通知我们，队委会的最新决定：以后每人每旬除了发10斤稻谷外，还每人每旬增发15斤红薯，以弥补我们口粮的不足，这真是太及时了。让我们说什么好呢——这都是队里的农民在他们自己都吃不饱的情况下，从一个个口里一点点抠下来的口粮，用来补贴我们。是感激涕零？是声泪俱下？还是热泪盈眶？此时，面对如此纯朴善良的农民，任何感激之词都不足以表达我们的谢意。

一晃几十年过去了，今天，当我看到有人在网上"偷菜"时，我就想起当年在农村偷菜时的情景，以及在那个年代曾经帮助过我们的农民……

我接受再教育的最初两堂课

向旺明

作者简介：

向旺明，1951年出生，武汉三中1967届初中毕业，1969年初投亲靠友下放到湖北浠水县，1971年底招工到黄石工作，1986年调回武汉，1994年下海经商至今。

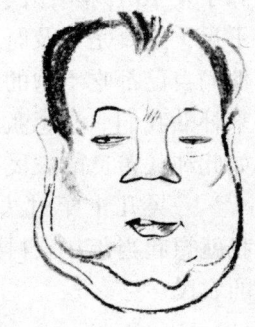

1969年元月份的冬天，可真是冷极了。大寒节气刚过，从元月26日起，开始第一场雪，直到三月初，其间整整下了七场铺天盖地的大雪。2月16日的春节，竟然也是在茫茫大雪中度过，气温最低达到零下十五度。这在武汉是少有的低温。

因为我在元月末已经办了投亲靠友手续，武汉户口已经注销，并已经迁移到浠水县，成为了浠水县知青，所以就很安定地在武汉过春节。再没有了学校工宣队上门做工作催促下乡的事了。

第 一 堂 课

终于捱不住。3月14日,农村表哥来接我,在帮我挑行李的表哥陪同下,我们到了汉口王家巷十三码头,乘清晨五点的汉九班(汉口至九江)两层楼的小客轮。船票是前一天买的。两人两张船票,共二元四角,于下午一点多到达浠水县兰溪码头。下船沿着乡村小路,走了十几华里,于下午三点多到达目的地,浠水县兰溪区,马珑公社,红星大队,八小队。村庄名称,景家楼。

因为投亲靠友,我的安家费还在县里没有领回来,小队没有给我盖知青屋。我就寄住在舅舅家。

晚上,小队开了一个欢迎会。欢迎会上,我认识了先来此插队的汉口知青。他们一共五人,两男三女。江汉区红星中学("文革"前为肖家院中学)1966届初中生。其中,有一位男生,王明庚,小名庚子(八十年代末武汉副市长王明权的弟弟),与我很投缘。至今还在来往。会上有关心我的农民社员,告诉我,既然来了,就要开始一炮打红,图个好印象。我也暗暗下决心,好好接受贫下中农的再教育。

第二天,3月15日,墙角还余雪点点,我就随着表哥早起,拿着他们家借我的一把锄头,跟着出早工的人们,走到村头一块画着毛主席画像的砖墙面前,向毛主席画像做出工前当时的例行程式,"早请示"。晚上收工还有"晚汇报"。

"早请示"是由一个年轻的社员领头,带着大家念颂一种程式词,"首先,让我们心怀一个忠字,共同敬祝我们心中最红最红的红太阳毛主席(众齐声)万寿无疆,万寿无疆。并祝愿毛主席亲密的战友林副主席(众齐声)身体健康,永远健康。最响亮的歌是东方红,最伟大的领袖是毛泽东。让我们以无比深情高唱东方红(齐唱:东方红,太阳升……)让我们以钢铁般的誓言向毛主席敬献忠心,(众齐声)大海航行靠舵手,干革命靠毛泽东思想……(后面的记不清了,好像还有一句口号"要斗私批修,要斗私批修"。还有一首忠字歌，"敬爱的毛主席，我们心中的红太阳……"）进行完了这必需的程式，我们就一起上山种树。

山里农村的三月份，乍暖还寒。还是处在农闲之末，春耕之初。

除少数有技术的农民社员在整理水田，下秧，以备春耕以外，其余的社员趁天晴，全部上山植树造林。

我是初来乍到，人地生疏。表哥带着我与庚子和社员们一起，到村子旁边的山上，挖坑，种松树苗。这是很惬意的农活。几十人，三五成群，分散在小山上，挖坑，放树苗，填土，浇水，荤素打趣，家长里短，海阔天空，谈古论今。

这时，我们小队四十岁左右的贫雇组长与人谈起，准备明天把家里的猪赶到公社合作社卖掉。但是，猪的重量估计只有一百四十七八斤，卖不到头等价。要动点脑筋。

我对农村什么都感到新鲜。想到是来接受贫下中农再教育的，正好问问贫雇组长，什么重量才能达到头等价？贫雇组长告诉我，必须达到一百五十一斤，才可以。头等价每斤毛重可卖五角五分钱一斤。并笑着和社员说，他准备明天清早，多喂几斤饲料，让猪吃饱。就可以冲到头等价。

我顿时好生纳闷。他是贫雇组长啊，我们小队贫下中农与雇农的代表，理应觉悟是最高的，怎么会想心思去占集体的便宜呢？这，接受贫下中农再教育的第一堂课，好让人感觉百思不得其解。也不好问。

好在过一会就要收早工，回家吃早饭，可以再问表哥或舅妈。

湖北农村是清早起床，就出工，留下妇女在家做早饭。大约到八点多钟，就收工回家吃早饭。休息片刻，九点半左右再出工，到下午两点左右收工吃中饭，下午三点左右出工，到太阳落山，收工。一天就算结束了。当然，农忙时，那节奏就要快多了。

吃早饭时，我就向表哥及舅妈说出这事，并讲到我的困惑。他们都笑弯了腰。舅妈说，什么贫雇组长啊，他哪来的么事觉悟啊。他新中国成立前，好吃懒做，落了个好阶级。我们队里只有一个雇农，就是他，贫雇组长，必须是雇农，所以就只有他当了。他谁个都爱占小便宜。

疑惑算是解答了，但，我还是感觉没有让我释怀。要知道，毛主席要我们到农村来，接受贫下中农再教育，难道，就是接受这种教育吗？

我的第一堂课就是这样，晕晕地有了一种模糊的浅认识，却又感觉认识得更糊涂了。

第二堂课

农闲的尾声终于在晴天上山植树，雨天在屋里搓草绳中结束了。

阳历四月上中旬，正是大量整理水田、薅麦草的时节。到了下旬，就开始插秧了。当年的湖北农村，是种两季水稻。早稻插秧在四月下旬。口号是"不插五一秧"。据说，五一节一过，再插的早稻秧苗就长不好。

第一次下田插秧，对我来说，真是一次对心理承受能力的考验。看到平整后的稻田，水面上，漂浮着被作为肥料的大粪腐蚀后的绿苔，蚂蟥在绿苔上自在地扭动着身躯，充分展现着环节动物舞蹈般的游弋行走方式。这些，让我感到一种莫名地恶心与恐惧。我像社员一样脱掉鞋袜，赤着脚，却不敢像他们那样，谈笑着跨进水田。我看着蚂蟥瞬间向着他们小腿游来，而他们快活地笑着，不时地用拇指和食指拈下偷袭在他们小腿上饱餐的蚂蟥。他们还一个劲地，开心地，捉弄般地呼喊着我们知青快下田。我们的窘态，让他们感受到一种从未有过的优越感。他们的欢笑声，呼喊声，透着淳朴、粗犷、天然的气息，在春耕繁忙的田野上回荡……

我们知青，终于咬着牙，一个一个先后踩进了水田。田埂上，挑秧的社员，将扎好的秧垛，准确地抛到插秧人的前后，以满足插秧人插秧进度的需要。

几天的插秧，让我筋疲力尽。对漂浮在田里水上的粪渣，游动的蚂蟥，早已全然没在意了。腰疼得实在不行了，就自己小憩一会，让腰枕着田埂，双脚还泡在水田里。头反向仰天，尽力反压，让腰的酸疼得到暂时的缓解。

终于，坚持不下去了。看来，好社员、知青标兵的梦就不用做了。我天生就不是一个追求上进的料。

正好家里来了一封信，说家里有急事，看我能不能五一劳动节请假回去几天。我喜出望外，拿着信找到小队长请假。队长同意我4月27日走，5月5日必须赶回来。庚子和我一起去请假，队长没批准。

4月27日，吃过中饭，我就准备出发。这时，庚子插秧回来也吃过中饭，还穿着一条打满补丁的泥巴裤子，赤着一双脚，到我这边来，要送我到兰溪码头上船。

有他的陪伴闲聊，加上归心似箭，十几里路走得特别轻松惬意。我买了船票，等到下午五点多钟，远远的，看到长江下游隐隐地露出了汉九班轮船的影子。半小时后，随着一声悠长浑厚的汽笛声，轮船渐渐地清晰起来了。

候船的人，都在码头上排着长队。轮船终于靠岸了。人们依次检票上船。庚子一直将我送到趸船，看着我上船。终于，他忍不住了，一下子，跳上了汉九班，临时决定和我一起回武汉。

船，在长江里行走了一整夜。我们俩，特别的兴奋，站在甲板上，沐浴着谷雨后柔软的江风，仰望夜空，月起月落，星移斗转，俯瞰滚滚江水，如岁月般绵绵不绝，疾驰而来，瞬然而逝。我们海阔天空地谈着现在，畅想未来。一夜，竟然没有一点睡意。直到清晨，轮船在王家巷码头靠岸。我们下船，各自回家。

我一直玩到5月17日重返小队。得知，4月30日，小队其他四人，都全部自行回武汉了。到现在还没归小队。

只有王明庚，于5月5日，按队长要求的归队日，归队了。队长不仅没批评他的擅自回汉，反倒在全队大会上表扬他按时归队。准备上报大队，评选他为知青标兵。若不是他在我归队前两天发生的一点意外插曲，离开了小队，说不定他真的成为了我们知青的榜样呢。

接受再教育的第二堂课，竟然是在王明庚无意的违规中，让我们领略到生活阴错阳差的趣意。感受到游戏规则的弹性。

第二堂课教育的结果是,我们知青再也没了对贫下中农的敬畏。

没有了学生时代遵守纪律的循规蹈矩。我们开始了青涩人生初始的脱胎换骨。

2013 年 10 月 7 日

放 簰

姚建国

作者简介：

姚建国，男，1947 年 10 月生于山西某山村。3 岁取得武汉户籍。武汉三中 1966 届高中生。湖北宜昌县土门区土门公社梅花大队知青。国企退休。

放簰，就是放木筏。南方人称筏为簰。读中学时，有同学说青年诗人梁上泉的《放筏》写得如何之好。我看后也有同感，大约记得这诗是这样写的：

　　天色没有山色清，
　　山色没有水色深。
　　水色泛起一沫银，
　　中流划来放筏人。
　　人在筏上筏在天，
　　天上白云连炊烟。

> 烟云随着江风远,
> 远处吼着百节滩。

画面很美。我怕有个别字没记准,想去网上查,但这诗太"老",查不到,倒是查到这位梁老先生原是歌曲《小白杨》的词作者。

1970年夏天,我在宜昌东风水渠水利工地当了两个多月民工。那时的民工就是今天的农民工。不同的是,当时的民工不是谁想当就能当的,要由生产大队外派。

民工干的多是力气活,比如说去水库兴修水利,去码头搬运货物等。我的房东,一个四十不到的男人,就曾到宜昌市水泥厂当过几个月的民工。我问他干些啥活?他说:搬"马领广",也就是搬石头,从船上往岸上搬。一块块大石头,是烧制水泥的原料。社员们将石头,包括河边的鹅卵石统称为"马领广",真是有趣。

水利工地上的民工干的活都是挑、抬、背、挖。再就是抡大锤、掌钢钎、点火药、放炮炸石头等,这些我们都干过,但最最惬意的工作莫过于放簰,就是放木筏。

1970年的中国,由于没有屁爱姆二点五(PM2.5)之类的玩意儿,以致让许多人都不认识霾字。偶尔见到'阴霾'、'雾霾'这类词,大多会读错音。

那时的天空碧蓝碧蓝,蓝得晶莹剔透,那时的云彩雪白雪白,白得如玉如棉。试想一下这幅画面——蓝天白云,青山绿水,风和日丽,一群十几岁、二十几岁的知青小伙,手持竹竿,在一个个木筏上或坐或站,木筏在清清的、绿绿的小河水上缓缓漂过……

小伙子们正值青春年华,活力四射,他们口里喊着歌,一付没心没肺的样子,好似一群男版的刘三姐在如诗如画的桂林山水中游弋。今天的孩子们听了没准会问:哇噻,这哪是打工,这叫旅游,叫漂流,是要付费的,你们当年咋就那样幸福咧?免费漂流一天还能挣钱?

放簰的目的是把木料运到下游的工地。这些木料是上游工程做脚手架用过的，工程完工后就把这些木料拆下来，扛到河滩旁，绑钉成木筏，然后推入水中，让它顺流而下，抵达下游的工地后，再把木料拉上河滩，取钉松绑，让它一根根横竖交叉地再次变身为高高的脚手架。放簰之前有扛木料，用大"抓钉"钉簰等工序。总的来说，干这活比干别的活要轻松点。

平时河水很浅，最深处不过齐腰齐胸而已，清澈见底。顺流而下的簰有时会停滞不前，类似搁浅，大约是有石头在里面顶住。这时大家就得下水，齐心合力，喊起劳动号子，齐吼一、二、三……抬起后让它继续漂。如果抬得不顺当，人就有点难受。

有一次木筏被卡住了，我们往上抬，抬了二十多分钟，人都有点打哆嗦了，筏子还是纹丝不动。一观察，竟然是有个别弟兄出工不出力，这哥儿们口里随着大伙高呼一二三，但脸上却是一付无比悠闲的表情。我猜这哥们的心思是：我用那么大劲干吗？抬得起抬不起都不差我那一把劲。他哪里知道，加上最后一根稻草可以压倒骆驼，取下这根稻草骆驼就又能站起。我盯着这哥们吼：大家伙都得用劲，不然的话所有人全都得在冷水里这么一直泡着，谁都没有个好。这句话起了作用，大伙再来喊了二次号子，抬起了木筏。

河滩上总是散放着一堆木料，那都是准备扎木筏用的。遇到山洪暴发，这些木料就会被洪水淹没，漂在河面顺流而下。

有一天就发生了这种情况。大雨引发山洪，黄柏河河水暴涨，变宽变深。原来的河滩与河滩上的鹅卵石都被奔腾的河水覆盖。可以判断的是，如果看见河边有凸出水面的、急速的、翻着白沫的波浪，那下面必然是藏了一个大大的鹅卵石。

此时的河水不再是清澈碧绿，山洪冲刷下的泥沙让河水又浑又黄，浑浊河水如野马脱缰，似猛虎咆哮，难怪有句这样的成语：洪水猛兽。

奔腾的河面上不时有一根根木料颠簸起伏，顺流而下，那是从上游若干个工地河滩上冲来的。木料一直要漂流到什么地方才会停下来，不得而知。但从理论上说，按歌词上唱的，最终的目的地是"千条江河归大海，万朵葵花向阳开"。

英雄知青怎能让国家财产打了水漂？他们个个摩拳擦掌，准备下河去捞木料。

知青的战友——我们的民工同事、梅花大队的农村小伙在一旁观战。他们有些人年纪比知青小许多，但社会经验丰富。他们恭维夸奖知青，说你们城里人，人人会游水，我们不会。这话颇有点怂恿人下水的嫌疑。宜昌是山区，也许他们真不会游水，但他们知道山洪河水的险恶，这一点知青并不了解。

我没下水，我自知水性不佳，就凭我那两下狗刨完全没法跟这激流较劲。

知青们先后跳入河中，不到一分钟，全都连滚带爬地回到岸上，空手而返。

他们气喘吁吁，狼狈不堪，面色苍白，惊魂未定。我在岸上看得明白，这是我们对河水判断失误的后果。

原来，在山洪冲刺下暴涨的河水，速度极快，能量巨大，与平时缓缓而流的河水完全不同。在高速的激流冲击下，人进入河里，就像是一个软木塞被扔进一个流动的水槽中，完全不能自控。本来，人下水时应是头朝下游，脚朝上游，然后斜游至河中，捞起木料继续向前斜游回河边。结果事实证明这不大可能。

我见一哥们刚往水中间趟去，湍急的水流马上就让他的身体来了一个180度的大转向。鼻子的方向对着上游，后脑勺的方向对着下游被激流冲走，优雅的游泳姿势根本来不及展示。

他仿佛坐在水中，急速倒车，如电影特技。我充分发挥想象力：莫非是水下有个马桶，那马桶安了四个轮子，他坐上面玩漂移？

爬上来的人，腰上、背上青一块紫一块，那是被潜伏在水里的鹅卵石撞的。歌词"我被青春撞了一下腰"，大约出至于此。

忽然，听得人群一阵惊呼，我一看，糟了。

一位袁姓的知青，在河中心没法接近岸边了，也就是说他正处于险境中。这位小个子初中生不知怎么在河边抓住一根木料,这倒霉的木料又将他带到河中间。

这哥儿们一急,不知怎么就骑了上去,看来这根木料很粗。他在浪中一起一伏地前进,脸上一付不知所措的样子,是不是被吓傻了?

大伙在岸上一边跟着跑,一边呼喊;快跳!快跳!听到这喊声,这哥儿们心里会怎么想?快跳,你们是站着说话不腰疼。我倒是想跳,可在河中心,在奔腾的激浪中,我敢跳吗?说什么"骑虎难下",我骑根木头都难下!

袁同学表情木讷地向前冲,大伙跟着跑,跟着喊。河道是U字形的,他已从这一端漂到另一端了,大伙一起大喊,快跳,到前面就危险了!的确,再往前的河道我们全没去过,河床会不会有陡坡之类的很难说。袁同学也应该意识到这一点。

不跳是个死,跳还有生机。他牙一咬,眼一闭,纵身一跃,奋力游到河边,爬上岸来。大伙松了口气,悬着的心放了下来,共同默念阿弥陀佛。

我那时想起刚刚发生的那场面,不禁又有些好笑,记得儿时跟父母在武汉京剧院看《封神榜》时,有神仙骑龙的画面与袁同学刚才的画面类似。他还神仙了一把。

过了一小时左右,我们的上峰——宜昌县水利建设民兵团有紧急通知传下,所有营、连的民兵,都不得下水抢捞木料。原来是上游捞木料的一个民工已被河水冲走牺牲了。

那个年代有"全民皆兵"的民兵编制,比如说土门公社上到水利工地的人员编制叫"土门营";梅花大队的民工则称为"土门营梅花连"。当时土门营的营长是公社的秘书,连长是哪个记不得了。反正工地上的民兵与民工是同一个人。

过了几天,县民兵团的业余宣传队到各民兵营进行慰问演出,其中就编了几个歌舞、诗朗诵的节目,来歌颂那位为抢救国家财产而牺牲的民兵,他是一位农村青年。

过 年

王焰涛

作者简介：

王焰涛，生于1951年4月15日，"文革"中毕业于武汉三中，1969年下乡到宜昌县土门区土门三队，后从事于工业、商业，经历过下岗，现在职业为评估师。爱好旅游、摄影、篆刻、灯谜、美食。我的感言——活到现在，唉，也算赚了。珍惜吧。

我从1969年1月下乡起，每年在年前大抵都要回汉过年。车上船上、途中家中，不少难忘之事，至今都历历在目。这里就先说一件事吧。

此事件发生在1969年12月—1970年2月之间，根据本人当时日记整理，其过程及细节均为真实纪录。

1969年晚秋，和我一起下乡到宜昌县土门3队的武汉三中同学李村在耕田时，被犁尾巴撞了左腿，不久被撞处长出了一个小硬包，不青又不红，不疼又不痒，要是我，就不会去管他，偏李村过细，还去找当地赤脚医生看了，贴了一张膏药，吃了几片消炎药。可那包不但不消退，到元旦前夕还渐渐变大，如半个乒乓球大小，且越发变硬起来。

当时我们队5个人中，有两个已提前回汉过年，只留下我、万立平、李村三个人，也准备过几天回汉。李村打算到宜昌看一下那包，我就陪他去，顺便打听船票，中午在我叔叔那儿蹭一餐饭。

两个人步行30多里路，到九码头地区医院时已是11点钟了，病人不少，插了队，医生捏了捏李村的包，问了几句，就让他去拍片，下午3点再来。

时已近午，到百货站去找叔叔，却不在，到上海进年货去了。他同事刘开玉请我们吃了午饭，问我们下午还来吗，我讲，不来了。

三点多钟，我们到了医院，医生忙把我们引到一个小房子里，关门，坐下，先问了我们之间的关系，就站起来，很严肃地对我们说："伟大领袖毛主席教导我们说，'下定决心，不怕牺牲，排除万难，去争取胜利'；林彪副主席教导我们说，'上战场，枪一响……'小王，你的同学得的是癌症，叫成骨肉瘤，要高位截肢，如果可以的话，请你尽快通知他的家属，签字动手术，或者你签，否则癌细胞转移，就不好办了。"一席话听得李村当时就懵了，望着我，两眼充满了悲伤与无助，我告诉自己：别哭，别慌。就对医生说，我们先拿走X光片和病历，开刀与否，明天上午再说。

离开医院，我安慰李村，说武汉大医院水平高多了，我今天就送你回武汉，说不定是虚惊一场，到那时让那破医生请我们喝酒压惊。遂又到百货站，找到刘开玉，讲明情况，商议让刘一同事陪李村看电影，另一同事去买船票，我与刘即赴土门拿李的行李。

当时宜昌下午5点钟后就没有公共汽车了，只有步行30多里路去土门。走不一会天就黑了，过了挖断山，刘发现他的钥匙掉了，事急，无暇细找。急步到了队上，叫上万立平，让他准备陪李村回武汉。我们带上二人的行李，一刻也不停，往宜昌走去，走到挖断山，月光下，一串钥匙闪闪发光。可见几个小时没人经过。从土门到宜昌，来回70多里路，我们走了5个多小时，李等3个人正眼巴巴等着呢。他们说，船倒是有，下半夜3点多开，但是票早已卖完，且码头上有军管的守着查票，不好办，只有去碰一下运气，看能不能混上船。

一行人来到码头，候船室里熙熙攘攘，没有看到一个熟人，我跳上椅子叫道："有三中的人吗?"远处一个女生喊"有四个!"我一看，不认识。问清楚，原来她们是武钢三中的，下乡在恩施建始县，途经宜昌回汉过年，等了一天多才买到票。那女生自我介绍叫花金英，她的同学有男有女，听了我们的情况，商议了一下，就建议让他们中两个人陪我们中的万、李先上船，再带票出来，让另外两个武钢三中的上，如果此计不行，就留下武钢的同学不走，再想法买票。因事大，我们也不客气，依计而行，后6个人都顺利地上了船。后来听万讲，在船上，武钢的同学一直照顾得很，饭菜、开水都送到船舱里来，根本不让我们的人出船舱，怕李想不开。一直到武汉分别。

春节前，我也回到了武汉，一到家，万立平就来了，告诉我，李村家人当时就把他送到水果湖肿瘤医院就诊，不几天截了肢，手术前，李村坚持要求要亲眼看着开刀，医生无奈允许了。后来听他本人讲，他半倚在手术床上，见先割皮，把皮卷上去，再割肉，扎血管，锯断骨头，缝合。一直看完，眼都不眨，众医生佩服极了。第二天晨，起床小便，忘记已失一腿，下床立仆，不由下泪。我听后良久无语。

春节期间，李村的家人和我们一直轮流照顾他。一天，我们在医院走廊上，一个年轻军人叫我们，说他们的连长请我们去，入隔壁病房，见病床上卧一全身消瘦、脸色铁青的军人，示意我等近前，气喘吁吁、一个字一个字地对我们讲，他得的也是成骨肉瘤，这种病多发于青年，诱因多是机械性外伤，现在他已全身转移，自知不久于人世，唯愿你们吸取前车之鉴，保重身体，好好干……话未完已不能语。次日病室已空。

节后，探视李村，并辞行，即回宜昌。旋接李来信，自叙病中寂寞，卧于病榻，仰视天花板上，污迹水印，如山如兽，如云如水，更有极似我等者数处。

越明年，我们已在工厂上班了，李村癌症转移，以一个知青的身份走了。

李村是我的同学，具有与我相似的经历与性格特点，想起他自视断腿之过程，想起他寂寞中对我等的思念之情，想起他初听到癌症判决时的眼神，我每每感同身受。

连长也是我同时代人，在他弥留时，集最后力气告诫并且祝福我等，想起那无语的最后诀别，我久久难以忘怀。

刘开玉和他的同事，在别人有难时无条件予以帮助，现在他们都已退休，在此我祝福他们晚年幸福，好人好报。

武钢三中花金英等人，与我等同为知青，当年节前回汉途中，一票难求，闻人之难即无私相助，其义气，其善心，如今又几人能够!

李村已离开这个世界 38 年了，转眼又要过年，按常理，腊时腊月，应说恭喜发财的话，但是我每每在春节前不由得怀念心中鲜活的他。请看到此文的人，为他，为其他的已西出了的故人，奉上一炷心香。

第二辑　马蹄声碎

（1969—1973届知青的记忆）

穿越厄运之门
——历史夹缝中的知青岁月

彭汉良

作者简介：

彭汉良，1954年生，武汉市汉阳铁中1970届初中毕业，1971年下放湖北省当阳县庙前区金牛公社林桥七队，1975年返城。现供职于武汉理工大学，教授英文、对外汉语。

回望40年前的"上山下乡"运动，恍如世界文明史中的一场噩梦，它留给人们的磨难与创伤，或若落入蚌口里的砂料为心灵研磨成了珍珠，或成为疤痕让岁月渐渐抚平。然而，那远逝的知青岁月还没有完全与我们一刀两断，不少人还在饱尝着历史遗留下的苦涩。一部《孽债》电视剧让多少人泪如泉涌，心口隐隐作痛。诚如陈丹青所言："知青不幸，因为此前、此后，没有一代都市青年全体遭遇被剥夺、被愚弄、被遗弃的过程。知青有幸，因为他们是国家的歉疚、社会的隐痛、时代的败笔。因此，老有若干被言说、被纪念的历史价值。"

一　二八少年悲欲哭，人分两色命运殊；泪眼看榜学稼穑，黉门无道难读书。

1966年"文革"爆发的时候，我上六年级，三年"停课闹革命"，国家经历了血腥恐怖的动乱，城市里沉积了数千万三届六级的学生，既不能升学，也不能就业。1968年底，为了化解困局，"上山下乡"运动应运而生。这样波及千千万万青年人命运、牵涉到无数家庭的一场"大折腾"粉墨登场了。家兄选择回到老家务农。由于母亲过世，父亲常年在外，家姐本以留守照顾弟妹为己任，但是工宣队和班主任反复"动员"，还把邻居拉进来搞"攻心战"，你不走他不收兵，家姐无奈之下忍痛与我们洒泪而别。

由于学校瘫痪停课，我们升格为小学八年级。1969年"复课闹革命"，集体进入铁中复课。除了象征性的文化课，就是学工、学农。两年间，我们到桥机厂干活、到四新农场"双抢"、到沙洋农场摘棉花。这样打打闹闹就到了16岁，把70届初中生的在校时间全部混完了。

轮到我"上山下乡"的时候，再也不见那种万丈豪情和热烈场面，取而代之的是一种诡秘的暗箱分流："红五类"上高中；"黑五类"炼红心。具体的操刀手是班主任。这一撕裂族群的政策使得同窗形同陌路，再也没有聚合过。有人提起这个女人便咬牙切齿，其"阶级路线"分明，毫不掩饰亲疏、冷热之分。她居然可以在档案纸中翻出某人的外公在"四清"中划为富农的"黑点"叫其下乡。此人不是时代裹挟，就是没有良知。方华京得知升学无望，当晚夜不能寐。你越是成绩好越不给你读书的机会。张正方的母亲愤愤不平：不是说"知识越多越反动"吗？为何变反动的机会你们在背后瓜分殆尽；广阔天地"炼红心"的光荣避之唯恐不及呢？

80年代，偶遇张聚安，他留过级，当过兵，没想到一见面就说：

"汉良，其实，应该是你们上高中的，我们读书又读不进。"一听此言，我感慨万分，我连忙说："聚安，你的话只对了一半，我们都应该上高中，这是天赋人权啊。"

二 雏儿插队涕泪流，老父下放子担忧；天各一方相思苦，鸿雁传书写春秋。

1971年2月，命运的火车半夜三更把我们甩在当阳县烟墩集车站，夜色黑咕隆咚，听见有人念过名单，一车厢的人顷刻之间作鸟兽散，消失在茫茫寒夜中，只剩下我们分在金牛的一群人。我们稀里糊涂地跟着队伍走了好几里地，来到烟墩集街上。时值隆冬，寒气逼人，叫天天不应，叫地地不灵，只好苦捱到天明。

天亮后坐上卡车朝庙前山区进发，我们一行九人，终于来到林桥三队，一个远离公路的山沟沟，一个队屋分两边安置了九条汉子。没过几天，适逢元宵，我们三三两两地被分配到老乡家里过年，一是熟悉环境，二是互认相识。知青在老乡心目中早已失去新鲜感，半年前队上刚走了一个从山东转点的知青潘勇勤。他们觉得知青下乡不过是蜻蜓点水，可是他们和我们都想错了，我们一来就是五年，此乃时也，运也，命也。

下乡伊始，决心与贫下中农打成一片，我们抽纸烟、剃光头。没过多久，家姐从湖南赶来，我惊诧万分。头天傍晚她走在半道上，被一位打柴的知青认出来了："你是铁中篮球队的彭柳伶吧？"得知原委，力劝留宿一晚。她说老爸要下放到五峰，特地从老家到武汉给他送行，顺便到当阳来看我，姐弟情深令我心头一热，但想到我们家零落星散同陷"农门"，心里涌出几多酸楚！

于是我赶往枝城集结地见老爸，父子重逢，他大吃一惊："汉良，你怎么连头发都不蓄了？"在常人的眼中，光头就是劳改犯的符号。我想把老爸送到五峰，他执意不肯，说山高路险，前途未卜。"要是翻车，死我一个就罢了，还把你搭进去，不行。"

当年大桥局的干部分别下放到当阳和五峰两地，因此有的跟随父母下放，有的父母儿女异地下放。这种"五七战士"与知青儿女同时插队的经历少有提及，多少悲欢离合湮没无闻。

七月份舍妹丽群到了宜昌，约我一起去看老爸。车到五峰，果然山势险恶。眼见路边一个背篓少年，驶近一看，我失声大叫："金建华！金建华！"他也万万没有想到在天高皇帝远的鄂西大山区见到发小，惊喜和激动让他一路狂奔一路高喊："汉良！汉良……"然而汽车一转弯，世事两茫茫，五峰邂逅把印象中的他永远定格在17岁。当年他和保华随父母下放在长乐坪，离开五峰后去了外省。

汽车驶过县城，向崇山峻岭深处的红寨公社挺进。我们的到来让老爸欣喜不已，一袋当阳大米也平添了几分快乐。老爸住在吊脚楼里，恰如他诗中描写的那样："居处不胜幽，妍桃伴小楼，翠竹窗前立，群山一眼收。"由于老爸出勤率高，饭量也大，一起下放的就觉得吃了亏，有一次暗中与老爸PK，差点撑死了。其实也就是玉米面粑粑和水煮洋芋，后来他们就各自开伙。

老爸颇为得意地"秀"他的菜园，还打趣说你们来也给我的菜地积了肥。他的菜长势喜人，远近闻名。原来还种了黄瓜，因为他的菜好，老乡们都跑来参观，趁机吃黄瓜，结果是菜种的好，反而没有菜吃了。山里"地无三尺平"，只分给了他豆腐大的一块地，无奈之下，他只好把黄瓜藤扯掉，只种茄子、辣椒。

说来也巧，四班的郭大林早已进山，住在砂石垭下面的群山七队。听说小世交来了，郭德生、王季夫妇发出盛情邀请。王阿姨整了一桌好饭，还有葡萄干和肉松当茶点。大林的命好，三个姐姐都有工作，经常往山里寄邮包。老爸开玩笑说，你们家可以吃到五湖四海，我那里就是五峰加红寨。大家一直聊到深夜。记得郭爸爸点灯熬油，吞云吐雾，爬了一夜格子，为的是第二天交一篇大批判文章。就是这个豪爽大气的东北郭爸爸，引发了一个大事变。

下放干部有规定，不准暴露身份。有一次，七队某人病入膏肓，行将就木。郭爸爸跑去一看，情急之中就嚷开了："你们怎么不请八队的彭华勋,彭同志来看一看呢?他其实是个医生呢!"绝处求生,那些山民立马打着火把去延医。在人命关天的紧急时刻,老爸也豁出去了。结果惊天逆转,起死回生,于是老爸的名声不胫而走,十里八乡的人都来找他看病。公社书记找他谈话,恳请他到公社卫生院坐诊,说山区最需要的是他的医术,而不是他的劳动,希望他把子女都喊来,子承父业,悬壶济世。两边都是党的领导,到底该听谁的话呢?自从1966年被打成"反动技术权威",他就一直被贬到工班劳动。到公社坐堂行医,老爸真的是想都不敢想呀,但是面对缺医少药的山区现状你能见死不救?"这真是手提两个篮子上街,左篮(难)右也篮(难)啊!"

有天晚上,有病家来求医。老爸说:"走,顺便带你们去访贫问苦。"看完病之后,老乡执意要答谢老爸,端出油炸的小面饼。见到这样的美食,我口水直流,伸手就去拿筷子。老爸丢了一个眼色,老乡见状连连说:"这是清油炸的小麦粑粑,您家放心,您家放心吃"。原来山里人难得吃到正经食油,就吃漆树籽榨的油,一般人吃了会引起过敏腹泻。后来见到"漆油"二字,思绪马上就倒流到那天晚上。

1971年底,老爸专程探望爱子,我却远在巩河水库工地,接到口信我火速归队,父子见了一面。短短几天,就有赤脚医生来请教,或有老乡来求医。我送他去当阳搭火车,两人走在公路上,说些家常话,我们对家国前途都感到渺茫。春节我留守林桥,不知家在何处。我仿若天空里的一片浮云,只身一人步行到县城散心,看看有没有回锅肉炒豆丝皮。

从县城回来,穿过铁路涵洞就进入龙泉公社。一切宛如梦境,与汪晓岚不期而遇,"他乡遇故知"的奇遇让人兴奋不已,他的父母就下放在附近。晓岚因患血小板减少而留城,病休一年后又上了高中,或许是因祸得福,或许是一种生存智慧。1977年,晓岚考到哈尔滨上大学,当了厂长。当时他硬拉着我到他家吃年饭,那么多人,汪伯伯夹了一个鸡腿给我。一个鸡腿,令我百感交集,这哪里是在吃肉,这分明是一种父爱如山的恩情啊。

"农村苦啊!"汪伯伯用徽音叹道。过年了,我们队的乡亲们想做点油炸馓子都要几户人家搭伙,每家出三两油,凑一个油锅。

1972 年,老爸从五峰转点到沙洋"五七干校"。那一年邓小平东山再起,干校也随之解散,因此养猪场的全体猪们大限已到。可是当时饲养员好找,杀猪佬难寻,干校领导为此犯了愁。不知谁想起来了,不是有个现成的外科医生吗?于是老爸"临危受命",重新拿刀,不过柳叶刀换成了杀猪刀。老爸在他体力经验达到高峰的黄金壮年却被迫放下手术刀,末了却要"磨刀霍霍向猪羊"。

流放五峰,虽然受苦,但是大山有情有义,老爸的心灵得到极大的慰藉。直到临走的最后一天,他还在给病人看病。撤离的车队停在公路上,马达轰鸣,司机都快等得不耐烦了,眼看就要启程,又有一个妇女跋山涉水、跌跌撞撞赶来了,一看这告别场面,趴在地上嚎啕大哭,用手拍打路面,自叹命苦。说到这里,老爸的眼圈都红了。还有一个老乡,为了感谢老爸的救命之恩,在车队的必经之路上守候,硬是拦下汽车,把专门赶制的铺板丢到老爸的卡车上。因为这两块铺板凝结的情义,我一直舍不得丢。

三 一户九人八个姓,久生龃龉犯矫情;同根相煎情何在,两碗小菜见人心。

初到林桥我就上了大队的水电站工地。五队的陈希柏,五短身材,肌肉结实,干活是一把好手,既会出力,又会偷懒。那时农村穷,建设工地全靠公家的闹钟看时间。希柏上工时把钟往后拨,可以晚点出工;放工往前拨,让大家提前走。对于这种鬼把戏,大伙儿心照不宣。有一次闲谈知青,希柏就冒出一句,"儿马(什么)知识青年?'鸡-屎-青-年'!"他那小眼睛一翻,不屑一顾的神态,我至今难忘。

希柏太有才了,一个乡里伢都看出了知青的"bǎba 油"(汉口话:低水平)。所谓知青,指从 20 世纪 50 年代开始一直到 20 世纪 70 年代末期为止自愿或被迫从城市下放到农村做农民的年轻人,这些人中大多数人实际上只获得初中或高中教育。让人悲催的是，我们实际上只有小学文化程度，记得有个同学连棕榈树都不会说，只好说"大叶子树"。被剥夺了受教育的权利，少读诗书也罢了，然而那"文革"的毒害，"血统论"的恣意肆虐，"三大斗争"的教育，那灵魂的扭曲、良心的泯灭在艰难的岁月——展现无遗。

　　当初，可能是三队缺劳力，接收了九个知青。其实我们原来是两个组，我这边四人，那边有五人，所以老乡就说九人八姓。下火车时我就有预感，两个组掺合在一起，怕是凶多吉少，时间一长，果不其然。表面上有人骂骂咧咧地跟我们"找歪"，那一边的人好像都扎成堆莫名其妙地跟我们对立起来。那时候知青盛行一种歪风，为了取悦干部，有意无意地透漏同学的个人信息，恰恰家世背景值得一说的又是"黑五类"。有一次，有人突然叫我"秀才"，这是我在学校的外号，我就感觉到知青在背后说三道四，把精神压迫带到农村。

　　为了逃避"鸡屎青年"的窝里斗，我们改插林桥七队。不过我预言，我们走后，他们必然要寻找一个靶子来攻击，不然怎么叫"与人斗其乐无穷"呢？果然一语成谶，不出半年，高武正只身一人来到我们队，声泪俱下，控诉他们四个合伙欺负他的细节。譬如，他们会将一碗菜搞得贼咸，放在高的面前，如果高夹到别的菜碗，那些伙计们就开骂。同是天涯沦落人，一个班的同学，何必如此歹毒呢？

　　或许这几个伙计间接地改变了高的命运。从此高自立门户，跟知青鲜有往来，与社员打成一片，在劳动中找解脱，在泥巴里"炼红心"，说起一口当阳话。他出勤率极高，吃苦耐劳，据说车水抗旱时昼夜不停，累得视网膜脱落。因为表现突出，被推荐去了当阳师范，后来在当阳一中教书，随遇而安，兢兢业业，评为特级教师、省劳动模范。如果没有这些互相倾轧的窝里斗，或许这个老实坨子会随着招工的大潮一起回到武汉。结果全班就他一人，开弓没有回头箭，从汉阳到当阳，从少年到白头。

　　把高扫地出门，他们应该消停了吧？No，"荷包里面统菱角（国），你尖（奸）我，我尖你，""叫（告）花子国（搁）不得讨米的"。果然没有高武正，文弱书生方华京就成众矢之的了。方华京虽然一米八几，身体单薄，奈不何繁重的农活，在队里干活跟着"妇联"走，晒谷子、放山羊成为他的专项。这样的劳动表现，在毛泽东时代完全不靠谱，方爸爸（院士，钢梁专家）都为之担忧。方终于尝到冲他而来的那种明枪暗箭，最后被迫与高搭伙做伴。至于如何受夹磨、受排挤他从来没有说过。方华京本来就是读书的种，面对种种厄运和边缘化，他索性"跛子拜年，以歪就歪"，你们嘲笑我，挤对我，老子也落个逍遥。你们广阔天地，大有作为；鄙人自愧弗如，在书本里打发光阴。1977年，"文革"后第一届高考正式开锣，人们奔走相告，全国上下热火朝天。知识改变命运，人生能有几回搏的理念将千千万万知识青年重又推进考场。然而，大部分1970届只好望洋兴叹。方华京则蓄势待发，脱颖而出，一举考入华工，成为1970届翘楚，现在的他，则已是博士生导师了。

还有一个同学，我永生难忘，他就是"康疤子"，尽管我们已阴阳两隔。有一次，他到我们队过夜，见我睡了，就对迄迄说："我们当中，其实汉良最造业（造孽）了，娘又冇得了，一家人都在乡里，就一个妹妹冇下放，你说，他一天到晚有么丝好心情唦！唉。"我当时躺在蚊帐里，根本就没有睡着，听到这番话，恨不得大哭一场。康疤子总是给人油嘴滑舌的印象，想不到他还这样富有同情心，在那个阶级斗争的年代，真是令人感动。

四　林家桥子五连坡，栽秧割谷苦难多；政治种田学大寨，缺衣断粮怕评说。

"三百六十五日年年的度过，过一日，行一程，三百六十五里路呦，越过春夏秋冬，……"每当我听到这首歌，就联想到少小离家的知青岁月，那种苦涩的经历和历尽沧桑的感觉，叫你老泪纵横。

到林桥七队第一次开会，老队长就强调，今后要少开会，不要把大家搞疲劳了。这么一句话，居然就让我们心里涌起一股幸福的暖流。三队的队长则紧跟形势，表现"极左"，白天劳累，晚上开会，几乎天天夜晚召集社员学习大寨改天斗地的先进经验。农村基层多有这样的"跟屁虫",拿着鸡毛当令箭,为了邀功,善于穷折腾,果然这个家伙日后当了大队长。

知青有半年"皇粮"供应,上烟墩集、沙坝河挑米的苦差由我主动承包,旨在方便寄信。聚少离多,我从小就在母亲的督促下用铅笔写信,老爸往往是三、五天一封信。我经常是接到信就迫不及待地坐到田埂上看起来,"家书抵万金"哪!队长娘子说:"小彭呐,看信跟其(吃)嘎嘎(肉)一样!"

有一次挑米,在岗子上绊了一跤,米撒了一地,我欲哭无泪,只好连米带土一把一把捧到箩筐里。苍天有眼,在这关键时刻,曹妈跑来借米,她二话不说,找箩筛帮我们把米筛了一遍,真是贵人相助啊,要不然就惨了。社员缺粮断粮是常有的事情,他们每人每月30斤稻谷,如何把肚子填饱就成了头等大事。乡下土墙上刷有最高指示"忙时吃干,闲时吃稀,搞好瓜菜代。"你说瓜菜代吧,他要割"资本主义的尾巴",不准多种。熊家在路边地头挖了几个坑种南瓜,眼看已经开花了,结果被队里毁了。不是人懒挨饿,是政策要你吃不饱。有一天扯秧草,正好在卢妈屋前收工,她就招呼我们四个知青上她家吃午饭,在当时这简直是慷慨豪举,一般人都不敢开这个口。为了裹腹,她们的饭里掺了很多檀树叶,那个东西又没有什么卡路里,纯粹是哄肚皮的。我一看,人家这样缺粮,就要大家吃一碗就放了筷子。

还是这个卢妈,有一回晚上开会,偷偷塞给我三个鸡蛋。那个时候,老乡赤贫,都是拿着鸡蛋去小卖部换盐巴和煤油,鸡蛋堪比钞票,叫鸡屁股银行,何况她有四个儿女,最小的旺子才两岁,也需要营养啊。我们四个知青,她为什么单单送给我呢?这件事足足感动了我一生。

知青时代也是农民受尽煎熬的年代。譬如,以前庙前农村只种一季中稻,可是在"以粮为纲"的高压政策下,强迫农民改种双季稻,并且上升为"路线稻",这样一来农村的生态环境和劳动强度都改变了。"双抢"就像鬼门关,一想就怕。这样辛苦这样累,为的是一个政治路线,老乡经常抱怨说"一八得八,二四得八,为什么非要二四得八呢?"因为当时的条件,累死累活地种两季与种一季的产量一样。

"儿行千里母担忧",尤其是养姑娘的人家。才去一年就有两个同学遭到性侵,那个色狼队长还是所谓学大寨的先进典型,事后受害者将其告发,终于被绳之以法。我感到痛心也佩服她们的勇气,正是这地狱般的遭遇构成70届知青的屈辱心酸的背景底色。

1971年突发"9·13事件",其冲击波不亚于原子弹爆炸,最震撼的是"五七一工程纪要":农民生活缺吃少穿;青年知识分子上山下乡,等于变相劳改;红卫兵初期受骗被利用,已经发现充当炮灰,后期被压制变成了替罪羔羊;机关干部被精简,上五七干校等于变相失业……天哪!这不就是全国人民敢怒不敢言的心里话吗?毛主席的亲密战友林副统帅一夜之间成为头号敌人,这叫人情何以堪,简直是超级心理测试。有个女知青一听文件内容,第二天就精神崩溃了。

"林彪事件"直接导致湖北招工冻结,也把我们夹在前知青和后知青之间,夜长梦多,苦海无边。就是我们返城之后,总是梦见当阳,好像跳不出如来佛的手心,有一两年,白天生活在武汉,梦里受困在农村,我怀疑自己是不是有心理疾病,一问王作迄,他也感到奇惊:么样搞的,你也是这样?

到了1972年,福建有个小学教师李庆霖目睹知青儿子的窘况和社会上招工、招生开后门的不正之风,斗胆给毛主席告御状,结果1973年毛主席写了回信。"李庆霖同志:寄上300元,聊补无米之炊。全国此类事甚多,容当统筹解决。毛泽东4月26日。"那个时代从来没有这种揭露阴暗面的事件,居然还是毛主席要求查办,这对知青的生存状态起了很大的变化。保证知青口粮供应,每个月组织知青集中学习,给知青盖住房,后来还有"厂社挂钩"的知青下放模式。

1973年高中同学下放时,正是落实知青政策之后,他们的待遇比我们好了许多,什么"蹉跎是财富,苦难是黄金"跟他们完全不搭界。

　　有一年,队里河滩活田(旱地)里种了花生,地边上又是集体猪场,入秋后要人守护。老乡舍不得"老婆孩子热炕头"却推说怕鬼,于是队长派我干这个"美差"。那时,白天在猪场举炊,夜间睡凉棚挂马灯,不以为苦。可是迄迄却提醒我带把菜刀护身。经他这么一说,我总是提心吊胆,所以罗斯福总统说"恐惧就是恐惧本身",一点不假。天冷了,我便"与猪同眠",免受风寒之苦。

　　下放不久,我就去河溶找69届的铁哥们黄恒,他拿出珍藏的南京香肚为我接风,打开一看都长了绿毛,虽然如此,还是大快朵颐。有个北京来的老三届,因为出身不好,历次招工受阻,一起来的都走光了,只好和黄恒他们做伴。他白天说着京片子,谈笑风生,晚上在梦里哭。

　　黄恒1972年应招进了当阳飞机场,苦难之中的我有了一个我散心蹭饭的地方。有一回遭人盘查,问我住几天,我心里害怕,连忙说:"今天就走,马上就走。"黄恒知道后"扼腕长叹","哎呀,你不该说走啊,最好多说几天,他是来统计人数的,食堂要炸油饼了!"

　　在当阳县城,还有好几个铁中校友:程京捷、徐培荣、高武正等人,我一去,他们都很热情。其中徐培荣对我最好,对外称我为阿弟,每次回庙前,她都送我到漳河渡口。

　　黄恒骑车来过林桥,目睹了我的生存状态。曾几何时他跟女儿说,这位就是当年跟猪睡在一起的彭叔。话虽难听,却一点不假,当时我就是以猪为伴,猪以我为伴。我听它们噜噜、哼哼,它们听我吹口琴,说英文,互不嫌弃。

　　史海钩沉,我感慨万千,山村的点滴生活,已成后世的天方夜谭,我有感而发,题诗追怀往事:

　　(一)金风徐来野菊黄,河畔沙软仁果香;路人垂涎长三尺,队长急募守夜郎。

（二）一弯残月照活田，灯影摇红总难眠；乡愁阵阵挥不去，口琴声声送韶年。

　　（三）夜深露重不胜寒，豕牢栖身衣正单；人彘同寝鼾声壮，不期他年做美谈。

　　五　柴米油盐烦恼多，外派民工管吃喝；八方知青来聚会，苦中求乐穷快活。

　　知青都喜欢外出搞建设，四野八乡的同学有机会聚集在一起，不必为柴米油盐发愁，再说民间也有许多"日白"（说笑）高手，加上男女青年磕磕碰碰，比在生产队好玩。譬如六队老乡就常拿人名来开涮："缭两针（廖良珍）啊，搞不成（高武正）呐！"还有修路、筑坝都要打硪，有人领唱，玩的是即兴创作，插科打诨，"快活得像骡子。"

　　1971年12月26日早上四点，一阵紧急集合哨吹响了，大家莫名其妙，骂骂咧咧地从热被窝了爬起来，"搞什么猴啊？"（搞什么名堂）集合时大队长训话，说今天是毛主席过生，我们提前上工，向他老人家表个忠心。刚才还颇有烦言，口里不干不净的，这一下男女老少都吓得不敢吭气了。

　　民工一个月打一次牙祭，每人配给半斤猪肉。逢到这一天，人们像过节一样高兴，盐水煮肉装在洗脸盆里，八个人席地而坐。一声令下，便手不停箸地抢起来，大家一言不发，怕的是耽误吃，几个来回之后，如风卷残云，吃的片甲不留。

　　你看过电影《红旗渠》吗？我在当阳也干过这种玩命的水利工程。为了下到竖井里去打炮眼，我们一个个用手抓住粗缆绳，双脚夹住缆绳末端结成的大疙瘩，由人工推动绞车放到井底。女的掌钎，男的抡锤，叮叮当当地干起来。这种落后危险的施工方式，让这一帮少男少女的民工置身于一个狭小逼仄的空间，一旦到了井下，等于失去了自由。有时你尿憋急了，大喊"上吊"，他们假装听不见，你万般无奈，只得背对众人"出恭"，然后井上井下笑成一片。

六　越洋电波传佳音，有教无类遇甘霖，英格利希来相伴，漫漫长夜放光明。

在前途无望的日子里，在文化的荒漠中，英语成为我的精神鸦片，26 个字母像一个魔方，幻化出一个世外桃源，在出工歇气的时候我都要翻看英语，自学我的哑巴英语。

"美国之音"开播了一个节目——《英语 900 句》，这在当时无异于普罗米修斯将天火盗给人间，善莫大焉。我每天就盼着早点天黑，塞上耳机学英语。那时偷听"美国之音"就像头顶高悬一柄达摩克利斯之剑，提心吊胆。插队五年，没有"小芳"，《英语 900 句》就是我的红颜知己，"书中自有颜如玉"嘛。

在山里走夜路，我会大声地背诵英文为自己壮胆，我对迄迄说："就算将来当一辈子'土客西'，我还能够讲英文，怎么样，神气吧？"

"天道酬勤"。1975 年春，我被张家菊引荐到庙前三连湾中学教英语。在学校的感觉太好了，可以弹风琴、听英语老唱片、打乒乓球，可以看书，一日三餐有人打理。五年的磨练艰辛，终于苦尽甘来，这是我知青岁月的华彩乐章，是我在乡下最惬意的一段时光。

可惜那姗姗来迟的一点快乐与满足很快就被梦寐以求的招工大势一笔勾销，同年 9 月应招回汉。当年好工种就是一个人的资本和地位，我这个垫底的泥瓦匠想要提亲都难以启齿，好在改革的大潮风生水起，命运重新洗牌。1977 年 10 月，拨乱反正的时代最强音——"站出来让祖国挑选"从北京传遍全国，林桥的梦想成为现实，张正方、蔡诗京、方华京、王作迄和我分别走进 1977、1978 年考场。

当兄弟们在汉口听课复习的时候，我困在浦口仰天长叹，外派学习的美事竟成痛失良机的痛苦。谁知有一天学习班领导宣布欢送我回汉高考。错愕之余，便猜到定是逼我成功的老爸替我报了名，因为我自己就曾替陈成铖之父发过催考电报。大家都在圆大学梦啊！在汉口起坡的第二天，我硬着头皮走进 17 中考场。最后凭借英语高分，参加体检，眼看与大学只有一步之遥，谁知"查无此人"的邮戳让我错过面试，在招生行将结束的尾声，通知书才到我手中，只剩下一些高师班的补录名额。蔡学彬老伯对我说："汉良，哪怕是孝感师专、黄冈师专，你也要去！"可以看出，这位黄河大桥专家对我们辍学、失学心有余悸，但凡有一线希望都不敢放弃啊。

有道是"无巧不成书"。2009年我去"汉阳造"坐沙龙，歌友给我介绍嘉宾："这位是美国领事馆的总领事"，我欠身一笑表示敬意，"她就是《英语900句》的白小琳老师。"这如雷贯耳的"白-小-琳"三个字，让我激动万分，时空错乱！真是久闻玉音未谋面，如今都到眼前来。我紧紧握住她的双手，谈起偷听"敌台"的往事，她也告诉我，在武汉、北京、上海、沈阳，许多官员和大学教师都自称是她的学生，津津乐道师生奇缘。在馆庆音乐会上我登台献唱《友谊地久天长》，她为之动容，热泪盈眶。去年欣然命笔为我的新书《爱情900句》作序，让一个"鸡屎青年"感受到知爱我者的梦幻温情和无疆大爱。

七　知青话题久不衰，剖析悲剧看由来；反思追求正能量，与时俱进莫徘徊。

"读史可以明智"。20世纪70年代，当美国青年在硅谷开创信息技术的先锋时，当比尔·盖茨创办微软公司时，当乔布斯在车库里研发苹果电脑时，中国人却在领袖的号召下搞内斗，以阶级斗争的名义自相残杀，大搞上山下乡运动。当亚洲"四小龙"崛起的时候，中国的国民经济几乎到了崩溃的边缘。

对于"十年动乱"，中华大地正在吹起一股反思、忏悔、道歉的清风，"青春无悔"的糊涂认识也在悄然改变。早在尘埃落定的1978年，邓小平如是评价"知识青年上山下乡运动"："国家花了三百个亿，买了三个不满意。知青不满意，家长不满意，农民也不满意。"陈丹青在《荒废集》中说，"知识青年"的意思，就是没有知识的青年；"上山下乡"的意思，就是大规模遣散，实现"都市乡村化"——流放、流落、流浪,是上山下乡运动的国家景观;失学、失业、失落,是上千万"文革"知青命运的总模式。

"逝者长已矣,生者如斯夫。"我认识一个老知青,说到的那些新疆故事骇人听闻,我说你为什么不写出来呢?他摇头不语。英国史学家伍德沃德说过:"历史涉及的只是一个民族生活的极小部分,人民的大部分生活和艰辛创业,过去和未来都不会有文字记载。"历史也是千千万万亲历者的所见所闻和生存状态。无论如何,我们也是历史的一环,每一环都要承上启下,完成自己的义务和生命的承诺。人生苦短,在我们汉阳铁中70届三班,已经有七位同学撒手人寰,若干年后,我们都要走到生命的尽头。在历史的长河中,我们都是微不足道的沧海一粟,但是我们的生命也创造了历史,哪怕是一个小小的标点符号。

正因如此,我就这样为1970届夹缝知青留下一段五味杂陈、一言难尽的青春物语。

放花无语对斜晖
——由尘封日记引发的回忆

肖伯男

作者简介：

肖伯男，女，武汉市安静街中学1969届初中毕业，1970年下放湖北枣阳，1975年招工到襄樊市（襄阳）五一棉纺厂，1978年考入华中师范学院中文系，1992年调回武汉，退休前系武汉市第二十九中高级教师。

退休后，一直想回到倾洒青春的农村追忆往事，我决定邀约知青组同学返回阔别近四十年的第二故乡看看那里的变化。于是，在网上搜索有关"枣阳王城资山"的信息。

突然，一则《昔年知青插队无怨无悔，今日慷慨捐赠情动资山》的新闻引起我的惊喜："9月28日一大早，武汉籍退休老人胡湘林专程将八箱节能灯管、两箱节能螺旋灯泡以及用来资助两名贫困学生的两千元现金从襄阳送到枣阳市王城镇资山小学校长赵义龙手中。"

"胡湘林?"他不就是我们知青小组绰号叫"胡大苕"的插友吗?自1975年我抽调出来后我们就失去了联系,没想到今天竟然从《襄阳新闻》上得知他的近况,而且,在物欲横流的今天,他居然没有同流合污,还是那么"苕",我倍感欣慰!

于是,四十三年前那些早已淡漠的生活往事乃至人物印象纷至沓来。急忙撕开包裹严实且发黄的报纸外包,开启尘封已久的日记本,在记忆仓库里搜寻。

翻开扉页,首先映入眼帘的是"毛主席语录"。

第一页"我们希望这一次代表大会,能够开成一个团结的大会,胜利的大会,大会以后,在全国取得更大的胜利。"

第二页"无产阶级文化大革命,还有些事没有做完,现在还在继续做,譬如讲斗、批、改"。

……

第八页"办学习班是个好办法,很多问题可以在学习班得到解决"。

第十二页……

嘿,居然有十几页!现在的年轻人肯定不理解,当年人们怎么这么没有经济头脑呢?日记本原本是供人们记事用的,总共也不过几十页,这些平常得不能再平常的话却要占用这多篇幅,这不浪费纸张吗?其实,这算什么呀,在那个"宁要社会主义的草,不要资本主义的苗"的动荡岁月,特殊年代里,比这更稀奇离谱的事多了去,人们早就习以为常。

而后,才看到横条里爬满的歪歪扭扭且别字连篇的字迹,那里面断断续续地记载了一个名为初中生实际只有小学生水平的少女下乡五年多的学习、劳动生活及心路历程。戴上老花镜,一页一页翻看着,边看边回忆:

"最高指示:'知识青年到农村去,接受贫下中农的再教育,很有必要。("文革"期间写任何文字前都要冠以最高指示,以下日记摘抄免去)'"

1970年2月20日星期五

"今天,是我第一次远离家门,遵循伟大领袖毛主席的教导,踏上了革命的路程,走上了于(与)贫下中农相结合的道路,来到了社会主义祖国的新农村。今后,我一定要以金训华同志为光辉榜样,在农村干一辈子革命。"

短短几句话,勾起了我的思绪:

记得那一天是1970年的正月十五,下午5点多,我们资山公社一行47人乘坐一辆敞篷大卡车驶离枣阳,经过一个多小时颠簸到达资山。我们相互搀扶着爬下敞篷货车,摇摇被颠晕的脑袋,拍拍身上的灰尘,跺跺冻木的双脚,抖抖簌簌地集合在公社门口。

早春时节春寒料峭,天还下着毛毛细雨,资山属于山区,天黑得早,只有公社门口的几盏昏暗的路灯窥视着这些不速之客。早上还是灯红酒绿,敲锣打鼓,晚上却这般冷清!反差太大了!大伙的一腔热血降到冰点,有几个女生拉着送我们来的带队老师吵着回去。顿时,吵闹声、抱怨声、劝慰声,原本寂静的小街由于我们的到来一下子喧闹起来。大家唧唧喳喳你推我搡地听负责人宣读分到各队名单,然后等待各生产队派来的贫下中农接我们。

"团山六队大学生这里集合!"人影幢幢中有人喊了一嗓子。

呵呵!居然还有人称我们是"大学生"。说来真惭愧!我们小组共7人,四男三女,最大16岁,最小15岁,均来自原武汉市安静街中学("文革"期间改为要武中学),属1969届初中毕业生。我们1969届在整个中学期间就没有摸过一本正儿八经的教科书,整体在校学习时间最短,受文化教育最差,知识层次最低,是完完全全被耽误的一届。连中学生都算不上,遑论大学生?

"在叫我们啦。"组长小张拉了我一把。

"咦,怎么差一件行李呀?"一个老农问。

"再数数。"另一个中年人发话。

"1,…3,…6,队长,再数也还是只有6个箱子,7个背包卷。"

"格舅子的,这么几个行李都数不清楚,我就不信邪了!"那个叫队长的笑骂道。

"队长,不用数了,是我没有箱子。"我红着脸小声说道。

原来,我家兄弟姐妹7个,全靠当教师的母亲每月三十几块钱的微薄工资支撑,且两个哥哥和两个姐姐分别在65、68年远赴新疆、农村支边、支农。他们走时带去了家里仅有的几个破箱子、被窝卷,轮到小姐走时,还是父亲用破木板钉的"木箱"。这次我下放,家里不仅无法再为我准备箱子,连被子都还是把妹妹们的垫絮抽出来给我当盖被。

其实,当年我们武汉市69届初中毕业生有几个面向,"下放、参军或读高中"等。按照政策,凡家里有两个下放的,第三个就可以留校读书或留城工作。然而,"文革"的唯血统论的余毒还是根深蒂固地影响着人们的政治思维,"国民党军官"的家庭出身决定了我的命运,我属于"可教子女",即使我家里已有四个下放的,然而,我却不能有自己的选择,上山下乡是我唯一的出路!

所谓"可教子女"是"可以教育好的子女"简称,也是"文革"中对家庭出身不好(多指"黑五类"、"黑九类")的青年的泛称。需要特别的、法外施恩的宽大优待。然而,这种"优待"所带来的负面影响将终其一生。而我,就是顶着这样一个"光环"的子女,直至十一届三中全会拨乱反正后,我才逐渐走出阴影。

在以后相当长的一段时间里,我没有快乐,每天只能默默地拼命劳动,用汗水冲刷内心的愤懑。

"大学生,走哇!"队长手一挥,大步流星地带头走了。

可怜我们这些从未走过泥巴地的城里伢只好头顶细雨,脚踩积雪,一步三滑地尾随其后,在伸手难见五指的泥泞田埂上跌跌撞撞8里路。我们终于到达住地后,顾不得浑身的泥浆和辘辘饥肠,丢下行李围绕新家参观起来:一间大约70平米的茅草屋隔了两道一人高的山墙,中间是客厅兼灶屋,有灶台、水缸和小方桌。两边是卧室,右边一间装了一道门，不用说就是我们女生睡房咯。推开用三块木板拼凑的门，只见里面有三张用砖头和木板支起的床，上面铺着稻草，靠南面墙上有一个一米见方的洞，踮起脚巴着洞口可以看到屋后的水塘。空气中弥漫着一股淡淡的牛粪味。机灵鬼小姚吸吸鼻子蛮有把握地说"这里曾经养过牛！"看到我们疑惑的眼神，队长挠挠头不好意思地说，先委屈你们暂时住着吧，等秋下队里给你们盖房子。但这个承诺直到1975年我离开都没有兑现，虽然知道上级拨给我们的安家费足以盖三间敞亮的大瓦屋，可从来都没有找队里提过，因为我们知道队里穷啊。这次返乡，看到当年人民公社化运动的忠实执行者李队长住的还是40多年前的茅草屋，我们的眼泪都出来了。

1971年3月10日

我是昨天早上六点多钟离开家，紧走慢走好不容易赶到（随县）草店车站，可是，车却从我眼皮底下开走了。就只差那么一分钟，你说气人不气人？后来还是车站的负责同志看我着急，让我坐上了他们送民兵连长们去随县开会的专车。车于下午五点钟到达县城，我一直在车站等到第二天早上三点钟，搭上了去枣阳的火车。

……

总之，这一次不够顺利，在外面耽误了两天找一晚上的时间，好不容易才于今天下午快七点到达小队，累得我真够伧（呛）。

看到这里我笑了，笑自己只会按照临走时父亲交代的路线走，即使后来情况发生变化了也不知道变通。

那是我下放后第一次回家过春节，父母也是在我下放的那一年到随县（州）五七干校劳动锻炼去了，同去的还有我的两个妹妹。那年，别的同学都回武汉过年，只有我回随县乡下过年，刚满17岁的我孤身一人踏上回家的路程。从襄阳知青点赶回家的大姐比我早一天到，另外三个哥哥姐姐因为路远，没有盘缠，就各自留在乡下过年。

说是干校，其实比我们知青点强不了多少。我们家住的是别人的偏厦，地面凹凸不平，四处漏雨，看得我心酸啦。父亲说，我们这还算好的，不管怎么说还有工资呀，你看那些农民他们不照样过得蛮快乐，人要知足常乐！这就是我父亲，一个身处逆境却不失乐观的硬汉子！于是，我们铲地的铲地，苫屋顶的苫屋顶，不一会儿，家就变样了。

欢乐的日子总是短暂的，眨眼就到返队的时间。我含泪告别了双亲和妹妹，又一人踏上归程。那天我坐的火车半夜到达一个叫随阳农场的小站（每天只有这一趟车，当时下车的只有我一个）。一下火车，四周一片漆黑，旁边的一点风吹草动都让我汗毛直竖。我心里害怕极了，没有办法，只好蹲在值班室的门口。过一会儿，一个黑影子过来了，我警惕地瞪大双眼注视着，双手攥得紧紧的，冷汗都出来了。

要知道，由于我是体内流淌着先天赋予的"黑血"的带有原罪的"可教子女"。从小就生活在阴影中，这种受歧视的生活不可逆地、且最终有效地贯穿了我的一生，因而生性自卑、木讷、胆小、多疑。所幸的是值班室的门"呀"的一声开了，我不顾一切地狂奔进去，一头扑进大叔的怀里。我对他说明了情况，他很同情，把我安排在值班室里坐下，还倒杯热茶给我，感动得我直流泪。在那以阶级斗争为纲的年月，他如此真诚地帮助一个素不相识的过路者，使我在他身上看到了久违的人性，至今都无法忘怀。好不容易捱到天亮了，我又步行几里路，到汽车站去转车，一路颠簸往生产队走去。

1972年5月29日

今天的成绩不算小，我一上午割了一亩田，又帮忙捆麦子，又栽了一下午的秧。晚上加班扯秧42对，直到天黑得看不见了才回家。然后把中午的剩饭加点油盐就吃起来。吃罢饭，又教对门书记的读五年级的儿子辅导算术，一直到深夜。

日记本上的横条犹如时光隧道,把我带回四十一年前:

虽说还没到夏天,但麦地里密不透风,经太阳一晒简直像蒸笼一样。人弯腰在里面挥镰,不一会儿,豆大的汗水从脸上滴到脚下,衣服全都湿透了。麦芒像刀子一样,把胳膊和腿割出一道道血印,再被汗水浸渍,又疼又痒,实在是痛苦至极。割一天麦下来,不知要流多少汗水,衣服干了湿,湿了干,布满了碱花,每天收工之后,累得腰也直不起来了。

照说扯秧、插秧在水田里还凉快,应该舒服一点吧,哪晓得更痛苦!热倒不是蛮热,但是那吸血的蚂蟥足以让人抓狂。每天早上天还没有亮,队长就喊加班扯秧。人一下到水田里,它就游过来,吸在你腿上,但本人毫无知觉。有时候我的一条腿上就有几条,都是旁边的嫂子大妈告诉我的。吓得我手发抖但不敢喊(怕别人说我娇气),又不敢拍,更不能扯,只好眼睁睁看着它吸饱了后滚下去。原本细麻绳似的蚂蟥立马膨胀成大拇指粗,吸过的地方不断流血,满腿都是。

虽然,我也完全可以像其他同学那样,每逢农忙就回家躲懒。因为生产队的纪律并不像农场那样严,反正做一天有一天工分,队里根本不缺我们这种劳力,但我不能跟他们比。一方面因为我是"可教子女",天生就比别人低一等,只能加倍努力,争取获得贫下中农的信任,早日被推荐上调;另一方面,家里生活本来就非常拮据,我不能再给他们添麻烦。

即使这样,我辛苦一年还换不来口粮钱。在我的日记本里还夹着一页71年6月份的工分记录,上面密密麻麻记载了从1号到30号每天的出工情况。如6月1号,插秧、早晚加班扯秧,共计9.8分。3号,割麦一天,早晚加班扯秧,共计11.9分。那一个忙月,我总共做了263.3个工,一个工只有几分钱。

从1970年2月下乡到1975年9月招工到襄樊(阳)五一棉纺厂,共5年7个月,到我走时反而还欠队里59.01元。卖直拨粮换钱还会计46.21元,另又找队里借了13.89元的路费,一并打了26.69元的借条,工作几个月后才还清。

美国人托马斯.伯恩斯坦在记录中国知青运动的文章当中有这样一段话:"中国知青除了了解了一些中国农民真正的生活状态这样一个事实之外,他们在农村度过的时间实在是一种浪费。"

是啊,我们脸朝黄土背朝天,使用极为原始的劳动工具,无奈而又不遗余力地挥洒着自己廉价的汗水,换取微不足道的酬劳。我们是在用自己的青春血泪乃至生命,为自己谱写青春悲歌啊!

1973年6月28日

昨天的雨真大呀,又是打雷又是闪电,本来就胆小的我简直怕得要死。望着门外漆黑一团,好像有无数个鬼怪在外面专等我出去呢。好在屋里不止我一人,要不然我真要吓死。

四下里静悄悄,只有我还就着豆大的煤油灯写着日记。无意中透过门缝,突然发现对面人家的瓦上有什么东西一闪一闪的,像一对明亮的眼睛kui(窥)视着我。"大妈,大妈"我吓得大叫,吵醒了睡在对面床上的大妈。大妈跑到我身边观察了半天笑了,原来是纸糊的窗子破了两个洞,灶台上的煤油灯光透过破洞直射到对面屋顶上,虚惊一场!

其实,对女知青而言,鬼倒不是最可怕的,真正可怕的是心怀不轨的男人。我们刚下乡赶集时,常常听比我们早两年下乡的老三届谈及某某女知青失身之事,心里早存戒备,尤其是队里只剩我一个女生时,更是惶恐。每天晚上我都是把大门用杠子插得紧紧的,然后又在睡房门口放一个脸盆(天真地认为若有歹人进来就会踩翻脸盆惊醒我),再在枕边放一把菜刀,自认为万无一失。直到有一天半夜突然醒来,听到狗叫声,门外还有窸窸窣窣的脚步声。吓得我一个激灵坐起来,拿起菜刀悄悄下床,轻手轻脚走到外屋,把耳朵竖起来,眼睛紧贴门缝,屏住呼吸注视着外面,直至天亮。第二天才知道是过路的,幸好不是坏人,否则后果不堪回想。自那以后,我再也不敢一个人睡了,请来同湾子的大妈给我做伴。她陪伴我度过了那段艰难的岁月，我永远忘不了她。这次回乡，特地去湾子里看望她老人家，可惜她已经作古了。那间曾经充满我们理想、欢乐、艰辛和痛苦的茅草屋业已成为废墟，只有屋后的堰塘还在那里默默述说着这几十年来的变迁。

也就是在这一年，知青家长李庆霖给毛泽东写了一封信后，引起了他老人家的重视，大笔一挥："寄上300元，聊补无米之炊。全国此类事甚多，容当统筹解决。"中共中央也为此专门下达二十一号文件，情况才有所改观。

诚然，匮乏的物质，超负荷的劳动令人无法忍受，但对我们这样的"可教子女"而言，抽调无望、前程渺茫，精神上的颓废、僵滞、迷茫和失落比肉体上遭受的折磨更痛苦！我每天挣扎在灰心失望之中，白天形单影只，踽踽独行；晚上独守孤灯，无聊地翻阅一切能够搜集到的任何读物。

回想起那一段日子，我仍然心有余悸。

1974年10月1日

招生工作自8月15日起至今天，还没有下通知，把人等得怪心焦的。然而，我却比别人急十分。因为我听到一个可靠消息：我被公社留下来了。为什么偏偏把我留下来？我左思右想得不出一个结论。大队、公社对我的评价很好，身体检查合格，文化考试也考了，正式表也填了，社会上的舆论都说我是最稳的，谁知道结果大大出乎意料，我这个最稳的人反而被留下了，这怎能不叫人伤心？我想不通！

今天再看这篇日记，我仍然有种心痛的感觉！

记得那天，我、小张、小胡三个人难得在知青屋里碰面（他们两个是因为听说招生的消息后先后特地从武汉和枣阳水利工地赶回来的）。时隔半年终于又听到乡音，我非常高兴，于是买了几个鸡蛋，还找对门大妈要了一把韭菜，大家围在一起包饺子。突然，小张提议说，我来包一个盐饺子（霉运）、一个钱饺子（红运），看各人的运气好坏怎么样？

"好哇！好哇！"话音未落，我和小胡几乎是异口同声表示赞同。因为自从1971年招工以来，为了度过那漫长而揪心的等待日子，或者说是无望又无聊的岁月，知青们好像都比较信迷信，大家经常玩些用扑克牌算命，拿日常物件打赌等诸如此类的小把戏，以此来占卜自己的前途命运。于是，我们都小心翼翼地吃着，咬着，吞着，结果，一顿开心的饺子宴被掺杂进唯心的命题后变得沉重起来。

"呸！好咸啊！"我不幸"中彩"了，"唉，人倒霉喝凉水都塞牙。"我自嘲地说道。

"莫慌，还有钱饺子哩，说不定也会被你吃到的。"小张安慰我说。

"算了吧，我就是个倒霉鬼！生下来没奶吃，小学读民办学校，还得自己带桌子板凳，蛮想读书的人，结果刚跨进中学门就停课闹革命……"我一边喋喋不休地絮叨，一边味同嚼蜡地吞咽着，眼泪都快出来了。

果不其然，傍晚时分，队长从公社带回了小张的武汉轻工业技校录取通知书，我又一次被命运抛弃了，像这种被刷的事情我前后一共经历过四次。

记得第一次是在1971年大招工，我们小组有4个同学接到郧县三线工厂的招工通知，那天我陪组里小明等3个同学（小张不想去）到区里拿招工表。一路上他们欢声笑语，只有我默不作声，心里好生难过：他们成分好的可以当工人，而且居然还不想去！如果要我，哪怕是扫大街也愿意啊！所以当我听到招工的正商议要扣押小张的档案时，连忙说"她家里确实有困难，需要她回去照顾，她不去我去。""哦，你叫什么名字？"一个40岁左右的中年男子一边翻文件夹一边微笑着问。"肖伯男！"我高兴地回答。谁知这个招工的一听，马上变脸，不屑地瞟了我一眼说："去去去，要你多什么嘴，这里没有你说话的地方。"顿时,我的脑子里"嗡"的一声,脸绯红,羞得恨不得找个地洞钻进去!我的身体在颤抖,内心在滴血……

原来,我这个"可教子女"早已上了他们的黑名单。这个被侮辱被损害的创痛楔子般嵌入我的内心。从那以后,本来就很自卑的我更加畏葸不前了,更加沉默寡言,离群索居;更加积极参加所有被允许的政治学习,反复为不是自己的过错而检讨忏悔;说话做事更加循规蹈矩,不敢越雷池一步,想以此赎罪,并争取贫下中农的推荐。

第二次是1972年武汉汉阳钢厂招工,第三次是1973年8个大专院校招生,我都被推荐上去,一到公社就被刷下来了。

第四次更惨!好不容易盼来了抽调机会,而且还是我梦寐以求的武汉大专院校招生。已经通过推荐、体检、考核、填表等程序,一切都合格,可谓过五关斩六将。本以为这次是板上钉钉,只等通知走人,结果还是被刷!当时我就懵了!我是多么想上学啊,难道我这个"可教子女"又不可教了吗?当时我真是呼天天不应,叫地地不灵。写信回家发泄愤懑,怨恨社会不公,责怪爹妈无能。父亲回信安慰我:"孩子,不要怨天尤人。孟子曰'天将降大任于斯人也,必先苦其心志,劳其筋骨,……所以动心忍性,增益其所不能。'不能去学校学习,就自学撒,机会是留给有准备的人。"随后又给我寄来哥哥姐姐们的旧课本。

于是,我就拿起旧课本,劳动之余发奋读书。果不其然,恢复高考后的第二年,我以襄樊市第三名的成绩考取华中师范学院,前两名是1966届高中生。

这次返乡,一直陪同我们的大队书记(当年与我们一起劳动的回乡青年)惊讶地说:"肖伯男,你变得好精神,好乐观,好自信了!"是呀,虽然这个关系到千万个人亿万家庭的"知青运动"曾以高尚的理由为借口,剥夺了1700万青年中大多数人选择人生道路的权利,以牺牲他们的青春、理想来缓解城镇就业压力、人口压力等中国特殊体制下的矛盾。用邓小平的话说:"国家花了三百个亿买了三个不满意,知青不满意,家长不满意,农民也不满意。"但我还是要感谢那段经历,那一段人生经历,对我个人来说,是一笔终生的财富,是一段珍贵的阅历,是一本深刻的教科书。正是那几年的艰苦磨难,才使得我在逆境中接受了不可多得的苦难的洗礼。

掩上日记本,我扪心自问,虽说"放花无语对斜晖",但已全然没有秦少游当年的恨意了。

我的蹉跎岁月

杨家鸣

作者简介：

杨家鸣，女，1957年四月出生。笔名子珊、佳茗，原系遵义市人民广播电台记者、编辑，曾任电台总编室主任。现为遵义市作家协会理事，贵州省作家协会会员。自1980年开始，先后在市、省级有关报刊上发表散文、诗歌、随笔、报告文学数十万字；其中报告文学《追寻孔繁森的足迹》，入选由中共中央组织部研究室和辽宁省委组织部1996年出版的文集《同在高原》；报告文学《绿色情怀》入选《人民日报出版社》1999年出版的文集《新世纪之声》。

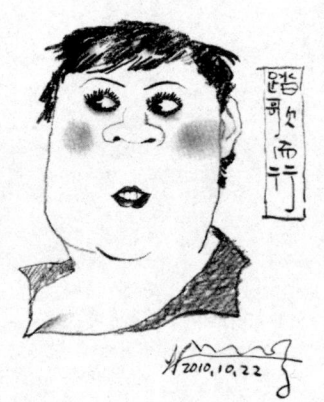

2003年12月由中国文联出版社出版了个人文集《昨天的太阳》。2007年3月，由贵州人民出版社出版了第二本个人文集《我行我歌》。2010年3月，出版第三本个人文集《橙黄橘绿》。

2010年10月，文集《橙黄橘绿》获中国作家金秋笔会全国征文一等奖，并入编《中国作家创作书系·中国作家创作获奖作品集（2010年卷）》。

光阴是短暂的，人啊，什么都容易淡忘与忽略，但对于那些曾经给自己打下过心灵烙印的岁月却是至死难忘的！

现在回忆起来，我们这代人仿佛注定要经历许多磨难的，一切都躲不过命运的事先安排。正如有句段顺口溜所描述的那样，我们什么都赶上了：该长身体时恰逢困难时期饿饭；该顺理成章上大学时恰逢上山下乡；该生儿育女时恰逢计划生育；该提干升职时恰逢时兴文凭；该发奋图强时恰逢单位改制下岗。真可谓生不逢时啊！

上高中时正是流行交白卷的时代，说实在的，我自幼读书从不费劲，三天两头地旷课偷花游玩，还得浪费许多时间参加学校的政治活动，大概属于那种一点就通的类型吧。除了数理化成绩平平之外，我的文科一向拔尖，从小学到高中，所写作文几乎包揽了语文老师的范文点评，毫不脸红地说，当年老师同学们都调侃我为"秀才"。另外英语成绩也不错，英语教师，那位据说是部队的翻译官后来转业到地方教学的干瘦老头，曾特别地欣赏我，每每在课堂上点名让我朗读英文，拿他的话说，我的口语很标准，像一个地道的英国小女孩。少年得志难免心比天高，总是梦想将来的职业要么是做国家领导人的随身翻译，要不，就当一名人称"无冕之王"的新闻记者，瞧瞧，这两份职业都是多么出人头地却又是多么自由自在！对，说定了，将来要么当翻译，要么做记者！

然而高中毕业正该名正言顺上大学的时候，从北京传来的一个伟人声音却改变了无数人的命运："知识青年到农村去，是可以大有作为的！""到农村去，滚一身泥巴，炼一颗红心"！顿时全国上下轰轰烈烈地掀起了知识青年上山下乡的热潮。这是让我做梦也没想到的！可那年月人们的思想都是禁锢、盲目、狂热、混乱的，也没法想到更多。下乡就下乡吧，乡下也很好玩，至少比起工矿企业来还有着众多的青山绿水,当时我如是想。

当年我父亲在县城附近的一个区政府供职,在他的穿针引线下,1972年的8月,我与一群县直机关的干部子女一起来到了一个名叫上天池且风景旖旎、群山环抱的生产队插队落户。我永远都忘不了:出发的那一天,一辆汽车载着我们绕县城游览一周,我们一群青年男女胸佩大红花,身背行李,头戴草帽。而车身四周环绕的一排排彩旗迎风呼拉拉地一个劲吹,送行的人们还专门敲起了热烈的锣鼓,弄得我们这群人一下子豪情满怀,意气风发,感觉到自己简直就是即将奔赴前线保家卫国的英雄尖兵!当时城里的人们纷纷拥上街头驻足观看并指指点点,也有亲人们在路边流泪抹眼睛的,毕竟是从此离开父母独闯天下啊,但我一点没流泪,我的父母及几个弟弟就在车下边眼巴巴地看着我,我想这有啥好哭的,这可是一件值得开心的好事呀!

一到目的地,我将背包一摔便满山遍野地转悠开了,哇,上天池,多么富有诗意的地名,其环境倒真是名不虚传:一条弯弯曲曲的山路延伸到一座名叫脚板山的山脚,四周到处是艳山红、野栀子、野杨梅、野百合等郁郁葱葱的植物,特别是那原生态的百合花与栀子花香浓得醉人心脾!更有那唧唧喳喳欢呼雀跃的松鼠、野兔、斑鸠、画眉、野鸡、麻雀等飞禽走兽,热闹非凡,美不胜收,简直就是安徒生的童话世界!这一切可是城里所没有的呀!狂喜之下我忘乎所以地掏出笔记本即兴写下了第一篇知青日记,并觉得这是一番多么伟大的事业,自己无论如何也要担当好这个角色,何况这里是多么适合自己口味的浪漫环境呀!少年不知愁滋味,当时知青们时兴栽扎根树,以表明自己扎根山乡干革命的决心。热情澎湃的我也不例外,几天后特地找来一棵苹果树,并亲手把它栽种在集体宿舍外的公路旁。

尽管窗外是青山隐隐,松涛阵阵,山花烂漫,景色宜人,然而现实生活却是残酷无情的。平时在家连碗都很少洗的人,现在每天得和村民们一起走向田野干农活,得学会挑粪、插秧、薅草、打场、挖土等农活……天哪!特别是插秧这活是何其的艰难不易呀!双脚浸泡在水里,弯腰插上一会就直不起腰来,更可怕的是双脚一直浸泡在水里，时不时会有一两只蚂蟥钻进肉里去吸血呢！而收工后拖着疲惫的身躯回到住处，即便饥肠辘辘，还得自己亲手烧饭做菜。当地又时兴烧木柴，往往是半天都点不燃那灶台里湿漉漉的松树枝，用吹火筒使劲地吹上一阵往往也毫无动静，但稍一转身那火苗就呼地一下窜起来了。曾有那么一次，我差一点没把眉毛头发当场燃尽。其次因住地紧靠森林湿气太重，加上平时没蔬菜吃就肆意采摘松林里的松菌当菜下饭，结果没吃上几天就浑身长那种流脓血的疖子疮，甚至是脸上也布满星星点点的疙瘩，那疼痛难忍、浑身贴满药纱的滋味呀让我终生难忘！！

山区的夜晚更是寂寞难熬，没有电影电视，更没有文艺读物，可是有什么办法呢？家中父母仅仅是县直机关里的普通干部，没有任何背景可以为自己争得回城工作的资格，别无选择，我只得咬牙挺下来，尝试着用看书写笔记来打发难捱的夜晚。写到这里，我眼前又一次浮现出了那盏灯火灰暗、明明灭灭并陪伴着我度过众多失眠日子的煤油灯，而窗外是一片蝉虫呢喃、松涛阵阵的荒山丛林。

后来因父亲年轻时曾在当地公社当过乡长的缘由，下乡后的第二年，公社特地通知我去乡办中学担任了一年的代课老师。在那一年的时间里，我清楚地见识了人们各式各样的嘴脸，也见识了众多老知青不甘寂寞、及时行乐和索取青春的场景。记得当时师资严重缺乏，乡办中学的代课老师里有着抽调上来补缺的好几个老知青，他们吃住均在学校，而男男女女的事情不时发生在他们身上。曾经有一位男知青，听说已经有女朋友并已到谈婚论嫁的地步，但他瞒着远在遵义的女友与一个比他年小七、八岁的女知青悄悄好上了。那女知青有着严重的狐臭，平日里只要她从人们的身边一走过，那一路的风都是臭烘烘的，熏得人直想呕吐。在这之前出于好心，我曾在她暂无住宿的情况下，收留她在我宿舍里住宿了一晚。妈呀，那一晚我不知是怎么捱过来的，记得当时她与我各睡一头，那可怕的气味直熏得我头晕脑涨且大睁着眼直到天明！当时我心里就直为她发愁：将来她怎么嫁人啊，有谁受得了这样的折磨煎熬呢？！没想到出于生理的需要，竟然就有这样的男人明知山有虎而偏向虎山行，真是勇敢无畏啊！那女知青还很专横跋扈，动不动就对那男知青大发小姐脾气，自我感觉良好，还以为自己是传说中的白雪公主呢！看着那男知青殷勤备至地成天做好了饭菜，柔情万种地等着那小女人归来用膳的情景，我真是替他感到既可怜又可悲！还有一个大龄的男知青，长得风流倜傥，一表人才，可他偏偏喜欢上了一个有夫之妇的女知青，成天俨然以夫妻的名义吃住在一起，当时我们这些代课老师们见了都知趣地躲开。其中还有一对大龄男女虽然吃住在一起大家却十分理解，因为他们是认真地在谈恋爱，尽管那姓陈的女知青还只是临时代课老师，而姓徐的男知青已经转为学校正式老师，听说他父亲有着历史问题，这辈子要想招工进城怕是没门了！后来那陈姓女知青没有辜负大伙的众望，在招工回城之前毅然决然地与男友扯了结婚证，相爱多年终于修成了正果！

曾经有一个夜晚，学校里万般寂静，窗外一片无休止的蝉鸣。一位在区里集中学习时曾见过的大龄男知青突然闯进我的单人宿舍，眼睛里闪烁着一种异样的东西。那晚他对我聊了许多莫名其妙的话题，其时他还操着浑厚的男中音为我哼唱了一首当时广为流行的《知青之歌》，歌词我至今都还依稀记得："纵然游遍海角天涯享尽富贵荣华，可是我无论走在哪里总怀念我的家。家，家，可爱的家……"他还对我讲述了一个故事："说有一个小和尚自小生长在寺庙，与世隔绝。一次老和尚带他下山，先是路遇了一只凶猛的老虎，见小和尚很是害怕，老和尚便对他说，这叫女人，以后你下山见了她一定要躲着她走；接着在旅途中又遇见了一位真正的女人，老和尚又对小和尚说了：'这叫老虎，她可是吃人不吐骨头的哟！没想到小和尚回到寺庙后，突然茶不思饭不想地生起病来。老和尚前来看望他，问他想要点啥，小和尚犹豫了一会，然后突然说道：我想要'老虎'！"听罢故事后一直懵懂的我忽然有些明白老知青闪烁其辞所想表达的是什么了，可我还是狠下心来，委婉地对这老知青下了逐客令。

所幸老知青当中也有头脑清醒并看重贞操的。非常清楚地记得在全区知青集中学习的时候，我认识了一位姓彭的知青大姐。她插队时间比我长，我至今记得她皮肤白白的，五官长得很是端庄。她似乎很是喜欢我，总是像一个真正的大姐姐那样地关爱和呵护我。在与我的接触当中，她曾经给我讲过两件真人真事给我留下了深刻的印象，并从此影响着我此后的爱情与婚姻。第一件事是这样的：那年月招工招生对女知青都时兴实行妇科体检，曾经有那么一位大龄女知青，她在乡下插队时与一位男知青谈上了对象并很快同居在一起，但有些现实问题是根本无法回避的，几年时间里她不得不忍痛进行过好多次人工流产。后来在一次招工中她先是顺利地填写好了招工表并通过了大队和公社的签字盖章，但接下来在过体检关时，她突然被无情地刷掉了，理由是体检表上表明：她早已经不是处女了，并且有过多次怀孕流产的痕迹！要命的是在做体检那会她差点没当场从手术台上栽下床来，就是缘于负责体检的那位女医生一声无情的叱呵！为此她后悔不已，痛苦万分。可是那年月能得到一个招工进城的机会容易吗？！

　　第二件事则是彭姐谈到她曾有一个女友，恋爱不久便很快谈婚论嫁了，临结婚前的头天，夫妻二人同在一起布置新房。突然那男的一时冲动，猛地抱住女的欲寻欢。可那女的动摇了片刻然后果断地推开了对方，接着斩钉截铁地说："迟半天也不行，我必须在新婚之夜完完整整地把自己交给你！"这故事对我震撼挺大的，打那以后，此事就一直在我的脑海里盘旋：是啊，尽管时代不同了，但男女之间还是应当讲求点贞操，尽管此事在热恋中很难做到。可是必须清楚明白，男女之间假如就那么一味乱来，到头来吃亏的最终还是女人！这不光只是个时间和形式的问题，而是彼此间相互忠诚负责的一种起码态度！我觉得我今后也应当这么去做！要不，新婚之夜还有什么美好而言呢？！

　　在乡办中学代了一年课后，我又回到了咱们那个知青点。当年我们一起下乡的共有七名男知青，三名女知青。大概受传统文化的影响吧，我这个人自幼就养成了一身文人脾气：爱憎分明，疾恶如仇，骨子里透着清高，一般看不起的人连瞟都不愿瞟，尤其是对于知青点上那么几个没素质的男知青！本来连高中都没读过就当知青就已经让人瞧不起了，加上他们还经常"妈妈娘娘"的满嘴脏话，没一点基本的礼貌和教养！就说我们点上负责给大伙煮饭的彭大爷吧，已是六十开外的人了，长得一副慈善相，长长的山羊胡子，一说一个笑。可是偏偏生不逢时，因家庭成分问题被打成了四类分子，被大队革委会指派来给我们知青当炊事员。平日里把老婆孩子一大家子人抛在一边就够委屈的了，何况还得三天两头地受那几个男知青的气，这不得不让我这平日里锋芒毕露的人经常为他打抱不平！你瞧，寒冬腊月天我们那坐落在山垭口的知青点寒风刺骨、异常寒冷，那几个毫无怜悯之心的可恶小子竟一时兴起，要么一边没大没小地吆喝着"彭老头"，一边猛地将彭大爷的帽子掀开，且伸出他们那脏兮兮的手去抚摸他的光头；要么就是将彭大爷煨在煤火上的茶缸一下子推翻，而将一炉红彤彤的旺火淋熄……此情此景，怎不叫人火冒三丈，愤愤不平?！每每这种时候，我总是按捺不住冲着他们一顿臭骂："你们家没有老人么？他惹你们了还是冒犯你们了？有娘养没娘教的东西！"可是久而久之，我发现能两肋插刀为彭大爷鸣不平的就我独自一人！另外两名特别乖巧来事的女知青从来是一脸漠然毫无反应，显然她二人比我聪明世故多了。加上她俩平日里对点上的男知青们关怀备至，时不时帮助他们做些缝补浆洗之类的事情，家里带来的好东西也经常与他们分享，在言语上也从不与他们发生顶撞，一句话，为人处世就是薛宝钗的翻版！而我呢，当时被大伙指定为点上的学习委员，负责主持开会、读报、出专栏之类的事情。当时的我们本来就没多少文化素养，何况在那个特定的年月，谁会有心思去指点江山激扬文字呢？我所担任的，显而易见是一份令人厌恶的苦差事！再说本人当时很是偏激，说话难免尖酸刻薄，我不是不清楚，在他们的心目中，我就是一个不食人间烟火、曲高和寡的林黛玉！

　　当时，我们全体知青虽然集中住在一起负责管理大队的茶山，但每个人的户口却是分散落户在各自不同的生产队，而每人划分的自留地也就山一处水一处的。我观察到：每到春播夏种的季节，那几名可恶的男知青便自觉自愿地扛起锄头，屁颠屁颠地跟在那两名女知青的身后去帮助她俩挖土整地。而我每到这时候呢，总是孤独无援无人问津，农忙时只得请当地一些村民们帮帮忙。知青点上饮用水全靠肩挑，开始都是由男知青们包揽，到后来索性采取由全体知青轮班值日挑水。而每每轮到那两名女知青值班时，总是有男知青们自告奋勇地为她们代劳，而我呢，则只得实打实地忍受着肩膀火辣辣的疼痛，挑着满满的一担水艰难地行走在那泥泞坎坷的小路上！好在当时年轻我也没很在意这些琐事。

　　终于有一天，灾难无声息地降临到了我头上。在下乡后的第三个年头，乡公所突然下拨给知青点三个招生名额。那年月不是时兴招收工农兵学员吗？我清楚地记得其中有一个就是由武汉大学公开招生的工农兵学员名额，并且指定是读图书馆系；另外两个则是上遵义市卫校的中专名额。得到消息后，我心里那个兴奋狂喜啊，我心里清楚，或许上大学的那个名额就是公社指定给我的，因为于公于私我都当之无愧，而上大学可是我由来已久的夙愿与梦想呀！然而我的如意算盘完全打错了。当天晚上，以那几个男知青为首，突然嚷着要召开知青大会，说是要求民主推荐上学的人选。一时间，那几个小子又是交头接耳又是窃窃私语的，顿时我预感到事情不妙了，一场暴风雨必然要来临！

　　果然，会场上气氛剑拔弩张，火药味弥漫。那群小子明知自己不够条件，于是抢先发言竭力推荐那两名女知青，一再吹嘘那两名女知青出工多，劳动态度好，且关心团结大家伙，云云。开始我还冷静地听着，后来他们说的什么我简直听不进去了。而我们大队委派到我们知青点上的那位负责人，那位平日里对我十分了解的段队长竟然装聋作哑，一言不发。完了，完了，我彻底地栽了！一时间，我手脚冰凉，脑子里乱哄哄的仿佛快爆炸开来。就这样，会议什么时候结束的我压根不知道，只依稀记得最后的推荐结果是由那两名女知青一人上大学，一人读中专。

　　半响我才从恍惚中反应过来，一路摇摇晃晃地回到自己的宿舍。

一进门就全身扑倒在床上嚎啕大哭，一把一把地胡乱抓扯自己的头发，直哭得天昏地暗。想我从小到大生活中处处都充满了阳光与鲜花，什么时候曾遭遇过如此残酷的打击与折磨呀?! 老天真是太不公平了！哭了一会我又挣扎着爬起来，恍恍惚惚地来到窗外的荒山丛林里，一任狂烈的山风撕裂着我混沌的脑袋与沉重的四肢。走着走着，我突然发现到前面的路一直通往悬崖，随即脑子里有一个声音反复对我说："与其受人凌辱与欺负，倒不如一死了之！"于是我三步并做两步地来到了悬崖边，先是俯身往下一看，下面山谷黑黢黢的深不见底。然后我闭上眼睛深深地吸上了两口气，心想，只要身体往前一栽，所有的烦恼痛苦也就解脱了！而灵魂说不定就可以升天或投胎转世了！然后我奇怪地闪过一个念头：再过一会说不定当地人们就会发现我的尸体，接着我的亲人们就会前来为我收尸了！可是他们怎么能平静地接受我已离他们而去的事实呢？特别是我年迈慈祥的外婆、一直把我视为掌上明珠的父母亲以及三个活泼可爱的弟弟，说不定他们也因此活不成了！怎么办？到底是该选择生还是死?! 要知道活着比死可艰难得多了，自己还有勇气面对么？罢，罢，罢，为了我的亲人们我还是不去死吧，我还年轻，将来的路还长着呢，好歹我也得咬牙活下去呀！想到这里，我强迫自己平息了下来，且一步一回头地离开了悬崖……

打这以后，我变得深沉了许多，成天待在知青点上，白天干活，夜晚看书。后来得知那两名女知青由于文化底子太薄，连招生学校最基本的文化测试都没通过，最后那个大学名额不得不因此报废了，而两人同时进了市里的卫校，注定逃脱不了此生只能当中专生的宿命！此事让我领悟到：凡事都有个定数，也许这就是命运或机缘的安排吧！

机缘说来就来。1976年12月下旬的一天，我突然接到了当地公社托人捎给我的一份教师招工表。说实在的，当时我压根没想过此生要当教师，但迫于无奈我只得默默地接受了命运的安排。那天我将招工表揣在身上进城回了趟家，准备与父母家人商量一下后再填写。记得刚进城门口，便在路上遇见了我高中时的语文老师。当年因我的语文成绩出众，他一向欣赏并器重我。几年不见，他看到我憔悴的模样后感慨不已，当即就站在路旁与我寒暄了起来。当他得知我刚刚遭遇了一次挫折后便关切地安慰鼓励我，叫我不要因此灰心丧气。蓦地，他突然想起了一件事：前些日子，他刚碰到县广播站的一位负责宣传的熟人，说是县广播站最近要招收一名记者，知道他负责语文教学便问他有没有熟悉了解的合适人选。但对方注明要的是一位男生，要求写作能力拔尖。于是我的这位李老师顿时高兴了，他果断地对我说："要论写文章你是没说的，干脆你去试试吧，至于性别问题届时我出面去给他做工作。"可是我觉得此事悬，也就没有太在意。不想过了大约一周的时间，我突然接到了县广播站的应考通知，要我在12月26日这天早晨赶到县广播站参加文化考试。去就去吧，反正是试试看。

第二天一早，我便直奔县广播站。考场设在一间简陋的办公室，里面坐着十多名知青模样的人，其中男生占大多数。考试内容是由自己任意命题写一篇纪实文章，字数限制在3 000字左右，写作时间为两个小时。我一听可高兴了，这么简单啊，这不是一件可随手拈来的事情吗！我当即找来了几页信签纸，静思了片刻后决定写我最熟悉的知青生活。主意打定后我欣然提笔在信签纸上写下了"我的茶山"几个大字，接着便心潮起伏，文思泉涌。其间我多了个心眼，闭口不提上大学一事。而笔下描述的知青生活总是处处莺歌燕舞，人人激情满怀。那年月不是最看重人的精神与斗志么？回忆起来，那一阵考场上的其他考生们都尽咬笔杆呢，唯有我是下笔如有神，只听得纸上一片沙沙声。记得那天我特意戴了块手表，待文章一气呵成又从头到尾检查了两遍并署上自己的大名后，方才看了看表，竟然一个半小时不到，而其他考生都还在紧张忙碌着呢！于是我如释重负地抄起几页考试纸，起身交给了负责监考的那位考官，接着一身轻松地走出了考场扬长而去。

清楚地记得1976年12月28日的这天，我正在家里煮下午饭，在下米时不知乍搞的，顺手从衣袋里带出了两张红纸并一下子丢进了锅里，弄得满锅都是大红的颜色。赶紧捞起来一看，原来是前不久帮助知青点附近的一户人家接媳妇所剪的两张大红喜字！真怪，此事已过了好些日子，那两张纸当时揣在哪件衣服口袋我压根想不起了，却偏偏在那天就像变魔术般神奇地变了出来！就在吃饭那当儿，我突然接到了县广播站的通知：我被他们破格录取了！原本他们的计划不是要招收一名男记者的吗？这意味着我将来会被他们当作男记者一样的来使用。同时要我次日速去单位报到并办理相关手续，不是再过48小时就到了1977年了吗?！

　　就在全家人为我欢欣鼓舞、喜上眉梢的时候，我赶紧行动了起来，那份一直还没填写的教师招工表我得抓紧两天内把它处理掉，否则可就过期作废了！要知道那年月能没费一点劲就得到一份招工表可真不容易。说来也怪，尽管当时面临着两种选择，但我始终不愿下决心填写那份招工表，冥冥间老是觉得有一份让我渴望让我爱的职业正等着我！当时我的第一个念头就是把这份招工表给我的一位表弟，无奈他当时在另一个名叫新站区的地方当知青，而招工名额则是元田区下达的，按规定名额只能在本区内消化而不能跨区。于是我忽然想起了那天在县广播站的考场上，我偶然看见了和我曾经同校后来碰巧又同时下乡在元田区的一名女知青，尽管她在校时曾发生过很不光彩的事情，让我们这些局外人都为她蒙羞。但我还是本着不浪费名额、关爱知青战友的宗旨，专门四处打听并寻找到了她，待亲手把那份招工表交给她后我方才深深地舒了一口气。谁知道此女不知好歹，事后她非但不感谢我竟然还在背地里逢人便说：是我在招工考试时作了弊，出于良心过不去才把那份招工表送给了她。真混账之极，早知道我把那份招工表扔在厕所里也不给她！这是后话。

　　至此我终于实现了我的早年理想，顺利地圆了当一名记者的青春梦！尽管当年最初参加工作时，成天骑着个自行车下区乡、跑工矿、去部队地四处采访奔波，充其量也只能算得上是一名县城里的"土记者"。但在工作近十年后，我又通过不断自学过五关斩六将，顺利取得了全国新闻职称考试资格证，最终成为了一名手持国家新闻总署所颁发的棕色记者证，上调到遵义市人民广播电台而成为了一名货真价实的"洋记者"！夕阳西下时回首往事，我觉得我真的应当由衷地感谢上苍，他为我安排的此生毕竟还是幸运多彩的。真是"山重水复疑无路，柳暗花明又一村"。

2013 年 6 月 8 日落笔

始终不愿记起，却总无法忘记

彭红霞

作者简介：

彭红霞，武汉三中1970届初中毕业生，1971年元月下乡宜昌土门公社车站大队四小队，1972年12月病退回城。后一直工作在商业战线，2004年退休于武商亚贸广场。

一曲《我们这一辈》的歌，把我带回了那遥远的知青岁月，仿佛从时空隧道中回到了四十二年前的宜昌县土门垭，那里曾经记载着我的一段青春与苦难。听着那悲壮而低沉稍带沙哑的歌声，想着我们这一辈人曾经的遭遇，伴随音乐，不由自主地跟着唱起来，唱着唱着，我不禁泪流满面……

我也曾是一名知青，和成千上万的同时代人一样，经历了上山下乡，也正因为有了这一段刻骨铭心的体验，才有了四十多年过去了都无法抹去的凝重记忆。

下 乡

　　1970年末，我将面临人生道路上第一次不能由自己选择的命运安排。

　　那是一个寒冷的冬天，这段时间同学们都在谈论毕业分配的去向，我们这一届初中毕业生一改前几年一刀切的分配方法，来了个四六开；百分之六十的学生下乡，四成的学生可以继续升学念高中。学校要求每个学生递交服从分配的自愿书，在那个谁也不敢说真话的年代，我也不例外，迫于形势的压力，不得不在自愿书中写上"一颗红心两种准备"。其实，在同学们眼中我毫无疑问的是继续升学的对象，自己内心深处也丝毫没有下乡的准备，而且我那么喜欢读书，渴望着升高中，考大学，那是我的梦想，梦想着有一天能成为一名老师教书育人……

　　来到学校，班主任邬冬生老师找到我，神情凝重地对我说："彭红霞，你被分配下乡了……"，不知老师下面还说了些什么，我一句也没有听进去，顿时感觉脑袋昏沉沉的，木讷地待在那里，不知所措。我始终想不明白，毕业分配原则不是学习好、出身好的学生可以升学吗。我的学习成绩在班上始终保持在前几名，毕业考试六门功课全优，各个方面都表现得不错，可以说自己算得上是品学兼优的学生。家庭出身清白，我姐经过了严格的政审刚从乡下抽调进了国防兵工厂。我应该属于升学的对象呀？

　　我找邬老师谈了自己的疑惑，希望学校能给我一个合理的解释。没过几天，区教委来我校召开应届毕业生座谈会，邬老师有意安排我去参加，并对我说："你有什么想法和要求如实地在座谈会上讲出来，或许对你有帮助。"在座谈会上，我一改往日乖巧听话的小女生形象，在会上大胆地反映了我的情况，说出了对分配的看法，努力为自己争取读高中的机会。区教委的领导当场表态，要求学校予以落实。

　　忐忑不安的我等待着重新分配的消息，等待的日子特别难挨。最终等来学校的答复是：彭红霞同学的大哥是造反派，正在北京一个什么学习班里，可能有问题，学校执行原分配决定。

大哥和我同父异母，当我还没有来到这个世界的时候，他就已经结婚生子，从来没有和我在一起生活过的大哥，是否有问题，并没有下结论，我就受到牵连。这个时候的我不得不相信有命运之说，而我无法摆脱命运的安排。

沮丧失落的我从普希金的诗句中找到了一丝平静与安慰："假如生活欺骗了你，不要悲伤，不要心急，忧郁的日子里需要镇静，相信吧，快乐的日子将会来临，心儿永远向往着未来。"我只能怀着对未来的期盼，坦然面对下乡——走我无法选择的路。

鸦鹊岭火车站

1971年元月7日，16岁初中毕业一脸稚气的我，体重不足45公斤，背着一个和我整个人极不相称的背包，带了一口大红木箱，奔赴到农村广阔天地之中。

武汉三中1970届毕业生下乡有两个去向可以选择，一是距武汉市区很近的东西湖走马岭农场；一个是偏远的山区宜昌县土门垭。当时，姐姐已进了国防兵器工业部（现在叫装备部）的八零九厂，厂就在宜昌。尽管我同班女生没有一个去宜昌的，可我还是毫不犹豫地选择了去宜昌。那里有我的姐姐，母亲说，姐妹俩离得不远有个照应。

母亲把我送上火车，站在车窗外不停地擦着眼泪，送行的人群中不时传出哭泣的声音。我不觉得有什么难过，既然只有这一条路可走，而且是必经之路，哭有何用呢？我倒真有那么一点临阵冲锋上战场的英勇气概。

火车到达宜昌县鸦鹊岭火车站估计是半夜两三点钟。穷乡僻壤的山区小站，空旷的候车室似乎没有任何设施，电灯都没亮，同学们从梦中惊醒，稀里糊涂地跟着人群来到了这个黑咕隆咚的地方。外面好像在下雪，好冷啊，大家紧贴在一起，一个挨着一个，不时从黑暗之中传出低沉的哭泣声。带队的吴老师和几个男生弄了些干柴,烧燃了几堆篝火。火光映红了候车室,消除了黑暗,也消除了同学们心里的恐惧。我们围坐着,等待天明。

天亮了,大雪过后天气放晴,太阳露了出来。映入眼帘是一座座蜿蜒崎岖的大山,青山披着一层薄薄的银装,山间零星有几户人家,寒冷的清晨带给大山一线生机的是农舍燃起的缕缕炊烟。宁静的大山被我们吵醒,新的一天开始了,我们却看不见新的希望。

等了好久,开来了几辆卡车,还有前来接知青的农民。同学们躁动起来,整理着行李。一百多号人将要从这里分手,各奔东西。一位当地的知青干部一手拿着扩音器,一手拿着决定我们去向的名单,就地分配。

我们这批学生全部分配在宜昌县土门区鸦鹊岭公社和土门公社。鸦鹊岭公社位处偏远山区,生存条件十分艰苦,农民一天的工分仅8分钱,一年下来自个都养不活;土门公社离宜昌市区不远,多为丘陵地带,各方面条件要好得多,效益好的生产队一个工分三、四毛钱。当然,这也是以后才知道的情况,要是同学们事先知道的话,分配起来就不那么顺畅了。

知青干部按生产小队为单位进行分配,每一生产小队安置3至4名学生。我、徐广英、邱素珍、张昌全4名女生,落户在土门公社车站大队第四生产小队。来接我们的除了队长,还有一个年轻小伙子,那小伙子的神情骄横得很,瞅了我们几个一眼,说话全然不顾及我们的感受,发出大失所望的感叹:"哎,几个女伢,这么小的块头哪是干活的人哦。"后来才知道,我落户的车站四队是土门区最好的标杆生产队,工分最高,条件最好,也是全区最富裕的生产队。土门区政府办公大楼就在旁边,地处土门区热闹繁华的集镇。坐在知青小屋,就能看见汉宜公路上川流不息的汽车,乘车去宜昌市不用半小时,难怪人家"拽"得不行。

土门公社车站大队安置了三、四十名同学。为了欢迎我们这批来自同一学校的第二批知识青年,大队搞了一个别开生面的欢迎会。会场设在我们车站四队的稻场上，会场的声音就连不远处的区政府办公楼都听得见，这个欢迎会八成是做给区里头头们看的。欢迎会的主要议程是忆苦思甜，几位老农民声泪俱下地讲述着旧社会的苦、新社会的甜。

已是中午时分了，从昨天早晨上火车距现在近三十个小时，除了在火车上垫了一点干粮外，就没有吃饭。我们这一帮学生早已饿得前胸贴后背了，上面讲了些什么压根就没听进去，只盼着会早点开完，快一点安排我们吃饭。不远处几个人抬着大木桶朝会场走来。桶里还冒着热气，我们心中窃喜，这下可以开饭了，只不过这是我们没有想到的一顿"忆苦饭"。大队干部为了让我们知识青年虚心接受贫下中农的再教育，不忘阶级苦，牢记血泪仇，上了一堂忆苦课，再加一顿忆苦饭，第一天就把我们教育得服服帖帖了。端在手上的糠糊糊，不吃不行啊，那么多人看着呢，我们只好低着头咬咬牙往下咽。我的知青生活就从吃一碗"忆苦饭"的这一刻开始了。

学校带队的吴志仁老师完成了知青送交任务，临走前特意来到我的住处，单独对我说："彭红霞同学，你的班主任邬老师再三叮嘱我要把你安排好，应该说车站四队是最好的了，我回去跟邬老师也有个交代。在这里好好干，区政府就在你们旁边，你有什么困难就找知青办公室……"此时，我才知道邬东生老师对我是那么的关照，让我在下乡分配安置中享受了特殊照顾。

时隔四十二年的今天，我仍然要再次说一声："谢谢你们！"谢谢邬冬生老师，谢谢吴志仁老师，如果没有你们当初对我的怜惜和关照，后来生病落难的我就不知道会是怎样的境况了。正因为有你们的特意关照，把我"放"在区政府眼皮底下绝佳的地理位置上，逆境中的我才得到许多人的帮助，最终顺利回城。

我们知青小组

我们知青小组的四个女生，在校并不同班，徐广英、张昌全是三连三排，邱素珍是二连六排的同学，素珍和广英是街坊，唯有我是三连五排的。(那时不称年级、班,称连、排,怪吧?)虽是同一届学生,彼此并不熟悉,下乡前临时凑合在一起的,组成了一个知青小组。

　　论年龄邱素珍最大,比我大两岁;论个头广英身材比我们三人都要高一点;论生活能力,要数张昌全最能干;四个人之中年龄最小的是我,而且身体最单薄。徐广英在我们4人中最活跃,热情豪爽,有几分仗义,我们有什么困难都是她出头四处张罗,只不过千万别把她惹烦,一旦得罪了她,她那一张嘴是不饶人的。她和我一样有类似的复杂家庭,也是因为哥哥抽到宜昌红旗电缆厂才选择来宜昌的。

　　我们住的房子是沿生产队粮仓房子的屋檐搭建的"偏厦"屋,两间房,一间厨房,是专为安置第一批下乡知青搭建的。床铺、灶台、吃饭用的桌子板凳、干农活的工具全是学长他们用过留下的。看来用于我们每人几百元的安置费生产队可以照单全收并一分不花。

　　生产队分给我们一块自留地,一块没有开垦的荒地,离我们知青小屋大约50米距离。自留地在一条四、五米宽的小溪旁边,沿石板桥走过小溪就是区政府办公楼。我们四人,每天收工回家两个人挑水做饭,两个人下自留地整菜园,轮班换岗。站在菜园看落日的黄昏,心里思念着武汉的父母,眼睛却瞅着知青小屋的烟囱,烟囱不冒烟就知道饭熟了,不用喊就自觉回家吃饭。

　　一帮没有在农村待过的姑娘哪里种过菜呢,自留地大块大块的黄泥巴还没有被整平,就急不可耐地把生产队给我们的莴笋、茄子,南瓜、冬瓜、辣椒种子全种下了。村里人笑话我们说:"像你们这样田里能长得出菜来?"管它呢,照乡亲们教的方法,经过我们浇水施肥后,撒下去的种子终于从黄泥巴下顽强地冒出了嫩芽。一段时间后,我们居然吃上了自己种的菜。虽然还不能自给自足,毕竟收获了自己的劳动成果,我们四个人都非常自豪与开心。

　　很多时候我们没有菜吃,队长就从自家给我们端来一大碗腌得红红的辣椒酱,然后给我们大侃辣椒的营养价值,有队长开了个头,以后我们就不愁"营养品"吃了。腌辣椒是当地农民家里的压桌菜,每户人家坛坛罐罐腌得不少,无论找哪一家开口,乡亲都会给我们。

一天,我们去了队里较远的一块地干活,途径一大片快要成熟的蚕豆地,看到一颗颗饱满的"青皮豆",眼馋得不行,我们武汉人喜欢吃这种没有长老的嫩蚕豆,广英给我递了个眼色,做了个鬼脸,我笑了笑,知道广英要有所行动了。

夜晚,四处一片寂静,月光在云层中时隐时现,只有农田里的蛐蛐在不停地歌唱。广英打头阵,叫我们跟在她后面,沿着收工回家的田埂小路找到了那块蚕豆地。大家紧张、兴奋、慌乱、快速地偷摘青皮豆。不一会,隐隐约约看见不远处的山上有一闪一闪的光亮,不晓得哪个说了声:"鬼。"做贼心虚的人哪听得鬼叫啊,一声"鬼"把大家吓得半死,拼命地跑,回到家个个灰头黑脸地喘着粗气,边笑边收拾战利品。青皮豆被我们一顿就干掉了,可是,那么多的青皮豆壳怎么办呢,不敢随便倒掉,怕让队里发现,于是又乘天黑在自家房屋附近挖了个坑埋了,一起埋掉的还有我们的贼心。前两天和广英通电话还在笑谈当年"夜偷青皮豆"的故事。这也是我下乡期间唯一做过的一件坏事。

下乡几个月没有见到肉腥,为了解馋打牙祭,我们还干过"夜抓青蛙"的事。寂静的夜空下,除了青蛙的叫声,再也听不见其他任何声响,四个人分工合作,我和素珍拿手电筒和口袋,广英和张昌全负责抓青蛙。我们顺着青蛙的鸣叫声沿田埂和水田边寻找,在手电筒光柱的照射下,青蛙昂首就擒。抓青蛙不难,可杀剐青蛙太残忍了,我不敢弄。我们之中要数张昌全最有本事,捉、杀、烧样样她都会,她炒的菜也好吃,我们都喜欢吃她做的饭菜。抓青蛙是我们下乡以来最开心的乐事。

半年多的时间,我们学会了栽秧、除草、收割、施肥许多农活,生活苦点能坚持,干活累点也能承受。我们最盼望下雨天,下雨天不能出工,便是我们的放假休息日,给家里写信,打扫清理房间,逛逛土门街,一起去老乡家串串门,就这样渐渐地适应了知青生活。

双抢农忙季节

农忙，忙就忙在插秧收割上。收完麦子栽棉花，收完早稻插晚稻，栽秧割谷双头忙。真正难熬的就是双抢农忙季节。

双抢，抢收早稻，抢插晚稻，时间集中在 20 多天内，是农村中最苦最累的日子。三伏暑天，骄阳似火，水田都被烈日蒸出腾腾热气，秧田如汤。每天，伸手不见五指就起床摸黑下地，中午吃饭的时间不足一小时，老乡家大多有上了岁数的老人或者放暑假在家的学生帮忙做饭，回到家吃了就走。我们知青没有人做饭，又不允许我们留人做饭打杂。每天收工得小跑步回家，慌忙火急做饭，却常常是饭没吃两口，上工的钟声已经敲响，只得放下碗含着饭往地里跑，一直干到月亮当空繁星满天的时候，差不多每天在田地里劳动 16 个小时。

栽秧时，人得倒着往后退，秧苗从手指间一束一束地插进那似乎永远退不到边的稻田，你还必须麻利地跟上栽秧节奏，要不然就会被喜欢逗人取乐的农民把你关进秧田出不来，然后就引来所有人的哈哈大笑。栽秧无非是重复的机械动作，不多时，我们栽秧的速度和当地女人们也差不多了，后来一点也不逊色于她们。

收割时，人必须往前走，用镰刀一刀一刀地割稻谷，栽秧靠手巧动作快，割谷靠镰刀锋利力气大才能见进度。而我们力小刀钝，十分费力，时间不长手掌就打出了血泡，抢工赶时间不可以怠慢，只能包扎后接着干。

不管前行还是后退，都得弯着腰，面朝黄土背朝天。

农闲季节下雨可以休息，双抢季节下刀子都得出工，季节不等人。我们仍然期盼老天下场雨，只有在雨中栽秧才没那么煎熬。

我最害怕的是蚂蟥，水田蚂蟥多。这种生活在水中的血吸虫，全身油滑柔软，它的嘴其实就是一个吸盘，只要它趴在人的皮肤上，就直接用吸盘吸你的血，而你却毫无感觉，等它差不多吸饱了，你才开始感觉皮肤有点痒。当你发现是被蚂蟥咬时，这个原来只有一寸多长细细的小东西，吸饱了血后竟然有手指般粗大，令人毛骨悚然。傍晚，劳累了一天的我，收工走在田梗上，感觉到腿上有点痒，不由自主地用手去抠，猛地发觉不对劲，手触及到滑溜溜的东西，马上意识到是蚂蟥。我吓得直跺脚，大声惊叫："蚂蟥，蚂蟥！"这时，幸亏军属家的大妈过来，对我说："莫怕、莫怕"，猛地一巴掌把它打掉，一条吸饱了我鲜血的蚂蟥已经有拇指般粗大了，还透着血色。大妈帮我出气解恨，把那条吸饱了血的蚂蟥戳断弄死，流在地上一摊血。看着地上的鲜血，我那不争气的眼泪流了出来，下乡后半年多，没有掉一滴眼泪的我哭出声来，尽情地宣泄了压抑在我心里已久的委曲。

夏日骄阳似火，双脚水里蒸，头顶烈日晒。身上的衣服汗湿了晒干，晒干了又被汗湿，一天活干下来，直觉得头晕眼花、腰酸背痛、双脚发软，浑身像散了架似的，回到家不洗不吃倒上床就想睡。这个时候谁也没有精力去做饭，常常是有一餐无一餐的混，不想吃就捧着水猛喝，有时抓起一根黄瓜就凑合一顿。那段时间严重的睡眠不足，营养不良，我们拖着疲惫的身子日复一日的苦熬着。

渐渐的我感觉自己身体有些不大对劲，已经两三个月没有来"例假"了，稀里糊涂没有在意，也根本没有时间和精力去考虑"例假"不来的原因以及不来是什么后果。接着又开始出现头晕无力的现象，却仍然没有引起我的重视。其实，这个时候病已经上身了，心里却还在骂自己，哪有那么娇气，双抢时节大家都很累，可能都会出现这种状况，别的同学能坚持，我也应该能坚持。爱逞强的我不愿意被人看不起，更不愿意被人说娇气，我没有声张，一直坚持到农忙结束。

病倒在水库工地

忙完了双抢。对于我们知青来说，不啻于打了一场旷日持久的煎熬仗。也许在老乡们眼里不算什么，但是，对从未出过家门，从未干过体力活的女孩子来说，经历双抢的艰辛无疑是空前的。双抢结束，本以为可以歇一口气了。我们盘算着去宜昌市，各自到哥哥姐姐那里好好地休息几天，改善伙食，补充点营养，恢复一点元气。

还没有来得及开口请假,上头就下达了修水库的任务,各生产队必须将强劳力派到水库工地。然而,队里的那些身强力壮的年轻人,特别是有家室的青壮年谁都不愿意去。为了完成外派指标,知青成了首选。不管我们女孩子能不能承受重体力劳动负荷,也根本不会顾及我们的意愿,通知下达,就必须无条件地服从。

全区集中派来修水库的劳动力约几百人,按生产大队为单位分头安排住进当地农民家里。农家的土房正门进去是一个宽大的堂屋,堂屋两边是厢房,我们只能在堂屋的两边打地铺,中间留一条道走人。没有木板也没有任何可以用来防潮的材料,潮湿的土地上铺满稻草就是我们睡觉的地方。没有洗澡的地方,也没有热水,生存环境极为恶劣,难怪连当地农民都不愿意来过这种艰苦的日子。

修水库,土方量巨大,在那个机械化程度极其落后的年代,没有挖掘机,也没有推土机,全靠劳动力"发扬战天斗地的革命精神",将低处的土方挖出来,再挑到水库堤坝上去。大块头的男劳力锄土、铲土,其他人全部挑土。挑土的人排成行,扁担上肩不能停歇,你若停下来,整条队伍就停下来了。挑着装满泥土的箢箕少说有几十斤,从库底往堤上走,十分吃力。身高马大的壮劳力挑着担子,那姿势就像在电影纪录片中看到的一样,精神饱满,大步流星甩着手,一点也不费力似的,而我挑着担子,扁担和箢箕上下来回地晃,那姿势像跳舞似的,一担土挑上堤不知道换了多少次肩,还得晃晃悠悠跟着队伍速度快步走。

重体力的挑担子不是我能干的活,我不怕累,可我有腰肌劳损的旧伤。当初下乡前,如果我拿出病历和医院证明,兴许可以按病残生留城,而我觉得那是不光彩的事,不曾动过这样的心思,不曾想今天实在迈不过这道坎,那水库堤坝在我面前像一座攀越不过的高山。一担又一担,一天又一天地支撑着、坚持着、苦熬着,挑战着自己所能承受的极限,我如同走进那原始森林找不到出来的路,如同掉进大海游不上岸。受过伤的腰越来越沉重,每天汗流浃背、冷水擦身、潮湿的地铺、高强度的劳动……终于,我病倒了,病情严重。据广英后来告诉我说："高烧不退，昏昏迷迷，脸都烧红了，看着吓人。"两天后，在广英的陪护下我被送回了生产队。

整整昏睡了六天，昏睡的那几天中似乎有好多人来看过我。似乎听见过很多人的声音，有队长、有医生、知青干部……似乎每天有乡亲送来吃的，迷迷糊糊的我根本什么也吃不下。病中，幸亏有广英的照顾，是她扶我起来喝水吃药，是她帮我洗换发烧湿透了的衣服，是她在我最无助的时候伸出了温暖的手。

几天后，当我清醒过来本能地想坐起来的时候，却顿觉天旋地转，好一会儿似乎缓了过来，靠床坐定，却不料一大口淤血吐了出来。终于熬到了我能站起来的那一天，仿佛一切都没发生过似的，只有自己感觉到，身体在一天天变坏，不敢去想以后会怎样？病中的我依然表现得很坚强，给父母的信和往常一样，报喜不报忧，仍然是"一切尚好，勿念！"只是告诉了在宜昌的姐姐，姐姐特意来土门看我，并上门答谢了在我病中给予帮助和关心的乡亲。

母亲来了

能下床了，人很虚弱，还不能下地干活，在屋中养病。一天下午，我坐在大门口，无神地望着公路上来往穿梭的车辆发呆，满脑子想着一些怎么也想不明白的事。我们算什么初中毕业生，小学毕业开始文化大革命，学校停课没书读在家耽搁两年，进中学后，没有正经上几天课，不是下工厂学工就是去农村学农，一晃两年过去了，就这样稀里糊涂毕业离开了学校，我们学到了多少知识？能算得上知识青年吗？把我们送到农村接受着原始落后的生产力的"再教育"，让我们这些尚未成年的人在"广阔"的炼狱里洗刷着自己莫名其妙的原罪。我那么渴望读书，渴望知识，渴望有一天走进大学校门，可是一切都成了泡影，前途一片渺茫……

这时候，我看见田埂那边，一位中年妇女手提旅行包朝我们的知青小屋走来。远远看去，那举手投足之间，仿佛是我的母亲，走近了，啊！真的是母亲来了，我不敢相信，母亲怎么会来宜昌呢？

我迎上去大声喊："妈妈，妈妈"，母亲也大声叫着我的乳名："红平，红平，不到一年的时间你怎么成这个样子了啊？"母女俩不禁相拥而泣。

我重病的消息已不胫而走，在整个知青中传开了，从邻居知青家得到消息，父母焦急万分。母亲决定请假来宜昌一趟。家里不宽裕，母亲的同事们知道后，主动帮母亲邀了个"会"。邀会，在那个经济贫困的年代，是一种常有的互助形式，每个人或三元或两元的，最大的"会"不超过五元，一般邀"会"约十几个人，每个月发薪收"会"钱，每个月有一个人得"会"，没有利息。这种大帮小助的方法在那个年代解决了不少人家的急事和难事。就这样，大家帮忙凑够了母亲的来回盘缠和花销，母亲买了一点营养品，火速坐上长途汽车来到了宜昌。

母亲的到来无疑给了我极大的安慰和温暖，仿佛有了依靠，尽管只是短暂的依靠，我仍然不愿松手。母亲不能在这里多住，收入微薄，请假还扣工资，临走前母亲和我去了姐姐厂里，娘仨有了一次难得的久别重逢，而重逢之后又将是离别和日复一日的牵挂。

姐姐厂里三天两头有跑武汉的汽车，为了节省路费，姐姐联系好回武汉的便车。我很想跟着母亲一起回武汉，把病情好好检查一下，但知道家境不宽裕，不想也不能给家里增添负担。我必须自食其力，必须克服自己所面临的困难，回武汉的想法始终开不了口。我虽然内心柔弱，外表却显得很刚强，不愿意让母亲担忧。母亲也想把我带回武汉，却怕影响到我在农村的表现，怕以后抽不上来。善良无知的人们就一个"怕"字当头，小心地活着，想得到的只有忍耐。

离开姐姐厂里的那天是 1971 年 9 月 12 日。那一天，秋风中夹带着绵绵细雨，我和母亲坐在回武汉的车上。母亲不停地嘱咐着我，不停地擦着眼泪，我却一句话也说不出来。

车到了土门垭，我万般无奈地下了车，眼神悲伤的母亲看着我离开。我站在雨中，望着渐渐远去的汽车，任凭泪水流淌，任凭雨水打湿衣裳却迈不开脚步。

后来才知道，母亲回到武汉，走进家门，父亲给她端上一碗家里难得煨一回的汤，看着碗中的汤，想着在宜昌生病的我，睹物思人，母亲不禁嚎啕大哭，哭诉没有把我带回来，哭诉道："要是红平能回来喝一碗汤就好了啊。"

几十年过去了，这个日子我始终不愿记起，却没有办法把它忘记，在母亲的心中，这也许是她永远无法抹去的伤痛，每每提起这件事，母亲说不出有多么的后悔，她常常自责地说，如果早点把我带回去治疗，病情不至于会拖得那么严重……

回想当年，我们知青无疑是无助的弱势群体。我们失去了支配自己生活的权利和自由，想回家不能回家，生病了想"辞职"都不能，有一种被强制的压抑感，苦难不同程度地摧残了我们一代人的身心健康。

那一幅在秋风秋雨中无助的我望着远去的汽车久久不愿离去的凄凉场景，永远定格在我的记忆中。

病 退 回 城

接下来的日子里，以我的状况是不可能再上水库工地干活了，我留在了生产队，队里尽可能安排稍微轻一点的活给我干。

农闲季节，队里隔三差五地利用晚间召开社员大会，会上基本是由队长包场，一个人在那里唠唠叨叨，没完没了，说些无关紧要的话题。劳累了一天的人们，大多数在昏暗的煤油灯光下闭目养神。会议的内容我从来不关心，好奇的是这种没有任何效益的会为什么要开，耗费大家的时间，更可笑的是不明白自己为什么坐在这一堆人群之中蹉跎光阴。

我不明白为什么来这里，农民更不明白。当地农民根本就不欢迎我们来，视我们为入侵者，队里的老郭头很实诚地说道：她们不来，田里的活我们不是照样在做，多了她们几个把我们的分值都摊薄了……话音未落，马上还有几个人附和。

知青上山下乡到底为了什么？这个问题又一次使我陷入迷惘之

中，城里的学生，被迫离乡背井，来到广阔天地接受所谓的"再教育"，在这里有病无钱医无人管。当地农民被迫包容和接纳本不属于他们的人口，从他们原本不富余的口粮中刨食。为什么？

我带病又坚持了半年多，直至完全丧失了劳动力。到后来，连做一些生活起居如铺床叠被的小事都会昏倒，无可奈何回到武汉，经大医院检查，我的血色素不到正常人的一半，正常人血色素 $11.5 \sim 18 g/dl$，我只有 $4 \sim 5 g$ 左右；心跳一直处在 $120/$分钟左右；血小板的正常值为 15 万 ~ 45 万$/UL$，我只有 6 万左右；白血球高出正常人的两倍。医生诊断结果：恶性贫血、血小板减少症、伴有严重的心动过速，病因待查。在当地知青办、生产大队的关心下，我病退回城。

好长一段时间，我的恶性贫血查不出病因，被怀疑患有白血病。白血球降不下来，血小板、红血素上不去，为抵抗炎症用了半年多的青霉素。由于长时间用青霉素消炎，直至到后来产生抗体过敏而禁用，多年以后我结婚了，儿子一出世先天性对青霉素产生过敏。为了给我治病，父亲欠下厂里的债直到他退休都还没有扣完。

那时一次又一次地检查病因，都无结果。有一次，我去了市四医院做检查，往回走的路上，站在江汉桥边望着滔滔江水无限感伤，想着我还没有开始的人生，我还不到 18 岁啊！难道说真的患有白血病，将要面临死亡？难道说这个世界真的容不下我吗？我不禁泪如雨下，绝望、恐惧到极点。

回武汉经过了长达一年的医治，医治过程中的艰辛，情感的变化，生与死的考验……我不愿意再提起，每一次谈起都会泪流不止。庆幸地是我活着回来了，结束了我的知青岁月。

"上山下乡"对于绝大多数知识青年来讲，就像是在健康的肌体上被强制性地注射了一种毒素，引起了身体的红肿、发炎以至溃疡。现在，这个伤口结痂了，留给自己的是一个刻在心口永久的伤疤和一段刻骨铭心的记忆。

写于 2009 年元月，定稿于 2013 年 5 月

我们曾经那样年轻
——小记我短暂的知青岁月

金莉莉

作者简介：

金莉莉，女，1954年出生，郑州市人，祖籍浙江绍兴。1971年1月上山下乡到郑州市郊祭城五七青年农场，1972年2月被招工回城。1976年2月调入政府机关，现退休。

个人签名：贪玩，疏懒，心理年龄永远赶不上生理年龄。

一 郑州五七青年农场

1970年，一位穿军装的市委书记，指示在郑州市郊区组建10个"五七"青年农场，安置郑州市1969、1970两届初中及部分1968届高中毕业生；指示从工厂、机关、人民公社，选派最优秀的干部到农场担任领队；拨给每个知青安家费、一年的伙食费和少量生活津贴。这一人性化的就近安置、父母般的连队领导和知青集体生活的"下乡"模式，减少了几万个家庭的家长对孩子们的担心。

农场按照部队编制组建，场部设在各公社所在地，称为"团部"。以学校为单位组成连、排、班。

我是1970届初中生，毕业于郑州第五中学，下乡的地点在东郊祭城五七青年农场，我校学生分为11、12两个连，我在11连，11连共有知青180余名。从市区可乘5路公交车至终点站到场部（祭城公社），再徒步2个多小时，到达连队所在地。

（后在1976年、1977年、1978年分别有三批新知青补充到农场，届时老知青大多已被招工。到1981年，农场知青全部陆续回城，农场从此不复存在。）

2005年，几名知青代表到北京看望当年的市委书记、郑州警备区司令员——王辉，真诚感谢他当年对知青的关怀和呵护。谈及当年农场100多个连队那生龙活虎的兴旺景象，老将军的脸上溢满了笑容。

王辉，一位被几万知青和他们的家庭永远铭记并感恩的人。

二 启 程

1970年，我16岁，初冬。

那天的印象特深。学校突然调整了课程，所有的课都停了，语文课一下子跳到了课本的最后一章：《广阔天地，大有作为》。

当时课堂上的兴奋、雀跃与欢呼，完完全全是发自内心的。全班60名同学，齐刷刷的，是扯着嗓门喊完那篇课文的。

下乡地点是我市近郊的青年农场。为了营造气势，出发那天，两万余学生分兵各路，红旗招展，引吭高歌，步行前往目的地。家长和市民们夹道相送，哭的笑的，那场面，真叫一个壮观啊！

号令发出，我们的队伍开始蠕动。我突然被班主任揪出队列，被拖到运送行李的大卡车旁。班主任大声说：你脚上有冻疮，别拖累大家，上去押车！她一把拉开驾驶室右门，把我往上推。我懵了，边挣扎边喊：我才没有冻疮呢！我不押车！……但不容我分辨，司机和班主任上下合力把我提起，塞进驾驶室，卡车随即开动了。

没能光荣步行下乡的懊恼，在后来，在我真正走了一回这单程近40华里的路程之后，消失殆尽，我才懂得了我那班主任的良苦用心。而我也是后来才得知，有的同学和家长，多羡慕这"押车"的待遇啊。

我曾经使劲回忆，我究竟为班主任做过什么？是平时认真好学？不完全是。是听话守纪律？好像更不是。我究竟为她做过什么呢？

多年以后，再见到已经满头银发的班主任，言及此事，老太太慈爱地看着我，说：你一直那么柔弱，路又是那么远。

噢，——我自多情，原本就没什么。

三　青春少年不知愁

初到农场时房子没建好，知青们便就近暂住村民的空房。

市里给各连队都发了一群鸭仔，有百十只吧，我们连队的鸭仔住在伙房旁边，每到开饭时，鸭仔和180多号知青挤在一起就餐，知青围成圈坐着小凳，鸭仔摇摆着巡回穿梭，场面很是有趣。

没几天，鸭仔突然莫名其妙地减员了，弄得俺们吃饭都冷清了。但陆陆续续的，一些被染得红红绿绿的鸭仔，又来和我们共餐了，并很快恢复了以前的阵容。可是，那全是被化了妆的鸭仔，鸭头、翅膀、脖颈、肚腹和尾巴，被染了不同的颜色，那五彩缤纷的，简直就是一群鸳鸯啊！

"案子"很快就破了。原来是村民们偷了我们的鸭仔，又给各自偷到的鸭仔染了色，当做归自家所有的标记。但鸭们的习性是随群儿且恋旧巢，它们每天都要集体回到我们这里就餐和住宿，这群傻东西，全不顾村民们的脸面。

很快，我们带队领导决定，拆掉鸭巢，把鸭仔全送给村民，吃亏吃到明处。

我们指导员是市公安局重案科科长，真让我崇拜啊。

我这里说的"重案科"，那时叫 X 科。那时我们这儿说谁谁进 X 科了，人们就知道那人的事"沉"了，别指望出来了。

这里拉杂一点儿，多为我们指导员写几个字。

我们指导员一点都不"高大全"，肤色白皙，细眉细眼，给人感觉总是笑眯眯的。若细看，会发现他眼锋中不经意间闪现的凌厉。我认为，那凌厉就是 X 科的标志。指导员喜欢把外衣，像焦裕禄那样的披在肩上，一副那个年代领导干部的范儿。

指导员喜好京剧，于是早操后，全连就要合唱京剧样板戏。下乡时赶上隆冬，呼气成霜。于是每天清早，总能看到我们唱样板戏时口中呼出的白雾，音袅袅，雾袅袅，自成一景。

百多号知青合唱京剧，荒腔走板的，却能让我们指导员听得很陶醉。常见他眯了细眼，随了拍节微微晃头，幸福无比。

我做事，要么不做，做了就要认真，包括唱样板戏。我每次都放开了嗓门，从头喊到尾，从不偷工减料。

那天一早，又唱李玉和的《党教儿做一个刚强铁汉》，指导员最喜爱的唱段。之所以记得清楚，是我那天受了打击。

那段唱的结尾处是一句高腔"为革命粉身碎骨也心甘"，具体节奏是这样：为——革命，粉身碎骨——0、0、0、也心甘！

（不知我说明白了没有：——，拖腔；0，停顿，乐器敲出的 cang、cei、cang！嗨，这费劲的，乐盲悲催啊）

接着说。

我们唱的时候，指导员照旧眯了细眼陶醉着，我也唱得很投入。就在结尾 0、0、0 处，我很认真地停顿下来，给自己打着拍子：cang、cei、cang！然后接唱：也心甘！

结果，那群没心没肺的家伙全不管这里要停顿，一气吼完全句，结果，我就非常认真地独自冒出了一句"也心甘"！

我还在余韵中回味，就见我们指导员把披着的外衣一把扯下，摔在地上，冲我吼：JLL！你走吧！

……

冤案在早饭时就被平反了。我们指导员，是 X 科科长啊！

五年后，在市直机关干部学习班上，我和我们指导员再次相遇了。依然是细眯眯的笑眼，只是头发有些花了，昔日凌厉的眼锋，也更多地被慈爱替代了。

现在写上面这段字时，我哭了。那老头现在不知怎样了。当年日子清苦，缺少油水，我撺掇几个同学，让兰闺蜜在炊事班的大蒸笼里，用罐头瓶蒸从河里捉到的小鱼，沾染得一笼屉馒头都是腥的。老头怕同学们提意见，特意和我们一起吃那火柴棒样的小鱼……那慈父一般的指导员啊……

四 感受饥饿

春节刚过，连队筹备育红薯苗，连里买了几车红薯放在向阳的暖窖里催芽。我们这些正长身体却被饥饿困扰的知青们，都把眼光瞄上了那些红薯，尽管连队派了专人看管，我们还是千方百计地钻进暖窖去把红薯偷出来吃。印象最深的一次，是我和另外两个同学，在夜幕掩护下，采取匍匐前进的姿势向暖窖进发，好不容易到了暖窖门口，只听到一个不紧不慢的声音说："看见你们了，起来吧。"一抬头，面前站着我们指导员！

暖窖里的红薯最后怎样了我不清楚，只知道栽红薯的时候，我们所有的薯苗都是新买的。那年春天，我们连队的红薯，没有育出一棵苗。

春天的暖窖里的红薯，真甜呐！

老乡们地里的庄稼扯起青纱帐了。

我一直对"亩"这个面积单位概念模糊，至今依然模糊。我记忆中的那片田地，这头走到那头要20多分钟，是直走，没有横着走过。我不知道它有多少亩，只能用"漫山遍野"来形容。——那一年，那漫山遍野的玉米（也许是高粱，俺分不清），全成了我们的"甘蔗"。那一大片高秆作物全部绝收！180多名瘪肚子知青，嚼干了那一眼望不到边的"青纱帐"！

感谢我们的带队干部——我们的指导员和连长。是他们的善良体贴和宽容，让我们这些不懂事的孩子，在那段艰难的岁月里有了那份甘甜，那是我农场生涯里一抹永远的亮色。

说起饥饿，忍不住说说我们局座当年的糗事：这哥们儿是我们农场15连的，有天半夜实在抵不过肚腹抗议，他和几个男知青撬窗潜入仓库，黑灯瞎火地摸出一桶油和半袋面，躲在寝室偷偷炸油条吃。结果炸出的油条吃到嘴里说不出是什么味儿。第二天仓库报告说一桶桐油不见了，哥儿几个这才知道了那油条难吃的原因。

五　初涉农活

我从小没挑过担，不知道深浅。栽红薯要从河里挑水，我自然是拣重担。我拣了两只满装的水桶，挂好扁担，使劲往起站，脑子都没反应过来，人整个就摔趴在了地上。而那两只水桶，竟然纹丝不动！在这以后，我终于能够担起半桶水，摇摇晃晃地走路了，从此再没有长进，也再没了长进的机会。

我们连队主要种水稻。人间四月天，育苗插秧时。挽起裤腿跳进水田，那针砭肌骨的冰冷直钻人心。而出水后寒风吹过，长时间被浸泡的肌肤会皲裂，裂出血口子，渗出缕缕的血丝。最怕的是晚上洗脚沾到热水那一刻，那才叫钻心的疼啊。有次我光脚踩进烂泥，感觉不对劲儿，手伸进去光抠出一片火柴盒大小的碎玻璃，待慢慢拔出脚，只见黑色的淤泥伴着红色的血水滴滴答答往下淌……这样的白天和夜晚，要持续一个多月，让女知青的生理周期都紊乱了。

我的兰闺蜜那段时间回了次家，家人看到她布满裂痕的双腿都惊呆了，她那文化人老爸心疼之极，大声吼道：怎么弄成这样？我告他们去！兰伯伯不知道，我们全连知青包括带队干部，每人的双腿都是这样的啊。

我后来读闲书，读到关于钧瓷的介绍，看到钧瓷出窑后釉面那独特的"开片"，立刻就想到了当年我双腿上曾经的"开片"。"开片"成就了名瓷，也斑斓了我的青春色彩啊。

六七八三个月骄阳如火，水稻田需要打理，我们整天弯着腰在水田中晒着泡着拔草施肥。夏季蚂蟥很活跃，逮到机会就黏在我们腿上。水蛇也时常出没，常见腰身苗条昂着小脑袋婀娜游动的"小青"们。一看到"小青"，女知青们总会吓得花容失色厉声尖叫。我就不怕，遇到"小青"造访，我敢伸手抓了它，再远远地扔出去，这让我多多少少找补回一点儿挑不好水桶的难堪。现在想来，我确实有点儿冒失，万一哪条"小青"有毒，我也许会很惨的。

市里发给我们百余只羊，我和我的牛闺蜜幸运地担任了首届羊倌。牧羊女的浪漫和辛苦不赘述。我只想问：你们知道羊儿的眼睛在暗夜里是多么美妙吗？

半夜起床到羊圈巡查，手电光照处，只见一粒粒橙色的荧光在闪烁，宝石一般的晶莹啊。如果不是亲眼所见，我无论如何都想象不到，世间竟有一种生物，眼波是这般璀璨的橙色！我的羊儿们，在夜半，安安静静的，就用这种橙色的晶亮的眼波，向它们的首长行注目礼。

六 搭 车

如果从农场回家，我们要从连队步行至场部，那里才有进城的公交车。连队到场部这段路，快走也要两个多小时。

很快我们就发现，连队附近有一个五七干校，学员都是来自省直的干部。干校经常有车进城采买或办事，碰巧了我们就能搭顺风车。

我和肥肥、兰兰、牛牛闺蜜几个从城里回队，就搭上了一辆往干校送豆腐的小拖。开小拖的是父女俩，车斗里装了几大块刚做好的冒着热气的鲜豆腐，父女俩招呼闺蜜们坐在小拖的车架上。乡村公路坑洼不平，人在车上也被来回颠簸，终于在经过一处坑洼时，俩闺蜜"啊"的一声被颠进了车斗，结结实实地坐在了豆腐上。

　　父女俩停了车，掀开蒙布，只见原本方方正正的豆腐们，被砸得稀烂，开车的乘车的都傻了眼，那当爹的直砸吧嘴：这可咋办，这可咋办，我咋去干校交差啊！

　　厚道的爷儿俩没追究闺蜜们，也不知道后来他们怎么交的差。一想起那稀烂的豆腐和那圆圆的屁股印，至今都能让我们大乐。

　　我只拦过一回车。看到一辆吉普开过来，我和一位同学在路边犹犹豫豫，不敢伸手示意，没想那车到身边竟停了下来。开车的伯伯喊我们上车，并告诉我们：想拦车就大大方方地拦，我的孩子也在农场，我们家长都会把知青当做自家孩子的！这唯一的一次拦车，和那位相貌清瘦的伯伯，让我记忆中的那段路也曾经那么温暖。

七　磨　砺

　　我们到农场的第三年，经历了一场难忘的秋收。

　　连队旁的那条小河在不该发水的季节发了水，把我们已接近成熟的稻田淹了，好在没成灾，但却让我们的收割过程变得异常艰难。

　　开镰了，稻田中满是厚厚的淤泥，在坑洼积水的地方，还可看到濒死的小鱼。

　　知青们就在泥泞中收割。割下的稻捆要及时运到干燥的场地，唯一的办法就是用肩膀扛。肩上的稻捆满是泥巴，人们的头、脸、衣服上也满是泥巴，几个来回下来，除了眼珠和牙齿是干净的，整个人都成了泥猴。九月中原的夜晚已经寒意重重，在泥里滚了一天，女生们可以分到半盆热水略作清洗，男生就只有用冷水了。

　　泥巴糊了头发，无论男生女生，都那么潇洒地随手把头发往后一抹，还笑称那发式为"偏背"，那一群"留着"偏背发型的泥猴，都无法分清谁是谁。以至于那天从市里结伴儿来了十几位家长，冲着一群龇着白牙傻笑的泥猴，都没能认出哪个是自家的孩子。

每当回想起这些，我都会对我的同学们充满敬意——在整个秋收的艰苦劳作中，没有一个人叫苦，没有一个人偷懒，没有一个人临阵请假回家。昔日青涩的学生们，就在那些日子里成熟了，懂事了，那是一种历经磨砺的成熟和懂事。那种与时代共同负重的使命感，让这些知青们，和他们用汗水浇灌的庄稼一起，成熟了。

——这次秋收我没亲历，但一次次从同学口中听到关于它的讲述，使那场景一次次清晰地呈现在我眼前。那次秋收后不久，我被通知回连队参加下乡三周年庆祝会，会餐吃的主食就是这些稻米，真的让人齿颊留香，回味不尽……

八　还是欢乐多多

稻谷收割脱粒后堆成高高的草垛，于是那秋天晴朗的夜晚，我们就躺在软软的散发着清香的草垛上，望着宝蓝色夜空中闪烁的星星，唱所有我们会唱的歌。我们唱《站在农场望北京》，唱《天上布满星》，唱《毛主席的战士最听党的话》……当然，唱的最多的还是"我们坐在高高的谷堆上面，听妈妈讲那过去的事情"，因为有"谷堆"啊，咱不能辜负了这美好的谷堆啊！

我还写了好多"诗"，抒发"革命青年"的壮志豪情。现在还留下这么几句：

　　　　林梢扯住了暮归的夕阳
　　　　炊烟缭绕在静静的村庄
　　　　赤脚涉过浮金的小河
　　　　风送着笑语追波逐浪

　　　　我们劳动归来
　　　　像战士凯旋战场
　　　　百年荒滩老碱窝

正在咱手中大变样……

其实没有"老碱窝",划拨给我们的都是农民种过的良田,那时提倡"革命的浪漫主义"啊,俺就忍不住也浪漫了啊。

还有好多首,可惜现在脑子里残存的都是些支离破碎的句子。上面这几行,是无意中留下的一页纸片上的,其余的都散失了。

在农场劳动之余,我们依旧喜欢读书。那时可读的书籍少之又少,逮着一本能把那书读得残破不堪。我的一本《欧阳海之歌》,好多段落大家都能背出来。

我们常常共享读书的快乐。忘记了是谁弄到一本《朗诵诗选》,我的牛闺蜜给大家朗诵《娘送儿子入伍》:"娘送儿子入伍/他们一起走上大路……"有趣的是,俺这牛闺蜜总把伍(wǔ)读成"wù",那首诗里"娘送儿子入伍"这一句反复出现,我们老得听她"入wù"、"入wù"的,她还坚决不改。

还有一同学朗诵"小wū 唱着快乐的歌",弄得大家莫名其妙,我扒过书一看,什么小"wū"啊,是小"鸟"!

郑是我的死党,死党崇洋,现在大洋彼岸从医。郑死党的崇洋,在当年表现为爱读外国诗歌。记得有首《良心》,死党深沉地吟诵:

爱的上帝啊
你既然创造了人
为何不给他个
……

晚秋的夕照中,死党吟诵完,双手插入衣袋,眼眸亮亮的。

往日情景,那么清晰,如在眼前。

知青,作为一个名词,将被永远记入共和国的词典。而作为那特殊年代中的一名知青,一名把最美好的青春无偿奉献给祖国的知青,我仅仅希望,在历史的长河中,有一朵属于知青的浪花。

山里的日子

陈 泽

作者简介：

一个出生在毛泽东时代的女子，骨子里蕴藏着一股子韧劲儿。过往六十年的岁月里无论顺境还是逆境都能够坦然面对，并能从中找到快乐。

1973年3月到1975年5月，那短短的两年零两个月山里的日子，是我人生中永远都不会忘怀的经历。这几十年里我时常在想：上山下乡虽然让我们错过了进大学深造的最佳年龄，让我们在穷苦的农村、在辛苦的劳动中度过了自己最宝贵的青春年华，但回想起来我毫无怨言，繁重的劳动和艰苦的生活使我们磨练出勤劳、坚强、乐观、豁达的品格，这些品格成为了我们人生中最宝贵的精神财富。

一 必由之路

知识青年中的老三届指的是"文革"前期的初、高中毕业生,他们下放的时段大多在1968—1969年间。新三届指的是"文革"复课后的初、高中毕业生,下放的时间段在1973年初到1977年初。我属于后者中的一员。

父亲在"文革"一开始就受到冲击,因为新中国成立前他在武昌念高中时的一段经历而被扣上了"C.C派特务"的帽子。父亲随后被隔离审查,大约有七年的时间我没有见过父亲的面。从"文革"一开始我和弟弟妹妹就被划入"可以教育好的子女"的行列,那年我刚满十二岁,弟弟不满十岁,妹妹八岁多,年幼的我们开始过着政治上倍受歧视的精神生活。也是因为受父亲的影响,1966年7月小学毕业的我没能进入初中。或许是因祸得福,三年后我理所当然地不必跟随1969届初中毕业生上山下乡。不过没有下放的我也没有逃离厄运。

母亲是一名中学教师,从一开始她就不相信丈夫会是个特务,在她眼里,我父亲就是个胆小懦弱的知识分子。父亲被隔离审查后,母亲多次替丈夫写申诉信,结果被扣上"为特务丈夫翻案"的罪名。1969年的秋天下放到一所乡镇中学,我们全家随同母亲来到一个叫做双桥镇的地方。母亲感到特别委屈,次年又上书投诉到中央,不久便被剥夺了教师资格下放到生产队劳动改造,大约有近一年的时间,家中就只有年近古稀的外婆带着三个未成年的外孙。那是我们家最为艰苦的时期,也就是在那个时期,我们姐弟妹三人学会了不少的家务活儿。成家之后时常听到同事、邻居称赞我心灵手巧、干活儿麻利,我就会想起那段艰苦的日子。

即便是在那样的环境中,母亲仍教育三个子女,人这一辈子最需要的是知识,没有知识就会永远受歧视。母亲总是尽自己最大的努力为子女争取读书的机会。1969年10月在母亲的极力争取下,我插班进入复课后的乡镇中学读书。母亲和我都很清楚,上山下乡就是我的必由之路。1973年春节刚过,我和四名同学组队来到大悟山下,开始了我们接受贫下中农再教育的知青生涯。

二 大队部就是家

我们是"新三届"首批下乡的知识青年,与"老三届"相比在插队的选址和组织安排等方面都有了改进。石嘴大队坐落在大悟山下的一条山谷深处,从公社所在地夏店镇下车,步行十几华里才能到达石嘴大队。整个大队由四个生产队(一个自然村为一个生产队)组成。当时每个男劳力出工一天记十个工分,十个工分值大约合两毛多钱。

我们知青小组由两男三女组成,五个人的年龄很接近:1953年出生的一名女生;1954年出生的一男一女;1955年出生的一男一女。说来很有趣,因为我们的年龄相近曾经被农民们乱点过鸳鸯谱。这是后话了。

虽然国家按每位知青480元的标准拨给知青点安家费,但农村干部似乎都知道知识青年是不会在农村扎根的,所以不必专门为知青建房子。刚到大队时,我们被安排住在大队部,大队部的这幢平房坐落在一个小低丘上,与大队所属的四个自然村都不相邻,离得最近的一个村子也与之相隔几百米。大队干部把两间办公室腾空,给知青当住房。三个女生住一间,两个男生住隔壁。

村庄里很多人家都没钱用电,每到夜晚四周漆黑一片,我们总是很害怕,大队书记头让我们喂养看仓库的一条大黄狗,他告诉我们大黄狗很通人性,它能防贼还能给你们壮胆。事实是大黄狗不仅为我们壮胆,它还保护了我们。就在我们下放那年的夏季天气很热,晚饭后我们五个人坐在屋外的场地乘凉,正津津有味地聊着家常,突然听到大狗朝着山坡的方向狂吠起来。我们朝着山坡方向看去,女生小李突然尖叫起来:"快进屋,狼来了!"来不及拿上板凳,我们飞速地跑进屋里,关紧大门。待惊魂稍定时,想起我们忠实的卫士大黄狗来。大黄狗受了点儿轻伤,估计是在我们慌作一团逃进屋里的时候,大黄狗勇敢地迎战下山的狼，把狼赶回山里了。第二天我们弄来药水，仔细地为我们的"保护神"治疗皮肉伤。所幸的是大黄狗的伤不重，痊愈得也出乎意料的快，我们都感到十分欣慰。

住在大队部的时间并不长，因为我们不仅不会干任何的农活儿，就连烧土灶做饭也不会，更不会自己种蔬菜。这样一来，大队干部就得想方设法地为我们解决吃菜的问题。听说了大黄狗赶狼的那件事情之后，大队书记更加担心我们的安全，他们觉得这样下去可不是长久之计。书记和几位大队干部商量之后，决定把我们安排到山脊上的大队茶场去。因为茶场里有专职的师傅种菜、做饭，我们只需按照厂长的安排每天出工干活儿。我们一听都很高兴，收拾起行装就兴冲冲地跟在大队书记身后直奔山里的茶场。

三　山里的日子

茶场所在的山脊海拔高度约八百多米，地处孝感、大悟两县的交界处，属于大别山的尾部。茶场的茶园呈阶梯状分布在几座高度相差不大的山坡上，我们每天要去不同的茶园劳动。毕竟那时我们都很年轻，我们很快就适应了每天出门就爬坡的日子，走山路也能健步如飞了。

结识卷发老知青

上山之前就听说茶场里还有一位老三届的男知青，和他同时插队的几位知青都招工返城了，他却一直没有机会离开农村。见到这位老知青了，原来他个子不高，也就一米六五左右。皮肤白皙，浓眉大眼，一头天生的卷发又密又黑。在其他知青全部招工离开农村后，大队书记安排他住进了茶场。几年的劳动锻炼让他的体格强壮起来，可以挑起百多斤的担子翻山越岭。

以后的交谈中我们知道了一些关于他的情况，他姓程，1950年出生，是1966届的初中毕业生，1968年下放之前他们全家住在汉口宝善街。在他插队后不久，他的父母因为没有固定的工作单位，被认定为无业游民，全家下放去了咸宁。我猜想，这就是他始终不能被招工的原因。更没想到的是两年后我们五人陆续都被招工进城了，那位老知青仍然继续过着山里的日子。听说又过了好几年，他终于离开了农村，被安排在县城的一家集体企业。

住在山里的日子，基本没有文化娱乐活动，我们带来的书籍不多，很快大家就传看完了。那时只要山下放电影，我们六人必定集体行动一个都不会缺席。看完电影我们借着淡淡的月光有说有笑有唱地行走在山路上。那时看过的影片中印象特别深刻的是《青松岭》、《海港》、芭蕾舞剧《白毛女》和《红色娘子军》，还有钢琴伴奏《红灯记》。

该说说农民们乱点鸳鸯谱的事儿了。有了老知青的加盟，我们这个知青点恰好凑成了三男三女的组合。我们和贫下中农打成了一片，相互之间说话、玩笑可以无所顾忌。从八卦发展到打趣，他们按照年龄把我们分配成三对"恋人"，老知青被点配给女生中最大的小李，另外的四人恰好按同庚分成两对。我和小耿属马，小郭和小施属羊。就连邓场长都认为：简直太合适不过了！

我心里也很清楚，和我同庚的男生小耿一直对我特别关照。从小就不吃辣椒的我，一吃辣菜就上火，经常扁桃体发炎。有段时间负责做饭的蔡师傅下山休假，小耿顶班为大家做饭。每次炒菜都会在放辣椒之前为我先留下一份。我不是不明白小耿的心思，但在所有的大事上，我一贯遵从母命，当然不会在自己前途未卜的时候去谈恋爱。因此一直把他们的话全当玩笑，对小耿也一直以好朋友相待。

这鸳鸯谱还真的就促成了一段姻缘，就是属羊的那一对。当初招工之后虽然他们俩各处一地，但一直保持着异地恋的关系，1982年末有情人终成眷属，几年之后他们带着儿子，一家三口定居在武汉市江汉区。

值得敬佩的邓场长

老场长姓邓，是个驼背，而且驼得很厉害，几乎就是九十度鞠躬的样子。那时也就五十出头的年纪。依相貌推断，年轻时的邓场长应该是位帅哥。他是在盖房上梁的时候失足从屋顶摔了下来，腰椎骨摔折了，没钱到大医院治疗，就这样他成了驼背。大队也是为了照顾他，派他上山管理茶场，茶场的劳作毕竟要比农田里的活计轻松许多。我们发现邓场长是个精力充沛的人，一年四季他都有使不完的劲儿。盛夏，中午的太阳火辣辣的，我们真希望午休的时间长一点儿，可场长却总是在午饭后打个盹儿就劲头十足了，他一醒来就会冲着我们大喊："出工哦！出工哦！"有一次那位老知青怨气上来了，小声念起顺口溜："驼子死了两头翘，又好着急又好笑"。场长耳朵特好使，听见这话也不生气，一边笑着一边佯作要去打这男生。后来这句看似极不礼貌的话竟然成了知青们与厂长打趣的玩笑话了。

　　山里的日子清贫、艰苦，但采茶劳动强度并不大，需要的是眼明手快，是最适合年轻姑娘干的活儿。以前大队茶场没有女孩子居住，只是每逢春季采茶高峰期，就从山下各生产队调集一批女孩儿上山帮忙。因为我们三个女知青来到茶场，大队书记便从山下抽调了四个和我们年龄相近的姑娘，住进了茶场。一群年轻人的加入，给原本显得寂寞冷清的山里带来了生机和活力。我们一年四季干着不同的活儿，但同样都呼吸着清新的空气。无论干什么活儿，都同样可以面对大山纵情高歌，大声说笑。虽然一年四季都是粗茶淡饭，几个女生却都长胖了十来斤。大家认为这是：山好，水好，空气好，新鲜米菜都养人。

　　不忙的季节我们也会偶尔偷偷懒，躲在山坳里的一间茅草屋里打扑克。说是躲着玩，但仍是高门大嗓地说笑、斗嘴。等我们回到茶场，场长就会假装严厉地问我们："你们打牌谁赢了？！"看到我们做鬼脸装佯，厨房里的蔡师傅就会假装数落我们："你们的笑声只怕能传几千里哟，谁还不知道你们在打牌呀。"

　　茶场里的活儿很有季节规律，我们茶场主要生产绿茶，所产的绿茶中质量最好的当数春茶中的毛尖茶。因此春季是我们最忙的季节，谷雨前我们就开始采茶、制茶。场长告诉我们，普通的毛尖茶就是采摘茶树枝上刚长出来的嫩叶尖，普通毛尖茶可以采摘一尖两叶。若是只采一尖一叶制作的茶叶等级就提高很多，如果只采一尖，制作的就是顶级的毛尖茶了。厂长对我们这几个知青很关照，他给了我们一项特权，那就是每年谷雨节前，采茶园里春季的第一批嫩茶尖，自己加工制作一斤特级的毛尖茶，送给各自的父母。九十年代初，我们知青小组在汉工作的四位同学聚会时，仍谈起了对邓厂长怀有的那份敬佩和感激之情。

在这里，应该提到一件值得感恩的事。下放之前，尽管我这个"可以教育好的子女"在学校里一直积极要求进步，但是学校上报的我的入团报告多次被上级团委否决。在广阔天地里，我继续努力，我不怕苦、不怕累的劳动表现得到了大队干部和贫下中农的认可。就在1975年的五四青年节，满21岁时，我终于跨进了共青团的大门。

练就制茶好手艺

茶场位于海拔八百米的低山丘陵地段，具备了适合茶树生长的气温和湿度条件。茶园从不打农药，生产的绿茶绝对属于绿色饮品。生产茶叶前期的程序就是采茶，因为不需要多大体力，眼明手快就够了。从谷雨开始，各个山坡上的茶园就会陆续进入采茶高峰。我们每天清早各挎一个大竹篮子，去茶园采茶。正如那首《采茶舞曲》所唱的那样，左采茶来右采茶，双手在茶树上不停地轻轻采摘鲜嫩的茶叶尖。采茶的季节茶场按照每个人采摘新鲜茶叶的重量来记工分，那时，我是每天得到工分最多的一个。

茶场后期制茶的过程全靠手工，第一道工序是"杀青"，把采回的新鲜嫩茶放在斜架着的大铁锅里，锅底下的火势必须控制好，然后要站在铁锅旁手持一个细竹条扎成的扫把，不停地在锅里翻动茶叶，为的是让茶叶均匀地受热，且不被烤煳。茶叶全部打蔫儿后就进入第二道工序。

第二道工序名为"揉条甩茶"。绿茶可以根据成品茶的外形分为：条状的针茶；片状的片茶；弯曲状的螺茶；颗粒状的沱茶。我们茶场制作的是针茶，所以有"揉条甩茶"这道工序。揉条并不是用手去揉搓茶叶,而是用手到铁锅里面去轻轻按住杀青后的热茶叶,迅速地用并拢的四指抓起茶叶,然后快速地从大拇指和食指之间把抓起的茶叶甩回铁锅里。不停重复这个动作,直到茶叶变色、变干。甩完后茶叶的条形会又紧又直。

第三道工序是"烘干成形"。就是把揉好的茶叶放进架在炭火上的竹编簸箕里,控制好炭火的火候,不时轻轻地翻动茶叶,直到茶叶全部烘干。这道工序最需要的是耐心和细心。

冬季打杂收获多

在冬季的杂活儿中,我印象最深的就是砍树烧炭和巡山护林。

烤茶用的木炭全部是茶场烧制的,烧制木炭最好的原料就是栎树。强劳力砍树,场长带着我们几个女劳力负责把砍下的枝干拖到一堆,剁成一米长的一根根木柴,并捆成一捆一捆的,再由男劳力挑回炭窑备用。冒着风雪在山里拖着长长的树枝,在被冰雪覆盖的山坡上行走,很容易摔跤,而大家互相关照着,从没有严重摔伤过一个人。高兴了,我们还会边走边高唱一段"穿林海,跨雪原"呢。

山里的冬天格外寒冷,晚饭后,围坐在制茶大厅里燃起的一堆柴火旁取暖。木柴是头一年的冬季从山旮旯里挖来的树根,堆在屋边的山坡上晒了几乎整整一年。头一次见到烧木柴取暖觉得新奇,男生对女生打趣:"这火你们还是少烤点儿好,时间长了会被熏黑的。"女生可不上当呢,谁也不会离开取暖的火堆去受冻。

男生还有一项任务,就是负责巡山护林。听场长说大悟山曾经覆盖着浓密的原始森林,在抗战期间被日本鬼子烧光了。新中国成立后也曾植树造林,但树木生长缓慢,加上过度砍伐,山里的植被覆盖率一直提不高。近年来大悟山被划入封山育林的范围。大队指定给茶场的一项任务就是巡山护林。冬季是农闲的季节,农民大多趁农闲季节上山砍柴,进山的农民只允许砍草,或收集地上散落的枯树枝、枯树叶,但有的还是会偷砍山林中的树木。巡山护林就是要及时发现、制止这样的违规行为。巡山护林时,总会有些意外的收获。较多的收获就是"猎物"，但不是打猎得到的，一是捡来的肉食，二是大狗捕捉到的猪獾子。捡来的肉食多为牛羊肉，山上偶尔会有放牧的牛羊失足摔死在陡崖下，场里的农民帮助放牧者找回牛羊尸体便可分得一些肉。巡山的人带的那条大狗很勇猛，常常会捕捉到猪獾。每逢这样的时候，场里的人就能打牙祭了。

最有趣的一次是捡回三只幼豹。记得那是一个傍晚，执行巡山护林任务的三个男生回场吃晚饭时，兴冲冲地抱回来三只像猫一样的幼崽。我们都不知道这是什么动物，真以为是野猫崽儿，就觉得稀罕，特别可爱。吃饭的时候，我们端着碗围着小家伙叽叽喳喳的。几个女生更是殷勤备至，你扔几粒饭，她扔几片菜叶，可三只幼崽根本不带搭理的。场长说，别浪费粮食了，它们还只会吃奶哦。场长和农民们都说这是刚出生几天的小豹子。啊！我们都吓了一跳，你一言我一语地议论开了。随后，大家都担心起来：今晚小家伙的爸爸妈妈不见了孩子，一定会跟踪追击的，这可怎么得了！于是，大家出了不少防止大豹子夫妇来袭击茶场的主意。天黑下来的时候，场长让女生早早回到各自的宿舍关紧门窗。男生和几位农民在窗口架起了土铳，他们准备轮流值班，守护整个夜晚。不知道是年轻好睡，梦乡太过深沉，还是豹子夫妇嗅觉不灵，根本没有找到幼崽藏身的地方，反正我是一觉睡到了大天光。早上醒来发现茶场内外并无异常。早餐后，三个男生抱着幼豹恋恋不舍地离开茶场，把它们送回到原处。很长一段时间，我脑子里还一直惦记着豹爸爸、豹妈妈和它们的孩子。

山里的日子真是难忘。1975 年 5 月下旬，我们招工回城。和他们告别时，心中竟真产生了一种恋恋不舍的感情。

四十年里，我只在十年前回过石嘴大队一次。遗憾的是，那时已经物是人非，我们没有找到一个当年的茶场人。但无论如何，山里的那些人、那些事，永远都会存放在我的心头。无论那些人在天上还是在人间，我都要衷心地向他们道一声："谢谢！"

于 2013 年 9 月

第三辑　魂系天山

（支边知青的记忆）

天主的女儿

马 伟

作者简介：

马伟，男，回族，祖籍河北定县，生于1949年，从小生活在武汉。1965年初中毕业于武汉市一中，16岁支边赴疆15年，历尽时代变迁，其间酸甜苦辣自不待言，重回江城以后，又为生存而奋斗，为子女而操劳，倏忽之间，不觉已步入花甲之年。

支边青年，这是当年新疆兵团支青共同的称谓。这看似一字之别，其实潜藏了我们太多的人生密码，之所以非要固执地坚持"支青"而不是知青，因为那是我们至死也绕不开的心结啊！

如今尽管白发染霜，然而那个远在天边的小拐，依然会激起老"支青"们的无尽怀想。在小拐农场进疆四十五周年联谊会上，来自沪汉两地的战友相聚黄鹤楼下,人人脸上洋溢着久违的激情,尽享这难得的欢乐。回望那些渐行渐远的岁月,人们似乎又重返了那个特殊的年代。

周遭笑语喧哗,我向身旁好友伍备询女士悄声探问上海支青张向晨的下落,不料她却敛色正容反问我说:"怎么,你问张向晨?你也与她很熟么?"

我说:"当然很熟哇!我们在二连曾……"

伍备询摇了摇头,又轻叹一声,才郑重地告诉我:"她可是当年上海支青中,最有才华的一位啊!向晨离开小拐回到上海后,不久就远赴大洋彼岸,不过听人说,几年前已病故了……"

病故了?怎会病故了?寥寥数语,不啻一声沉雷,滚过我的心底!欢声笑语之中,我不知该如何才能表达心中的悲凉。虽然这些年时常传来故旧好友辞世的不幸消息,让人不由得望天唏嘘,惆怅不已;可是,可是张向晨,这位原本来自天国的才女,为何竟也这样匆匆离去了呢?

送别上海朋友后,这个迟来的噩耗沉如块垒,令我无法释怀。岁月也许会磨损生命,却磨不灭灵魂。很少有人知晓,张向晨,这位卓然刚毅的女性,在那个远在天边的地方,我们曾有过一段不凡之交;甚至八十年代回汉后,我也怀有一个痴心梦想,期盼能有生之年,会于某时某地,与向晨不期而遇……

可现在一切都不可能了,此刻哪怕想痛哭一场,想凭吊一番,也很难找一处祭奠之所啊!回想心中珍藏的点点滴滴,万般伤感不禁涌上心头。我想把我与向晨的相交,我们之间的相识相知,写成这篇祭文,为向晨,也为自己。

汉口长江岸边,鄱阳街口,建有一座年代久远的天主教堂,那是上世纪留下的一组欧式建筑物。我并非教徒,然而却惊叹其穹顶的华丽庄严,那些令人敬畏的雕像也曾吸引过我的目光。如今,我又来这里,只为悼念一位亡友。我深深相信,重返天国的向晨就在这里,她应该就在这里,她本是天主的女儿,理应坐在天主身旁。

我双手合十,祈祷向晨给我力量,这篇祭文和泪而成,如若其中轻亵了那些不为人知的私情私隐,我也乞求向晨原谅。

张向晨,祖籍浙江兰溪。就在武汉支青来到小拐农场第二年,一批上海支青也分到二连,这让我们内心涌动起一股莫名的兴奋。起初,人们传说上海青年中有对绝色的姊妹花,尤其是姐姐向晨,其人不仅举止高雅,娇艳逼人,而且学识教养也都堪称一流,被众多支青视为骄傲的才女。

可是我当时却不以为意,才女又当如何?娇艳又当如何?不还是来到小拐,老老实实做农工,干农活?然而没过多久,不知冥冥之中的什么缘分,当年我不过才十六七岁,一个稚气未凿的少年农工,竟然有幸结识姐姐向晨,成为这对姊妹花的座上客,这让我受宠若惊。在那间简陋的女生大宿舍里,能受到姊妹俩的盛邀相待,这可是我能借此吹牛的大资本哪!想想看吧,有多少支青想与姊妹俩扯上关系,却只能望门兴叹啊!

从此我便与张氏姐妹开始了一段非同寻常的友谊。然而始料未及的是,这种朦胧的、可笑的少年情怀,很快被一种无可言状的沉重所取代,只因其后不久,在一个没有月光的夜晚,张向晨竟然将自己隐秘的家世,毫无避讳地向我和盘托出,这令我万分震惊!

据向晨说,她们张家原非寻常人家,她的父亲是上海宗教界一位极具影响力的思想领袖,在世人眼里可谓社会贤达和精神贵族了。张家共有四个女儿,她和妹妹耀晨只是其中最小的两个。在那个特殊年代,她的父亲因与西方教会的某种联系而被关进上海提篮桥,强迫其改变自己的信仰。当时上海主政的某显赫大人物曾当面训诫说:"你纵使不为自己着想,莫非也不为四位千金着想?"然而却依然被其父严词拒绝了。在那个疯狂的年代,不难想象,结局自然是悲惨的,她慈爱的父亲因此被施以极刑,为坚守自己的信仰,付出了生命的代价……

父亲因坚守信仰而被枪毙,闻者心悲,寒凉彻骨,而向晨的途述却平静如常,既没声泪俱下,也没含悲带愤。但我暗自揣测,女儿亲口说出这段可怕的惨剧,心中隐有何等的痛啊?

付出代价的不仅仅只是她的父亲,还有随之而来的家破人亡,风流云散。一场突如其来的风暴,就这样将一个所谓里通外国的反动家庭,连根拔起,又将张家小姐妹无情地放逐到万里之外的新疆兵团。谁能感受这其中无言的怨恨?谁能体会这其中难诉的哀伤?他们甚或还来不及从丧父之痛中缓过神,便又惊魂不定地被抛向另一场苦难……

仿佛从高处云端蓦然跌进凡尘泥淖,再没有往日优游无虑的贵族生活,其间根本不容任何抗拒,只剩得仓皇四顾,流放到这个远在天边、无人可知的小拐。当张向晨裹紧那身宽大的军装,自嘲般地对我说:"我们姐妹俩如今也可算是随遇而安,相依为命吧?"我不觉潸然泪下……

说起这段不寒而栗的变故,向晨却依然不动声色,既看不出丧父之痛的悲伤与凄凉,也看不出乱世飘零的惶恐与哀怨。我还是头回见识到,什么是"处变不惊",什么是"喜怒不形于色"。但是这种"不形于色",绝非世人所谓的莫测高深,也不是人们眼中的圆滑世故,我知道,那是大悲大恸后的隐忍与坚毅,那是大起大落后的从容与淡定。向晨的语调是和缓的,平静的,然而神情却十分的冷峻。她的妹妹耀晨则站立在旁,始终未置一言,如同一位忠实的保镖,守护着一次非同寻常的谈话。

星光下,似有一股无形水流,冲刷着我的心灵。我不知如何才能安慰这位新结识的朋友。尽管我知道,此刻任何安慰之词对她们来说,都是苍白的、多余的。可是,至今我也没弄明白,我来自武汉,她来自上海,向晨缘何对我吐露这些本该讳莫如深的家门惨变?莫不是将我视为同类,抑或只是寻求某种同病相怜?当然,她没说,我也没问。

"呦呦鹿鸣,寻其友声",古人曾说:"少年不识愁滋味",我想,那是他们不曾有过我辈的际遇。谁不想读书,谁不想深造?然而仅因出身便被打入另册,生生剥夺我起码的权利,初中毕业便离乡背井,成为小拐农场一少年农工。似乎命中注定,这辈子大概要在古人戍边之地消磨一生吧？

人静夜深，辗转难眠之时，对生活的抱怨和对前途的无奈，不禁油然而生。我虽初涉人世，可也明白，这种心底的愁苦与忧伤，在那个年代既不合时宜，亦不足向外人道。然而我内心的这点小小怨尤，与貌似柔弱的张氏姐妹相比，也就不算什么了。她们身负如此沉重的十字架，尚能保持内心的平静，能不让人肃然起敬么？至少从向晨的讲述中，我能感到一股沉甸甸的信任，即便是为这份超越寻常友谊、超越儿女情长的坦诚，我也要不计得失，义无反顾地成为她们的朋友。

除了埋藏心底的那段悲惨身世，表面上向晨是温和的，纯良的。张氏姐妹既是来自上海，似乎又与普通上海支青有所不同。与人交往，她没有上海人所特有的那种圆通与世故，也没有睥睨外省人的冷漠与傲气，更绝无千金小姐所惯有的骄奢与张扬。平心而论，张向晨看起来一点也不成熟，甚至也不理智；或者说，张向晨根本不屑于故作深沉的成熟，也不屑于故作姿态的理智。她不虚伪，也绝无卖弄。与向晨打交道，你可以感受到她那独有的亲和力，那足以融化固执与偏见的热情，那足以消除隔阂与戒备的真诚。我以为，这位卓然于世的上海女性，骨子里自有一种悲天悯人、与人为善的天性，这种天性若非基督教化，也一定是与生俱来的。正是这种独有的天性，不仅支撑她度过了那段非常岁月，而且也赢得了连队许多老职工的敬重。

回想与向晨交往，应该不仅仅只是对她的苦难感同身受，似乎还有相同的命运，或许还有一点点相互赏识与气质上的吸引。那时我们恐怕都是人们眼中的异类，在俗世喧嚣中渴求纯真操守，在艰苦劳作中期盼精神交流。我的印象中，向晨从不穿红着绿，也绝无风花雪月。她的外形修长，看起来弱不禁风的，平日里却总是一身进疆的旧军装，那军装套在她身上显然不合适，走起路来衣襟一飘一飘的，愈发显得楚楚可怜。然而举手投足之间，却掩不住那种凛然难犯的高贵与优雅。那是源于内心的高贵，也是发乎自然的优雅啊！我又何幸，竟有如此一位亦师亦友的姐姐，与我同甘共苦，共进共退？我曾私下猜想，她那身旧军装里掩藏的，准是企图单枪匹马挑战世俗的勇气，是渴望对抗旧秩序的幻想，是一颗不肯屈服的心啊！

那时候，所谓人生理想似乎与我们那代人无缘，我们在一起顶多也只能悄悄谈论一些文学和艺术。记得我们讲得最多的还是被视为禁区的那些外国小说，无论是莎士比亚笔下的哈姆雷特，还是托尔斯泰书中的安娜，还有司汤达的那位漂亮朋友，都是让我们常谈常新的话题。

至今让我印象极深的是，有一回向晨特意向我郑重推荐一本小说《牛虻》，作者为伏尼契。当我如饥似渴地读完这本小说，仿佛走进了一个崭新的天地，也让我们之间有了更多的共同语言。再与她探讨书中勇敢的亚瑟与坚贞的琼玛，还有那位不幸的主教蒙泰尼里，其中的情节着实让渴望爱情与自由的年轻人激动不已。只是可惜，那时我仅有的那点学历，根本没资格与高贵典雅的上海才女对话，大多数时间只能是静静倾听向晨谈吐，她那惯常的温婉语调，如同甘霖一般，缓缓流进我那干涸的心田，几乎影响了我的一生。

然而，其后发生了一件与张氏姐妹有关的事情，却令我百思不得其解。那时小拐文革初起，农场各地却有一股地下宗教势力有如野火般蔓延，所谓主教竟是二连一位姓杨的农妇。这位仅有初小文化的自流人员，从河南来到小拐投奔其夫张光远，竟利用两派人马斗得你死我活之际，不显山不露水地将暗中串连的地下宗教，发展成一股燎原之火。这股燎原之火不仅烧旺了我们二连，甚至还烧到团场许多其他连队。每逢夜幕降临，总有一些教众疯狂涌向杨主教的地窝子，朝圣般地跪拜。我所知道的一位四川籍职工，据说是听从杨主教法言，竟举家十一口一起服毒自杀，往投西方极乐世界去了。

这真是让人不可思议，然而却是活生生的事实。那位杨主教何德何能，竟让这些愚氓奉若神明？我们支青也曾私底下议论过，这世上怎么会有如此愚昧的众生啊？莫非那位自流进疆的村妇，还真有什么蛊惑人心的法术不成？

如果这仅仅只是愚昧之人的愚昧之举，那倒也还罢了；可是让人难以想象的是，聪慧博学的张氏姐妹竟也同那些愚氓一起，成为其虔诚的信徒，甚或还是她最为看重的信徒。我也因此近距离地观察过那位俗名宝恩的妇女，身躯粗夯，面容如常，与人一样吃喝拉撒，一样下地干活，一样晒得黧黑，与匹夫之妇又有何异？哪里能见丝毫的圣人气象？就算是人们鼓吹的圣人不露真容，可一个毫无过人之处的普通农妇，如何赢得那些善男信女矢志不渝的敬畏？如何也让张向晨心甘情愿地追随在她的身旁，拜倒在她的脚下？难道仅仅只是因为家传的信仰，便让这姐妹俩从这个妇人身上，发现了一星半点上帝的影子？

无论怎么想都不明白，我只能自己对自己说，向晨肯定有其不能与人明言的苦衷。然而我不知那究竟是什么，只是暗自揣度她那内心深处，那压抑得太久太久的渴望与冲动，是不是找到了可以一泻千里的闸口？才使得她不辨贤愚，飞蛾扑火？

至今想来，也许这事仅用愚昧二字来解释、来下结论，未免失之偏颇，也太轻率、太肤浅了，其中必然存在外人永远也无法知晓的某种深层次原因。那时人们除了说得天花乱坠的所谓世界观改造之外，其他的一概无知。价值观这种说法，则是到了八十年代后，才逐渐被人们所接受。而那时国人还不太明白，普天之下还有另外一些被称为"普世价值"的东西。

记得某个夏日之夜，在我最沮丧、最失意的时候，我与张氏姐妹又坐在一起。晚风轻轻吹过，暮霭四合，黑夜一点一点笼罩在我们身上。不知这次让人心悸的交谈是路途偶遇，抑或是一次有意而为的预谋。也许她俩刚从杨宝恩的地窝子做完弥撒，话题自然而然又扯到她身上。向晨缓缓说道："杨宝恩曾做了个梦，说是跟你有关呢！"

"跟我有关？她做梦怎会跟我有关？"我十分惊讶，几乎跳起来。向晨笑道："你别急呀，听我说！杨宝恩曾梦见一颗燃烧的大树，树顶则有个沐浴阳光，刚刚出世的孩子。"话说到此，向晨半天没出声。我看见她的眸子闪着异样的光芒，便愈发觉得奇怪，忍不住脱口问道："刚出世的孩子？怎么还有孩子？"向晨踌躇了半晌，才一字一顿告诉我说:"知不知道?杨宝恩说的那孩子,不是别人,正是你呀!"

我?怎么是我?我的脑海顿如一团糨糊,望着她疑惑极了。杨宝恩什么时候盯上我啦?莫非是向晨跟她说的?莫非我文化大革命跳得太高,引起他们注意?向晨根本没觉察我的内心活动,又对我说了一句,这才引起我的警觉:"杨宝恩还说了,说你是上帝选中的人,你迟早会跟我们站到一起的!……"

是了,不是向晨。就是这句话,让我想起来了,准是杨宝恩丈夫张光远,肯定是张光远说的。因为我与张光远在浇水班单独干活时,他也曾对我说过类似的话。我当时还笑称我不会信仰别的什么的,我只信仰毛泽东思想。然而此时此刻,我不忍心对向晨再说此类大话来搪塞她,那样一定会让她伤心的。

时间可以证明,杨宝恩对向晨所说的梦呓,完全是她编造出来的胡说八道,然而可悲的是,向晨却对此深信不疑。此后的荒唐岁月中,我俩不仅为此吃尽苦头,而杨宝恩最终也没逃脱厄运,她与张光远一个被枪毙,一个被判了无期。据说他们曾留下一对嗷嗷待哺的儿女,可怜骤失双亲,成为无人关爱的孤儿,也不知如今是否还在世上?假如真有天主的话,我想,最值得怜悯的,应该是他们。

在那个动辄得咎的日子里,我与向晨的交往虽小心翼翼,尽量避人耳目,但两个出身不好的狗崽子频繁接触,自然会引起一些人们的关注。当时连队新调任的指导员叫佘新成,佘指导员长有一只鹰钩般的大鼻子,那鼻子太过明显了,我们私下叫他"大鼻子"。不管我与向晨的交往如何隐秘,那只大鼻子总会嗅出些蛛丝马迹。果然没过多久,我们两人同时被揪了出来,打入牛棚。张向晨的罪名大概是"孝子贤孙"之类吧,而我头上则扣上了一顶"现行反革命"的大帽子。

我至今也不太明白,在失去自由的那段日子,我们内心并未感到自卑,也并未惊恐不安,惶惶不可终日。即便我们这些"牛鬼蛇神"被押到大饭堂游街示众,也并未觉得那就是世界末日。哪怕关进牛棚,尽管活动天地骤失,然而我俩间一个意味深长的眼神,或一个似是而非的微笑,也可给彼此带来莫大的慰藉。

苦役般的劳作之后便是无休无止的批判,四周阵阵狂呼滥喊,我们挂着令人丧气的黑牌子,并排垂立于众目睽睽之中,也并未觉得有失尊严,假如那时还有什么人格尊严,也许早被我们丢到九霄云外去了。那时我们彼此所关切的,就是两个多小时的批斗大会,对方那羸弱的身子,还能不能坚持得住?

所谓牛棚,无非就是将那些被打倒下台的农场领导、那些被贴上活国民党人标签的九二五起义将士、还有我们这些地富反坏右在内的牛鬼蛇神组成一个劳动单位,派人专门监管,强制劳动。尽管其强度难以想象,但是远离了那些所谓正常的人群,还有那些四面八方射来的轻蔑目光,我们反倒会觉得身心轻松。说起来也许无人能信,身处牛棚之中,反倒让我们如鱼得水,其乐融融,这或许是佘大鼻子做梦也没想到的吧。佘大鼻子处心积虑将我们投入牛棚,却给我们留下了永难磨灭的纪念。

那些所谓牛鬼蛇神,其实个个都经历过不凡的人生。他们是从艰难困苦中走来的一群,虽身处逆境,饱受非议,然而却从不怨天,也绝不尤人;在非人待遇面前,他们乐天知命,那种顽强的生存能力,常常让我们感悟到生命的真谛。连向晨那时也觉得,这些牛鬼蛇神才是真正处变不惊的人,是上天特意创造出来的无所畏惧的生命,来与我们相伴。能与这些人为伍,是我们今生今世的荣幸!

忆及二连牛棚那段日子,向晨那自寻苦吃的执著,真是让人又痛又恨。尽管那时常常得到那些牛鬼蛇神的呵护,然而干活的时候,向晨总是执拗地拒绝别人帮助,有一分力,便出十分力,从不懂得偷懒使滑,常常弄得自己身上新伤累旧痕,然而她只是用手绢缠一缠,操起工具继续。她干活的样子一点也不优雅,她用那柔弱的双臂吃力地扬起那把砍土镘,笨拙地砸向地面的情景,还有她那瘦削的肩膀扛把大铁锹,披着满身月华,摇摇晃晃走回宿舍的情景,总是如蒙太奇一般,闪回在我的脑海里,无论什么时候,只要一想起这些,便会感伤不已。

记得无人之时，我曾取笑过她说："好一位虔诚的殉道者，你心中是不是常以耶稣殉难的故事来勉励自己呀？"她只是笑笑说："我不入地狱，谁入地狱？"这话让我这个自诩男子汉的须眉小子，实在有些汗颜。也许那时向晨比我想得更多，想得更远，在那个黑白颠倒的年月，无论是牛棚里还是牛棚外，我们每个活生生的生命，每个活生生的灵魂，何尝不是形同苦囚一般，在无边炼狱苦度光阴，苦苦挣扎么？我们一起劳动干活，一起开会学习，一起接受批判甚至游街示众，其实，我们就是一群殉道者，不仅为我们自己，为自己家庭殉难，也在为我们这个国家，为我们这个民族殉难。

已经过去几十年了，得知向晨离世的噩耗后，曾经发生过的点点滴滴，又一起涌上心头。向晨姐姐，我的呼唤不知你在天国那边是否可以听见？还记得那些细节么？每逢夕阳西下，我们收工回到宿舍，常常顾不得洗去满身满脸的疲惫，让身子舒展一下，总是一趟趟地拿着饭碗去食堂打饭，或拎起水桶去井台打水，心中期待着能与对方在途中迎面相遇，不为别的，只为擦肩而过之际那弥足珍贵的相视一笑。

哦，还有，还有！还记得那个最期盼的时刻么？那时我心中最为期盼的，是劳作一天后，是匆匆吃过晚饭后，那挂在树上的钟声将我们牛鬼蛇神召唤到牛棚，开始悔过赎罪的政治学习，是的，就是政治学习！对我俩而言，那可是一天之中最令人开心、最令人神往的时刻啊，因为那只是属于我们两个人的秘密呀！

也许人们不知道，那时牛棚的学习往往是这样开始的，当然开头仍是千篇一律，我和向晨这两个所谓知识青年，担当起读报的重任，交替为牛鬼蛇神们朗读毛主席语录，这自是例行公事。在此之后一到自由讨论时段，牛棚里的气氛立刻活跃起来。那些牛鬼蛇神们既可以结合苏修美帝这些国际大事，天南海北地胡聊一通，也能就某个无伤大雅的身边琐事，指桑骂槐地乱侃一气，就连受指派监管的贫下中农，也跟着我们一起放肆地调笑，谁也不担心有人去打小报告。肆无忌惮的戏谑，至情至性的笑骂，还有开心开怀的打逗疯闹，使人们久被压抑的灵魂，得到了短暂的释放。

火墙散发着温暖，几乎所有的成年人都用裁好的报纸一支支卷吸着粗劣的莫合烟，呛人的味道在浑浊的空气中弥漫。嘈杂的喧嚣声中，无人知晓我与向晨在暗中用那本红皮的毛主席语录传递着纸条，互通内心的秘密……

这听起来似乎很疯狂，然而的确是一种无与伦比的精神体验。想想吧，一盏马灯摇曳着昏黄的灯花，我们却在醉心而又热烈地讨论那本令人难以割舍的《牛虻》。

亚瑟远离家乡，偷渡南美，究竟是受青年意大利党使命派遣，还是缘于钟爱之人的那记耳光？牛虻临刑之前，为何最终没接受蒙泰尼里主教的哭诉和忏悔？琼玛夫人额前那绺白发，究竟为谁而白，为谁而生？还有佛罗伦萨街头马戏团里，那被迫穿上戏服、以杂耍为生的可怜小丑，他那赤裸在外的魂魄无所庇护，因何在看客的哄笑声中，簌簌发抖？……

人性、人道、人生，这就是我们在牛棚中所能品尝到的美味佳肴，那是一道多么美妙的精神盛宴啊！每当回想这些情景，我还是忍不住激动不已！向晨姐姐，这些细节你肯定忘不了，想想吧，牛棚外冰天雪地，朔风怒吼，我们却沉浸在自己营造出来的一种精神世界中，几乎忘了今夕何夕，也忘了身处何处……

可惜的是，这种忘乎所以的日子没能太久，小拐农场实行军管后，牛棚就地解散，从此我与向晨的联系也便戛然中断，失去音讯。之后，我调出二连，去了条件更为艰苦的十二连。经历了这些苦难，再多的困苦我都不会在乎了。紧接着我又被调去奎屯师专培训，半年之后，回五连学校当了一名教师。

也许时间会冲淡许多记忆，但有些事情是至死也忘不了的。已经四十五年了，悠然假寐之间，又会蓦地想起从前那些个未能忘却的日子。那时节，向晨想必是将我视做一个可以教化的弟弟吧；可是人前人后，我还从来没有喊过向晨一声姐姐。每念至此，怎不令人黯然伤怀啊？此祭此文，还是让我从心底呼唤一声向晨姐姐，不知向晨姐姐能否原谅我这个不长进的弟弟？

至今想来，我与向晨姐姐交往的日子实在太短太短了，短到不知除此之外，她还有哪些不为人知的所思所想；我也不知她们姐妹何时离开的小拐，离开那个载忧载喜、载沉载浮的地方；更不知此后的悠悠岁月，命运之神又将她们驱向何处？她是否还是那样执著，那样勇敢？我想，这样一位非凡的女性，上帝一定会眷顾她的，但愿她的生命不会再有磨难。假如向晨姐姐还在人间，想必也已年近七旬，儿女成行了吧？

白驹过隙，如烟岁月中，我始终得不到张氏姐妹的片言只语，然而向晨姐姐那清瘦的脸颊，那真诚的微笑，在我脑海依然鲜明，依然清晰可见。她进疆时穿的那身旧军装，早已洗得发白，许是被她收藏起来了吧？你看，向晨姐姐一身白衣白袍，正迎风飘袂，轻盈地向我走来、走来……

愿上帝与向晨姐姐圣洁的灵魂同在。

后记：此文写于2007年，之后又发生的许多故事，却更加令人难以置信。陈传厚、彭振膜两人都是我相交甚笃的初中学友，按理说，当年我的同学多为知青却并非支青，与曾经的新疆支边生活，风马牛不相及，更遑论我这篇文章忆及的一位素不相识的上海女子？

可是，他们看了这篇悼文后，不知是基于何种信念，竟笃信如此可敬的一位上海女子，绝不会是这种结局！他们甚至还毫无根据地断言：我相信你这真情实感，但我更相信内心！我的直觉告诉我，张向晨之死，其实只是个误传，此人一定还在人间！

我说，你这种认为我很感动，从内心讲，我宁愿相信你的判断；可世事无常，人生多舛啊，向晨她能熬过那段可怕的日子，已属不易，更何况……

且慢！我敢打赌，我确实有某种预感！传厚兄在视频中斩钉截铁地对我说：现在我只能说，这样的人是绝不会死的！你的这位向晨姐姐一定还活着，就在人世间的某个地方！……

陈传厚与彭振膜一个身在武汉，一个久居桂林，且都是人们眼中的电脑高手。之后，也不知他们俩究竟运用了什么手段，在电脑中上天入地，翻墙打洞，硬是从尘封的历史中，找出张向晨父亲张愚之先生当年领受极刑的蒙难照片！天哪，居然还有照片，这真是让人匪夷所思！

不仅如此，他们沿着条条线索不懈挖掘，又查出张氏在世的一些亲戚朋友，还有美国的许多宗教网站……

我的新浪邮箱中，源源不断地传来他们搜索出来的真相，令人又惊又喜的真相！我被我的这些执著的朋友所深深感动，甚或已经相信他们最初那个仅凭直觉的判断，我真的不知道，下一刻还会有什么样的真相，让我惊喜？

数年之后，我突然接到大洋彼岸打来的电话，张向晨的电话！那一刻，我云里雾里，犹如隔世，唯有感激上苍……

张向晨电话中说，确实是误传，病故的不是她，是她二姐……向晨的语气还是如当初那样温婉，那样亲切，跟我一样，也抑制不住内心激动！她说，真要感谢你的这篇悼文，让我们半个世纪又能重新建立联系；还有，我还要好好感谢你的这些好同学……

张向晨现居美国加利福尼亚，自称上帝义工，虔诚的基督徒，虽年近七旬，仍在教会讲解圣经，传播福音。1970 年从小拐返沪，奉母之命嫁给当时仍在狱中的一位劳改犯，并生下一女。1992 年全家移民美国，爱女徐以乐是斯坦福大学的硕士毕业生，如今在全球知名的思科电脑公司工作，云计算工程师……

永远无法解开的谜团

崔啟建

作者简介：

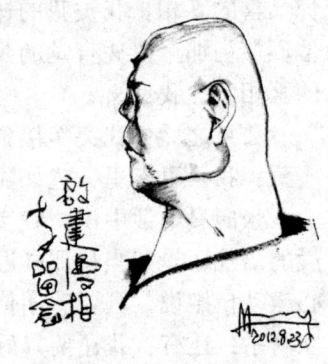

崔啟建，武汉市人，男，1966年初中毕业后支边进疆，在农四师七十三团，1987年调回武汉，在武汉市广播电视大学工作直至退休，最终学历为大专。

四十多年了，有一个谜团在我脑海里始终无法解开。

那是1970年的冬天，贺敏被枪毙了，罪名是"叛国投敌"！这个事实让所有熟悉贺敏的武汉支边青年们难以接受。我虽然没有见过贺敏，但从老乡嘴里知道，他痴迷艺术，将小提琴视为生命，而且在关押他的看守所墙上，画满了五线谱。据说他那个时候已经神志不清了。就这么一个人，怎么会"叛国投敌"？怎么会被枪毙？

最近从肖伯华那里得到一个消息，说是贺敏的弟弟在武汉，被李甦找到了。这过程还有点戏剧性。原来李甦是名京剧票友，她在青年路住的时候经常到中山公园唱戏，而她们这群人中，拉京胡的就是贺敏的弟弟。我当即请李甦和他邀约。2013年3月30日，我们在中山公园见了面，并约定以后再把他姐姐，也就是贺敏的妹妹约出来谈谈，以了解更多情况。其间我因事情繁杂，一直到两个月后，我们又于2013年6月6日在中山公园茶社约见了贺敏的弟弟和妹妹以及妹夫。

这天是个星期四，阵雨转大雨。但他们还是都赶来了。我们一起到湖边茶社，沏上铁观音和红茶各一壶，开始了访谈。这次不但了解到了一些鲜为人知的情况，还得到贺敏当时的两张照片以及写给家人和老师的四封信。

姐弟俩都谈到了他们的家庭。

父亲谢群超，早年在湖北京山创办京山中学，为第一任校长，1947年加入中国共产党，为武汉解放时保卫纱厂作出了贡献，新中国成立后作为党代表进驻武汉市工商联，为第一任秘书长。她们家因此也搬进了中山大道上的工商联大院。1951年5月镇反期间，由于老家京山县一起出来的王某某觉得谢群超挡了他的升迁之路，就怂恿几位农会成员揭发检举，告其从前当过土匪，活埋过农会干部并借筹建京山中学之名搜刮民脂民膏，随即被捕入狱，不久被枪毙，从被抓到遇难仅40天的时间（此冤案已于1987年平反）。他们的母亲还清楚地记得，那是发生在当年五一节后的事，前一天他们的父亲还在中山公园检阅台上参加了五一观礼，第二天就被抓走了。

他们的父亲出事后，一家大小被扫地出门，赶出了工商联大院。母亲无法，只得将3个月大的弟弟过继给黄家，后改姓黄，名志新；将贺敏（原名谢先之，家里老大，当时只有七、八岁）送进当时还是洋人办的孤儿院，自己带着一女（贺敏之妹，原名谢惠芳）跟和他们一同从京山来到汉口的爷爷一起生活。贺敏的爷爷一家在京山原是名门望族，在当地开有绸缎店，新中国成立后被定为工商业兼地主，他把店铺和土地财产全都交公，只身一人来到汉口谋生。当时那种情况，这一家人的生活艰难可想而知。有幸的是，一位武大毕业的中学教师贺老师接纳了她们，他们的母亲就带着女儿改嫁到贺家，女儿也改姓贺，名雪琴，生活才算有了着落。

当时洋人办的孤儿院，里面还有钢琴等乐器，最初，贺敏在里面受到了音乐的熏陶，与他以后爱上音乐不无关系。但不久洋人都被赶走了，孤儿院收归国有，当时院方经过鉴别，发现贺敏的家庭背景，觉得这种人家的小孩根本不能在孤儿院里供养下去，就被赶了出来。当时因母亲改嫁，他只能随爷爷一起生活。

可爷爷有个后老婆，爷爷不在家的时候，那个后奶奶就不给饭贺敏吃。贺敏在爷爷家得不到温暖，总是偷偷跑到母亲这边来，继父看到这种情况，最终也接纳了他。

不久，在贺敏的人生中，又出现了一位影响他命运的人，这个人就是他的小提琴老师。此人姓高，毕业于中央音乐学院，与他的姓一样，小提琴水平堪称炉火纯青，不是一个高字形容得了的。但他生性高傲，1957年被打成右派，下放农场监督劳动。他宁愿脱离单位，不拿国家工资（当时的大多数右派都被降级甚至只发生活费），也不愿意接受监督，只身一人跑到黄石一个矿山当搬运工。

贺敏与之结缘，也很有一点戏剧性。贺敏那时已经喜欢上小提琴了，苦于家境贫寒，买不起那昂贵的乐器。好在他的同学有一把小提琴，他们情投意合，经常在同学家一起拉琴。

一次偶然的机会，这位高老师回汉路过，听见小提琴声，遁声寻去，结识了贺敏。初次见面，高老师看见贺敏一表人才，第一印象就觉得孺子可教，只要点拨得当，加之自己苦练，一定可以拉出名堂来。

于是，这位伯乐爱才心切，回到黄石后，不惜拿出在矿山肩扛背驮积攒下来的辛苦钱，寄给贺敏买小提琴。以后每每回汉，都会手把手地指导，把他视为自己的得意门生。

1959年贺敏初中毕业，此时他的小提琴也拉得小有成就，自己也觉得自己有这方面的天赋，于是报考音乐学校。专业成绩无可挑剔，但是到政审这一关，断然是过不去的。可他却一无所知，以后继续每年报考，每年落榜。

从1959年到1963年间，他一直不死心，认为自己的事业就是音乐，别无出路，其他什么事都干不成，而事实上，在当时像他们这种家庭背景的人，也很难找到工作。他仍然继续报考音乐学校，但他也开始知道，自己的期望值不能太高，便把报考的学校档次逐年往下降，却仍然录取不了。但他执拗地还要报考剧团，从胜利文工团到省歌舞剧院，甚至越剧团，但全被拒之门外！

在这一时期，我们国家掀起了第一次大的上山下乡运动，那时的口号是"广阔天地，大有作为"，城市里的"社会青年"是被动员"下农村"的主要对象，贺敏首当其冲。除了他的"社青"身份外，家庭背景更是一个重要因素。街道的干部们一批批上门动员，继父的学校也经常"做工作"要贺老师带头把贺敏送到农村去。

到了1964年，新疆兵团来汉招收艺术生。这一消息使贺敏感到欢欣鼓舞，当他看到"中国人民解放军新疆军区生产建设兵团招生简章"后，他认定这就是部队文工团，能到那里去，即使路途遥远，也在所不惜。

于是，他很顺利地到了新疆，到了伊犁，进了农四师文工团。但他哪里知道，这一去，再没能回到故乡，甚至生命终止在那块故乡的人们觉得陌生而又神秘的土地之上。

1969年，他被当地法院以"叛国投敌"罪判处死刑。

当和贺敏的弟弟妹妹谈到这里时，他们说，这一切，他们家事先根本不知道，当有一天接到了法院的判决书时，大家都万万想不到贺敏竟然会走到这一步！母亲悲痛欲绝，乱了方寸，一家人根本没想到应该去新疆为之料理后事。大家都知道，在当时的环境下，家属很难也不可能出面做点什么，更何况路途遥远，他们即使有心但也无力做到他们想做的事。

即使如此，他们家又一次受到牵连。当时城市由于战备，正在疏散人口，贺敏被枪决后，学校通知贺老师，他被下放到枣阳，于是他们家又被赶到了乡下。可怜无辜的贺老师,也被卷了进去,一直到1972年"林彪事件"以后,他们才举家回迁到武汉。

当时武汉的支边青年们,很多人觉得这可能是一桩冤案,至少,这里面应该还有好多不为人知的因素。因为大家对贺敏的印象很好,不相信一起支边到新疆的正直善良而有事业心的贺敏会是"叛国投敌分子"!不过在当时,没有谁敢站出来说一句话,只是感觉到,贺敏死得真的很可惜。

当我们手捧着贺敏家书的时候,这种疑问又从心头升起。

"敬爱的父母:您们好。

……信上写的慧芳已参加工作,父母身体健康,弟妹学习成绩尚好家家也生活得很好,我非常高兴!但我很想知道慧芳是怎样参加工作的。(目前一般城市都在备战,疏散人口,参加工作极端困难)……钳工是个复杂的艰难的工种,如果要把它学好,要下一定的苦工(功),还要狠钻几何、代数。慧芳没读过技校,这方面是个缺陷,一定要靠自己狠钻了,你有很好的条件,父母随时都是你的老师,相信你在学习过程中能取得一定的成绩。……父母身体也不好,生活只能向低水平看齐,不穿破衣就行了。要多关心家里,虽然你参加了工作,回家不要像小姐一样要家里人伺候你,要更多的多帮父母工作,这样才显得你懂事……"

"……小毛妹要收音机,我是一定要给的,现在我正在听,高级极了。我有两架,已给了一架给最好的朋友克里木,因为他真正地爱音乐。这一架是给小毛妹的,我已想了很多办法,要回汉的人带回去……"

可想而知,贺敏对妹妹是怎样的爱护有加!可想而知,他对朋友是多么的热忱,克里木,这位总政文工团的国家级演员,新疆当地有名的歌手,当时就是他的挚友!我们还可以看到,他自己的生活,又是多么简朴,不想给家里增加额外的负担。

"……一下车,就收到妹妹的信,打开看后,尤其是看了父亲的短短几句话后,觉得身上发热,饭也没心思去吃,父母在那么远的武汉,却把我看得一清二楚。父亲对我的批评是一针见血的,看来父母最担心的不是弟妹,而是我……

父亲对我的批评是对我的一种警告,是对我的一次警钟。父亲对我的严厉批评我一开始感到受不了,觉得过分,但我思考了半天后,觉得父亲能这样严厉地批评我,正是对我的关心,正是在教导我。所以我想通了后,心里就觉得舒服了。觉得父亲如果不批评我,可能我还要难受……"

"……是的,我现在得意忘形了,觉得领导上重视我,同志们夸奖我,武汉支边青年没有谁能比得上我,我就好了伤疤忘了痛了。看不起剧团的同志,认为他们什么都不懂(不过,父亲,他们水平也太差了,又没事业心,演戏不认真,连"导演"上台都背不下台词是经常性的,某某某某的的确确是混饭吃的!)甚至想到地方歌舞剧团去,不过这是绝对不可能的。同师部相处得比较好的干部谈话也随随便便,没有分寸,这都是不知天高地厚的结果,这样下去,把影响搞坏了,就不好办了……"

这些文字,使人们看到了他对继父的敬仰和从善如流的为人。但也同时看到,他极不情愿与周围那些"没事业心,演戏不认真"的人相处。

下面这几段文字,更能体现他正直的性格以及他的彷徨。

"……明天我们就要下团场了,到武汉去的宣传队可能十号走。两张相片是支援农业第一线,我团下放人员,我们欢送的情景,另外那两张有汽车的,旁边那座大剧院就是我们的剧院……"

"……敬爱的父母，最后，我有一件最大的问题要告诉你们，我不想练提琴了，中国人拉外国乐器，总是不合适。第一，是离中国人太远；第二是用处不大；第三是吃力不讨好，不能很好地为中国人民服务；第四是思想特出，盲目崇洋，不符合时代精神。说起来也非常非常奇怪，现在我决定不拉小提琴也没有以前那样痛苦了。改二胡是容易的，而且我要拉出一定的成绩来。希望父母提出自己的看法，我当然很痛苦，我还是觉得我在走退路，艰难的乐器不去拉去拉手风琴、二胡、打扬琴，这些乐器非常容易，所以我觉得我在走退路，不过，我一定要学好这些乐器。以后，我在政治上要加强学毛选，要有所进步，不能在政治上一无成就。现在我在写信，剧院在放小提琴协奏曲"梁祝"的唱片，我心里非常痛心……"

他热爱他的事业，他为有那座剧院而自豪，在他心爱的剧院旁拍下照片寄给父母，但他却又透露出不想拉小提琴的彷徨和痛苦。我们不禁要推测，是什么力量能促使他想要放下被自己视之为生命的小提琴？是谁让他这么彷徨和痛苦？

再看看下面这段文字，大约会引起人们的深思：

"……我在这里一切都很好，只是伊宁处于一片混乱，工作目前停止了……

……他们……一天到晚狐假虎威的，都是些大草包，我讨厌极了，上个月，武斗以来我就不参加演出，因为我讨厌他们，我不愿干我不愿干的事，所以我干脆'去他妈的蛋'！不参加演出了，什么屁组织也不参加，当一个老百姓。我愈来愈搞不清楚这是怎么回事，干脆不管，吃饭、睡觉、拉琴、劳动……一些社会上的渣滓，一些流氓，一些喝人民血浆的家伙猖狂得很，他妈的，自封左派……我也可怜这些可怜虫，精神生活也没有……这些家伙活得有什么意思，吃饭睡觉不如死了好。父母，我现在一切平安,请放心好了……"

他不满当时的环境,他讨厌那些人,也可怜那些人。可环境和那些人会如何对待他这个心存善良的人呢?

看了这几段文字,我无言以对。当年伊宁的动乱情景,又历历在目。试想,一个有正义感、有事业心的人处在那个环境,他能怎样?他又会受到怎样的对待?"叛国投敌"罪名的背后,难道真的与所有这一切没有一点关系吗?

后来我找到几个当年与贺敏一起工作过的老战友,大家一起回忆当年的贺敏,他是一位痴迷音乐的青年,只是生活中有些不拘小节,比如有时候要想半天才能叫出别人的名字,比如在睡统铺的时候,早上起床穿袜子竟然抱着别人的脚穿自己的袜子。但当他听到一段好的音乐时,就会面壁静听半天。当时两派忙于派性,顾不上他,他就经常和维族人在一起拉琴,维族人的婚礼经常请他去拉琴,那些维族人都说,想不到汉族人中间还有这么好的人,传说有好几个维族姑娘很喜欢他。

在大家的记忆中,贺敏当时是在师看守所关着的,一直关到1970年"一打三反"期间,当时将死刑核准权下放到省一级,他们要以反革命叛国罪枪毙他,报上去后,由于材料不充足,返回补充材料上报。大家还记得,召开会议让大家揭发他的"反革命罪行",在他放衣物的纸箱里搜查出几张被认为是"封资修"的旧唱片。仅此而已。枪毙他的地方位于去干校的路途中二三公里的地方,那时那个地方比较荒凉,还有小水坑,执行枪决后,那些"革命派"组织里拿枪的人还上前补了好几枪,现场非常残忍。

谈到翻案,他妹妹说,当1987年父亲的冤案平反后,组织上给了一点微薄的经济补偿,但这又有什么用呢?人死难以复生。就是我们这一家受到的牵连,受到不公正的对待,对我们所造成的影响,有什么东西能够补偿得了吗?

对于贺敏的案子,他们不敢有翻案的想法,甚至也不愿意去想。

但在他们心中,这始终是他们的一个心结,至少,在真相没有大白于天下的时候,他们于心不甘!

是的,我相信,每一位正直善良的人们,也会于心不甘啊。

这里面的谜团实在太多了,还有很多不为人知的东西,被掩盖在阳光照耀不到的阴暗角落。

我似乎感觉到,在乌孙山下,伊犁河畔,有一个幽灵在久久徘徊,一直不肯离去……

进疆的第一个冬天

孙奇忠

作者简介：

孙奇忠，男，1947年8月29日出生，1965年7月毕业于武汉市汉阳铁中高中部。1965年9月19日支边新疆；先后在农七师124团场（原二总场、又称高泉农场）任农工、小学、中学教师、教导主任。1986年10月调回铁道部大桥工程局五桥处，先后任中学教师、校长、公司宣传部部长。湖北省摄影家协会会员，有上千幅图片和新闻作品发表，现为中国中铁大桥局黄冈长江大桥项目部高级政工师。

也许是第一次领略北方冬天的严寒，我感觉1965年我进疆后的第一个冬天是最冷的。那种沁入骨髓的寒冷，至今还深深地留在我的记忆之中。

我们是1965年9月19日乘专列告别江城武汉奔赴新疆的。到乌鲁木齐的当天，我们45个武汉青年（27

男、18女)就直接分配到了农七师二总场(也称高泉农场,也就是后来的124团场)。在二总场集中学习了半个月,又集体去托托分场拾了半个月的棉花,然后又全部分到了良种站。

  增加了45个人,良种站宿舍一下子紧张起来。为了照顾女青年,她们18个人分住在了3间小宿舍里,而且就在站办公室的对面。男生可没那么幸运,27个人挤在一间大房子里,两个用土块垒起的大通铺垫上麦草再铺上发的毡子就成了我们的床铺,但每个人平均还不到一个毡子的宽度,因而经常会有半夜里两个人睡迷糊了抢被子的笑话。

  到了良种站,我们汉阳区的8个高中毕业生加上两个汉口的初中生被分到第一大组一班,班长叫朱凤亭,1956年的河南支边青年。听说朱班长是兵团二级劳模,敬佩之余,一种自豪感也油然而生,心中暗暗下了决心,一定要向兵团二级劳模学习,干出个样儿来。

  初到良种站,主要工作就是拾棉花,我们这些从来没有干过农活的城市学生每天都累得直不起腰来。而季节流转,没过几天,11月上旬,北疆的第一场雪就不期而至了。广袤的棉花地被皑皑白雪覆盖,有的还结成冰。在这样的棉花地里拾棉花,不一会,手指就冻得通红,钻心的疼,厚厚的棉衣棉裤也被打得透湿。后来,每天开始拾花前,站里先派人拿着竹篙子在前面打雪,但效果有限。即使戴上手套,不一会也湿透了,粘在手上更冷。被雪水打湿的棉花装在花兜里,死沉死沉的。好几次我几乎都坚持不下来,打算请假休息,但看到朱班长带着老职工在前面埋头干着,好几个比我小的武汉女青年也在一声不吭地坚持着,我也咬咬牙,坚持了下来。但是,新疆初冬的严寒,已经让我们刻骨铭心了。

  1965年冬季,兵团农场连队取暖基本靠烧柴禾。我们武汉男青年住的大宿舍每天派两个人拉着车去十几公里外的西戈壁梭梭林打柴。茫茫戈壁上人迹罕至,轮到我去打柴的时候,我和同伴不敢分开行动,生怕走失了找不到路,但是这样就要跑更多的路才能打到柴禾。中午，我们烧上一堆火，把带去的包谷馍烤烤，就着雪就是中餐了。打柴一般得大清早就出去，要到下午六七点（北京时间）才能回来。有一个叫彭彪的武汉青年，打柴时就闹了不少笑话。有一次天气太冷，把他在戈壁滩上冻哭了。还有一次回来时迷了路，吃晚饭了还没回来。班长急得马上向站长汇报，站里出动了几十人沿着路寻找，一直到半夜才把他找回来。这些事弄得彭彪多年以后还被女青年取笑，在武汉男青年中抬不起头来。不过，经过几年锻炼，彭彪后来也成为了一个不错的兵团战士。

1965年12月中旬，一场寒流袭击了本来就冰封雪飘的北疆，天气预报称，当天的气温为零下46度，气温急降。我们副班长王旭晶被派跟大车给食堂打柴禾，走时不知道气温会降得那么低，没有做好防护，到家才知道鼻子已经冻黑了，整整两年后才缓过来。

还有一次，不知是谁恶作剧，半夜里把我们男生大宿舍的门打开了。一般到入睡后，火墙就没人加火了，我们靠里边睡的人都不会觉得冷，但那晚睡在最里面的人都觉得冻得厉害，人人都把头缩在被窝里蜷成一团。第二天早晨起来一看，宿舍大门敞开着，脸盆里的水全部冻成了硬邦邦的大冰坨。睡在门口的两位老兄还稳稳的蜷在被窝里，只是所有的衣服全部都搭在被子上了。第二天，我们宿舍好几个人又是咳嗽又是流鼻涕，一下子冻病了好几个人。

冬天，农场连队的主要工作就是往地里挑肥料，这是实实在在的力气活，容不得半点偷懒。在家里从来没有挑过担子的我，刚干了没两天，肩膀就压得又红又肿。好在班长朱凤亭见我跑得快，让我拉车运肥料，这才发挥了我的优势，每天还都能超额完成任务。其他大部分人可没有我这么好的运气，还是靠着两个肩膀。我们武汉青年中年龄最小的是徐策静，那时刚刚满十六岁，拿了好几年34块7角5分的童工工资，也和大家一起挑担运肥。一次用力过猛，累得都咯血了，这可把班长和我们大家吓坏了，赶紧送到医院检查，还好，没什么大问题。徐策静只在宿舍休息了半天，说什么也不肯休病假，第二天就又挑着担子下地了。

和兵团劳模在一个班,自然要比其他班的人付出得更多,除了白天正常上班,我们班长朱凤亭几乎每个礼拜(当时我们实行的是10天休息一天的大礼拜)都要组织我们班搞三个晚上的义务劳动,往地里拉沙子改良土壤。寒冷的冬天,能安安稳稳地睡在温暖的被窝里是多么惬意的一件事啊,因而当朱班长或副班长王旭晶半夜悄悄在床头把我叫醒时,我真有点不愿意离开这诱人的热被窝,但一想到兵团劳模的荣誉,想到不能拖全班的后腿,我还是揉揉眼睛,穿好衣服,拉起车和大家一起干起来。一跑动起来,深夜的严寒好像也失去了威力,只觉得全身发热,不知不觉几个小时就过去了。

后来,为了参加农场每年一度的文艺汇演,我们几个武汉青年被抽出来排练节目,为此不少人都向我们投来羡慕的眼光。然而实际上,排练节目并不比挑肥轻松多少。当时,在二总场,要论演出,当属上海青年最集中的水利队力量最强,他们几乎就是农场演出队的班底。为了给良种站争光,和上海青年一比高下,我们经常从早开始编排节目,一直排到深夜。有时为了演好一个动作,往往要反复纠正、反复练习,直到动作标准了、整齐了为止。周垂凯是我们武汉青年中唯一的师范毕业生,在学校就专事舞蹈,他不但自己编排了独舞《蝶恋花》,而且理所当然地成为我们演出队的艺术指导和舞美设计。天道酬勤,这年在二总场春节文艺汇演上,我们良种站演出队一炮打响,不仅斩获优胜奖,我、周垂凯等3人还获得了优秀演员称号。那晚演出结束后,我们从场部步行回良种站,大家兴奋地说着、笑着,还沉醉在胜利的喜悦中。我一个人走在最后,沁骨的寒气清醒着我,望着满天的繁星,脚下的积雪发出吱吱的响声,夜色中白雪覆盖的田野显得那么恬静,进疆第一个寒冬所遇到的困难、痛苦,好像都消失了。我感到:边疆的生活也可以是这样的美好。

第二年的夏天,我被抽调到农场子弟学校任教,尽管也因为家庭成分不好而两次被下放劳动,但我再也没有遭遇1965年那样的严冬了。不过，进疆第一个严冬经历的一切却成为我一生宝贵的财富，支撑着我走过了人生的沟沟坎坎。1998年，我从新疆调回内地12年后，组织上又将我从执教30多年的教育岗位调到宣传部，从头开始全新的工作。正是在兵团锻炼出来的不怕困难的精神，使我勇敢地面对挑战，很快熟悉了宣传工作。十几年来，在新华社、中新社、人民日报、经济日报、工人日报、人民铁道等媒体上发表作品一千多篇，向人们展示了兵团人的不屈不挠的精神。

第四辑　水调声长

（1966年前下乡知青的记忆）

梦的记忆

杨飞霞

作者简介：

杨飞霞，男，湖南省邵阳市人，1965年10月到绥宁县彭家大队彭家生产队插队落户，1976年6月因病返城。

人生岂能无梦，每个人都会编织属于自己的甜美的梦。

我是一个富于想象的人，从蒙昧无知的童年，直至历经沧桑的花甲之年，我做过许许多多的梦。其中有自己的欲望之梦，理想之梦。

一

大跃进锣鼓响声震天的年月，正在读小学四年级的我，每天从《中国少年报》上看到工农业生产放出来一个又一个卫星：钢铁元帅升帐，煤炭产量翻番，粮食产量青云直上……一条条胜利的消息，一个个丰收的喜讯，让我和同学们兴奋不已。被"大好形势"鼓舞着，图画课上，我画了两枚火箭，一枚向上，一枚朝下，旁边写着："苏联火箭上天空，美国火箭倒栽葱，中苏团结手拉手，东风永远压西风。"后来我还写了一些当时自以为是诗的文字，满怀激情地表达自己身处美好国度与美好时代的光荣和自豪。

秋去冬来，在一个已经三日不见太阳的寒冷的早晨，我们被集合到操场上，聆听学校申校长的金石之声："共产主义社会，每人每天一两白糖，两个鸡蛋，三两牛奶。"在冬天的寒冷中，听了校长的报告，想起大街小巷随处可见的"人民公社是天梯，共产主义是天堂"的标语口号，衣衫单薄破旧的我，在瑟瑟的寒风中竟感到融融暖意。校长一边咳嗽，一边唾沫四溅地演讲着，说得饥肠辘辘的我不停地咽口水。啊！白糖、鸡蛋、牛奶，以后不仅可以吃饱穿暖，甚至还可以享受到这些我做梦都不敢想的美食了！这时我的心里，充满了共产主义就在明天的甜美梦想。

过了一个星期，我在课间休息时急不可耐地问班主任周福琴老师："周老师，共产主义还要多久才来呀？"周老师开始似乎没有听明白，但随即回过神来，十分肯定地说："起码三年。"

"啊！还要三年？"周老师的回答让我大失所望，对照校长的报告，我甚至对我平时十分信赖的周老师的判断能力产生了怀疑。

然而没过多久，还是那位申校长，再作报告时，内容却来了个180°的大转弯："国民经济调整时期，忙时吃干，闲时吃稀；粮食少，瓜菜代；全民动员，见缝插针大种蔬菜；发扬艰苦朴素的延安精神，穿衣服要做到：新三年，旧三年，缝缝补补再三年。"

冬寒还在肆虐，饥饿如影随形。校长的报告一下子将我从美妙的梦境拉回到严酷的现实中。

后来老师告诉我们：由于"自然灾害"和外部原因，眼看就要来到的共产主义与我们擦肩而过了。

上初中的时候，政治课本《社会发展简史》毋庸置疑地向我们表明：人类社会必将走向共产主义。朦胧而又美好的共产主义梦想在我的心里又燃烧起来。老师天天说："你们是在蜜糖罐子里长大的，身在福中要知福；伟大的革命导师列宁教导我们：无产阶级只有解放全人类，才能最后解放自己。"老师也经常提醒我们："世界上还有三分之二的人生活在水深火热之中，我们肩负着解放全人类的历史使命。"

"生活在水深火热之中"是个什么样子，我无法体验，虽然我也吃不饱穿不暖，但我坚信：我是幸福的。何况还有"人类历史上无比壮丽的"共产主义梦想在我的心中激荡呢。我虔诚地遵从老师的教导，时刻准备做共产主义事业的接班人。

然而当年，少不更事的我并不知道，我的"接班人"理想其实只是一个梦，而这个梦，早在1950年代的那场"扩大化"中就已经摔得粉碎。那一年，我的父亲，一位黄埔六期的国民革命军人，一位在抗日战场上流过血汗的国军少将，在那一场"扩大化"中，玉折山野，血染杜鹃。那时候，我们家庭生活的梦就已经断了，我的梦其实也早已迷茫。

初中毕业时，阶级斗争的形势已经让我预感到我的高中之梦很难实现，但我仍然抱着幻想，竭尽全力地准备功课，并且考出了令我满意的成绩。考试结束后的那些个白天里，我摆出一副"少年不识愁滋味"的面孔，和同学们嘻嘻哈哈地玩耍，而当黄昏来临时，大家各自归去，无边的悲凉便会从心底升起。一想到自己从小立下的志向和抱负，一想到从此即将失学并且看不到前途在哪里，我就会情不自禁地发出痛彻心扉的哭泣。

我期待而又惶恐的那一刻还是无可更改地到来了。那一天，邮递员把中考通知书送到我手上，我小心地打开它，把它的内容一字不漏地吞进肚里，然后轻轻地丢到床上。一旁的二姐关注着我，她怕我崩溃，怕我歇斯底里，然而我却表现得异乎寻常的冷静，在失学的痛苦面前没有哭泣。二姐十分惊异于我的平静，但也更担心我平静表象下的翻江倒海。

我的高中梦碎使我成为阶级斗争与血统论的牺牲品,我感到苦闷、彷徨,不晓得未来在哪里,但我做"共产主义接班人"的梦想却没有泯灭,还是觉得我必须听党的话,听党的话就还会有希望。于是在当年酷暑难耐的夏天,我积极参加居委会的义务劳动,在烈日下挑河沙、挑炉渣,而这些义务劳动,都是一般人不愿意干的。汗水流尽,力气用尽,中午吃下派发的两个共四分钱的油粑粑后,再投入到下午的劳动之中。那种劳动我天天参加,从不讲条件。当时我认为,让我去苦力地干活,那是党没有忘记我,信任我,考验我,这是实现我做共产主义接班人的梦想所必须经历的程序。

二

　　今天有人说,"上天给你关上一扇门,就会给你打开一扇窗。"那时候不信天不信地,但"关门"和"开窗"的事,却是常常发生的。

　　在我通往"共产主义接班人"之梦的道路上,我的高中之门关上了,但我的下乡之窗却打开了。

　　1965年秋,轰轰烈烈的上山下乡运动开始了。

　　面对这一运动,当年只有16岁的我没有心理准备,而我的一位邻居大哥是1964年下乡的,听说在乡下的日子很艰难,也看不到前途。因此在街道居委会动员我下乡时,我断然拒绝了。但这种"拒绝"即便"断然",也是无益的,没有人能架得住居委会干部与工作组做动员工作的那份本领与执著,他们在组织我们这些"下乡对象"学习时,把未来新农村的前景描述得无限美好,同时又在我们"解放全人类"的历史使命之外,增添了"改变农村'一穷二白'落后面貌"的光荣使命,并反复运用毛泽东的话强调:农村是一个广阔的天地,在那里是可以大有作为的。几番宣传鼓动,让刚出校门不谙世事的我重新燃起了梦想的火花,成了那场运动的积极分子,义无反顾地卷入到上山下乡的大潮之中。

　　1965年10月19日,是我终生不能忘记的日子。那天早晨,曾经参加过"青年志愿垦荒队"而患病回来的二姐,带着我的大外甥来送我。二姐一向对我疼爱有加,在送行的现场,她哭了,哭得好心酸,以致在苦难与艰辛中磨砺得十分刚强的母亲,也忍不住走到一旁悄悄抹泪。而我,却沉醉在红旗招展、锣鼓喧天的气氛里,胸佩红花,妄自陶醉,全然不理解二姐和母亲何以如此为我而心酸。我被做共产主义接班人的梦想和"解放人类""改变面貌"的双重使命激荡着,对未知的新生活充满渴望。懵懂少年的头脑里充满着梦想,恰如"中华人民共和国"建政之初满怀豪情意欲报效祖国的海内外学子一样。

浩浩荡荡的车队在起伏弯曲的公路上颠簸了一整天,在苍茫的暮色里把我们八百多名知青送到了绥宁县城。我们五个男知青和另外一组五个女知青一起,被分配到山外之山的彭家大队彭家生产队。

当年的彭家生产队有人口一百四十多名,水田三百多亩,还有数千亩山林。水稻是主要的作物,此外还有穄子、小米、黄豆等杂粮。杂粮产量微乎其微,每户一年能分到三五斤用作单调主食的点缀,也就笑逐颜开了。林业资源是生产队的钱袋子,但因木材的收购价格定得太低,且在当时条件下砍伐和运送木材又非常艰辛危险,因而生产队每年都不能完成任务,所以队里每个男劳力每天只有三毛多钱的劳动报酬。当年粮食产量平均每亩不到三百斤,完成交公粮、征购粮、超产粮等等名目的规定任务之后,剩余的粮食远远无法填饱种粮人的肚子。

我们的到来,无疑会给本来就十分贫困的农民增加负担,因此他们在各级干部反复做了"工作"之后,才勉强接受我们。然而,经受过几千年封建统治的中国农民是十分驯良顺从的,他们放下了最初的排斥开始理解我们,同情我们这些远离父母的孩子。混熟了,常有农民大叔大婶问我:"老杨哥,还咧(小)哩,你想冇想家?想冇想妈妈?"我们也理解同情比我们更加贫困的他们,于是,在短暂的相处之后,我们也渐渐地亲近起来。

最早带领我们劳动的是中年农民刘继书。脚有点瘸的刘继书老实厚道，尚未跨入不惑之年的他，生活的贫困与艰辛在他没有血色的脸上过早地写满风烛残年的苍凉。我们戏称他"刘书记"，同情他而又尊敬他。刘继书一家六口人，是生产队最贫困的一家。他家年终分得两斤菜油，就赶紧拿到集市上卖了，用以换回十几斤粗盐。"冇呷油活络噶（不要紧），冇呷盐就冇有力气捻工（劳动）。"我们敬爱的刘书记就这样向我们解释。他还告诉我们：由于长期不吃油，他们全家人的肠胃竟不能与油腻亲密接触。有一回，他手头有了几个钱，就到集市上买了半斤猪肉回来，结果不仅没吃完，全家人还一个个稀里哗啦地泄肚子。我们邵阳人挖苦别人视力不好，常说"你眼睛冇呷油！"刘继书一家尤其是他老婆，眼睛暗淡无光，视力极差，也许就是"冇呷油"的原因吧。

当然，肠胃如此排斥油腻的，在我们生产队仅此一家，绝大多数的人民公社社员，对油腻都是心神向往的。记得下乡前，上山下乡运动工作组曾告诉我们，"农民生活过得好，一年杀一头猪，不卖，全部留下来自己吃。"然而实际上，农民自己都喂不饱，哪来饲料养猪？一年下来，一头猪能长到七八十斤也就不错了。猪杀了，去掉毛屎，还有多少？为遵循"干部群众鱼水情"的不成文惯例，杀猪户还得恭请"看得起"自己的干部来家大快朵颐一番，接下来才能轮到望眼欲穿的全家老小一饱口福，等到年节过后，还能剩下多少？

值得一提的是：当年我们的大队书记——贫下中农的领头人，全大队每户杀猪，他都肯无一例外地赏脸光临。有一天，离我们住所只有十几米的大队园艺场死了一头猪，我想，死猪肉不好吃，家住大山那一边，离这里三四华里的书记大人不会翻山越岭过来吧。没想到午饭时刻，书记的身影悠悠地从我们门前晃过。哦，平时高高在上的大队书记，骨子里竟还有这么平易近人的一面，对一头死猪，也是很给面子的。这苦涩的幽默很无奈地说明：当时的农村基层干部也是很贫困的，他们无法带领贫苦的乡亲进入共同富裕的共产主义社会，耐不住贫困煎熬的他们，只好运用自己的特权，从乡亲们身上揩油了。

三

那时候，什么是资产阶级思想，自己也不明白，只觉得凡是与党的教导相悖，为党所不容的思想，都是资产阶级思想。因此在农村的那些日子里，我自觉地吃大苦，耐大劳，力图给自己来一个脱胎换骨的改造。

由于童年的生活困苦，我身形矮小，体质不好，很难胜任艰苦繁重的农业劳动，但我从不示弱，坚持与大家一样劳动。记得第一次挑谷草，同组知青魏尚喜他们一担挑二十把，重量超过一百斤，轻轻松松就送到两百米以外的牛棚里。而我来挑时，同伴们要我少挑一点，但我二话不说，和他们一样也挑起百来斤的担子。无奈平时仅能挑五六十斤的我，此时挑起百来斤，便只能跟跟跄跄地前行了。当我咬牙把谷草送到目的地时，我突然感到天旋地转，眼睛直冒金星，身体本能地靠到牛棚柱子上，汗水从头顶涔涔地往下流，大口地喘着粗气，心脏好像要跳出胸膛。

生产队见我们这组男知青干活很卖力气，便把挑牛粪之类粗重的农活让我们干，一担牛粪通常一百四五十斤，有的甚至重一百八十多斤，每次我都咬紧牙根坚持要上。好在干这项重活时是分段负责的，每人只挑几十米便传递给后面一个人。每当这时，总会有两个身体强健的知青伙伴负责我的两端，他们尽可能地把我负责的地段缩短。

体力不行，我的头脑还能派点用场，劳动之余，我把时间和精力都放在学习农业技术上。我通过各种途径，弄来了很多农业技术书籍，每天出工之余，我都埋头于这些书籍之中，然后再把学到的农业知识运用到生产实践中。1966年夏季，生产队把全部稻田的治虫任务交给了我。那一年，山区的水稻害虫除稻飞虱外，还有危害很大专吃稻心的三化螟,而三化螟在伴随水稻生长的过程中也有一定的繁殖周期。经过一段时间的观察,我发现在每一块稻田里,都有极少数的禾苗在田间鹤立鸡群,这些禾苗比其他禾苗的生长成熟时间往往要快两到三个星期,于是我想到把这些禾苗培植成稻种,这样种植的水稻就能错过三化螟的既有繁殖周期,无需使用农药,也能使其无法危害水稻生长。我满腔热情地把这一想法汇报给当时掌管权力的四清工作组,哪知一心专注于阶级斗争的工作组却毫无兴趣;我不死心,又写信给县农业技术站,却不料我的去信同样是"泥牛入海无消息"。

在我们这偏远的山区农村,不仅民风淳朴,而且还有一些充满山野气息的民风民俗。那年社教工作队进驻竹舟江,传统的民俗文化活动被视作非无产阶级意识形态而被禁止了。作为城市知识青年,在那个特定的年代与环境里,我们的精神文化生活便比农民略胜一筹了。初中毕业即失学的我,读书的欲望仍然像扑不灭的火焰在我的梦境中燃烧,无缘于高中,但我仍要读书。除了我的农业书籍外,乡下几乎找不到书看,于是我与魏尚喜凑钱合订了一份《羊城晚报》,企望从报纸上学习知识并增加对大山外面世界的了解。

"文革"期间,我曾经有一本手抄歌本,挚友彭代真为我在歌本上题词称:"歌是生活的集锦,它时刻连接着青年的心,每当心事浩茫,我们就唱歌——这样抒情。"正因为如此,唱歌也是我们的最爱——尽管我们唱得不好,还常常走调,但我还是要唱歌——只为抒情。只要兴之所至,无论在什么时间什么地点,我们就会无拘无束地歌唱。或浅唱低吟,或高叫狂吼,让青春的欢乐与苦闷在歌声里表达,让前途的迷茫与哀伤在歌声里淡化。我们在歌唱中泪流满面,在歌唱中如痴如醉,如疯如狂……

1966年夏天,我们生产队的十个知青有九个回家了,只有我一人独守孤庙。白天,我在田间防治水稻病虫害;夜晚,在寂寞中与我相伴的便唯有我的歌声。秋天,水稻成熟的时候,为防止野猪侵害,二十多个凄清的夜晚,我通宵独宿在两个农民也不敢去的山冲里守护稻田，给我壮胆扬威的，也是我的歌声。此后，在我整个愁肠百结的青年时代，歌声始终与我相伴，不离，不弃。

　　那个年代的竹舟江，交通闭塞，信息不通，我们仿佛与世隔绝一般。"文革"刚刚开始的某一天，我到竹舟江赶场，看到街上的一个商店里，几位卖糖粑粑的老太太臂膀上佩戴着红袖章，袖章上印着"红卫兵"三个金黄色的大字。"红卫兵"是什么？我感到莫名又感到新鲜，正纳闷间，一个中年农民走来问我："学生同志，你看，那'红卫兵'是么个bai？"我茫然无知，叫他去问老太太。那农民回头问道："伙计娘，红卫兵是……""……"老太太欲言又止，低下头去制作她们的糖粑粑。看得出来，那几个老太太可能连"红卫兵"三个字都不认识，所以"红卫兵"是什么？她们也说不清道不明。

　　记得同组知青曾建新说过：如果长期小心翼翼地行走山高路险的小路，人会变得迟钝；长期处身与世隔绝的僻远山野，就会落后于时代。此时，插队落户虽不到一年，而身处偏僻山村的我，对外面世界的认知就已经大大地落伍了。赶场后准备返回生产队时，我看见八九个农村女青年从县城方向朝竹舟江走来，她们是一群正在县城读高中的农家女孩。看着她们欢快的青春模样，感受着她们身上的城里气息，想想自己无缘读高中，知识和气质也正在蜕化，便不禁五味杂陈，羡慕、嫉妒、遗憾……一齐袭上心来。

四

　　深秋时节，公社召开了贫下中农代表大会。这会议本来与我们无关，但会议结束后出了一件人命关天的大事，因而我们也便知道了这次会议。

　　我们大队杨家生产队有一个贫下中农代表，年方三十，身强力壮，因为平时好吃懒做而陷于赤贫，于是成了"代表"。会议结束后，他与自以为已经革命的阿Q一样难抑亢奋，扛着鸟铳在生产队到处游逛。这代表走到仓库旁，看见芳龄十七岁的蓝姑娘正弯腰低头清理茶油籽，于是身体里的荷尔蒙顿时高涨起来，他三脚两步跑到蓝姑娘身后，用鸟铳抵住她的屁股，大叫一声："站住，不许动！"然后不顾对方的厌恶与呵斥，饶有兴趣地用鸟铳在蓝姑娘的屁股上挑动起来。也是鬼使神差，正当代表得意忘形之际，鸟铳突然"砰"的一声轰响，蓝姑娘应声倒在了血泊里。生产队扎了担架抬蓝姑娘去县城急救，无奈山高路远，蓝姑娘在半路上便去了另一个世界。可怜花儿般的蓝姑娘，就这样香消玉殒了。

人命关天，公社一领导来杨家生产队处理。领导对蓝姑娘的父亲——那个在"社教"运动中下台的原大队长——说："鸟铳里那打死你女儿的铁码子是你自己装的，而私自装铁码子是违法的。"多有水平的领导，一句话就将蓝家满腔悲愤的父亲制伏。后来听杨家生产队知青说，公社对那代表也进行了处罚：出三十元钱，一担谷，算是对蓝姑娘的丧葬费及生命价值的赔偿。而那深深的哀痛，唯有深藏在蓝姑娘亲人的心底里……

还有一件事，则发生在 1975 年春季。一天上午，我正准备出工，突然一伙民兵抬着一套油漆得红红亮亮的家具径直放进了我的知青屋里，其中有木床、衣柜、饭桌、板凳、水桶、脚盆等。原来这是没收的一个新娘的嫁妆。而这没收的指令，则是在我们大队蹲点的公社党委袁委员下达的，没收的理由是"搞四旧"。哦，原来农民在组建新家时置办一些家具也算是"四旧"，这袁大委员可算是火眼金睛了。

下午，我出工回来，有人告诉我：新郎趁民兵不在，带几个人把家具弄走了。再后来，袁大委员恼羞成怒，派民兵追赶，把家具夺到手直接送到了公社。半个月后，我听说那个新郎因对抗公社党委而写了检讨。至于那些家具，则由公社贱价卖给了想要的公社干部或办事人员。于是那对新婚夫妇，在新婚的那天不仅没有得到祝福，反而被公社堂而皇之地抢劫了！

这两件事的发生，让我看到了下层人民生命的微贱和正当权益的被践踏。我感到非常失望。

在这个时段里，"文革"的狂潮已汹涌澎湃，一个个昨天还在台上高呼革命口号的党的干部，今天就被打成了"叛徒"、"特务"、"内奸"、"工贼"、"走资派"，铺天盖地的大字报里，把他们描绘得丑陋不堪。"你看看，你看看，"一个从邵阳回来的同组知青对我说："他们都是这样的人，有哪个真的把共产主义理想当回事？有哪个真的关心你的思想改造？你真的相信农村广阔天地大有作为？"至此我开始彷徨，梦想渐渐破灭，精神趋于坍塌，我陷入了深深的痛苦之中。

1966年底，在我下乡十四个月的时候，辛辛苦苦一年多，累计工分逾三千，却仅得稻谷不足六百斤，现金三元多。粮食不够吃，维持最基本生活的费用也没有着落。万般无奈，我们选择了逃离。

第一次从农村回家，我只有把全部精力放到谋求一日三餐的生计上。没有城市户口，我只能像做贼一样冒名顶替混进别人的队伍里偷偷干活，工资结算时还要心甘情愿地被工头扣除提成。有一回，我在烈日下艰苦劳动了二十多天，挥洒了无数汗水，却被劳动服务站以"弄虚作假，非法混入劳动队伍"为由毫不留情地全部扣压了工资。

后来二姐夫指引我学泥工，朋友引荐我去通道县搞建筑。在那里，我白天和大家一起劳动，晚上坚持学习建筑技术和理论。不到一年的时间，我很快脱颖而出，成了那支建筑队伍的头，管理着工程承包、生产技术、生产安排以及大家的生活。我依然每天与大家一起苦力地干活，我的工作也总是比其他人做得更出色。我运用所学知识破解了一个又一个建筑实践中的难题，让我的才华获得了用武之地。在林业局办公楼建筑工地上，一位局领导在长期关注我的施工管理和生产操作之后，情不自禁地发出感叹："这么年轻，竟有这么好的技术和管理，不是亲眼所见，我还真不敢相信呢。"但在劳动报酬分配时，我却主动把分配权力交给大家，甚至承包工程的5%管理费我也没有塞进私囊。

由于我的为人，由于我的能干和吃苦耐劳，让二十余岁的我在我的队伍以及通道县建筑界中享有很高威望，并深受建设单位的欢迎与礼遇，尤其是对我了解最多的林业局领导，想通过招工的途径把我留下来。但因为我没有"合法"身份，不仅林业局领导长期留住我的梦不能实现，一向遵纪守法的我，还会经常在深更半夜被公安局从睡梦中叫醒带走……

曲折艰辛的谋生之路，使我对理想和前途渐渐变得麻木起来。那年月，也有姑娘想要与我牵手，我却只能压抑着兴奋与喜悦，阻挡住自己对爱情的期盼与对婚姻的憧憬；在通道县，林业局里有几个干部想把自己的女儿或亲属介绍给我，我也选择了回避。漂泊男儿，无业可立，那成家的梦，也不敢做啊。

五

1975年，招收老知青返城进厂的消息已经传开，于是我婉拒了通道县林业局的盛情挽留，结束漂泊生涯回到生产队。同组的伙伴以投亲靠友转点或到城郊农村入赘等方式迁走了，我则像一个孤独的出家人一样，寂寞地守在寺庙般的知青屋里。

不经允许离开生产队多年，回来时难免有一些灰溜溜的感觉，加上形单影只，因而不免惆怅。好在乡亲们并没有歧视我，他们总是想到我过去的良好表现，一如既往地关心我，照顾我。

春去秋来，回到生产队半年多，招工的消息才在焦灼的期盼中不紧不慢地来到绥宁。我在心底里呼喊：终于要苦尽甘来了，终于可以在生我养我的城市里挺起腰杆做人了！然而，严酷的现实又一次无情地粉碎了我的梦想。由于艰苦的生活和繁重的劳动损害了我的健康，以致在招工体检时我的体重只有78斤，疾病也乘虚而入。家庭出身问题加上身体不健康，让招工人员在我的招工问题上望而却步了。

在农村大有作为的梦想早已破灭了，通道县的奋斗也看不到前景，招工回城的路也走不通，广阔天地，竟没有我的容身之地！此时一支歌在我的耳畔轻轻响起："亲爱的朋友，你莫要把泪水流……愁啊愁,愁白了你的头,忧啊忧,忧使你更难受,只要你勇敢地昂起头,苦水也能化为美酒……"生性倔强的我,此时没有悲伤。在经过分析之后,我把"因病返城"选定为我的回城之路,然后义无反顾地朝着这个目标去奋斗。

在哥哥和姐夫的帮助下,通过各种方法,我取得了邵阳市"四个面向办"同意我返城的申请,并于1976年元月由市"四个面向办"把我的资料转到了绥宁县。在县"四个面向办"等待批准的那些日子里,我食不甘味,寝不安眠。可是那个没有同情心的女主任却对我说:"看你的样子,不像有病,你怎么就不能在农村劳动呢?农民有病,不是照样得出工?"此前我看到过一位女知青有事找这个女主任,这女人却毫无耐心,不等对方说完就开口训斥,弄得那个女知青委屈地哭着走了。这回轮到我了。年轻气盛的我毫不客气地针锋相对:"你怎么就看出我没有病?医院有体检证明你不相信?你到我们生产队去调查看看我到底有病没病,招工时说我有病不能当工人,难道当不得工人的身体倒可以当农民?"女人理屈词穷,就蛮横起来:"你还蛮犟,我就是不批准你!""你不批,我就天天在这里等!""啊!你好大的胆,敢这样放肆,我叫公安局把你抓起来。""抓就抓,还好些,在牢房里不要累死累活,有现成饭吃。""好,你等,我就看你等。"

于是,我就绷着一付苦大仇深的面孔,像上下班一样按时在办公室守候着。守到第三天上午,女主任仍无动于衷,于是我把守候变为跟随。中午时分,女主任回家吃中饭,我就跟随到她家。她带着未成年的儿女在屋里热早餐留下的现饭吃,我不进屋,站在门外,但心里也颇不是滋味。我觉得自己就像是一个厚颜无耻的叫花子,死乞白赖地待在别人家门口,脸都没有地方放。但转念一想:坚持,必须坚持,绝不能退缩!后退就苦海无边了。

第二天上午,女主任没有来办公室,我问那位姓李的美女秘书,李秘书说,"主任今天开会,不来了,你还是回邵阳去吧,你的事,我们要开会研究的。再说,你到她的家里去,也不好啊,人家也要生活啊"。我说:"她不卡我,请我去她家我也不想去;她要生活,难道我们知青就不要生活?"李秘书笑了笑,说:"小杨,回去吧,就要过年了,过了年再说吧。""过年?你们倒快活。我哪有年过?我就在这里过。""不要急嘛,好好回家去。"我听出李秘书的话里似有转机,于是乘胜追击:"你们年前不给我批了,我哪有心思过年?你们现在给我批了,我马上走人。"这时候,刚刚进来的老张走到我跟前,轻轻地拍拍我的肩头,对我说:"回去吧,总不能就你说了算,你说什么时候批就什么时候批?要给人家台阶下吧。""我要等!"我摆出不到黄河心不死的样子。老张笑起来:"又不是只你一个人的事,还有好几个呢。回去,回去,安安心心过了年,再等着听好消息吧。""那好,过了年我马上就来。""还来什么呢?不要来了,不要来了。"

这年六月,我接到病转返城的批准通知。害怕夜长梦多,我雷厉风行地到绥宁县办理了返城手续。

1977年恢复高考,意想不到地碰上了这彻底改变命运的好时机。但我为了生活,为了温饱,白天勉力承受繁重的劳动,晚上强打精神重温遗弃了十几年的初中课本。难度本来就很大,而心理上又还存有疑虑,总觉得社会刚刚从阶级斗争的茫茫黑夜中走出来,对家庭出身的歧视真的会被放弃并做到唯才是举吗?遥望彼岸之花,似在云里雾里,难免不产生可望不可及的忧虑。梦醒与梦碎,已经不是一次了,一朝被蛇咬,十年怕井绳,此时害怕梦碎的恐惧使我在并非不可克服的困难面前退缩了。然而这一次的不敢做梦,让我痛悔终身。

如今,我们已至暮年,宁静的夜晚安然入睡时,但愿我们能有好梦。我衷心祈愿:让那偏远山区的贫困农民,让那乞讨街头的残疾人,让那所有读不起书、住不起房、结不起婚、看不起病、养不起老、告不起状、惹不起官的人们,让所有的中国人,都能重拾理想的梦,都能展现他们发自内心的灿烂笑容。

走向春天

欧阳光

作者简介：

欧阳光，1965 年毕业于湖南省邵阳市二中初中，1966 年 9 月下乡回原籍，1974 年转点新疆，1977 年再次转点到河北任丘知青点，1977 年 12 月招工到华北油田，1982 年 7 月毕业于南开大学，2012 年 1 月退休，退休前任中国外运长航集团有限公司资产管理部资深顾问（副总经理），高级国际商务师。

生 活 剧 变

1973 年春天的连续几场暴雨，将位于山村上方的水库灌得个满满当当，刚修成的高高的水库大坝经受不住百万立方米蓄水的重压，于 5 月 23 日凌晨，在一阵阵由近而远传向下游的紧密铜锣声中崩塌了。我的位于湘中地区的多灾多难的家乡,再次遭受了毁灭性打击。

当时,所有的村民都将家中最值钱的、移动动的物品搬到了村后山坡上,我也手提家中最珍贵的物品———一袋粮食一袋书,和大家一道在山坡上煎熬了一整夜。天空微明时分,巨大的夹着泥石的滚滚洪流从坝堤缺口倾泻而下,汹涌地漫向村庄、农田,轰隆隆的洪水声响彻了狭小的山谷。一会儿,洪流渐渐变小,流水声也渐渐消逝,我周围响起了一片呼天喊地的悲哭哀嚎声。我无声地呆立着,看着那洪水疯狂肆虐,心底里却顽强地升起了一种不合时宜的快感——我久盼的生活剧变终于开始了!

我抬头往远看去,东边的晨曦愈来愈亮——黎明降临了。

半年以后,我的生活牢笼果真像那水库坝堤一样,打开了一个缺口:为使水库下游的几千亩良田旱涝保收,经省、县批准,公社准备在村庄下游修建一座更大的水库,村庄将成淹没区,必须移民!我在新疆的三姐抓住了这个绝对难求、可能瞬息即逝的好时机,托她的同学李瑶及时给我办来了到新疆奇台农村落户的准迁证。

1974年春节过后,我在年满23周岁那天启程奔赴新疆,开始了新生活。三月份,北疆还是冰天雪地,在乌鲁木齐工作的大姐夫,踏着厚厚的积雪,驱车往东三百多公里,将我送到了奇台县。奇台是新疆最冷的地方之一,土地广阔,人烟稀少,当地农村尤其是县城附近的农村因旱涝保收而非常富裕。李瑶的哥哥叫李欢,是奇台县剧团乐队队长。他常用自行车驮着我穿行于县城附近公社的几个大队,很想帮我落户在那里。经过两个月的努力,仍未能如愿,我只好听从三姐的建议,回到乌鲁木齐,再搭乘一辆货运便车,在塔里木盆地边缘的茫茫戈壁上颠簸了七天,到达塔克拉玛干大沙漠最南端的扎瓦。下车之后,在厚厚的沙土上步行了一个多小时,走进了刚刚成立的墨玉县东风水库知青点。

知青点原来只有二十多名知青,几个月以后增加了四十多名刚毕业的高中生,知青总数达到了七十多人。除我之外,分别来自墨玉县、和田市。始料不及的是,这些年方十七、八最大不过二十来岁的小青年，由于其复杂的家庭和社会背景，相互之间竟然存在着根深蒂固、或明或暗的派性斗争。处在社会最底层的我，无缘无故、稀里糊涂地就夹在了派性巨石之间，左碰右撞，伤痕累累———一次又一次的招工招生机会，即便没人愿意去，名额浪费了，也绝对没有我的份。

按照当时关于知青招干、招生、招工条件的规定，知识青年上山下乡必须满两年才有资格，在外地下乡两年以上的知青转到当地知青点"再教育"则须满一年。到 1975 年秋天，我在湖南下乡七年多，到东风水库也已经劳动了一年半，因为表现比较好，被知青点的领导、职工和知青们推荐，招工到刚刚开发的莎车油田。但是，当我和其他新工人一道，带着行李爬上油田汽车时，却突然接到通知，说我接受"再教育"时间不够而被取消了资格。后来才弄清楚，我不够招工资格的理由，不是因为在知青点接受"再教育"时间不够，而是因为粮食关系办好还不到一年，而实际上，我一到东风水库知青点就将办理粮食关系的所有资料交给了县粮办，和我三姐夫不同派别的主办人员故意压了八、九个月才给办理，既让我损失了几百斤粮食，又创造了我不够招工资格的条件，真可谓"一箭双雕"啊！

不过，我终于在知青中发现了一批不愿卷入派性斗争的志同道合者，我们都喜欢看书，爱好文学、音乐或美术，对周围事物的看法也有点相似。所以，我们相处得非常好，自称为不结盟成员。这些不结盟成员后来大都考上了大学。我还清楚地记得，在即将分别的 1976 年 10 月 4 日，我们一起在县城东方红学校的菜地里合影留念。

合影留念之后没几天，就传来了"四人帮"倒台的特大喜讯，北京和全国各大城市爆发了大规模的游行活动，我们祖国的春天终于到来了。我从内心深处热烈拥抱这降临的春天，常常兴奋得彻夜难眠。1977 年春节前夕，我挥笔写下了这首"七律·春节赠诗"表达我当时喜不自禁的心情：

严冬漫漫终离去，竹炮声中贺媚春。
欣看寒流冰雪逝，笑迎暖气煦阳生。

神州澎湃春潮涌，赤县蓬勃万物新。
喜乘东风邀志士，百花开放共争鸣。

当然，我并未忘乎所以，我知道，我个人还要准备着走一段艰难曲折的人生之路……

苦别新疆

1976年国庆节过后，除了因"再教育"年限不够以及准备在农村"扎根"一辈子的韩平、何国田、刘静等少数几个知青以外，其他知青全都陆续地离开了东风水库，各自走上了新的事业征程，而我去县榨油厂当工人的事又再一次被卡掉了。

后来，有同情我的好心人帮我联系了墨玉县核桃林场，他们愿意接收我，我也答应去了——毕竟，在那里转正以后，每月能拿到48元钱，比我在东风水库的每月15元要多得多，可以在生活上完全自立了。但是，当我在办理手续时，又像1975年那次一样，没有办成——看样子，那些我从来就不认识也根本不可能得罪的权贵们是决计不让我找到工作了。记得，那是一个飘舞着细碎雪花的阴霾日子，我又提着行李，冒着严寒，踏着松软的沙土，无可奈何地重新回到那曾经以为永别了的冷冷清清的东风水库知青宿舍。

至此，我下乡已经整整十个年头，到东风水库接受"再教育"也快三年了，真正成了东风水库唯一的知青元老。当时，我有这样一种强烈的感受：我好比是山，其他的知青同伴好比是云彩，云彩飘来又飘走，进到了幸福的天国，而山呢？依然故我，纹丝未动！

接下来的东风水库知青生活是冷清而寂寞的，有时还有一种凄凉的感觉。那年深秋发生的一件事，尤使我感到神秘而恐怖：一天晚上，在菜地守夜的老陶突然喝敌敌畏死去了。听说，他参加了台湾的特务组织，常和敌特联络，因事情败露而畏罪自杀。我和何国田接替他到菜地守夜，睡在那座小棚里。夜深时，我们走出小棚，几次见到水库坝堤那边远远的一个地方升起了只在电影中见过的信号弹，一会儿,另一个地方也升起一颗信号弹,仿佛在相互呼应。

不久,一件对我个人来说更为可怕的事情发生了。一天,我因有事在墨玉县医院的三姐家没有回东风水库,韩平匆匆地走进我家,告诉我一个消息后,又匆匆地走了。原来,她听说那个台湾特务组织对外联络时署名为"欧阳",还没有查出来是谁,现在正在怀疑我,她特地从水库赶回来告诉我,好让我有个思想准备。我至今仍然非常感谢她对我的信任和关心,因为每一个在"文革"中受过冤屈、挫折的人都知道,她这样做和不这样做,对于我来说,其后果将会是如何的不同。

我丝毫也不担心国家机器的什么部门将会如何查问我是否参加了国民党特务组织以及搞了些什么反革命活动,我的第一反应是:赶快处理掉以往所记的那些日记!不要让那些以整人为自己最大快乐的人借机抓住我的什么把柄。新时代已经开始,光明已经降临,我不能让这可能是最后的黑暗吞噬掉我的前程!我决不能像我父亲那样已经投诚起义,却在进入新中国之后被冤屈地当作历史反革命错抓错杀!我应当属于刚刚诞生的新时代!

我下乡以后一直坚持写日记,头三年所写的13本日记早已在家乡被"革命群众"抄走。我从箱底翻出后七年所写的所有日记,这些日记本经过了在家乡和乌鲁木齐大姐家的两次主动"清洗",本已残缺不全,这次,我又毫不留情地将它们或整本、或大把地撕扯下来扔进火炉,心里默默地说:你们就替我做旧时代的殉葬品吧!

后来,我未被追查和抄家。这一事件并没有对我的生活产生任何实际的危害,但却使我的内心更加苦涩,我感到自己是那么的软弱无助,真难以想象,我在那儿将会有怎样的一个归宿。

就在这时候,正在华北石油参加大会战的二姐来了封信,带来了我"可以转到河北任丘知青点再教育"的消息。真是"天无绝人之路"啊!我立即下定决心——即便本地有再好的工作让我干,我也要坚决地离开了。那时正值1977年元旦,我突发灵感,填写了一首题名为"再度转点"的《钗头凤》词:

故乡离,奇台移,风尘仆仆来此栖。庸人纠,权贵踩,三年心血,尽付东流,愁!愁!愁!

男儿志,英豪气,安能摧眉折腰立?园虽秀,不可留,河山万里,岂无处投?走!走!走!

尽管如此,我还是十分感谢刘静——我当时并没有请她帮忙找工作,她是出于对我的同情和关心,主动地帮我联系并疏通了上上下下的关系,在墨玉县一所学校为我找到了工作,只是由于我出走的决心已定,才谢绝了她的好意,回想当时的困境,我至今仍对她存有感激之情。

在即将告别东风水库,告别墨玉,告别新疆之时,想到我曾经对这块地方投入了那么多的感情,寄托了那么多的希望,但最终却不得不忍痛离开,真像是一个失恋的情人遥对曾经苦恋过而现在仍然深爱却又不得不永别的姑娘一样。

五月上旬一个风和日丽的日子,我在乌鲁木齐登上了往东南方向急驰的火车。仿佛有一种冥冥的上苍之音伴随着车轮的咣当咣当声回旋在我的脑海里:

"命运注定了你的家庭和新疆这个神秘之洲有一种神奇的联系——当年,你的父亲由于未赴新疆而命丧黄泉,导致你的未赴新疆的母亲、四姐多灾多难,你的三个大姐姐则由于来到了新疆而与厄运擦肩而过,走上了相对平坦的生活之路……"

"可是,我也来到了新疆呀,我的遭遇呢?为什么不再遵循这个定律呢?"我向上苍发问,上苍缄默不语。

"因为时代的变迁!旧的定律已不再适用!伟大新时代的广阔天地将任由你去驰骋!"

——沉思良久,在火车飞驰过新疆尾亚进入甘肃红柳河的一刹那,我凝视着车窗外遥远的天际处,心中得出了这样的结论,怀抱着这样的信念。

情系华北

离开新疆以后,我的生活变得顺利起来。当我第一次踏上华北平原那一望无际的土地时,我的心地突然豁亮了,我的胸怀也像大平原一样宽广了。

六月初,我在任丘县于村公社诗坞基知青点开始了新的生活。那里的知青大部分来自本县县城,也有少部分来自天津。他们下乡的时间长短不一,有几个天津来的女知青已经下乡七、八年了。和东风水库知青点相比,这个知青点的气氛显得比较沉闷,劳动之余的文化活动也不多,知青们很少有放声开怀的大笑和慷慨激昂的争辩,大家都默默地埋头干着活,相互间即便有什么语言交流,声音也很小,好像生怕打搅了人家,尤其是那些大龄知青,言语更少,就是干活休息的时候,也是麻木地沉默不语,空洞的双眼望着远方,眉宇间藏着深不见底的忧郁……

这儿的生活水平比东风水库知青点要低得多,往往两三个月吃不上白面,更不用说白米饭了,几乎天天是玉米面窝窝头。尤其叫人不习惯的是很少有蔬菜吃,油水更缺,经常是烧一大锅汤,里面稀疏地飘着几片白菜叶,菜汤烧沸之后,才在大锅里滴几滴香油——二十几个知青每月只有不到两斤食油。我们经常是一口汤一口窝窝头地用餐,一顿饭如果能有半头生蒜或一根生葱相伴,绝对可算是"美味佳肴"了。有时候,我们也吃一点咸萝卜——从一个约1.2米高、直径0.8米的大圆缸里捞出几个咸萝卜来切开分着吃。咸菜缸中,一条条小蛆在缸壁上一拱一拱地快速运动……当然,如同在东风水库一样,这里的知青口粮也是有保障的,知青们不会饿肚子,这要比当地的农民不知强多少。

我们的肚子是饱的,但口袋里却不可能有自己劳动挣来的零用钱。记得1977年12月底,我被油田招工办理完手续将要离开知青点时,到会计那里去结账,心想,我是知青中出勤率最高的,又是全劳力,干了半年多,扣除饭钱、菜钱,多少总有点收入吧?因为我在贫穷的家乡劳动时，一年下来，扣除粮食等费用之外，还可以净收入六、七十元钱，这里也不会相差太多吧？哪知会计在拨拉了算盘后对我说："……40元5角3"，当时我正在和另一个人说话，没听清楚前面半句话，以为这是我的全部收入，就等着出纳将钱付给我。好一会儿过去了，没见他们有动静，我正感到纳闷，抬眼一看，他们也正诧异地看着我。原来，算账的结果，那是我倒欠生产队的钱数，他们是在等我付钱给他们呢，弄得我好不尴尬。到这时我才知道，这儿每个劳动日收入不到两毛钱。我也才理解，为什么我在麦场上拾到10元钱找到失主时，失主是那么感谢我。

华北油田的总部设在任丘，油田的开发给当地的经济带来了活力。于是，我这个油田的职工子弟也被另眼相看。这里的农民包括干部都对我很客气，干活时也对我很照顾。记得麦收时，我才和大家一起割了一天麦子，正打算表演我在家乡割稻子的技巧时，他们却怕累着我，赶紧安排我到麦场上当守场员了。知青们也对我很好。知青点离县城大约三、四十里，但这里根本搭不上便车，也没有公共汽车和长途汽车可坐，要回家就只能靠步行或骑自行车，我当时还没有学会骑车，也买不起自行车。于是我常常搭乘县城知青的自行车去二姐家，每次回家，他们几乎都要多骑几公里，将我直接送到华北油田的二姐家门口。有一次我患重感冒病倒了，吃不下饭，昏沉沉地躺在床上，知青朋友们不仅凑钱给我要来了药，还端来了热腾腾、香喷喷的细白挂面……面对如此多的贴心关照，我真为中华民族腹地人们的淳朴之情深深感动。

圆梦南开

当我们还局限在这块狭小的土地上默默地用我们这个古老民族两千年来一直沿用的耕耘方式"日出而作，日入而息"时，外界正在发生着天翻地覆的变化。

一天，我正在麦场守夜，大队的广播里突然传来"我国将恢复统一高考制度"的消息。

当我听到"恢复高考制度"的消息时,我感到高兴,但并不激动——我为我的同龄人及后来人有了正常的奋斗渠道而高兴,但觉得它和我没有关系。我,一个荒废了十几年学业的初中生,即便抛开家庭出身这个致命的弱点不说,仅凭学业水平,也根本不可能考上。

但是,当我听到高考分文理科,而文科不考理化时,我觉得我又有了希望。多年来我爱好文学,也自学过哲学、政治经济学和历史学的基础知识;我母亲曾经是地理老师,家学渊源加上几年的走南闯北,地理概念已深入脑子;唯一没有把握的是数学,但读初中时数学恰好是我的强项,那么,只要我集中精力突击补习高中数学,问题也就不会太大了。

但是,我们白天必须劳动,只能利用工余时间在昏暗的油灯下翻一翻好不容易搜罗来的不齐全的相关资料,直到高考前八天,大队才给我们放假复习。时间实在太短,复习的内容尚未巩固,考期就到了,只好硬着头皮走进考场。

那是十二月初的一个阴冷阴冷的日子,由于考场离知青点有十几里地,事先又没有人去勘察过,为了不迟到,天不亮我们十几个知青就打着火把出发了,有人出了个"抄近道"的主意,结果走迷了路,花了两三个小时气喘吁吁地赶到考场时,进场铃声已经响过了。还好,还允许进考场。

考试结束后我大致估算了一下我的考分:政治、史地两门可得90左右;语文由于只完成基础知识和三分之一的作文,到不了60;数学则由于只做了初中部分的试题而最多40。各科平均也就是60多分。我当时认为,这么简单的考题,各科平均不在80分以上是根本不可能有希望考上大学的,我的水平这么低,哪里还有资格上大学?真是白日做梦啊!……至此,对于上大学,我是绝望了,不无悲壮地向知青同伴们当众宣布:今后,我再不参加高考了!

尽管如此,我的内心深处仍然感到甜丝丝的,正如我当时给一个亲人信中所写的:"(参加高考)这件事几乎是像流星一样闯入了我的生活,而现在,当然也是像流星一样从我的生活中消失了。不过,尽管它只是一瞬就过去了，却给我留下了极为深刻的印象，它对于我今后生涯的影响也必将会是巨大的。流星的光泽并不强烈，但通过它反映在我脑子里的却是整个光辉灿烂的新世界！"

半个月以后，华北油田开始招工，作为石油职工子弟，我被第一批招了进去。由于在任丘知青点只待了半年多时间，加之生活比较平淡，离开知青点时，我的感情不像离开东风水库时那么难舍，但对那里敦厚淳朴的民情始终怀有深深的敬意和向往之情。

我被分配到石油勘探五部，学习期间住在河北省深泽县革委会招待所，一天上午，直接主管我们学习的孙师傅走到我身边，说："你被大学录取了，明天体检，你马上赶回任丘去吧！"

"……没有弄错吧？是我吗？"离开高考考场后，我已不抱幻想，甚至已经忘掉了这件事，此时一听这个消息，我根本不敢相信，但他们却一个劲儿地催我："赶快走啊！任丘那么远，再不走就来不及了！"

我将信将疑，昏头昏脑地赶回任丘二姐家，天已大黑了，见姐夫姐姐正在焦急地等我，才相信这是真的。不过，参加体检并非"录取"，而是"初选"。初选是按平均分数决定的。河北省的初选分数线是各科平均五十五分，本县达到初选线的考生大约为二十分之一。我们诗坞基知青点算是考得比较好的，有两个人达到了初选线，另一个是十八岁的王志耕，他淳朴厚道，才华横溢，是我在华北知青生活中的新朋友。听说，达到初选线的名额高出正式录取名额百分之五十，最后到底录取谁，既要看考试成绩，也要看身体条件，尤其是还要看政治条件。

我们仔细分析了一下录取形势，认为，我一则考得不好，二则家庭出身不好，尤其是在表格上填写了"父亲是被镇压的反革命分子"，所以，根本不可能被录取。

"不过，没有关系，你现在已经是工人了，有了比较好的工作，只要好好干，同样有前途。"二姐夫和二姐这样安慰我。

但我当时想到的并不是这些，而是有一种发自内心深处的沉甸甸的历史责任感：我考得这么差还被初选上了，可见我们这一代人的文化水平的确是太低了。而我们的国家百废待兴，正是急需人才的时候，作为一个爱国的热血青年，我有什么理由不发愤学习呢？

至此，我"再不参加高考了"的想法发生了动摇。而不管是否再参加高考，我已经决定并在行动上开始争分抢秒地系统学习各门知识了。从我的天性来说，更适合于学理科，后天的生活经历却决定了我只能往文科方向发展。但不管是学理还是学文，数学是必须学习的。一位哲人说过：任何科学发展到顶峰，都可以用数学来表现。于是，我的自学从数学开始。

由于多年的磨难和对磨难原因的思考以及对哲学、政治经济学、形式逻辑学的学习，我的抽象思维能力有了较大的提高，这大大有利于我的数学学习。我自学高中数学的进度之快连我自己也感到吃惊，我一天自学的内容在学校至少要学几个星期。为了学扎实，课本上的每一道题我都认真地完成，并每周到深泽县中学去一趟，将学校黑板报上的数学难题抄下来回县招待所做，而这些难题哪怕要废寝忘食地思考好几天，我也都要做出来。不到三个月，我已经自学完了除解析几何以外的高中所有数学知识。

1978年4月27日，我永远记得这个日子。就在这一天，单位领导传达了中央关于如何确定家庭出身的一项政策。其中，对我个人来说，意义最大的是家庭成分应当根据本人工作前经济来源人的个人成分来确定。就我而言，我自立前的经济生活来源是我母亲，我母亲是教师，那么，我的家庭出身就应当填写为"教师"。这对于二十多年来因家庭出身而饱受歧视的我这类人来说，真是一种巨大的政治和精神上的大解放！也就在这一天晚上，我做出了最后的决定：再参加一次高考！

离高考日期只有两个多月了，时间非常紧迫。我的高中数学还没有学完。我花了两个午休时间到油田的中学将全国统考复习大纲全部手抄下来，又将两个月前抄的全国二十几个省市的1977年高考数学试题翻出来，将它们同时摆在桌子上进行仔细分析，发现在所有高考试卷中,解析几何的比重最多只占百分之二十。于是我决定放弃解析几何,数学只做解析几何之外的考题及一些综合性难题,将主要精力花到其他课程的复习上去!

由于我这一时期被借调到房建队搞预算,工作主要是坐办公室,活不重,也不复杂,有足够的时间和精力用来学习。我住的宿舍离办公室又只有三十米,下班之后我可以学习到很晚。这里的同事也非常好,工作上很耐心地教我,生活上也对我非常关心,只要我干好了工作,复习功课的事一点也不会遭到非议,这使我的心情平静而愉快。每天,我除了睡觉和吃饭,其他的所有时间几乎都是在办公室里度过的,学习时间非常多,学习效果也非常好。

这一时期我也有许多苦恼,甚至可以说是我离开新疆以后最为苦闷的时期。

首先是复习资料难以收集齐全,《高考复习大纲》中的许多内容,我在现有的书本中根本找不到,书店里没有卖的,学校里也借不到,我只好发动外地的亲戚朋友帮忙。所幸,我远在湖南的四姐、在家乡教书的亲戚、一位热情的外姓叔叔以及刚刚跨进大学校门的知青朋友王志耕,陆陆续续地给我寄来了各种复习资料,使我深受感动的是,这些资料中的大部分都是他们亲手抄写的。

另一个苦恼就是找不到辅导老师,也没有复习功课的同伴。我感到十分的孤单。由于没有复习同伴,没人与我相互提问、讨论甚至争论,缺乏来自不同角度、不同方式的刺激,许多功课的内容难以理解和记忆。

正在这时候,又从湖南传来了一个不好的消息:我母亲突然因脑血管堵塞而半身瘫痪,住进了医院。这个消息真像是一根闷棍,登时将我打懵了。想起母亲,我心里感到难受和内疚。母亲完全是为了我们五姐弟,特别是为了我,才弄得身体这么差的呀!她这一辈子吃过多少苦啊,特别是近二十年来,在政治、经济、精神以及肉体上遭受过多少的折磨啊。她这一辈子为我操心最多,我却从没有孝顺过她,现在终于走上了工作岗位,正应该好好报答她老人家了,却又冒出来一个考大学的念头，是不是有些太不懂情理了？我对我参加高考的决定是否合适产生了怀疑，直到她解除危险的消息传来，想到她平时对我的理解和期待，才又重新振作起来，更加疯狂地努力下去。

但是，高考备考时期最忌讳发生的事情还是发生了：五月份的一天午睡之后，我终于晕倒在院子里，等到清醒过来时，已经躺在宿舍的床上，同事们告诉我，他们来上班时发现了我，把我抬到了床上。我头很痛，后脑起了个大疙瘩，左上头部也有个大疙瘩，头皮也破了，用手一摸满是血，臀部也痛得厉害。晚上，我强撑着身体一拐一拐地到医院去看医生。好在没有什么大毛病，但我是再也不敢那么"玩命"学习了。

七月，我再次走进了高考考场。一切都很顺利，一切都在意料之中，各科都考得比较理想。那年深泽县的一千多名文科考生中只初选上了二十四个，我的数学、地理分数全县第一，政治、历史、语文在全县排第二、三、四，总分则是所有文理科考生中最高的，比第二名文科考生多出三十多分。

1978年的金秋十月，我终于实现了重返学生生活的梦想，跨进了南开大学的校门。在雪莱"冬天到了，春天还会远吗？"的著名诗句成为国家和个人命运的预言而深入我的心灵整整八年之后，我个人的春天终于到来了。

2013年7月1日修改于北京潮白河畔

后 记

《流逝的记忆》自去年4月由如梦轩文化沙龙发出征稿启事后，在不足半年的时间里，得到了许许多多有过知青经历的朋友们的支持。在约定的截稿日期里，我们总共收到了八十余篇来稿，这些来稿，真实地记录了不同届别不同地域的作者在那一段可谓空前绝后的特殊历史时期里的不同遭遇以及这些遭遇对各自人生道路的影响。

四十余年过去了，记忆正在流逝，而今大家拿起笔来，拾起这些即将流逝的记忆，让它们流淌成文字并凝固成历史长河中的点点滴滴，这点点滴滴，或对于我们的每一位作者以及我们无法预知的后世，都会是一件有意义的好事。

本书的序分别由杜良怀和愚乐两位先生撰写，他们在序中所表达的观点，只代表他们个人对知青运动以及他们浏览全书文章时的感受，各位读者尽可以根据自己的认识，来对知青运动及本书中作者的叙述，做出自己见仁见智的判断。

感谢每一位作者，他们在回溯往事的过程中，都能以严谨认真的态度去搜索自己的记忆，有的作者为了保证记忆的准确性，对自己的文稿甚至作了十多次的修改。

在本书的发起、组稿、选编等项成书过程中，姚荣国先生、杜良怀先生、肖伯男女士、莫安德先生、孙彦章先生、孔宪明先生、王在平先生、陈文年先生、高志远女士等做了大量认真、细致、艰苦的工作，付出了心血。

感谢漫画家落子（原66届高三下乡知青），或现场写生，或依照片写意，为每位作者创作了惟妙惟肖的漫画肖像，使文集别开生面，情趣独具。

由于这次收到的稿件比较多，远远超出了如梦轩文化沙龙与出版社的字数约定，因此文稿的组织者不得不忍痛割舍了部分稿件，同时还向一些较长文章的作者提出了删减字数的要求。在此，我们对那些未能入选的作者真诚地表示歉意，也对那些删减、修改自己文章的作者道一声辛苦。

这次编辑《流逝的记忆》文集，得到了武汉大学出版社的大力支持，在此我们对出版社的领导和编辑们表示诚挚的谢意和敬意。

也对所有关注和支持我们工作的朋友一并致谢。

2014.3.15